DÉJÀ PARUS

Robert Daley
Trafic d'influence, 1994
En plein cœur, 1995
La Fuite en avant, 1997

Daniel Easterman
Le Septième Sanctuaire, 1993
Le Nom de la bête, 1994
Le Testament de Judas, 1995
La Nuit de l'Apocalypse, 1996
Le Jugement final, 1998
(Collection Nuits Noires)
K, 1999
(Collection Nuits Noires)

Allan Folsom
L'Empire du mal, 1994

Dick Francis
L'Amour du mal, 1998
Jusqu'au cou, 1999
(Collection Nuits Noires)

Michael Grant
Ascenseur pour un tueur, 1996

James Grippando
Le Pardon, 1995
L'Informateur, 1997
Une affaire d'enlèvement, 1998
(Collection Nuits Noires)

William Harrington
Qui a tué Regina ?, 1996

Colin Harrison
Corruptions, 1995
Manhattan nocturne, 1997

A. J. Holt
Meurtres en réseau, 1997

John Lescroart
Justice sauvage, 1996
Faute de preuves, 1998
(Collection Nuits Noires)

Matthew Lynn
L'Ombre d'un soupçon, 1998
(Collection Nuits Noires)

Judy Mercer
Amnesia, 1995

Junius Podrug
Un hiver meurtrier, 1997

Doug Richardson
Le Candidat de l'ombre, 1998
(Collection Nuits Noires)

John Sandford
Le Jeu du chien-loup, 1993
Une proie en hiver, 1994
La Proie de l'ombre, 1995
La Proie de la nuit, 1996
La Proie de l'esprit, 1998
(Collection Nuits Noires)

Elise Title
Romeo, 1997

Tom Topor
Le Codicille, 1996

Marilyn Wallace
Un ange disparaît, 1996

Michael Weaver
Obsession mortelle, 1994
La Part du mensonge, 1995

Don Winslow
Mort et vie de Bobby Z, 1998
(Collection Nuits Noires)

MEURTRE
PAR PITIÉ

DU MÊME AUTEUR
AUX ÉDITIONS BELFOND

Justice sauvage, 1996
Faute de preuves, 1998

JOHN LESCROART

MEURTRE PAR PITIÉ

Traduit de l'américain
par Jacques Martinache

belfond
12, avenue d'Italie
75013 Paris

Titre original :
THE MERCY RULE
publié par Delacorte Press, Bantam Doubleday
Dell Publishing Group, Inc., New York.

Ce livre est une œuvre de fiction. Les noms, les personnages, les lieux et les événements sont le fruit de l'imagination de l'auteur ou utilisés fictivement. Toute ressemblance avec des personnes, vivantes ou mortes, des événements ou des lieux serait pure coïncidence.

Si vous souhaitez recevoir notre catalogue
et être tenu au courant de nos publications,
envoyez vos nom et adresse, en citant ce livre,
aux Éditions Belfond,
12, avenue d'Italie, 75013 Paris.
Et, pour le Canada, à
Édipresse Inc., 945, avenue Beaumont,
Montréal, Québec, H3N 1W3.

ISBN 2.7144.3608.0

Remerciements

J'exprime ma gratitude à tous ceux qui ont lu la dernière mouture du manuscrit et/ou m'ont fait bénéficier de leurs connaissances dans leur domaine : Peter S. Dietrich, docteur en médecine ; Kay Schneider, du centre Rush d'études sur la maladie d'Alzheimer à Chicago ; Mary Beth Stamps, infirmière diplômée, codirectrice du centre d'études sur la maladie d'Alzheimer à Sacramento ; William Shubb, juge fédéral, qui m'a aimablement aidé et introduit à la 9e cour fédérale itinérante ; Terri Nafisi, pour ses précieuses informations sur le fonctionnement de cette cour ; Bob Lindell, pour une visite et une histoire fascinantes du tribunal fédéral de San Francisco ; Al Markel, des pompiers de San Francisco, et mon oncle John E. Lescroart.

Al Gianini, des services du District Attorney de San Francisco, continue à être un brillant analyste, un grand ami et un judicieux collaborateur. Sa femme, Jan, a entretenu la flamme de ce livre quand son auteur n'en sentait plus la chaleur. Don Matheson, sur qui j'ai impitoyablement testé mes idées, doit être en piteux état. Peter J. Diedrich est toujours là pour fournir un nom, une date, un fait, éclairer une référence obscure – sa conversation est un plaisir.

William P. Wood et Richard Herman Jr., Karen Kijewski et Max Bird sont une source constante d'encouragement.

Enfin, merci à Jackie Cantor, mon éditeur, confident et ami, ainsi qu'à Barney Karpfinger, sans qui ce livre n'existerait pas.

À J., J. & L.,
tous des champions

La souffrance est une réalité de la vie ;
la souffrance naît de l'attachement.

Première et deuxième Nobles Vérités
du bouddhisme

PROLOGUE

Le passé se déroulait, enchevêtré à un présent sans fin.

Les rayons du soleil de l'après-midi, tombant obliquement par la fenêtre ouverte, réchauffaient la peau du vieil homme, faisaient ressortir sa barbe de deux jours. Salvatore Russo était étendu sur un fauteuil de relaxation près de la fenêtre. Dieu sait que le beau temps était rare à San Francisco – il fallait en profiter.

Les yeux clos, il se rappelait une autre journée tachetée de soleil, ou, plus exactement, il la *revivait*.

Helen Raessler avait dix-neuf ans, et le jour se reflétait dans ses cheveux couleur de miel. Elle était allongée sur le sable d'une dune d'Ocean Beach, dont Sal sentait encore la chaleur. Le vallonnement du terrain et les touffes de laîche qui les entouraient les abritaient des regards.

Il savait que Helen l'aimait, malgré le fossé social les séparant. Elle aimait ses mains fortes – que le travail et le base-ball avaient déjà rendues calleuses –, ses cheveux épais et son torse puissant. Il avait vingt-cinq ans.

Non, il *a* vingt-cinq ans.

Il interrompt leur baiser pour admirer l'ovale parfait de son visage. Il suit le contour de la joue de Helen de sa main d'ouvrier ; elle la prend et la pose sur sa poitrine. Ils sortent ensemble depuis un peu plus d'un mois, et l'intensité physique de leurs rapports effraie Sal. Il craint de la bousculer. Jamais ils ne sont encore allés aussi loin.

Ils s'embrassent de nouveau et elle pousse un gémissement. De désir. Il sent le mamelon érigé sous le sweater, il se rend compte qu'elle n'a délibérément pas mis de soutien-gorge. Une mouette lance son cri aigu au-dessus d'eux ; les vagues grondent au loin, de l'autre côté des dunes. Le soleil le brûle.

Tout à coup, la chemise de Sal s'ouvre, la main lisse de la jeune fille se glisse dessous, pince le téton, griffe son flanc, son ventre. Il s'écarte de nouveau pour la regarder.

— Ne t'en fais pas. Je saurai arrêter.

— Non.

Vite, maintenant. Elle tire sur la ceinture de Sal, la défait.

Elle ne porte qu'une jupe courte, à présent relevée sur sa taille. Sal est sur elle, l'entrejambe de la culotte poussé sur le côté.

Elle arque le dos pour se coller à lui. Quelque chose résiste mais elle pousse plus fort – une seule fois – avec un petit cri. Il est en elle, elle l'emprisonne, et le monde éclate en sensations.

Sal ouvrit les yeux, baissa la tête, étonné et absurdement ravi de son érection.

Ça alors, se dit-il. Pas encore mort, le vieux.

Mais cette pensée s'évanouit, comme les autres. Comme sa tumescence. Le mal de tête revint – violent, aveuglant. Plissant le front, il porta ses mains à ses tempes, pressa de toutes ses forces.

Là. Ça allait mieux. Seigneur, il se serait bien passé de cela.

Il parcourut la pièce des yeux, son mobilier Armée du Salut. Le fauteuil avait des ressorts en mauvais état et penchait légèrement d'un côté mais était encore confortable. Au-dessus du canapé vert défoncé était accroché un rectangle de contre-plaqué sur lequel, seize ans plus tôt, il avait peint son vieux bateau de pêche, le *Signing Bonus*.

La table basse en pin montrait ses cicatrices – brûlures de cigarette et ronds laissés par des verres. La moquette était usée jusqu'à la corde. Sal se contentait de peu, et possédait en tout cas davantage que la plupart des autres occupants de l'immeuble. Un coin au soleil. L'appartement était petit, d'accord, mais composé de trois vraies pièces : le séjour, la cuisine et la chambre, plus une salle de bains à lui. Que demander de plus ?

Il restait les trois quarts d'une bouteille d'Old Crow posée à côté d'un verre à moitié plein sur la table basse. Sal se pencha en avant, prit le verre, renifla son contenu. C'était bien de la gnôle, quoiqu'il ne se rappelât pas s'être versé à boire. Il le vida d'une gorgée.

Quelque chose le tracassait. Quel jour était-on ? Il aurait dû se lever, aller vérifier sur le calendrier, dans la cuisine. Il était censé se rendre quelque part, mais impossible de se souvenir.

Il ferma de nouveau les yeux. Le soleil.

Sur son visage, l'obligeant à cligner les yeux. Il est côté troisième base, c'est jour de match ce week-end à Candlestick, et tout le monde est étonné qu'il fasse si beau. Où est passé le vent ? Toute la famille est sur le terrain – Helen lui presse la main et sourit, fière de leur aîné, Graham, qui se tient près du monticule du lanceur et reçoit cinquante dollars en bons d'épargne pour avoir remporté dans sa catégorie d'âge la finale du concours organisé par la ville. Il n'a que huit ans et expédie déjà la balle à cinquante mètres.

Il va devenir un nouveau DiMaggio, vous verrez.

La petite Deb, six ans, serre la main de sa maman et, inquiète de se trouver devant trente mille supporters, s'accroche en même temps à la jambe de son père. Son petit frère, Georgie, juché sur les épaules de Sal, enfonce ses talons dans la poitrine de son père, s'agrippe des deux mains à ses cheveux, tire. Mais Sal n'a pas mal. Rien ne peut lui faire mal.

Il a Helen, il a les enfants. Son bateau. Il est son propre patron. Le soleil brille pour lui.

Il faisait de nouveau froid. Il devait se lever. Le soir tombait, où était passée la journée ?

Sal alla à la fenêtre, la ferma, vit la brume tourbillonner autour de Twin Peaks. Il se redressa, se figea, la tête inclinée sur le côté. « Bon Dieu ! » s'exclama-t-il, se ruant à la cuisine. La date était entourée sur le calendrier. Vendredi !

Vendredi, espèce d'idiot ! Le jour de la clientèle. Le jour où tu gagnes ton loyer. Faut te secouer, ce jour-là.

— Non, non, non ! s'écria-t-il.

Il jura de nouveau, furieux, décocha un coup de pied à la chaise, qui cependant demeura près de la table. Il la saisit par le dossier et la projeta à l'autre bout de la pièce, où elle creusa de nouvelles entailles dans le bois balafré des éléments.

Laissant la chaise où elle était tombée, il tâcha de se calmer, de réfléchir.

C'était un des signes, non ? Il s'était préparé pour les reconnaître quand ils apparaîtraient, il n'allait pas maintenant nier leur présence. Son cerveau l'abandonnerait un jour – inévitablement – et, dans ses moments de lucidité, Sal n'avait aucun doute sur la conduite à tenir. Il ne finirait pas en débris marmonnant, de la merde dans sa couche. Il mourrait en homme.

Il avait les seringues, la morphine. Il savait encore où elles étaient. Dieu merci, il lui restait Graham, son seul bon fils. Il lui téléphonerait, voilà ce qu'il ferait.

Il retourna dans la salle de séjour. Comment la fenêtre s'était-elle refermée ? Il était assis dans le fauteuil – il en était sûr –, il s'était rappelé qu'on était vendredi, il était allé dans la cuisine…

Bon. La seringue. Il s'en souvenait. Il était encore capable de se souvenir, bon Dieu.

Il vit son tableau et s'immobilisa, perdu dans les lignes qu'il avait peintes autrefois pour représenter son rafiot. Une corne de brume mugit, il fixa la fenêtre – la fenêtre close. Il demeura sans bouger au centre de la pièce. Il s'était levé afin de faire quelque chose, ça allait lui revenir.

Une minute planté là, à essayer de se rappeler. De nouveau la douleur fulgurante dans la tête.

Des larmes coulèrent sur son visage.

Les fioles – la morphine – se trouvaient dans l'armoire à pharmacie avec deux seringues. Il emporta le tout et le posa sur la commode, près de son lit.

Il revint à la cuisine. Quelqu'un avait renversé la chaise, il allait la relever. Non, ce n'était pas pour ça qu'il était là.

Il était venu vérifier… quelque chose. Ah ! oui. L'autocollant orange fluorescent sur la porte du frigo. Il ouvrit le compartiment congélation, vit le tube en aluminium dans lequel il gardait le formulaire *Ne pas réanimer*. Il était à sa place, dans le tube, là où les ambulanciers le chercheraient. Il avisait ceux qui trouveraient Sal de le laisser en paix, de ne pas tenter de l'aider, de ne pas le maintenir en vie au moyen de foutus appareils.

De retour dans la chambre, il récupéra seringues et fioles, alla les poser sur la table basse du séjour, près de la bouteille d'Old Crow.

De l'autre côté de la fenêtre, un mince ruban clair était apparu au-dessus du brouillard. Il s'assit sur le canapé, se versa deux doigts de bourbon pour se donner du courage.

Il n'avait pas entendu de bruit dans le couloir mais on frappait à la porte.

Il avait dû téléphoner à Graham, finalement. Ce n'était pas encore le moment de mourir.

Oui, il *avait* appelé Graham, il s'en souvenait, maintenant. Son garçon était là et ils trouveraient ensemble un moyen de tout régler jusqu'à ce que le moment de mourir soit vraiment venu.

De la dignité, voilà tout ce qu'il demandait. Un peu de dignité. Et peut-être quelques bons jours de plus.

Il se leva pour aller ouvrir.

PREMIÈRE PARTIE

1

Dismas Hardy était en passe de réussir une performance exceptionnelle, peut-être de battre un record personnel.

Il était dans son bureau, un lundi matin, et lançait ses fléchettes en tungstène, de petites merveilles de vingt grammes, empennées à la main. Ce jeu, qu'il avait baptisé « la descente », avait commencé comme un simple exercice d'entraînement : une fois le tour de la cible en descendant de 20 à la mouche.

Son record était de vingt-cinq lancers, le meilleur score possible étant de vingt et un. Il visait maintenant le 3 avec sa dix-neuvième fléchette : il pouvait encore terminer en vingt-deux et battre son record. À condition de maintenir sa concentration.

Le téléphone sonna.

Depuis près de six ans, Hardy exerçait dans un bureau de Sutter Street. Le reste de l'immeuble était occupé par David Freeman et Cie, un cabinet juridique spécialisé dans la partie civile et la défense criminelle. Hardy ne figurait cependant pas au nombre des associés de Freeman. À proprement parler, il ne travaillait pas pour Freeman, même si, depuis quelque temps, presque toutes les heures qu'il facturait provenaient d'un client que le patron du cabinet lui sous-traitait.

Hardy était installé dans le seul bureau du dernier étage. Au propre comme au figuré, il était indépendant.

La fléchette à la main, il jeta un regard mauvais à l'appareil, qui bourdonna de nouveau. En lançant dans ces conditions, il ne pouvait que manquer. Il s'assit sur le bureau, appuya sur un bouton.

— Ouais.

Phyllis, la réceptionniste de Freeman, avait fini par tolérer Hardy, voire par l'apprécier, bien qu'elle désapprouvât clairement son attitude désinvolte. Les membres d'un cabinet juridique doivent répondre au téléphone avec autorité et dignité, et non pas marmonner « Ouais » dans l'appareil.

Il prit plaisir à l'entendre soupirer.

— Il y a quelqu'un qui veut vous voir, dit Phyllis, baissant la voix. Il n'a pas rendez-vous, ajouta-t-elle, du ton qu'elle aurait utilisé si l'homme avait marché dans une crotte. Il prétend qu'il vous connaît de...

Une pause pendant laquelle elle chercha un substitut adéquat au mot honni, n'en trouva point et se résigna à prononcer :

— Votre bar. Il s'appelle Graham Russo.

Hardy connaissait une demi-douzaine de Russo – c'était un nom très courant à San Francisco –, mais les précisions – l'homme se prénommait Graham, il l'avait connu au *Petit Shamrock* – limitaient le champ des recherches.

Il jeta un coup d'œil à son calendrier. Lundi 12 mai. Avec un soupir, il posa la précieuse fléchette sur le bureau et pria Phyllis de lui envoyer Mr. Russo.

Hardy alla ouvrir sa porte et, du seuil de la pièce, vit Graham monter péniblement l'escalier – jeune homme d'allure sportive portant le poids du monde sur ses épaules. Ils avaient fait connaissance quand Graham était entré au *Shamrock* boire une bière. Au cours de la soirée, Hardy, qui servait au bar, avait appris pas mal de choses sur son compte. Graham était lui aussi juriste, bien qu'il ne pratiquât pas le droit pour le moment. La communauté l'avait mis en quarantaine.

Ayant eu ses propres démêlés avec la bureaucratie du droit, Hardy connaissait les effets dévastateurs d'un tel ostracisme. Les deux hommes, mis à l'index chacun à leur manière, avaient sympathisé. À l'heure de la fermeture, Graham était resté pour aider Hardy à ranger. C'était un gentil garçon – peut-être un peu naïf et idéaliste, mais il semblait avoir la tête sur les épaules. Hardy l'aimait bien.

Avant le droit, le monde de Graham, c'était le base-ball. Vers la fin des années quatre-vingt, il avait brillé dans l'équipe de l'USF et avait été engagé par les Dodgers. Il avait joué deux ans dans des équipes de deuxième division, s'était retrouvé à San Antonio avant de recevoir une balle dans l'œil gauche. Il était ressorti de l'hôpital trois semaines plus tard avec une vision diminuée. Alors qu'une grande carrière professionnelle s'ouvrait à lui, il avait dû tout abandonner.

Découragé, il s'était inscrit à l'école de droit à Berkeley. Major de sa promotion, il avait, triomphant d'une concurrence féroce, obtenu un stage d'un an à la 9e cour fédérale itinérante. Il n'y était demeuré que six mois.

Au début de 1994 – l'année de la grève des joueurs de base-ball –, Graham avait renoncé au droit deux mois après avoir été admis au barreau. En définitive, il préférait le base-ball. Il s'était donc rendu à Vero Beach, Floride, s'était proposé comme remplaçant chez les Dodgers.

Et il avait été intégré à l'équipe.

Au *Shamrock*, Graham avait bien précisé à Hardy qu'il n'aurait jamais accepté d'être un jaune. Il cherchait simplement à se faire remarquer. Il avait recouvré sa vision, il était encore en pleine forme. Il pensait faire ses preuves pendant l'entraînement de printemps, décrocher un poste de remplaçant et au moins une chance de rejouer en deuxième division.

C'est exactement ce qui s'était passé. Il avait commencé la saison 1994 avec les Dukes d'Albuquerque, plus près des grandes équipes qu'il ne l'avait été sept ans plus tôt. Mais il n'avait pas retrouvé le talent de ses jeunes années, et sa nouvelle carrière, sur laquelle il misait tant, n'avait duré que six semaines.

Graham avait des épaules de bûcheron et de longues jambes de spécialiste des courses de haies. Sous les vagues de sa chevelure dorée, son visage à la mâchoire carrée était rasé de près. Il portait ce jour-là une veste sport gris-bleu sur une chemise bleu roi, un jean délavé et des bottes de cow-boy.

Assis dans le fauteuil réservé aux visiteurs, Graham Russo était penché en avant, les coudes sur les genoux. Hardy remarqua ses mains – des mains de travailleur manuel, grandes et expressives, à leur manière. L'ancien joueur de base-ball s'efforça de sourire.

— Je ne sais même pas pourquoi je suis ici, pour te dire la vérité.

— Je me pose souvent la question, répondit Hardy, les fesses sur un coin de son bureau. C'est pour ton père ?

Graham acquiesça.

Salvatore Russo – dans sa chronique, Herb Caen l'avait surnommé Salmon Sal, Sal le Saumon, et le nom lui était resté – avait récemment fait parler de lui dans les journaux. Déprimé par des problèmes d'argent et de santé, Sal s'était apparemment suicidé vendredi en ingurgitant quelques verres et en s'injectant une forte dose de morphine. Il avait laissé un formulaire *Ne pas réanimer* à l'intention des ambulanciers, mais il était déjà mort à leur arrivée.

Si, pour le public en général, Sal était un inconnu, il jouissait d'une certaine célébrité dans les milieux juridiques de San Francisco. Tous les vendredis, il faisait le tour des cabinets de la ville dans une vieille camionnette Ford. Parvenu au palais de justice, il se garait devant une bouche d'incendie et vendait du saumon, de l'ormeau, de l'esturgeon, du caviar et autres produits de la mer. Sa clientèle se composait de flics, de juges fédéraux et municipaux, d'avocats, de marshalls, de shérifs et d'employés du palais de justice et de l'hôtel de ville.

La camionnette ne passait qu'une fois par semaine, seulement le poisson de Sal étant toujours plus frais et bien moins cher que celui du marché, sa tournée lui rapportait assez pour vivre. Des revenus parfaitement illégaux puisque le vieux Russo n'avait pas de patente de commerçant. Mais ses amis d'enfance étaient devenus juges, lieutenants de police – ils n'allaient quand même pas l'arrêter pour ça.

Si Sal vivait à la lisière de la loi, la communauté juridique le considérait cependant comme un homme honnête, un personnage haut en couleur avec ses foulards jaunes et ses cuissardes, son cigare éteint au bout mâchonné, le pinard rouge ou blanc qu'il servait dans des quarts, accompagné des plaisanteries les plus politiquement incorrectes qu'on pût entendre à San Francisco. Le jour où Hardy avait fait sa connaissance, une dizaine d'années plus tôt, il était en compagnie d'Abe Glitsky, un policier mi-noir mi-juif, et cent pour cent patibulaire pour ce qui était de la mine : un visage taillé à la hache, une cicatrice luisante en travers des lèvres. En le découvrant, Sal lui avait lancé :

— Hé, Abe, y a un Noir et un Juif assis au bord d'un toit, ils tombent tous les deux en même temps. Qui est-ce qui s'écrase par terre le premier ?

— Je sais pas, avait répondu Glitsky. Lequel ?

— Qu'est-ce qu'on en a à foutre ?

Sal était mort et les journaux avaient relaté son « suicide » en truffant leurs articles de points d'interrogation : les premiers indices recueillis laissaient penser qu'il y avait quelqu'un d'autre dans l'appartement au moment des faits. Une chaise renversée dans la cuisine. Des bruits et des traces de lutte.

La police avait des soupçons : quelqu'un avait peut-être aidé Salvatore Russo à mourir.

— Je ne savais pas que Sal était ton père, dit Hardy. Je viens de l'apprendre.

— Ouais, bon. Je n'en étais pas particulièrement fier, répliqua Graham. (Il soupira, porta son regard sur la fenêtre.) L'enterrement a lieu demain.

La suite ne venant pas, Hardy l'incita à parler :

— Tu as des ennuis ?

— Non ! assura Graham, un peu trop vite, un peu trop fort. Non, répéta-t-il plus doucement, je ne crois pas. Je ne vois pas pourquoi j'en aurais.

Hardy attendit.

— Enfin, ça fait beaucoup de choses qui me tombent dessus d'un seul coup, reprit le fils de Sal. La succession – si on peut parler de « succession ». Papa m'avait demandé d'être son exécuteur testamentaire mais nous n'avons jamais rédigé de testament, alors, où on en est, maintenant ? Je n'en sais pas plus que toi.

— Vous n'étiez pas très proches, ton père et toi ?

Graham marqua une pause avant de répondre :

— Pas très, non.

— Tu voudrais que je t'aide pour la succession, c'est ça ?

— Exactement.

— Quel genre d'aide ?

— Je ne sais pas. L'aide qui sera nécessaire, dit Graham, baissant la tête. Les… les flics sont venus me poser des questions.

— Quel genre de questions ?

— Où j'étais vendredi. Est-ce que je connaissais l'état de mon père. Des choses comme ça. Je vois parfaitement où ils veulent en venir. C'est absurde ! Mon père s'est tué pour toute une série de raisons. Il était déprimé, perdu ; il n'avait plus toutes ses facultés mentales, il souffrait atrocement. À sa place, j'aurais fait la même chose.

— Et qu'en pense la police ?

— Je ne sais pas ce qu'elle pense. (Nouveau silence.) Je n'avais pas vu Sal depuis une semaine, j'apprends la nouvelle samedi soir, et en rentrant je trouve un gars de la criminelle devant chez moi !

— Tu revenais d'où ?

— D'un match. Softball [1], précisa Graham, crachant presque le mot. On a disputé un tournoi à Santa Clara, on s'est fait éliminer au quatrième tour, ce qui fait que je suis rentré tôt, vers six heures.

— Où étais-tu vendredi soir ?

Graham écarta ses mains de sculpture de Rodin.

— Je n'ai pas tué mon père.

— Ce n'est pas ce que je t'ai demandé.

Il prit une inspiration, s'efforça de se calmer.

— J'étais chez moi.

— Seul ?

Il sourit.

— Oui, chez moi, seul. Comme dans les films policiers. J'adore cette réplique. Les flics aussi l'ont adorée mais pour d'autres raisons.

Hardy hocha la tête.

— C'est parfois dur de les satisfaire.

— J'avais travaillé jusqu'à neuf heures et demie…

— Qu'est-ce que tu fais, à part le base-ball ?

---

1. Variante du base-ball joué sur un terrain plus petit. *(N.d.T.)*

— Le softball, corrigea Graham. Je bosse comme ambulancier-infirmier depuis… depuis quelque temps.

— Tu conduisais une ambulance vendredi soir ?

Hochement de tête affirmatif.

— Je suis rentré vers dix heures et demie. Je savais que j'avais plusieurs matches le lendemain – cinq si on allait en finale –, je voulais me reposer. Je me suis couché de bonne heure.

— À quelle heure avais-tu pris ton travail ?

— À trois heures et demie, quelque chose comme ça. J'ai pointé, on doit pouvoir vérifier.

— Et à quelle heure on a découvert la mort de ton père ?

— Dix heures du soir environ.

Si l'on s'en tenait là, Graham n'avait pas de problème avec son emploi du temps, mais Hardy se rappelait que, d'après les journaux, Sal était mort entre une heure et quatre heures de l'après-midi. Cela laissait une plage de temps suffisante entre une heure et trois heures…

— Le juge Giotti, reprit Graham. C'est lui qui l'a trouvé.

— J'ai lu ça. Qu'est-ce qu'il faisait là-bas ?

Graham Russo haussa les épaules.

— J'en sais autant que tout le monde. Il avait dîné en ville. Comme Sal ne lui avait pas livré sa commande de poisson, il est passé à l'appartement voir si tout allait bien.

— Étonnant de la part d'un juge, non ?

La réponse vint naturellement, Graham évoquant un vieux souvenir familial :

— Ils étaient amis. Enfin, ils l'avaient été dans le temps. Au lycée, en fac. Ils avaient joué au base-ball dans la même équipe.

— Ton père est allé en fac ?

— Curieux, hein ? Salmon Sal, le diplômé. L'exemple type du talent gâché, mon père. C'est de famille.

Graham sourit de sa plaisanterie mais garda les mains étroitement serrées. Ses jointures étaient blanches.

— Giotti ? C'est avec lui que tu as fait ton stage ? demanda Hardy.

Graham secoua la tête. Il avait fait son stage avec Harold Draper, autre juge fédéral de la 9e cour.

— En réalité, ce que je cherchais à savoir, c'est si Giotti et toi aviez établi des relations personnelles pendant le stage. Comme c'était un vieux copain de ton père…

Graham réfléchit, secoua de nouveau la tête.

— Non. Il est passé me féliciter quand j'ai été pris comme stagiaire. Mais ils ont une vie de dingue, ces juges. Je ne l'ai même pas croisé dans les couloirs.

— Combien de temps tu es resté à la 9e ?

— Six mois.

Hardy se laissa glisser de son bureau, alla à la fenêtre.

— Attends voir si j'ai bien compris. Draper t'a pris comme stagiaire à la 9e cour. Ils en ont combien ?

— Trois.

— Pour un an chacun ?

— Oui. C'est la durée du stage.

C'était bien ce que pensait Hardy. Il poursuivit :

— Quand j'ai commencé à exercer – juste après la guerre de Sécession –, les stages en cour fédérale étaient très recherchés. C'est toujours le cas ?

La remarque amena un petit sourire sur les lèvres de Graham.

— Tout le monde semble le penser.

— Mais toi, tu as laissé tomber au bout de six mois pour essayer de te faire engager comme remplaçant quand il y a eu une grève au base-ball ?

Graham se renversa en arrière, dénoua enfin ses mains et écarta les bras.

— Ingrat que je suis !

— Si bien que, pour toute la communauté juridique, tu es un traître ou un taré.

— Non, ça, ce sont mes *amis* qui le pensent. Draper, lui, me hait. Sa femme aussi, ses gosses, ses chiens, les deux autres stagiaires, les secrétaires – ils me haïssent tous, personnellement. Et tous les autres souhaitent que je crève rapidement, dans d'atroces souffrances.

Hardy hocha la tête.

— Giotti ne t'a donc pas appelé quand il a découvert ton père ?

— Je suis bien la dernière personne au monde qu'il aurait prévenue. J'ai trahi la tribu. Raison pour laquelle je suis venu te voir : tu dois être le dernier juriste qui accepte encore de me parler.

— Tu t'inquiètes à cause de la police ?

— Pas vraiment, répondit Graham avec un haussement d'épaules. Je ne sais pas. Je ne sais pas ce que pensent les flics.

— Je doute qu'ils pensent quoi que ce soit. Ils font leur travail sérieusement, ils posent des tas de questions, ça rend les gens nerveux. Mais, comme ton histoire de stage a probablement fait le tour des commissariats, ils secouent peut-être ton arbre un peu plus fort, pour voir s'il tombera quelque chose.

— Il ne tombera rien, affirma Graham Russo. Mon père s'est suicidé.

2

— Ben, peut-être pas.

Hardy déjeunait avec le lieutenant Abraham Glitsky *Chez Lou le Grec*, un bar-restaurant en sous-sol situé en face du palais de justice. La table du box était encombrée par les restes de leurs plats et les *fortune cookies*[1] servis avec la spécialité du jour, nouilles du Hunan au tsatsiki – yaourt et ail sur de l'huile de sésame, pain pita. La femme de Lou le Grec officiait aux fourneaux. Comme elle était chinoise, l'établissement proposait toujours des plats sino-grecs, certains mangeables, d'autres pas. Ce jour-là, ça n'était pas trop mauvais.

Le sourire de Glitsky ne se reflétait presque jamais dans ses yeux, ce qui l'empêchait d'atteindre le but généralement recherché de celui qui sourit : manifester sa satisfaction ou sa joie. L'épaisse balafre barrant ses lèvres n'arrangeait rien. Hardy savait qu'elle provenait d'un accident de balançoire, quand il était enfant, mais Abe, le flic coriace, préférait laisser croire que c'était la trace d'une bagarre au couteau.

Les deux hommes étaient amis depuis l'époque où, simples flics, ils faisaient leur ronde ensemble, quelque vingt ans plus tôt. Après avoir discuté une demi-heure avec Graham Russo de la « succession » de son père – la vieille camionnette, quelques affaires personnelles et cinq ou six cents dollars –, Hardy s'était

1. Petits gâteaux portant un message sibyllin pouvant passer pour une prédiction. *(N.d.T.)*

demandé ce qu'il se passait vraiment et il avait décidé de s'adresser à la source même.

— Comment ça, peut-être pas ? Sal ne s'est pas suicidé ?

Le sourire froid de Glitsky resta en place.

— Il y a des mots que tu ne comprends pas dans ma phrase ? Ils sont tout à fait ordinaires, pourtant.

Humour glitskien.

Pour lequel Hardy n'était pas d'humeur. Il aiderait volontiers Graham à se dépatouiller des histoires de succession mais pas plus. Bien qu'il eût en son temps plaidé deux affaires criminelles – et gagné les deux fois –, il n'avait absolument pas l'intention de renouveler l'expérience. Trop absorbant, trop éprouvant, trop angoissant.

— Il s'agit moins des mots que de leur sens, Abe. Sal s'est tué, oui ou non ?

Le policier prit son temps, vida sa tasse de thé avant de se pencher en avant, les coudes sur la table.

— Le rapport d'autopsie ne nous est pas encore parvenu. Tu as un client ?

Question piège. Si quelqu'un avait fait appel aux services de Hardy dans le cadre de la mort de Sal, ce fait même méritait d'être pris en compte dans l'enquête. L'avocat ne voulait cependant pas mentir à son ami.

— J'aide un des enfants à régler la succession, répondit-il avec un haussement d'épaules.

— Lequel ?

Sourire de Hardy.

— L'exécuteur testamentaire, tiens. Allons, Abe, qu'est-ce que tu as entendu dire ?

Glitsky écarta les mains sur la table.

— J'ai entendu dire qu'on a relevé des lésions autour du point d'injection.

— Ce qui signifie ?

— Ce qui signifie qu'il ne s'est peut-être pas piqué lui-même. Il a peut-être sursauté, cherché à se libérer, quelque chose comme ça.

— Ce qui voudrait dire ?

— Tu le sais aussi bien que moi. Je réserve mon jugement en attendant le rapport de Strout, déclara Glitsky, se référant à John

Strout, le coroner. Mais l'enquête se poursuit, comme on dit. Tu connais le système : on roule sur homicide jusqu'à ce que Strout nous ordonne de laisser tomber.

Hardy se renversa en arrière, attendit. Glitsky demeura un moment silencieux, puis craqua :

— Sal avait placé un formulaire NPR dans le congélo, un autocollant sur la table basse du séjour. Il était quelque part entre très malade et sur le point de mourir. Il a eu une mort douce – bourbon et morphine. Fini la souffrance.

Le policier prit sa tasse vide, aspira une dernière goutte de thé, la reposa. Hardy l'observa.

— Bon, quoi ?

Les deux hommes disposaient d'un vaste vocabulaire dans le non-dit, sorte de sténographie de la conversation.

— Nous avons notre première inspectrice, à la brigade, dit Glitsky. Sarah Evans, mutée des mœurs. Une femme intelligente, solide. Elle fait équipe avec Lanier, elle s'occupe de l'affaire.

— Et elle ne croit pas à un suicide ?

— Toujours ta perspicacité redoutable !

— C'est pour ça qu'on m'aime et qu'on me craint, repartit Hardy. Donc, cette Sarah Evans brûle d'enquêter sur un meurtre, et tu as peur qu'elle voie des choses qui n'existent pas ?

Cette fois, le sourire de Glitsky parut presque sincère.

— Tu as tout pigé. Tu peux te passer de moi.

— Je pourrais, mais on s'amuse tellement en ta compagnie. Alors, j'ai raison ?

— Disons que tu n'as pas tout à fait tort.

— Mais il y a ces lésions. Evans a remarqué les lésions ?

— Et deux ou trois autres choses.

Sarah Evans se considérait comme une professionnelle sérieuse, ayant les pieds sur terre, et peu de gens auraient été d'un avis contraire. Après dix ans de dur labeur, elle avait triomphé des périls inhérents au métier et des préjugés machistes de ses supérieurs. Elle avait enfin atteint le but de sa carrière en accédant au grade de sergent inspecteur à la criminelle.

Elle avait passé le week-end à travailler sur la mort de Sal Russo et, dès le début de l'enquête, quelque chose lui avait paru bizarre dans cette affaire. Comme si l'appartement de Russo cherchait à lui dire quelque chose. Consciente que cette impression aurait l'air idiote si elle la formulait, elle ne savait comment en parler à son coéquipier, un vieux routier de la criminelle nommé Marcel Lanier.

Il y avait cette chaise renversée dans la cuisine, les entailles fraîches dans le bois des éléments, la bosse sous l'oreille du mort, et l'expression de son visage, si loin de ce qu'*elle* appelait paisible. Ou encore la position du corps. Pourquoi sur le sol ? S'il avait résolu de se suicider, il se serait probablement assis dans le fauteuil, pensait-elle. Or le corps gisait par terre, recroquevillé tel un fœtus.

Lanier avait plus d'expérience qu'elle et, pour lui, c'était manifestement un suicide. Si elle tenait absolument à trimer tout le week-end, ils emploieraient plus utilement leur temps en allant interroger les témoins d'autres homicides. Ils en avaient plusieurs sur le dos, lui avait-il rappelé. Une affaire de violences conjugales. Un pauvre gosse dont le meilleur ami du père gardait un 45 chargé dans une commode non fermée à clef, près de son lit. Une fusillade entre bandes. Le boulot ne manquait pas... Mais Sarah ne voulait pas laisser refroidir la piste de l'affaire Russo – si piste il y avait –, et Marcel était allé interroger le fils aîné, Graham, dont le nom leur avait été fourni par le juge Giotti.

De son côté, Sarah Evans avait passé son samedi avec les techniciens de l'équipe du lieu de crime, inspectant les placards de l'appartement de Russo, les caisses en carton et les poubelles. Elle avait trouvé ce qu'elle considérait comme des indices supplémentaires : le coffre renversé sous le lit, d'autres seringues, d'autres fioles de morphine, des papiers. Plus de papiers qu'elle ne l'aurait imaginé : sous le matelas, dans les boîtes entassées près de la commode de la chambre et le long d'un mur, dans les trois corbeilles. Leur examen demanderait à lui seul une journée de travail, mais une feuille dénichée dans la corbeille de la salle de bains avait particulièrement retenu son attention. On y avait inscrit une longue colonne de nombres, par groupes de trois. Facile. Elle retourna au coffre, qu'ils avaient tiré de dessous le lit, et essaya toutes les combinaisons.

La dernière – 16-8-27 – était la bonne. Ce qui ne l'avança pas à grand-chose : mis à part une vieille ceinture en cuir, le coffre était vide.

Le dimanche après-midi, elle avait lu le rapport de Lanier sur l'interrogatoire du fils. Graham Russo avait déclaré qu'il ne s'entendait pas avec son père. Salmon Sal avait abandonné toute la famille quand Graham avait douze ans – ce n'est pas le genre de chose qu'on oublie. Ni qu'on pardonne. Non, il ignorait d'où provenait la morphine. Bien sûr, il était allé une ou deux fois dans le taudis du vieil homme. Sal savait qu'il avait fait des études de droit, il avait sollicité son aide pour sa « succession » – un bien grand mot pour le peu qu'il possédait –, mais on ne pouvait pas dire qu'ils entretenaient des rapports amicaux.

Lanier avait noté les noms des autres membres de la famille, communiqués par Graham, et Sarah avait eu une série de coups de chance en passant quelques appels téléphoniques le dimanche.

Debra, la fille, ne voyait pas beaucoup son père, elle non plus ; cependant, elle était restée sur l'impression que l'héritage n'était pas aussi insignifiant que Graham voulait le faire croire. Il mentait, probablement, ou cachait quelque chose, déclara-t-elle au sergent Evans. Elle savait par exemple que son père avait une collection de cartes de base-ball commencée au début des années cinquante. Il ne s'en serait jamais séparé. L'avait-on retrouvée dans l'appartement ?

Sarah avait senti que Debra avait autre chose à dire sur Graham, mais au milieu de la conversation la fille de Sal s'était soudain montrée moins loquace, comme si elle venait de penser qu'elle ferait mieux de ne pas étaler ses sentiments devant la police.

Ce qui en soi était instructif.

George, le plus jeune frère, cadre dans une banque du centre, n'appréciait pas d'être mêlé à une enquête de police, à quelque niveau que ce soit. Il n'avait pas rencontré son père depuis des années – en fait, il ne le considérait même pas comme son père. C'était Leland Taylor, son beau-père, qui l'avait élevé. George avait pensé que son frère, sa sœur et lui toucheraient quelque chose à la disparition de Sal ; il avait téléphoné à Graham samedi – la veille, donc – en apprenant la mort du vieil homme : Graham lui avait annoncé que Sal ne laissait pas un sou.

Evans trouvait intéressant que George, comme sa sœur, ait laissé entendre que Graham mentait.

Hardy parlait sérieusement lorsqu'il affirmait ne plus vouloir s'occuper d'affaires criminelles.

Il n'avait jamais fait sienne l'éthique de David Freeman, avocat de la défense par conviction. Dans sa conception de la vie et du droit, Freeman reconnaissait la nécessité, et même la *légitimité* de défendre des êtres malfaisants. Hardy, lui, agissait pour de l'argent.

Il avait été flic pendant deux ans après la fac et le Viêt-nam, puis avait exercé les fonctions de procureur dans les services du District Attorney. Lorsque son premier mariage avait sombré, suite à la mort accidentelle de son fils, il avait passé près d'une douzaine d'années à servir au bar du *Shamrock*, en contemplant l'univers à travers la brume de la Guinness.

La brume avait fini par se lever. Il était devenu copropriétaire du *Petit Shamrock* et s'était remarié avec Frannie, la jeune sœur de son associé, Moses. Il avait renoué avec le droit – de nouveau comme procureur.

C'étaient les querelles de pouvoir – non un changement de philosophie – qui l'avaient amené à quitter les services du DA. Un sort bienveillant avait fait de lui un avocat. Hardy avait cru à l'innocence de ses deux premiers clients, et son instinct ne l'avait pas trompé. Il avait ensuite obtenu pour d'autres des verdicts de « non-culpabilité », mais cela ne signifiait pas pour autant qu'ils étaient innocents.

Il n'avait pas l'intention de défendre des criminels, d'utiliser sa faconde irlandaise pour les tirer d'affaire, en manipulant les complexités du droit comme un prestidigitateur. Il ne se sentait aucune affinité avec les accusés, il ne s'intéressait guère aux facteurs sociaux qui les avaient précipités dans le crime. Il ne voulait pas contribuer à leur éviter la prison, même si cela faisait bouillir sa marmite. Non qu'il ne crût pas, comme Freeman, que tout inculpé avait droit à la meilleure défense autorisée par la loi, mais, personnellement, il ne tenait pas à l'assurer.

Il avait donc orienté ses activités sur les successions, les contrats d'affaires, les litiges. À l'occasion, il percevait des honoraires afin de guider un client dans le labyrinthe administratif d'une inculpation pour vol à l'étalage ou possession d'une substance prohibée. Il rêvait souvent de cesser définitivement de jouer la comédie, de consacrer son temps à son bar, mais le monde était différent depuis la naissance des enfants.

Avant, Frannie et lui se sentaient riches. Ils avaient de l'argent à la banque. Tous les six mois, ils touchaient grâce à leur part du *Shamrock* un chèque d'environ cinq mille dollars, qui effaçait les découverts de leurs cartes de crédit. Hardy avait gagné de l'argent avec ses deux premières affaires criminelles. Ils vivaient à l'aise sur un revenu de trois mille dollars mensuels.

Il leur fallait maintenant près de trois fois cette somme. L'assurance de la maison, l'assurance maladie, l'assurance sur la vie, les économies pour les études des enfants – à supposer qu'ils en fassent –, l'emprunt pour les travaux d'agrandissement de la maison. La nourriture, les vêtements, une escapade de temps à autre dans le monde sans enfants des restaurants et de la vie nocturne.

Il n'avait plus les moyens d'arrêter d'exercer le droit. Aimer son métier était un luxe qu'il ne pouvait plus se permettre. Frannie parlait de se remettre à travailler l'année prochaine, quand Vincent entrerait à l'école primaire. La décision n'était pas prise : ils savaient tous deux que les frais de garde engloutiraient probablement une bonne partie de son salaire.

Bien sûr, il y avait une autre solution : Frannie pouvait reprendre ses études pour devenir conseillère familiale, contracter de nouvelles dettes, avec l'espoir, dans une dizaine d'années, de gagner plus… « Comme conseillère familiale ? » objectait Hardy.

C'était l'Amérique « dégraissée » des années quatre-vingt-dix. On se serre la ceinture, tout le monde s'y colle, tout le monde travaille tout le temps, et peut-être qu'un jour les enfants ne vivront pas beaucoup plus mal que leurs parents…

Dismas Hardy savait qu'il ne retrouverait jamais le temps où les pourboires de son petit bar suffisaient à le faire vivre. Il garderait le nez dans les dossiers et facturerait cent cinquante heures par mois – ce qui signifiait qu'il travaillerait en fait deux cents heures – jusqu'à sa mort.

L'âge adulte. Il avait élaboré une théorie selon laquelle c'était l'une des principales causes de mortalité dans le pays. Cela aurait mérité une étude.

La vie était déjà assez courte comme ça. Il ne s'occuperait plus d'affaires de meurtre.

Il traversa cependant Bryant Street dans le sillage de Glitsky pour retrouver l'atmosphère familière et déplaisante du palais de justice, énorme monstruosité carrée et sans visage. Depuis la dernière visite de Hardy, les grandes portes en verre de l'entrée avaient été renforcées par du contre-plaqué couvert de graffitis – solution peu inspirée si le bâtiment avait en partie pour fonction de rassurer les citoyens. Des barrières conduisaient à un détecteur de métal placé dans le hall.

Devant les ascenseurs, Glitsky fut abordé par un jeune Hispanique qui commença à lui parler d'une affaire. Il devait être adjoint au DA, comme Hardy l'avait été lui-même. À un âge aussi précoce ? Les services du District Attorney avaient radicalement changé si un tel jeunot s'occupait déjà de crimes.

Abe finit par faire les présentations :

— Un nouveau, Eric Franco. Un ancien, Dismas Hardy. Diz ne bosse plus ici, il a transhumé vers des prairies plus vertes. Clientèle privée. Franco vient d'être chargé de son premier 197[1], il est un peu nerveux.

De la part de Glitsky, c'était un long discours.

Les portes de l'ascenseur s'ouvrirent, ils entrèrent dans la cabine. Franco relança la conversation en demandant à Hardy :

— Vous êtes sur un meurtre aussi, que vous venez ici avec le lieutenant ?

L'avocat secoua la tête. « Relations amicales », dit-il, ajoutant aussitôt : « C'est dur à croire, je sais. »

L'ascenseur s'arrêta au troisième et Hardy faillit descendre, par habitude. C'était l'étage des bureaux du DA, où il avait travaillé autrefois. Glitsky et la criminelle étaient installés au quatrième. Lorsque les portes se refermèrent sur Franco, l'avocat se tourna vers le policier.

1. Code pour « affaire de meurtre ».

— Il a quel âge, Eric ?

— Je sais pas. Vingt-cinq, trente ans ?

— Et on lui a confié un homicide ?

Haussement d'épaules de Glitsky.

— Sûrement un truc tout cuit.

— Quand même, persista Hardy. Il a combien de procès derrière lui ?

— Je sais pas, Diz, répondit Glitsky au moment où les portes se rouvraient. Ce n'est pas moi qui l'ai embauché, c'est le DA. Si tu veux voir son CV, passe faire un tour au troisième.

Glitsky descendit le couloir en direction des bureaux de la criminelle. Dans son sillage, Hardy se demandait comment un néophyte comme Franco pouvait avoir une chance de gagner un procès, même pour une affaire toute cuite.

— Il n'en a aucune, tout simplement, dit Glitsky. C'est de la politique.

Hardy avait suivi le lieutenant dans l'espèce de cabine sans porte lui servant de bureau. Dans la grande salle, quatorze tables groupées par deux se disputaient l'espace entre deux colonnes de soutènement joyeusement décorées d'avis de recherche et de notes jaunies. Des lustres plus tôt, on avait entouré un coin d'une vingtaine de mètres carrés de panneaux de Placoplâtre pour donner un « bureau » au lieutenant. Quelques années plus tard, on avait enlevé la porte pour la repeindre et elle n'avait jamais fait sa réapparition.

Derrière son grand bureau encombré, Glitsky expédiait la paperasse en retard. Il n'avait vu aucune objection à ce que Hardy vienne interroger les inspecteurs Sarah Evans et Marcel Lanier. Si ceux-ci ne voulaient pas lui parler, ils ne se gêneraient pas pour le lui dire. Mais les deux flics étaient absents et Hardy, après avoir fait un tour aux toilettes, était revenu attendre dans le cagibi. Comme il se demandait de nouveau – à voix haute, cette fois – quelle chance Franco pouvait avoir de gagner un procès, il avait obtenu de Glitsky une réponse plus étonnante encore.

— Qu'est-ce que la politique vient faire là-dedans ?

— Tu devrais vraiment faire un tour au troisième, conseilla le lieutenant, relevant la tête de son rapport. C'est un monde complètement différent. Bon, si tu me laissais travailler ? Et ferme la porte en sortant, s'il te plaît.

David Freeman portait le costume marron froissé et la cravate en reps rouge tire-bouchonnée qui étaient sa marque de fabrique. Assis dans le canapé en cuir du bureau de Hardy, un cigare au bec, ses grosses chaussures éculées croisées sur la table basse en verre et rotin, Freeman – avocat riche et célèbre, propriétaire de l'immeuble – aurait pu passer pour un client dans la mouise. Il avait atteint ou dépassé l'âge de la retraite. Chauve sur le dessus, rond dans le milieu, des taches de son sur le moindre centimètre carré de peau, c'était encore un ténor des tribunaux de la ville.

— C'est de la politique à cause de Sharron Pratt, notre estimé DA, disait-il à Hardy, qui avait ruminé la chose pendant tout le trajet de retour.

Hardy savait qu'elle avait été élue en novembre en battant Alan Reston, le titulaire du poste, pourtant assez populaire. Démocrate – comme presque tous les élus de San Francisco – et afro-américain – peut-être un avantage plus décisif encore –, Reston était un procureur de carrière. De nombreux habitants de la ville, dont Hardy, voyaient une certaine ironie en ce que Reston ait perdu l'élection précisément à cause de ses positions intransigeantes sur le crime.

Certes, un DA est censé poursuivre ceux qui ont fait de vilaines choses, mais Reston semblait incapable d'adhérer au credo selon lequel cela ne les transformait pas en de vilains cocos pour autant. À ses yeux, ils *étaient* de vilains cocos. Il estimait que les gens qui avaient commis un crime devaient être punis, et sévèrement.

Pratt, en revanche, refusait de conclure qu'un criminel était nécessairement quelqu'un de mauvais. Plutôt un incompris qui, selon lui, aidé et conseillé, pouvait redevenir un membre à part entière de la société.

Reston avait été également desservi par le soutien qu'il avait apporté à la Proposition 209. Noir, il s'opposait à l'*affirmative action*[1] et pensait que les procureurs devaient être engagés, comme les chirurgiens, en fonction de leurs capacités.

En prenant ses fonctions, Reston avait dressé un état des lieux. Il y avait dans le service un grand nombre de femmes, quelques personnes de couleur, beaucoup de Blancs âgés. Le travail était fait. Quand un poste se libérait, il choisissait le meilleur candidat dans un vivier de postulants très divers. Noir, Blanc, homme, femme, Asiatique, Hispanique – cela lui était indifférent. Cela n'indifférait pas Pratt. Qui fut élue.

— C'est pour ça qu'Eric Franco a été chargé d'une affaire de meurtre ? demanda Hardy.

— Pratt met les vieux Blancs sur la touche. Afin de prouver sa théorie – n'importe qui peut faire ce travail –, elle confie les affaires aux nuls qu'elle a engagés ; ils perdent procès sur procès, peu importe, ils finiront bien par en gagner un. Tout arrive, conclut Freeman avec un haussement d'épaules.

Après s'être débarrassé de son propriétaire, Hardy se rendit compte qu'il avait consacré presque toute sa journée aux problèmes de Graham Russo. Il n'aurait pas dû – il n'avait pas de temps à perdre –, mais cette affaire l'intéressait malgré lui.

Si Hardy ne faisait pas partie du personnel de David Freeman, c'était son trop-plein de clients qui le maintenait à flot. Ces six derniers mois, il s'était essentiellement occupé des poursuites engagées par un entrepreneur contre le port d'Oakland après la rupture d'une traverse de chargement. Un conteneur rempli de micro-ordinateurs – pesant plus de dix tonnes et valant 1,8 million de dollars – était tombé de vingt mètres de haut sur le pont du bateau qui devait transporter les PC à Singapour pour le marché asiatique. L'accident avait causé 5 millions de dégâts au bâtiment, retardant en outre l'acheminement du reste de la cargaison.

Comme cela arrive souvent, les plaintes avaient afflué. Le port d'Oakland prétendait que le fabricant d'ordinateurs – la compagnie

1. Qui, par un système de quotas, facilite la promotion de membres de communautés minoritaires. *(N.d.T.)*

Tryptech – avait surchargé le conteneur. D'où la rupture de la traverse. D'autres industriels ayant subi des pertes en raison du blocage de leurs propres marchandises intentaient des poursuites contre Tryptech et contre le port. Un des dockers qui se trouvaient sur le pont au moment de l'accident affirmait s'être bousillé le dos en tâchant d'éviter les morceaux de métal projetés. Il réclamait 1 million de dollars à celles des parties dont la responsabilité serait établie.

Normalement, un avocat indépendant comme Hardy n'aurait jamais dû se retrouver mêlé à cette histoire. Les assurances des entreprises en litige réglaient le différend par l'intermédiaire de leurs gros cabinets juridiques ; quelqu'un finissait par gagner ou accepter un règlement, et les avocats se mettaient un paquet dans les poches, dans tous les cas de figure.

Cette fois, cependant, l'assureur de Tryptech avait refusé d'indemniser pour la perte des ordinateurs parce que, soutenait-il, l'entreprise avait falsifié le nombre de PC du conteneur. Le président de Tryptech, beau parleur aux cheveux argentés nommé Dyson Brunel, s'était adressé à David Freeman afin qu'un avocat défende ses propres intérêts en dehors du système d'assurance.

Brunel pensait pouvoir obtenir une somme importante, dont un tiers irait à Freeman. Estimant que les poursuites engagées contre le port avaient de bonnes chances d'aboutir, l'avocat avait accepté l'affaire et l'avait sous-traitée à Hardy, en le payant à l'heure.

Chacun y trouvait son compte.

Hardy passa donc le reste de l'après-midi et le début de la soirée à bouffer des chiffres. Et il avait l'impression que Tryptech lui mentait à *lui*, son avocat, sur le nombre d'ordinateurs qui se trouvaient réellement dans le conteneur, à présent immergé sous quinze mètres d'eau à la jetée 17 d'Oakland. Dismas commençait à croire lui aussi que ses clients avaient effectivement surchargé le conteneur.

Tryptech soutiendrait – et Hardy devrait reprendre l'argument s'il voulait continuer à être payé – que, si surcharge il y avait, cela ne changeait rien au problème, parce que, même surchargé, le conteneur pesait encore beaucoup moins que la limite de poids que pouvait supporter la traverse…

Etc.

À huit heures, il leva le camp. Il faisait noir quand il finit par trouver une place où se garer à quatre rues de chez lui. Un jour, il devrait se résoudre à éventrer sa minuscule pelouse en façade pour en faire un emplacement de parking. Il le voyait arriver, le jour où il rentrerait chez lui à dix heures et demie, incapable de se garer à moins de deux kilomètres de la maison.

Il pouvait aussi renoncer à la voiture, mais cela impliquait d'utiliser les transports en commun – impensable. Même si le réseau d'autobus fonctionnait, il ne conviendrait pas à ses horaires irréguliers – de toute façon, il ne fonctionnait pas, c'était une hypothèse gratuite. La vie citadine…

Ils devraient peut-être quitter la ville. Oui, c'était la solution. Vendre leur petite maison, émigrer en banlieue, claquer un demi-million de dollars dans une trois-chambres-deux-bains à Millbrae, devenir l'orgueilleux propriétaire de son garage.

Soupirant, traînant le pas, il parvint devant la grille et fit une pause pour regarder, pour *sentir* sa maison.

Il ne pouvait le nier : il adorait cet endroit. C'était la seule maison indépendante dans une rue bourrée à craquer d'immeubles de trois ou quatre étages. Il était absurdement amoureux de la pelouse timbre-poste, de la barrière de piquets blancs, du perron sur lequel, les soirs où il faisait beau et où il rentrait avant la tombée de la nuit – cela n'arrivait presque plus jamais – Frannie et les enfants l'attendaient dehors.

En pénétrant dans la cuisine, il eut la surprise de découvrir Abe Glitsky assis sur le comptoir, prenant délicatement des fruits secs dans le bol posé à côté de lui.

— Qu'est-ce que tu fous là ? J'espère pour toi que tu m'as laissé des noix de cajou.

Frannie vint s'appuyer contre lui – longs cheveux roux, yeux verts que la bonne humeur, et peut-être aussi le vin, faisait briller. Elle portait un short de jogging en lycra noir, des tennis et un sweater vert et blanc. Elle déposa un baiser sur la joue de Hardy en lui glissant un bras autour de la taille. Il la serra contre lui, sentit la pression rassurante de sa cuisse.

— Abe passait dans le quartier avec Orel, expliqua-t-elle. Ils ont joué au foot au Lincoln Park. Je lui ai proposé de t'attendre, que tu rentrerais d'une minute à l'autre. Orel est au fond avec les gosses.

Orel, le cadet de Glitsky, avait douze ans, et les deux enfants de Hardy – neuf et sept ans – l'adoraient.

— Les noix de cajou ont disparu, annonça Glitsky. Je me demande où elles sont.

— J'ai invité Abe à dîner, reprit Frannie.

— Il vient de le faire, son dîner, grogna Hardy en allant au réfrigérateur. Il a aussi éclusé toute ma bière ?

— Je ne bois pas de bière, dit le policier en se laissant descendre du comptoir. En fait, je ne bois pas.

Frannie lui sourit.

— On le sait, que tu ne bois pas, Abe. Ça ne fait rien, on t'aime bien quand même.

Hardy fit volte-face.

— Comment peux-tu aimer un type qui vient d'engloutir toutes tes noix de cajou ? (Il ouvrit une canette de Sierra Nevada, avala une gorgée, se tourna vers son ami.) Quoi de neuf ?

Comme s'ils discutaient du sujet depuis un quart d'heure, Glitsky répondit :

— Nous avons le rapport d'autopsie, j'ai pensé que tu aimerais le connaître. Strout est partagé entre suicide et homicide équivoque.

Le tour que prenait la conversation ne plut pas à Frannie, qui posa son verre de vin sur le comptoir, croisa les bras.

— Quoi ? Quel homicide ? demanda-t-elle.

— Juste une affaire, répliqua Glitsky, qui reçut pour sa peine un regard affligé de son ami.

— Une affaire dont s'occupe Abe, pas moi, assura Hardy.

Frannie ne fut pas dupe :

— C'est drôle, j'ai l'impression que ça te concerne.

— Non, non. Un client à moi, c'est tout. Son père. L'héritage.

— Et c'est pour ça qu'Abe t'en parle ? Abe le flic de la criminelle ?

Hardy s'accorda une autre gorgée de bière, haussa les épaules.

— Une des petites coïncidences de la vie. Le père de mon client. Apparemment, il s'est suicidé, mais il est possible qu'on l'ait tué. Mon client n'est pas mêlé à ça, pas nécessairement, n'est-ce pas, Abe ?

— Pas nécessairement, confirma Glitsky, impassible.

— C'est beau la solidarité masculine, dit Frannie, reprenant son verre. Je suis très impressionnée.

— Frannie ne veut plus que je m'occupe de meurtre.

— C'est ce que j'avais cru comprendre.

— Elle pense qu'homicide équivoque peut vouloir dire meurtre.

— Elle n'a pas tort.

Hardy s'approcha de sa femme, lui offrit son plus beau sourire hypocrite.

— Qu'est-ce qu'on mange ce soir ?

Glitsky était parti.

Frannie leur avait servi un délicieux poulet à la crème accompagné de riz et de cœurs d'artichaut. À table, les enfants avaient accaparé la conversation avec des plaisanteries écœurantes – du genre : « Qu'est-ce qui est vert et qui marche à reculons ? » « La morve » – jusqu'à ce que les adultes signifient aux petits chéris qu'ils pouvaient se retirer. L'« homicide équivoque » de Glitsky n'eut pas l'occasion de montrer de nouveau le bout de son nez.

Il était à présent presque onze heures, les gosses étaient enfin couchés. Plantés au centre de la cuisine, Hardy et Frannie évaluaient les dégâts du dîner – vaisselle sale, plats et casseroles empilés dans l'évier.

Passant à l'attaque, Hardy saisit une éponge, fit couler l'eau chaude.

— Voilà pourquoi, à ma mort, je serai accueilli au Ciel en fanfare ! clama-t-il.

Dans l'immédiat, chanter les louanges de son époux ne faisait pas partie des projets de Frannie. Elle retourna dans la salle à manger, revint avec une cargaison d'assiettes à dessert, les posa près de l'égouttoir, s'adossa au comptoir.

— Bon. Ce client, qui est-ce ?

— Graham Russo.

— Je ne t'ai jamais entendu parler de lui. Quand est-il devenu ton client ? C'est une grosse succession ?

— Pas très grosse, et tout dernièrement, maintenant que j'y pense. Ce matin, en fait.

— Son père a été assassiné ?

Hardy ferma le robinet.

— Graham n'est pas accusé de meurtre – si meurtre il y a. Il a simplement besoin de mon aide. C'est un brave gosse, je le connais du *Shamrock*. Il a l'impression que les flics le harcèlent.

— Abe le harcèle ? Ce n'est pas son genre.

— Non, pas Abe. L'un des nouveaux. *Peut-être.*

— Ton client est soupçonné, alors ?

— Le mot est un peu fort. Il craint que ça puisse en venir là. Il a besoin qu'on lui tienne la main, c'est tout. Rien d'important.

Frannie demeura un moment silencieuse, croisa de nouveau les bras.

— Rien d'important... pourtant le patron de la brigade criminelle passe spécialement ici pour t'en parler dès qu'il a le rapport d'autopsie ?

Hardy enfonça l'éponge dans l'eau, se tourna vers sa femme.

— Je ne veux pas d'une autre affaire de meurtre, Frannie. Je refuserais probablement de m'en charger si on en venait là. De toute façon, je n'ai pas le temps. Elle a éveillé mon intérêt, voilà tout. Elle présente certains éléments qui pourraient se révéler un tantinet plus fascinants que l'histoire du conteneur de Tryptech. Le père de Graham avait la maladie d'Alzheimer. Il s'est suicidé, semble-t-il, mais il s'agit peut-être d'un suicide « assisté ».

— Graham l'aurait aidé ?

— Il affirme que non. Il veut que je le conseille pour la succession, c'est tout.

— Et tu le crois ?

Hardy détourna les yeux.

— Je ne mets pas sa parole en doute. Pour le moment.

— Très fort, soupira Frannie. Il sera inculpé et tu finiras par le défendre, hein ?

— Non.

— Tu le promets ?

— Frannie, je ne pourrais pas le défendre. Primo, j'ai Tryptech qui m'occupe à plein temps, comme tu l'as peut-être remarqué. Secundo, Graham n'a pas d'argent, en tout cas pas ce qu'il faudrait pour se payer un avocat dans une affaire de meurtre, même à mes modestes tarifs.

— Je n'ai pas entendu de promesse.
— On n'en viendra pas là.
Frannie soupira de nouveau :
— Air connu.

Le rapport d'autopsie se trouvait sur le bureau de Sarah Evans quand Lanier et elle revinrent en fin de journée. Les conclusions de Strout officialisaient l'enquête. Sarah resta tard afin de finir la paperasse et était encore là quand le technicien chargé des empreintes apporta son rapport. On avait relevé celles de Graham Russo un peu partout dans l'appartement de son père – sur le coffre, sur les fioles de morphine, sur les seringues. Evans estima qu'elle avait désormais des présomptions assez fortes pour aller fouiner chez Graham. Le juge qui signa le mandat de perquisition fut de son avis.

3

Près du lit de Dismas Hardy, le monde se mit soudain à carillonner. Il s'extirpa avec un grognement de ce qui devait constituer un record en matière de sommeil paradoxal, abattit la main sur le réveil. Après un silence, nouvelle sonnerie.

— Le téléphone aussi, marmonna Frannie.

Il décrocha, jeta un coup d'œil au cadran à affichage numérique : 7 h 00.

— Gare de Grand Central.

— Ils viennent de me réveiller avec un mandat de perquisition. Qu'est-ce que je suis censé faire ?

— Ils ont un mandat ?

— Je viens de te le dire.

— Calme-toi, Graham. Tu dois les laisser entrer.

— C'est déjà fait.

Hardy tourna la tête vers la fenêtre de la chambre. Un brouillard épais était descendu pendant la nuit.

— Qu'est-ce qu'ils cherchent ?

— Attends un peu… Fioles de morphine, seringues, cartes de base-ball, combinaisons de coffre…, récita Graham, comme s'il lisait une liste.

— Qu'est-ce qui leur fait penser que tu pourrais avoir ça chez toi ?

— Ils ne me l'ont pas dit. Ils m'ont simplement montré le mandat. Ils me font une faveur en me laissant te téléphoner.

C'était vrai, Hardy le savait. Ça n'allait donc pas si mal. Pas encore.

La police avait sonné à la porte de Graham à sept heures précises, heure à partir de laquelle les perquisitions étaient autorisées. Parce qu'elles évoquaient des images de nazis bottés enfonçant des portes, les perquisitions de nuit – de dix heures du soir à sept heures du matin – étaient interdites, sauf s'il y avait risque de destruction de preuves ou de fuite du suspect.

Le fait que la police eût attendu le jour indiquait qu'il s'agissait probablement d'une perquisition de routine. Cependant, elle avait sonné à la porte de Graham *dès* sept heures, ce qui n'était pas bon signe.

— Bon, donne-moi ton adresse, j'arrive. Ne sois pas hostile, recommanda Hardy.

Il balança les jambes hors du lit. Au moment où il enfilait son pantalon, Frannie demanda :

— Ce ne serait pas Graham Russo, par hasard ?

— Ma femme la voyante.

— Celui qui n'a rien à voir avec une affaire de meurtre ?

— Tout juste, répondit-il en souriant. Les flics le bousculent un peu. Il s'est fait des ennemis dans le métier.

— Bien sûr.

— Il faut que j'y aille. Pour l'aider à rester calme.

— Je sais. Ne t'inquiète pas pour les gosses, je m'occupe de les habiller, de les faire manger et de les conduire à l'école.

— Je le ferai demain, promit-il. Ah ! Partager ces moments forts de la vie parentale !

— J'ai une idée...

— Je t'écoute.

— En allant là-bas, commence à réfléchir à un avocat que tu pourrais lui recommander. David Freeman, peut-être ?

— Peut-être. (Un silence.) Si tant est que Graham en ait besoin.

Hardy s'arrêta un moment au coin de Stanyan et de Parnassus pour consulter son plan. La rue de Graham était bien cachée. Il tourna à droite, roula un moment, puis prit à gauche, dans une rue qui montait quasiment à la verticale. Un panneau prévenait les chauffeurs de camions et de véhicules de livraison : trop raide. Un autre avertissait que c'était un cul-de-sac. Ceux qui vivent dans le coin ne tiennent pas à ce qu'on le sache, pensa Hardy.

Il regarda de nouveau la carte, releva les yeux. Le brouillard empêchait de voir à plus de trente mètres. Il était coincé, il ne pouvait que se taper la grimpette. Il lança sa vieille Honda à l'assaut du sommet, passa un autre panneau « Voie sans issue », et soudain, comme par miracle, le brouillard disparut. Hardy s'en était extrait en montant.

Pour pénétrer, semblait-il, au pays des merveilles.

Edgewood Avenue était pavée de briques rouges, bordée de maisons en pain d'épice, baignée de soleil. De chaque côté, toute une variété d'arbres offraient au regard leur floraison blanche ou rose. Hardy baissa sa vitre, entendit des oiseaux pépier.

Il se gara un peu plus haut, près du bosquet de pins et d'eucalyptus qui marquait la fin de cette étonnante « voie sans issue ». Il descendit de voiture et demeura un moment immobile, émerveillé par les briques rouges, l'air parfumé. En bas, la brume était une épaisse couverture de coton tourbillonnant, percée par les flèches de la Golden Gate.

Au-delà, à l'est, les fenêtres des gratte-ciel du centre miroitaient dans le soleil matinal. Des bateaux traversaient la baie. De l'autre côté, l'île au Trésor semblait assez proche pour qu'il la touche. Un ruban de circulation venue du pont d'Oakland Bay filait sur les autoroutes.

Il trouva l'adresse au bout d'une allée, une porte découpée dans le mur de stuc de ce qui avait manifestement été un garage. Il se tint sur le seuil, attendit.

Dès qu'il entrerait dans l'appartement, il jouerait le rôle d'un avocat représentant les intérêts de son client, et si la police trouvait quelque chose, il serait impliqué jusqu'au cou dans la défense de Graham.

Pourrait-il ensuite s'en extirper ? Malgré ses dénégations, le souhaitait-il vraiment ?

Il se rendit compte que son pouls avait accéléré. Cela ne lui arrivait jamais quand il songeait aux montagnes de paperasse et de chiffres qui l'attendaient au bureau pour l'affaire Tryptech. Entendant du bruit à l'intérieur, il prit une inspiration et frappa.

— Votre client ne coopère pas, nous non plus.

Hardy n'avait pas encore franchi la porte. L'inspecteur Marcel Lanier, qu'il connaissait depuis des années, ne le laissait pas entrer.

— On procède à une perquise, vous avez rien à faire ici. C'est simple.

— Il ne coopère pas ? fit Hardy à voix basse. Qu'est-ce qui vous fait dire ça ?

Lanier haussa les épaules.

— Ma collègue a quelques questions à lui poser. Lui, il répond que s'il est suspect, il exige la présence de son avocat.

— Il a raison. C'est son droit.

— Absolument. Mais pas d'appeler quelqu'un pendant qu'on perquisitionne. On a vu des gens faire disparaître des choses, vous savez. Alors, dès qu'on aura terminé, vous pourrez entrer et on bavardera gentiment tous ensemble.

Hardy aperçut Graham – pieds nus, short et maillot de coureur –, assis à la grande table de ferme devant la baie vitrée. Des stores baissés barraient le soleil et la vue au fond du studio long et étroit. La collègue de Lanier lui parlait.

C'était une bien belle rue mais Hardy n'avait pas envie d'y passer la journée. Lanier n'était pas le mauvais gars, on l'avait simplement pris à rebrousse-poil. Hardy toucherait un mot à Graham de son attitude envers les flics : ils pouvaient vous rendre la vie difficile, même si vous n'aviez rien à vous reprocher.

— Il est en état d'arrestation ? demanda Hardy.

— Appréhendé, disons.

L'avocat perdit patience :

— Laissez-moi parler à mon client. Votre présence l'a effrayé, c'est tout. Je vais le rassurer et il aura peut-être quelque chose d'utile à vous dire. Allons, Marcel. Vous vous voyez en train d'expliquer à Glitsky que vous aviez l'occasion de parler au suspect quand c'était facile et que vous ne l'avez pas saisie ?

Lanier réfléchit, recula, fit entrer Hardy.

— Bon. Asseyez-vous à la table et touchez à rien.

L'appartement était immaculé et parfaitement rangé. Graham avait relevé les stores de la baie vitrée du fond, révélant une vue admirable. Le parquet de bois sombre était couvert de tapis d'Orient ; le mobilier mêlait l'ancien et le design danois – bois lourds et teck – avec une réelle harmonie. La moitié du mur de droite disparaissait presque derrière des étagères de livres et un haut râtelier à bouteilles rempli de grands crus. Au fond, le reste du mur était consacré à l'espace cuisine : évier, cuisinière, éléments hauts.

Il émanait de l'ensemble une impression de bon goût. Hardy songea que Graham n'était pas seulement un joueur de base-ball ; aussitôt, une autre considération montra son vilain museau : un appartement comme celui-là, et le mode de vie qui allait de pair – le vin, pour ne prendre qu'un exemple –, coûtait beaucoup d'argent. Or Graham était, au mieux, sous-employé.

Mettant ses interrogations de côté pour le moment, Hardy demanda la permission de faire du café – nouvelle offre de paix –, en proposa à tout le monde.

Assis à la table, Graham et lui se retrouvèrent en train de parler de base-ball tandis que Lanier, installé sur le canapé en cuir du mur gauche, feuilletait une pile de magazines, cherchant des papiers qu'on aurait pu cacher entre les pages.

De son côté, Sarah Evans fouillait la salle de bains – un lavabo, une douche et des toilettes entourés de cloisons de placo dans un coin du fond de l'ancien garage. Elle avait un sourire chaleureux et sincère. Comme le jeune Latino que Hardy avait rencontré au palais de justice avec Glitsky, elle semblait à peine assez âgée pour être cheftaine chez les scouts… alors inspectrice à la criminelle.

Quand l'avocat servit le café, elle vint s'asseoir avec les hommes, sourit, plaça son magnétophone miniature sur la table. Les cheveux bruns tombant sur ses épaules encadraient un visage ovale criblé de taches de rousseur, mis en valeur par des yeux verts. On devinait un corps musclé, attirant, sous les vêtements de travail purement utilitaires.

— Ça ne vous dérange pas ? demanda-t-elle, continuant à sourire. D'une pierre deux coups.

Graham connaissait la loi. Il savait que parler à un officier de police dans le cadre d'un interrogatoire officiel était une affaire sérieuse. Il avait immédiatement téléphoné à son avocat parce qu'il ne voulait pas se faire piéger. Mais, après avoir fait entrer les deux flics, il avait vraiment *vu* le sergent Evans, et il pensait qu'elle aussi l'avait remarqué. Ils étaient à peu près du même âge. Il ne doutait pas de pouvoir la charmer et la mettre de son côté. Accepter de lui parler serait en définitive une manœuvre habile, même si elle était contraire à toutes les règles.

Il faut parfois se fier à ce que l'on sent.

— Non, commença Hardy. Désolé, mais mon client ne...

— Tout va bien, le coupa Graham. Tu l'as dit toi-même, Diz : autant coopérer. Je n'ai rien à cacher. (Il haussa les épaules, jeta à Evans un regard désinvolte.) Allez-y, ouvrez le feu, sergent. (Grand sourire.) Pas au sens propre, bien sûr.

Elle lui rendit son sourire, prit de nouveau le temps de l'examiner. Baissant la tête, elle se concentra, effaça jusqu'à la dernière trace de son sourire.

Bien.

Elle expédia l'intro standard destinée à la dactylo qui se chargerait de la transcription, puis attaqua :

— Samedi, vous avez déclaré à l'inspecteur Lanier que vous ignoriez que votre père avait de la morphine chez lui...

— Attendez, attendez, protesta de nouveau Hardy. Tu ne dois pas répondre à cette question, Graham.

Mais le suspect était à présent parfaitement détendu.

— Diz, je tiens à clarifier ce point. Ce n'est pas ce que j'ai dit, sergent. Juste que je ne savais pas comment la morphine était arrivée là.

Lanier referma d'un geste vif le magazine qu'il feuilletait.

— Hé, une minute ! fit-il, mais il se ravisa aussitôt. Non, rien.

— Vous saviez cependant qu'elle y était ? reprit Evans.

Nouvelle intervention de Hardy :

— Graham. Nous parlerons de ce point plus tard, quand nous serons seuls.

Graham feignit de ne pas entendre et sourit à la jolie inspectrice.

— La morphine ? Je lui ai montré comment se faire une piqûre. Il souffrait beaucoup.

— De quoi ?

— Je ne sais pas.

— Vous ne le lui avez pas demandé ?

— Non. Il m'aurait suggéré de m'occuper de mes affaires. Il ne voulait pas de pitié.

— Vous êtes donc allé chez votre père, vous lui avez montré comment s'administrer lui-même ces doses de morphine ?

— C'est exact.

— Bien que vous n'ayez pas été particulièrement proches, tous les deux ?

Graham coula un regard à son avocat. Pour quêter son approbation ? Hardy n'aurait su le dire. Le cheval se trouvait déjà à une bonne lieue de l'écurie et continuait à galoper. Chercher à l'arrêter maintenant ne ferait qu'aggraver les choses. Il but son café et attendit.

— Ce n'est pas parce que nous n'étions pas très proches qu'il devait souffrir. Il m'a demandé de lui montrer, je lui ai montré, mais je n'ai pas fait la piqûre. Je savais ce qu'il avait l'intention de faire.

— C'est-à-dire ?

La question ne fit pas ciller Graham, qui regarda la jeune femme dans les yeux.

— Ce qu'il a fait. Se tuer.

Hardy jugea bon de communiquer à son client une information pertinente qu'il ignorait peut-être :

— Le coroner a transmis son rapport hier soir. Il n'exclut pas un homicide.

Graham, qui portait son café à ses lèvres, interrompit son geste, reposa sa tasse, se renversa en arrière.

— C'est de la connerie.

— Peut-être, convint l'avocat, mais c'est pour ça qu'ils sont ici.

Graham se pencha en avant, un coude sur la table, regarda de nouveau Evans dans les yeux. Hardy trouva qu'il en faisait un peu trop.

— Je n'ai pas tué mon père. Il s'est suicidé.

Sarah Evans hocha la tête, sans rien trahir de ce qu'elle pensait.

Elle fit glisser le magnétophone de quelques centimètres sur la table.

— Combien de fois avez-vous vu votre père ces six derniers mois ?

— Je ne sais pas. Six ou sept fois.

— Plus d'une fois par mois, donc ?

— Il devenait sénile. Il avait la maladie d'Alzheimer. Il me téléphonait et il oubliait qu'il l'avait fait. Il ne se souvenait plus de l'endroit où il mettait les choses. Je passais pour l'aider à les retrouver.

— La morphine ?

Un silence, et :

— Ouais, bien sûr.

— Quelle était la cause de ses souffrances ? Qui lui avait donné la morphine ?

Graham eut un large sourire.

— Vous avez déjà posé la question.

— Et vous avez répondu que vous l'ignoriez.

— Exact. Je n'en sais toujours rien.

Evans accentua la pression :

— Vous travaillez pour une compagnie d'ambulances, non ?

— Je suis chauffeur-infirmier.

— Vous avez accès aux seringues, aux…

Hardy ne put rester silencieux plus longtemps :

— Excusez-moi, Graham a déjà déclaré qu'il ignorait la provenance de la morphine.

— Je sais. Je parlais des seringues.

— C'est la même chose.

Graham posa une main sur le bras de son avocat pour interrompre la passe d'armes.

— J'ai sans doute aussi laissé des seringues à l'appartement. Je tenais à ce qu'il se serve d'aiguilles propres.

Dans le silence qui suivit, Lanier tourna une page de son magazine. Graham se pencha sur la table et releva les lattes des stores. La pièce s'éclaira. Il faisait un temps superbe, au-dessus du brouillard, dans Edgewood Avenue.

Evans essaya un autre angle d'attaque :

— Vous êtes l'exécuteur testamentaire de votre père. Que savez-vous du coffre ?

Graham but le fond de sa tasse. Son regard se porta brièvement sur la baie vitrée, revint à l'inspectrice.

— Pas grand-chose.

— Qu'est-ce que votre père y gardait ?

— Il ne s'en servait probablement pas. Il ne possédait rien de précieux.

— Et ses cartes de base-ball ? Où les mettait-il ?

— Je l'ignore.

— Vous ne me demandez pas « Quelles cartes de base-ball ? »

— Non. Je sais qu'il avait une collection, dans le temps. Je ne sais pas ce qu'elle est devenue. Elle était peut-être dans le coffre. Je ne sais pas.

Sentant qu'Evans voulait en venir quelque part, Hardy tenta une diversion :

— Quelqu'un veut une autre tasse de café ?

Pas d'amateurs.

Il se leva, retourna à la machine ; l'inspectrice poursuivit son offensive :

— Vous – personnellement –, vous n'avez jamais vu ce qu'il y avait dans le coffre ? Vous ne l'avez jamais ouvert ?

— Non. Je pense que le coffre servait uniquement à le réconforter. Sal aimait se raconter qu'il se débrouillait bien, qu'il n'avait besoin de personne, qu'il avait de l'argent plein les poches. Mais vous avez vu où il vivait.

Lanier cessa soudain de feuilleter son exemplaire de *Sports Illustrated*, en tira une feuille de papier à l'en-tête d'un *Motel 6* et s'écria :

— Hé !

« Cher Graham,

« Quoi que puissent penser les autres, je suis fier de toi. Je ne sais pas ce que cela peut signifier après tant d'années, mais c'est vrai. J'ai suivi ta carrière du mieux que j'ai pu. Ta mère ne m'a pas facilité les choses, et, de ton côté, tu m'avais fait comprendre que tu ne tenais pas à me voir. À cause de ce que ta mère t'a raconté, je suppose.

« Pourtant, je ne t'ai pas perdu de vue. Ta carrière en ligues mineures, la fac de droit. Je sais aussi où vit Deb avec son mari, et Georgie. Comment ils ont pu devenir aussi perturbés ? Parce que je suis parti, je suppose.

« Est-ce que ta mère t'a dit que je lui téléphonais régulièrement pour avoir des nouvelles ? Tous les trois ou quatre mois. Il faut que tu le saches. C'est comme ça que j'ai appris que tu avais laissé tomber le droit pour tenter ta chance une dernière fois dans le base-ball.

« Je t'ai vu jouer aujourd'hui. Remarquable, fils. On ne voyait que toi sur le terrain. Je suis fier que tu aies repris la batte, et je tiens à te féliciter d'essayer de faire ce pour quoi tu es né. Sache qu'il y a au moins quelqu'un qui l'apprécie. »

Un silence pesant régna dans la pièce pendant que Hardy lisait la lettre. Puis Lanier récupéra la feuille, la montra à Evans.

— Les chiffres, là en bas, sont pas de la même écriture. 16-8-27...

— Qu'est-ce que c'est ? demanda Hardy.

Intérieurement, il se traitait de tous les noms. C'était sa faute, il ne faut jamais laisser son client parler à la police.

— C'est la combinaison du coffre de Sal, répondit l'inspectrice. Ce coffre dont votre client déclare ne rien savoir.

Il était plus de onze heures.

Graham et Hardy étaient assis, silencieux, à la grande table. Les deux inspecteurs, galvanisés d'avoir découvert que leur suspect connaissait la combinaison du coffre, s'étaient remis à fouiller le studio. Travaillant en équipe, ils étaient repartis de la porte d'entrée, avançant lentement, ouvrant chaque livre et chaque tiroir, soulevant tout ce qui n'était pas vissé ou cloué, inspectant les poches des vêtements accrochés dans le placard, les boîtes sur les étagères du coin cuisine.

Hardy estima qu'ils auraient bientôt terminé, et si la récolte se limitait à la lettre, ce ne serait pas trop grave. Graham avait même argumenté dès qu'ils l'avaient découverte : bon, admettons qu'il ait connu la combinaison à un moment donné, et alors ? Il ne se souvenait même plus que la lettre de son père était dans le magazine. Ils pensaient sincèrement qu'il s'intéressait à ce coffre ? Il ne se rappelait plus pourquoi il avait noté la combinaison – son père lui avait peut-être donné ces chiffres au hasard lors d'une conversation téléphonique.

Hardy aurait souhaité que son client se montre moins bavard, mais la perquisition était apparemment finie, et les dégâts n'étaient pas trop importants. Les deux policiers les avaient rejoints après avoir fouillé l'appartement quasiment de fond en comble. Lanier ouvrit un dernier tiroir, celui de la petite table de travail proche du lit escamotable ; Evans y prit une boîte en fer, la secoua, l'ouvrit.

— Six clefs, dit-elle, levant les yeux vers son coéquipier.

Elle tira le trousseau de la boîte, le fit tinter.

Graham eut soudain l'air d'un cerf pris dans le faisceau des phares d'une voiture. Il se ressaisit aussitôt. Pour Hardy, sa réaction était préoccupante. Il y avait eu de la peur dans ses yeux.

Sarah Evans se tourna vers Graham, laissa tomber le trousseau sur la table.

— Nous allons jouer à « Quelle clef, quelle serrure ». Ça vous va ?

Il haussa les épaules, tambourina sur le bord de la table – ta-ta-tam –, gratifia l'inspectrice de son sourire épanoui.

— Aucune idée. Ce sont juste des clefs. Tout le monde a une boîte pleine de clefs. (Il tendit la main vers le trousseau, le souleva.) Ces deux-là doivent être des doubles de mes clefs de voiture. Celle-là, c'est pour le verrou de la porte d'entrée…

Evans récupéra le trousseau, tint une des clefs entre le pouce et l'index.

— On dirait une clef de coffre de dépôt. Vous en avez un ? Vous êtes à quelle banque ?

Le sourire de Graham s'estompa. De l'endroit où il était assis, Lanier scruta son silence. Au moment où Hardy levait la main afin de lui enjoindre de ne pas répondre, Graham lâcha :

— Je ne sais pas.

Lanier tapota le dessus du petit bureau avec quelque chose qu'il venait de prendre dans le tiroir.

— Un chéquier de la Wells Fargo. L'agence est à moins de cinq rues d'ici. On termine, on y fait un saut. On revient avec un autre mandat.

Le sergent inspecteur Sarah Evans tira une chaise à elle, s'assit.

— Monsieur Russo, vous voulez me faire croire que vous ne savez pas si vous avez un coffre de dépôt ?

Graham ne semblait pas comprendre. Il s'efforçait de garder un ton badin, comme s'il était incapable de se voir avec des menottes aux poignets. Hardy lui posa une main sur l'épaule et se leva. L'interrogatoire était terminé.

4

Mario Giotti était assis à sa table habituelle au *Stagnola's*, sur le Wharf. Il buvait son thé glacé en contemplant avec une expression placide étudiée les bateaux de pêche amarrés devant la vitre. C'était un homme connu, qui jugeait important d'offrir au public une image digne et sereine. De toute façon, c'était une splendide matinée et il était arrivé au restaurant d'excellente humeur.

Il avait d'ailleurs toutes les raisons de l'être. Juge fédéral à vie, il habitait la plus fascinante des villes. La soixantaine vivace, il maintenait son corps en excellente forme en courant ou en passant une heure par jour dans la salle de gymnastique installée dans le sous-sol du tribunal. Ses yeux gris acier, son visage peu marqué et son nez proéminent donnaient de la dignité à sa personne, il le savait.

En ce moment précis, il éprouvait pourtant des difficultés à se maîtriser. Sa femme était en retard. Cela l'agaçait et il ne voulait pas le montrer.

Il avait toujours détesté attendre. Par bonheur, c'était maintenant lui qu'on attendait. Il ne devait jamais faire la queue. Au tribunal, il avait une équipe de collaborateurs qui veillaient à ce que le travail commence dès son arrivée. Mais il devait encore attendre sa femme ; cela ne changerait probablement jamais.

En regardant les bateaux de pêche, il laissa un soupir lui échapper, sans même en avoir conscience. Déjeuner au *Stagnola's* – ce qu'il faisait au moins une fois par semaine quand il n'était pas en voyage – était moins une expérience nostalgique qu'un retour à ses racines. Cet endroit était son véritable foyer. Pendant soixante-cinq ans – plus de trois générations –, le restaurant s'était appelé le *Giotti's Grotto.*

C'était là que l'arrière-grand-père du juge avait installé la première baraque à *cioppino* pendant la Grande Crise. L'établissement était resté dans la famille, s'était agrandi, était devenu un lieu célèbre du Fisherman's Wharf jusqu'à ce que Joey Stagnola l'achète au père de Mario en 1982.

Mario était le dernier descendant mâle de la lignée, et il rêvait alors de devenir juge. Pas question de tenir un restaurant rital sur le Wharf. Son père, Bruno, comprenait : s'il avait lui aussi suivi des études, il aurait fait le même choix. Pourtant, Mario savait que cette décision avait brisé le cœur du vieil homme. Six mois après avoir vendu le restaurant à Stagnola, il y était mort, assis dans un box rouge près d'une des fenêtres du fond. (Il avait pris un Sambuca après son repas, et le coroner avait trouvé dans sa bouche trois grains de café non mâchés – dans les bons restaurants italiens, on en ajoutait au breuvage pour porter chance.)

— Encore un peu de thé, Votre Honneur ?

Mauritio, le maître d'hôtel, avait envoyé un serveur à sa table.

Mauritio l'entourait d'attentions, comme toujours. Giotti acquiesça, et le jeune garçon en veste blanche le resservit. Le juge eut l'impression de se voir quarante-cinq ans plus tôt, énergique et efficace, veillant à satisfaire les clients. Il soupira de nouveau.

— Tu as l'air contrarié. Quelque chose qui ne va pas ?

Il n'avait pas entendu sa femme approcher. Pat Giotti était encore une femme séduisante, avec un visage sans rides, sans âge, des pommettes hautes et une silhouette gracieuse. Elle l'embrassa quand il tourna la tête, puis elle s'assit de l'autre côté de la table, lui prit la main et la pressa.

— Navrée d'être en retard. Tu vas bien ?

Le visage du juge s'anima.

— Pendant une minute, je me suis senti vieux.

— Tu n'es pas vieux.

— Pendant une minute seulement, dit-il, lui rendant la pression de sa main.

Ils avaient fait l'amour la veille et il lui affirma qu'il s'en souvenait fort bien. Elle avait raison, il n'était pas vieux.

— Tu penses à Sal ?

Il secoua la tête.

— Non, le garçon m'a rappelé l'époque où je travaillais ici, répondit-il, contemplant les bateaux. Enfin, si. Un peu.

Elle l'examina, parut satisfaite, prit un petit pain et l'entama.

— Je suis sûre que cela vaut mieux. Pour Sal, je veux dire.

— Tu as raison, approuva-t-il, ramenant ses yeux sur elle. Mais quand je regarde les bateaux, je crois voir le *Signing Bonus*, je crois voir Sal qui me fait signe. C'est dur de penser qu'il n'est plus là.

— Il a vécu sa vie, chéri.

— Il avait mon âge. Cela explique en partie ce que j'éprouve, sûrement.

— Il était malade, ne l'oublie pas. Mourant, même. Ses souffrances sont terminées, maintenant.

— Tu as raison, dit-il, se tournant encore vers la fenêtre. Nous n'aurions pas dû nous mettre à cette table aujourd'hui. La vue rappelle trop de souvenirs.

— Mais c'est *notre* table, Mario. Ils nous la réservent.

Il lui serra de nouveau la main.

— Je veux simplement dire que Sal était mon ami. Il me manque, c'est tout.

— C'est plutôt l'idée que tu te faisais de lui qui te manque. Il n'était plus le même, vers la fin. Tu le sais, n'est-ce pas ?

— Je le sais, Pat. Mais ce n'est pas facile quand même.

Le serveur vint prendre la commande. Pat boirait un verre de Pinot Grigio avec son escalope ; le juge resterait au thé pour accompagner son crabe Louis. Pas de vin : il retournait au tribunal cet après-midi.

Ils attendirent en silence qu'on apporte le vin. Pat le goûta, reposa son verre.

— Tu as lu le journal de ce matin ? Ils écrivent que ce n'était peut-être pas un suicide.

— Peut-être ? Ce n'était *pas* un suicide, affirma le juge.

— Qu'est-ce qui te fait dire ça ?

Il haussa les épaules.

— Sa mort a toutes les apparences d'un suicide assisté. Les

fioles de morphine, les étiquettes enlevées. Quelqu'un appartenant à une profession médicale a aidé Sal. J'ai demandé à Annie (Giotti parlait de sa secrétaire) de passer au palais de justice ce matin pour prendre une copie du rapport d'autopsie.

— Et ?

Il rompit pensivement son petit pain au levain, puis parut l'oublier.

— La dose de morphine n'était pas forte. Huit milligrammes. S'il avait agi seul, Sal en aurait probablement injecté le double, pour être sûr. Il avait trois fioles de plus qu'il aurait pu utiliser. Or la personne qui l'a aidé a injecté les huit milligrammes dans la veine.

— La dose n'aurait pas suffi, dans le muscle ?

Giotti acquiesça de la tête.

— Donc, quelqu'un ayant des connaissances médicales, conclut-il. (Malgré la gravité du sujet, il ne put retenir un sourire admiratif.) Tu as une mémoire étonnante. C'était quoi ? L'affaire Ellison ?

Elle parut apprécier le compliment. Giotti faisait allusion à une affaire de négligence médicale qu'il avait eu à juger en appel quelques années plus tôt – le ministère public contre Ellison Pharmaceuticals – et dans laquelle la décision d'un médecin d'administrer l'un des médicaments de la firme par intraveineuse (IV) plutôt que par intramusculaire (IM) avait été fatale au malade. Le docteur avait essayé de rejeter la responsabilité sur Ellison, mais la tactique avait échoué : une substance injectée directement dans une veine a un effet beaucoup plus puissant que lorsqu'on l'administre par voie IM, et Giotti avait estimé que tout médecin le savait ou aurait dû le savoir.

Pat Giotti, dont la vie tournait autour de son mari, se faisait un devoir de suivre les affaires qu'il jugeait. Elle n'exerçait aucun emploi – elle ne travaillait plus depuis leur mariage. La peur sous-jacente qu'elle et lui n'auraient un jour plus rien à se dire l'avait amenée à s'intéresser au droit, ainsi qu'aux détails de chaque affaire.

Il se renversa en arrière, lâcha la main de sa femme quand le serveur posa leurs assiettes devant eux.

— En tout cas, une chose est sûre, nous n'avons pas fini d'en entendre parler, prédit-il. D'autant qu'on commence à murmurer que ce n'était peut-être pas un suicide. Si ce n'est pas un suicide, c'est une sorte de meurtre, ce qui signifie qu'il y aura enquête.

— C'est peut-être la loi, mais je trouve qu'en l'occurrence on ferait mieux de ne pas trop chercher à savoir.

— Qui peut dire si les souffrances de Sal étaient vraiment devenues insupportables ? objecta Giotti. Et, même s'il souffrait terriblement, ne pouvait-il être prêt à l'endurer pour une raison ou une autre ? Était-ce bien sa décision à lui de mourir à ce moment-là ? C'est tout le problème.

Elle retrouvait là son mari : toujours dans son rôle de juge, à peser le pour et le contre.

— C'est pour cette raison qu'ils veulent savoir qui était auprès de lui, ajouta-t-il.

Hardy calculait combien de temps il avait passé dehors par ce temps splendide. Quatre minutes de marche ce matin pour aller prendre sa voiture, deux devant la porte de Graham, trente secondes pour retourner à sa vieille Honda, vers une heure et quart. Deux autres minutes de marche d'un parking du centre à son bureau.

Il était maintenant huit heures moins le quart et le soleil n'était plus qu'un souvenir. L'obscurité venait de s'emparer des bâtiments entourant son immeuble. Hardy se tenait à la fenêtre donnant sur Sutter Street, en bras de chemise, la cravate dénouée, les yeux brûlants. Entre Graham Russo et Tryptech, il avait déjà aligné treize heures de travail, entrecoupées en tout et pour tout de huit minutes et demie à l'extérieur.

Terry Lowitz, employé au port d'Oakland, avait terminé sa déposition un quart d'heure plus tôt. Hardy avait fait monter des sandwiches à cinq heures et demie quand il apparut qu'ils en avaient encore pour deux heures au moins. Il avait aussi appelé Frannie afin de la prévenir de son retard. Elle n'avait pas été enchantée.

Lowitz était un chef de maintenance aux talents narratifs malheureusement fort limités. Hardy avait dû s'y reprendre à trois fois pour lui faire décliner son identité dans les règles. Selon Mr. Lowitz, le port d'Oakland n'avait jamais, au grand jamais, laissé fonctionner une machine ou un appareil quelconque sans qu'il soit en parfait état de marche, à plus forte raison un appareil de chargement.

Pendant les cinq heures de déposition, Hardy avait invoqué une trentaine d'accidents mineurs ou graves survenus au port et qu'on pouvait attribuer à un matériel défectueux, mais, pour chacun d'eux, Mr. Lowitz – quand il s'exprimait de façon intelligible – avait une autre explication. Il ne tenait pas à perdre son boulot en critiquant son employeur. Sûrement pas.

Hardy retourna à son bureau et, sans réfléchir, prit une des fléchettes qui s'y trouvaient, la lança vers la cible. Une nanoseconde après l'avoir lâchée, il se rappela qu'il était sur le point de battre un record et qu'il devait viser le 3.

La pointe d'acier s'enfonça dans le 20, David Freeman apparut sur le seuil de la porte avec une bouteille et deux verres, le téléphone sonna.

— La vie ! s'exclama Hardy, levant les bras au ciel. Toujours tout en même temps.

Freeman pouvait attendre, pas le téléphone. Il décrocha.

— Ouais.

— Hardy ? Abe.

— Seigneur, oui. On dirait bel et bien que c'est toi.

— C'est un déguisement pour ceux qui me prennent pour quelqu'un d'autre.

— Quoi de neuf ? Tu vas me répondre « Graham Russo ».

Freeman posa les verres sur le bureau, y appuya une hanche.

Au téléphone, Hardy entendit sa prédiction s'avérer :

— Je t'appelle au sujet de Graham Russo.

— Je t'écoute.

— On te fait une fleur. Tu as dû impressionner Lanier et Evans avec tes bonnes manières. Je leur ai demandé s'ils voyaient un inconvénient à ce que je te prévienne, ils ont répondu que non.

— Ils sont remarquablement perspicaces, dit Hardy. Pour des policiers. Alors, quoi, Graham ?

Glitsky le mit au courant.

Pour s'assurer qu'il avait bien entendu, Freeman répéta :

— Cinquante mille dollars en liasses entourées de bandes ?

Quatre jeux complets de cartes de base-ball du début des années cinquante ?

— C'est ça.

Le vieil homme vida les trois quarts de son verre de vin rouge. Hardy remarqua que, de l'autre côté de la fenêtre, le monde extérieur était maintenant dans l'obscurité complète. Il jeta un coup d'œil à sa montre. 20 h 14. Il était temps d'arrêter, de rentrer à la maison. On le préviendrait si Graham se faisait boucler ce soir, et il devrait se rendre à la prison. Il ne tiendrait pas le coup s'il ne s'interrompait pas.

David Freeman, lui, n'avait ni famille ni passion dévorante en dehors du droit. Après avoir passé la journée au tribunal, il s'était installé confortablement sur le canapé de Hardy, un verre à la main, fasciné par les détails d'une autre affaire. Pour Freeman, la journée de travail ne se terminait jamais – il ne voulait pas qu'elle se termine.

— Alors, ce n'est pas un suicide assisté, finalement ?

— Qu'est-ce que vous voulez dire ?

— Je veux dire cinquante briques plus les cartes, prises dans le coffre de Sal Russo. Ce n'est pas ce qu'on appelle de l'altruisme. Graham l'a refroidi pour de l'argent.

Hardy balaya l'hypothèse d'un geste.

— Je ne crois pas, David. Vous ne diriez pas ça si vous le connaissiez.

— Je n'ai pas besoin de le connaître si j'ai des preuves. Si les faits disent que c'est lui, c'est lui.

— Vous répétez toujours ça.

— Parce que c'est toujours vrai, repartit Freeman des profondeurs du canapé.

Il se versa encore un peu de vin, le fit tourner dans son verre, but une gorgée, garda le liquide dans sa bouche, en connaisseur.

— Dismas, détendez-vous un peu, voyons. Vous êtes sur la brèche depuis ce matin. Venez partager avec moi cet excellent bordeaux. Cette nouvelle affaire dont vous vous occupez a tout ce qu'il faut pour être passionnante.

Hardy lança une autre fléchette. Tant pis, pensa-t-il, il battrait son record une autre fois.

— Vous ne me croirez peut-être pas, mais passer une heure ou deux à discuter d'une affaire que je n'ai même pas l'intention de plaider n'est pas l'idée que je me fais d'un moment de détente. J'envisage plutôt de rentrer chez moi et de dire bonsoir à ma femme avant qu'elle me quitte.

Freeman eut une moue écœurée.

— Cette histoire d'argent ne pique pas votre curiosité ?

— Il y a sûrement une explication, pour l'argent.

— Précisément. Vous n'avez pas envie de la connaître ?

— Je l'apprendrai aux informations, dit Hardy.

Il fit le tour de son bureau, saisit sa veste, accrochée au dossier de son fauteuil, l'enfila en se dirigeant vers la porte. Il s'arrêta sur le seuil pour prendre sa serviette et lancer à Freeman :

— Si vous pouviez fermer et éteindre la lumière en partant. Le propriétaire est un vrai tyran.

Le vieil homme se leva en empoignant sa bouteille par le col.

— Non, je descends.

Il donnait l'impression de s'être douché et d'avoir dormi dans son costume marron. Une demi-douzaine de taches roussâtres parsemaient le col de sa chemise, là où il s'était coupé en se rasant. Sa cravate aurait pu être taillée dans une nappe de restaurant italien. Bien qu'il mesurât une demi-tête de moins que son jeune confrère et pesât trente livres de plus – toutes dans la panse –, David Freeman était impressionnant, voire intimidant. Le regard, l'énergie débordante.

Il s'immobilisa brusquement devant Hardy, fit mine de le considérer un moment, puis lui enfonça un doigt dans la poitrine.

— La vie n'est pas une répétition générale, vous savez. Si vous avez une idée de ce qui est vraiment arrivé à Sal Russo, le jeune Graham est en droit de l'entendre. Vous le lui devez, si occupé que vous puissiez être par ailleurs. J'ajoute ce conseil à titre gracieux : vous pourriez en profiter pour vous amuser un brin.

— Comme vous ?

— Exactement ! Comme moi. Je m'amuse tout le temps.

— Vous travaillez tout le temps.

— J'adore mon travail ! clama Freeman sur un ton théâtral. Je ne fais que ce que j'ai envie de faire.

— Désolé de vous dire ça, David, mais vous n'avez pas d'enfants.

Le vieil homme le regarda en clignant les yeux.

— Vous si, et alors ?

— Alors, je ne fais plus ce que je veux. Je fais ce que je suis *obligé* de faire. C'est ma vie. C'est la réalité. Je ne me demande même plus ce que j'aurais envie de faire.

Freeman se rappela le verre qu'il avait à la main, le porta à ses lèvres.

— Vous avez choisi d'avoir des gosses, non ?

— Si, bien sûr.

— Alors, choisissez aussi la façon dont vous voulez vivre avec eux.

Un peu agacé, Hardy répliqua :

— Opinion éclairée et pertinente, hélas, vous ne savez pas de quoi vous parlez, David.

— Vous avez besoin de quelque chose qui vous intéresse. Une affaire de meurtre – cette affaire. Vous êtes en train de mourir à petit feu.

Hardy n'avait pas envie d'entendre cela – c'était trop proche de la vérité. Il éteignit la lumière, ferma la porte derrière eux.

— Enfin, merci du conseil.

Le bref couloir se terminait par un escalier que les deux hommes descendirent en silence. Au premier étage, le poste de Phyllis, la réceptionniste – déserté à cette heure –, occupait le centre d'un hall spacieux. Les lumières étaient éteintes mais des points lumineux sertis dans le plafond empêchaient l'endroit d'être totalement obscur. Freeman grommela un « bonsoir » et était presque parvenu à son bureau quand Hardy s'arrêta en haut de l'escalier.

— David ?

— Ouais.

— C'est *vous* qui devriez prendre l'affaire Russo.

— Je serai franc avec vous : je tuerais pour l'avoir.

Hardy sourit dans la pénombre.

— Pas la peine de tuer… Elle est à vous. Je parle sérieusement. À partir de maintenant, Graham est votre client. Vous vous présenterez quand ils l'inculperont, ce qui pourrait se produire dans les minutes à venir. En vous dépêchant, vous arriverez à la prison avant lui.

Freeman considéra un moment la proposition avant de répondre :

— C'est tentant mais je ne peux accepter. Il n'a pas les moyens de m'engager.

— Faites-le gratuitement. Ce serait une formidable publicité pour le cabinet.

— Cette affaire vous appartient, Diz. Graham est votre client.

— Je n'en veux pas. Ce n'est pas lui qui n'a pas les moyens de m'engager, c'est moi qui ne peux pas me permettre d'accepter cette affaire.

— Si vous voulez mon avis, vous ne pouvez pas vous permettre de la *refuser*. Depuis des années, vous me répétez que mes clients – mes clients *coupables* – sont la lie de la Terre. Ils méritent peut-être la meilleure défense que la loi autorise, mais ce n'est pas Dismas Hardy qui la leur fournira. Pas question. Vous avez des critères moraux élevés. Vous devez *croire* en vos clients, en leur honnêteté fondamentale. Eh bien, j'ai une grande nouvelle pour vous : la nature humaine est faillible. Les gens bien font de vilaines choses. C'est pour cette raison que nous avons la loi, la merveilleuse loi.

Remonté, le vieil avocat avança vers Hardy :

— Vous pensez que ce que vous faites pour Tryptech est plus propre que ce que je fais ? Mon œil, oui. Dyson Brunel est au mieux un menteur, au pire un escroc, et vous ne semblez pas avoir de scrupules à vous charger de son sale boulot en échange de vos honoraires. Graham Russo est venu ici parce qu'il avait besoin de vous et vous me dites qu'il n'a pas tué son père pour son argent. Vous *croyez* en lui, n'est-ce pas ? Pourtant, vous refusez de l'aider. Vous n'en avez pas les moyens ? D'accord, mais épargnez-moi dorénavant vos grands discours hypocrites.

Freeman fit demi-tour, disparut dans son bureau et claqua la porte derrière lui.

Dans la salle de séjour, de petits éléphants marchaient queue contre trompe sur le dessus de cheminée. Ils étaient en cristal de Venise.

Frannie les avait vus dans la vitrine de *Gump's* et en était tombée amoureuse, tout en sachant qu'elle ne pourrait jamais les acheter. Ils étaient trop chers, trop fragiles. Un luxe inutile à l'époque où

Diz et elle n'avaient rien. Mais il lui en avait offert six d'un coup, puis un chaque année pour leur anniversaire de mariage.

Rentré enfin chez lui à neuf heures passées, Hardy les contemplait en se demandant s'ils avaient quelque chose à lui dire. Les éléphants faisaient partie de l'histoire de leur couple. Lorsque Frannie et lui avaient décidé de se marier, ils avaient longuement discuté de l'endroit où ils vivraient ensemble. Finalement, elle avait accepté de quitter son duplex pour s'installer dans cette maison – la maison de Diz. Il avait pensé que ce cadeau l'aiderait à se sentir chez elle ; il avait vu juste. Tous les deux jours, elle changeait les éléphants de place, les alignait, les plaçait en cercle, les tournait tous dans une même direction.

Son frère, Moses, faisait la même chose, il modifiait la position des éléphants à chacune de ses visites. Hardy pensait que ça devait être dans les gènes.

La maison était étrangement silencieuse. C'était une bâtisse victorienne avec des pièces en enfilade, une longue entrée, le séjour et la salle à manger sur le devant, la cuisine et les trois chambres derrière.

Les enfants étaient endormis et Frannie s'était couchée elle aussi. Il réchauffa au micro-ondes un reste de macaronis au fromage, ajouta une boîte de thon pour les protéines, ou pour le goût. Assis à la table de la salle à manger, il commença à relire certaines pages du dossier Tryptech, n'eut pas l'énergie de continuer.

Il versa deux doigts de Bushmills dans un des verres épais comme des pots de confiture utilisés par les enfants, retourna dans le living, alluma un feu et s'installa pour boire son whisky. Quand il l'eut terminé, il se doucha et se glissa dans le lit près du corps – peut-être endormi – de sa femme.

Les éléphants dansaient dans une lueur d'ambre.

Un homme nu se tenait devant les braises mourantes et regardait les animaux alignés. Il y en avait quatorze, qui se préparaient peut-être à partir en caravane. Dehors, le vent hurlait.

À l'extérieur du périmètre éclairé par le feu, il faisait nuit noire. Une femme sortit de l'obscurité ; elle portait un vêtement blanc et flottant. Des reflets rouges brillaient dans ses longs cheveux dénoués. Elle marchait pieds nus.

L'homme se tourna à demi, n'avança pas vers elle de peur de trébucher. Deux fois déjà il avait généreusement rempli de whisky irlandais le verre Tom et Jerry trop épais pour se briser.

— Tu ne reviens pas te coucher ?

— Je n'arrivais pas à dormir.

— Je m'en doute, murmura Frannie, posant une main légère sur l'épaule de son mari. Ne te fais pas de mal.

Allusion au verre. Quand il était plus jeune, avant leur mariage, il s'était fixé pour règle de ne pas avoir d'alcool fort chez lui. À présent, il avait parfois l'impression qu'ils pourraient ouvrir un magasin de spiritueux.

— J'aime ces éléphants, dit-il. On dirait qu'ils dansent. Qu'ils sont tout excités d'aller quelque part, de faire quelque chose.

— Retourne te coucher, je vais te masser le dos.

— Quelle heure est-il ?

— Deux heures. Les enfants seront debout dans cinq heures, Dismas. Elles passeront comme cinq minutes.

Sa main entourait le verre posé sur le dessus de cheminée. Il se rendit compte qu'il s'y appuyait pour garder l'équilibre.

Frannie avait raison. Demain – autre journée d'une succession apparemment interminable – ne viendrait que trop tôt. Freeman aussi avait raison. Il mourait à petit feu.

Il soupira, abandonna le verre à moitié vide sur la cheminée et laissa sa femme le guider dans le long couloir menant à leur chambre.

5

Hardy se refusait à reconnaître la fatigue, le léger mal de tête, le bourdonnement derrière les yeux. Son réveil interne, réglé sur six heures et demie, ne lui avait pas fait défaut.

De toutes les paroles prononcées la veille par David Freeman, c'étaient celles qui concernaient les enfants qui avaient eu l'impact le plus fort : il avait choisi de les avoir, il pouvait choisir la façon dont il vivait avec eux.

À cet égard, il avait échoué, perdu dans une sorte de spirale descendante qu'il ne comprenait pas tout à fait. Il ne tirait aucune joie de ses enfants, de Frannie, de sa vie. Certainement pas de son travail.

Il n'était peut-être pas trop tard pour remonter la pente.

Hardy ne savait même plus où se trouvait sa vieille poêle noire. L'ustensile en fonte pesait cinq kilos ; c'était le seul héritage matériel que lui avaient légué ses parents, Joe et Iola, morts dans un accident d'avion quand il avait dix-neuf ans. Pendant des années – premier mariage et second célibat –, tout ce qu'il avait mangé, il l'avait fait cuire dans cette poêle. C'était un de ses trésors. Il avait dit à Frannie, au début de leurs relations, qu'elle symbolisait ce qu'il était.

Si c'était vrai, il avait des ennuis puisqu'il ne savait même pas où elle était passée. Il avait vainement fouillé la cuisine et avait fini par la retrouver sous son établi, sur le palier de l'escalier de derrière menant au jardin. Frannie avait dû la ranger là un jour, il ne l'avait même pas remarqué. Il ne faisait plus la cuisine, il travaillait tout le temps, et la poêle était trop lourde pour que Frannie parvienne à la soulever.

Au lieu de la routine matinale – se doucher, passer le costume cravate, faire le café –, il enfila son vieux jean et un T-shirt Cal Poly délavé, s'affaira dans la cuisine. Vingt minutes plus tard, il avait terminé la pâte à crêpes et mis la table pour le petit déjeuner. Il prépara une tasse de café comme Frannie l'aimait – avec de la vraie crème et une cuillerée de sucre roux –, la lui apporta et la réveilla d'un baiser sur la joue.

Rebecca – surnommée le Bec – était la fille de neuf ans que Frannie avait eue avec son premier mari, mais Hardy l'avait faite sienne. Elle dormait sur le dos en travers du lit, couvertures rejetées, bouche ouverte. Son frère, Vincent, sept ans, avait sa propre chambre tout au bout de la maison mais, depuis quelques mois, il dormait sur un futon dans celle du Bec. Hardy l'enjamba, s'assit au bord du lit de Rebecca, se pencha et murmura :

— Sirop d'érable. Crêpes.

Instantanément réveillée, elle lui passa les bras autour du cou et s'écria :

— Vincent, papa fait des crêpes !

Le garçon jaillit de sa couette, se jeta sur lui. Hardy bascula, tomba sur le futon dans un enchevêtrement de bras et de jambes. Avec un rugissement, il saisit les deux enfants, les serra contre lui, les chatouillant quand il parvenait à dégager un doigt. Il reçut un coup de genou dans l'entrejambe – une constante –, poussa un gémissement dont Rebecca et son frère ne tinrent aucun compte, naturellement.

Le combat finit par cesser. Adossé au lit du Bec, les enfants blottis contre lui, il entendit le réveil sonner dans sa chambre.

— On s'habille, dit-il en leur tapotant le dos. Petit déjeuner dans cinq minutes.

— Quatre ! corrigea Rebecca en se dirigeant vers la salle de bains.

— Trois ! surenchérit Vincent.

Il s'élança derrière sa sœur mais ne fut pas assez rapide.

— Papa ! Bec a fermé la porte. Papa !

Première crise. Hardy se leva, se prépara à jouer le médiateur.

Il n'avait plus mal à la tête.

En arrivant au bureau, il trouva un message sur son répondeur. Graham avait appelé de prison. Evans et Lanier s'étaient de nouveau présentés chez lui à sept heures. Cette fois, ils l'avaient arrêté pour meurtre.

Son coéquipier étant retenu par une autre affaire datant d'avant le transfert de Sarah à la brigade, elle se rendit seule à l'appartement de Sal Russo. Les scellés étaient encore en place. Elle pénétra à l'intérieur, ferma la porte derrière elle. Dans le séjour, les stores étaient relevés, les carreaux des fenêtres gris de crasse. Elle alluma le lustre, ce qui ne changea pas grand-chose : quatre de ses six ampoules étaient grillées.

Elle s'approcha du canapé défoncé, s'assit tout au bord. Devant elle, la table basse en pin était encore recouverte d'une fine pellicule de poudre à relever les empreintes. Sarah se pencha en avant, joignit les mains devant sa bouche, souffla entre ses doigts.

C'était ici qu'une vie avait pris fin.

La conscience qui avait imprimé sa marque sur ces objets inanimés était à présent remplacée par un vide.

Sarah Evans se leva, alla ouvrir la fenêtre donnant à l'ouest. Il y avait un léger vent et le soleil brillait, mais c'était comme si la pièce conspirait pour maintenir ces éléments à l'extérieur, du moins pendant quelques secondes encore. Se retournant afin d'examiner l'endroit où Sal Russo avait vécu et était mort, elle eut soudain l'impression de sentir sa présence.

Qui avait-il été, finalement ?

La réponse se trouvait peut-être dans la paperasse accumulée.

Si ridicule que cela pût paraître, elle ne pouvait se défaire du sentiment que le vieil homme essayait de communiquer avec elle, d'une façon ou d'une autre.

Dans un premier temps, elle examina tous les papiers qui n'étaient pas dans une boîte. Il y en avait entre les matelas du lit, sur les étagères de la cuisine, dans les tiroirs des tables. Elle avait déjà découvert une feuille avec la combinaison du coffre dans la corbeille de la salle de bains, elle en ramassa d'autres dans la poubelle du garage. Sous la carpette élimée de la salle de séjour. Morceaux de papier d'emballage ou factures, simples feuilles de cahier – tout ce sur quoi on pouvait imprimer, écrire au crayon ou à l'encre.

Presque toutes portaient un nom ou un prénom. Un numéro de téléphone, entier ou tronqué. Des adresses. De quoi user ses semelles à vérifier, pensa Evans ; cependant, le travail ne lui faisait pas peur – elle était payée pour ça.

Toute cette paperasse ne lui permit pas de se faire une idée plus claire de Sal Russo. Assise sur le canapé, elle avait parcouru les feuilles l'une après l'autre, les avait glissées dans l'une des grandes enveloppes jaunes qu'elle avait apportées. Elle laissa tomber sur la table basse l'enveloppe à présent bombée par son contenu et se leva.

Le contour du cadavre dessiné à la craie était encore visible sur le tapis, mais Evans s'était débrouillée pour ne pas le *voir* en entrant. Elle s'accroupit, promena un doigt sur la trace blanche.

— Allez, vieil homme, fit-elle à voix basse. *Parle*-moi.

La plupart des caisses se trouvaient dans la chambre, située derrière la cuisine, à droite, mais il y en avait une dans le séjour, dans le coin du mur du canapé. De l'endroit où elle était accroupie, Sarah la fixait et avait l'impression de la voir pour la première fois. Quel autre détail lui avait échappé ?

Ses yeux se portèrent sur le morceau de contre-plaqué accroché au-dessus du canapé. Elle avait déjà remarqué le tableau mais l'avait pris pour une de ces croûtes fabriquées en série décorant les meublés. Dans la lumière de ce début d'après-midi – le soleil avait suffisamment décliné pour déposer un rectangle de lumière sur le sol –, les lignes de la peinture ressortaient. On reconnaissait le Fisherman's Wharf, mais sans l'habituel clinquant de carte postale. Evans cligna les yeux, s'approcha. Si Sal Russo en était l'auteur – comme les initiales S. R., dans le coin inférieur droit, le laissaient supposer –, il avait eu du talent.

Le bateau, le *Signing Bonus*, occupait le premier plan et paraissait à l'abandon. Les hublots n'étaient plus que des trous hérissés d'éclats de verre, le bastingage s'était effondré. Il n'y avait personne alentour. Si : Evans crut distinguer une silhouette solitaire – probablement celle d'un enfant – assise sur le passavant, tenant une canne à pêche brisée. Derrière le bateau, le squelette calciné d'un bâtiment fumait encore sur le Wharf.

Elle recula, contempla le tableau une minute et se rendit compte que son trouble venait davantage de la sensibilité du tableau que de ce qu'il représentait. Si Sal Russo l'avait effectivement peint, il ne correspondait pas à l'idée qu'on se fait généralement d'un clochard. Il avait – il avait eu – une âme torturée.

Se tirant de sa rêverie, elle alla prendre dans le coin la lourde caisse en carton, la posa sur la table, déplia des rabats qui avaient été maintes fois manipulés.

Au lieu du bric-à-brac attendu, elle découvrit deux classeurs à anneaux et quatre bouquins. Elle prit d'abord les livres, les posa sur le côté. *The Natural*, de Bernard Malamud ; un manuel de pilotage corné, édité chez Chapman ; une édition club – reliée cuir, dorée sur tranche – de *Moby Dick* ; et *La Chute*, d'Albert Camus.

Les classeurs lui réservaient une autre surprise : c'étaient des albums, soigneusement tenus. Avec le sentiment d'être une intruse, l'inspectrice ouvrit le premier. Photos d'un homme jeune, très beau, en compagnie d'une jeune femme, belle elle aussi, dont le ventre s'arrondissait progressivement. Evans savait que l'homme devait être Sal, mais n'arrivait pas à raccorder son image à celle du vieillard mort qu'elle avait vu vendredi.

Venait ensuite la photo du premier bébé, sous laquelle une ferme main d'homme avait écrit : Graham Joseph Russo.

Sarah tourna plus rapidement les pages, s'arrêta sur une photo du bateau de pêche représenté sur le tableau, mais neuf et parfaitement entretenu, avec un Sal Russo radieux à la barre. Sans trop savoir pourquoi, elle la détacha et la glissa dans son autre grande enveloppe.

Photos des deux autres enfants, d'une petite maison typique du Sunset District. Graham grandissant, maniant une batte de base-ball ; Sal jouant de l'accordéon dans les fêtes ; de nouveau le bateau, dans la baie ou amarré au Wharf. Debra, George – la femme apparaissait de moins en moins souvent. Soudain, vers le milieu du classeur, une vaste résidence.

Après quoi, l'album s'arrêtait.

Le rectangle de soleil s'était agrandi sur le sol. Sarah se leva, étira son dos. Dans la cuisine, elle contourna la chaise que les techniciens avaient laissée couchée sur le flanc. Elle se servit un verre d'eau. Sur l'égouttoir, trois bols gardaient un fond de liquide sombre. Une fourchette et un couteau flanquaient une assiette sale restée sur la table. Ces détails la perturbaient : s'il y avait vraiment eu lutte, pourquoi rien dans la cuisine n'avait été dérangé à part la chaise ?

En retournant dans le séjour, elle se promit d'en toucher un mot à Lanier et tendit la main vers le second classeur. Base-ball, base-ball et encore base-ball. Sarah se rassit, eut un sourire de plaisir anticipé : le base-ball était son sport favori. Elle jouait encore une fois par semaine dans une équipe féminine.

L'album commençait par des photos en noir et blanc d'un Sal Russo très jeune. Sarah les regarda à deux fois pour s'assurer que ce n'était pas Graham ; non, c'était son père jeune – toujours en maillot, toujours avec un gant ou une batte. Premières coupures de presse : Sal brille dans le match d'ouverture de la Petite Ligue. Fait partie de l'équipe première de la Balboa High School. Sélectionné dans l'équipe interlycées de la ville. Dans celle de l'USF.

Evans inclina la photo de l'équipe universitaire : Sal se tenait au deuxième rang, près de Mario Giotti, le juge qui l'avait trouvé mort vendredi. Étonnant, ces liens, songea-t-elle.

Après les articles sur la prime versée à Sal – *signing bonus* – quand il avait signé son engagement dans l'équipe des Orioles, deux pages vierges. Puis la même trajectoire pour Graham : Petite Ligue, lycée, université, centre de formation des Dodgers.

Les coupures jaunies firent brusquement place à des rectangles de papier encore blanc : des articles récents sur le retour avorté de Graham. Sal avait apparemment conservé tout ce qui concernait la carrière du fils qu'elle avait arrêté ce matin pour son meurtre.

Elle referma l'album, demeura pensive sur le canapé. Sal lui avait peut-être parlé mais elle n'était pas du tout sûre de ce qu'elle avait entendu. Surtout, elle ne comprenait pas comment quelqu'un d'aussi talentueux – musique, peinture, sport –, avec une forte personnalité, une femme splendide, de beaux enfants en pleine santé, avait pu finir comme ça. Pour une question d'argent ?

Evans n'arrivait pas à le croire. D'accord, une faillite peut vous détruire, mais Sal n'était pas complètement fauché. Il payait son loyer, il avait un boulot qui le faisait vivre, même si ce n'était pas tout à fait légal. Et aussi de l'argent de côté, beaucoup d'argent. Des liasses entourées d'une bande portant le cachet de la banque et une date vieille de dix-sept ans. Qu'est-ce que cela signifiait ?

Il avait dû se produire un cataclysme. Quel qu'il ait été, l'événement avait brisé Sal, et Sarah ne put s'empêcher de se demander s'il n'avait pas fini aussi par le tuer. Qu'est-ce que cela signifiait sur le fils, à présent emprisonné à cause d'elle ?

La réponse se trouvait peut-être dans les caisses de la chambre. Elle posa le classeur sur la table à côté de l'autre, s'étira de nouveau. Cela faisait une heure et demie qu'elle était dans l'appartement, et elle n'avait quasiment fourni aucun travail de police. Elle ferait mieux de s'y mettre. Mais le tableau tomba de nouveau sous son regard, l'attira et la retint un moment encore. Était-ce un gant de base-ball, cette tache, près du garçon en train de pêcher – si c'était bien un garçon en train de pêcher. Est-ce qu'autre chose lui échappait ?

Elle l'ignorait. Bon, les autres caisses l'attendaient. Après un dernier regard au tableau, elle retourna dans la chambre.

À une heure et demie, au moment où Sarah Evans arrivait à l'appartement de Sal Russo, Hardy attendait qu'un gardien lui ouvre la porte de la salle de visites B de la prison de San Francisco. C'était un bâtiment récent qui se trouvait juste derrière le palais de justice et qui n'accueillait la « clientèle » que depuis un an environ. Les nouvelles salles de visites étaient bien plus spacieuses que celles de l'ancienne prison, mais la superficie ne faisait rien à l'affaire. Malgré le surnom que lui donnait le personnel pénitentiaire – la Taule glamour –, ce n'était toujours pas un endroit où l'on avait envie de se trouver.

On n'avait pas encore amené Graham. Hardy demanda au gardien de laisser la porte ouverte et parcourut les six pas le séparant de la fenêtre. Six pas – quelle débauche d'espace ! Et la fenêtre, bien qu'en briques de verre, constituait une nette amélioration.

Dans l'ancienne prison, les salles de visites étaient des sortes de placards – deux mètres sur trois, pas d'aération, une seule ampoule au plafond. Une table et trois chaises en bois occupaient quasiment toute la pièce. Par un panneau carré de verre blindé serti dans le mur, on voyait détenus et matons passer dans le couloir. De temps à autre, un prisonnier assenait une gifle à la fenêtre pendant que vous parliez à votre client.

Dans la nouvelle prison, cela ne pouvait se produire. Le couloir était une sorte de passerelle faisant le tour des bureaux et des cellules de détention. Aucun prisonnier ne s'y promenait jamais. Les briques de verre laissaient passer un flot de lumière par un jour ensoleillé comme celui-là. Si la pièce n'était pas gaie pour autant, ce n'était pas non plus un donjon.

Il se détourna de la fenêtre, se prépara. C'était toujours un choc, cette première rencontre derrière les barreaux avec une personne que vous aviez connue à l'extérieur. Dans une ou deux minutes, Graham Russo entrerait, et il aurait complètement changé. Il porterait une combinaison orange, aurait peut-être les mains entravées. Une petite partie de son âme aurait disparu, cela ferait de lui un être fondamentalement différent, et Hardy n'avait aucune envie de voir ça.

Les mains dans les poches, il attendit.

Ils avaient commencé assis l'un en face de l'autre, mais Hardy faisait à présent les cent pas. La version de Graham s'était transformée de manière troublante. En outre, il semblait ne pas se résoudre à l'idée que le sergent Evans l'avait arrêté.

— Je n'aurais jamais cru ça d'elle.

— Pourquoi ? C'est un flic.

— Oui, mais…

Il s'interrompit.

— Mais quoi ?

Les mots finirent par sortir :

— Je lui avais fait du charme. Je croyais que ça avait pris. Je ne pensais pas qu'elle chercherait plus loin. J'avais accepté de coopérer…

— … mais tu n'avais pas dit la vérité.

Graham se renfrogna.

— Je me suis trompé.

— Sur quoi ?

— Sur l'intérêt qu'elle prenait à la vérité. Je pensais qu'elle me croirait *moi*, plus que ce que je racontais.

C'était trop proche de ce que l'avocat éprouvait lui-même pour ne pas le mettre mal à l'aise.

— Et maintenant ? demanda-t-il.

— Quoi, maintenant ?

— On en est où toi et moi ?

— Je ne t'ai pas menti.

— Si. Tu m'as dit que ton père et toi, vous n'étiez pas très liés.

— Je l'avais déjà déclaré à la police. Ça… ça ne me semblait pas important. Je voulais que tu m'aides. Si j'avais tenu des propos contradictoires, tu aurais douté de moi dès le début. C'était une connerie, je suis désolé.

Hardy cessa d'aller et venir, garda un moment les yeux fermés.

— Clarifions ce point une fois pour toutes. Malgré ce que tu nous as affirmé, à la police et à moi, tu étais proche de ton père ?

Graham acquiesça de la tête.

— J'ai pensé que ce serait plus facile en disant le contraire.

— Plus facile ?

— C'est évident, non ? Je me doutais de ce que tout le monde croirait.

— Tu connais l'opinion de Mark Twain sur la question : l'avantage de dire la vérité, c'est qu'on n'est pas obligé de se rappeler ses mensonges.

— Je sais, mais tout ça m'est tombé dessus, Diz. Je n'ai pas eu le temps de réfléchir. Je regrette.

— Moi aussi, je regrette. Résumons : tu avais peur que, si tu admettais que tu t'étais réconcilié avec ton père, les gens concluent que tu l'avais aidé à se tuer ?

— Ouais.

— Mais tu ne l'as pas fait ?

Graham regarda ses mains jointes sur la table, leva les yeux vers l'avocat.

— Non, je te l'ai dit.

Hardy s'approcha de la table, y appuya une paume.

— OK, tu me l'as dit. Mais comment puis-je savoir quand tu dis la vérité ?

— Cette fois, je ne mens pas.

— Tu n'as pas tué ton père ?

— Non.

— Tu ne l'as pas aidé à se suicider ? En lui parlant ? En restant à côté de lui ? Parce que ça ferait une grande différence.

— Non. Rien de tout ça.

— Tu n'es pas du tout allé là-bas vendredi ?

À nouveau, cette hésitation exaspérante.

Hardy fit sursauter son client en abattant une main sur la table.

— Enfin, bon Dieu, il n'y a pas à réfléchir ! Tu y es allé ou pas ?

— Je pensais à autre chose.

— Ce n'est pas le moment. Concentre-toi sur ce que je te demande. Tu crois que tu en es capable ?

Hardy tira la chaise à lui, se rassit. Il n'était pas là pour accabler son client, mais il fallait qu'il se fasse une idée de la vérité.

— OK, dit-il d'un ton radouci. Parlons un peu de toi et moi, maintenant. Tu es juriste, tu sais comment ça se passe. Tout ce que tu me confies est couvert par le secret professionnel, d'accord ?

— D'accord.

— Il faut que je sache ce qui s'est passé entre ton père et toi. Tout. Je l'emporterai dans la tombe mais il faut que je le sache pour pouvoir t'aider.

Graham recula sa chaise de quelques centimètres, croisa les bras sur la poitrine. Son regard parcourut la pièce, revint à Hardy.

— Combien de temps je vais rester ici ? finit-il par murmurer.

Tout frustrant qu'il fût, ce coq-à-l'âne n'était pas une surprise. Hardy savait par expérience que la faculté d'attention d'un homme se retrouvant brusquement en prison était fortement diminuée.

— Je ne sais pas, répliqua-t-il.

C'était la stricte vérité. Evans et Lanier avaient découvert l'argent dans le coffre la veille, en fin d'après-midi – trop tard, selon Glitsky, pour obtenir du District Attorney un mandat d'arrestation. Craignant que leur suspect ne s'enfuie, les deux inspecteurs l'avaient embarqué sans mandat. Le DA n'était donc pas encore impliqué dans l'affaire, ce qui signifiait que l'inculpation précise restait à déterminer. Hardy poursuivit ses explications :

— Pour pouvoir être libéré sous caution, il faut que tu sois inculpé, et tu ne le seras que demain. Tu passeras donc au moins une nuit ici. En supposant que je t'obtienne une caution raisonnable – ce qui n'est pas sûr –, tu pourrais sortir demain.

Après une pause, il ajouta :

— À condition aussi qu'ils n'invoquent pas de circonstances aggravantes.

Cette fois, il retint l'attention de son client.

— Qu'est-ce que tu veux dire ? De quoi tu parles, nom de Dieu ?

— Je parle d'homicide commis pour un motif vénal ou pendant un vol, par exemple. Voilà des circonstances aggravantes.

— Je n'ai pas..., commença Graham. Quel vol ?

D'un ton neutre, l'avocat répondit :

— Cinquante mille dollars en liquide. Vingt ou trente mille en cartes de base-ball en parfait état. Cela fait beaucoup d'argent.

Graham croisa de nouveau les bras, se mordit l'intérieur de la joue.

— Vu de l'extérieur, continua Hardy, pour les deux inspecteurs qui t'ont arrêté, sans parler de ton serviteur, à quoi ça ressemble ? Tu te fais combien dans ton boulot d'ambulancier ? Quinze dollars de l'heure ?

— Environ.

— Et tu habites dans le plus agréable quartier de la ville. Il est de combien, ton loyer ?

Graham soupira, rétorqua de mauvaise grâce :

— Quinze cents.

— OK, tu vis dans un cadre qui ferait saliver un juge, tu as de beaux meubles, plus de grands vins que tu ne pourrais en boire en un mois. Ta voiture, qu'est-ce que c'est ?

— Une Beemer[1].

Cinquante mille de plus, se dit Hardy.

— Elle n'est pas encore payée, je suppose ?

— Tu plaisantes ?

— Alors, le crédit est de combien par mois ?

— Six cent quatre-vingts.

En comptant les autres dépenses, le budget de Graham

1. BMW. *(N.d.T.)*

s'établissait autour de cinq mille dollars par mois. Il ne gagnait pas ça en conduisant une ambulance.

— Bon, tu vois arriver la question ?

Graham tira sur le col de sa combinaison de taulard.

— Je touche au moins cinquante dollars par match. Cent si on gagne. Des primes pour les tournois. Samedi dernier, je me suis fait quatre cents dollars.

Devant le regard stupéfait de son avocat, il ajouta :

— Pour le softball.

— Qui te paie pour jouer au softball ?

— Craig Ising.

— Qui est-ce ?

— Un type friqué, le propriétaire des Hornets. C'est mon équipe.

Comme Hardy ne voyait toujours pas, Graham poursuivit patiemment ses explications :

— Quand j'ai été embauché par un grand club, durant la grève, les journalistes ont pondu deux ou trois articles sur nous, les remplaçants. Ising a pris note, il a attendu, et lorsque les Dodgers m'ont viré il a pris contact avec moi.

Hardy avait l'impression que quelque chose d'important lui échappait.

— On parle bien de softball ? À t'entendre, ce serait un sport de professionnels.

— Tout se paie en dessous-de-table. Ces types riches constituent les équipes et parient sur les matches.

— Ils parient gros ?

Graham haussa les épaules.

— Je ne sais pas au juste. Quinze, vingt mille par match, à ce que j'ai entendu dire.

— Tu me racontes des bobards, fit Hardy, secouant la tête.

— Non, ça paie bien. L'ennui, c'est que je ne peux rien déclarer aux impôts.

— Combien tu gagnes vraiment, alors ?

Secret professionnel ou pas, Graham n'avait pas envie de répondre.

— Je sais pas. Il m'arrive de jouer trois matches par week-end, sans parler des tournois.

— Combien il y a de matches par tournoi ?

— Généralement cinq, si tu vas en finale.

Hardy griffonna des chiffres sur son bloc.

— Mille dollars par semaine ?

Nouveau haussement d'épaules.

— Quelquefois. Mais pas question d'en parler. Si on me pince pour fraude fiscale, je serai radié du barreau. Je ne pourrai plus *jamais* exercer.

— Si on te pince pour meurtre, ce sera le dernier de tes soucis. D'ailleurs, je croyais que tu ne voulais plus être avocat.

— Allons, Diz. Pourquoi j'ai fait des études de droit, d'après toi ? Bien sûr que je veux être avocat.

— Mais tu...

— J'ai simplement voulu tenter ma chance une dernière fois dans le base-ball. Je pensais jouer quelques années, me faire quelques millions, puis recommencer à exercer. Imagine ma surprise quand, en revenant ici, j'ai découvert que personne ne voulait m'engager. Ce bon vieux juge Draper m'avait collé sur liste noire, il avait monté toutes ses relations contre moi.

— Tu lui as demandé ?

— Pas la peine, le bruit courait dans le milieu. Je suis une sorte de paria, conclut Graham Russo, promenant de nouveau le regard sur les murs de la pièce. Et maintenant, cette histoire.

— Giotti n'a pas pu t'aider ? Il était l'ami de ton père. Il aurait pu...

Graham commença à secouer la tête avant que son avocat ne termine.

— Aucune chance. Les juges fédéraux se serrent les coudes. Essaie de comprendre : je les ai *plaqués*, ces types. J'ai rejeté leur vie. Ils ne me le pardonneront jamais. Je pourrais peut-être trouver du boulot en Alaska, mais dans cette ville je suis mort. J'ai cherché, crois-moi. J'ai bien dû envoyer cinq cents CV – et j'étais major de ma promo, à Boalt. On ne m'a pas même accordé un entretien.

— Pourquoi tu n'es pas parti pour l'Alaska ?

Retour soudain du temps d'hésitation qui horripilait Hardy.

— Solution envisageable, lâcha finalement Graham.

L'ambiguïté de la réponse semblait intentionnelle. L'avocat n'aurait su dire si Graham parlait d'une solution qu'il aurait pu envisager s'il n'y avait eu..., ou d'une solution qu'il pouvait envisager un jour. Dans un cas comme dans l'autre, Hardy avait compris :

— Ton père. Il avait besoin de toi. C'est pour ça que tu es revenu et que tu es resté.

Il regretta immédiatement ce qu'il venait de dire – il avait peut-être donné une idée à son client.

Graham se leva, alla à la fenêtre, répondit sans se retourner :

— Je ne sais pas. Je ne sais vraiment pas. Je n'avais rien prévu, c'est arrivé comme ça. Il m'a écrit – la lettre que tu as vue hier –, j'ai pris contact avec lui, et nous avons... J'ai...

Graham garda le silence si longtemps que Hardy se leva lui aussi, le rejoignit. Il fut stupéfié de voir des larmes, et, bien que cela l'aurait arrangé, il n'était pas sûr d'y croire. Plus maintenant. Graham avait montré trop de duplicité. Par exemple en avouant qu'il avait tenté de séduire Sarah Evans. Peut-être jouait-il à présent sur la compassion de son avocat. Hardy posa une main sur l'épaule de son client, sentit les muscles se dénouer. Graham baissa la tête, comme sous un poids trop lourd à porter.

— Je l'aimais. C'était mon père. Il avait besoin de moi.

Baissant légèrement la voix, il ajouta :

— Et j'avais besoin de lui.

Restait la question de l'argent.

Dix minutes plus tard, ils étaient de nouveau assis à la table. Hardy s'entretenait avec son client depuis plus d'une heure et n'en avait rien tiré de substantiel. Il devait absolument obtenir des explications à propos de l'argent.

— Mon père voulait que je le prenne pour le remettre à quelqu'un. Il ne voulait pas qu'il fasse partie de l'héritage, qu'il demeure dans la famille.

Hardy intégra l'information. Comme presque tout ce qui sortait de la bouche de Graham Russo, elle soulevait plus de questions qu'elle n'en résolvait.

— À qui ?

— L'enfant d'une certaine Joan Singleterry.

— D'accord, soupira Hardy. Qui est-ce ?

— Je ne sais pas.

— Ton père ne te l'a pas dit ?

— Il allait le faire mais le téléphone a sonné. Quand je suis revenu sur le sujet, après le coup de fil, il m'a regardé comme si je débarquais de la planète Mars. Plus aucun souvenir.

— Tu n'as pas insisté ?

— C'était mon père, répondit Graham en écartant les bras. Je crois qu'il n'avait pas envie de me le dire, de toute façon.

— Mais la fois où il a parlé d'elle, qu'est-ce qu'il t'a raconté ?

— Qu'il ne savait pas où elle vivait. Qu'il voulait que je la retrouve après sa mort pour lui donner l'argent.

— Il savait qu'il allait mourir ?

— Il savait qu'il allait se tuer, oui. Je sais ce qu'on peut penser, mais c'est la vérité, se défendit Graham, levant une main.

— Pourquoi ne te croirais-je pas ? repartit l'avocat avec une ironie pesante. Ça arrive tous les jours. Un type donne cinquante mille dollars à son fils afin qu'il les remette à quelqu'un qu'il ne connaît pas. (Il se pencha par-dessus la table, haussa le ton.) Écoute, Graham, si tu ne te décides pas à me donner quelque chose à quoi je peux croire, je laisse tout tomber.

— C'est la vérité, Diz. Il avait peut-être eu des gosses avec cette femme et...

— D'où venait l'argent ?

— Je ne sais pas non plus.

Hardy cogna du poing sur la table.

— Bon Dieu ! Et les cartes de base-ball ? Qu'est-ce qu'il voulait que tu en fasses ? Que tu les places dans une capsule spatiale ?

Il était temps de partir – son accès de colère ne le mènerait à rien d'utile. Il ramassa ses affaires, se mit debout et demanda d'une voix maîtrisée :

— Tu veux que je te dise l'impression que ça donne, Graham ? Que tu as tué ton père pour lui voler cinquante mille dollars. Je ne dis pas que c'est ce que je pense... mais pour les autres, ça en aura toutes les apparences. Et si ça en a le goût et la couleur, devine la suite ?

Pas de réponse.

Hardy soupira et reprit :

— Je suis quand même ton avocat. Si tu changes d'avis, je

t'écoute et on repart de zéro. Mais avec les cartes que tu me fournis, on a perdu d'avance.

Graham leva les yeux vers lui.

— C'est ce qui s'est passé.

— Eh bien, si c'est vrai, on ne peut pas dire que tu étais dans ton jour de chance.

6

Quand le District Attorney Sharron Pratt apprit que Graham Russo avait été arrêté sans mandat délivré par ses services, elle exigea que Glitsky vienne lui rendre des comptes. Elle estimait que la police avait gravement mordu le trait dans une affaire où la question de l'euthanasie méritait d'être replacée dans un cadre plus vaste et débattue.

— Je ne comprends pas, disait Pratt. Pourquoi n'êtes-vous pas venu me voir d'abord, lieutenant ? Pourquoi l'avez-vous arrêté ?

— Nous pensons qu'il a commis un meurtre.

De son côté, Glitsky ne comprenait pas la colère de Pratt car, si la police s'adressait souvent au DA pour obtenir un mandat d'amener, il était presque aussi fréquent que les inspecteurs procèdent d'abord à l'arrestation.

— Nous pouvons le remettre en liberté et laisser tomber l'affaire, si c'est ce que vous voulez, ajouta-t-il.

— C'est ce que vous souhaitez, n'est-ce pas, lieutenant ?

— Non, madame. Néanmoins, c'est votre droit de le faire.

— N'essayez pas de m'avoir. Vous savez que, si vous m'aviez demandé un mandat pour arrêter ce garçon, je vous l'aurais refusé. Mais maintenant que vous l'avez bouclé, vous m'avez mise sur la sellette cn attirant l'attention sur cette affaire.

Elle le regarda par-dessus ses lunettes en demi-lune, posées au milieu de son nez aristocratique. Pratt n'était pas le supérieur de Glitsky et il se fichait de ce qu'elle pensait de lui, mais il s'efforçait d'accomplir son travail, et il rumina un moment sa réponse avant de la livrer :

— C'était une question de temps. Nous avions les preuves nécessaires pour procéder à une arrestation, mais si vous préférez faire de la politique…

Les yeux flamboyants, les narines dilatées, Sharron Pratt lui assena :

— Vous osez m'accuser de faire de la politique avec la vie d'un homme ? Vos gars ont commis une erreur en l'arrêtant.

Glitsky ne put s'empêcher de faire observer :

— Vous savez sûrement que l'un des inspecteurs qui l'ont épinglé est une femme, n'est-ce pas ?

La remarque la décontenança un instant.

— La question n'est pas là, rétorqua-t-elle. Mes services n'avaient pas décidé d'entamer des poursuites et vous le saviez. Voilà pourquoi vous l'avez arrêté sans mandat.

— Non, je ne le savais pas. Vos services entament des poursuites en cas d'homicide, non ? Pourquoi je me serais posé la question ?

Pratt hocha la tête, comme si le policier venait de confirmer ce qu'elle pensait. Elle s'approcha de son bureau, sur lequel était posé le dossier jaune de l'affaire Russo.

— Je vais en référer au maire et aux conseillers municipaux, menaça-t-elle. Cette campagne de la police pour me discréditer n'ira pas plus loin.

— Pourquoi nous cherchons à vous discréditer déjà ? J'ai oublié.

— Parce que je pense – à *juste titre* – que certains des actes que vous qualifiez de crimes n'en sont pas, et que je me refuse à les poursuivre.

— C'est pas moi qui les qualifie de crimes, grommela Glitsky, c'est le législateur.

Le District Attorney secoua la tête.

— Je me fiche de ce qu'il y a dans les livres de droit. Les livres ont tort. Vous harcelez les gens, vous gaspillez les ressources de la ville pour vous acharner sur les prostituées, les fumeurs occasionnels de marijuana…

— Les meurtriers ?

— J'allais précisément y venir, lui renvoya Pratt, braquant un doigt vers lui. D'après les éléments dont j'ai pris connaissance (le doigt s'inclina vers le dossier jaune), Graham Russo n'est pas un meurtrier.

— Vous ne croyez pas qu'il a tué son père ?

— Non, je pense qu'il l'a tué. *Bien sûr* qu'il l'a tué, répéta-t-elle, abattant sa paume sur le bureau. Vous me prenez pour une idiote ?

Jugeant plus sage d'éviter une réponse directe sur ce dernier point, Glitsky marqua un temps, inclina la tête, en fit des tonnes dans la naïveté :

— Alors là, quelque chose m'échappe. Où est le problème si vous le croyez coupable ?

Avec un long soupir, Pratt alla s'asseoir.

— Dans l'absolu, on peut parler d'homicide…

— Pour Strout, c'en est un, coupa le lieutenant. Alors, pour moi aussi.

— Ce n'est pas un meurtre.

— Qu'est-ce que c'est, alors ?

— Un cas d'euthanasie.

— L'euthanasie est illégale.

— Mais moralement justifiable. Ce garçon a fait preuve d'humanité en prenant la décision la plus difficile de son existence, probablement. Et vous voudriez le juger pour meurtre ?

— Non. Je l'ai arrêté parce qu'il a enfreint la loi. C'est mon boulot.

— Faux. Votre boulot consiste à soumettre les mandats d'amener à nos services. C'est *nous* qui décidons d'inculper ou non. (Renversée dans son fauteuil, elle tendit de nouveau le doigt vers lui.) Vous *saviez* que nous ferions la distinction, pour cette affaire, alors vous êtes passé par-dessus ma tête. Vous le faites depuis que j'ai pris mes fonctions. Vous pensez vraiment que je ne le vois pas ?

Glitsky alla chercher l'un des fauteuils regroupés dans un coin de la pièce, l'approcha du bureau, s'assit, montra le dossier.

— Vous l'avez lu, dites-vous, continua-t-il sur le ton de la conversation. Alors expliquez-moi : comment faites-vous pour exclure un meurtre ?

— Je pars de la présomption d'innocence garantie par la Constitution, lieutenant.

Comme il ne se livrait à aucun commentaire, elle poursuivit par sa propre version, parfaitement plausible, de la mort de Sal Russo : c'était un cas d'euthanasie.

— Et l'argent ? objecta Glitsky.

— Sal l'a donné à son fils. Il l'aimait. Il n'avait aucun contact avec ses autres enfants, qui le haïssaient, semble-t-il. Pourquoi aurait-il voulu qu'ils aient cet argent ?

— Pourquoi Russo n'en a pas simplement parlé ? contra le policier. Pourquoi a-t-il menti en répondant à chacune de nos questions ?

— Il était acculé. Il ne voyait aucun moyen de s'en sortir, il a paniqué. Cela arrive tout le temps.

— Bon, admettons. Et le coup à la tête ?

— Sal a pu tomber et se cogner n'importe quand avant de mourir.

Glitsky garda le silence. Le dossier contenait d'autres éléments probants, mais il savait que Pratt aurait une explication pour concilier chacun d'eux avec sa propre version. En fait, elle avait peut-être raison : il se pouvait que la vérité fût de son côté. Glitsky estimait que ce n'était pas à elle d'en décider, pourtant. L'affaire devait passer devant un jury. C'était ainsi que fonctionnait le système.

Le District Attorney se laissa aller contre le dossier de son siège, porta les mains à ses lèvres.

— Vous savez, Abe, je vous aurais cru un peu plus… sensible sur ce sujet. Votre femme a beaucoup souffert, n'est-ce pas ?

La cicatrice de Glitsky se raidit.

— Je n'ai pas tué ma femme. Je ne l'ai pas aidée à mourir.

— Je n'ai pas dit ça. Mais ses souffrances ont dû être terribles.

— Elle prenait des analgésiques, ça la soulageait. Elle voulait vivre le plus longtemps possible. Elle n'avait pas envie de mourir.

— Mais si elle en avait eu envie, vous l'auriez aidée, Abe ?

— Sans doute.

— Pourtant, vous ne croyez pas que c'est ce qu'a fait Graham Russo pour son père ? Vous pensez qu'il a mal agi ?

Glitsky baissa la tête. Discuter avec Pratt, c'était comme essayer de boxer avec un nuage.

— Non, répondit-il, faisant appel à toute sa patience. Je pense qu'il a enfreint la loi.

Sharron Pratt écarta les mains comme elle l'eût fait pour relâcher un petit oiseau.

— Alors, il faut changer la loi.

Les associés de David Freeman appelaient sa salle de réunion le Solarium. Sous le verre et l'acier, ficus, caoutchoucs et citronniers proliféraient. À travers leur feuillage, on distinguait au-dehors un jardin paysager, qui renforçait encore l'impression d'être dans une serre.

Dismas Hardy était assis à une table d'acajou ovale avec Michelle Tinker. Réservée, presque timide, la jeune femme avait un sens remarquable du droit – bien plus aiguisé que le sien propre, pensait-il. Freeman la gardait dans son cabinet parce que, frappée de mutisme devant un jury, elle déployait au bureau une minutie et une capacité de travail apparemment sans limites. Exactement ce dont Hardy avait besoin.

Il avait annoncé à Freeman en arrivant au bureau qu'il défendrait Graham Russo, que l'affaire lui prendrait une bonne partie du temps qu'il consacrait en ce moment à Tryptech. Freeman pouvait-il lui prêter quelqu'un de bosseur pour le soulager du fardeau Tryptech ? Le vieil avocat n'avait été que trop heureux d'accéder à sa requête, sans parvenir à cacher le plaisir que lui causait la décision de Hardy.

Michelle avait une licence de droit et un diplôme de comptabilité. Âgée d'une trentaine d'années, elle était mariée, sans enfants. Une fois qu'on avait triomphé de sa timidité, elle se montrait amicale et diserte, tout à fait professionnelle. Hardy était certain qu'elle s'entendrait bien avec Dyson Brunel, et l'affaire se réduisait à une manipulation de chiffres et de paperasse : Michelle ne verrait jamais un jury, peut-être même pas de juge.

Il était dix-sept heures. Depuis deux heures, Hardy lui exposait les grandes lignes de l'affaire, lui en présentant les différents protagonistes, et les questions de la jeune avocate semblaient indiquer qu'elle avait absorbé l'essentiel. Les dossiers se trouvaient dans des caisses en carton qu'il avait apportées avec lui au Solarium. Michelle passerait les prochains jours à les lire. En facturant ses heures à plein temps.

— Et votre rôle ? s'enquit-elle.

Il sourit.

— Je continuerai à m'en occuper de loin mais j'ai dû prendre d'autres engagements.

— Vous gardez l'affaire ? C'est à vous que je rendrai compte, pas à David ?

— À moi et à personne d'autre.

— On me vole mes associés ?

Ils se tournèrent tous deux pour voir Freeman sur le seuil de la pièce, mal fagoté comme à son ordinaire.

— C'est ce dont nous étions convenus ce matin, dit Hardy. Michelle est d'accord pour m'aider.

— Méfiez-vous de cet homme, recommanda le vieil homme à la jeune avocate. C'est un dangereux énergumène.

Il tira de sa poche de poitrine un cigare dont il mordit pensivement l'extrémité.

— Quand avez-vous revu Graham Russo ? demanda-t-il à Hardy.

— Après le déjeuner. Pourquoi ?

Freeman, renommé dans les cours d'audience pour son sens du suspense, alluma le havane en prenant son temps, exhala un long jet de fumée.

— Personne ne vous a téléphoné ?

— Non, personne ne m'a téléphoné, grommela Hardy, qui n'aimait pas la tournure que prenait la conversation. Cessez ce petit jeu, David. Qu'est-ce qui se passe ? Graham va bien ?

— Je dirais qu'il va probablement mieux que la dernière fois que vous l'avez vu. Le bruit courait au palais qu'on allait le relâcher. J'aurais cru que quelqu'un vous préviendrait.

« Coup de théâtre aujourd'hui dans l'affaire Russo, le District Attorney Sharron Pratt a annoncé au cours d'une conférence de presse spéciale qu'elle renonce à toutes poursuites contre Graham

Russo, avocat et ancien stagiaire de la cour fédérale, arrêté pour avoir, semblerait-il, aidé son père à se suicider. »

Assis au bout du comptoir du *Shamrock*, Hardy avait les yeux braqués sur le poste de télévision. Il faisait encore jour de l'autre côté des grandes vitres du bar, bien que la circulation se fût réduite dans Lincoln Boulevard. Frannie ne tarderait pas à le rejoindre pour leur sortie traditionnelle et sacrée – presque tous les mercredis soir depuis qu'ils étaient mariés. Ils se retrouvaient généralement au *Shamrock* pour dîner au restaurant, voir un film, aller à un concert.

Il but une gorgée de stout, leva de nouveau les yeux vers l'écran, où le visage de Pratt venait d'apparaître pour les six secondes de temps de parole après lesquelles couraient tous les politiciens.

« J'ai pris connaissance du dossier, le rapport d'autopsie révèle une tumeur au cerveau avancée et irréversible. Mr. Russo souffrait terriblement sans espoir de guérir. Celui qui l'a aidé à en finir doit être félicité, non poursuivi. »

Frannie arriva, déposa sur la joue de Hardy un bécot conjugal, s'assit sur le tabouret voisin cependant que la jeune et jolie journaliste poursuivait :

« Dans tout le pays, des groupes du mouvement pour le droit de mourir ont déjà applaudi à la décision du DA, tandis que, de son côté, la police de San Francisco se refuse à tout commentaire sur l'arrestation de Graham Russo ou sur sa libération. L'avocat Dismas Hardy, qui nie que son client ait tué qui que ce soit, déclare que Mr. Russo n'a aucunement l'intention de poursuivre la ville pour arrestation arbitraire. L'affaire pourrait donc s'acheminer vers son épilogue, même si certaines sources, au palais de justice, n'en sont pas persuadées. »

— Ça doit être toi, fit Frannie. Dismas Hardy, je veux dire, pas les sources.

— C'est moi, reconnut-il. Sonnez, trompettes de la renommée.

Le reportage n'était cependant pas terminé et l'écran s'élargit pour inclure le présentateur grave.

« Une chose semble certaine, cependant, Donna : la décision discutable du District Attorney relancera le débat national déjà fort animé sur l'euthanasie.

— On peut le supposer, Phil. Sharron Pratt a lancé une offensive politique qui ne restera pas sans effet. »

Phil hocha la tête d'un air sagace, regarda l'œil de la caméra.

« Entre-temps, notre équipe sur place à Bay Area a appris que les services du procureur général de l'État n'avaient pas exclu de mener leur propre enquête sur la mort de Sal Russo. Son fils Graham est ce soir un homme libre, mais qui peut dire pour combien de temps ?

— Qui, en effet, Phil ? »

Hardy se leva, passa derrière le comptoir pour éteindre le poste.

— C'est pas possible qu'il y ait tant de crétins, soupira-t-il. Mais d'où ils sortent ?

— Comment tu as réussi à le tirer de prison aussi vite ? voulut savoir Frannie.

Bon, le vieux truc de la télé décervelante ne marcherait apparemment pas ce soir pour détourner la conversation. Il lui faudrait trouver un autre subterfuge.

— Je n'ai rien fait, répondit-il. C'est Pratt qui l'a relâché. Qu'est-ce que tu bois ?

Frannie était vin blanc, et Hardy, éloignant le barman d'un geste, la servit lui-même pendant qu'il était derrière le comptoir. Il alla ensuite au juke-box, mit un Van Morrison – *Moondance* avait trente ans mais donnait l'impression d'avoir été enregistré la veille.

Il retourna près de Frannie. Le baiser fut cette fois plus sensuel.

— Bon, il est maintenant dix-neuf heures quatre et notre sortie a officiellement commencé. Je tiens à souligner que je n'ai eu aucun contact avec Graham Russo. Non, c'est pas vrai, je lui ai parlé en prison. Comment vont les enfants ?

— Vous remarquerez l'habileté avec laquelle il essaie de changer de sujet, dit Frannie.

Il devait bien le reconnaître, elle ne se laissait pas facilement décramponner.

— Les enfants vont bien, poursuivit-elle. Personne n'a eu de fracture aujourd'hui. Deux bagarres à l'école – une de moins que d'habitude. Tu penses qu'on doit vraiment parler de Graham, toi et moi ? Je croyais que, si la police l'arrêtait, tu n'étais plus dans le coup.

— Je le croyais aussi, répliqua Hardy, levant son verre. Et puis ils l'ont mis en taule. Je ne pouvais pas le laisser tomber.

— Non, bien sûr, tu ne pouvais pas, récita Frannie. Alors, comment il est sorti ? Tu n'y es vraiment pour rien ?

— *Nada*. Tu as entendu Donna et Phil. S'ils le disent, c'est que c'est vrai. Pratt a fait un coup politique.

— J'ai aussi entendu que l'affaire n'était pas finie.

— Ça aussi, c'est peut-être vrai. En fait, j'en suis presque sûr. Mais je ne suis pas certain que Graham ait tué son père.

Frannie reposa son verre.

— Je pensais que ça au moins, c'était établi.

— Tu n'es pas la seule.

— Alors, que s'est-il passé ?

— Je n'en sais rien. J'ai l'impression qu'il protège quelqu'un, un médecin, une personne qu'il connaît. Peut-être un membre de sa famille. Il affirme catégoriquement qu'il n'a pas tué son père, qu'il ne l'a pas aidé à se suicider.

— Dismas, tous les clients disent ça, non ? Surtout au début.

— Ouais, admit-il. Mais...

— Mais tu as envie de le croire.

— Je ne sais pas, murmura-t-il, haussant les épaules. Je suis intrigué, plutôt.

Il se redressa brusquement, claqua des doigts.

— Quoi ? fit Frannie.

Il retourna derrière le comptoir, fouilla dans un tiroir.

— Quelque chose que je viens de me rappeler...

Il trouva l'annuaire, l'ouvrit sur le comptoir.

— Tu cherches qui ?

Le doigt de Hardy descendit le long de la page.

— Singleterry... Il n'y en a que quatre. Mais pas de Joan.

Il raconta à sa femme la découverte de l'argent, les explications de Graham.

— Ça t'embête si je donne un ou deux coups de fil ? Le temps que tu reprennes un verre ?

— Un frisson toutes les minutes. Dismas, on sort ou tu travailles ? maugréa-t-elle, mais elle lui toucha la main. C'est bon, vas-y.

Il revint cinq minutes plus tard, plissant le front.

— Alors ?

— J'en ai trouvé deux chez eux, ils ont déclaré que j'étais la deuxième personne en trois jours à demander une Joan. Ils ne connaissent pas de Joan.

— Ce qui signifie ?

— Ce qui signifie que Graham l'a effectivement recherchée. Ce qui signifie peut-être qu'il n'a pas inventé cette histoire.

— Et quoi d'autre ?

— Qu'il dit peut-être la vérité pour le reste.

Sarah Evans s'accorda une heure pour se lamenter sur la remise en liberté de Graham Russo, puis songea que ce n'était qu'une affaire dans une carrière qu'elle voulait longue. De plus, elle avait fait son travail. Personne n'avait quoi que ce soit à lui reprocher. Le reste – la décision de Pratt, la réaction du procureur général – ne dépendait pas d'elle.

Pas question de gâcher sa vie ni même sa nuit pour ça.

En fait, elle se sentait en partie soulagée. Graham Russo était l'un des hommes les plus attirants qu'elle eût rencontrés et elle n'arrivait pas à croire que quelqu'un d'aussi beau puisse être pourri de l'intérieur. C'était superficiel de sa part, elle le savait, et des millions d'exemples prouvaient le contraire. Pourtant, avant qu'elle et Marcel trouvent des indices dans l'appartement de Graham, elle s'était presque autorisée à sentir une sorte de lien avec le suspect. Ils avaient à peu près le même âge. Il aimait le sport, comme elle. C'était la première fois qu'elle se sentait aussi facilement attirée en cinq ans ou plus. Plus.

Flic dans l'âme, elle n'aurait cependant pas hésité à profiter de cette attirance pour amener Graham à s'ouvrir à elle. Sourire, feindre d'être sous le charme, comme elle l'avait fait à l'appartement – cela avait d'autant mieux marché que ce n'était pas *entièrement* de la comédie.

À la réflexion, c'était peut-être Pratt qui avait raison : Graham avait aidé son père à échapper à la souffrance. Si c'était le cas, cela ne posait pas nécessairement un dilemme à la jeune femme. Des amis médecins lui avaient confié qu'ils avaient, à la demande de parents rongés d'angoisse, débranché les appareils maintenant en vie des mourants. Sarah ne pensait pas qu'il fallait institutionnaliser cette pratique, de peur qu'on n'en abuse, mais elle la comprenait en son for intérieur.

Il se pouvait aussi que Graham n'eût rien à voir avec la mort de son père. Même le rapport de Strout – suicide/homicide – était équivoque, elle devait le reconnaître. En d'autres termes, Sal s'était peut-être bel et bien suicidé. Les indices recueillis n'excluaient pas cette possibilité. En tout cas, c'était fini, elle n'y penserait plus, pas ce soir. Son équipe de softball disputait un match.

Evans vivait seule dans un deux pièces au-dessus d'une épicerie, au coin de Balboa et de la 15e Avenue. En ouvrant la porte, elle s'arrêta sur le palier, savoura la tiédeur de la nuit – inhabituelle, quasi inouïe pour San Francisco. Elle se sentait bien dans sa chemise en nylon jaune, son short vert foncé, ses hautes chaussettes. Elle coiffa la casquette or frappée d'un B vert, fit passer sa queue de cheval au-dessus de la languette d'ajustement.

Oublié le monde des flics. Elle avait trente-deux ans, elle était en pleine forme. Sarah avait décroché le boulot pour lequel elle avait fait tant d'efforts, mais cela ne régentait pas toute sa vie. C'était précisément pour échapper à ce danger qu'elle pratiquait sérieusement le softball dans une équipe féminine. Le sport atténuait le stress de son métier. Il lui apportait aussi une existence distincte en dehors du monde défini par le palais de justice.

Elle aperçut son reflet dans la vitrine de l'épicerie en se dirigeant vers sa voiture. On lui aurait donné dix-huit ans.

7

— Oh ! Graham, Dieu merci, tu n'as rien !

Helen descendit rapidement le perron de la grande maison – le Manoir – située dans le quartier huppé de Seacliff, à la lisière nord-ouest de San Francisco. Graham Russo n'était qu'à la moitié de l'allée d'ardoise coupant l'immense pelouse en pente, et sa mère courut à sa rencontre dans la chaleur du soir. Elle l'enlaça et, lui arrivant à peine à l'épaule, pressa sa joue contre sa poitrine.

Il la prit dans ses bras, attendit. La porte du Manoir demeurait ouverte mais personne n'apparut.

La peau du visage d'Helen était lisse comme du marbre. Bien qu'il sût qu'il fallait attribuer cette absence de rides à plusieurs opérations de chirurgie esthétique, il devait admirer les résultats : elle paraissait dix ans de moins que son âge.

Helen avait toujours séduit les hommes avec ses yeux bleus largement écartés, ses pommettes hautes, ses cheveux barbe de maïs. Dans l'obscurité, vêtue d'un pantalon sur mesure et d'une blouse de coton bleu, elle aurait pu être la petite amie de Graham et non sa mère. Aucun doute, c'était une femme magnifique, comme se devait de l'être l'épouse qu'exhibait Leland Taylor.

Il se demanda si la maman qu'elle était lorsqu'elle vivait avec Sal, lorsqu'il l'adorait, avant que leurs vies ne changent – il se demanda si elle avait la même allure. Dans son souvenir, le visage de sa mère avait une douceur qu'il ne retrouvait plus.

Elle s'écarta, leva les yeux vers lui, lui caressa la joue.

— Tu as l'air fatigué. Ils ne t'ont pas fait mal, là-bas, j'espère ?

— Je n'y suis même pas resté une journée, maman. Je n'ai fait qu'entrer et sortir.

— Nous serions bien venus te voir – en prison, je veux dire –, mais nous ne savions pas comment tu… Nous pensions que ton avocat nous tiendrait au courant, il ne nous a même pas appelés. Je ne crois pas que nous le connaissions. Dismas Hardy, je me trompe ? Quel drôle de prénom, Dismas. Enfin, c'était une erreur, n'est-ce pas ?

Il se pencha pour l'embrasser.

— Une erreur, confirma-t-il. Sur toute la ligne. Je n'ai pas tué Sal, je ne l'ai pas aidé à mourir.

Bref éclair de dents blanches. Elle lui prit le bras, l'entraîna vers la maison.

— Bien sûr. Allons rejoindre les autres. La famille a besoin de discuter de toute cette histoire. Je suis si contente que tu aies pu venir immédiatement.

Après que Hardy l'eut déposé à son appartement, Graham avait écouté le message de sa mère. C'était le dernier de la demi-douzaine qu'elle avait laissés sur son répondeur – elle avait téléphoné juste après l'annonce de sa libération. Il avait pris une douche pour se laver de la prison, et vingt minutes plus tard il était parti pour le Manoir.

Le message lui avait laissé l'impression que sa mère se faisait du souci pour lui, qu'elle voulait le voir uniquement afin de s'assurer qu'il allait bien. Apparemment, il l'avait mal interprété.

— Les autres sont là ?

Ainsi, elle était venue à sa rencontre pour l'avertir de ce qu'il trouverait en franchissant la porte, pour le calmer au cas où il exploserait. Cela s'était toujours passé de cette façon. Il était la tête chaude de la famille, l'émotif. La plupart du temps, maman parvenait à le neutraliser avant qu'il hausse la voix ou ne cause d'embarras à quiconque, les deux péchés capitaux dans la maison de Leland Taylor.

— Hier, après ton arrestation, nous avons décidé de nous réunir, Graham.

Lui tenant le bras – un geste protecteur ? une façon de le retenir ? –, elle cessa de marcher, se tourna vers lui et ajouta :

— Nous avons estimé qu'il convient de définir une stratégie, face à la situation.

Graham reconnut la main de son beau-père dans la décision. Leland Taylor élaborait probablement une stratégie avant de se raser.

— Présenter un front uni, tu comprends.

— À qui ?

Ignorant la question, elle poursuivit :

— Alors, quand tu es sorti...

— Vous étiez tous tellement soulagés...

— Naturellement, voyons. Ne sois pas comme ça.

— J'espère que le scandale n'a pas fait rater une affaire à Leland. Oh ! mais j'oubliais, c'est impossible : nous n'avons pas le même nom. Personne ne pouvait savoir. C'était le but de cette réunion, n'est-ce pas ? Étouffer l'affaire.

— Non, assura-t-elle d'un ton ferme, soldat ayant reçu sa feuille de route. Absolument pas. Nous étions inquiets pour toi.

— Et vous vous êtes tous précipités à la prison pour voir comment vous pouviez m'aider.

Exaspérée, elle secoua la tête.

— Je t'ai déjà expliqué. (Elle s'arrêta une dernière fois au pied des marches menant aux doubles portes majestueuses de l'entrée.) Je t'en prie, ne complique pas les choses. Essaie de comprendre.

Il regarda le visage de sa mère – femme à la beauté ravie ou ravissante ? Il ne décela pas de rides d'inquiétude, bien sûr. Le laser les avait effacées. Il crut cependant lire quelque préoccupation dans son regard, mais il n'aurait su dire si c'était pour lui ou pour la mission dont on l'avait chargée, et qui semblait sur le point de capoter.

La famille du mari d'Helen avait fait fortune dans la finance. Roland Taylor avait fondé la Baywest Bank à la fin des années quarante. Leland Sr avait repris le flambeau puis l'avait passé à son fils unique en 1980. Au fil des ans, la Baywest s'était développée à coups de fusions et d'absorptions.

Pour San Francisco, c'était un établissement passablement conservateur, qui préférait ne pas prêter d'argent à des entreprises nouvelles ou de petite taille, et affichait quasiment son mépris pour ce que George appelait la « populace à livret ». Au-dessus des cadres moyens, on ne trouvait ni femme ni personne de couleur dans l'organigramme.

Baywest était plus à l'aise avec les prêts institutionnels, les contrats de financement établis par des hommes portant un costume à toute heure de la journée de travail, appartenant à des clubs très fermés, échangeant des secrets derrière des portes closes. La banque connaissait beaucoup de secrets. Leland Jr tenait maintenant la barre, et son beau-fils George Russo faisait partie des vice-présidents bien qu'il n'eût que vingt-sept ans.

Des portes-fenêtres séparaient la salle à manger du Manoir d'un élégant salon de musique. Ni Leland ni Helen ne jouaient d'un instrument, mais cela ne les avait pas dissuadés d'acheter un piano à queue Steinway et de l'équiper d'un système qui permettait d'écouter de la musique classique en appuyant sur un bouton. Après l'installation, le couple n'avait pas tardé à découvrir que le son naturel du piano était un peu trop fort pour accompagner les dîners, et Leland avait fait poser des portes-fenêtres pour l'étouffer un peu.

Ce soir-là, le piano était silencieux, mais on avait quand même fermé les portes. Leland Taylor ne tenait pas à ce que les domestiques surprennent les discussions familiales.

La salle à manger était ronde comme une assiette, avec une table en cerisier dont l'ovale allongé pouvait accueillir aisément dix-huit convives. Les Taylor ne dînaient pas mais on avait servi le café. Comme il faisait exceptionnellement beau, Leland avait fait ouvrir les doubles rideaux. Les fenêtres offraient une vue allant des îles Farallon – clairement visibles à vingt-sept milles au large de la Golden Gate – à Bay Bridge et à la côte s'étendant au-delà. Au nord, les flèches rouges du Golden Gate Bridge semblaient flotter au-dessus du cap.

Personne dans la pièce ne montrait pourtant le moindre intérêt pour le panorama.

Leland Taylor était assis à côté de sa femme au bout de la table le plus proche du salon de musique. Il portait un costume anthracite, une cravate en reps rouge et bleu, une chemise blanche. Toujours. « La chemise blanche indique que vous êtes le patron. »

Graham voyait en lui l'aboutissement de six générations de croisements interbritanniques, ce qui n'était pas tout à fait inexact. Grand et mince, il avait des yeux d'un bleu délavé, la lèvre inférieure charnue, une peau rappelant une crêpe rose par sa texture et sa couleur.

Assis à droite de Leland – mais séparés de lui, Dieu merci, par la distance respectueuse de deux chaises –, Debra, la sœur de Graham, et son mari, Brendan McCoury, s'efforçaient vainement de prendre un air détaché au milieu de toute cette opulence. Debra avait grandi dans cette maison, mais sa situation sociale avait changé. Elle n'était plus chez elle.

Brendan avait ce que d'aucuns – pas dans le monde de Leland, cependant – auraient appelé un bon métier d'artisan électricien. Debra était l'assistante d'un vétérinaire. On tolérait leur présence parce que, aux yeux du beau-père, il s'agissait d'une affaire familiale et qu'en principe Debra faisait partie de la famille.

George, comme son frère aîné, était un homme solidement bâti. Dans son costume trois-pièces en gabardine, il occupait l'autre bout de la table, buvant de la Heineken dans un verre évasé.

On avait abandonné à Graham tout le côté gauche de la table.

— Je ne m'attendais pas à cette arrestation, disait-il en réponse à la question d'ouverture de Leland. Sinon, je vous aurais moi-même proposé une réunion pour régler la question de l'héritage.

— Oui, l'héritage, fit Leland, s'efforçant de chasser de sa voix un dédain que Graham perçut néanmoins. Nous avons été étonnés d'apprendre l'existence des cinquante mille dollars. Sal n'a sûrement pas gagné cet argent en pêchant. J'aimerais savoir d'où il vient.

— Qu'est-ce que ça peut faire ? Aucun de nous ne le touchera.

— Comment ça, « aucun de nous » ? intervint George, d'un ton mesuré qui ne trompa personne. Il doit être divisé en trois s'il n'y a pas de testament. J'ai vérifié. Et il n'y a pas de testament, non ?

Graham avait résolu de rester calme. Il prit un petit gâteau, le mordit pour garder son sang-froid.

— Pas en tant que tel, mais…

— Excuse-moi, George, dit Leland, coupant l'herbe sous le pied de son beau-fils, qui allait reprendre la parole. S'il n'y a pas de testament, comment se fait-il que tu sois l'exécuteur testamentaire, Graham ?

— Il paraît que les billets étaient entourés d'une bande, fit Debra, qui tenait la main de son mari sous la table.

Vivant dans l'ombre d'une mère qui poursuivait une ascension sociale étonnante, la jeune femme avait depuis longtemps renoncé à rivaliser avec elle. À l'âge de vingt-neuf ans, elle était moins dépourvue de charme que d'ornements. Elle ne portait aucun maquillage. Elle avait décidé de ne plus teindre ses cheveux, autrefois brillants comme ceux d'Helen, à présent d'un blond terne. Elle était aussi enceinte de cinq mois et avait le visage profondément marqué.

— Qu'est-ce que ça signifie, ces bandes ? continua-t-elle. Et les cartes de base-ball, qu'est-ce que tu allais en faire ? Tu voulais les voler aussi ?

— Ouais, Deb, repartit Graham. Je voulais les voler. Pour baiser tout le monde.

— Comme d'habitude, commenta George.

Graham tourna vers le bout de la table un sourire menaçant.

— Je t'emmerde.

Leland les rappela à l'ordre en tapant sur la table.

— Voyons, restez courtois, je vous prie.

— C'est ça, marmonna Graham, qui tremblait tellement qu'il dut reposer sa tasse de café. Vous savez, les gars, je n'ai pas précisément passé une excellente journée, en prison, accusé du meurtre de mon père. Je viens ici et on joue à crachons-sur-Graham. Je n'ai pas besoin de ça, vous pouvez tous aller au diable.

Depuis qu'il était enfant, des larmes lui montaient aux yeux lorsqu'il se mettait en colère. Il ne laisserait pas la famille les voir mais, pour garder une certaine dignité, il ne quitterait pas non plus la pièce en catastrophe. Fixant le plafond, il battit des cils et commençait à repousser lentement sa chaise quand sa mère lança d'une voix dure :

— Pour l'amour du ciel, arrêtez, les enfants. Reste là, Graham ! Tu as raison. Nous sommes tous à bout de nerfs. Ces derniers jours ont été très éprouvants, sur le plan émotif.

Silence embarrassé.

Leland, voix de la raison, reprit la parole :

— Écoutez votre mère. La semaine a été difficile pour tout le monde. Personne ne t'accuse de quoi que ce soit, Graham, mais nous avons des questions à poser, et je suis sûr que tu connais les réponses. Pour nous, c'est important, tu ne crois pas ?

Graham, qui s'était rapproché de la table, joignit les mains devant lui, les pressa à en faire blanchir les jointures.

— Franchement, Leland, je ne crois pas. Je ne comprends pas pourquoi Georgie...

— George, corrigea son frère.

— Ouais, George. Je ne comprends pas pourquoi *George* s'excite autant pour cinquante mille dollars, ou un tiers de cinquante, qu'il ne touchera pas de toute façon parce que papa voulait les laisser à quelqu'un d'autre.

— Voilà justement une des questions, répliqua Leland. À qui ton père voulait-il léguer cet argent ?

À l'autre bout, George fit son numéro d'imitation de Leland en frappant sur la table.

— Pourquoi me désintéresserais-je de ces dix-huit mille dollars ? C'est une somme.

Graham lui jeta un regard méprisant.

— Combien tu gagnes par an, George ? Cent trente ? Cent cinquante mille ?

— Qu'est-ce que cela peut faire ?

— Cela fait que ces dix-huit mille dollars, tu n'en as absolument pas besoin.

— Là n'est pas la question. Ils me reviennent, que j'en aie besoin ou non.

Le sourire inquiétant réapparut sur les lèvres de Graham.

— Tu commences à faire un bon banquier, Georgie. Mais, de toute façon, cet argent n'est pas à toi.

— Moi, j'en ai besoin, déclara Debra d'un ton agressif. Cela représente beaucoup d'argent pour nous.

Son mari se raidit à côté d'elle.

— On n'en a pas besoin, affirma-t-il. On se débrouille très bien comme ça.

— Enfin, Bren ! protesta-t-elle.

— Discute pas avec moi, lui ordonna Brendan, qui semblait résister à l'envie de la frapper.

Ne désirant pas arbitrer un conflit conjugal, Leland Taylor frappa de nouveau sur la table.

— Excuse-moi, Debra, je ne crois pas que Graham nous ait fait part des intentions de Sal concernant cet argent.

— Excuse-*moi*, Leland, dit George, imitant de nouveau son beau-père, mais les intentions de Sal n'ont aucune importance. S'il n'a pas rédigé de testament, Graham peut faire ce qu'il veut avec sa part, mais Debra et moi réclamons la nôtre. C'est la loi, il le sait.

Dehors, le soleil s'était couché ; un ciel de nacre s'obscurcissait rapidement. La patience de Graham – ce n'était pas son point fort, de toute façon – atteignait ses limites. Il parcourut l'assemblée des yeux : depuis la mort de Sal, ces gens constituaient toute sa famille et il ne sentait aucun lien avec eux. Comment en étaient-ils arrivés là ?

Peut-être n'y avait-il jamais eu aucun espoir pour cette famille, pensa-t-il. Si loin que sa mémoire remontât, il y avait toujours eu conflit entre Helen et Sal. Enfant, Graham n'était pas capable d'en comprendre les causes, mais même pour le jeune garçon qu'il était, son père et sa mère semblaient différents dans leur façon d'*être*.

Sal était un fils d'émigrés qui avait grandi en parlant portugais à la maison. Il aimait travailler de ses mains, bricoler, picoler, pêcher, raconter des plaisanteries cochonnes et rire aux éclats. Il jouait de l'accordéon aux fêtes. Beau brun au sourire espiègle, il respirait la confiance en soi. Il serrait ses copains dans ses bras, il embrassait sa femme en public, lui tapotait les fesses à l'occasion.

C'était aussi un sportif de talent. Comme son fils Graham après lui, il avait été engagé par une équipe au sortir de la fac : les Orioles de Baltimore lui avaient versé une prime à la signature – *signing bonus* – de trente-cinq mille dollars. Comme son fils – comme la grande majorité des joueurs –, il n'avait jamais accédé à la première division. Sur l'insistance d'Helen, il n'avait cependant pas dilapidé sa prime et l'avait utilisée pour acheter son bateau.

L'éducation d'Helen se situait sur un plan culturel différent. Ses parents, Richard et Elizabeth (sûrement pas Dick et Betsy) Raessler, étaient des bijoutiers connus. Helen avait fréquenté Town

School, l'école privée la plus prestigieuse de la ville. Grands restaurants, opéra, théâtre, musées. C'était aussi une cavalière émérite – monte britannique – et une cuisinière hors pair.

À dix-huit ans, elle avait voyagé cinq fois en Europe avec ses parents, deux fois en Extrême-Orient. Elle avait fait la connaissance de Leland Taylor alors qu'ils étaient encore tous deux au lycée. Les parents d'Helen le considéraient comme le parti idéal pour elle mais estimaient qu'ils devaient attendre un âge plus raisonnable.

Richard et Elizabeth avaient été atterrés par le désir de leur fille de poursuivre ses études au Lone Mountain College, institution indépendante mais, officieusement, annexe féminine de l'université de San Francisco. Ils auraient de beaucoup préféré l'une des universités pour jeunes filles de l'Est – Vassar, Brown –, tant pour des raisons culturelles que pour des questions de sécurité. Lone Mountain était dirigé par des religieuses et, soupçonnaient les Raessler, par ces rusés jésuites. En outre, les catholiques étaient bien plus dévergondés qu'Helen ne le pensait.

Cependant, Lone Mountain étant proche, ils garderaient leur fille à l'œil et à portée de main. Il suffirait de la tenir à l'écart de la racaille, des quelques fils d'ouvriers inscrits en face, à l'USF.

Bien entendu, Helen tomba amoureuse de l'un d'entre eux.

C'était en 1965. Elle était en première année, Sal terminait ses études après avoir fait le Viêt-nam, ce qui ajoutait à son charme le cachet indéfinissable de l'« homme plus âgé ».

Dire que Richard et Elizabeth ne furent pas enchantés constituerait un euphémisme. Quand Helen tomba enceinte à la fin de ce premier été, avant même qu'ils soient officiellement fiancés, ils lui conseillèrent d'avorter. Mais ni Helen ni Sal ne voulurent en entendre parler. Ils s'aimaient, ils désiraient se marier et fonder une famille. Lorsque Helen s'enfuit avec son pêcheur, les Raessler rompirent avec leur fille.

Le dégel s'amorça avec la naissance de Graham, nom qui, comme George et Debra, ne fleurait guère l'héritage portugais de Sal. C'était le prénom du père de Richard, et Helen avait persuadé Sal de l'offrir à ses parents – ce prénom de leur premier enfant – en signe de paix. Il avait accepté à contrecœur, mais le traité de paix ne devait jamais vraiment l'inclure.

Les Raessler entamèrent un processus sournois de corruption. Elizabeth achetait de beaux vêtements aux enfants et les apportait dans la journée, quand elle n'était pas obligée de voir leur père.

Vêtements, chaussures, cadeaux de Noël, bicyclettes. Finalement, Richard et Elizabeth émirent le vœu de voir leurs petits-enfants grandir dans un quartier sûr, avec des compagnons de jeu convenables. Ils n'essayaient pas d'influencer leur fille, non, certainement pas. Sal se sentirait bien à Seacliff. Ils se chargeraient du premier versement comptant sur une maison adéquate, Sal et Helen paieraient les mensualités. Ce n'était ni un prêt, ni de la charité, rien qu'une association équitable.

Cet arrangement horripilait Sal, mais il se dit qu'il ne pouvait reprocher à Helen de continuer à avoir de la considération pour ses parents. Il finit par accepter ce qu'il estimait être un compromis qui ne risquait pas de l'éloigner d'Helen.

Il se trompait.

Quand Graham fut en âge de la remarquer, la différence entre ses parents était profonde. Six jours par semaine, avant le lever du soleil, Sal partait pêcher à bord du *Signing Bonus*. Le dimanche, il jouait au ballon avec Graham et George. Si le temps était trop mauvais, il se réfugiait dans le garage pour peindre ou boire. Ou les deux.

Pendant ce temps, Helen prit l'habitude de voir ses parents plus souvent. Les vêtements, les cadeaux faisaient partie de son mode de vie. Elle déjeunait fréquemment avec sa mère. Quelquefois, une amie d'enfance d'Helen était aussi invitée – toujours une jeune femme élégante mariée à un docteur, un avocat, un comptable… ou un banquier. Il arrivait que Leland Taylor passe dire bonjour, lui demande des nouvelles de ses enfants.

Sal avait fixé des limites – pas question qu'il accepte directement de l'argent des Raessler –, mais la pression était constante. Il se disait que, s'il réussissait seul de son côté, il aurait les moyens d'y résister. En fait, les temps demeuraient difficiles. Orgueilleux et pauvre, Sal parvenait à peine à régler les mensualités du Manoir.

Quand Graham eut treize ans, les fondations du couple avaient commencé à se lézarder, mais l'effondrement de tout l'édifice, deux ans plus tard, lui avait cependant paru d'une soudaineté sidérante. Aux yeux de l'adolescent, Sal avait un jour cessé d'aller travailler ; le lendemain, il avait disparu de leur vie. Totalement, comme s'il était mort.

Moins d'un an plus tard, Helen s'était remariée. Pour épargner aux enfants un bouleversement supplémentaire, tout le monde était resté au Manoir.

Il y avait peut-être incompatibilité entre les gènes des Russo et ceux des Raessler, songeait Graham. Le fossé était trop grand. Lui, il était le gosse de Sal ; Debra et George étaient les enfants d'Helen.

Furieux, il poussa sa tasse sur le côté, respira à fond.

— Répondez en levant le doigt : est-ce que quelqu'un ici est un tant soit peu touché par la mort de Sal ? La mort de *votre père* ?

Les lèvres de Debra se mirent à trembler. Au bout de la table, George se pencha en avant.

— Mais nous avons le cœur brisé, tu ne vois pas ? Un père tellement formidable, toujours là quand on avait besoin de lui.

— Tais-toi, George, dit Debra. Ne parle pas de lui comme ça.

— Pourquoi ? rétorqua-t-il, haussant la voix. Pourquoi, bon Dieu ? (Les yeux brillants de colère, il se leva, faillit renverser sa chaise.) Tu voudrais qu'on se sente coupables parce qu'il est mort ? Je vais te dire, je me sens soulagé. Tu as une idée de ce qu'il a fait subir à maman ces derniers mois ?

Helen leva une main pour l'interrompre mais rien ne pouvait l'arrêter, plus maintenant.

— Tu ne sais rien de tout ça, toi, hein, Graham ? Tu débites ton petit boniment attendrissant sur ce cher vieux papa, et tu n'as aucune idée de la torture à laquelle il soumettait ta mère.

— Non. Je l'ignorais. Qu'est-ce… ?

Leland intervint avec plus de fermeté que sa femme :

— Inutile de parler de ça, George. C'est fini, maintenant

— Qu'est-ce qui est fini ?

Échauffé, George lança un regard méprisant à son frère aîné.

— Comme si tu ne t'en fichais pas !

— Je ne m'en ficherai peut-être pas si tu m'expliques.

— Papa est venu ici, voilà. Il a menacé maman…

— Je n'y crois pas. Ce n'est pas vrai.

À nouveau Leland : « Allons, les enfants. » Mais rien ne pouvait faire taire le frère cadet :

— Tu t'imagines que quelqu'un y croit, à ta conversion-au-chevet-de-son-lit-de-mort ? Tu t'imagines qu'on ne voit pas clair dans ton manège ?

Leland tapota la table, « George, je t'en prie », mais il aurait pu s'épargner cette peine. George avançait vers Graham, qui s'était levé.

— Tu le sais aussi bien que moi, que nous tous : Sal était lamentable comme père, comme mari, comme être humain. Il nous a *abandonnés*, Graham, tu l'as peut-être oublié. Tu as découvert qu'il avait un peu d'argent, voilà ce qui s'est passé. Après avoir foutu en l'air ta carrière d'avocat, tu n'arrivais plus à tirer un sou de Leland, n'est-ce pas ? Alors, tu as essayé de soutirer un peu d'argent au vieux Sal. C'est ça, hein ?

Le visage écarlate, George se trouvait à moins de cinquante centimètres de son frère. Il le poussa soudain en arrière, beuglant, postillonnant :

— Ose un peu dire que ce n'est pas vrai, sale menteur ! Ose un peu dire que…

Graham lui rendit sa bourrade. La jambe de George se prit dans le pied d'une chaise ; il tomba.

Tous les autres étaient debout quand Graham se retourna, tendant la main en guise d'avertissement : que personne n'approche. George s'était relevé, les yeux étincelants de rage.

Graham les tenait à distance de sa main tendue, respirait par saccades. Il regarda une dernière fois la tablée – sa famille – puis, courant à demi, les yeux à nouveau embués, il passa devant sa mère et son beau-père et sortit par les portes-fenêtres.

Les Blazers s'étaient alignées au milieu du terrain. « Un beau match », répétait Sarah Evans chaque fois qu'une des Wombats venait lui frapper dans la paume. Un rituel, un petit salut à l'esprit sportif : on jouait dur, oui, mais tout le monde savait que ce n'était qu'un jeu. On félicitait l'adversaire et on rentrait chez soi.

Les Blazers retournèrent au banc récupérer leurs battes et leurs sacs pour laisser la place à l'équipe suivante. Sarah, qui revivait les grands moments du match avec plusieurs autres filles, s'arrêta soudain de parler en découvrant Graham Russo derrière la barrière, en T-shirt et casquette des Giants. Il la regardait.

Prenant son sac – elle y avait mis son arme –, elle contourna la barrière, s'approcha de lui. Il sourit, parfaitement à l'aise.

— Je me disais bien que c'était vous.

— Vous m'avez suivie jusqu'ici ?

La question parut le surprendre.

— Non, pas du tout.

— Alors, comment vous saviez que j'étais là ? demanda-t-elle, sentant les battements de son cœur soulever le mince tissu en nylon de son maillot.

— Je n'en savais rien. Je me suis tapé un hamburger sur la plage et je suis venu regarder quelques parties pour me changer les idées.

— Ouais, ça se comprend.

Nouveau sourire.

— Je suis resté enfermé une bonne partie de la journée, vous êtes peut-être au courant. La soirée est si belle que j'ai eu envie de passer un moment dehors. J'ai laissé un pack de six sur les gradins, si ça vous dit de boire une bière en regardant le dernier match ?

Evans secoua la tête.

— Je ne pense pas que ce soit une bonne idée. Si vous croyez me faire peur en venant ici, vous vous trompez. Je n'hésiterai pas à vous remettre au trou. J'espère que vous comprenez ce que je vous dis.

Le ton vif de l'inspectrice fit s'arrêter deux de ses coéquipières qui se dirigeaient vers le parking.

— Tout va bien, Sarah ?

— Oui, pas de problème, répondit-elle.

Elle se tourna de nouveau vers Graham. « Laissez-moi tranquille », lui intima-t-elle à voix basse, puis elle cria à ses amies : « Attendez-moi, j'arrive. »

De sa voiture, Evans voyait parfaitement les tribunes, et Graham Russo. Vitres baissées, elle l'observa pendant vingt minutes. Il semblait absorbé par le match, ne quittant le terrain des yeux que pour lamper sa bière. Au moins, il n'avait pas essayé de la suivre, pensait-elle. En fait, il n'avait même pas jeté un coup d'œil dans sa direction. Il était retourné s'asseoir pour regarder le match, comme c'était son intention, d'après lui. Il avait peut-être dit la vérité.

Elle ouvrit la portière, prit son sac, traversa l'espace obscur séparant le parking des tribunes. Elle s'arrêta et examina de nouveau Graham. Il était penché en avant, les coudes sur les genoux, les mains enserrant sa canette de bière. Les muscles de son dos tendaient légèrement le tissu de son T-shirt.

Le District Attorney l'avait remis en liberté, il n'était inculpé d'aucun crime. Elle pouvait aller s'asseoir près de lui, on n'aurait rien à lui reprocher sur le plan professionnel. Sarah chercha d'autres arguments pour se convaincre : la bière amènerait peut-être Russo à lâcher une information qui permettrait de l'incriminer. Finalement, c'était pour le boulot qu'elle restait…

Elle avait troqué ses chaussures à crampons pour des tennis qui ne firent aucun bruit quand elle se dirigea vers les gradins.

— D'accord, je la bois, cette bière, annonça-t-elle en s'asseyant à côté de lui.

Il tourna vers elle un visage indéchiffrable, prit une canette sous son siège, la décapsula et la lui tendit.

— C'est vrai ce qu'écrit votre père dans sa lettre, vous jouiez dans une équipe pro ?

Il finit sa bière avant de répondre :

— Je pensais me faire engager comme remplaçant pendant la grève. Ça n'a pas marché… Je ne vous ai pas suivie, vous savez. Je viens ici de temps en temps et je vous ai vue, c'est tout. J'ai pensé, on est là tous les deux, pourquoi ne pas lui dire bonjour.

— Je vous ai arrêté, pourtant.

Graham hocha la tête. Un sourire lui étira les lèvres.

— J'ai remarqué.

— La plupart du temps, les gens que j'arrête cessent de me trouver sympathique.

— On m'a remis en liberté sans m'inculper, argua-t-il. Nous sommes maintenant de simples citoyens, vous et moi.

— Non, pas vraiment. Je suis toujours flic, vous êtes toujours suspect.

Il médita la chose, puis haussa les épaules et proposa :

— Une autre ?

Sarah refusa. Elle n'avait pas l'habitude de boire et sentait déjà la chaleur de la première bière se répandre lentement dans son corps.

— Il faut que j'y aille. Je commence tôt, le matin.

— Je m'en suis aperçu. Bon, à un de ces jours.

Elle hésita, étonnée qu'il n'insiste pas, surprise de devoir faire un tel effort de volonté pour se lever.

— Merci pour la bière.

Sarah s'était éloignée de quelques pas quand il la rappela :

— Sergent Evans ?

Elle se retourna.

— C'est quoi, votre prénom ?

Elle se rembrunit puis secoua de nouveau la tête, riant d'elle-même.

— Sarah.

— Sarah… J'aime, dit-il d'un ton apparemment sincère.

De retour à sa voiture, elle s'examina dans le rétroviseur. Elle se sentait absurdement contente d'elle et se demandait si cela se voyait. Graham Russo aimait son prénom. Et alors ?

Un douce chaleur continuait à se répandre en elle. Elle se convainquit que c'était à cause de la bière.

DEUXIÈME PARTIE

8

Les grandes rivières commencent peut-être par de petits ruisseaux, mais il n'en va pas de même pour les avalanches. L'énorme plaque de neige se libère d'un seul coup et tombe, sans que rien puisse l'arrêter, remodelant le paysage.

Jeudi à deux heures du matin, moins de huit heures après la remise en liberté de Graham Russo, l'avalanche avait balayé tout autre sujet de la carte politique. La première édition du *San Francisco Chronicle* sortait des presses barrée de cette manchette : « Le débat sur l'euthanasie divise les autorités de la ville et de l'État. » Le long article qui suivait énumérait les nombreux fronts sur lesquels les hostilités avaient simultanément éclaté.

Le maire soutenait le District Attorney – San Francisco avait toujours été à l'avant-garde en matière de problèmes éthiques et sociaux. Sharron Pratt avait pris une décision juste : on ne pouvait forcer les gens à vivre dans une souffrance incessante. Si quelqu'un choisissait de mettre un terme à son existence pour échapper à cette souffrance, il était en droit de le faire, et ceux qui l'aidaient n'étaient pas des meurtriers mais des héros.

Dan Rigby, le directeur de la police, était scandalisé. Cette affaire constituait le dernier et le plus grave exemple du mépris total du DA pour les policiers qui assuraient la sécurité de cette ville. Ses inspecteurs avaient fait leur devoir en arrêtant un homme suspecté de meurtre. Aucun des éléments recueillis n'indiquait que la mort de Sal Russo était autre chose qu'un meurtre commis pendant un vol. Et même s'il s'agissait d'un suicide assisté, « le

DA est élu pour appliquer les lois, pas pour les faire, avait déclaré Rigby. Je frémis en songeant aux autres homicides dont Mrs. Pratt pourrait décréter qu'ils ne sont pas des crimes ».

Dean Powell, le procureur général de l'État, étudiait l'affaire et refusait de dévoiler les choix qu'il pourrait faire. Art Drysdale, ancien des services du DA viré par Pratt et passé chez Powell, se borna à ce commentaire : « Sur le plan du droit, il est clair que cette affaire est de notre ressort. Nous n'avons pas l'intention de laisser un meurtre impuni à San Francisco. »

Le conseil municipal tint une séance extraordinaire en fin de soirée et déclara, à une majorité de neuf voix contre deux, que San Francisco devait être un havre du droit de mourir : le pays avait besoin d'une ville humanitaire qui accueillerait les malades en phase terminale et les personnes souffrant sans espoir.

Catholiques et protestants ne tardèrent pas à croiser le fer. L'archevêque James Flaherty réitéra l'opposition de l'Église à toute forme d'euthanasie. Dieu rappelle Ses enfants à Lui quand Il juge le moment venu. Jésus Lui-même a souffert horriblement pour servir d'exemple à toute l'humanité, dit Flaherty. La douleur fait partie de la vie. Elle a pour fonction d'élever l'esprit, surtout quand elle est offerte pour la gloire de Dieu.

Aux premières lueurs de l'aube, le révérend Cecil Dunsmuir répondit à l'archevêque de l'autel de la Grace Cathedral, à Nob Hill, devant sa propre rangée de caméras :

« Celui qui chante les vertus de la souffrance devrait passer plus de temps avec ceux de notre communauté que le sida a frappés. Il y découvrirait de l'amour, un grand esprit de sacrifice et une grande noblesse devant la mort. Mais le terme de la souffrance est une bénédiction de Dieu, et faire en sorte de le hâter est le vrai sens du christianisme. »

La police dut intervenir dans une réunion d'un mouvement contre l'avortement à Potrero Heights quand les divergences de vue sur l'euthanasie dégénérèrent en mêlée entre les militants.

Barbara Brandt était une femme séduisante d'une trentaine d'années qui gagnait sa vie comme lobbyiste [1] à Sacramento. Présidente locale de la Hemlock Society, organisation pour le droit de mourir, Brandt vit la photo de Graham Russo, jeune et beau comme une vedette de cinéma, en première page du *Sacramento Bee*, et comprit, après la lecture de l'article, qu'elle tenait son affiche pour la collecte de fonds de cette année. Elle chercha le numéro du jeune homme dans l'annuaire, fut un peu surprise quand il décrocha à la deuxième sonnerie.

— Non, ça ne m'intéresse pas, répondit-il au bout de deux minutes. Je suis avocat, vous savez. Si je viole la loi, je serai rayé du barreau. J'ai déjà eu pas mal de problèmes avec ma carrière.

— Mais c'est *bien*, ce que vous avez fait, insista Brandt.

— Vous ne savez pas ce que j'ai fait.

— Si, je le sais. Et je suis de votre côté.

En vain. Il ne céda pas. Après avoir raccroché, elle réfléchit un moment. Elle comprenait les réticences de Graham : il protégeait sa carrière. Il avait agi courageusement mais il lui restait à trouver le courage d'avouer son acte, et elle pensait avoir un moyen de l'aider à le faire.

La chaîne publique de télévision prit la décision controversée de modifier sa programmation du jeudi matin. Intitulée « Laissez-moi mourir », l'émission remporta par la suite le prix Humanitas et l'Emmy du meilleur documentaire local. C'était un montage macabre et poignant d'images hâtivement assemblées montrant des gens souffrant dans les hôpitaux et les maisons de retraite – malades du sida, victimes du cancer et autres patients en

1. Personne qui cherche à influencer les députés pour leur faire adopter des lois favorables au groupe de pression qu'elle représente. Sacramento est la capitale de l'État de Californie. *(N.d.T.)*

phase terminale –, tous assez conscients pour exprimer leur désir de mourir.

« Ici Hank Travers, de Bay Area Action News. Je suis devant les bureaux du procureur général de l'État de Californie, à San Francisco, en compagnie de Gil Soma, adjoint au procureur. Monsieur Soma, pouvez-vous nous dire si vos services ont décidé d'entamer des poursuites contre Mr. Russo ? »

Soma en homme tronc sur l'écran : « Nous devons au préalable étudier attentivement le dossier, bien sûr. Mais pour la loi, et pour nos services, tuer délibérément un autre être humain constitue généralement un crime. »

Une lueur avide dans le regard du magistrat démentait l'objectivité apparente de son ton. Manifestement, Soma voulait la tête de Russo. Et, tout aussi manifestement, Hank Travers l'avait compris : « Est-il exact que Mr. Russo et vous avez travaillé ensemble ? »

L'angle de prise de vues s'élargit. Soma était l'image même du jeune juriste battant. Un vent léger agitait ses cheveux et soulevait sa cravate mais, sans se laisser distraire, il accordait toute son attention au journaliste. « Il est vrai que nous avons tous deux été stagiaires avec le juge fédéral Harold Draper. Je n'en dirai pas davantage. »

La caméra se rapprocha pour un gros plan ; la voix de Travers demanda : « Vous, vous connaissez un Russo différent, n'est-ce pas ? L'homme qui se cache derrière la façade ? Et vous pensez qu'il aurait pu tuer son père pour cinquante mille dollars ?

— Pas de commentaires. »

Le journaliste fit une dernière tentative : « Mais, à votre avis, Graham Russo est-il le genre d'homme *capable* de faire une chose pareille ? »

Soma s'en tint à ses premières déclarations : « Nous sommes en train d'étudier le dossier, c'est tout ce que je peux vous dire. » Mais il continuait à hocher la tête devant la caméra, et le message était parfaitement clair : il haïssait Graham Russo. Il ferait tout pour l'abattre.

9

Glitsky avait emmené Evans et Lanier à l'autre bout du couloir, dans un bureau emprunté à la brigade des mœurs. Il tenait à leur parler derrière une porte close – commodité que son propre bureau n'offrait pas. La situation était inhabituelle et explosive. Il leur avait expliqué son plan quand Evans leva le doigt. Le visage du lieutenant prit une expression amusée qu'on lui voyait rarement.

— Nous ne sommes pas à l'école, Sarah, tu peux parler.

— Juste une question, dit-elle, croisant de nouveau les bras sur la poitrine. Qu'est-ce que nous pouvons bien faire d'autre maintenant ?

Glitsky hocha la tête. Bonne question.

— Pas grand-chose, en réalité, reconnut-il. On se rejoue le film, mais en couleurs.

Marcel Lanier était flic depuis assez longtemps pour saisir immédiatement.

— Tout le monde a baissé sa garde, Sarah. Les témoins pensent qu'il n'y aura pas d'inculpation, que ce qu'ils ont vu ou entendu n'est pas dangereux pour Graham. Ils parleront peut-être plus librement. C'est ce qu'Abe a voulu dire.

— Exact, confirma Glitsky.

— Mais Russo est toujours notre suspect ?

— Le premier et le seul, répliqua Lanier. C'est lui, ça ne fait aucun doute.

Il était prêt à reprendre l'enquête. Glitsky avait délivré le message, on se remettait au boulot. Mais Evans demeurait assise, les bras croisés.

— Quelque chose qui ne va pas, Sarah ? lui demanda Glitsky.

— Je ne sais pas. Enfin, si… Je ne crois pas que c'est lui. Je crois que nous nous sommes trompés.

Lanier commença à marmonner une protestation, mais le lieutenant l'arrêta d'un geste.

— Je t'écoute, dit-il à Evans, appuyant une hanche contre le bureau.

— Je ne sais pas, répéta-t-elle. Je ne suis plus sûre, c'est tout.

— Qu'est-ce qui a changé depuis hier ?

— Deux choses. (Un temps d'hésitation.) Je lui ai parlé.

— Quand ?

Elle leur raconta la rencontre sur le terrain de softball, en laissant de côté sa réaction personnelle. « Il m'a abordée. » Ce n'était pas tout à fait la vérité mais cela s'en approchait, pensa-t-elle. Il était *sur le point* de l'aborder quand elle avait remarqué sa présence.

— Je ne crois pas qu'il l'aurait fait s'il avait tué son père.

— Bien sûr que si, affirma Lanier.

Là, il était sur son terrain. Il avait croisé une centaine de meurtriers dans sa carrière, il connaissait leur psychologie à fond. Prenez n'importe quelle affaire, c'était du déjà vu, pour lui.

— On le sort de taule, il se sent intouchable. Il veut savoir ce qu'on sait. Il a cherché à te tirer les vers du nez, Sarah.

— Non, ce n'était pas ça.

Glitsky insista :

— C'était quoi, alors ?

— Pas ça. Il a à peine parlé de l'affaire.

Lanier se pencha vers sa collègue.

— Je parie qu'il y a quand même fait allusion dans la conversation.

Evans haussa les épaules.

— Il a simplement dit que ce n'était pas lui. Comme ça, en passant.

Lanier connaissait :

— Ah, l'approche subtile. Il se contente d'effleurer le sujet après avoir passé la journée au trou ? *Toi*, si tu avais passé ta première journée en prison et si tu rencontrais la personne qui t'y a mise, tu crois pas que tu penserais surtout à ça ? Tu crois pas que tu aurais envie d'en parler un peu ?

Glitsky arbitra le différend :

— Marcel, elle a raison, je pense. Deux choses, tu disais, Sarah. C'est quoi, l'autre ?

Elle les regarda tour à tour.

— J'y ai réfléchi toute la nuit, j'ai relu le dossier. Nous n'avons vraiment rien qui prouve sa culpabilité.

Le lieutenant acquiesça d'un signe de tête. Là encore, la remarque était juste.

— C'est pour ça qu'Art Drysdale souhaite qu'on poursuive l'enquête. Il nous faut d'autres éléments pour obtenir une condamnation.

— Vous voulez dire que nous n'aurions pas dû arrêter Russo ? interrompit Sarah.

— Hé, attends un peu ! s'exclama Lanier. Le type avait déjà engagé un avocat...

— Ce qui en soi ne constitue pas un crime, fit observer son supérieur.

— Bien sûr, mais quand même.

Comme tous les flics, Lanier savait que les innocents, espèce rare, ne faisaient généralement appel à un avocat qu'après avoir été inculpés, lorsqu'ils avaient enfin compris qu'ils étaient dans la merde.

— Pour résumer, poursuivit-il, on a un jeune mec sans vrai boulot qui mène un train de vie de millionnaire, qui a besoin de fric et qui voit un moyen de s'en procurer facilement.

— Une histoire d'argent, alors ? fit Sarah.

— Exactement. Il avait la combinaison du coffre chez lui. Ça, c'est une preuve.

— Dans ce cas, pourquoi est-ce qu'il n'a pas glissé la clef du coffre de dépôt dans sa poche pendant qu'on perquisitionnait chez lui ? Nous ne l'aurions jamais trouvée.

— Là, je déclare forfait, s'écria Lanier. Il a peut-être eu peur qu'on le voie. Ou alors, il ne pensait pas que la fouille serait aussi minutieuse. J'ai jamais dit que ce gars est un tueur professionnel. Il devait être nerveux.

— Si c'était uniquement pour l'argent, il l'aurait mieux caché, argua l'inspectrice.

Lanier ressortit le vieux cliché – pas entièrement faux – du meurtrier qui a besoin de parler à quelqu'un de ce qu'il a fait :

— Il voulait qu'on le trouve. Appelle ça une forme d'aveu.

— Il ne peut pas éprouver le besoin d'avouer s'il estime avoir bien agi, contra Evans.

— Non, non, fit Lanier, secouant la tête. C'était pas un suicide assisté. C'était un meurtre. La bosse sous l'oreille…

— D'après Strout, Sal Russo aurait pu se la faire des heures avant de mourir.

— Non, non, non. Le Graham a estourbi son vieux avec la bouteille de whisky, il lui a filé une dose de morphine dans la veine, il a vidé le coffre et il est reparti à la maison sur la pointe des pieds.

— D'après toi, Sal est étendu par terre, inconscient ? Et Graham, qui fait des piqûres tous les jours dans son boulot, s'y prend tellement mal qu'il y a un hématome autour de l'orifice d'injection ?

— Il avait peut-être les jetons, suggéra Lanier. Ou il était pressé, il a raté la veine. Mon docteur fait ça tout le temps.

Glitsky mit fin à la discussion :

— Bon, peu importe. Je pense que vous aviez largement de quoi arrêter Russo hier. Si vous continuez à chercher, vous trouverez peut-être autre chose. Vous êtes autorisés à continuer à chercher, c'est tout. Alors, jouez finement. Si le procureur général décide d'inculper Graham, on le boucle de nouveau. Si les indices pointent dans une autre direction, on change de cap. Sarah, tu verrais quelqu'un d'autre ?

Non, elle ne voyait personne.

— Mais il est toujours possible que Sal se soit suicidé, non ? ajouta-t-elle. L'autopsie ne l'exclut pas.

— Exact, dit Glitsky. (Il se laissa glisser du bureau, la réunion était terminée.) C'est précisément la raison pour laquelle Dieu, dans Son infinie sagesse, a inventé le système de jury, conclut-il, écartant les mains comme pour bénir ses inspecteurs.

— Au moins, on a eu un bel été, grommela Lanier.

Le blouson boutonné jusqu'en haut, il rentrait la tête dans son col. À côté de lui, Evans clignait les yeux dans le vent et la poussière. Tous deux marchaient d'un pas vif, les mains enfoncées dans les poches.

Après la réunion avec le lieutenant, ils avaient pris la voiture pour se rendre du palais de justice à la 7e Rue, s'étaient garés dans Stevenson Alley, lugubre bande d'asphalte située à une centaine de mètres derrière la gare routière.

Côté nord de Stevenson s'alignaient les portes de derrière de vieux bâtiments de taille moyenne abritant les commerces de détail qui s'efforçaient de survivre dans Market Street. Parmi les quelques immeubles dont la façade donnait sur la ruelle, le plus remarquable était le Lions Arms Apartment Building, où Sal Russo avait vécu et était mort, au 204. Sur le flanc de l'édifice, des lettres noires peintes au pochoir annonçaient : « Meublés à la journée et à la semaine. »

Pendant près d'une décennie, le côté sud de Stevenson – plaie ouverte du chantier de réhabilitation de l'ancien bâtiment de la Poste – avait parfaitement cadré avec la décrépitude ambiante. Mais les travaux avaient été récemment achevés ; la Poste s'était installée dans ses nouveaux locaux de Rincon Annex, cédant les lieux au nouvel occupant, la 9e cour fédérale. Le bâtiment rénové, à la fois massif et élégant, se dressait, imposant, entre Stevenson Alley et Mission Street.

Lanier et Evans ne le remarquèrent même pas. Enjambant le corps d'un SDF dormant dans l'une des entrées, ils ne virent que l'arrière du tribunal, épais mur gris déjà couvert de graffitis et surmonté de fils barbelés. Pour les deux policiers, le Lions Arms aurait pu se trouver en face du Taj Mahal, il n'aurait pas été plus reluisant pour autant. C'était un nid à punaises, tout simplement.

Les agents en uniforme avaient frappé aux portes des voisins après la découverte du corps de Sal, mais, pour une certaine catégorie de gens qui gagnent leur vie dans la rue, le soir est un moment de forte activité, et une bonne partie des locataires n'étaient pas chez eux.

Evans et Lanier revenaient donc à la charge. En temps ordinaire, les inspecteurs n'aimaient pas travailler seuls dans ce genre d'environnement, mais il était midi et ils auraient plus vite terminé en se séparant.

Pour loger un hall relativement spacieux et une rangée de boîtes aux lettres – le bâtiment datait d'une époque moins vandale –, on avait limité à quatre les appartements du rez-de-chaussée, contre huit à chacun des deux étages.

Laissant le rez-de-chaussée à sa coéquipière, Lanier monta l'escalier situé au fond du hall. Il avait l'intention de commencer par le 104, juste en dessous de l'appartement de Sal Russo, côté rue, mais il n'y était pas encore parvenu que Sarah apparaissait déjà en haut des marches.

— Personne en bas, dit-elle. Je passe au second.

Le rectangle de papier sous la sonnette portait le nom de Blue, et Blue était noire comme du charbon. Son visage parut vaguement familier à l'inspecteur : il avait dû la croiser dans les couloirs du palais de justice, un jour qu'elle s'était fait ramasser pour racolage, car il ne pouvait y avoir de doute sur sa profession.

Après s'être présenté à travers la porte, Lanier entendit un bruit de mouvement à l'intérieur. Blue attendait probablement un client et planquait la lingerie affriolante, une pipe à eau, peut-être, supposa-t-il. La porte finit par s'entrebâiller. Malgré la fenêtre ouverte, la pièce sentait la marijuana et le musc. Blue fourrait le bas d'un débardeur rouge sous un jean noir collant comme une peau.

Elle demeura sur le seuil, sans l'inviter à entrer. Il lui montra son insigne, et elle l'étonna en disant :

— C'est sûrement pour Sal, le type du dessus ? J'pensais que vous passeriez plus tôt. J'ai failli vous téléphoner, sauf que j'ai pas l'habitude d'appeler les flics. C'était un gars bien, Sal.

— Vous le connaissiez ?

— Pas vraiment. On échangeait quelques mots dans le hall, ou dans la rue. Des fois, il m'apportait du saumon frais. J'adore le saumon. C'est triste qui soye mort. Z'avez trouvé qui c'est qui l'a tué ?

Par prudence et par habitude, Lanier ne répondait pas aux questions que lui posaient les témoins. Il parla un moment à la fille, se dit qu'il tenait peut-être quelque chose et tira de sa poche le magnétophone qu'il avait failli ne pas emporter. Après avoir débité l'introduction destinée à la dactylo, il demanda à Blue :

— Vendredi dernier, le 9 mai, vous avez vu ou entendu quoi que ce soit qui pourrait vous faire croire que Sal Russo a été tué ?

— Ben, sur le coup, je savais pas si on l'avait tué, mais j'ai entendu quelqu'un dans l'appartement avec lui. La porte s'ouvre, le plancher craque, dit-elle en indiquant le plafond. Y avait quelqu'un d'autre.

— Vous, vous étiez où ?

— Ici, dans ma piaule. Et pis y a eu d'autres bruits.

— Quel genre de bruits ?

— Comme s'il était tombé. Comme si on bougeait un meuble. Dans c't immeuble, les murs sont minces, vous savez. C'est pas ce qu'on appelle insonorisé. Ils pourraient quand même…

Lanier ne la laissa pas s'égarer :

— Vous avez entendu un bruit, un raclement de meuble sur le plancher ?

— Ouais, mais pas un meuble qu'on déplace. Plutôt un truc qui tombe et qui glisse. Sal a gémi pis il a gueulé « non » plusieurs fois.

— « Non » ?

— Ouais, comme s'il en avait marre. Mais d'une voix triste, hein.

— Vous avez entendu une autre voix ?

— Oui, y en avait deux. Sal et quelqu'un d'autre.

— Un homme ? Une femme ?

— Un homme. Ils se disputaient, on aurait dit.

— C'était avant que Sal gémisse ? Avant le raclement ?

Blue ferma les yeux, image même de la concentration.

— Avant, répliqua-t-elle, mais il y avait de l'hésitation dans sa voix.

— Sûr ?

— Ouais. C'était juste avant.

— Et après le gémissement ? Quoi d'autre ?

— Rien. La porte s'est ouverte et refermée quelques minutes plus tard, et pis plus rien.

— Qu'est-ce que vous avez fait ?

La question parut l'effrayer. Fixant un point au-dessus de l'épaule de Lanier, elle répondit :

— J'suis montée, mais plus tard. Personne a ouvert.

Lanier faillit riposter par un sarcasme – les morts ouvrent rarement la porte – mais garda un ton neutre :

— Le bruit pouvait signifier que Sal avait des ennuis, pourtant. Vous étiez amis, disiez-vous…

— Ah ! j'ai pas dit ça. Amis, non. J'le connaissais un peu. Il avait l'air d'un brave type, c'est tout.

— Alors, pourquoi vous n'êtes pas montée voir tout de suite s'il avait besoin d'aide ?

De nouveau, ce regard par-dessus l'épaule de Lanier.

— Blue ?

— Je pouvais pas. (Un silence.) J'avais un client qui s'était endormi. Je pouvais pas me lever

10

Dismas Hardy retrouva Michelle au *delicatessen David* pour un petit déjeuner d'affaires à sept heures du matin. Il se rendait à Palo Alto – quatre-vingts kilomètres au sud de San Francisco – pour rencontrer Dyson Brunel, le P-DG de Tryptech, lui présenter la jeune femme et discuter de questions importantes liées à l'action en justice.

Hardy n'avait pas même pris le temps de jeter un coup d'œil à un journal. De son point de vue, l'affaire Graham Russo fumait encore, mais le brasier avait été quasiment éteint. Il pouvait l'oublier pour le moment.

C'était plus facile à dire qu'à faire. Pendant le déjeuner avec Brunel, la conversation porta sur le matériel de surveillance utilisé au port d'Oakland, et Michelle suggéra de visionner les bandes enregistrées par les caméras vidéo.

La banque de Graham ! pensa aussitôt Hardy. Les bandes prouveraient peut-être que Graham ne s'y était pas rendu avec l'argent *après* la mort de son père. Cela signifierait qu'il ne l'avait pas tué pour le voler et il échapperait au moins à une inculpation de meurtre avec circonstances aggravantes.

Le reste de la journée lui parut interminable mais il ne pouvait décemment pas laisser le client qui lui permettait de beurrer ses tartines se débrouiller seul avec Michelle. Il devait convaincre Brunel des capacités de la jeune femme tout en offrant à celle-ci une possibilité de faire étalage de ce qu'elle avait – miraculeusement – assimilé en si peu de temps. Comme si cela ne suffisait pas, il dut aussi revoir les déclarations faites par son client au cours des quinze derniers jours, arracher des détails à un Brunel évasif. Ils n'eurent pas terminé avant sept heures.

Hardy passa ensuite au bureau voir s'il avait du courrier. À en juger par la pile de messages et les quatre premiers appels – émanant tous de journalistes – enregistrés sur son répondeur, l'affaire Russo faisait la une.

Il essaya d'appeler Graham chez lui – il était maintenant neuf heures et demie – et n'obtint même pas le répondeur. Si lui avait reçu autant de coups de fil, raisonna-t-il, son client avait dû en être submergé. Graham fuyait sans doute les journalistes.

Quand il rentra enfin chez lui, vers onze heures et demie, Frannie dormait. Son dîner était sur la table de la salle à manger. Froid.

Le lendemain matin, dans le secteur où vivait Hardy, ce n'était plus du brouillard, c'était de la pluie, mais pour une raison ou une autre les gouttes minuscules ne tombaient pas, elles demeuraient suspendues dans l'air. La température était descendue sous 5 °C, et un vent âpre agita son manteau quand il s'approcha de sa voiture.

Ça n'allait pas très fort à la maison.

Il croyait se souvenir d'avoir dit à Frannie qu'il ne serait pas là pour le dîner. *Jamais* il n'avait imaginé qu'il serait rentré pour le dîner. Elle avait dû l'oublier, et, en toute franchise, il n'était pas absolument sûr de l'avoir prévenue.

Bien qu'impatient de partir – il devait obtenir une injonction, il devait passer à la banque de Graham –, il avait jugé préférable d'attendre le retour de Frannie, qui conduisait les enfants à l'école.

Roulant maintenant dans la purée de pois, il n'était pas sûr d'être heureux que sa femme ne l'ait pas accablé de reproches. Si seulement elle avait crié, il aurait pu en faire autant, ou se draper dans une vertueuse indignation : elle ne comprenait pas qu'il se tuait au travail pour nourrir la famille – seul, était-il besoin de le rappeler. C'était une responsabilité écrasante, mais il s'en acquittait pourtant sans se plaindre. Désolé s'il lui arrivait parfois – très rarement – de manquer un malheureux dîner. Il y avait des épouses qui le comprenaient.

C'est la tirade qu'il aurait récitée si, à son retour, Frannie avait pris le sentier de la guerre. Mais elle n'avait pas montré le moindre signe d'énervement. Est-ce qu'il avait l'intention de continuer comme ça ? Elle préférait simplement le savoir, pour pouvoir s'organiser et mieux s'occuper des enfants. (Elle n'avait pas dit « en l'absence d'une figure paternelle », mais il l'avait l'entendu.)

Il avait aligné quelques clichés – « la vie est compliquée », « nous avons des rôles différents à tenir » –, puis avait fini par s'excuser. Il essaierait de mieux communiquer à l'avenir. Elle avait raison, il fallait que ça change.

Une voiture klaxonna derrière lui ; il démarra puis se rabattit vers le trottoir de Geary Street et laissa le flot de la circulation le dépasser.

Il réagissait toujours de cette façon quand il commençait à se sentir trop attaché – il mettait le pilote automatique, il prenait la tangente. C'était ce qu'il avait fait après la mort de son fils pendant son premier mariage, quand il avait vingt-sept ans. Jane et lui avaient divorcé. Pendant près de dix ans, il avait servi au bar du *Shamrock*. Buvant beaucoup mais sans jamais être vraiment ivre. Fonctionnant plutôt bien, merci, mais tenant tout sentiment à distance. Vivant en somnambule.

Et puis soudain Frannie. Comprenant que son moi profond était en train de se dessécher, il avait pris un nouveau départ. De nouveau père. De nouveau avocat. Et de nouveau l'angoisse.

Qu'adviendrait-il s'il perdait tout à présent ? C'était trop dangereux, il devait faire machine arrière. Il y allait de sa survie. Il avait recommencé à vivre en somnambule. Travaillant trop, tournant à vide. Il fuyait, évitant le seul domaine du droit qu'il trouvait gratifiant, maintenant avec sa femme et ses enfants un niveau de contact minimal.

Une idée stupéfiante lui vint : il avait peur. Peur de changer, d'échouer dans son travail, de devenir vulnérable en aimant trop sa famille.

Il fallait que cela cesse. Il fallait qu'il se réveille. À quoi bon protéger ce qu'il y a d'essentiel dans la vie – la famille, les amis, son talent – si on ne prend jamais le temps d'en profiter ? Si on est déjà mort ?

Le juge Leo Chomorro – coupe en brosse surmontant un bloc basané de muscles bien découplés – jouait aux échecs contre un ordinateur dans son bureau. Ce jour-là, un des jeunes prodiges de Pratt avait oublié d'envoyer une assignation à comparaître au témoin qu'il comptait faire déposer en début de journée. Chomorro se retrouvait donc avec une matinée libre, ce qui ne semblait pas le mettre spécialement de bonne humeur. Hardy le connaissait pour avoir plaidé devant lui un de ses procès, et *rien*, en fait, ne le mettait de bonne humeur. Mais Chomorro était le seul magistrat disponible ce matin-là, et Hardy avait besoin de lui.

L'échiquier aux pièces de marbre sculpté avait été poussé sur le côté. Hardy fut bref : il souhaitait que le juge signe une injonction lui donnant accès aux bandes vidéo des caméras de surveillance de la banque de Graham Russo.

— Pourquoi pas une assignation ? lui demanda Chomorro.

— Je ne peux pas. Il n'y a pas d'affaire en cours.

— Alors en quoi suis-je habilité à adresser une injonction à cette banque ?

— Votre Honneur, dit Hardy, forçant sur le ton respectueux, la banque se fiche de ces bandes. Il leur faut simplement un papier pour être couverts. Si vous me le signez, personne ne soulèvera d'objection. Si vous ne le faites pas, des preuves importantes pourraient disparaître parce que la police ne tient pas à ce qu'elles soient préservées.

— Vous pensez que ça va chauffer, cette histoire ?

— Ça bouillonne déjà. C'est pour ça que j'ai besoin de cette injonction tout de suite. Je ne sais pas combien de temps ils gardent les bandes, à la banque. S'ils ne les gardent qu'une semaine, c'est déjà trop tard. Il me faut celles de vendredi dernier.

Chomorro lut l'injonction que Hardy avait rédigée sur l'ordinateur de son bureau.

« Au responsable du service Archives de l'agence Wells Fargo de Haight Street.

« Vous êtes tenu par la présente de remettre à Dismas Hardy, avocat de Graham Russo, contre indemnisation raisonnable, les copies des bandes vidéo de surveillance pour la période du 9 au 13 mai inclus. »

Sous la date, Hardy avait laissé un emplacement pour que le juge signe. Ce que Chomorro fit. Puis il lui tendit le document en disant :

— Cela fait un moment que je ne vous ai pas vu au tribunal, monsieur Hardy. Vous étiez en vacances ?

— J'attendais la bonne affaire, répondit l'avocat d'un ton détaché.

Le juge hocha la tête, bougea son fou, sans avoir cependant reporté toute son attention sur l'échiquier.

— Vous l'avez trouvée, me semble-t-il.

Graham avait débranché téléphone et répondeur pour échapper aux médias, mais à New York, le jeudi après-midi, un journaliste de *Time*, Michael Cerrone, avait convaincu son rédacteur en chef que l'affaire Russo, là-bas à San Francisco, pouvait faire la couverture du magazine. Le vendredi à une heure vingt, tremblant dans le vent et le brouillard, Cerrone frappa à la porte de Graham et se présenta. Un photographe l'accompagnait.

— Pour *Time* ? fit Russo. Vous me faites marcher ?

Le journaliste avait déjà vu cette réaction chez des gens sur qui la célébrité dégringolait comme un coup de masse. Il montra ses papiers.

— J'y crois pas. Je viens de rentrer après m'être fait virer de mon boulot et vous voulez me prendre en photo pour *Time* ?

Cerrone n'était guère plus âgé que Graham et paraissait même plus jeune avec ses longs cheveux tombant sur ses épaules, son sourire engageant. En jean, bottes et parka bleu vif, il ne ressemblait absolument pas à l'image intimidante du journaliste new-yorkais.

— Je ne travaille pas pour *Rolling Stone* mais je peux quand même vous offrir une bière, plaisanta-t-il. Qui vous a viré ?

Graham lui donna l'explication : ses employeurs n'avaient pas à se plaindre de son travail mais, avec le bruit fait autour de l'affaire, ils avaient reçu plusieurs coups de téléphone. Des clients potentiels ne semblaient pas emballés par l'idée de confier leurs malades à un infirmier-ambulancier qui pourrait se mettre en tête d'abréger leurs souffrances. Quand le calme serait revenu, la compagnie envisagerait peut-être de reprendre Graham, mais d'ici là…

— C'est dégueulasse, compatit Cerrone. Vous n'avez pas envie de donner votre version des faits ? Vous n'aurez jamais une meilleure chance.

Graham Russo réfléchit une ou deux secondes puis dit au journaliste qu'il ferait aussi bien d'entrer pour se réchauffer.

La directrice de l'agence, une nommée Peggy Reygosa, se montra toute disposée à coopérer. Elle ne voulait pas se séparer des bandes mais ferait faire des copies pour Hardy. Oui, entendu, elle veillerait à ce qu'on n'efface pas les originaux avant que l'avocat ait pu examiner les copies.

Dans son petit bureau d'angle, Mrs. Reygosa assura à Hardy que la porte de devant, au-dessus de laquelle était fixée la caméra, constituait la seule voie d'accès au bâtiment, même pour les employés.

— Mais si vous voulez savoir quand Mr. Russo a utilisé son coffre, vous devriez consulter également la feuille d'émargement. Personne ne peut accéder à un coffre sans la signer.

— Même si on a la clef ?

— Il en faut deux. Celle du client et la nôtre. Plus sa signature. Les inspecteurs qui sont passés mardi ont déjà fait une photocopie de la feuille. Vous voulez la voir ?

Volontiers, répondit Hardy, qui se sentait idiot et ridicule – il avait vraiment perdu la forme. La directrice se leva, revint deux minutes plus tard.

En fait de document officiel, ce n'était qu'une grande feuille portant en haut le logo de la banque. Des lignes horizontales croisaient les colonnes signature et date, donnant à chaque signataire sa propre case. Un employé de la banque apposait un tampon sous lequel on inscrivait la date, la signature et l'heure.

Mrs. Reygosa s'approcha pour regarder par-dessus l'épaule de Hardy. Dans la ligne située au-dessus de celle de Graham, toutes les cases étaient remplies. Hardy ne parvint pas à déchiffrer le nom – Ben quelque chose –, mais lut que le client en question avait eu accès à son coffre le 8-5 – c'est-à-dire jeudi – à seize heures quarante. Une employée dont les initiales étaient A. L. – « C'est Alison Li. » – s'était occupée de lui.

Sur la ligne de Graham, Li avait aussi apposé son tampon et griffonné ses initiales, mais ni date ni heure n'encadraient la signature du client.

— Comment ça se fait ? voulut savoir Hardy.

C'était manifestement la première fois que Mrs. Reygosa examinait le document. Elle se redressa, surprit l'avocat en lui posant une main sur l'épaule, le pria de l'excuser un instant.

Pendant son absence, il examina de nouveau la feuille. Après Graham, l'ordre était restauré : une certaine Pam Barr avait signé le 10-5 – samedi – à neuf heures quinze. Au total, il y avait huit lignes sous celle de Graham, mais aucun nom pour le vendredi.

Il se frotta les yeux en se demandant pourquoi rien n'était jamais simple. Quand il releva la tête, Mrs. Reygosa était de retour avec une jeune Asiatique minuscule et terrifiée. Abandonnant son ton aimable et coopératif, la directrice demanda :

— Alison, j'aimerais que vous expliquiez à Mr. Hardy pourquoi Mr. Russo a signé sans indiquer la date et l'heure.

Hardy sourit pour mettre l'employée à l'aise – sans succès, apparemment. Alison regarda fixement la feuille pendant une éternité, puis bredouilla :

— J… je me souviens d'une chose, en tout cas. Je lui ai *rappelé* d'inscrire la date et l'heure.

Hardy s'efforça de garder un ton neutre :

— Mais vous ne l'avez pas vu le faire ?

— Non, bien sûr. Comme vous le voyez… (L'employée jeta un coup d'œil à Mrs. Reygosa, revint à Hardy.) Nous tamponnons la feuille après avoir vérifié la signature, puis nous accompagnons le client dans la salle des coffres, avec la clef de la banque.

— C'est le client qui note la date et l'heure ?

— Quelquefois je m'en charge.

— Mais, cette fois, vous ne l'avez fait ni l'un ni l'autre ?

— Comme vous le voyez, répéta Alison Li. Mr. Russo était pressé. Je me rappelle lui avoir dit de ne pas oublier de mettre l'heure. Il a souri : pas de problème, il le ferait en sortant. Il n'oublierait pas. Mais il ne l'a pas fait, et moi non plus, sans doute parce que j'étais occupée. Il était nerveux, pressé d'entrer. Il avait une mallette avec lui.

Moi aussi je serais nerveux si je trimballais cinquante mille dollars en liquide, pensa Hardy.

— Vous souvenez-vous quel jour c'était, mademoiselle Li ? Jeudi ou vendredi ? Vers quelle heure ?

Elle se mordit la lèvre, fouilla sa mémoire.

— C'était l'après-midi. Mais jeudi ou vendredi, je ne peux pas vous dire.

Hardy lui montra de nouveau la feuille.

— Vous rappelez-vous si c'était juste après ce client, Ben quelque chose ? Vous vous êtes aussi occupée de lui, à cinq heures moins vingt.

L'employée se concentra de nouveau un long moment. En désespoir de cause, Hardy chercha à l'aider :

— Il n'y a aucune signature pour vendredi. Mr. Russo aurait été le seul à pénétrer dans la salle ce jour-là. Cela correspondrait à vos souvenirs ?

La pauvre Alison était au bord des larmes. Elle aurait tant voulu satisfaire l'avocat, mais elle ne savait pas quelle était exactement la bonne réponse. Il insista :

— Vous dites que c'était sûrement l'après-midi. Pensez-vous que c'était après trois heures ? Mr. Russo a repris son travail à trois heures, vendredi.

Soudain, le visage d'Alison s'éclaira et elle lâcha le soupir qu'elle retenait depuis cinq minutes.

— Alors, ça devait être jeudi. Jeudi, j'en suis sûre. En fin de journée. On devrait peut-être l'inscrire, maintenant qu'on le sait ? suggéra-t-elle.

Hardy fit valoir – avec douceur – que, les inspecteurs ayant déjà photocopié la feuille, ce ne serait peut-être pas une bonne idée. Autant la laisser comme elle était.

Hardy estimait que sa visite à la banque avait été extrêmement fructueuse.

Il apparut que l'agence de Haight Street n'effaçait ses bandes vidéo qu'au bout de dix jours, et Hardy passa le reste de l'après-midi devant son poste de télévision à regarder des gens entrer et sortir par la porte de la banque. Après s'être repéré, il faisait avancer l'enregistrement jusqu'à ce que quelqu'un apparaisse, il arrêtait la bande, vérifiait que ce n'était pas Graham, puis avançait de nouveau. Il visionna ainsi en près de cinq heures trois jours du plus assommant enregistrement vidéo qu'il eût jamais vu.

Les copies des bandes lui permettaient d'affirmer que Graham Russo n'avait pas mis les pieds à la banque entre la mort de son père, vendredi, et son arrestation, mercredi matin. Si le jury le suivait, ce serait une preuve assez convaincante que Graham n'avait pas tué son père pour le voler : il avait déjà l'argent et les cartes de base-ball en sa possession avant la mort de Sal Russo.

Pendant la séance de visionnage, Hardy n'avait eu aucun mal à identifier Evans et Lanier, venus à l'agence voir ce qu'il y avait dans le coffre de leur suspect.

Glitsky, l'adjoint au procureur Art Drysdale et le coroner John Strout étaient assis dans le bureau de ce dernier, derrière la morgue. Autour d'eux, la collection sous verre du coroner – des instruments de torture médiévaux aux armes de toutes sortes – donnait au lieu une atmosphère d'humour macabre, mais les trois hommes n'étaient pas d'humeur à plaisanter. À eux trois, ils avaient assemblé les fondations de centaines d'affaires criminelles, et cependant leurs rôles respectifs n'étaient pas nécessairement complémentaires.

Glitsky et Drysdale – le flic et le procureur – se considéraient comme de véritables alliés. Ils trouvaient et *interprétaient* des indices avec pour objectif commun de prouver qu'une certaine personne avait commis un meurtre. Ils faisaient un travail différent, mais dans un même dessein.

Strout, de son côté, gardait jalousement son indépendance et son objectivité. C'était un homme de science. Si ce qu'il découvrait aidait Glitsky – et c'était souvent le cas –, tant mieux. Mais aucun intérêt personnel ne l'animait. Il ne se considérait ni comme un homme de loi, ni comme un officier de justice – rien de tout cela. Son travail consistait à déterminer la cause de la mort. Il n'y avait place là-dedans ni pour les spéculations ni pour la politique.

Son flegme de sudiste était en ce moment mis à rude épreuve. Drysdale voulait être sûr que Strout l'épaulerait en qualifiant de meurtre la mort de Sal Russo, et il avait enrôlé Glitsky comme soutien moral.

— Art, comptez pas là-dessus, vieux, dit le coroner de sa voix traînante. Je changerai pas d'avis sans nouveaux éléments, et pour être franc, je suis un peu vexé que vous ayez pu penser le contraire.

Drysdale n'avait pas abattu ses cartes. Dean Powell, le procureur général, lui avait expliqué ce qu'il souhaitait dans le meilleur des cas, et si on pouvait l'obtenir, Drysdale le lui obtiendrait. Les blessures d'amour-propre de Strout cicatriseraient.

— John, vous l'avez déjà qualifié d'homicide...

Le coroner leva une main.

— C'est tout à fait inexact, Art. J'ai pas dit que c'était un homicide. J'ai parlé de suicide équivoque. Homicide, c'est pas la même chose. Ça veut dire que je peux pas affirmer que Russo ne s'est pas tué.

— Mr. Powell pense que vous fendez les cheveux en quatre.

Strout ôta ses lunettes cerclées de métal.

— Mr. Powell peut embaucher un autre médecin et se faire une autre opinion. Moi, j'ai la mienne, et elle changera pas.

Glitsky tenta de calmer le jeu :

— John, Art n'a pas voulu vous offenser. Il cherche seulement à savoir si ça ne pourrait pas déboucher sur autre chose. D'accord, il est *possible* que ce soit un suicide, nous ne le nions pas.

— Trop aimable, lieutenant.

Sans relever la pointe, Glitsky poursuivit :

— Mais est-ce qu'il n'y a pas des indices qui iraient dans l'autre sens ?

— La bosse, par exemple, avança l'adjoint au procureur.

Il avait étudié soigneusement le rapport d'autopsie, et, pour lui, tout indiquait un meurtre. Quelqu'un avait assommé Sal Russo avant de lui administrer une dose mortelle de morphine.

Malheureusement, il y avait d'autres scénarios possibles. Peut-être pas aussi probables, mais possibles, sur le plan matériel, et cela l'agaçait.

Strout se renversa dans son fauteuil, les bras sur les accoudoirs.

— La bosse a été causée, comme je le signale dans le rapport, par un coup à la tête, ce qui pourrait s'expliquer par le fait qu'en tombant Russo a heurté la table.

Drysdale n'y croyait absolument pas :

— Il aurait fallu qu'il tombe en arrière. Comment voulez-vous qu'il soit tombé en arrière sans que quelqu'un l'ait poussé ? De plus, on n'a trouvé aucun cheveu sur la table. Non, on l'a frappé avec la bouteille de whisky.

Strout eut un mouvement du menton en direction de Glitsky, qui rappela à contrecœur :

— La tête n'a même pas saigné, Art. Ce qui pourrait expliquer qu'on n'ait pas retrouvé de cheveu sur...

Trahi par son allié, Drysdale explosa :

— « Ce qui pourrait expliquer ! Ce qui pourrait expliquer ! » Vous avez fait un montage en boucle, tous les deux ?

Strout reprit patiemment ses explications :

— Il y avait un œdème suffisant pour conclure que le sang a continué à circuler pendant une demi-heure ou plus. (Il écarta les mains, les paumes tournées vers le haut.) Il était vivant, Art. Le coup à la tête ne l'a pas tué. Je suis même pas sûr qu'il ait perdu conscience. En tout cas, pas plus de quelques secondes.

— Assez pour lui faire la piqûre.

Strout haussa les épaules.

— Je sais pas. Peut-être.

Cramoisi, Drysdale desserra sa cravate, déboutonna son col de chemise. Dans son propre bureau, il se détendait en jonglant avec des balles de base-ball mais, dans celui de Strout, il n'y avait rien pour jongler hormis des grenades à main, et, autant qu'il pût en juger, elles n'étaient pas désamorcées.

Le silence qui s'était installé fut brisé par un crissement de pneus suivi d'un bruit de tôle froissée de l'autre côté de la fenêtre donnant sur l'autoroute. Ils quittèrent leur siège tous les trois pour aller voir ; Strout releva le store. Dans le brouillard, on ne distinguait pas l'autoroute, distante de moins de cinquante mètres. Ils restèrent cependant devant la fenêtre. Sans qu'un mot fût prononcé, la tension et la colère s'étaient dissipées.

— Vous pouvez pas prouver qu'il y a pas eu suicide, reprit finalement le coroner. Je vous l'ai entendu dire plus de cent fois, Abe. On prouve pas une hypothèse négative. Feriez mieux de vous concentrer sur les éléments qui *pourraient* indiquer un homicide.

— Je vous écoute, dit l'adjoint au procureur général.

Strout énuméra les faits en comptant sur ses doigts.

— Un, Sal s'était jamais piqué à cet endroit-là, l'intérieur du poignet. Deux, il avait un taux d'alcoolémie d'un gramme. Faut sacrément bien viser pour trouver la veine du premier coup quand on est aussi bourré. Trois, l'aiguille n'était pas plantée dans le corps. On l'a retrouvée sur la table. Pas vrai, Abe ?

Glitsky acquiesça d'un hochement de tête et Drysdale demanda ce que ce dernier fait signifiait.

— Ça voudrait dire que Sal Russo s'est fait sa piqûre et qu'il est resté conscient assez longtemps pour retirer l'aiguille. Sauf que, quand on s'injecte huit milligrammes de morphine par intraveineuse, et qu'on a en plus un gramme d'alcool par litre de sang, le temps de vider la seringue, on est au moins en état de choc. L'aiguille peut tomber quand on perd connaissance, mais elle va pas gentiment se ranger sur la table. Et la capsule se remet pas non plus toute seule sur la seringue, c'est sûr.

Drysdale médita la chose un moment avant de déclarer :

— Si j'étais juré, ces trois indices pris ensemble me donneraient la quasi-certitude qu'il y a eu meurtre.

— Je sais pas, répliqua Strout, fidèle à lui-même. C'est possible mais pas obligé – et c'est ce que je dis depuis le début.

11

Le photographe les avait laissés pour aller développer sa pellicule. Craignant d'être interrompus s'ils restaient à l'appartement, Graham et Michael Cerrone avaient passé l'après-midi au *Modena*, un *deli* italien haut de gamme de Clement Street, où ils avaient partagé deux bouteilles d'un chianti Ruffino vieux de dix ans. Ils n'étaient plus des étrangers l'un pour l'autre. En sept heures, le journaliste avait capturé l'âme de son sujet sur bande magnétique.

Cerrone était venu en Californie plein d'espoir – la couverture du magazine, même un journaliste chevronné comme lui ne l'obtenait pas tous les jours. Mais l'interview avait dépassé son attente. Cette histoire contenait tous les ingrédients nécessaires : un sportif de haut niveau stoppé net dans sa carrière par une blessure, un brillant étudiant en droit devenu stagiaire d'un juge fédéral, balançant sa robe noire aux orties pour donner à son rêve une dernière chance – et échouer de nouveau. La mise au ban de la communauté juridique pour ce noble effort et, maintenant, les retombées d'une inculpation pour meurtre sommairement abandonnée : même la compagnie d'ambulances qui l'employait à temps partiel ne voulait plus de lui.

Autre facette, le portrait d'un héros talentueux et sensible qui se réconcilie, des années après, avec un père condamné par la maladie. Graham avait confié à Cerrone qu'au cours des deux dernières années, particulièrement difficiles, son père avait été le seul à l'accepter, à l'aimer.

Bien sûr que Graham s'était occupé de lui. Bien qu'il ignorât d'où provenait la morphine, il lui avait souvent fait ses piqûres. Cerrone n'avait pas réussi à lui soutirer des aveux, mais ce qu'il avait obtenu était presque mieux : cela collait parfaitement avec le sujet de la semaine – l'euthanasie. Il écrirait son article de manière que la conclusion soit évidente. Graham Russo avait bien agi. Son père voulait mettre fin à ses jours mais il avait besoin de quelqu'un pour l'aider, pour lui tenir la main. Et le plus beau, le plus dramatique de l'histoire, c'était que Graham ne pouvait reconnaître son acte s'il espérait recommencer un jour à exercer.

Après la réunion matinale avec Glitsky, l'agitation de Sarah Evans n'avait cessé de croître et quand, en fin de journée, elle se gara dans la rue de Graham Russo, elle était à bout de nerfs. À deux reprises, Marcel lui avait proposé de retourner voir leur suspect, d'appuyer un peu au hasard sur les boutons pour voir ce qui se passerait. Elle lui avait répondu qu'il valait mieux attendre d'en savoir davantage. En réalité, elle cherchait à écarter Lanier pour voir Graham seule. C'était dangereux à de nombreux égards, et contraire à toutes les règles du métier, elle le savait, mais cela ne l'empêcherait pas de le faire.

Pour la première fois de sa carrière, elle n'était pas sûre de la culpabilité de son suspect. Après la conversation anodine au stade, l'autre soir, elle avait cessé d'avoir de lui une vision simple de flic. Il était à présent essentiellement pour elle non plus un suspect mais un être humain. Pire, un être humain par qui elle pourrait être attirée, par qui elle était *déjà* attirée.

Elle savait que la situation était intenable, qu'elle aurait dû abandonner l'affaire. Son objectivité était mise à mal. Mais cette objectivité apparente ne les avait-elle pas conduits, Marcel et elle, à tirer des conclusions erronées ? S'ils se trompaient de nouveau en arrêtant une seconde fois un innocent, ce serait une tache sur leur carrière, sans parler du tort causé à Graham. C'était ce qu'elle voulait éviter, c'était la raison pour laquelle elle souhaitait le voir sans que son coéquipier soit présent.

Elle parlerait à Graham pour lever toute équivoque. Ensuite, elle pourrait faire son travail. Il fallait qu'elle soit sûre qu'il n'était pas en train de la manipuler. Pourquoi l'avait-il abordée au stade ? Qui était-il, en définitive ? Un criminel arrogant, comme le pensait Marcel ? Ou simplement un gentil garçon qui ne gardait pas rancune à la femme qui l'avait arrêté ?

Elle l'ignorait et cela la tourmentait.

Il fallait qu'elle sache.

Graham et un autre homme bavardaient dans la rue devant la porte de l'appartement. Il faisait déjà sombre mais le brouillard s'était dissipé là-haut sur la colline. Le vent soufflait en rafales et autour d'eux des pétales de fleur voletaient comme des flocons de neige.

Elle s'avança, vêtue de sa tenue de travail – le tailleur bleu qu'elle avait porté toute la journée.

— Bonsoir, Graham.

Quand il se tourna vers elle, Sarah crut voir dans son regard une expression de bienvenue, aussitôt enfuie.

— Votre père vous a téléphoné deux fois vendredi matin, dit-elle en continuant à avancer. De quoi avez-vous parlé ?

— Ah ! voilà mon flic préféré, le sergent Evans. Sarah, je vous présente Mike Cerrone. Il est reporter.

— Vous n'êtes pas du *Chronicle*, fit observer Sarah, qui connaissait tous les journalistes locaux.

— *Time*, lâcha-t-il.

— Ça alors, les nouvelles vont vite !

À vrai dire, elle s'attendait un peu à quelque chose de ce genre. Au bureau, on ne parlait que des proportions que l'affaire Russo avait prises en un rien de temps.

— Vous avez picolé, on dirait ? Je peux vous appeler un taxi, proposa-t-elle au journaliste. Ici, dans l'Ouest sauvage, c'est mal vu boire et conduire.

Graham avait retrouvé son sourire.

— Qu'est-ce que je vous disais ? Elle a l'œil ! Vous laissez pas avoir par ses manières gentilles.

— Pas de danger, répondit Cerrone, qui ne quittait pas l'inspectrice des yeux.

Russo lui avait effectivement parlé d'elle, mais rien qu'en passant. Le journaliste avait cependant l'impression – question d'instinct – qu'il y avait là quelque chose. Une autre histoire possible. Une jolie fliquesse qui vient seule, le soir, interroger un suspect ?

— Si vous preniez un café, plutôt ? suggéra Sarah. Vous entrez, vous attendez une heure – le temps de dessoûler.

— Je ne pense pas que je suis soûl, rétorqua Cerrone.

— On ne s'en rend jamais compte, c'est le problème.

— Hé ! cria Graham pour attirer leur attention. *Moi*, je sais que je suis soûl. Je vais faire du café.

— Si vous m'invitez sans mandat..., commença Sarah.

Il se dirigeait déjà vers la porte en bougonnant :

— Une vraie dure à cuire. Bon, moi je rentre, je suis gelé. Venez ou pas, ça m'est égal.

D'un geste de galanterie affectée, Cerrone fit signe à l'inspectrice qu'elle devait le précéder. Ce qu'elle fit.

Personne n'était impatient de passer aux choses sérieuses. Graham avait branché la machine à café, mis de la musique, l'album français de Céline Dion. Cerrone détestait ça – Graham n'aurait pas plutôt un disque d'Alanis Morissette ? Curieusement, Evans fut soulagée qu'il n'en ait pas. Elle n'aurait pas aimé penser qu'il avait un penchant pour une telle rage. Finalement, il choisit les *Baja Sessions* de Chris Isaak, revint à la table, et Sarah répéta sa question sur les coups de téléphone de son père le matin de sa mort. Avec un soupir de lassitude, il répondit :

— D'accord, on s'est parlé deux fois vendredi.

— À quel sujet ?

Il but un peu de café, parut se souvenir de quelque chose.

— Vous enregistrez notre conversation ? Non pas que ça me dérange. Avec Mike, j'ai fait ça toute la journée. Combien de cassettes on a enregistrées, Mike ?

— Cinq.

Sarah nota mentalement l'information, tira son magnétophone de sa poche.

— L'ère de l'électronique, dit-elle. Faut s'y faire. (Des fossettes creusèrent joliment son visage quand elle sourit.) Merci de me l'avoir rappelé.

Elle expédia l'introduction, réitéra sa question.

— Nous avons surtout parlé de ses souffrances, répondit Graham. (Il se tut, fixa un moment l'obscurité, par la fenêtre.) En fait, Sal et moi, nous avons eu deux fois la même conversation, reprit-il d'une voix enrouée. La première s'était effacée de son esprit. La seconde aussi, peut-être. Je ne sais pas. (Il haussa les épaules.) Il était dans un de ses mauvais jours.

Sarah se sentit émue. C'était la première fois que Graham Russo évoquait la réalité quotidienne de l'état de son père. Elle parvint difficilement à retrouver le fil de ses pensées et à reprendre l'interrogatoire.

— Votre père vous a appelé dix-sept fois le mois dernier.

— Quelque chose comme ça, oui, confirma-t-il, la voix toujours rauque.

Il avait manifestement bu, il baissait sa garde. Elle était sûre que son émotion était sincère.

— Qu'est-ce qu'il voulait ?

— Je ne sais pas ce qu'il voulait ce jour-là. Ça changeait. Il était mourant, vous comprenez. Il se réveillait sans savoir où il était. Il avait peur. Il avait besoin de parler à quelqu'un. Il comptait sur moi.

La présence de Cerrone à l'autre bout de la table agaçait Evans. Dieu sait ce qu'il pensait de ses questions, mais elle avait sous la main un Graham éméché tout disposé à parler. Elle devait profiter de l'occasion. Ignorant le regard désapprobateur du journaliste, elle poursuivit :

— Bon, il comptait sur vous. Et qu'est-ce que vous avez fait, ce jour-là, après le second coup de fil ?

Graham but une autre gorgée de café, reposa sa tasse, porta une main à son visage, massa sa mâchoire comme si elle était engourdie.

— Ce n'était pas seulement un de ses mauvais jours, dit-il d'une voix blanche. Il venait de passer deux semaines *terribles*. Son état s'aggravait – la douleur, les pertes de mémoire. La tumeur avait peut-être des répercussions sur la maladie d'Alzheimer, je ne sais pas. Il fallait faire quelque chose.

— Quoi ?

Il secoua la tête.

— Au début, juste après nos retrouvailles, j'avais évoqué la possibilité qu'il entre un jour dans une maison de retraite. À l'époque, il s'était perdu plusieurs fois, mais la maladie n'était pas très avancée. Je crois qu'il est allé voir un docteur pour un diagnostic mais qu'il s'est sauvé avant qu'on lui fasse tous les tests. Il ne voulait pas avoir de certitude.

— Et que pensait-il d'une maison de retraite ?

— Pas question. Il ne finirait pas sa vie comme un légume. Il m'a fait promettre de le tuer avant qu'il en arrive là.

— Et vous l'avez fait ? Vous avez promis ?

Cerrone se pencha en avant.

— Graham ?

Le charme était rompu. Momentanément.

— Quoi ?

— Le sergent a sans doute l'intention de vous informer que vous n'êtes pas obligé de répondre. Que vous pouvez réclamer la présence de votre avocat.

Graham tendit la main, tapota le bras du journaliste.

— Hé, tout va bien, Mike. C'est cool. Sarah est pas là pour m'agrafer. (Il se tourna vers elle.) Pas vrai ?

Leurs regards se nouèrent et Sarah finit par détourner les yeux.

— Je cherche simplement la vérité, Graham. J'essaie de savoir ce qu'il s'est passé. Vous venez de me dire que vous aviez promis à votre père de le tuer…

— *Si*, la coupa-t-il, levant un doigt. Il y avait un grand *si*.

— Lequel ?

— Si la maladie d'Alzheimer le transformait en légume. S'il perdait d'un seul coup l'usage de son cerveau. Alors, je devais le faire.

— Comment ?

— Je n'y avais pas réfléchi. Je n'étais même pas sûr de le faire. Nous n'en étions pas là, il se débrouillait encore plus ou moins. Et puis les maux de tête ont commencé, nous avons découvert qu'il avait une tumeur…

— De quelle façon ?

Le regard de Graham se porta sur Cerrone, revint à Sarah.

— Ça commence à ressembler à un interrogatoire, vous savez.

Elle essaya de bluffer :

— Nous ne faisons que parler.

De l'index, il indiqua le magnétophone.

— Avec ce machin qui tourne ? Vous pouvez m'assurer que vous n'utiliserez rien de ce qu'il enregistre ?

— Non, je ne peux pas.

— Alors, vous êtes ici à titre officiel, finalement ?

De nouveau, ils se regardèrent intensément.

— À quel titre voudriez-vous que ce soit ?

— Je ne sais pas. On peut toujours espérer. (Un silence.) Sal est allé voir un docteur.

— Vous savez qui ?

Nouveau silence, plus long. Graham secoua la tête tel un chien fatigué.

— Si je vous le dis en confidence, vous le garderez pour vous ?

Elle le considéra un moment avant de répondre :

— Je ne peux pas, voyons. J'enquête sur la mort de votre père. Vous connaissez le nom de ce médecin oui ou non ?

Il baissa les yeux vers le magnétophone.

— Officiellement, je l'ignore. Il y est allé seul. Je n'habitais pas avec lui, il avait sa vie.

— Vous a-t-il dit comment il avait payé le docteur ? Vous a-t-il parlé d'argent ?

Graham haussa les épaules.

— Il m'a parlé de cette tumeur inopérable qui le tuerait. Alors, la question de le mettre en maison de retraite est devenue sans objet. Il ne vieillirait pas comme une carapace vide dans un fauteuil roulant. Il ne vieillirait pas tout court.

La brutalité du fait les rendit tous silencieux. Même le CD choisit cet instant pour s'arrêter.

— Et ces deux dernières semaines, comme je l'ai dit, son état avait empiré, ajouta finalement Graham.

Sarah n'était cependant pas encore prête à passer à un autre point. Quelque chose la tracassait.

— Dans vos déclarations précédentes, vous affirmiez ne pas connaître la cause de ses souffrances. Maintenant, vous les connaissez ?

— Ouais, j'étais au courant. C'était le cancer, sa tumeur.

— Vous m'avez dit le contraire, la première fois.

— Je vous ai dit aussi que nous ne nous voyions pas très souvent, lui et moi, répliqua-t-il en souriant. J'essayais d'être cohérent, vous m'avez pris en défaut quand même.

— Mais vous continuez à prétendre ignorer la provenance de la morphine ?

— C'est exact. Bon, on peut arrêter ? réclama-t-il en repoussant sa chaise. Je vais déboucher une bouteille. Vous voulez un peu de vin ? Une bière ? Mike ?

Evans refusa, Mike répondit qu'il devait partir. Il avait un avion à prendre le lendemain matin à une heure indue. Ils allèrent tous trois dans l'entrée, Graham ouvrit la porte, serra la main du journaliste, lui souhaita bonne chance. Sarah s'attarda pendant que Cerrone descendait la pente en direction de sa voiture. Elle se tenait dans l'encadrement de la porte, à deux doigts de Graham, et il lui semblait que cette proximité mobilisait toutes les cellules de son corps. Elle avait aussi l'impression qu'il la défiait de bouger. Il appuya un bras au chambranle, juste au-dessus de l'épaule de Sarah.

— Vous partez vraiment ?

Elle se dit qu'il n'était pas tout à fait dégrisé. L'alcool levait ses inhibitions et... bon, il la trouvait à son goût. Il avait momentanément oublié qu'elle était flic. Mais il ne la forcerait pas à baisser la tête pour sortir. Elle se redressa, le regarda dans les yeux.

Mauvaise idée. Que son regard trahît ou non ses véritables sentiments, elle ferait bien de détourner la tête. Sinon, leur relation professionnelle risquait de se transformer en quelque chose d'autre. Elle se glissa sous son bras pour passer dans l'allée.

— Écoutez, si vous acceptez de répondre encore à trois brèves questions, je promets de ne plus vous ennuyer, proposa-t-elle avec un sourire conciliant. Pour ce soir.

— Après, vous prendrez un verre de vin avec moi ?

— Je ne peux pas. Je suis de service.

— Quittez-le, votre service. Posez vos trois questions et fermez la boutique pour aujourd'hui, fit Graham sans cesser de la fixer.

Cette fois, elle soutint son regard.

— Premièrement, je veux savoir si vous avez fait des piqûres de morphine à votre père.

— Je l'ai dit, non ?

Il ne l'avait pas vraiment reconnu, mais l'alcool l'avait fait parler si librement qu'elle n'était pas étonnée qu'il ne se souvienne plus au juste de ce qu'il avait admis. Cette fois, il disait la vérité, elle en était sûre.

— Souvent ?

— C'est la deuxième question ?

Elle réfléchit, jugea qu'elle pouvait répondre oui.

— Une ou deux fois par semaine, quand j'étais là. Il n'aimait pas se piquer lui-même. OK, la troisième ?

— Après les deux coups de téléphone de vendredi matin, quand votre père vous a appelé parce qu'il souffrait, pourquoi n'êtes-vous pas allé là-bas pour l'aider ?

La dernière haie ne ralentit pas du tout l'ancien avocat. Il laissa son bras retomber, s'approcha d'elle.

— En toute franchise, c'est ce que j'ai fait, dit-il avec un sourire penaud. Et devinez quoi ? Ce vieux schnock était sorti. Il n'était pas chez lui.

Secouée par l'importance de ce qu'elle venait d'entendre – non seulement Graham était passé chez son père le vendredi, mais il lui faisait souvent ses piqûres de morphine –, Evans était presque arrivée à sa voiture quand elle s'arrêta et jura.

Son magnétophone était resté sur la table !

Cela faisait moins de cinq minutes qu'elle avait quitté Graham, mais les rais de lumière entre les lattes des stores avaient déjà disparu. Elle frappa à la porte, n'entendit aucun bruit à l'intérieur. Il s'était peut-être déjà endormi. Plus probablement, il en avait sa claque des policiers et des journalistes, pensa-t-elle.

— Graham, murmura-t-elle. C'est moi, Sarah.

Sarah, qu'est-ce qui me prend ? *Sergent Evans.* Je suis le *sergent Evans*, se rappela-t-elle.

Au bout d'une minute, la lumière se ralluma. Lorsque la porte s'ouvrit, Graham lui parut épuisé. Il souriait vaguement, sans parvenir à cacher l'effort que cela exigeait de lui.

— Excusez-moi, je ne pensais pas que vous dormiez déjà. Je croyais que vous preniez un dernier verre.

— Ça suffit pour aujourd'hui... Votre service est fini ? demanda-t-il sans conviction.

Elle eut un geste ambigu vers l'intérieur de l'appartement.

— J'ai oublié mon magnétophone.

Il hocha la tête, appuya sur l'interrupteur de la lampe de l'entrée, s'effaça pour la laisser passer. L'appareil continuait à tourner sur la table. Elle l'arrêta, revint vers la porte où Graham était resté à l'attendre.

Quand elle fut de nouveau dehors, elle hésita une dernière fois, puis marmonna :

— Bon, merci d'avoir ouvert.

— Pas de quoi, à votre service.

La porte se referma avant que Sarah ait le temps de se retourner. Elle n'avait pas fait trois pas dans la rue que la lumière de l'entrée s'éteignait.

Elle avait la réponse qu'elle cherchait : cet homme avait aimé son père. Subsistait plusieurs questions importantes comme les liasses de billets entourées de bandes, les cartes de base-ball. Graham avait quasiment reconnu qu'il en savait davantage et qu'il lui en parlerait si elle oubliait un instant qu'elle était flic, mais elle en était incapable. Quoi qu'il en soit, il n'avait pas tué Sal pour son argent.

En venant seule le voir, elle avait atteint un objectif : Graham lui avait révélé, à elle, Sarah, qui il était vraiment. Mais le *sergent Evans*, inspectrice à la criminelle, se rendit compte avec une pointe d'angoisse que le prix à payer avait été élevé. À cause d'elle, Graham Russo s'était enfoncé plus encore dans un trou sans cesse plus profond.

12

Hardy se trouvait dans son jardin, une longue bande de gazon relativement étroite bordée par les rosiers de Frannie. De chaque côté, des immeubles d'habitation dressaient leurs trois étages, mais derrière, à l'est, une trouée laissait le regard porter jusqu'à la ville basse. Dès la mi-avril, quand le soleil trouvait le moyen de briller, ses rayons glissaient entre les bâtiments pour créer un îlot de chaleur douillette.

S'occupant attentivement du barbecue – gratter la grille, attendre que le charbon de bois blanchisse –, il rechargeait ses batteries pour la semaine. Glitsky et son jeune fils venaient dîner. Ainsi que Moses, le frère de Frannie, avec sa femme, Susan, et leur bébé, Jason.

On était dimanche, l'après-midi s'achevait. Le temps et le climat chez les Hardy s'étaient quelque peu réchauffés depuis la glaciation de la fin de la semaine, et la maison protégeait le jardin de la brise soufflant de l'océan.

L'autre source de froid – Frannie – descendit l'escalier de derrière avec un grand saladier Tupperware fermé qu'elle posa sur la table de pique-nique poussée contre le mur de la maison. Elle se tint un moment immobile puis carra les épaules, franchit d'un pas lent les trois mètres qui la séparaient de son mari et lui passa un bras autour de la taille.

— Quoi que tu décides, c'est bien. Ça m'est égal pourvu que nous le fassions ensemble.

Il l'attira contre lui.

— Je croyais que tu ne voulais plus entendre parler d'affaire de meurtre.

— C'est *toi* qui m'as dit que tu n'en voulais plus, alors, je me suis faite à cette idée, mais au fond, je m'en fiche. Tu peux bien devenir employé de la fourrière si cela te rend heureux, ça m'est égal. (Elle s'écarta pour pouvoir le regarder.) C'est toi qui t'angoisses, en réalité.

— Ça t'use, d'être avec les gosses tout le temps.

— Non. Enfin, si, un peu. Et alors ? Ce n'est pas ton problème. Si mon mari était plus heureux, la vie serait parfaite. Si tu étais plus heureux avec les enfants…

Hardy poussa un soupir.

— Je les aime, Fran, mais…

— Il ne devrait pas y avoir de « mais ». Ce n'est pas à cause des enfants. Ni de moi ni de ton travail. C'est à cause de ton attitude par rapport à la vie. « Ne t'en fais pas. Sois heureux [1]. » Chante-le. Vis-le.

Abe Glitsky était assis à califourchon sur le banc de pique-nique, les coudes sur les genoux, les mains autour d'un verre de thé glacé. Hardy souleva le couvercle du *kettle cooker* pour jeter un coup d'œil aux morceaux de poulet.

— Si tu regardes tout le temps, ça ne cuira jamais, fit remarquer Glitsky. Il n'y a rien de pire que le poulet mal cuit.

Hardy lui lança un regard cinglant, porta sa canette à ses lèvres.

— Le réchauffement de la planète, c'est bien pire. Les pluies acides. Les pubs pour la pommade contre les hémorroïdes. Je pourrais te donner cent exemples. (Il approcha sa pince de la grille.) Comment tu veux retourner les morceaux de poulet si tu ne soulèves pas le couvercle ?

— Une seule fois. Tu ouvres, tu retournes, tu remets le couvercle, tu reviens dans une demi-heure, c'est cuit. C'est pour ça qu'on a inventé ce genre de barbecue, en fait. De brillants hommes de science ont sué sang et eau pour t'épargner la corvée de surveiller sans arrêt ton poulet.

---

1. « Don't worry. Be happy » : paroles d'une chanson célèbre. *(N.d.T.)*

— C'est ma personnalité qui veut ça, expliqua Hardy. Faut que je surveille, que j'aie la maîtrise de la situation. Et c'est une bonne chose, d'ailleurs.

Glitsky se leva, s'approcha.

— Tu pourrais les retourner maintenant, par exemple. Ils ont l'air à peu près cuits en dessous. Ensuite, tu pourras aller t'asseoir et savourer ta bière sans être dérangé.

Hardy passa un moment à remuer les braises, puis se décida à retourner le poulet.

— Je ne le fais pas pour t'écouter mais parce que, moi aussi, j'ai l'impression que c'est cuit.

— À moitié cuit, corrigea Glitsky.

Hardy alla s'asseoir sur le banc.

— Bon, ça y est, je savoure ma bière sans être dérangé. À propos, quoi de neuf, pour Graham Russo ?

— « À propos », hein ?

— Sur ta propre recommandation, je pose mon postérieur pour faire une petite pause, et qu'est-ce qui me vient spontanément à l'esprit ? Mon client.

Abe s'installa à l'autre bout du banc.

— Moi qui pensais que ta femme m'avait invité parce qu'elle avait beaucoup apprécié ma compagnie, l'autre fois.

— Ça a peut-être joué également, si incompréhensible que cela puisse paraître. Mais puisque tu es là…

— Puisque je suis là, sérieusement, je n'en parlerai pas.

Hardy avait entendu cette fin de non-recevoir sous une dizaine de formes différentes. Généralement, l'embargo se levait de lui-même, sans qu'il ait besoin d'insister. Il but une gorgée de bière, décolla machinalement les fesses du banc pour aller jeter un coup d'œil au poulet, se ravisa.

— Bon, et les Giants ?

— Je peux rien te dire, cette fois, Diz, fit le lieutenant, secouant la tête. Il y a trop de pression autour de cette affaire.

— Powell ?

Glitsky haussa les épaules. Hardy n'insista pas : il savait que le procureur général avait décidé d'entamer des poursuites. Restait à savoir quand, mais, là encore, il n'obtiendrait rien en posant directement la question.

— Tu étais au courant, pour la femme, ou tu l'as appris par le journal ?

Un reporter avait découvert en épluchant de récents rapports de main courante que Leland et Helen Taylor avaient appelé à trois reprises la police au Manoir ces six dernières semaines. Les deux premières fois, Sal Russo avait sonné à la porte. Quand Helen avait ouvert, il était entré, tout simplement, il s'était versé à boire comme s'il était chez lui, avait refusé de partir.

La troisième fois, il avait pénétré dans la maison par l'entrée de service, il s'était de nouveau servi un ou deux whiskys, puis il était monté à la chambre où Helen faisait la sieste, il s'était étendu à côté d'elle et avait commencé à la caresser, en arguant de ses droits conjugaux.

Chaque fois, la police avait conduit Sal Russo dans un centre d'aide sociale, où il avait été retenu quelques heures.

— On a appris ça samedi, répondit Glitsky.

— Et vous y voyez un mobile éventuel pour le meurtre de Sal ? Ça vous donne un autre suspect ?

— Bien essayé. Pas de commentaire.

Sal Russo attendait patiemment sur l'une des chaises en plastique jaune dans le soleil pénétrant par la porte du couloir du centre. Dans quelques minutes, Graham viendrait le tirer de là pour le ramener chez lui. Il avait étonné Don, l'assistant social, en se rappelant le numéro de téléphone de son fils.

— Hé, Sal, appela Don.

Il ouvrit les yeux.

— Ouais ?

— Vous voulez m'expliquer pourquoi vous vous obstinez à pénétrer de force dans votre ancienne maison ?

— Ma femme me manque. C'est un crime ?

— Non. Sauf qu'elle n'est plus votre femme.

— On a dit « jusqu'à ce que la mort nous sépare », je m'en souviens très bien. J'essaie de la reprendre.

— Vous ne pensez pas que ça pourrait contrarier sa famille ? Si vous continuez, ils vous feront peut-être jeter en prison.

— Vous en faites pas pour moi. Helen s'y risquerait pas, avec ce que je sais sur elle.

Le vieil homme ferma les yeux, tourna vers le soleil un visage à l'expression paisible.

— Elle a pas toujours été un prix de vertu, vous savez. On s'en est payé, dans le temps. Je le lui ai rappelé aujourd'hui, ça lui a pas plu. Elle veut pas que ça se sache.

Il leva une main, se pressa les tempes.

— Ça ne va pas ? demanda Don.

— Foutus maux de tête. Non, ça va. Helen et moi, on fumait un peu. On se tapait quelques lignes de coke. Je crois pas que son Leland aimerait apprendre ça. Il doit pas savoir non plus qu'elle s'est fait arrêter pour vol à l'étalage. Ça lui resterait en travers de la gorge, à ce pisse-froid.

L'assistant social émit un petit rire.

— Votre femme m'avait fait croire qu'elle ne portait pas plainte pour ne pas causer d'ennuis à un vieil homme inoffensif. En réalité, vous la faisiez chanter. Vous n'êtes pas si inoffensif que ça, hein ?

— Pas même un peu, répondit Sal avec un sourire.

Pendant le dîner, Hardy se fit une meilleure idée de la direction du vent. Les cinq adultes étaient assis à la table en cerisier de la salle à manger tandis que les enfants mangeaient leurs pilons devant le poste de télévision.

Susan Weiss, la femme de Moses McGuire, était violoncelliste dans l'orchestre symphonique de la ville, et son tempérament d'artiste l'incitait à dire librement ce qu'elle pensait. Elle savait que Flo, la femme de Glitsky, était morte deux ans plus tôt après un long combat contre le cancer. Elle ne comprenait pas qu'un homme – « même un flic » – qui était passé par cette épreuve puisse être opposé à ce qu'on mettre fin aux souffrances de quelqu'un connaissant le même martyre.

— Je ne le suis pas, rétorqua le policier. (Il lança un regard mauvais à Hardy, comme si c'était lui qui avait soufflé ces propos à Susan, s'efforça de garder un ton calme.) Même si je suis flic, je ne suis pas contre le principe d'un suicide assisté. Mais je pense que ça devrait être une affaire privée, *beaucoup* plus privée que… que ce qu'on voit parfois.

— Qu'est-ce que tu entends par privée ?

— Qui ne regarde que les gens concernés, et personne d'autre. Privée, quoi.

— Et le suicide assisté par un médecin ? Kevorkian et consorts ? J'ai entendu dire que la moitié des docteurs de la ville le font.

— Ce qui signifie ?

— Eh bien, si vous arrêtez le jeune Russo, vous ne devriez pas arrêter aussi tous ces médecins ? C'est la même chose, non ?

Glitsky, seul de la tablée à boire de l'eau, porta son verre à ses lèvres, parut avoir peine à avaler.

— Non, ce n'est pas la même chose.

— En quoi est-ce différent ?

Mis au pied du mur, il prit une brève inspiration.

— C'est différent parce que quelqu'un a tué Sal Russo. Quelqu'un l'a *assassiné*, et pas par bonté d'âme.

— Je ne crois pas, dit Hardy.

Assis entre sa femme et sa sœur, Moses McGuire était resté quasiment silencieux pendant le repas. Irlandais porté sur la bagarre, docteur en philosophie devenu barman, il avait d'ordinaire une forte présence, mais il s'était abstenu jusque-là de tout commentaire, buvant son scotch à petites gorgées.

McGuire n'ignorait pas que Glitsky et Hardy étaient amis. Il se considérait lui-même comme le *meilleur* ami de Dismas, mais cela ne faisait pas de lui un proche du lieutenant. Posant sur le bras de Susan une main de propriétaire, il demanda :

— Ce Sal dont vous parlez, il n'avait pas le cancer ?

— Si, confirma Glitsky.

— Tumeur inopérable, si j'ai bien compris ?

— Alors comment la police peut-elle exclure la possibilité que quelqu'un l'ait aidé à se suicider ? enchaîna aussitôt Susan. Que c'était *ça* qu'il voulait ?

— Nous ne l'excluons pas, expliqua Abe, s'exhortant à la patience. Nous relevons des faits, nous les prenons comme point de départ pour bâtir une hypothèse.

Enfin échauffé par la discussion – ou par le whisky –, McGuire rappela :

— Ton hypothèse ne doit pas laisser de côté l'idée qu'il serait mort de toute façon dans deux semaines. Alors pourquoi diable l'aurait-on tué ?

Frannie devança Glitsky :

— Pour de l'argent, allait te répondre notre cher lieutenant. Graham avait dans un coffre cinquante mille dollars appartenant à son papa.

— Et alors ? dit Susan. Cela veut dire qu'il l'a tué ?

— Non, répliqua Glitsky. Ça veut dire qu'il pourrait l'avoir fait, c'est tout.

Hardy intervint :

— Graham gardait cet argent au cas où son père devrait quand même aller dans une maison de retraite.

Bien qu'il connût l'explication avancée par Graham – les enfants de Joan Singleterry –, l'avocat n'était pas du tout sûr d'y croire. En tout cas, il préférait ne pas remuer des eaux déjà troubles et avait élaboré sa propre version, qui lui semblait plus crédible.

— Son père rangeait l'argent dans un coffre, sous le lit, et Graham ne trouvait pas l'idée excellente.

— Il te l'a dit ? questionna Glitsky.

— Il n'a pas eu à le faire.

— Je me demande pourquoi il ne nous en a pas parlé.

Frannie posa sa fourchette.

— Abe, sans vouloir t'accabler, ça ne tient pas debout. Susan a raison, ce genre de chose arrive tous les jours. Pourquoi t'acharnes-tu sur ce garçon ?

— Parce qu'il a menti en répondant à chacune de nos questions, repartit sèchement le policier. Le mensonge rend les représentants de l'ordre soupçonneux.

— Il faut voir l'ensemble, fit Hardy, voix de la raison. Graham était déjà sur la liste noire des milieux juridiques, il craignait d'être rayé du barreau si l'on apprenait qu'il avait aidé son père à se tuer, même avec les meilleures intentions du monde.

Frannie prit le relais :

— Il a donc prétendu que son père et lui se voyaient rarement. Il ne pensait pas que vous iriez chercher plus loin.

Susan se joignit au chœur des défenseurs :

— Finalement, il n'a menti qu'une fois, puis il a dû inventer pour étayer son histoire.

Une ombre de sourire sur les lèvres, Glitsky se renversa en arrière, croisa les bras.

— Pas de chance qu'on l'ait coincé pour le gros mensonge, quoi. (Il se pencha de nouveau en avant, saisit sa fourchette.) C'est peut-être une idée que je me fais, mais vous ne trouvez pas curieux qu'il ait gardé l'argent après la mort de son père sans en avertir la famille ?

— Il en avait peut-être l'intention, avança Susan. Il n'a pas eu le temps, vous l'avez arrêté tout de suite.

— Pas de chance, encore une fois, dit Glitsky d'une voix dégoulinante de sarcasme. Graham Russo, le p'tit gars pas verni.

Jouant en double mixte et se tenant trop près du filet, Mario Giotti ne vit même pas la balle de coup droit que son adversaire catapulta vers sa tête. Il s'écroula sur le court, le souffle coupé, conscient uniquement de la douleur.

Dimanche soir. Ils disputaient un match *indoors* au Mountain View Racket Club, situé sur la crête de l'escarpement de Palissade Heights, là où Divisadero Street entame sa descente en cascade de Broadway à Lombard – deux cent cinquante mètres de dénivellation en six pâtés de maisons.

Le juge sentit la présence de gens penchés sur lui, la cuisse de sa femme sous sa nuque. Quelqu'un apporta une serviette mouillée et fraîche. Il eut une impression de sang – taches rouges sur fond blanc dans son champ de vision, goût de cuivre au fond de la gorge.

Pat prit les choses en main, comme toujours. Après s'être assurée qu'il n'avait rien de grave, elle en fit part à tout le monde, puis le murmura à son oreille : « Tout va bien. »

Ils se relevèrent, firent quelques pas. Giotti pressait la serviette tachée contre son visage et sentait sur lui les regards des autres joueurs. Leurs adversaires, un couple plus jeune, avaient pris leur sillage – figurants sans rôle particulier.

— Appuie-toi sur moi, lui suggéra sa femme, et il éprouva la robustesse de ses épaules. Il remarqua quelques traînées rouges sur sa jupette de tennis.

Le temps qu'ils arrivent au bar à jus de fruits, il avait retrouvé son souffle. Il pensait avoir le nez cassé, mais la pression qu'il avait appliquée avec la serviette avait apparemment fait cesser le saignement. L'autre couple – Joe et Dana – insista pour leur offrir quelque chose, et Pat commanda deux grandes bouteilles d'eau. Quand ils s'éloignèrent, accablés et raides, Giotti marmonna :

— Qu'est-ce qu'il croit, cet imbécile ? Qu'on joue la finale de Roland-Garros ? On était censés faire un petit match amical, on se retrouve devant Agassi et Evert.

— Chht, fit Pat, se penchant vers lui. Quelqu'un pourrait t'entendre.

— Et alors ? répliqua Giotti. (Ses yeux inspectèrent néanmoins les tables voisines. Il n'y avait personne à portée de voix.) C'est ridicule de nous obliger à jouer dans un club public. On aurait dû en installer un dans le bâtiment du tribunal. Là, au moins, tu connais tes adversaires, ils te connaissent. On reste civilisé.

Le juge siégeait et avait son bureau au tribunal fédéral récemment rénové, le bâtiment auquel Lanier et Evans n'avaient même pas prêté attention deux jours plus tôt. Les travaux, qui avaient duré plus de huit ans et coûté près de cent millions de dollars, avaient redonné au lieu sa munificence originelle – ce qui n'était pas peu dire. Surnommé le Palais fédéral, il passait pour être, après la bibliothèque du Congrès, le plus bel édifice gouvernemental des États-Unis.

Construit par des artisans italiens, il avait été achevé à temps pour le grand tremblement de terre de 1906 et avait miraculeusement survécu au séisme : les employés de la Poste qui y travaillaient à l'époque avaient refusé de l'évacuer, préférant rester pour combattre le feu qui le menaçait.

L'intérieur majestueux – murs de marbre et plafonds décorés de fresques – était à présent équipé d'une infrastructure moderne, d'un système informatique avec un terminal dans presque chaque bureau. Malgré les objections de nombreux juges – Giotti inclus – qui pensaient que l'accès au tribunal devait être totalement libre, la sécurité était stricte. Des caméras fixées au-dessus de chaque entrée envoyaient des images à une série d'écrans surveillés par des adjoints en uniforme dans un poste central situé près des portes de devant. En bas, un parking réservé aux magistrats jouxtait une salle de gymnastique. Mais pas de court de tennis, malgré toutes les pressions que Giotti avait exercées pour en obtenir un. Il n'y avait pas la place, selon les experts.

— Nous aurions dû nous inscrire dans un club privé, bougonna-t-il, en prenant cependant garde de ne pas élever la voix.

— Nous ne pouvons pas, Mario, répondit sa femme. Nous en avons déjà discuté.

— Je ne suis pas d'accord.

Elle plissa les yeux, pressa la jambe de son mari, juste au-dessus du genou – un avertissement. Pat était une maîtresse femme, physiquement solide et mentalement forte. Guide de la conduite du juge en dehors du tribunal, gardienne de sa précieuse réputation. Il était rarement en désaccord avec elle dans ces domaines, mais c'était le cas aujourd'hui.

— Je ne te parle pas de se faire des amis, ni de donner des dîners, reprit-il. Cette engeance…

— Ne prononce pas ce mot, s'il te plaît.

— Tu sais ce que je veux dire.

— Je sais aussi que nous ne pouvons pas en parler.

Giotti en revint donc à sa récrimination originelle :

— Cent millions de dollars et ils n'ont pas trouvé le moyen d'installer un court en sous-sol ! Je règle des problèmes plus difficiles trois fois par semaine. Putains de bureaucrates !

Quoique certaine à présent qu'on ne pouvait entendre son mari, Pat était toujours irritée par les grossièretés qu'il proférait lorsqu'il était en colère. Ses doigts se refermèrent de nouveau sur la jambe de Giotti. Cela la mettait hors d'elle : quelquefois, il semblait ne pas comprendre qui il était. Ou, plus exactement, il voulait oublier qu'un juge fédéral n'est pas un citoyen ordinaire.

Les juges fédéraux respiraient l'air raréfié des sommets et rendaient des comptes à un niveau différent. Son mari en particulier – démocrate centriste – devait se montrer constamment vigilant. Le bruit courait qu'il pourrait être nommé à la Cour suprême quand un siège serait vacant. Il le méritait – une longue vie de sentences sagaces, de verdicts rendus à la majorité des votes, de brillants désaccords, des millions de kilomètres parcourus pour le tribunal itinérant, les vieux amis et la vie mondaine sacrifiés sur l'autel de la pureté judiciaire.

Les Giotti ne faisaient pas exception. Pour éviter toute apparence de conflit d'intérêts, la plupart des juges fédéraux, sinon tous, rompaient les relations professionnelles et personnelles qu'ils entretenaient avant leur nomination. Cela faisait partie de la vie de juge fédéral, et ceux qui ne le savaient pas quand ils accédaient à cette fonction le découvraient sans tarder, à leur grande consternation, parfois.

Ils n'avaient pas d'amis au sens habituel du mot. Non pas tant parce qu'on ne pouvait se fier aux gens mais parce qu'un juge fédéral, s'il restait assez longtemps en fonction – et il était nommé à vie –, serait appelé tôt ou tard à rendre un verdict qui aurait des conséquences sur presque toutes les personnes qu'il connaissait.

Une amitié, un préjugé banal, un goût personnel, une liaison, voire un attachement trop grand à un fils, à une fille ou à une épouse – tout cela pouvait entacher l'objectivité sacrée du droit.

Pat Giotti savait que c'était pour cette raison que les juges fédéraux formaient une famille à part. Et dans cette famille artificielle et éthérée, où il y avait peu de véritables amitiés, la réputation passait avant tout.

Bien sûr, elle savait aussi que les jurons de Mario ne lui feraient pas perdre son poste, mais ils pouvaient ternir l'image du juge, fût-ce aux yeux d'un seul citoyen, et Pat Giotti, élevée dans le culte de la 9e cour, n'aurait su le permettre. Elle aussi avait fait de grands sacrifices pour promouvoir la carrière de son mari – ses propres amitiés, sa jeunesse, les liens intimes avec leurs quatre enfants. Sa vie même, songeait-elle parfois dans ses moments sombres. Mais ces moments ne duraient pas. Leurs sacrifices n'avaient pas été vains. Mario était juge fédéral. Avec un peu de chance, il entrerait un jour à la Cour suprême et en obtiendrait peut-être la présidence, point culminant de leurs rêves, but ultime pour lequel ils n'avaient cessé de lutter. Ensemble.

Helen Taylor flottait dans l'eau parfumée d'une baignoire en marbre démesurée. La réunion désastreuse avec Graham avait épuisé toute la famille. Après le départ des enfants, Leland et elle étaient allés souper au *Ritz-Carlton* et, pour oublier tous les incidents désagréables de la journée, ils avaient ensuite dansé au

Top of the Mark. Le reste du week-end avait été consacré à leur vie mondaine. Ils n'avaient pas eu le temps de se parler en tête à tête. Pas encore.

Leland frappa à la porte de la salle de bains, entra quand elle l'y invita et prit place sur le fauteuil à oreillettes qui ornait le mur faisant face à la baignoire. Il croisa les jambes, se renversa en arrière pour savourer le spectacle de sa femme dans l'eau, plissa soudain le nez en décelant une odeur déplaisante. D'une voix frêle et haut perchée, il attaqua :

— Je présume que nous devrons payer les frais de défense de Graham ?

Helen marqua un temps avant de répondre :

— Je continue à espérer que la police ne l'arrêtera pas de nouveau.

— Elle le fera, assura Taylor, ce n'est qu'une question de temps.

Helen soupira, eut un mouvement qui fit clapoter l'eau.

— Alors, il faudra. Payer ses avocats, je veux dire. Je sais qu'il n'en a pas les moyens.

L'odeur fantôme s'accrochait. Leland leva le menton, tourna la tête comme pour en repérer la source.

— Nous devrons le cacher à George, dit-il. (Un silence.) Cela pourrait prendre la forme d'un prêt, cette fois. Un *vrai* prêt.

— Par la banque ? Si c'est par la banque, nous ne pourrons pas le dissimuler à George.

Non, fit-il de la tête.

— Je pensais plutôt à un prêt personnel. Nous pourrions…

— Tu crois vraiment qu'il retournera en prison ? le coupa Helen.

— Je ne sais pas. S'il a tué son père pour l'argent…

— Graham est incapable d'une chose pareille, Leland. Il l'a peut-être aidé à mourir, mais pas pour de l'argent.

Taylor haussa les sourcils, tic distingué et éloquent. Il vivait dans un monde entièrement circonscrit par l'argent et croyait que *tout* y était lié. Jugeant cependant inutile de le faire remarquer à sa femme, il poursuivit :

— Pour en revenir à l'emprunt, je pense – s'il n'est pas condamné – que cela pourrait nous aider à lui faire adopter une conduite raisonnable, jusqu'à ce que la dette soit remboursée, tout au moins.

— Mais s'il l'est ? Condamné, je veux dire.

— Alors, nous aurons quelque difficulté à récupérer notre argent, je suppose. Mais là n'est pas la question. Lorsque nous avons payé ses études de droit – une erreur, soit dit en passant…

— L'avenir prouvera peut-être que ce n'en était pas une, objecta Helen.

Il ne parut pas l'avoir entendue.

— Les études de droit, si tu t'en souviens, ce n'était pas non plus une question d'argent, rappela Leland, levant un bras pour prévenir toute interruption. Je veux simplement dire que, si nous lui avions fait un *prêt*, au lieu d'un cadeau sans aucune contrepartie, s'il avait senti peser sur lui le fardeau mensuel du remboursement, il y aurait peut-être réfléchi à deux fois avant de démissionner…

— Non, sûrement pas. Il pensait accéder à l'élite du base-ball, jouer dans une grande équipe, gagner cent fois plus qu'au tribunal. D'ailleurs, il n'aurait probablement pas accepté un prêt en sachant qu'il ne pouvait en garantir le remboursement.

— Il travaille pour quoi son avocat ?

Helen ôta le filet enserrant ses cheveux et les secoua. Ils tombèrent, brillants – teints mais brillants – sur ses épaules. Ses seins ballottèrent à la surface de l'eau.

— Je ne sais pas. Pour la publicité, peut-être. J'imagine que cette affaire fera du bruit.

— Comme toujours, dit Leland. (À en juger par son expression, l'odeur était revenue.) Bon, nous prendrons une décision en temps utile. Présenter ça sous l'angle de l'euthanasie me paraît judicieux. Le jury pourrait l'acquitter.

— Mais sa vie serait brisée quand même. Il ne pourrait plus jamais exercer le droit, et je pense que c'est ce qu'il avait l'intention de faire, au bout du compte.

— N'entretiens pas de faux espoirs, Helen. Il s'est mis en dehors de la légalité, c'est déjà fait.

Leland décroisa les jambes, se pencha en avant, le corps exprimant une plus grande urgence. Sa voix aussi se fit plus aiguë quand il reprit :

— Je dois te dire que je me fais du souci pour George.

— Oui, fit-elle simplement.

La réaction de leur plus jeune fils aux propos de Graham avait été à la fois disproportionnée et inhabituelle. Si George avait un trait distinctif, c'était plutôt son *manque* d'émotion.

— Ça ne lui ressemble pas, ajouta-t-elle.

— Je me demandais s'il t'en avait parlé.

Un plissement interrogateur apparut sur le joli visage.

— Parlé de quoi ?

— Du vendredi. De tout ce qui aurait pu arriver ce jour-là.

— Non, il ne m'a rien dit.

— Parce que, sache-le, il n'était pas à la banque.

Les yeux d'Helen s'étrécirent – apparemment, elle n'était pas au courant. Elle se laissa légèrement glisser dans l'eau.

— *Quand* n'était-il pas à la banque ?

Il se caressa la lèvre supérieure.

— Je ne sais pas au juste. Entre onze et quatorze heures, semblerait-il.

— Tu lui as posé la question ?

— Bien sûr. Mais tu connais George. Il a répondu qu'il devait se trouver chez un client, qu'il ne se souvenait pas, qu'il vérifierait si c'était important. Mais il ne m'en a pas reparlé. Alors, je me demandais s'il t'en avait touché un mot.

— Non. Sincèrement, non.

Elle poussa un soupir, regarda son mari reprendre sa position antérieure, le dos raide, les jambes croisées.

— Tu crois qu'il serait allé voir son père ? s'enquit-elle.

— Je crains que ce ne soit tout à fait possible.

Helen secoua la tête.

— Nous n'aurions jamais dû lui parler de la visite de Sal – la dernière.

Taylor balaya la remarque d'un geste.

— Peu importe ce que nous aurions dû faire ou ne pas faire. Il savait. Et dès qu'il s'agit de te protéger de Sal…

— Je sais. Il ne s'en est jamais remis. George continue à penser qu'un homme capable de causer un si grand chagrin ne peut être inoffensif.

— Sal ne l'était peut-être pas, après tout.

— Si, affirma Helen. Il n'était pas comme toi, Leland. C'était un homme simple. Jamais il ne m'aurait fait le moindre mal. Il était malade, déboussolé, c'est tout.

Ils restèrent un moment silencieux, perdus dans leurs pensées, puis le regard du banquier retrouva son acuité.

— Je me demande si George s'était rendu compte que nous avions pris des mesures. Si nous avions vraiment porté plainte…

— C'était inutile, Leland. Nous avions informé le centre d'aide sociale, il devait s'occuper de lui. On ne peut pas dire que Sal nous harcelait constamment.

— Il y a eu plusieurs incidents.

— Trois. Trois seulement. Qui ne présentaient aucun véritable danger. Sal aurait fini par disparaître de nouveau dans le passé. Je *sais* que George l'avait compris.

— Je l'espère, soupira Leland Taylor. Mais je n'en suis pas du tout sûr.

13

Le lundi matin de bonne heure, Hardy travaillait déjà dans son bureau avec Michelle. Assis chacun à un bout du canapé, ils se penchaient vers les dossiers posés sur la table basse.

— Vous savez d'où vient l'expression « de la bouche du cheval[1] » ?

Elle leva les yeux vers lui comme s'il venait de s'adresser à elle en sanscrit.

— Si, si, ça a un rapport, assura-t-il.

La conversation badine n'était pas le fort de la jeune femme, mais elle avait déjà appris que c'était la façon qu'avait son nouveau patron de faire la pause. Elle s'adossa donc au canapé et la question attendue fusa :

— Non, c'est important. Je vous parle d'une des interrogations philosophiques majeures du début du Moyen Âge, avec le sexe des anges.

— De quoi vous parlez ?

— Du nombre de dents d'un cheval.

— Vous plaisantez ?

Hardy avait peine à croire que Michelle, le cerveau le plus développé du cabinet, à l'exception peut-être de David Freeman, ne connût pas ce fait. Mais il avait tant vu de myopies intellectuelles que cela ne l'étonnait plus. À l'ère de la spécialisation, si vous aviez un diplôme de droit doublé d'un diplôme de

1. Expression anglaise signifiant « de source sûre ». *(N.d.T.)*

comptabilité, on n'attendait pas de vous une connaissance du *contexte*. De l'*histoire*. Vieilleries sans intérêt, tout ça.

— Je ne plaisante pas. Ils en discutaient tout le temps.

— Qui ça ?

— Les philosophes et les théologiens. Dans notre monde, ils auraient été juristes.

— Pourquoi ne les comptaient-ils pas, tout simplement ? Dites, vous venez d'inventer cette histoire ?

— Je vous jure que non. Elle est vraie. D'accord, vous avez trouvé la bonne réponse, mais attendez la fin. Ces types se réunissaient, convaincus qu'il existait un nombre idéal de dents pour le cheval parfait, et ils débattaient de ce problème épineux pendant des heures. Un jour, un moine très en avance sur son temps eut l'idée révolutionnaire de sortir du monastère, de se procurer un cheval et de compter les dents qu'il avait dans la bouche.

— Ce qui a réglé le problème.

— Pas tout à fait. Je crois qu'il s'est écoulé encore un siècle avant que tout le monde convienne que c'était une méthode acceptable pour résoudre une question de ce genre. Quoi qu'il en soit, c'est de là que nous vient l'expression.

— Fascinant, dit Michelle d'un air pince-sans-rire.

Le juge de l'affaire Tryptech avait repris le rôle du moine. Ce matin-là, Michelle avait appelé Hardy chez lui pour lui annoncer que leur adversaire avait riposté en portant plainte lui aussi : le port d'Oakland accusait Tryptech d'avoir surchargé son conteneur. De plus, le juge avait estimé qu'il incombait à Tryptech de prouver que le nombre d'ordinateurs se trouvant dans le conteneur était bien celui qu'il avançait. La déclaration sous serment d'un employé d'une compagnie de transport ne suffisait pas.

Tryptech – par l'entremise de Hardy – avait soutenu qu'il n'y avait pas surcharge. L'avocat avait présenté le bordereau de chargement qui, en principe, établissait le nombre d'ordinateurs transportés. En outre, ces appareils étaient assurés, et il n'aurait manifestement pas été de l'intérêt de la compagnie d'indiquer un nombre *inférieur* puisqu'elle serait indemnisée pour chaque ordinateur perdu, avait fait valoir Hardy.

Il ne fallait pourtant pas être un génie pour se rendre compte qu'il y avait une énorme différence entre, disons, deux cents ordinateurs de plus à mille dollars pièce et les millions que la compagnie perdrait si le port d'Oakland gagnait le procès – Hardy en avait parfaitement conscience. Le juge avait donc décidé de faire repêcher le conteneur pour compter les appareils. Mais l'opération serait coûteuse, et Brunel prétendait qu'il ne disposait pas pour le moment de la somme nécessaire.

Dans cette affaire, il était essentiel de gagner du temps, et Hardy s'y employait avec succès depuis cinq mois. Mais maintenant que le juge avait ordonné de remonter le conteneur, l'avocat ne voyait pas comment continuer à faire traîner les choses en longueur. Les frais de repêchage – cent soixante-cinq mille dollars – n'étaient pas si élevés comparés aux indemnités potentielles. Tryptech allait devoir se débrouiller pour se procurer la somme.

— Je crois avoir déniché un moyen, annonça Michelle, plus à l'aise maintenant qu'ils se trouvaient de nouveau sur le terrain professionnel.

— Je vous écoute.

— Un appel d'offres. Nous nous plions à la décision du juge, mais, à moins que le port n'accepte de couvrir une partie – non, la *totalité* – des frais, nous pouvons faire valoir notre droit à mettre en concurrence diverses sociétés de repêchage pour obtenir le prix le plus bas possible. Qui pourrait s'y opposer ?

Hardy était en admiration. Il pouvait dire ce qu'il voulait des mérites de sa propre formation classique, il devait reconnaître qu'en l'occurrence Michelle était un don du ciel. Un appel d'offres leur donnerait au moins quelques mois supplémentaires de délai, pendant lesquels tout pouvait arriver.

— Vous vous en occupez ? demanda-t-il à Michelle.

— Je suis là pour ça.

Après la séance de travail avec Michelle, Hardy était sorti acheter une demi-douzaine de *bao*, sorte de petits pains collants fourrés de morceaux de viande rôtie – porc, poulet, canard – et de sauce barbecue. Le simple fait de pouvoir acheter des *bao* tout-chauds-sortis-du-four constituait une raison suffisante d'habiter San Francisco.

Assis seul dans le Solarium avec le souvenir encore parfumé des pains chauds, Hardy parcourait distraitement le *Chronicle* ouvert devant lui. Rien de particulièrement intéressant. Le week-end n'avait apporté aucune révélation fracassante. Même Pratt, le DA, et Powell, le PG, observaient ce qu'un journaliste appelait un « silence prudent ». Trente et un médecins avaient acheté une pleine page du journal pour proclamer qu'ils avaient aidé des patients à se suicider, mais Hardy se rendait compte que cela n'avait en réalité pas grand-chose à voir avec Graham Russo.

Il n'avait rien oublié de la conversation de la veille avec Abe. Manifestement, le policier était convaincu que le vieux Sal avait été assassiné et que Graham était le coupable. Pour afficher cette certitude, il devait savoir quelque chose que lui-même ignorait, mais quoi ?

Il tira le téléphone à lui, commença à composer le numéro de la brigade criminelle, raccrocha. Glitsky n'avait pas refusé de lui parler seize heures plus tôt pour le faire maintenant.

Soudain, cette bonne vieille bouche du cheval s'ouvrit devant lui dans un bâillement. « Idiot », se lança-t-il en secouant la tête.

Miracle – Graham était chez lui et il décrocha le téléphone.

Mais les premiers mots qu'il prononça – il avait passé un moment à bavarder avec Sarah Evans – gâchèrent instantanément la joie que l'avocat avait éprouvée de pouvoir joindre son client.

— Tu me fais marcher, hein ? Dis-moi que tu me fais marcher, s'il te plaît.

— Non, pas du tout. C'était très agréable.

— Très agréable, répéta Hardy. Je suis content pour toi.

— Ce n'était pas du tout ce que tu penses, protesta Graham.

Hardy l'imaginait assis devant sa splendide baie vitrée, contemplant la vue admirable, savourant une tasse de son délicieux café, avec peut-être un croissant frais, acheté avec Dieu sait quel argent. Vivre là-haut au pays des fées doit colorer la vision qu'on a du monde, pensa Hardy. En tout cas, Graham avait sérieusement besoin de reprendre contact avec la réalité.

— Ah oui ? grinça l'avocat. Et qu'est-ce que ça pourrait bien être d'autre ?

— Si Sarah avait l'intention de m'arrêter, elle l'aurait déjà fait, Diz. Elle voulait simplement savoir.

— Nous parlons bien du *sergent* Evans, de la brigade criminelle ? Tu l'appelles Sarah, maintenant ? Vous sortez ensemble ? Vous *restez chez toi* ensemble ? Ça m'aiderait de le savoir.

— Il n'y a rien entre nous, Diz. Rien du tout.

— Elle voulait juste savoir la vérité ?

— Oui.

— Et le reporter de *Time* ?

— Sympa.

Hardy imagina le haussement d'épaules désinvolte.

— Graham, c'est son *boulot* d'être sympa. Pour que tu t'ouvres et que tu lui livres de quoi écrire son article.

— Non, fit l'ex-juriste d'un ton convaincu. Ce n'était pas ça. Ça m'a fait du bien de pouvoir en parler, finalement.

Les coudes sur la table, Hardy pressait le téléphone contre son oreille d'une main, soutenait sa tête de l'autre. Inutile de continuer à discuter dans le vide, il était temps d'essayer de limiter les dégâts, si possible.

— Qu'est-ce que tu as raconté à ton amie Sarah, cette fois ? J'espère que tu ne t'es pas trop écarté de ta dernière version.

Graham eut un petit rire amusé.

— Rien que le plus évident, ne t'inquiète pas.

— Le plus évident ?

— Mais oui, tu sais bien.

— Franchement non. Tu ne veux pas me donner une idée ?

— Eh bien, la vérité sur mon père et moi. Le fait que je l'ai aidé. Une fois que j'ai expliqué que nous nous étions plus ou moins réconciliés, le reste a suivi.

— Quel reste ? C'est justement ce que je te demande.

Un silence.

— Je lui ai donné de la morphine des tas de fois… Mais pas ce jour-là.

— Tu as dit ça au sergent Evans ?

— Ouais. (Nouvelle hésitation, plus longue.) Et aussi que j'étais allé là-bas le vendredi. Chez Sal. Mais il n'était pas là.

Presque au même moment, Dean Powell, procureur général de Californie, prenait sa décision. Venu discrètement de Sacramento, il avait passé la matinée avec Drysdale et Gil Soma. Les trois hommes finissaient maintenant de déjeuner à une table du fond de chez *Jack's*, l'un des plus anciens et des plus réputés restaurants de la ville. Un garçon en smoking leur servait le café après avoir ramassé les miettes sur la nappe en lin blanc.

Powell était originaire de San Francisco. Avant son élection, il avait été attorney dans les services du DA. Sa manie de peigner ses longs cheveux blancs avec ses doigts avait suscité des dizaines de caricatures, et il cédait de nouveau à son tic en parlant à Soma :

— Je pense que nous avons à peu près fait le tour de la question, mais je dois avouer, Gil, que j'ai une réserve à formuler à propos de votre participation. Vous vous êtes déjà occupé d'une affaire de meurtre ?

Powell connaissait évidemment la réponse. Il était impressionné par les diplômes de Soma, plus encore par sa fougue, mais si le jeune magistrat ne supportait pas la pression de l'interrogatoire informel de son patron, il ne résisterait pas à l'épreuve d'un procès pour meurtre avec circonstances aggravantes. Autant être fixé tout de suite.

Soma porta une serviette à ses lèvres, sans chercher cependant à temporiser.

— Non, répondit-il. Mais je peux gagner celle-là.

— Avec une accusation d'homicide volontaire ?

— *C'est* un homicide volontaire. Les rapports de police de ce matin ne laissent aucun doute. Il ne s'agit pas d'un suicide assisté.

Powell marqua son accord d'un hochement de tête.

— Je suis également de cet avis. Reste à savoir si nous tenons le bon type. (Il se pencha par-dessus la table, passa de nouveau ses doigts dans sa chevelure, tendit l'index vers Soma.) Vous le haïssez, ce Graham Russo, n'est-ce pas ? Vous en faites une affaire personnelle.

Soma jeta un coup d'œil à son mentor, Art Drysdale, qui remuait son café. Pas d'aide à attendre de ce côté-là.

— Je n'ai aucune sympathie pour lui, c'est exact.

— Vous êtes sûr que ça ne vous incite pas à voir des choses qui n'existent pas ? Vous y avez réfléchi ?

Soma tendit la main vers sa tasse, cette fois avec une lenteur délibérée dont Powell ne fut pas dupe. Il fallait montrer que la question méritait réflexion, même s'il en avait déjà considéré toutes les ramifications possibles.

— Le dossier constitué à l'origine – ici dans cette ville, par le DA – présentait plusieurs lacunes. À lui seul, l'argent ne constituait pas une preuve décisive. Nous le savions, et c'est pour cette raison que nous avons attendu. Depuis, nous avons découvert qu'il y a eu lutte, que Graham Russo est passé ce jour-là chez son père – il l'a reconnu.

— C'est un peu exagéré, intervint Drysdale.

Soma n'était pas de cet avis :

— Nous ne l'avons évidemment pas sur l'enregistrement, mais Glitsky assure qu'Evans pourra en témoigner.

— Alors on en revient à « ta parole contre la mienne ».

— Art, vous jouerez l'avocat du diable plus tard, dit Powell. Je veux d'abord entendre tout ce que nous avons.

Il fit signe à Soma de reprendre.

— Eh bien, nous avons les traces de lutte. Nous avons la présence de Graham. Nous avons la morphine, plus des seringues provenant de la compagnie d'ambulances pour laquelle il travaille. Nous avons sa situation financière, qui est désastreuse et qui nous ramène à l'argent. Nous avons le moyen, la possibilité et le mobile. Un classique : il a commis le meurtre et nous pouvons le prouver.

Toussotement sur la gauche de Soma : Drysdale voulait de nouveau intervenir.

— Art ? fit Powell.

— Je suis d'accord avec tout ce que Gil vient de dire, mais si nous demandons les circonstances aggravantes…

— Nous les demandons, confirma Powell.

— Alors l'alternative est la suivante : la prison à vie sans possibilité de libération sur parole ou la mort. Gil, ça ne te gênerait pas de réclamer l'exécution d'un ancien collègue ?

Soma perdit une partie de son aplomb.

— Je ne sais pas. Pour être franc, je crois que si. Je ne pense pas qu'il faille requérir la peine de mort.

Powell approuva de la tête. Bonne réponse : Soma était passionné mais non aveuglé par la haine, distinguo capital.

— Moi non plus, mais on pourrait quand même en agiter la menace au début, pour voir ce que ça donne.

— D'accord, acquiesça Soma avec un haussement d'épaules.

— Pas d'autres suspects ? s'enquit Powell.

Il ne s'aventurerait pas dans cette histoire sans avoir pris toutes les précautions. Il n'était pas devenu procureur général en fonçant tête baissée au risque de se casser la figure. Du regard, Drysdale transmit la question à son jeune protégé.

— Nous continuons à enquêter sur les relations de Sal Russo dans les milieux de la pêche. Il braconnait pour vivre, mais à la petite semaine. Je ne vois pas quelqu'un le tuer pour ça.

— La famille, lui souffla Drysdale.

— Ah ! oui. Il avait pénétré trois fois de force dans la maison de son ex-femme au cours des derniers mois. Apparemment, ça n'a pas bouleversé la famille. Personne n'a porté plainte. Ils ont simplement cherché à le faire aider.

Bon, les lacunes se comblent, pensa Powell.

— Et vous êtes sûrs que ce n'était pas un suicide ? Je ne voudrais pas que cette possibilité nous revienne dans la figure.

Cette fois, Drysdale répondit lui-même :

— Je crois qu'ils n'essaieront même pas de plaider dans ce sens. En tout cas, Strout a quelques éléments solides pour nous. Personne ne pense que Sal s'est tué.

Il y eut un silence, puis Powell demanda :

— Dismas Hardy assure la défense ?

— Oui, dit Soma.

Il connaissait l'histoire par cœur : trois ans auparavant, au cours du dernier grand procès que Powell avait instruit avant d'être élu, Hardy avait tiré un lapin de son chapeau et obtenu l'acquittement de sa cliente après qu'un jury l'eut condamnée à la peine de mort. Ce n'était un secret pour personne que Powell brûlait de prendre sa revanche.

— Bon, d'accord, on le boucle, finit par dire le procureur.

Drysdale tapota la table du bout du doigt pour attirer une dernière fois son attention.

— Dean, sans vouloir vous offenser, il vaudrait peut-être mieux attendre quelques jours de plus. Graham ne s'envolera pas. Autant avoir un dossier EBA.

L'expression remontait à l'époque où Powell débutait dans les services du District Attorney. EBA, acronyme de En Béton Armé.

Il réfléchit un moment, hocha la tête.

— Bon, c'est sûrement plus habile. Mais vous me l'agrafez pour jeudi, vendredi au plus tard.

— Entendu, répliqua simplement Soma.

Patron de la crime depuis près de deux ans maintenant, Glitsky avait le sentiment de prendre des mesures hardies afin d'améliorer les conditions de travail et le rendement. Ce matin-là, par exemple, après être descendu aux mœurs avec Lanier et Evans pour s'offrir le luxe d'un bureau muni d'une porte, il était remonté à la criminelle, avait pris un mètre à ruban dans un des tiroirs de son bureau.

Après avoir soigneusement mesuré les dimensions du trou dans lequel aurait dû se trouver la porte – où elle se trouvait avant qu'on ne l'enlève un jour pour la peindre –, il téléphona à une quincaillerie locale et découvrit que les portes ne faisaient l'objet d'aucun embargo.

Glitsky se rendit compte, à la réflexion, qu'il aurait dû le savoir, mais il ne fallait pas oublier que, lorsqu'on travaille dans une administration, les tâches simples ont tendance à devenir herculéennes et les tâches difficiles, impossibles. Il avait rempli quatre formulaires réclamant une nouvelle porte et n'avait pas même obtenu une seule réponse en deux ans.

De guerre lasse, il s'était résigné à se passer de porte, et puis soudain, ce matin, un éclair d'inspiration : il pouvait parfaitement la commander lui-même ! Faire une collecte parmi les inspecteurs. Le quincaillier avait assuré que la porte pouvait être peinte, livrée et installée pour vendredi.

Miracle !

Lanier et Evans étaient rentrés en milieu d'après-midi et Glitsky avait avec eux sa deuxième réunion de la journée. Pendant la première, tenue derrière la porte close d'un bureau des mœurs, les inspecteurs avaient soumis au lieutenant un récapitulatif de leurs activités du week-end. Il avait ainsi appris qu'on avait relevé des traces de lutte dans l'appartement de Sal Russo. Il avait été enchanté de ce qu'Evans avait découvert sur le fils – les injections de morphine, sa visite chez Sal le jour du meurtre. Il était moins ravi par la bourde technique qu'elle avait commise avec le magnétophone, mais qu'est-ce qu'il pouvait y faire ?

Cette première réunion avait pour but de préparer Glitsky à son rendez-vous de neuf heures avec Drysdale, qui transmettrait toutes ces informations à Dean Powell. Manifestement, les choses s'étaient bien passées avec le PG puisque Drysdale avait rappelé après le déjeuner.

Le procureur général était disposé à procéder immédiatement à l'arrestation de Russo, mais Drysdale l'avait persuadé d'attendre encore quelques jours pour obtenir un dossier EBA.

À cette seconde réunion, le lieutenant devait transmettre les nouvelles instructions à ses troupes en présence de Drysdale. Gil Soma était également là, sans doute parce que Art voulait faire sentir au jeune magistrat qu'il faisait partie d'une équipe.

Tout le monde s'était entassé dans la petite pièce, Glitsky à son bureau, Soma dans l'encadrement de la porte absente. Evans se tenait derrière l'une des chaises ; Lanier, appuyé au coin du bureau, décortiquait et mangeait des cacahuètes, jetait les épluchures dans la corbeille. Enfin, deux fois sur trois.

Le lieutenant commença par détendre l'atmosphère en relatant la mesure énergique qu'il avait prise concernant la porte. Il venait de finir d'exposer sa théorie sur l'administration quand Lanier enchaîna :

— Ça me rappelle une histoire du temps que j'étais simple agent de ronde. Y avait une exposition commerciale dans un hôtel du quartier, l'*Holiday Inn*, je crois. Bref, les gars d'un des stands avaient les boules : impossible d'allumer les lampes, les enseignes et tout le bazar. Alors, ils appellent les poulets. Je me pointe, je jette un œil, je vois une prise, là, par terre, et je demande à un mec : « C'est la prise ? » « Ouais, il me fait, mais le délégué syndical est passé et nous a dit de pas y toucher. » Je prends la prise, je la branche, et tout le stand s'illumine comme un arbre de Noël. Je leur donne mon matricule, je leur dis que, si on leur pose la question, ils ont pas touché à la prise, salut, bonne journée.

— Exactement ce que je voulais dire, fit Glitsky. Tu crois que la porte sera vraiment là vendredi ? Ça me fera drôle, d'en avoir une. Depuis le temps…

Derrière son fauteuil, Evans toussa poliment.

— On redescend aux mœurs ? demanda-t-elle.

Le lieutenant comprit l'allusion.

— D'accord, cette histoire de porte vous fascine moins que moi. (Il se redressa sur son siège.) Non, je pense qu'on peut rester ici. Pas d'objection, Gil ? Il n'y a rien à cacher.

Les deux inspecteurs se regardèrent.

— À propos de quoi ? dit Lanier.

— Vous leur expliquez, Gil ? sollicita le lieutenant.

Le costume sur mesure du jeune juriste flottait comme une tente sur son ossature frêle, mais ce qui manquait à Soma sur le plan physique, il le compensait par son ardeur. L'entretien personnel avec le procureur général l'avait galvanisé. Adressant un hochement de tête à Glitsky, il commença :

— Le PG est satisfait de ce que vous avez fait tous les deux jusqu'ici. Nous avons amplement de quoi obtenir une condamnation. Mais, dans les jours qui viennent, il pourrait être utile de diriger vos efforts dans une autre direction.

— Sur qui ? s'enquit Lanier.

— Sur tout le monde en dehors de Graham Russo.

Dans le silence qui suivit, l'inspecteur craqua une cacahuète.

— C'est lui le coupable, objecta-t-il.

— Je le sais, opina Soma. Mais Dean Powell aimerait qu'on continue à chercher un peu dans tous les coins. Vous vous êtes sans doute rendu compte que cette affaire est une bombe. Nous voulons empêcher qu'on nous accuse de harceler Graham pour des raisons politiques.

Prenant un ton plus léger, il ajouta :

— Bref, il veut assurer ses arrières.

Glitsky fit grincer son fauteuil en se renversant en arrière. Lanier se mit à balancer une jambe et sa cheville fit un bruit sourd et creux contre le bureau – bam, bam, bam.

— Les interrogatoires sont toujours enregistrés ? questionna Soma.

Lanier jeta un coup d'œil au lieutenant, qui demeura silencieux, bras croisés.

— On aurait peut-être dû aller quand même aux mœurs, marmonna l'inspecteur.

— Pourquoi ? demanda Evans.

Lanier n'attendit pas que Soma réponde.

— Vous voulez pas de paperasse inutile, c'est ça ?

— Ce serait plus commode, dit le magistrat.

— De quoi parlez-vous ? fit Evans.

D'un signe de tête, Soma renvoya la balle à Lanier.

— Communication des pièces, lâcha l'inspecteur.

— D'accord, je donne ma langue au chat, soupira Sarah.

— L'accusation est tenue de communiquer tout le dossier à la défense, d'accord ? Alors si, tous les deux, on trouve d'autres suspects, devine ce qui se passera ? La défense les fera défiler devant les jurés.

— En gros, Mr. Powell ne tient pas à ce que nous aidions la défense en lui permettant de produire d'autres éléments qui pourraient semer la confusion chez les jurés, expliqua Soma. Alors quand vous parlerez à ces gens…

— Quels gens ?

— Les membres de la famille, les copains pêcheurs de Sal, la personne qui lui procurait sa morphine, si ce n'était pas son fils…

Lanier :

— Mais on enregistre pas, on prend pas de notes.

Soma :

— Exactement. Vous nous transmettez ce que vous trouvez, mais vous ne donnez pas matière à communication à la défense.

— Et cette réunion n'a pas eu lieu, ajouta Lanier à l'intention de Sarah.

Elle se tourna vers Glitsky, qui gardait le silence, impassible.

— Mais…, commença-t-elle.

Soma l'interrompit aussitôt :

— *À moins*, évidemment, que vous ne dénichiez un autre vrai suspect. Mais, si vous pensez avoir trouvé quelque chose, vous nous en parlez avant d'écrire quoi que ce soit.

Silence.

— Nous ne voudrions pas donner de fausses impressions…, conclut-il maladroitement.

Dans la petite pièce, Evans entendit de nouveau le pied de son coéquipier cogner contre le bureau. Elle passa de l'autre côté du fauteuil, s'y laissa tomber. Ce type de discussion était nouveau pour elle et la troublait. Soma et Lanier le sentirent, échangèrent un regard.

— Je crois que Mr. Soma parle seulement des interrogatoires préliminaires, Sarah, dit l'inspecteur. Si on tombe sur quelque chose qui peut déboucher sur une inculpation, on revient ici et on pond un rapport. C'est bien ça ?

— Mais ça n'arrivera pas parce que Graham est le coupable, assura Soma.

— Exact, approuva Lanier, tout à fait en phase. Vous voulez simplement éviter de donner des armes à la défense. On a pigé.

Sarah voulut que les choses soient parfaitement claires :

— Mais nous cherchons *réellement* un autre suspect, non ?

— Absolument, répondit Soma. Si une autre piste se présente, nous mettons Graham en réserve et nous nous intéressons à l'autre type. Mais il n'y aura pas d'autre type. Écoutez, sergent, Graham vous est apparu comme *le* suspect parmi toute une série d'autres possibilités, exact ?

— Exact.

— Alors, c'est votre homme. Le procureur cherche simplement à se couvrir. Nous voulons ratisser le terrain pour être sûrs que rien ne nous a échappé, mais si nous trouvons une vraie preuve, nous ne la garderons pas planquée, je vous le promets.

Voyant que Sarah n'était pas convaincue, Soma ajouta :

— Nous n'enfreignons pas la loi, et nous ne vous demandons pas de le faire.

Le fauteuil de Glitsky grinça de nouveau. Il se pencha en avant, la cicatrice livide, le sang battant aux tempes. Tous les regards se tournèrent vers lui.

— Je vais faire semblant de ne rien avoir entendu, murmura-t-il d'une voix lourde de colère. Soma, je ne sais pas comment vous faites dans votre service, mais ici, on écrit tout. Et on trouve tout ce qu'il y a à trouver. C'est notre boulot.

Le magistrat avait pâli.

— Je n'ai pas voulu dire…

— Je sais ce que vous avez voulu dire. Je vous ai écouté jusqu'au bout. Et moi je dis aux inspecteurs qu'ils feront leur boulot dans les règles. Un rapport chaque fois qu'ils interrogeront quelqu'un. Comme ça, nous serons couverts. Vous serez couverts. Tout le monde gardera le nez propre.

Glitsky secoua la tête, se calma peu à peu.

— Écoutez-moi, dit-il à Soma. Qu'est-ce qu'il se passera à votre avis si l'avocat de la défense remarque que nous n'avons interrogé personne à part le suspect ? Vous ne croyez pas que ça le fera tiquer ? Et s'il découvre que nous avons interrogé quelqu'un d'autre et que nous avons « oublié » de l'en informer ? Vous ne pensez pas que ça posera un problème ? Moi si. Alors, voilà notre position : s'il y a d'autres pistes, on les suit. Si elles ne mènent à rien, le dossier n'en sera que plus fort.

Il fit lentement passer son regard de l'un à l'autre de ses trois visiteurs et ajouta :

— Pour que les choses soient claires. Tout le monde est dans le même bus ?

Hochements de tête à la ronde.

Une minute plus tard, les deux inspecteurs et le magistrat sortirent, et Glitsky décida sur-le-champ qu'il paierait de sa poche, au besoin, pour avoir à l'avenir une porte à fermer derrière eux.

14

Après le départ de ses inspecteurs, le lieutenant but une tasse de thé en remplissant un formulaire de demande de matériel pour la porte. Voilà pour le premier assaut, songea-t-il. Il apposa sur la feuille le tampon URGENT à l'encre rouge, et allait poster sa lettre quand il croisa Hardy dans le couloir.

— Excuse-moi, je reviens, lui dit-il sans s'arrêter.

À son retour, il trouva l'avocat assis dans son fauteuil, les pieds sur le bureau, mangeant des cacahuètes.

— À ton avis, si je laissais pas traîner des cacahuètes, tu crois que quelqu'un aurait l'idée de revenir ici ?

Hardy parcourut la pièce des yeux.

— J'en doute. Comme destination, il y a plus attrayant. C'est le désert ici, maintenant, comment ça se fait ? Regarde ça : on dirait une ville fantôme.

Glitsky jeta un coup d'œil par-dessus son épaule.

— Pourtant, il y a une heure, on a dû appeler un agent pour régler la circulation dans le couloir. Je sais pas, ils sont tous partis bosser. Ils ne viennent ici que pour taper leurs rapports, tu sais. Et toi, pourquoi t'es là ?

Les pieds de Hardy retrouvèrent le sol.

— Parce que j'ai découvert par des sources secrètes ce que tu savais déjà hier, quand tu as refusé de me parler de Graham Russo.

— C'est-à-dire ?

— Il est passé chez son père le vendredi. Il lui faisait des piqûres de morphine.

— Je savais ça hier ? Je l'ignorais encore ce matin.

— En tout cas, tu savais quelque chose de plus que la semaine dernière. Et tu étais sûr de tenir une affaire de meurtre.

— Pas de commentaire, lâcha le policier en pénétrant dans le bureau.

— L'affaire a déjà été portée devant le grand jury ? Tu peux au moins me dire ça !

— Pas de commentaire, répéta Glitsky. Un temps, puis : Sal s'est battu avant de mourir.

Hardy considéra l'information, secoua la tête.

— Pas avec Graham.

— Si tu le dis, marmonna le policier. Je suppose que tu adopteras cette ligne de défense au procès.

Glitsky venait de révéler à son ami ce qu'il cherchait à savoir : il y aurait procès. Inutile de discuter sur le bien-fondé d'une inculpation : en combinant la présence de Graham chez son père, les traces de lutte, les mensonges et l'argent, le procureur général pouvait poursuivre, même si le District Attorney s'y refusait.

— Quel que ce soit le coupable, c'était un meurtre, Diz. Ça te dérangerait beaucoup de me laisser mon fauteuil ?

Hardy se leva et les deux hommes exécutèrent un pas de danse pour échanger leur position.

— C'est drôle, pourquoi j'ai l'impression que tu n'es pas venu ici rien que pour bouffer des cacahuètes ?

— Parce que j'avais besoin de savoir si tu gardais en réserve un pistolet encore fumant ?

— Pas de commentaire. Non, sans blague, qu'est-ce qui t'amène dans notre jardin enchanté ?

— Pas de commentaire. Dis donc, on est passés maîtres dans l'art de la conversation, avec l'âge, fit remarquer Hardy. (Il hésita, parut sur le point d'ajouter quelque chose, se ravisa, regarda sa montre.) Mon Dieu, ce que le temps file ! Merci pour les cacahuètes. À plus.

Peu après la discussion avec Graham, Hardy avait essayé d'obtenir un rendez-vous avec Pratt en passant par Claude Clark, son premier adjoint. Son client avait beau le nier, l'avocat savait que les déclarations faites au sergent Evans annonçaient de gros ennuis. Il lui était venu une idée biscornue qui pouvait peut-être les tirer d'affaire.

Clark avait une réputation de tyran bureaucratique. La trentaine finissante, il avait des cheveux blonds coupés ras, une moustache et un bouc soigneusement taillés, une allure ouvertement chochotte qu'il exagérait devant ceux qu'il soupçonnait d'homophobie.

Il avait le pouvoir : on devait passer par lui pour avoir accès au DA, et il vous faisait clairement comprendre que vous deviez fort poliment lui lécher le cul si vous vouliez la voir. Pratt aimait faire croire qu'elle était sensible aux préoccupations des gens, qu'elle se souciait de leurs sentiments personnels. Laisser Clark manier la hache lui semblait politiquement adroit.

Le premier adjoint rejeta la requête de Hardy, qu'il jugeait parfaitement ridicule : le District Attorney avait un emploi du temps trop chargé pour recevoir un avocat de la défense sans un rendez-vous fixé longtemps à l'avance. Mrs. Pratt pourrait peut-être lui accorder un peu de son temps dans quelques semaines s'il formulait sa demande par écrit.

« Drôlement hardi de bousculer le Hardy », pensa l'avocat en mettant la pression :

— Je vous serais reconnaissant de bien vouloir lui dire que j'aimerais la rencontrer cinq minutes. C'est à propos de l'affaire Sal Russo, qui risque de refaire surface. J'ai des informations qui pourraient l'aider.

— Pourquoi ne pas me les confier ? Je les lui transmettrai.

— Je vais vous dire : j'appelle mon bon vieux pote Jeff Elliot, du *Chronicle*. Vous le connaissez ? Un sacré reporter. Il tient la rubrique « Toute la ville en parle ». Une fois qu'il a planté ses dents dans quelque chose, il ne lâche plus. Sharron lira l'information demain dans le journal. Salut.

Dix minutes plus tard, Clark le rappelait : Pratt pouvait consacrer quelques minutes à Hardy s'il était au palais de justice à quatre heures précises.

Le District Attorney trônait dans son fauteuil, protégée des quémandeurs par un coûteux rectangle de bois verni. Claude Clark se tenait un peu à l'écart, près des fenêtres. Hardy n'avait pas mis les pieds dans cette pièce depuis qu'il avait été viré, cinq ans plus tôt, par feu Christopher Locke.

— Monsieur Hardy, ravie de faire votre connaissance, assura Pratt, bien que, à vrai dire, je vous connaisse déjà de réputation. (Hardy en doutait, mais il répondit par une mimique appropriée.) J'ai cru comprendre que vous avez des informations à me communiquer.

Il acquiesça de la tête, alla droit au fait :

— Graham Russo a parlé à la police pendant le week-end. Il a reconnu être passé chez son père le jour de sa mort et lui avoir administré de la morphine.

— Il a avoué qu'il l'a tué ? fit-elle, se penchant en avant.

— Non, excusez-moi. Il a reconnu lui avoir régulièrement administré de la morphine *avant*. Ce que je veux dire, c'est qu'il est de nouveau revenu sur ses déclarations. En plus, il y a eu lutte.

— Vous parlez de la chaise renversée ? Ce n'est pas une preuve qu'il y a eu lutte.

— Ils ont un témoin, repartit Hardy, qui vit les yeux de Pratt s'étrécir. En tout cas, je suis sûr qu'ils ont maintenant de quoi l'inculper. Le PG va le faire arrêter.

— Je m'en doutais. Powell veut faire un coup, mais il ne gagnera pas. Un suicide assisté ne peut être qualifié d'homicide, n'importe quel jury constitué dans cette ville sera de mon avis. Mais qu'est-ce que nous venons faire là-dedans, vous et moi ?

— Je veux que vous arrêtiez de nouveau Graham.

Pratt plissa les yeux, puis les rouvrit tout grands avec un sourire admiratif.

— Voyons si je vous suis bien...

Elle avait parfaitement compris : il s'agissait de couper l'herbe sous le pied du procureur général. Pratt inculpait Graham puis concluait un accord avec son avocat, et, selon le *double jeopardy* [1], Graham ne pourrait repasser en jugement pour le même crime.

1. Énoncé dans le 5e Amendement : nul ne peut être jugé deux fois pour le même délit. *(N.d.T.)*

Regardant Hardy au fond des yeux, elle lui demanda :

— Vous craignez que Powell ne l'inculpe de meurtre avec circonstances aggravantes, c'est ça ?

— Ouaip.

— Et vous êtes sûr qu'il ne l'a pas encore fait ?

Hardy sentit un pincement de culpabilité en pensant à Glitsky. En dépit du petit jeu des « pas de commentaire », le lieutenant avait quasiment confié à son ami que l'affaire n'avait pas encore été portée devant le grand jury. Cela l'embêtait de jouer ce tour à Abe, mais tout à sa brillante manœuvre stratégique, il n'avait pas pensé à ce qu'elle impliquait.

— Pas d'inculpation. Je le tiens de source sûre.

— Alors, que proposez-vous ?

— Vous l'inculpez demain matin à la première heure. Si le grand jury vous devance, on est morts. Je vous amène Graham, et le lendemain, nous plaidons l'homicide involontaire. En échange du sursis. Pas de prison ferme.

— Votre client marche ?

Hardy ne voyait pas comment Graham pourrait ne pas être d'accord. Il lui avait téléphoné pour lui soumettre sa proposition, mais, une fois de plus, il n'avait pas même obtenu le répondeur.

— Il marchera.

La réponse sidéra Pratt.

— Vous n'avez pas l'accord de votre client ?

— J'ai préféré vous voir d'abord. Si vous aviez refusé, à quoi bon lui en parler ?

Pratt trouvait que Hardy avait mis la charrue avant les bœufs, mais l'idée elle-même faisait parfaitement son jeu. L'instrument idéal pour ratisser les votes. Cependant :

— Je ne bougerai pas avant que vous me confirmiez qu'il est d'accord.

— Je comprends ça.

— Claude, donnez à Mr. Hardy une de mes cartes avec mon numéro de téléphone à la maison. Monsieur Hardy, j'attends votre coup de fil.

La journée de travail étant presque finie, Dismas Hardy alla directement du palais de justice à Edgewood. Graham était chez lui. Il ouvrit une canette de bière pour chacun d'eux et proposa de monter jusqu'à l'Interior Park Belt, qui marquait la limite d'Edgewood.

Assis sur un muret, ils regardaient sous eux, au fond du « défilé », la verdure luxuriante au parfum d'eucalyptus. Le microclimat leur faisait son grand numéro : pas un souffle de vent, une température au-dessus de 25 °C. Hardy avait laissé sa veste dans sa voiture et ôté sa cravate. Graham était pieds nus, en short kaki et maillot en crochet.

— Tu as eu un match ce week-end ? questionna l'avocat.

Il cherchait à détendre l'atmosphère avant d'en venir à la véritable raison de sa visite. Un peu de conversation anodine avant de lâcher la bombe.

— Heureusement, répondit Graham, qui s'octroya une lampée de bière. Je t'ai dit que je me suis fait renvoyer de mon boulot de chauffeur d'ambulance ?

— Tu t'es fait de l'argent ?

— Façon subtile d'en venir à la question de tes honoraires ?

Hardy sourit.

— Ne t'inquiète pas, je finirai par t'envoyer une facture. Non, je me demandais simplement comment tu te débrouillais de ce côté-là.

— Excuse-moi, je déconne en ce moment. Ouais, on a disputé un tournoi hier à Hayward. Cinq parties – jusqu'à la finale. J'ai touché deux mille.

— En une journée ?

— Pour cinq matches, rappela Graham. Dans le deuxième, on a eu droit à une prime de mille dollars pour « coup de grâce ». C'est comme ça que ça marche.

— Deux mille par jour ?

— Dans le meilleur des cas. Si nous avions perdu la première partie, j'aurais juste gagné cinquante dollars. C'est pour nous motiver. La prime de coup de grâce, ça aide.

— Qu'est-ce que c'est, le coup de grâce ?

Graham regarda Hardy comme s'il débarquait de la planète Mars.

— Si une équipe mène de dix points, elle gagne la partie, on arrête le massacre. On appelle ça le coup de grâce. Les sponsors qui ont parié touchent le double, quelquefois plus, en cas de victoire par coup de grâce.

— Ça vous arrive souvent ?

— Avec une équipe de semi-pros comme nous ? Assez, ouais.

— Et votre sponsor, comment déjà… ?

— Ising. Craig Ising.

— Craig Ising a versé à l'équipe dix mille dollars en une seule journée ?

Graham haussa les épaules.

— Quelque chose comme ça.

— Et lui, il a gagné quoi ? Avec ses paris ?

— Beaucoup plus. Ces types ne se dérangent pas pour dix mille dollars, dit Graham, que le sujet semblait mettre cependant mal à l'aise. (Il but une autre gorgée.) Bon, tu n'es pas venu ici pour me parler de softball, je suppose. Tu as des nouvelles ?

— En fait, oui.

Finalement, Hardy renonça à dorer la pilule. Graham l'écouta patiemment, puis secoua la tête.

— Ils ne m'arrêteront pas, affirma-t-il avec détachement. Pas Sarah. Je lui plais. Elle me plaît aussi. Elle est cool, cette fille.

— Elle est *flic*. Elle se sert précisément de ce que tu la trouves cool pour essayer de te coincer.

— Ça m'étonnerait. Quand elle est venue chez moi, samedi soir, ce n'était pas pour le boulot.

— C'était pour quoi, alors ? Un rendez-vous amoureux ?

— Presque, s'esclaffa Graham. Ça aurait pu finir comme ça.

— Graham, soupira Hardy, pourquoi es-tu le seul dans cette ville à penser qu'on ne t'arrêtera pas ? Tu t'es posé la question ?

— Ils ont déjà tenté leur chance, répondit le fils de Sal. À quoi ça les avancerait de recommencer ?

— Il ne s'agit pas des mêmes. Écoute-moi, voici la situation : dans deux jours, au plus tard avant la fin de la semaine, tu seras de nouveau arrêté, inculpé d'homicide volontaire, peut-être même de meurtre avec circonstances aggravantes. Si ce n'est pas ton sergent Evans, quelqu'un d'autre s'en chargera. L'affaire est devenue trop importante pour en rester là.

Si Hardy ne réussit pas à le convaincre, au moins le sourire confiant avait disparu.

— Bon, admettons, dit Graham. On se retrouve simplement à la même case que la semaine dernière, non ? Et on s'en est sortis.

— C'est une façon de voir. J'en ai une plus pertinente.

Hardy tendit à son client la canette à laquelle il n'avait pas touché et lui exposa son idée, sa rencontre avec Pratt. Quand il eut terminé, il attendit en scrutant le visage de Graham. L'expression sombre, celui-ci demeura silencieux, jonglant sans doute en esprit avec les diverses possibilités. Il soupira, secoua la tête et finit par murmurer :

— Il faudrait que je dise que c'est moi.

— Mais tu n'irais pas en prison. Personne ne pourrait plus rien contre toi, ce serait terminé. L'accord est déjà conclu, Pratt a accepté.

— C'est un joli coup, je dois le reconnaître.

Hardy essaya d'introduire une note plus légère :

— Après ça, tu pourras même appeler le sergent Evans pour l'inviter à sortir.

Graham rejoua son refrain agaçant :

— Mais il faudrait que je dise que c'est moi.

Hardy ne cacha pas qu'il fallait en passer par là :

— Oui, mon vieux. C'est indispensable.

— Et si ce n'est pas moi ?

— Peu importe. C'est juste un artifice juridique.

— Je serai tranquille. Ce sera terminé ?

Hardy sentit Graham sur le point d'accepter. C'était le moment de conclure.

— Tu risques deux ou trois ans avec sursis, rien de plus. Écoute-moi, il y a autre chose à faire dans la vie qu'être avocat. Je sais de quoi je parle. Ce métier, c'est quatre-vingt-dix-neuf pour cent de travail fastidieux, sans parler de lécher le cul du client.

L'expression amena un sourire sur les lèvres de Graham.

— Comme avec moi en ce moment ? C'est pas l'impression que j'ai.

— Tu es l'exception. Je veux simplement dire que tu peux exercer n'importe quel autre métier. Tu n'es pas plus obligé d'être avocat que tu étais obligé d'être joueur de base-ball.

Graham laissa échapper un cri du cœur :

— Mais je suis *bon*, Diz. J'ai été major de ma promo, stagiaire avec Draper.

— Cela prouve que tu as un brillant cerveau. Alors utilise-le pour autre chose. Sinon, c'est la prison, Graham. Là, on ne parle plus de deuxième ou de troisième choix de carrière mais *d'années de ta vie*. En détention.

Pendant une interminable minute, Hardy attendit. Les oiseaux pépiaient autour d'eux dans le feuillage. Finalement, Graham secoua la tête.

— Je suis désolé. Je sais que tu t'es décarcassé pour moi, mais je n'ai pas tué mon père. Je ne peux pas dire que c'est moi.

L'estomac noué, Hardy aurait préféré que Graham nie simplement avoir tué Sal, sans ajouter, comme les fois précédentes, qu'il ne pouvait pas *dire* que c'était lui. Il fit une dernière tentative :

— Nous ne sommes pas obligés d'employer le mot « tuer ». Nous pouvons…

— Non ! Écoute-moi ! Je ne dirai pas que je l'ai tué.

Hardy écouta un moment le gazouillis des oiseaux, puis se leva lentement.

— Il faut que je donne ta réponse à Pratt avant demain matin.

— Tu l'as, ma réponse. Mon père s'est tué. Il a laissé un NPR pour les ambulanciers. Il s'est suicidé.

15

En dehors du bureau, Marcel Lanier passait une bonne partie de ses heures de travail dans les immeubles délabrés et les grands ensembles de la ville. La pauvreté étant sinon la mère du moins la nourrice de nombreux crimes, c'était un terrain de chasse auquel les flics de la criminelle s'habituaient rapidement. De temps à autre, cependant, le boulot l'emmenait vers d'autres horizons.

Pendant que Sarah Evans s'escrimait sur le téléphone au palais de justice, composant les numéros que Sal Russo avait griffonnés sur ses bouts de papier, jouant à « Relie le point et le nom », Lanier décida de saisir l'occasion de pratiquer une approche plus directe. Malgré les instructions explicites de Glitsky, il « oublia » son magnétophone.

Il savait que, presque tous les soirs, Danny Tosca squattait le bout du comptoir au *Gino & Carlo's*, un bar situé depuis toujours dans le quartier de North Beach. C'était là que battait le vrai cœur italien de la ville, et Danny Tosca en était en quelque sorte le stimulateur officieux. La cinquantaine, chauve comme une boule de billard, Tosca travaillait – officiellement – dans l'immobilier. Et, de fait, un grand nombre des commerçants du quartier adressaient le chèque de leur loyer à son agence, qui représentait les véritables propriétaires.

Tosca n'avait jamais été inculpé ni arrêté. À la connaissance de Lanier, il n'avait même jamais eu de PV pour stationnement interdit – il l'aurait d'ailleurs fait sauter avant que l'encre ne soit sèche.

Tosca occupait un créneau unique en ce sens qu'il ne semblait pas croire en la force physique. Il convenait volontiers qu'il avait un don pour convaincre et négocier, pour repérer le point où appliquer la pression, et ne répugnait pas à accepter des commissions de clients reconnaissants. Il prenait pour sa communauté un intérêt de propriétaire et, de même que Lanier, se considérait comme l'un des mécanismes d'équilibre grâce auxquels l'ordre était maintenu dans la ville.

Il tenait à la main son éternel espresso quand l'inspecteur le salua et tira un tabouret à lui.

Tosca parut ravi de le voir et fit signe au barman de lui servir ce qui lui plairait. Marcel eut un Frangelica devant lui avant d'avoir réchauffé son siège. Les deux hommes échangèrent des remarques sur le temps de la soirée, la vague de chaleur, les Giants en train de perdre face aux Dodgers sur l'écran du poste de télévision accroché au-dessus du comptoir. Finalement, Lanier jugea le moment propice pour glisser :

— C'est triste, la mort de Sal Russo. Enfin, je crois qu'il était malade depuis longtemps.

Tosca adressa un signe de tête à un couple qui venait d'entrer, revint au policier.

— Il a peut-être eu raison, le fils.

— Tu crois que c'est lui ?

Un haussement d'épaules.

— C'est ce que dit le journal.

Lanier hocha la tête, prit son temps.

— Tu l'avais vu récemment, Sal ?

— Je le croisais de temps en temps.

— Et il était comment ? Il souffrait ?

— Il le montrait pas, mais ça veut pas dire que la douleur était pas là.

— Et si c'était pas pour ça ? Si c'était autre chose ?

Lanier remarqua que Tosca ne s'attendait pas à cette suggestion. L'Italien prit un morceau de sucre, le tourna et le retourna sur le comptoir.

— Quelqu'un l'a tué, Dan, poursuivit le policier. On sait pas pourquoi. Si c'est pas le fils, on aimerait mieux pas l'agrafer une deuxième fois.

— Il y aurait une affaire là-dessous, tu dis ?

— Je dis que j'en sais rien. Je me demande si le poisson cachait pas autre chose.

Allusion à la drogue. Si Russo avait servi de mule à un gros dealer, ce pouvait être le mobile.

Tosca secoua la tête.

— Non, impossible, fit-il, catégorique. Il vendait du poisson et rien d'autre. Du bon poisson, d'ailleurs.

— Beaucoup ?

Tosca examina attentivement Lanier avant de répondre :

— Une fois par semaine.

— C'est pas exactement ce que je t'ai demandé.

Délaissant le morceau de sucre, les doigts de Tosca jouaient maintenant avec la tasse elle-même.

— Il devait pas se faire plus de deux cents balles par semaine. Juste de quoi survivre. Il avait pas de dettes non plus. Il payait en prenant la marchandise.

— D'accord, mais les fournisseurs ? Y en avait qui braconnaient gros, dans le tas, non ?

— Tu me demandes si Sal faisait chanter quelqu'un ? Quelqu'un qu'il aurait balancé s'il crachait pas au bassinet ? Pourquoi il aurait fait ça ? Pour de l'argent ? Qu'est-ce qu'il en aurait fait ?

— Il avait peut-être besoin de morphine, avança Lanier.

La réponse, quoique peu convaincante, retint toutefois l'attention de l'Italien. Il se mordilla un moment l'intérieur de la joue, glissa un morceau de sucre dans sa bouche, mordilla de nouveau.

— Bon, je vais voir ce que je peux trouver. Je connais un type…

— Si tu me files son nom, je pourrai aller le voir ce soir, proposa Lanier.

Devant l'expression furieuse de Tosca, il ajouta :

— On a pas le temps, Danny. Faut faire vite.

L'Italien se rasséréna, tapota la main de l'inspecteur.

— Je comprends, Marcel. Je vais voir ce que je peux trouver, répéta-t-il.

Sarah commençait à croire que Sal Russo avait passé son temps à inventer des noms et des numéros de téléphone. Aucune des personnes qu'elle appela au cours de la première heure n'avait admis le connaître ou avoir une idée de ce que l'inspectrice pouvait bien vouloir. Ou il y avait un mot de passe qu'elle ignorait, ou tout le monde savait que la mort de Russo faisait l'objet d'une enquête de la criminelle. Dans un cas comme dans l'autre, le puits était à sec.

Découragée, prête à renoncer, Evans composa le numéro d'un certain Finer, laissa sonner cinq fois. Elle était sur le point de raccrocher quand une voix lasse répondit :

— Qui est à l'appareil ? Quelle heure est-il ?

— Monsieur Finer ?

Un soupir d'épuisement.

— *Docteur* Finer. Et je ne suis pas de service. Écoutez, je n'ai pas dormi depuis deux jours. Comment avez-vous eu ce numéro ?

— Par Sal Russo.

— Connais pas.

— Accordez-moi un instant, docteur. Je suis le sergent Evans, de la brigade criminelle de San Francisco. Sal Russo a été assassiné.

Elle se demanda s'il n'avait pas raccroché quand même : elle n'entendait plus rien. Il y eut un autre soupir.

— La criminelle ? Qui a été assassiné ?

Sarah lui fournit une version abrégée, au terme de laquelle il parut s'être extirpé un peu de sa fatigue.

— Je l'ai soigné ? Excusez-moi, mais je travaille aux urgences à l'hôpital du comté et je n'ai pas avec les patients les rapports habituels d'un médecin. Qu'est-ce qu'il avait ?

— Un cancer. Tumeur au cerveau. Plus la maladie d'Alzheimer.

— Et vous avez trouvé mon numéro chez lui ?

— Oui.

— Alors, je l'ai peut-être vu. Mais je peux vous dire que ce n'était pas récemment. Je suis aux urgences depuis six mois et, s'il n'était pas couvert de sang, je ne l'ai pas soigné.

— C'était peut-être avant, je ne sais pas. J'ai simplement votre nom et votre numéro de téléphone sur un vieux morceau de papier froissé.

Elle entendit « Bon Dieu, il faut que je dorme » puis :

— C'est quoi déjà votre nom ?

— Evans.

— Ne quittez pas, Evans. J'en ai pour une minute. Russo, vous dites ?

— Sal Russo.

Cinq minutes au moins s'écoulèrent, mais Sarah ne se plaignit pas d'attendre. Elle tenait enfin quelqu'un qui essayait de se trouver un rapport avec Russo. C'était mieux qu'enfoncer des touches de téléphone pour n'aboutir à rien.

Finer finit par revenir en ligne :

— C'est bien ça : s'il avait ce numéro, je l'avais forcément vu ici. Salvatore Russo ? La soixantaine ?

— C'est lui.

— Voyons, il est allé se faire examiner à l'hôpital et on me l'a envoyé, reprit le médecin, lisant manifestement ses notes. Il m'a expliqué qu'il s'était perdu deux fois au cours des deux derniers mois : d'un seul coup, il ne savait plus du tout où il était. Il craignait d'avoir la MA.

— La quoi ?

— La maladie d'Alzheimer. Alors… (Bruit de feuilles.) Ouais, je lui ai donné un rendez-vous pour faire une analyse de sang et des tests thyroïdiens, mais il n'est pas venu. Puis il a eu une nouvelle crise – quatre mois plus tard –, et on a de nouveau décidé de faire une analyse de sang.

— C'est comme cela qu'on diagnostique la maladie d'Alzheimer ? Avec une analyse de sang ?

— Non. D'abord, on élimine les autres causes possibles de démence précoce – syphilis au stade tertiaire, par exemple. Il n'y a pas d'analyses spécifiques pour diagnostiquer une MA. On fait toute une série de tests pour circonscrire les probabilités, et même comme ça, le diagnostic n'est pas sûr, surtout au début.

— Mais vous avez diagnostiqué une MA, pour Sal ?

— Non. Il a arrêté de venir. Il avait sans doute peur.

— De savoir ?

— En partie, je crois. Mais j'ai peut-être commis une erreur. J'ai là une note : il voulait savoir ce qui se passerait une fois le diagnostic établi.

— Et qu'est-ce qu'il se passe ?

— Je suis tenu de faire un rapport au service des permis de conduire. Si un patient présente une démence précoce…

— Je comprends.

— J'ai aussi noté qu'il ne voulait être une charge pour personne, qu'il se tuerait avant d'en arriver là.

— Il vous l'a dit ?

— Oui. Mais… c'est dur à affronter, vous savez. Voilà pourquoi il préférait rester dans le doute.

— Cela semble logique, convint Evans. Vous ne lui avez donc rien prescrit ?

— Non. Nous n'avons abouti à rien, en définitive.

Elle aborda le problème sous un autre angle :

— Vous vous souvenez de lui, personnellement ?

Un silence, un soupir.

— Quelquefois, je ne me souviens même plus de mon nom. Je suis sur pilote automatique depuis deux ans.

— Je ne vous retiendrai pas plus longtemps, promit Sarah. Ce n'est donc pas vous qui lui avez fourni un formulaire NPR ?

— *Ne pas réanimer* ? Non. Il a fini par se suicider, alors ? Vous ne m'aviez pas dit qu'on l'avait tué ?

— C'est ce que nous pensons. Une dernière question : vous êtes médecin et vous n'avez pas pu diagnostiquer une maladie d'Alzheimer il y a deux ans. Son état aurait-il pu s'aggraver suffisamment en deux ans pour qu'il ne puisse plus vivre seul ?

— Je ne peux vous répondre avec certitude. Cela varie. Il pouvait avoir des crises de démence plus fréquentes tout en continuant à mener une vie « normale », entre guillemets, s'il avait quelqu'un pour l'aider. Naturellement, il n'y a pas de guérison, le mal ne fait qu'empirer.

Le Dr Finer marqua une pause avant de conclure :

— Vous savez, s'il s'est procuré un NPR, cela laisse penser qu'il avait réellement envie de mourir.

— Je sais. Merci de votre aide, docteur.

La famille Hardy passait par une phase de renaissance. Ils avaient tous dîné ensemble, ce qui s'était rarement produit ces derniers mois – à cause de l'emploi du temps chargé du père, supposait-on. Mais, aujourd'hui, il avait travaillé presque autant que d'habitude et s'était fait un devoir de rentrer aussitôt à la maison. Après le repas, ils s'étaient tous installés avec du pop-corn sur le tapis du séjour pour un tournoi géant de dames chinoises.

Lorsqu'il était allé les border, les enfants l'avaient longtemps retenu en le prenant dans leurs bras. Sa femme avait fait la même chose quand il était revenu dans la cuisine.

— Tu leur manques tout le temps. C'est de cela qu'ils ont besoin. Une fois de temps à autre, moi aussi.

Il la tint contre lui.

— Je sais. Je vais essayer d'être plus présent.

— Bonne idée, approuva Frannie. Ils dorment, tu crois ?

— Plus ou moins. Si on ferme la porte, ils n'entendront rien.

Blottis l'un contre l'autre, ils s'assoupissaient en regardant vaguement les informations. D'abord, Dismas se demanda s'il avait rêvé ou vraiment entendu le nom de Graham Russo, mais Frannie lui donna un coup de coude.

— Tu étais au courant ?

— De quoi ?

Ce n'étaient que les titres. Ils durent subir quatre spots publicitaires avant que le journal reprenne :

« Si la police se refuse encore à tout commentaire sur la mort de Sal Russo, il y a dix jours, la présidente de la Hemlock Society – mouvement pour le droit de mourir – vient de déclarer que Graham, le fils de Sal, lui avait parlé quelques minutes avant de se rendre à l'appartement de son père. En direct de Sacramento… »

— Seigneur ! gémit Hardy, qui s'était redressé.

Barbara Brandt, image même du lobbyiste, fixait avec assurance l'œil de la caméra.

« Il était bouleversé, comme on peut l'être quand le moment est venu de passer à l'acte. Je pense qu'il voulait que je le rassure. C'est naturel. »

Hors champ, le reporter demanda pourquoi Graham n'avait pas lui-même reconnu les faits.

Brandt, compréhensive mais légèrement déçue par la nature humaine, secoua la tête.

« Nous en avons discuté le week-end dernier au téléphone. L'opinion publique a le droit de connaître la vérité. Sal et Graham Russo ont eu ensemble le courage héroïque d'agir, mais Graham ne veut pas incarner le problème. Eh bien, c'est trop tard. Je fais cette déclaration publique pour lui faire savoir qu'il n'est pas seul. Il faut changer la législation sur le suicide assisté et l'euthanasie. (Elle fixa de nouveau la caméra.) Quelles que puissent être les conséquences, Graham, vous avez bien fait. »

Hardy appuya sur le bouton coupant le son.

— J'y crois pas.

Frannie, tout à fait réveillée elle aussi, lui demanda :

— Tu parles de son intervention ou de ce qu'elle dit ?

— Je sais pas. Qui est-ce, cette Brandt ? Je n'ai jamais entendu parler d'elle. Graham n'a jamais prononcé son nom. Mais une chose est sûre : elle vient de le couillonner.

16

À neuf heures moins le quart, Sarah ouvrit la porte de son appartement en songeant qu'elle devrait prendre un chat, un hamster ou un poisson rouge – quelque chose de vivant pour l'accueillir chez elle.

Elle était passée à l'épicerie du coin afin d'acheter une pomme et un dîner-télé qu'elle appelait « cuisine minceur, mince de cuisine ». Après avoir ôté sa veste et son holster, elle mit le plat dans le four à micro-ondes et alla prendre une douche rapide.

Un quart d'heure plus tard, elle avait fini de manger et avait enfilé une tenue civile – jean, tennis, pull marin blanc. Elle n'avait pas l'intention de sortir, mais il était trop tôt pour le pyjama et la robe de chambre.

Sarah décida de ne pas penser à l'affaire Russo ce soir. La journée de travail s'était achevée avec le Dr Finer. Enfin presque : immédiatement après leur conversation, elle était restée assise à son bureau, tripotant ses bouts de papier, essayant de se faire sa propre image de Sal.

Installée dans le fauteuil, elle passa près d'une heure à finir un livre de poche racontant les aventures de Kat Colorado partant en tournée à Nashville avec une chanteuse de country, sauvant la vie de la jeune femme, naturellement, et marquant un point de plus pour les bons.

Elle aimait ces personnages de femmes détectives privés, en particulier celles qui avaient l'esprit vif et la réplique acerbe. Elle ne s'identifiait à aucune d'elles mais c'était amusant de chausser leurs bottes le temps d'un livre, même si elles mêlaient toujours trop la vie personnelle et le travail. Le vrai boulot de flic n'avait rien à voir.

Non, elle n'y penserait *pas* ce soir.

Elle alluma la télévision, tomba sur les informations :

« ... Graham Russo, arrêté la semaine dernière pour avoir aidé son père à se suicider, relâché le jour même... »

Il n'était pas chez lui. La maison était aussi sombre que la veille.

Sarah s'était garée en bas de la rue, sous les branches des arbres, en face d'un réverbère dont le cône de lumière éclairait un panier de basket. Appuyée au capot de sa voiture, elle regardait vers le nord, vers son appartement, et s'efforçait de ne pas penser. De l'endroit où elle se trouvait, elle découvrait, une trentaine de mètres plus bas, les jardins et les toits des immeubles à trois étages de Parnassus. Dans l'une des fenêtres du haut s'inscrivaient les corps de deux hommes couchés ensemble, nus.

La température avait de nouveau baissé mais, malgré le vent d'ouest, elle n'avait pas froid avec son pull marin. Une rue-escalier – Farnsworth – descendait en pente raide sur sa droite. Par-dessus le « chik chik chik » d'une chouette, Sarah entendit des pas montant les marches.

Elle avait quitté précipitamment son appartement sans emporter d'arme. Elle recula dans l'ombre des arbres tandis que les pas se rapprochaient, sur un rythme alerte de jogging.

Soudain, certaine de l'identité du coureur, elle s'avança dans la lumière au moment même où Graham parvenait en haut des marches. En la voyant, il s'immobilisa, hors d'haleine, et secoua la tête comme pour s'avouer vaincu.

— Je suis en état d'arrestation ? demanda-t-il, les bras écartés.

Cette idée était si loin d'elle qu'elle éclata de rire.

— Qu'est-ce que vous faites ?

Il lui fallut une minute pour saisir le sens de la question.

— Je m'efforce de garder la forme. En montant ce... (geste vague en direction de l'escalier) ce truc de dingue. C'est pas facile, dit-il, encore haletant. Doit y avoir plus de cent marches, je parie, mais quand on aime...

Il reporta son attention sur elle.

— Si je ne suis pas en état d'arrestation..., commença-t-il.

Elle fit un pas vers lui.

— Disons que j'ai enfin fini mon service. J'ai pensé qu'il vous restait peut-être un peu de ce vin.

Ils gravirent la colline au milieu de la chaussée, en silence.

Dans l'appartement, il alluma les lampes à éclairage indirect, ouvrit les rideaux sur la vue – la ville basse et East Bay miroitaient sous eux.

— J'avais l'intention de prendre une douche, mais il n'y a pas d'endroit où se changer, expliqua-t-il, indiquant la cabine qui lui servait de salle de bains.

Sarah pivota dans son fauteuil, saisit un des magazines.

— Je ne regarderai pas, promit-elle.

Après sa douche, Graham ouvrit une bouteille de vin rouge et remplit deux verres. Sarah et lui prirent place chacun à un bout du canapé en cuir. Il avait remis son uniforme : T-shirt, short de course ample, pieds nus.

Bien que ce fût la déclaration de Barbara Brandt à la télévision qui avait incité Sarah à venir chez Graham, elle n'avait aucune envie d'aborder le sujet. Graham n'était manifestement pas encore au courant : il avait couru pendant plus d'une heure. Le téléphone, remarqua-t-elle, était débranché.

Les mots parurent tomber du ciel plutôt que de sa bouche quand elle dit :

— Votre père peignait.

Le commentaire méritait apparemment une rectification :

— Il faisait beaucoup de choses. Vous n'êtes toujours pas de service ?

— Non, répondit-elle en souriant.

— Vous voulez parler de mon père ?

Elle acquiesça. Graham se pencha pour poser son verre sur le sol, se leva, fit un pas vers les rayonnages de livres, se retourna.

— Quand j'ai reçu la lettre, cela faisait quinze ans que je ne lui avais pas parlé. Il était venu à la remise des diplômes de mon lycée ; il avait profité que ma mère n'était pas dans les parages pour me saluer. Félicitations. Je ne savais vraiment pas quoi répondre. Je crois que je l'ai regardé en silence. Je me souviens seulement que ça m'avait écœuré.

— Et vous ne l'aviez plus revu ? Je veux dire, avant la lettre ?

— Quand je travaillais pour Draper, je le voyais tous les vendredis dans son camion, derrière le tribunal. Je me tenais à la fenêtre, je l'observais. Tout le monde l'aimait bien, apparemment.

— Mais vous n'êtes jamais descendu ?

— Je croyais le haïr, dit Graham, qui s'assit à califourchon sur une chaise de cuisine. Même après la lettre...

Il se tut.

— Je pensais que c'était cette lettre qui vous avait réconciliés.

Il réfléchit un instant avant de répondre :

— Je l'ai vu une fois, mais ça s'est mal passé. J'étais vraiment un connard. Je crois que c'est mon trait le plus marquant, la connarderie.

— La connerie, plutôt, rectifia Sarah.

Se rendant compte que sa remarque pouvait être mal interprétée, elle ajouta :

— Pas vous, le mot.

Il haussa les épaules.

— Appelez ça comme vous voudrez. Après avoir lu la lettre, je me suis dit que j'avais assez avalé de couleuvres comme ça. J'allais cracher ce que je sentais vraiment, cela me ferait du bien. Mon père nous avait causé à tous un immense chagrin et je ne lui avais jamais envoyé à la figure ce que j'en pensais. Curieusement, sa belle lettre, vraiment touchante, m'a convaincu – sensible comme je suis – que le moment était venu d'aller flanquer une raclée au vieux.

— Littéralement ? Vous l'avez frappé ?

— Non. Ç'aurait peut-être mieux valu. Je l'ai traité de salaud, je lui ai dit qu'il avait un sacré culot de penser qu'il pouvait faire amende honorable.

Sarah songea que Graham ne s'était sans doute pas aperçu qu'il s'était levé et avait commencé à aller et venir.

— Comme s'il pouvait réparer le mal qu'il nous avait fait en partant de la maison. Qu'est-ce qu'il s'imaginait ? Que j'allais lui pardonner ? Lui ouvrir les bras ? Fais ta vie, Sal, mais n'envahis pas la mienne ! Je ne suis pas là pour t'aider à te sentir mieux. Je me *fous* de ce que tu ressens. Et nous ne serons jamais amis, bon Dieu. Je te hais, tu ne comprends pas ? Je te hais !

Vers la fin, il s'était mis à crier et, lorsqu'il s'arrêta, le silence laissa un vide dans la pièce. Le souffle court, il se tourna vers Sarah, comme soudain frappé de panique.

— Ouais, je lui ai mis sa raclée. C'était pire que le frapper.

Elle attendit qu'il aille s'asperger la figure à l'évier.

— Désolé, murmura-t-il.

— Comment a-t-il réagi ?

Appuyé au comptoir, Graham croisa les bras sur sa poitrine massive.

— Il a dit que j'avais raison. Il pleurait. Et vous savez quoi ? J'étais *content* qu'il pleure. Il a dit qu'il regrettait. Et moi, bien sûr, j'ai répondu que ça ne suffisait pas. Que ses regrets ne changeaient rien.

Dans le silence qui suivit, elle demanda :

— Et puis ?

— Je suis parti.

— Alors, comment vous êtes-vous… ?

— C'était plus tard.

Il y avait dans la ruelle où il garait sa camionnette un vieux tuyau d'arrosage laissé par les ouvriers construisant le nouveau tribunal fédéral, et Sal Russo l'avait réquisitionné. Il l'avait branché à un robinet extérieur et nettoyait le plateau de sa camionnette, qui empestait à la fin du vendredi. Faute d'ajutage, il dirigeait le jet avec son pouce. L'eau giclait sur lui mais il s'en moquait. L'écume, l'odeur de poisson faisaient partie de sa vie.

Il avait vidé le fond des bouteilles de Carlo Rossi que les clients n'avaient pas terminées. Mégot de cigare entre les dents, il fredonnait. C'était le milieu de l'été, il restait encore deux heures de jour ou plus.

Sur le coup, il crut qu'elle annonçait une de ses crises, cette silhouette dans le soleil qui ressemblait à une apparition. Il inclina la tête sur le côté, cligna les yeux.

— Graham ?

— Salut, papa.

Sal replia le tuyau sur lui-même pour arrêter l'eau.

— Qu'est-ce qui se passe ? Il est arrivé quelque chose à ta mère ?

Il ne pouvait imaginer une autre raison pour que son fils vienne le voir – pas après ce qui était arrivé la dernière fois. Helen était morte et on avait envoyé Graham le prévenir.

— Elle va très bien, répliqua Graham, se dandinant d'un pied sur l'autre. Je, euh, je suis venu m'excuser. Désolé.

Sal battit des paupières, hocha la tête.

— Ouais, ben, comme je disais, t'avais raison. (Il déplia le tuyau, le braqua vaguement vers la camionnette.) Comment tu vas ?

Son fils ne répondit pas tout de suite, ce qui força Sal à le regarder.

— Pas très fort, à dire vrai.

— J'ai vu qu'ils t'ont viré de l'équipe.

— Je ne peux pas le leur reprocher. J'étais à chier, reconnut Graham. (Les traits crispés, il semblait sur le point de craquer.) Je suis trop vieux. C'est un jeu de gosses. J'ai été idiot. L'idée de remettre ça était complètement idiote.

— Ouais, sûrement, approuva Sal. Si ça peut te consoler, tu tiens ça de moi. J'aurais probablement remis ça, moi aussi, et je me serais fait virer pareil. Tu te sens mieux de savoir ça, je parie ?

Un sourire s'ébaucha, n'arriva pas à terme.

— Beaucoup mieux. Merci.

— De rien. T'as faim ?

Sal arrêta de nouveau l'eau en pressant le tuyau, tira de sa poche une liasse de billets.

Il avait son coin au US Restaurant, une table isolée, sorte de fer de lance dans la partie la plus étroite du bâtiment triangulaire. L'établissement se trouvait au cœur de North Beach, à une centaine de mètres du Gino & Carlo's, et n'avait pas changé depuis des années. On ne pouvait toujours pas dépenser plus de dix dollars pour un repas, même en se bourrant.

Ils en étaient à leur troisième carafe de vin rouge. Sal tenait son *verre entre ses mains, comme un accessoire aidant un acteur dans son jeu. À trente centimètres d'eux, de l'autre côté de la vitre, la nuit pour touristes commençait, les lumières s'allumaient dans la rue.*

— Je ne sais pas s'il y a encore un « pourquoi », disait Sal. Il y en a peut-être jamais eu.

— Mais il y avait forcément une raison, Sal. On ne...

— Peut-être que si. Un matin, tu te réveilles et tu es différent. Il s'est passé quelque chose qui a totalement changé la vision que tu avais de toi. Et tout ce que cette vision soutenait s'écroule.

— Quoi ? Maman avait une liaison ?

— Le problème, c'était pas ta mère. C'était moi, fit Sal. Qui j'étais. (Il souleva son accessoire, s'en servit pour gagner du temps.) Non, ce n'était pas aussi simple qu'une liaison.

— Qu'est-ce que c'était ?

Il était près de minuit, mais ni lui ni elle n'avaient conscience du temps qui s'était écoulé. Ils restaient assis en tailleur sur le parquet, l'un en face de l'autre.

— Aujourd'hui encore, je l'ignore. Sal m'a dit que je ne m'étais pas rendu compte que ma mère était une personne peu sûre d'elle - elle l'est encore, si vous voulez savoir. On ne multiplie pas les liftings quand on se sent bien dans sa peau.

L'air embarrassé par cette psychologie de bazar, Graham baissa les yeux.

— En tout cas, elle l'aimait, poursuivit-il. Mais leurs passés, leurs mondes ne se rencontraient pas. Chacun avait du mal à suivre l'autre dans ce qu'il aimait.

— Par exemple ?

— Oh ! Maman ne montait jamais à bord du bateau. Sal ne s'habillait pour rien au monde. Cela se résumait à une question d'argent, finalement. Ma mère avait l'habitude des choses qu'on achète, mon père aimait les choses qu'on fait. Cela créait une sacrée différence.

— Ils s'entendaient quand même ?

— Ils n'étaient pas des amis l'un pour l'autre, comme dans

certains couples, mais elle l'aimait, et il savait faire en sorte qu'elle continue à l'aimer.

— Comment ?

— En étant plus fort qu'elle, en ayant une volonté plus forte que la sienne.

— Ça la faisait aimer votre père ?

— C'est ce qu'il m'a dit. Et je crois que c'est possible.

Ils n'avaient pas touché à leurs verres, qui demeuraient à moitié pleins sur le parquet, près du canapé. Ce n'était donc pas à cause de l'alcool ou de l'heure tardive qu'il commençait à s'intéresser de plus en plus au dessin du visage de Sarah, à l'arc de ses lèvres, à la façon dont ses cheveux tombaient sur sa joue.

Les souvenirs faisaient danser les yeux de Sal.

— Je savais qui j'étais, tu comprends ? J'étais heureux dans ma peau. Un minable, d'accord, comme aujourd'hui, mais je savais où était ma place. Ta mère, non. Elle cherchait toujours où poser le pied, où était la terre ferme.

« Je crois – non, je suis sûr – que la vie de ses parents n'avait pas déteint sur elle. Les bonnes écoles, les vêtements chics, les amis distingués, mais tu sais quoi ? Ils ne le faisaient pas pour elle. Alors, quand on a commencé à vivre ensemble, elle était heureuse, en fin de compte. Pas toujours ravie de la façon dont on vivait – pas d'argent, pas de relations mondaines –, mais elle vous aimait, vous les gosses.

— Et toi ? Elle t'aimait encore ?

Son père se pencha par-dessus la table et Graham sentit l'odeur de poisson, de vin bon marché. Malgré les vêtements élimés et la barbe de deux jours, les écailles de poisson sur sa peau, Sal demeurait un personnage irrésistible.

— Je te l'ai dit. Je la faisais m'aimer.

Graham roula des yeux et son père éclata de rire.

— Oui, ça aussi, mais c'est pas de ça que je parle.

Graham n'avait pas touché à sa crème glacée spumoni, qui avait fondu en un liquide cireux brun rosâtre dans la petite coupe en métal terni. Sal la fit glisser devant lui, en prit une cuillerée.

— Elle était rongée de doutes, tu vois, continua-t-il. « Est-ce que je suis à ma place ? » « Est-ce que mes parents n'auraient pas raison ? » « Où allons-nous, Sal et moi ? » « Est-ce que je l'aime encore comme au début ? » Tout le temps. (Il secoua la tête tristement.) Tout le temps, Graham.

« Et tu sais ce que je faisais ? Je lui répondais que j'étais sûr. Que c'était ce qu'elle voulait vraiment, au fond d'elle-même. Que les gosses, la maison, les soucis – c'était la vraie vie. La seule chose qui l'avait jamais rendue heureuse. Et que je l'aimais, uniquement pour ce qu'elle était.

Il se redressa, se gratta le visage, tira sur les coins de sa bouche. Parlant enfin de cette histoire pour la première fois à son fils aîné, l'évoquant après tant d'années, il semblait sonné par ses souvenirs.

— C'était une bataille incessante, tu n'imagines pas. Entre la façon dont elle avait été élevée et celle dont elle vivait. Elle donnait toujours l'impression d'avoir un pied dans la maison, un autre dehors. Je ne pouvais jamais vaciller, montrer mes doutes, sinon elle aurait perdu foi en moi. Tout dépendait de qui j'étais, moi.

— Et qui étais-tu ?

— J'étais Sal Russo. Je n'avais jamais gagné beaucoup d'argent, je n'avais pas changé le monde, mais j'étais un type bien. Solide, travaillant dur, ne trichant pas. J'aimais ta mère de tout mon cœur. Des choses simples, mais c'était ce qu'elle avait besoin d'entendre. Et c'était vrai.

— Que s'est-il passé ?

Sal chercha un moment la réponse parmi les tables du restaurant bondé, haussa les épaules.

— J'ai perdu confiance, je crois. Je n'arrivais plus à faire semblant d'être quelqu'un d'exceptionnel.

— Pourquoi ?

— Parce que je ne l'étais pas.

Ce n'était pas vraiment une réponse, mais une autre question, plus pressante, empêcha Graham d'insister.

— Et nous ? Moi, Deb, Georgie ? Comment as-tu pu nous abandonner ? (Il tendit le bras par-dessus la table, prit la main de son père.) Je ne suis pas ici pour te voler dans les plumes. Je voudrais comprendre, c'est tout.

— Moi aussi. Je sais pas comment j'ai pu faire ça. Là encore, c'est pas la faute de ta mère, c'est la mienne. J'aurais pu lui résister.

Graham fut ébranlé par ce qu'impliquait cette réponse. Il avait toujours entendu dire que son père ne voulait plus voir ses enfants. Et, apparemment, Sal n'avait fait aucun effort pour les voir.

— Lui résister ? Qu'est-ce que tu veux dire ?

Ils étaient à court d'accessoires – verres, tasses, coupes en métal avaient été débarrassés. Au US Restaurant, *les habitués pouvaient passer la journée et le soir devant un espresso s'ils le souhaitaient. Personne ne les bousculait.*

— Je sais pas comment t'expliquer, fit Sal. Quand nous nous sommes séparés, ta mère... Pour elle, c'était un échec. Elle avait renié tout ce qu'elle était avant de me connaître et ça n'avait pas marché. Alors, elle n'avait pas le choix, elle était obligée de me haïr. Je l'avais trahie. J'étais le diable.

— Tu ne pouvais pas nous voir à cause d'elle ?

Sal rejeta cette interprétation : ce n'était pas la faute d'Helen, c'était la sienne.

— Elle était très protectrice avec vous. J'avais gâché sa vie, elle ne me laisserait pas gâcher la vôtre.

— Et tu as accepté ?

— J'étais au fond du trou, Graham. Je ne valais plus un clou. J'ai sans doute pensé qu'elle avait raison. Ou c'était trop dur, je ne sais plus. Chaque fois que j'essayais, elle m'en empêchait. J'ai fini par renoncer.

Graham pressa la main de son père.

— Comment as-tu pu faire ça ?

Sal leva les yeux vers lui.

— La vie m'avait balancé pas mal de balles dans la figure, j'avais peur de reprendre la partie. Tu comprends ?

— Je crois, oui. C'est à peu près ce que je ressens moi aussi. Et c'est pour ça que je suis venu te voir.

Ils étaient dehors à présent, à l'endroit où Graham et Hardy s'étaient assis en fin d'après-midi. Bien que la température fût tombée sous 10 °C, Graham était encore pieds nus et en short, mais il avait enfilé un blouson de survêtement. Sarah, mains dans les poches, s'appuyait à un réverbère.

— C'est à ce moment-là que nous sommes redevenus amis, conclut-il. J'étais déprimé, je ne voyais pas qui d'autre…

Il laissa sa phrase en suspens, mais elle était suffisamment claire. Il avait le sentiment – non sans raison – de s'être aliéné tous ceux qui vivaient dans son monde. Il ne savait pas où commencer à remonter la pente. Peut-être avec son père, qui était passé par là, lui aussi.

— Ce soir-là, à North Beach, il avait déjà la maladie d'Alzheimer ?

— Il n'en donnait pas l'impression, mais les symptômes étaient apparus. Je l'ai découvert plus tard, quand… quand j'ai commencé à avoir des rapports plus proches avec lui. Son état s'aggravait, bien sûr, mais il essayait de vivre avec sa maladie.

L'occasion était belle pour Sarah Evans de reprendre le fil de son enquête mais elle n'avait pas le cœur à ça.

— Il était très malade, vers la fin ?

— Oui, mais ce n'est pas la MA qui l'aurait tué. Elle n'en aurait pas eu le temps. (Graham secoua la tête pour chasser cette pensée.) C'est drôle, nous nous ressemblions beaucoup, lui et moi. Premiers-nés tous les deux, dingues de sport, trop sûrs de nous. Même maintenant…

Il s'interrompit de nouveau.

— Même maintenant, après mon double échec comme juriste et comme sportif, après avoir été arrêté, fichu à la porte de mon boulot, je sais encore qui je suis. Je suis en accord avec moi-même. C'est la réaction des autres qui est un peu dure à encaisser.

Il ne pleurnichait pas. Il parlait d'un ton si détaché que le sens de ses propos aurait pu échapper à une autre personne – et cela eût été égal à Graham –, mais Sarah comprenait ce qu'il disait : il n'avait plus d'amis, personne avec qui partager ce qui se passait dans son âme. Il y avait eu Sal, son père, et Sal était mort.

Son sourire n'était pas une invite, plutôt une question.

— Cela rend prudent, ajouta-t-il.

Elle lui rendit son sourire.

— Moi aussi je suis une dingue de sport, passablement imbue d'elle-même. Tu connais la poignée de main secrète ?

— Je ne crois pas.

S'écartant du réverbère, elle prit la main de Graham, la porta ouverte à sa bouche et, soutenant son regard, lui lécha la paume.

TROISIÈME PARTIE

17

C'était le vendredi de la troisième semaine de mai. À une table en terrasse du *Plouf*, un bistrot de Belden Alley, en plein cœur du quartier de la finance, Hardy finissait un plat de moules. Ruelle typique du centre, Belden mesurait environ quatre mètres de large. Excepté à midi, les bâtiments qui la bordaient la maintenaient dans l'ombre. Le soleil venait juste de se cacher, et la tranche de ciel au-dessus de la rue était d'un bleu vif.

L'été précédent, Hardy avait emmené Frannie à Paris pour cinq jours trop courts en confiant les enfants à Moses et Susan. Il avait vu la France pour la première fois juste après être rentré du Viêt-nam, et y retourner lui avait serré le cœur. À Paris, il avait été un homme libre, celui de la chanson de Joni Mitchell – vivant et sans entraves.

Les odeurs des plats savoureux qu'on cuisinait dans une demi-douzaine de restaurants français de la ruelle ne masquaient pas totalement les relents de poisson, de tabac et d'urine. On se serait vraiment cru à Paris.

Penché sur son pot de moules, Hardy retrouvait ce même sentiment. Pas exactement sans entraves, mais vivant. Galvanisé par les odeurs, les saveurs et l'ambiance, il était sûr que, très bientôt, il se retrouverait plongé dans ce qu'il était né pour faire, et ce n'était pas Tryptech. Au bureau, il était passé voir Michelle, noyée sous la paperasse, puis était descendu déjeuner avec juste une pointe de sentiment de culpabilité.

Un problème le préoccupait, pourtant : il n'avait pas réussi à joindre Graham. Pas de réponse à ses coups de téléphone, ni aux mots qu'il avait glissés sous la porte de l'appartement. Son client avait disparu sans laisser de trace. D'ailleurs, après le différend sur l'arrangement proposé à Pratt, Hardy n'était pas tout à fait certain d'avoir encore un client.

— Cette chaise est libre ?

Le visage familier appartenait à Art Drysdale, qui avait été autrefois le mentor de Hardy. Art l'avait même fait entrer dans les services du District Attorney, le ramenant au droit après la décennie d'exil qu'il s'était lui-même imposée. Depuis, leurs vies professionnelles les avaient placés dans des camps opposés, mais Hardy avait toujours eu de la sympathie pour Art et il était content de le voir. Il ne connaissait pas le type qui l'accompagnait.

— Je te présente Gil Soma, dit Drysdale.

Les deux hommes se serrèrent la main. Entre juristes. On n'était pas obligé d'en faire une affaire personnelle. Pas encore, du moins. Hardy fit aller son regard de l'un à l'autre puis déclara :

— Les moules sont succulentes. À supposer que vous soyez venus pour manger et que votre présence ici soit une coïncidence, ajouta-t-il en souriant.

Drysdale prit un morceau de pain, le trempa dans la sauce – vin, persil, ail.

— Plus ou moins, répondit-il. Enfin, j'ai téléphoné à ton bureau juste après ton départ et Phyllis m'a dit que tu venais ici.

— Très efficace, cette fille, commenta Hardy avec son expression de joueur de poker.

Cette rencontre lui servirait d'entraînement. Il y avait longtemps qu'il n'était pas remonté sur le ring.

— Alors, comme il faisait beau, que c'était l'heure du déjeuner, on s'est dit qu'on pourrait peut-être faire une petite balade à pied…

— Bonne idée, approuva Hardy, qui attendit la suite.

Soma et Drysdale prirent des chaises à la table voisine, puis s'installèrent.

— Tu as eu des nouvelles de ton client, aujourd'hui ? finit par demander le premier adjoint au procureur.

— Lequel ? Des clients, il en sort de partout. Je ne peux pas tous les suivre à la trace.

Soma ne parut pas apprécier cette pirouette.

— Le plus célèbre, lança-t-il sèchement. Graham Russo.

— Ah ! votre ancien copain. Vous avez travaillé ensemble, tous les deux, non ?

— Jusqu'à ce qu'il nous plaque, dit Soma avec un sourire dont Hardy eut le sentiment qu'il manquait de sincérité.

Avant même l'entrée en lice de Barbara Brandt, l'affaire avait pris de l'importance. L'article de Cerrone, qui avait effectivement fait la couverture de *Time*, n'y était pas étranger. Hardy avait vu le beau visage candide de Graham dans tous les kiosques en allant déjeuner. Le photographe avait saisi un moment de vulnérabilité, et l'histoire que cette photo racontait était émouvante. Probablement vraie aussi, pensa Hardy, ou du moins en grande partie. Malheureusement pour son client, il avait fait ensuite des choix désastreux. Il revint à ses interlocuteurs :

— Non, Art, je n'ai pas de nouvelles. Il se cache sans doute quelque part. Il a peut-être même quitté la ville. Moi, c'est ce que j'aurais fait.

Ces mots firent bondir Soma :

— C'est ce que vous lui avez conseillé ? Où est-il allé ?

Hardy lui accorda un coup d'œil, ramena son regard sur Drysdale.

— Les journalistes le mettaient sur les nerfs. En toute franchise, ils m'énervent, moi aussi.

— Alors, vous lui avez parlé ? insista Soma.

Hardy garda les yeux sur Drysdale.

— Tu as lu l'article sur Sharron et moi, Art ?

La rubrique « Toute la ville en parle », de Jeff Elliot, faisait allusion au projet d'accord entre Hardy et Pratt, et au mécontentement du District Attorney de le voir échouer. En la lisant ce matin sur la table de la cuisine, Frannie avait fait observer que son mari avait le chic pour s'aliéner les DA. Il avait reconnu que c'était certainement vrai mais que ce n'était pas forcément un défaut pour un avocat de la défense. Frannie avait haussé les sourcils : Dismas aimait la précision dans les termes, et s'il se qualifiait d'avocat de la défense, c'était exactement ce qu'il voulait dire.

Drysdale hocha la tête en souriant. Après tout, son éviction par Pratt des services du DA était assez récente pour qu'il ne lui veuille pas encore tout le bien du monde.

— Elle n'aurait pas dû filer le tuyau avant que le marché soit conclu. Je crains que ce faux pas ne donne d'elle l'image d'une femme pas très futée. Une cruche, en fait, dit-il, accentuant son sourire. La pauvre, je suis navré pour elle, mais du coup, tu te retrouves sur sa liste noire, Diz.

— J'essaierai de me racheter, répondit Hardy, qui s'amusait beaucoup. (Il se tourna enfin vers Soma.) Pour répondre à votre question, Gil, Graham est un peu difficile à joindre, c'est vrai, mais rappelez-vous qu'il n'est pas inculpé. Dans sa sagesse, Mrs. Pratt s'est refusée à le faire. C'est un homme libre. Dans un pays libre.

— Maintenant, il l'est, inculpé, annonça Drysdale. Et j'espère que tu le convaincras de se livrer.

La nouvelle n'avait rien d'inattendu, et Hardy la prit calmement.

— De quoi ?

— Meurtre avec circonstances aggravantes.

— Vous n'allez quand même pas requérir la peine de mort ?

— PVSLA, laissa tomber Soma, pour montrer qu'il maîtrisait le jargon comme un vieux pro.

Prison à vie sans possibilité de libération anticipée. L'avocat se demanda si Soma avait songé un instant à ce que signifiait toute une vie en prison pour quelqu'un d'aussi peu différent de lui que Graham. À supposer que le magistrat soit capable de penser à autre chose qu'à obtenir des affaires retentissantes et à les gagner. Hardy ne le croyait pas : le garçon montrait tous les signes d'un empoisonnement à la testostérone. Ce qui signifiait qu'il ne suivrait pas les règles du manuel.

Si l'on ajoutait à cela l'aspect personnel de l'affaire, il y avait de gros risques pour que Soma, s'il était intelligent – et il semblait l'être aussi –, joue quelques tours à la défense au tribunal.

Hardy connaissait assez bien Drysdale pour le soupçonner d'avoir arrangé cette rencontre au restaurant dans un autre dessein que celui de lui demander des nouvelles de Graham. Lui proposer un autre accord, peut-être. Ou lui soutirer des informations en profitant de ce qu'il avait baissé sa garde. Hardy le découvrirait bien.

— L'un de vous a lu l'article de *Time* ?

Cerrone avait remarquablement réussi à donner au lecteur une certaine impression sans jamais basculer dans l'accusation pure et simple. L'affaire Russo, écrivait-il, est une *illustration* poignante des nombreuses ambiguïtés qui entourent le problème général soins aux personnes âgées/suicide assisté/droit de mourir.

Dans la trame du récit strictement juridique de l'affaire – l'arrestation puis la remise en liberté de Graham Russo –, Cerrone avait tissé l'histoire des relations entre le fils et le père, l'état désespéré de Sal, la morphine, les seringues auxquelles Graham avait accès. Hardy était convaincu qu'à la lecture de cet article personne ne conclurait que Graham n'avait pas aidé son père à mourir dans la dignité.

— C'est un coup terrible, dit-il. Il suffit de le lire pour...

— L'article comporte plusieurs omissions, coupa Soma.

— En effet, convint l'avocat. Je sais parfaitement de quoi vous parlez – l'argent, les prétendues traces de lutte. Mais je vais vous dire une chose. Graham n'a pas tué Sal pour cet argent. Jamais vous ne pourrez prouver qu'il l'a fait. (Machinalement, il s'adressa de nouveau à Drysdale.) Il faut que Powell le comprenne, Art. Cette thèse ne tient pas.

— Le grand jury n'a pas été de cet avis, répondit le premier adjoint avec un léger haussement d'épaules. Nous avons obtenu l'inculpation.

Hardy se renversa sur le dossier de sa chaise avec une expression amusée.

— N'est-ce pas toi qui m'as assuré, il y a de ça des lustres, que le grand jury inculperait un sandwich au jambon si le procureur le lui demandait assez gentiment ?

— J'ai peut-être dit quelque chose de ce genre du temps de ma folle jeunesse, reconnut Drysdale, mais je me trompais. (Il sourit.) D'ailleurs, le sandwich au jambon était peut-être coupable.

— Alors, rappelle-moi pourquoi nous avons cette discussion. C'est toi qui es venu me trouver ici, ne l'oublie pas. Tu aurais pu simplement me téléphoner pour me demander de vous amener mon client, non ?

Posant une main sur le bras de Soma, qui semblait à la fois sur le point d'intervenir de nouveau et en grand besoin d'aller faire un tour aux toilettes, Drysdale se pencha en avant.

— Dean s'est fait clairement comprendre en obtenant

l'inculpation, Diz. Il fait respecter la loi, Pratt non. Je ne pense pas que ce garçon doive passer le reste de sa vie en prison.

Rapide coup d'œil à Soma pour qu'il continue à la fermer.

— Alors, qu'est-ce que tu veux ?

— Dis-moi plutôt ce que tu veux, toi. D'après les rumeurs, tu t'étais mis d'accord avec Pratt sur homicide involontaire, pas de peine ferme. Je ne crois pas que Dean irait jusque-là, mais il pourrait renoncer aux circonstances aggravantes.

Hardy secouait déjà la tête avant la fin de la phrase.

— Mon client n'accepte même pas une peine avec sursis, Art. Il affirme que ce n'est pas lui.

— Pourtant, tout le pays le pense.

— C'est bien possible, dit l'avocat en écartant les mains. Mais même si c'est vrai, même si des jurés finissent par s'en convaincre, ils ne concluront pas à un meurtre avec circonstances aggravantes. Ils ne verront dans cette affaire qu'un suicide assisté.

Soma ne put se contenir plus longtemps :

— Ce qui *est* un meurtre.

Drysdale était aussi de cet avis.

— Laisse tomber les subtilités juridiques, Diz. C'est un meurtre. Nous pouvons le prouver.

— Ce qui signifie que Graham est coupable, enchaîna Soma.

— Intéressant, comme théorie juridique, souligna Hardy.

— Revenons à l'essentiel, suggéra Drysdale. Tu connais Powell, Diz. Il n'est pas insensible à l'opinion publique.

L'avocat pensa qu'il venait d'entendre l'un des euphémismes les plus aventureux de toute la carrière du premier adjoint, mais il ne releva pas. Drysdale poursuivit :

— Il ne tient pas nécessairement à requérir contre un suspect dont soixante pour cent de ses électeurs pensent qu'il est un type bien et qu'il a bien agi dans cette affaire.

— Mais… ?

La main de Drysdale pressa de nouveau le bras de Soma.

— Mais Dean est persuadé – et je suis de son avis – qu'il y a eu meurtre. Toi aussi, Diz, tu le seras quand on t'aura communiqué les pièces du dossier. Si tu acceptes un accord, tout le monde gagne. Dean obtient un G dans sa colonne pour avoir fait respecter la loi ; toi, tu inscris un G dans la tienne pour avoir obtenu un chef d'accusation moins sévère. Et Pratt écope d'un P.

— L'analogie sportive me plaît, dit Hardy. Mais si Graham se retrouvait en taule, je crois qu'il appellerait ça un P majuscule, lui.

— Le P majuscule serait pour perpétuité, fit remarquer Soma. Là, il s'en tirerait avec un p minuscule.

— Ça ne marchera pas mais je transmettrai votre offre à mon client, déclara l'avocat en se levant.

Si j'arrive à mettre la main dessus.

Il se répandit en démonstrations d'amitié quand il serra la main de Drysdale – il fallait absolument qu'ils déjeunent ensemble un de ces jours pour parler du bon vieux temps. Il tourna ensuite un sourire plein d'expérience vers le jeune magistrat.

— Ravi d'avoir fait votre connaissance, monsieur Soma. Je vous souhaite bonne chance dans votre carrière.

Soma n'était ni aveugle ni stupide. L'attitude condescendante ne lui échappa pas et il rétorqua :

— Nous devons voir Russo demain. Au plus tard.

— Certainement, cher monsieur. J'ai compris le message. Merci beaucoup.

Une heure après que les deux hommes eurent échangé ces aménités, Marcel Lanier, garé en double file dans Fremont Street, devant le bureau du procureur général, tambourinait des doigts sur son volant.

Cela n'aurait dû prendre que cinq minutes – passer en vitesse, obtenir confirmation que Graham Russo faisait bien l'objet d'un mandat. Il avait envoyé Sarah et cela faisait déjà vingt minutes qu'elle était là-haut. Marcel avait baissé sa vitre et fermé les yeux. C'était un après-midi agréable. Il flottait dans l'air des odeurs de café et de fumée de diesel pas tout à fait déplaisantes.

Lanier somnolait quand un flic s'arrêta derrière lui. Il montra son insigne, expliqua la situation, tenta de reprendre sa sieste. Deux minutes plus tard, un *autre flic* lui tapa sur le coude – sans plus de ménagement.

— Allez, circulez.

Marcel sortit de nouveau sa brème, sans résultat, cette fois.

— Ça change rien, inspecteur. Vous bloquez la rue. Faut bouger.

Il fit le tour du pâté de maisons en espérant qu'Evans serait en bas quand il repasserait. Mais non, elle n'y était pas. Il se gara en double file au même endroit, ferma de nouveau les yeux. Il n'aurait plus à attendre longtemps, de toute façon.

Assez longtemps pour que deux clochards, l'un coiffé d'un casque de football américain, l'autre poussant un Caddie chargé de matériaux recyclables, s'arrêtent devant sa portière et lui demandent l'aumône. Lanier démarra, refit le tour du pâté de maisons.

Quand il revint pour la seconde fois, il eut à peine le temps de se remettre à pianoter sur le volant qu'Evans sortit de l'immeuble avec le jeune procureur maigrichon. Lanier observa le type. Il était descendu du troisième pour l'accompagner ? Il s'était occupé d'elle lui-même alors qu'il lui aurait suffi de demander à sa secrétaire de vérifier sur l'ordinateur ? Voilà pourquoi ça avait pris si longtemps. Il la draguait.

Il donna plusieurs coups de klaxon, la vit faire un geste d'excuse. Comme si elle avait besoin d'expliquer à ce con qu'elle était censée retourner bosser. Il descendit la vitre côté passager.

— Hé, Sarah !

Il se demandait ce qu'elle avait. Soma l'avait serrée de trop près, ou lui-même avait klaxonné une fois de trop. Ou alors elle avait ses règles, allez savoir. Il avait attendu vingt minutes dans la bagnole, et c'était *elle* qui boudait, regardant droit devant elle.

— Ça va ?

— Ça va, répondit-elle.

Sauf que l'homme que j'aime est maintenant un fugitif et que je devrai l'arrêter la prochaine fois que je le verrai.

— Il t'a embêtée, ce mec ?

Elle haussa les épaules sans tourner la tête vers lui.

Ils roulèrent de nouveau en silence, puis Lanier revint à la charge :

— Qu'est-ce qui s'est passé ?

— Rien.

— Ben, t'as l'air secouée, pourtant.

Cette fois, elle le regarda.

— Je ne suis pas secouée.

— Non, t'as raison. T'es toujours comme ça. Silencieuse et morose.

Après une centaine de mètres :

— Je lui ai dit qu'il commettait une erreur.

— À qui ? À propos de quoi ?

Elle ouvrit le classeur contenant le dossier.

— À Gil Soma. À propos de ça.

— Le mandat d'arrestation ? Qu'est-ce qu'il a, ce mandat ?

— Russo.

— Tu remets ça ? Laisse tomber. C'est lui.

— Bon, d'accord.

— Sarah…

Traduction : sois raisonnable, voyons.

— Non, si tu penses que c'est lui, c'est forcément lui.

— On s'en fout. C'est le problème de Soma, pas le nôtre. Nous, on assure simplement la livraison.

— Tu as raison. Inutile de discuter.

— Personne d'autre aurait pu faire le coup. On a cherché, y a pas d'autre suspect. T'as lu l'article de *Time*. T'as entendu cette bonne femme de Sacramento à la télé ? Non, c'est lui.

Elle garda le silence.

— Quoi ? fit Lanier.

— Il a aidé son père à mettre fin à ses souffrances, d'accord ?

— Ouais.

— Alors, comment tu expliques les traces de lutte ? Et les bruits que la pute d'en dessous a entendus ? Et la bosse sur la tête ?

— C'est ce que je voulais dire. Il a buté son père.

— Pour l'argent ?

— Exactement.

— Mais tu viens d'assurer que c'était un suicide assisté.

— Disons que ça a peut-être commencé comme ça, mais que le vieux a changé d'avis au dernier moment, et le fils s'était fait à l'idée de toucher le fric. Tout est possible. J'ai enquêté sur un gars qui avait tué sa femme. Même truc.

— Elle était malade ?

— Oh ! ouais. Pareil. Il voulait pas avouer que c'était lui.
— Pourquoi ?
— Écoute, ça va te plaire. Le mec avait soixante balais, il voulait pas que sa mère de quatre-vingts ans soit en colère contre lui.
— Quoi ?
— Je te jure. La mère n'était pas d'accord, alors le fils a essayé de maquiller ça en vrai suicide, mais il a tout bousillé.
— Il a aussi essayé de le faire passer pour un meurtre ? En volant les bijoux de sa femme, ou quelque chose comme ça ?
— Non, mais c'est parce qu'il était pas aussi malin que ton Russo. Sinon, l'idée de base est la même.
— Merci de me l'avoir expliqué.
— De rien. Tu crois qu'il sera chez lui ?
— Russo ? J'en doute.

Elle n'en doutait pas, elle en était sûre. Graham habitait chez elle depuis la longue nuit qu'ils avaient passée ensemble après la « poignée de main secrète ». Sarah s'était raconté – argument spécieux, elle le savait – que Graham n'était pas encore inculpé et bénéficiait de la présomption d'innocence. Inculpé, il l'était maintenant, et cela changeait tout.

Il le constata dès qu'elle franchit la porte et la referma derrière elle, en restant loin de lui. Les autres fois, ils tombaient dans les bras l'un de l'autre aussitôt qu'elle rentrait. Il demeura au milieu du living et demanda :

— Qu'est-ce qu'il se passe ?
— Il se passe que tu as été inculpé ce matin par le grand jury. Je ne suis pas censée te dire ça. Je ne suis pas censée être amoureuse de toi. Je suis censée t'arrêter, là, tout de suite.

Il esquissa un sourire.

— Tu vas le faire ?
— Ce n'est pas drôle.
— Je ne trouve pas ça drôle.
— Alors, ne souris pas.
— Ça ne devrait pas être trop compliqué. Ne pas sourire, je veux dire.

Il n'arrivait pas à s'approcher d'elle. De l'endroit où il était, il sentait l'aura défensive avec laquelle elle le tenait à distance.

— Qu'est-ce que tu veux que je fasse, Sarah ? Je vais partir, si tu penses que ce sera plus facile pour toi. Ou alors, arrête-moi.

— Merde, tu ne comprends pas ? Je n'ai pas envie de t'arrêter ! (Elle se mordit la lèvre, baissa la tête d'un air abattu.) C'est pas possible, pas possible, gémit-elle.

Cette fois, il fit un pas vers elle mais elle tendit le bras.

— Non !

Il s'immobilisa, attendit puis énonça d'une voix calme :

— Ce n'est pas moi. Je n'ai pas…

— La question n'est pas là, Graham, le coupa-t-elle.

— Où est-elle, alors ?

— La question, c'est que je suis flic et que tu es inculpé. Normalement, j'aurais dû venir ici avec Marcel pour t'embarquer.

— Je parlais sérieusement, tout à l'heure. Je vais partir. Maintenant. Je prouverai que je suis innocent et…

— Non ! Je ne veux pas.

Il attendit de nouveau.

— Alors, qu'est-ce qu'on fait ?

Elle se laissa tomber sur une chaise.

— Je ne sais pas, murmura-t-elle, au bord des larmes.

— Je te donne un dollar si tu me laisses te prendre dans mes bras. (Il traversa la pièce, s'agenouilla près d'elle et l'enlaça.) Ne t'en fais pas, tout finira par s'arranger.

Elle tremblait contre lui.

— Comment ? Je n'ai pas le droit de te voir. Tu n'as pas le droit d'être ici. Si je ne t'arrête pas, j'enfreins moi-même la loi. En fait, je l'ai *déjà* enfreinte.

— Tu as raison. Écoute, je vais me livrer. J'appelle Hardy, je lui demande son adresse, je me rends là-bas et il s'occupe du reste.

— Mais je ne veux pas que tu partes. Ce sont peut-être les seuls moment que nous passerons jamais ensemble. Nous deux, ça vient à peine de commencer, et c'est merveilleux. Merveilleux. Tu ne le sens pas ?

Il essuya les larmes qui coulaient à présent sur les joues de Sarah.

— Nous aurons eu quelques jours, murmura-t-il. Nous nous accrocherons à cette idée, elle nous aidera à tenir.

— Qui sait combien de temps tu resteras en détention, avec le procès ? À supposer que tu gagnes…

— Je gagnerai.

Elle secoua la tête, renifla.

— Et si tu perds ?

— Je gagnerai. Personne ne pourra prouver que j'ai fait quoi que ce soit de mal. Je m'en sortirai. Et même si nous devons attendre, nous nous retrouverons.

— Je ne sais pas, dit-elle, secouant de nouveau la tête. Je ne sais pas si nous pourrons.

— Nous y arriverons, je te le promets. Il y a trop longtemps que j'attendais ça. Je ne te laisserai pas partir.

Hardy était extrêmement contrarié de la disparition de Graham, mais il ne pouvait plus rien y faire maintenant. La police le trouverait probablement avant lui et il recevrait un coup de fil de la prison.

En attendant, d'autres clients avaient besoin d'une assistance continue à défaut d'être d'un très haut niveau. Il s'efforçait de réserver son vendredi après-midi pour expédier la correspondance en retard et terminait une note quand, relevant la tête, il découvrit Abe Glitsky sur le seuil. Il sursauta, se renversa en arrière.

— Maintenant, je sais ce que tu dois ressentir quand les gens entrent dans ton bureau sans prévenir. Hé, mais ce n'est pas aujourd'hui qu'on devait installer ta porte ?

— C'est fait, répondit Glitsky.

Son visage demeurait tendu : il n'était pas venu pour parler de sa porte.

— Quoi de neuf ?

Le lieutenant fit un pas dans le bureau.

— Je te fais des confidences parce que je te considère comme un ami, et tu fonces tout raconter au DA pour te faire mousser. Finalement, tu n'es qu'un sale merdeux d'avocat.

Dans la bouche de Glitsky, les grossièretés étaient peu fréquentes, les insultes directes plus rares encore.

— Je suis désolé. J'ai eu tort. Tu veux entrer ?

— Je ne crois pas. Je suis simplement passé te donner le message.

Dan Tosca se laissait offrir un excellent dîner au *Firenze by night.* Lanier aurait souhaité avoir l'information plus tôt. Maintenant, c'était en principe trop tard : le procureur général avait déjà obtenu l'inculpation de Graham Russo.

Tosca dégustait un *coniglio con pancetta* – du « lapin au bacon », pour le policier – tandis que Lanier se contentait de spaghettis aux boulettes de viande.

— Alors, ça m'a étonné, parce que j'en avais pas entendu parler, disait Tosca.

— Mais c'était une crise cardiaque, t'es sûr ?

L'Italien haussa les épaules, sauça son assiette.

— On n'est jamais sûr de rien. Pio ressent une douleur dans la poitrine, on l'emmène à l'hosto, il meurt.

— Pio ?

— Pio, ouais. Ermenigeldo Pio. Il dirigeait le réseau de vente de poisson.

— Pour qui ?

Tosca baissa la voix pour répondre :

— Tu n'y es pas. C'était son affaire. Il l'avait montée lui-même.

— Une grosse affaire ? Je parle pas de Russo mais de tout le truc.

— En dollars ? Trente, trente-cinq mille.

— Par mois ?

Un hochement de tête pour acquiescer.

— Les gens aiment le poisson. Tout le monde se fait du mouron pour le cholestérol. Moi, je préfère ça, dit Tosca en montrant son lapin.

Lanier posa sa fourchette.

— Ça me plaît pas trop, que Pio soit mort maintenant.

— À lui non plus, sûrement. Et c'est pas *maintenant*, c'est la semaine dernière.

La rectification déclencha des signaux avertisseurs dans la tête de Lanier. Comme tous les vieux routiers de la police, il ne croyait pas aux coïncidences.

— On a fait une autopsie ?

— Pourquoi ? Il est mort d'une crise cardiaque. Il avait soixante-deux ans. Il mangeait sûrement pas assez de poisson, supputa l'Italien en transperçant de sa fourchette un morceau de *coniglio*. Mais, si tu veux mon avis, c'est une question de gènes, de toute façon. Quand ton heure est venue…

— Philosophe, hein, Dan ?

— À temps partiel. Écoute, si ça peut te rassurer, ça n'a rien à voir avec Sal Russo et sa camionnette. Des camionnettes, il en avait tout un garage, le Pio. Il livrait de Half Moon Bay à Tomales sept jours par semaine.

— Qui a pris le relais ?

Les yeux de Tosca étincelèrent.

— Je crois que c'est pas encore réglé. Quand il se fait un vide comme ça, y a toujours une petite lutte pour le pouvoir. Ça se réglera. Mais je te le garantis : rien à voir avec Russo.

Lanier était prêt à le croire s'il ne s'agissait que de poisson, même en quantité énorme. Mais s'il y avait autre chose…

— Tu me le dirais si t'étais tombé sur une histoire de drogue ?

Ce fut au tour de Tosca de poser sa fourchette.

— Marcel, ça se passe pas comme ça, dans la dope, tu le sais bien. T'as les Coréens, t'as les Vietnamiens, t'as les *tongs* de Chinatown, et t'as vos hippies. Tu crois qu'une bande de *pescatores* ritals irait se frotter à des mecs pareils ? Moi, j'y crois pas. D'ailleurs, tu m'as pas dit que vous alliez arrêter le fils ?

— On va le faire, oui.

— Et il a pas plus ou moins avoué dans un article de magazine ?

— Si.

Tosca écarta les mains.

— Alors, où est le problème ?

18

Sarah ne savait pas au juste si c'était elle ou lui qui en avait eu l'idée, mais ils avaient décidé de passer un dernier week-end ensemble avant qu'il se livre. Elle se sentait déjà si compromise qu'un jour ou deux de plus ne changeraient rien. Ils ne resteraient pas à San Francisco, où le risque serait trop grand. Le samedi, Graham avait un tournoi de l'autre côté de la baie. Si son équipe gagnait, cela lui ferait un peu plus d'argent pour sa défense. Il en aurait besoin.

Il était neuf heures et quart quand ils arrivèrent sur les lieux, un complexe sportif de plusieurs terrains installé dans une vallée entourée de collines verdoyantes. Graham prenait son sac à battes dans le coffre de sa voiture quand un homme en survêtement de grande marque, chaîne en or sur la poitrine, lunettes noires sur le crâne, s'approcha au petit trot.

— J'y crois pas. Tu es venu ?

— Salut, Craig, ça roule ? On a un tournoi, je joue, répondit Graham d'un ton détaché.

Sarah avait peine à retrouver l'homme avec qui elle venait de passer ces derniers jours, pour qui elle était prête à tout sacrifier. Ce sportif aux allures macho n'avait besoin de personne. Elle se sentit déconcertée.

— Une sacrée semaine, pour toi, hein ? poursuivit le nommé Craig. Je connais des célébrités, mais personne qui ait fait la couverture de *Time*.

— Des trucs qui me sont arrivés, dit Graham en toute simplicité.

Je suis là pour jouer, c'est tout. (Il eut un geste de la main pour inclure Sarah dans la conversation.) Une amie à moi, Sarah Evans. Sarah, je te présente Craig Ising, notre sponsor.

En serrant la main d'Ising, l'inspectrice fut frappée par sa jeunesse relative. Il n'était pas beaucoup plus âgé qu'eux – pas plus de quarante ans, sûrement. Se fondant sur la description que Graham avait faite de lui – de l'argent qu'il possédait, plutôt –, elle s'attendait à un homme d'un cinquantaine d'années, au moins.

Une demi-heure plus tard, Sarah mangeait un cône en regardant l'équipe s'échauffer. Ising la rejoignit et s'assit à côté d'elle.

— Alors, vous sortez avec ma star depuis longtemps ?

— Une quinzaine de jours.

— Vous habitez en ville ?

— Ouais, répliqua Sarah en lui jetant un coup d'œil par-dessus ses lunettes de soleil. Et vous, comment avez-vous trouvé Graham ?

— Je connaissais son père.

— Sal ?

— Vous l'avez connu, vous aussi ?

— Graham en parle beaucoup.

— C'est un drôle de type – c'était, je veux dire. Malheureusement. Il avait toujours une blague énorme à raconter. Bref, quand Graham s'est fait virer du gratin, Sal m'a conseillé de le prendre à l'essai. Je ne le regrette pas. Ce gars m'a fait gagner un paquet.

— Tant mieux.

— Il est très mûr, vous savez. Un vrai leader.

— Je connais déjà ses qualités, dit-elle en souriant. Sal, vous lui achetiez du poisson ?

— Nan, répondit Ising, baissant la voix. Il était protégé, vous voyez.

Evans sentit ses poils se hérisser sur sa nuque.

— Protégé ? Qu'est-ce que vous voulez dire ?

La partie avait commencé et le bloqueur des Hornets empêcha le premier batteur de marquer. Quand Ising se rassit, Sarah répéta sa question.

Cherchant à impressionner la jolie fille qu'elle était, le sponsor élucida en partie le mystère :

— Il avait des relations, je ne sais pas qui au juste. Des types haut placés. Il vivait comme un clodo mais il était intouchable.

— Comment avez-vous fait sa connaissance ?

— Par un de mes amis. Je parie un peu, Graham vous en a peut-être parlé – sur ce genre de matches, ou autre chose. Alors, l'argent circule.

— Vous voulez dire que c'était Sal qui le portait ?

Il lui frappa légèrement le genou.

— Hé, vous êtes douée pour les devinettes, vous. Ouais, vous donnez à Sal un sac en papier, un ticket, et le voilà parti. Il avait arrêté, ces derniers temps. Il savait qu'il avait des trous de mémoire, il ne voulait pas risquer de perdre l'argent d'un parieur.

Tous ces noms, tous ces numéros, pensait Sarah. Se pouvait-il que ce soit des joueurs ? De gros joueurs ?

— Graham était au courant ?

— Je ne sais pas, vous devriez lui demander, fit Ising. À propos… (Il tira de sa poche une carte de visite.) Ne le prenez pas mal, mais c'est pas très clair pour moi. Graham et vous, c'est du sérieux ?

— Presque.

Il lui tendit la carte en disant :

— Si jamais ça ne marche pas, vous deux, téléphonez-moi. Je sais m'amuser.

— Je vois, dit-elle en lui souriant.

Le samedi, au saut du lit, Hardy avait appelé Glitsky pour s'excuser de nouveau, et la gouvernante lui avait répondu que le lieutenant était occupé, qu'elle ne savait pas quand il serait libre. Glitsky l'avait en fait chargée de traiter son ami Hardy de connard s'il avait le front de téléphoner, mais il n'était pas sûr qu'elle transmettrait textuellement le message.

Pendant qu'il y était, Hardy avait ensuite essayé de joindre Graham Russo, à tout hasard, et avait obtenu le résultat redouté. Pas de réponse.

Frannie lui avait alors rappelé que les enfants avaient invité des copains de classe à venir jouer et qu'elle-même allait à son cours de danse jazz du samedi. Elle le lui avait dit, il ne s'en souvenait plus ? Mais si, parfaitement, avait-il menti. C'était juste pour la taquiner. Et, pendant trois heures, il avait fait du baby-sitting. Bien qu'en réalité – sa femme ne se lassait jamais de le lui faire remarquer – il ne dût pas considérer la chose comme du baby-sitting. Ces gosses étaient *ses* enfants. Il ne se contentait pas de les *surveiller*. Il était leur père, responsable de les guider et de veiller à leur développement.

Tout à fait, approuvait-il chaque fois que le sujet refaisait surface. D'ailleurs, il en était convaincu. Mais il y avait des moments – par exemple quand cinq mioches de moins de dix ans organisaient une sorte de défilé dans le séjour avec tous les oreillers, coussins et animaux en peluche de la maison – où son rôle parental semblait se limiter au baby-sitting. Aucun de ses propres gosses, aucun de leurs amis ne réclamait à cor et à cri en cet instant précis qu'il veille sur leur développement.

Non qu'il n'y eût pas de cris, au contraire : ça braillait, ça riait, ça se battait, ça courait partout, et Hardy ne doutait pas que, s'il ne s'était pas mis en mode *baby-sitting*, ils auraient ravagé la maison aussi sûrement que le Vésuve avait détruit Pompéi.

Quand Frannie rentra enfin, Hardy, au bord de la démence, lui demanda si elle voyait un inconvénient à ce qu'il fasse une petite pause. Il serait de retour dans pas longtemps, il allait faire un peu de jogging.

Jusqu'à il y a trois ans, c'était un rite : il courait chaque jour dix kilomètres. Il partait de sa maison de la 34e Avenue, prenait la direction de la plage, descendait jusqu'à Lincoln, gagnait ensuite le Presidio, traversait le Golden Gate Park et rentrait.

Frannie l'avait mis en garde : il ferait peut-être bien de s'entraîner pendant une semaine avant de se lancer dans son parcours habituel. Ce à quoi il avait répondu en se frappant la poitrine comme Tarzan. Il était encore en forme, il serait de retour dans trois quarts d'heure.

Avant même d'avoir parcouru les quinze cents mètres de descente jusqu'à la plage, il était essoufflé, mais il n'allait cependant pas se laisser arrêter par un simple petit désagrément physique qu'il pouvait surmonter par un effort de volonté. Il tourna, continua de courir.

Les poumons en feu, les muscles des jambes douloureux, il

décida de montrer à son corps peu coopératif qui était le patron et quitta le sol dur proche des brisants pour le sable sec et mou.

Lorsqu'il se fut assuré que la crampe qui l'avait arrêté un kilomètre plus loin n'était pas une crise cardiaque fatale, il s'aperçut qu'il n'avait sur lui ni clefs ni portefeuille. Sans argent ni papiers, il allait devoir rentrer en marchant – en boitant, plutôt.

Autant se mettre en route tout de suite, il en avait pour un moment. Il était un peu plus de midi et le vent soufflant de l'océan avait fraîchi. Ses glandes sudoripares fonctionnaient parfaitement, merci, et il était gelé sous son survêtement humide.

Il n'y arriverait jamais, il mourrait sur la plage. Le sable projeté par le vent s'incrusterait dans son survêtement, dans ses pores mêmes, et se transformerait en ciment, le figeant à jamais sur place. Il imaginait la scène : dans les générations futures, les touristes afflueraient en troupeaux à San Francisco, défileraient derrière les lunettes d'observation de Cliff House et paieraient un *quarter* pour contempler la plage, s'interrogeraient sur les origines de cette forme humaine apparue comme par magie un jour de la fin des années quatre-vingt-dix, monument à la stupidité et à la flaccidité de l'âge mûr.

Il lui fallut près d'une heure et demie pour rentrer de la plage. Il prit un bain, essaya vainement une fois de plus de joindre Glitsky et Graham, s'accorda un somme de vingt minutes. Il survivrait.

Ce soir-là, Rebecca et lui « sortaient ». Le mot avait une résonance émotive dans la famille à cause de la traditionnelle « sortie » du mercredi soir. Les Hardy avaient institué quelque chose de semblable avec leurs enfants : Dismas avec le Bec, Frannie avec Vincent.

Il emmena sa fille à North Beach, et comme ils avaient du temps à tuer avant l'heure pour laquelle ils avaient réservé une table, ils se promenèrent dans le quartier. Le Bec avait mis pour la circonstance une robe à volants aux tons roses et verts, des souliers de cuir noir et des collants blancs. Tout excitée d'accompagner son père dans le monde des adultes, Rebecca parlait avec animation en traversant une excroissance de Chinatown, avec ses canards entiers accrochés dans les vitrines, ses boisseaux d'étranges légumes verts, ses tubercules plus étranges encore sur les trottoirs, ses poissons en aquarium, ses poulets vivants en cage.

— On peut entrer ?

— Bien sûr.

Dans une des boutiques, une Asiatique toute menue commanda quelque chose, l'homme se tenant derrière le comptoir pêcha une tortue dans un bassin, prit un couperet, éviscéra et nettoya l'animal comme l'eût fait n'importe quel boucher.

— Je ne savais pas que ça se mangeait, murmura Rebecca quand ils ressortirent.

Hardy acheta une orchidée à un marchand ambulant, se pencha pour la glisser sous le bandeau retenant les cheveux de sa fille. Elle devint silencieuse et serra fortement la main de son père quand ils se faufilèrent à travers la foule des touristes en goguette agglutinés devant les boîtes à strip-tease, parmi les tapineuses et les péquenots descendus en ville. Ils remontèrent Broadway par le tunnel et trouvèrent refuge dans la sérénité de chez *Alfred's*.

Sur sa banquette, le Bec adressa à son père un sourire plein d'adoration. Ses cheveux blonds, d'ordinaire sagement nattés, étaient pour l'occasion tirés en arrière, dégageant un front large et sans rides. Cette coiffure la faisait paraître plus âgée de trois ou quatre ans.

« Quelle ravissante poupée ! » « Charmante enfant ! » « Vous êtes un père heureux ! » « Vous devez être fier d'elle ! »

Ils accueillaient les compliments – Rebecca était censée les entendre – avec une même modestie. « Merci. » Difficile de reconnaître dans l'enfant aux manières irréprochables qui éblouissait les clients et le personnel le derviche couvert de confiture de la matinée. Mais Hardy songea qu'il eût été aussi difficile d'associer l'homme impeccable en costume sombre qu'il était maintenant au bossu boiteux claquant des dents sur Ocean Beach quelques heures plus tôt.

— Et pour la demoiselle ? demanda le serveur.

Rebecca réclama un Shirley Temple dans un verre à Martini pour accompagner le Bombay de son père. Lorsqu'on leur apporta leurs verres, ils trinquèrent.

— À cette soirée, dit Hardy. Je suis si content que nous sortions ensemble.

— Moi aussi, répondit-elle, baissant les yeux.

Elle but une gorgée, reposa son verre avec précaution.

— Papa ? L'homme que tu défends, pourquoi il a tué son père ?

De la bouche des enfants, pensa-t-il.

— Je ne sais pas s'il l'a fait.

— C'est ce qu'on dit à l'école, en tout cas.

— Vraiment ?

Elle hocha solennellement la tête.

— Parce qu'il était malade – le père, je veux dire. On en a discuté, pour savoir s'il l'avait vraiment fait. Y en a qui disent qu'il l'a tué parce qu'il était très malade, mais moi je sais que je ne voudrais pas te tuer, même si tu étais malade. Parce que je ne t'aurais plus.

— C'est vrai, tu ne m'aurais plus, répéta Hardy en cherchant un biais pour éclairer le problème. Tu as beaucoup réfléchi à cette histoire ?

— Un peu. Si tu l'aides, cet homme, tu dois penser qu'il a bien fait, non ?

— Je pense que ce n'est pas nécessairement mal. Ça dépend si la personne malade veut vraiment mourir. Si elle souffre trop. Tu ne voudrais pas que je passe ma vie à souffrir, n'est-ce pas ?

— Mais je voudrais pas non plus que tu *meures* !

Il pressa la main de sa fille.

— Ce n'était qu'une supposition, Bec. Je n'ai pas l'intention de mourir. Nous parlons du papa de mon client, qui, lui, était vieux et vraiment malade. Je pense qu'il souhaitait mourir et qu'il avait besoin de l'aide de son fils.

— Alors, pourquoi on veut faire un procès au fils s'il a bien agi ?

— Parce que la loi dit que c'est mal. Mais il arrive que ce qui est contre la loi ne soit pas vraiment mal.

Il s'entendit prononcer ces mots et se demanda s'il y croyait réellement. Lorsqu'il était procureur, il se serait soucié de cette distinction comme d'une guigne. Est-ce qu'il commençait à *penser* comme un avocat de la défense ? Il n'était pas sûr que cela lui plaise.

Le front plissé par le dilemme, Rebecca voulut savoir :

— Quoi, par exemple ? Qu'est-ce qui n'est pas *mal* mais qui est défendu par la loi ?

Il fouilla dans son esprit.

— Eh bien, les boîtes devant lesquelles nous sommes passés tout à l'heure, avec ces photos de femmes nues.

— Ouais. C'était vulgaire.

— Vulgaire et tout ce que tu voudras, mais ce n'est pas interdit par la loi. Tu es sûre de vouloir poursuivre cette conversation ? C'est un peu… sérieux, non ?

— Papa. J'ai *neuf* ans, lui rappela-t-elle. Je réfléchis à plein de choses.

— Je sais.

Il sourit à sa fille assoiffée de justice, désirant ardemment savoir ce qui est bien et ce qui est mal. L'exemple qu'il lui avait donné était inversé : une pratique moralement douteuse mais autorisée par la loi. Il fallait prendre un exemple contraire pour le bien de sa démonstration.

— Bon, repartons du début. Il y a la loi, d'accord ?

— D'accord.

— Il peut t'arriver d'enfreindre une règle – une loi – parce que tu penses qu'elle n'a pas de raison d'être, ou qu'elle est tout bonnement mauvaise. Tu seras quand même punie car on ne peut pas permettre aux gens de briser les règles, mais lorsque tu passeras en jugement, les gens comprendront peut-être que la loi est idiote et ils la changeront.

— Quelle loi, par exemple ?

Il chercha un moment un exemple clair.

— Eh bien, il n'y a pas si longtemps, la loi interdisait aux Noirs de monter dans les mêmes bus que les Blancs.

— Je sais, c'était stupide.

— Bien sûr, mais c'était quand même la loi, jusqu'à ce que cette dame, Rosa Parks…

— Oh ! je sais, on a appris tout ça à l'école. Elle est montée dans le bus, les autres ont fait grève…

— Et on a changé la loi. Il n'a plus été interdit aux Noirs de monter dans les mêmes autobus que les Blancs. Une chose juste était donc interdite un jour par la loi, autorisée le lendemain. Ce n'était pas la chose en elle-même, c'était la loi. Tu t'y retrouves, dans tout ça ?

— Je comprends parfaitement.

— Cette affaire Graham Russo – mon client –, c'est un peu pareil, mais pas tout à fait. Je ne suis pas sûr qu'il faille changer la loi qui interdise de tuer son père ou sa mère malades…

— Pourquoi ?

— Comment savoir si c'est pour une bonne raison ou non ? Si la personne malade le souhaite vraiment ? Ou même se rend simplement compte de ce qui se passe ?

Hardy s'octroya quelques secondes de plus pour réfléchir en goûtant son Bombay.

— Quelquefois, c'est pénible de s'occuper d'un malade, et ceux qui s'en occupent sont fatigués, ils peuvent avoir envie que cette personne disparaisse…

— Ce serait horrible !

— Oui. Mais s'il n'y avait pas une loi pour l'empêcher, cela pourrait arriver. Il y a toutes sortes de problèmes, c'est vraiment très compliqué. En l'occurrence, Graham n'a peut-être pas mal agi. Je le pense. Je l'espère.

Elle le regarda dans les yeux.

— Papa, je sais que si tu l'aides, il n'a pas pu faire quelque chose de mal.

— Tu sais ça, hein ? s'esclaffa-t-il.

— Je te le jure.

Graham Russo et son père n'avaient pas eu que des moments idylliques.

— Pour qui tu te prends ? Dire à ton vieux ce qu'il doit faire !

Bien qu'il ne fût pas encore dix heures du matin, Sal avait bu. Il décocha un swing en direction de son fils, comme pour lui donner une taloche.

— C'est moi le père, ici. Toi, t'es juste un petit morveux et tu fais ce que je te dis, pas l'inverse.

Graham évita facilement le coup – mais c'était bien la seule chose qui serait facile de toute la matinée.

— Nous avons rendez-vous, Sal. Chez le docteur.

— J'irai pas, je te l'ai dit. Si on me retire mon permis de conduire, qu'est-ce que je ferai pour vivre ?

Graham s'efforça de rester patient.

— Je te parle du Dr Cutler, un ami à moi, Sal. Pas de l'autre, comment déjà ? Finer.

— Ils sont tous pareils. Finer, Cutler, je m'en fous. J'irai pas.

Il s'était installé sur son canapé, les bras croisés, l'image même de la résistance obstinée. Il prit la flasque posée sur la table, avala une lampée.

— Je suis fatigué qu'on me tripote, tu le sais, ça ?

— Ouais, je le sais.

Presque autant que je suis fatigué de toutes ces histoires, pensa Graham. Et Russ Cutler l'avait prévenu que la maladie d'Alzheimer ne ferait qu'empirer – à moins que la tumeur au cerveau ne se révèle inopérable. Ce qui – bonne nouvelle – semblait être le cas. Si Graham ne trouvait pas ça drôle, l'ironie de la situation ne lui échappait pas. Il avait emmené Sal chez Russ Cutler pour sa MA, puis l'excentricité du vieil homme était soudain devenue plus difficile à gérer. Graham voulait savoir s'il pouvait laisser son père vivre seul ou s'il devait le placer dans une de ces maisons de retraite qui le terrifiaient.

Cutler n'était pas un spécialiste de la maladie d'Alzheimer mais il la connaissait assez bien. Elle commençait presque imperceptiblement, par de petites pertes de mémoire à court terme, qui croissaient peu à peu. Le passé lointain prenait une réalité plus prégnante que le présent.

Pour Graham, le plus déchirant, c'était le caractère aléatoire du mal. Absence de mémoire puis retour à la normalité, ou à une quasi-normalité. On niait que la maladie avait atteint un seuil irréversible. On continuait à espérer.

Jusqu'à ces deux derniers mois, il avait passé beaucoup de temps avec son père : parties de pêche, parties de cartes, repas, promenades. Graham essayait de faire le point sur sa vie, de trouver sa place, s'il en avait une, et Sal était formidable avec lui. Son meilleur ami. Un conseiller avisé, quoique grossier, un compagnon de beuverie. Et puis, tout à coup, il n'était plus là, presque au sens littéral. Il ne savait plus qui était Graham. « Fils, mon cul, oui ! J'ai pas vu mes fils depuis quinze ans. T'essaies de m'entuber, hein ? Qu'est-ce que tu cherches ? Si c'est mon fric que tu veux, des clous... »

Les heures que Graham avait passées dans le vestibule puant du Lions Arms pour veiller à ce que Sal ne sorte pas quand il était dans cet état ! Ça le tuait, lui, *sans parler de Sal.*

Il était donc allé chez Russ et avait appris que ce caractère aléatoire faisait partie intégrante de la progression du mal, jusqu'à ce que le cerveau cesse apparemment de fonctionner. « Mais, même à ce stade-là, avait expliqué Russ, tu rends visite à ton père dans sa maison de retraite, il n'a pas prononcé un mot cohérent depuis six mois, il te regarde, il te reconnaît, il te dit bonjour comme si de rien n'était. »

On avait ensuite découvert la tumeur et décidé de procéder à une série d'analyses. La première ce jour-là. La tumeur accélérait peut-être l'évolution de la MA. Arrêter la croissance de la tumeur endiguerait peut-être les pertes de mémoire pendant un certain temps.

— Allez, papa. Ne fais pas attendre Cutler, c'est un brave type.

Mais Sal avait les yeux fermés et s'était affalé dans un coin du canapé, le pantalon mouillé d'alcool ou d'urine.

Seigneur ! Graham n'aurait pas la force de continuer longtemps comme ça. Il espérait que le vieux aurait la bonne grâce de mourir bientôt.

19

Le rite de la tasse de café prise en lisant le journal était sacrifié la plupart du temps au coup de feu matinal : lever, laver, coiffer, nourrir les enfants, préparer leurs paniers déjeuners, les conduire à l'école. Mais le dimanche, jour épargné, gardait le charme d'antan.

Hardy et Frannie paressaient au lit parmi les pages éparpillées du journal en sirotant leur bol de café. La veille, avant d'emmener Rebecca à North Beach, il était allé acheter des *cannoli* et des *biscotti*. Il faudrait s'occuper des miettes tombées dans les draps, mais plus tard.

Vincent et le Bec n'avaient pas fait la grasse matinée – un week-end ? vous plaisantez ? –, mais ils collaboraient, paisibles et heureux pour le moment, à la construction du plus grand château en Lego jamais bâti.

Hardy avait entrouvert une des fenêtres pour laisser entrer un peu d'air frais. Le soleil baignait toute la pièce.

Le téléphone sonna. L'appareil cellulaire posé d'habitude près de leur lit ayant disparu, il fallait que quelqu'un se dévoue pour aller décrocher dans la cuisine. « Ça te ferait peut-être du bien, un peu de marche, après le jogging d'hier », avait argué Frannie en coulant à son mari un sourire en coin. Mais elle s'était aussitôt levée et avait réapparu un moment plus tard dans l'encadrement de la porte, une main dans ses longs cheveux roux, un pied sur l'autre.

— C'est Graham Russo.

C'était aussi le dimanche de la Bay to Breakers.

Chaque année, cent mille personnes se rassemblent près de la baie pour courir onze kilomètres environ, de l'embarcadère du ferry à Ocean Beach. Bien que moins d'un dixième d'entre eux participe sérieusement à l'épreuve, la course est devenue une sorte de fête immense.

À côté d'équipes suréquipées, il y a des coureurs aux pieds nus, des coureurs complètement nus, des participants qui sprintent sur les trois cents premiers mètres puis s'engouffrent dans un bar pour se regarder à la télévision, des grand-mères, des enfants, des chiens, des serpents, des fanfares qui marchent au pas – non, qui courent en cadence. Une fête.

Graham Russo appela Hardy de Jack London Square, à Oakland. Il expliqua à son avocat qu'il s'était caché quelques jours pour examiner les choix possibles, prendre une décision. Il était maintenant prêt à se livrer. Si Hardy pouvait venir le chercher par le ferry, ils discuteraient de la stratégie à suivre en retraversant la baie.

Le plan n'aurait pas été mauvais un autre jour, mais il laissait la course en dehors de l'équation. Hardy n'était pas encore arrivé à sa voiture que la foule et la circulation lui révélèrent qu'il se passait quelque chose.

Après une minute de réflexion – même avant le pénible incident de la veille lui rappelant son manque de condition, il n'avait jamais été un fan de la Bay to Breakers –, il comprit à quoi il avait affaire. Il savait qu'il aurait peu de chances d'emprunter un ferry où que ce soit dans les prochaines heures. Accéder à l'embarcadère tiendrait déjà de l'exploit.

Il essaya, pourtant. Il avait dit à Graham qu'il serait là dans une heure, peut-être un peu plus, bien qu'il comptât mettre moins – on avait vu des clients sur le point de se livrer pour une inculpation de meurtre changer d'avis.

Le parcours de l'épreuve longeant le Golden Gate Park, situé quelques centaines de mètres plus bas que Geary Street, le principal axe est-ouest, Hardy estima qu'il avait une chance de passer. Il savait vaguement que la course commençait vers huit heures, et il n'était pas dix heures. Il se pouvait qu'une partie des concurrents n'ait pas encore franchi la ligne de *départ* – leur masse s'étirait sur plusieurs kilomètres le long d'Embarcadero avant le coup de pistolet du starter. Les artères menant hors de la ville ne seraient peut-être pas déjà bouchées par les gens qui avaient terminé et quittaient le centre pour se rendre à leurs fêtes d'après-course.

De fait, il parvint presque à Van Ness – lisière ouest du sud de la ville – avant que tout s'arrête. Net.

Bloqué depuis dix minutes à un carrefour, il descendit de voiture, regarda autour de lui. Des files de voitures étincelant au soleil s'étiraient dans toutes les directions. Un fleuve humain s'écoulait – chantant, agitant les bras, se tapant dans les mains, s'en payant une tranche dans ce grand moment de course à pied où peu de gens couraient vraiment. Il ne pouvait même pas se garer et essayer de continuer à pied. Il n'avancerait pas pendant au moins deux heures.

Vincent était invité à un anniversaire ; Frannie et Rebecca pique-niquaient avec la grand-mère de la petite fille, la mère d'Erin, le premier mari de Frannie. Il n'y eut donc personne pour répondre à Graham, dont Hardy trouva les messages – au ton de plus en plus frustré et furieux – quand il rentra enfin chez lui à un peu plus de quatre heures.

Frustré et furieux, l'avocat l'était quelque peu lui-même.

Le dernier ferry de la journée était à quai. Graham, assis sur un pilier près de la passerelle, n'avait pas vu Hardy en descendre. Comme chaque fois qu'un des quatre derniers bateaux était arrivé, Sarah était allée se cacher parmi les boutiques. Il était convenu que, dès qu'elle verrait l'avocat, elle s'éclipserait, mais apparemment il ne viendrait pas. Elle était vraiment mécontente que Hardy n'ait pas trouvé un moyen de rejoindre Graham. Quel genre d'avocat était-ce ?

Graham le défendit :

— C'est un type bien. Il a dû se passer quelque chose.

— Quoi ?

Il haussa les épaules.

— Il a peut-être pris celui d'avant et on s'est manqués.

— On ne voit que toi, là où tu es. Il ne pouvait pas te rater.

Un dernier groupe de passagers descendit la passerelle, quatre couples d'une vingtaine d'années, un peu éméchés, riant beaucoup, portant des T-shirts Bay to Breakers par-dessus la tenue dans laquelle ils avaient visiblement couru.

Graham et Sarah comprirent en même temps ce qui s'était passé.

Ils étaient bloqués au milieu du Bay Bridge quand Sarah, qui conduisait, posa la question qui lui trottait dans la tête depuis le tournoi du week-end.

— Tu sais, ton ami Craig Ising…

— Ce n'est pas mon ami. Il me paie, nos relations s'arrêtent là.

Bonne nouvelle, mais là n'était pas la question.

— Bref, il m'a raconté que ton père portait l'argent des paris de gros joueurs comme lui.

— Ouais. Et alors ?

— Ne te fâche pas. J'essaie seulement de cerner la personnalité de ton père. Savoir qui il était…

— Il vivait en marge de la société, il vendait du poisson braconné et transportait peut-être du fric pour des parieurs – vas-y, poursuis-le en justice.

— Je ne dis pas qu'il…

— Si, tu le dis. Ce n'était peut-être pas un bon citoyen mais il n'avait jamais fait de mal à personne. Il n'était pas très différent de son fils aîné, à cet égard.

— À quel égard ?

— Tu suis les règles, tu joues le jeu et tu te fais baiser. Du coup, tu n'y crois plus trop, à ces sacro-saintes règles. Quelquefois, elles ne marchent pas. Alors, qu'est-ce qu'il faut faire ?

— Pas les enfreindre, ça, j'en suis sûre. En tout cas, si on les viole et qu'on se fait prendre, il ne faut pas pleurnicher, murmura-t-elle, presque pour elle-même.

Il la regarda, posa une main sur sa jambe.

— Désolé, dit-il avec douceur. Je n'aurais jamais dû t'entraîner là-dedans.

— Je m'y suis mise moi-même, soupira-t-elle. Je sais que les gens enfreignent tout le temps les règles et que, parfois, cela semble justifié. La question que je voulais poser, c'est la suivante :

est-ce que Sal aurait pu se faire tuer pour avoir transporté cet argent ?

— Il avait cessé de le faire depuis longtemps.

— Combien de temps ?

— Je sais pas. Deux ans au moins.

— Tu es sûr ?

— Je crois, oui. Quand il a commencé à avoir des trous de mémoire, il s'est dit que ça devenait risqué.

— C'est précisément là où je veux en venir, reconnut Sarah.

Graham réfléchit un moment, les pieds sur le tableau de bord. La nuit tombait. La vitre était ouverte de son côté et la ligne des toits étincelait comme un diamant au-dessus de l'eau sombre.

— Il n'avait aucune raison de continuer. Il n'avait pas besoin de cet argent, et ça ne rapportait pas grand-chose, de toute façon. Cent dollars par-ci par-là. Ça ne valait pas le risque d'oublier ou de perdre une somme assez importante pour se mettre tout le monde à dos.

— Il est peut-être tombé sur quelqu'un qui lui a demandé ça comme un service. Une dernière fois. Et il a oublié. Ou il a oublié qu'il risquait d'oublier, et il a accepté.

— Et puis ?

— Je ne sais pas, je réfléchis simplement à voix haute. Ça pourrait être un mobile.

— Sarah, nous n'avons pas besoin d'un mobile. Il s'est tué.

Elle se tourna vivement vers lui.

— Arrête de dire ça, je t'en prie ! Personne n'y croit.

— Moi si.

Elle ôta de sa jambe la main de Graham.

— Je sais à peu près ce qui s'est passé. Je m'efforce simplement de trouver des hypothèses qui aideraient à te défendre. Celle-là, par exemple.

— Qu'est-ce qui s'est passé, puisque tu en es si sûre ? répliqua-t-il.

— Graham, s'il te plaît.

— Non, vraiment. Je veux savoir.

Elle détacha ses yeux de la route. Elle pouvait, ils roulaient au pas.

— Qu'est-ce que tu insinues ? finit-elle par demander.

— Qu'est-ce que tu insinues, *toi* ? rétorqua-t-il. Avec tout ce qu'il y a entre nous, tu penses encore que j'ai tué Sal ?

— Je dis simplement qu'il y avait quelqu'un d'autre dans l'appartement. Si c'était toi, venu pour l'aider, cela m'est égal, Graham. Voilà ce que je dis.

— Moi, ça ne m'est pas égal ! Bon Dieu, Sarah, tu ne crois pas un mot de ce que je t'ai dit ?

— Ne crie pas, je t'en prie. Écoute-moi, plutôt. Il y avait quelqu'un avec ton père. Quelqu'un qui l'a aidé à mourir. Ou qui l'a assassiné.

20

Abraham Glitsky se tenait sur le seuil de la salle de la brigade. Il ouvrit et ferma la bouche plusieurs fois mais aucun son n'en sortit.

C'était le début d'une nouvelle semaine et la plupart de ses inspecteurs étaient déjà assis derrière leur bureau, rédigeant un rapport ou annotant la transcription d'un témoignage, très très occupés, tous. Personne ne leva la tête.

Décidant finalement de ne pas leur faire le plaisir de réagir, il traversa la salle sans dire un mot, pénétra dans son bureau et referma doucement la porte derrière lui. Installée et vernie vendredi, la porte n'était pas encore complètement recouverte d'autocollants de pare-chocs, d'avis de recherche et de circulaires, mais quelqu'un – ou toute une équipe de professionnels expérimentés – s'était employé à la saloper. On avait même tiré une balle dans le bois.

Avec un profond soupir, Glitsky s'assit à son bureau. La pièce semblait plus petite avec la porte fermée. Il ne pouvait voir personne par la fenêtre percée dans la cloison de placo. Avant non plus, mais il ne l'avait jamais remarqué. Il se sentit soudain coupé du reste de la brigade.

Il se ressaisit, regarda devant lui. De ce côté, la porte avait gardé le même aspect flambant neuf que vendredi, sauf à l'endroit où la balle avait fait éclater le bois autour de l'orifice de sortie.

Il se rappela que quelques années plus tôt, durant l'un des interminables conflits syndicaux dans lesquels la ville semblait toujours empêtrée, des policiers – on ne sut jamais qui – avaient lâché des poules un vendredi soir dans le bureau de Dan Rigby, le directeur de la police. Quelqu'un du service avait apparemment estimé que leur chef se comportait comme une poule mouillée et ne défendait pas avec assez d'énergie les revendications de ses troupes. Façon pas très subtile mais efficace d'exprimer son mécontentement.

Glitsky ne pensait pas avoir affaire à une protestation de ce genre. À sa connaissance, la brigade n'était pas en ébullition et il s'entendait bien avec tout le monde.

Pratt, pensa-t-il. Quelqu'un de ses services. Non, pas ici. Aucun de ceux qui travaillaient pour elle n'aurait pris ce risque.

C'était simplement une blague. Il ne trouvait pas ça drôle mais il se souvenait que les poules n'avaient pas fait beaucoup rire Rigby non plus. En fait, le directeur avait réagi de manière tellement excessive qu'il en avait perdu une partie du respect dont il jouissait. Glitsky ne tomberait pas dans le panneau. Il resterait calme, n'en parlerait à personne.

Il était furieux, pourtant.

Il se leva, s'approcha de la porte, ôta les échardes autour du trou. La balle avait transpercé le bois de part en part. Machinalement, il scruta le mur du fond, repéra aussitôt l'impact – là-haut, près du plafond. Il n'arrivait pas à croire qu'un crétin d'inspecteur avait – pour « rigoler » – tiré avec une arme à feu à l'intérieur du bâtiment, même pendant le week-end, quand le risque de blesser quelqu'un était moindre.

Un instant, il envisagea de récupérer la balle, de procéder à une analyse balistique et de comparer avec des balles tirées par les armes de tous ses inspecteurs. Cela permettrait d'identifier le plaisantin, qu'il pourrait alors humilier publiquement, soumettre à d'horribles tortures et virer, pas obligatoirement dans cet ordre. Il alla examiner le trou : on avait déjà extrait le projectile.

Évidemment, c'étaient des pros. Des idiots mais des pros.

La sonnerie du téléphone le ramena à son bureau.

— Glitsky.

— Hardy.

Il était déjà suffisamment en rogne comme ça, il n'avait pas besoin d'entendre Dismas essayer de rentrer dans ses bonnes grâces.

— Qu'est-ce que tu veux ?

— Tu as reçu mon message, ce week-end ?

— Ouais. T'es désolé, tu me l'avais déjà dit vendredi à ton bureau. C'est tout ? J'ai du boulot.

Après un silence :

— Non, ce n'est pas tout. Je vous amène Graham Russo ce matin. J'ai voulu te prévenir.

— Très gentil de ta part, merci. Je transmettrai.

Glitsky raccrocha, regarda une dernière fois le trou, ouvrit la porte et s'avança dans la grande salle.

Après avoir dormi seul à Edgewood, Graham avait appelé Hardy dès son réveil, avant l'aube. Ha, ha, oui, très drôle, cette histoire de Bay to Breakers. L'avocat était passé le prendre en se rendant au travail.

Ils se trouvaient maintenant dans son bureau, assis chacun à une extrémité du canapé. Les portes étaient soigneusement fermées et Phyllis ne transmettrait aucune communication à Hardy. Les journaux du matin publiaient un fait nouveau sur lequel l'avocat désirait interroger son client : Barbara Brandt, la lobbyiste de Sacramento, avait accepté de se plier au test du détecteur de mensonges et déclaré qu'elle avait parlé à Graham le jour où Sal était mort. Manifestement, elle disait la vérité.

— Alors ? fit Hardy. Elle prétend t'avoir prodigué ses conseils avant que tu te rendes chez ton père, et toi, tu me dis que tu ne la connais pas.

— Exactement, répondit Graham, hochant la tête avec vigueur. Je ne sais pas du tout d'où elle débarque, je ne l'ai jamais vue de ma vie. Je ne lui ai jamais parlé – non, je corrige, elle m'a téléphoné une fois.

Hardy était l'image même de la décontraction étudiée – jambes croisées, mains sur le giron.

— Graham, elle a passé sans problème le test du détecteur de mensonges.

— Je m'en fous. Moi aussi je le passerai. Je ne la connais pas, cette bonne femme. C'est sûrement une dingue.

— Elle est lobbyiste à Sacramento.

— Plaise au tribunal d'adopter mes conclusions, dit Graham avec un sourire.

Hardy plissa le front, y fit apparaître quelques rides de plus.

— Tu ne la connais vraiment pas ? Mais alors pourquoi…

— J'en sais rien. Elle veut peut-être se faire un coup de pub.

— Elle t'a quand même parlé, au téléphone ?

— On n'en est même pas venus à ce qu'elle voulait, rétorqua Graham, agacé. Je ne le sais toujours pas. Qu'est-ce que ça peut lui rapporter, cette histoire ?

Hardy se posait la même question.

— Tu as fait la couverture de *Time*. Elle cherche peut-être à t'embrigader pour sa cause.

— Les conclusions de l'article sont complètement fausses, protesta Graham. (Il en avait discuté avec Sarah, mais il ne pouvait le révéler à Hardy pour le moment.) Je ne suis pas entré dans l'appartement, Diz. Je suis allé là-bas de bonne heure, Sal était absent, je suis reparti. Je n'ai parlé ni à cette Barbara Brandt, ni à quiconque d'autre. Je ne mens pas.

Il y avait dans sa voix une angoisse que l'avocat fut presque content de déceler. Graham commençait peut-être enfin à comprendre dans quelle situation il était. Il restait toutefois une dernière haie à franchir :

— Bon, je te crois, mais je ne suis pas certain de pouvoir assurer ta défense.

— Tu n'es pas drôle.

— Je ne plaisante pas.

Graham le regarda avec des yeux implorants.

— Pour quelle raison ?

— Au point où nous en sommes, tu me dois environ quatre cents dollars - deux heures.

— Cela fait plus que ça.

Hardy balaya la remarque d'un geste.

— J'arrondis. Quatre cents pour le moment, mais si je continue et si nous allons jusqu'au procès, je travaillerai pour toi quasiment à temps plein pendant près d'un an.

— Ou alors je me rabats sur l'assistance judiciaire ?

— Exactement. Elle fournit d'excellents avocats. Je pourrais te recommander…

— Moi aussi, coupa Graham. Je les connais, ces types. J'en ai fait partie. Ils s'occupent de cinquante affaires en même temps.

Hardy n'avait pas l'intention de perdre sa salive à discuter. Beaucoup d'avocats de l'assistance judiciaire étaient plutôt bons, mais Graham avait raison. D'une manière générale, la charge de travail influait sur la qualité de la défense.

— Je te propose un truc. Je t'engage en te versant une petite somme – disons deux mille dollars – et, dans un mois, tu annonces au juge que je suis fauché. La cour te désigne et te paie pour me représenter.

— Non, je fais pas ce genre de chose.

— Je ne te le reproche pas. C'est assez sordide.

— Alors, il nous reste quoi comme solution ? Si tu veux un avocat, il faut le payer.

— Je sais, tu as raison, reconnut Graham, tirant une enveloppe de la poche intérieure de sa veste sport. Moins les quatre cents que je te dois déjà, il reste mille six cents.

Hardy tapota plusieurs fois l'enveloppe puis la laissa sur le canapé et alla à la fenêtre. Il s'en voulait. Autrefois, il aurait plaidé cette affaire pour rien, littéralement. Il aurait vécu de haricots et de hamburgers, il se serait débrouillé. Mais il n'était plus seul, maintenant, il avait une famille qui dépendait totalement de lui. Il pensa à la maxime de Talleyrand selon laquelle un homme marié qui a des enfants fera n'importe quoi pour de l'argent. Laissant de côté la question épineuse de l'origine des billets, il se retourna et dit :

— Désolé, Graham. On est encore loin du compte.

— Même comme provision ? Je pourrais te signer une reconnaissance de dette pour le reste.

— Et si tu es condamné ? Il est notoirement difficile de bien gagner sa vie en prison.

Hardy se montrait dur, il le savait, mais ce n'était rien comparé à ce que Graham subirait dans les mois suivants.

— Si tu vends ma Beemer, tu en tireras probablement vingt-cinq mille de plus. Et trente pour les cartes de base-ball de Sal.

— Sauf qu'elles ne t'appartiennent pas. Elles sont sous scellés.

Comme Graham serait accusé d'avoir assassiné son père pour l'argent et les cartes, en cas de condamnation, ces biens seraient définitivement confisqués par l'État.

Pourtant, Hardy avait envie de cette affaire. Il s'en occupait depuis deux semaines et ne pouvait imaginer de l'abandonner. Il était trop engagé. Vingt-sept mille dollars ne paieraient pas une année de travail dans un procès pour meurtre, mais c'était une provision raisonnable. Ils trouveraient ensuite un arrangement.

— D'accord. Mes honoraires sont de deux cents dollars l'heure, le double pendant le procès. Tu veux bien signer un papier comme quoi tu me paieras tout ça quand ce sera terminé, quelle que soit l'issue du procès ?

Graham accorda à la proposition le délai de réflexion qu'elle méritait : une demi-seconde.

— Entendu.

— Tu t'es dégoté un avocat, conclut Hardy en lui tendant la main.

De retour à son bureau, en fin d'après-midi, il reçut un coup de téléphone d'Helen Taylor, la mère de Graham – une voix cultivée sollicitant un rendez-vous au plus tôt pour discuter de l'affaire.

— Naturellement, nous voulons apporter à Graham toute l'aide possible. Serons-nous autorisés à lui rendre visite en prison ? Et savez-vous quand on établira – comment dit-on ? – l'acte d'accusation ?

— C'est le terme, oui. Demain matin à neuf heures, mais cela ne se passe pas dans la plus grande ponctualité, expliqua-t-il, édulcorant la réalité. Si vous êtes là à neuf heures et demie, vous ne raterez rien. Nous pourrons nous voir après.

— Je serai là. Mon mari aussi.

— Parfait. Vous me reconnaîtrez facilement : le type en costume à côté de votre fils.

Lanier et Evans avaient passé l'après-midi à Hunter's Point, frappant aux portes des gens vivant à proximité d'un des carrefours les plus animés du quartier pour leur demander s'ils avaient remarqué la fusillade de jeudi dernier, une centaine de balles tirées par au moins trois armes différentes qui avaient tué deux adolescents, blessé quatre autres jeunes, brisé seize vitres et déclenché les sirènes d'alarme de cinq des boutiques de la rue.

La plupart n'avaient rien vu ni entendu. Jeudi ? Non, jeudi c'était plutôt calmos.

Sarah faisait ce boulot depuis assez longtemps pour ne pas s'en étonner, mais elle était furibarde. À eux deux, Marcel et elle avaient retrouvé et interrogé *trois* témoins, en tout et pour tout, qui avaient vu la voiture approcher, les coups de feu tirés au hasard dans la foule rassemblée au coin de la rue. Mais il faisait sombre, impossible de donner la marque ou le modèle du véhicule, la couleur de la peau ou le sexe du chauffeur ou d'autres éventuels occupants.

— Ce qui m'énerve, disait Sarah, engagée depuis cinq minutes dans une milk-shake-thérapie au McDo le plus proche, c'est qu'ils considèrent ça comme une catastrophe naturelle. Personne n'est responsable, ça arrive, c'est tout.

Cela ne semblait pas troubler Lanier, qui avait vu des dizaines de fusillades du même genre.

— Je sais pas pourquoi ils les font aussi épais. Je réussis pas à aspirer une goutte avec ma paille. Tu crois que, si je leur dis que je suis flic, ils rajouteront un peu de lait ?

— Une suggestion délirante : sers-toi d'une cuillère. Regarde, c'est ce que je fais, moi. Ça ne t'énerve pas, leur attitude ?

Il reposa son milk-shake, haussa les épaules.

— *Rien* de ce qui arrive n'est la faute de personne. T'as mis le doigt dessus : catastrophe naturelle.

— Enfin, quelqu'un a bien tiré sur ces gosses.

— Hé, te ronge pas les sangs pour ces pauvres petits. Dans le tas, y en avait au moins un qui avait une arme sur lui, je te le garantis.

— Alors, on se pointe, on tire sur tout le monde ?

— Et on rate. N'oublie jamais ça. On est pas un vrai mitrailleur si on touche la personne visée. On descend que des innocents, c'est une sorte de règle non écrite. Ou une plaisanterie pour initiés, peut-être, je sais pas. Attends, je vais me chercher une cuillère.

Lorsque Lanier revint à la table, sa collègue fixait le vide, le regard perdu.

— Quoi encore ? grogna-t-il.

— Rien.

Il attaqua son milk-shake.

— Tu veux un conseil gratuit, Sarah ? Sûrement pas, mais je te le donne quand même. C'est pas possible de se tracasser comme tu le fais. Tu prends tout ça trop au sérieux.

— Merci, mais je ne pensais plus à la fusillade. Je pensais à Graham Russo.

— Raison de plus. Russo est au trou, ce qui veut dire qu'on en a fini avec lui jusqu'au procès. À quoi tu pensais ?

Elle remua son milk-shake en se demandant ce qu'elle pouvait révéler à son coéquipier.

— Il se passe quelque chose et nous ne sommes pas au courant. Obligé.

— C'est vrai tout le temps, ça. Mais, la plupart du temps, ce qui se passe n'a aucun rapport avec notre boulot.

— Dans ce cas, il y en a un. On nous demande de trouver tout ce qu'on pourra pour prouver que Russo n'est pas le bon type et on nous donne trois jours pour le faire. Mais ce qu'on trouve *après* trois jours, ça ne compte pas ?

Marcel maniait sa cuillère en accordant à contrecœur son attention au sergent Evans.

— En gros, non.

— Bon, ça fait six jours, maintenant. Tosca te parle d'une lutte de pouvoir au milieu de laquelle Sal se serait retrouvé, et moi, j'apprends qu'il aurait pu trimbaler un gros paquet de fric le jour où il s'est fait tuer. Qu'est-ce qu'on fait de ces informations ? Tu crois vraiment qu'elles n'ont aucun rapport avec sa mort ?

Lanier haussa les épaules.

— Même si y en a un, tu t'imagines que le procureur général de l'État de Californie va en tenir compte après s'être mouillé dans une autre direction ? Ça risque pas. Je connais Dean Powell, il a bossé ici. Et Soma ? C'est pas mieux. Ces mecs, tu leur mettrais sous le nez une déclaration signée par vingt-quatre témoins affirmant que Graham Russo se trouvait à New York avant, pendant et après la mort de Sal qu'ils diraient encore qu'il l'a sûrement buté par téléphone.

Sarah se laissa aller contre le dossier de son siège, tambourina des doigts sur la table.

— Je crois qu'on devrait en parler à Abe. Au moins pour nous couvrir.

— Et qu'est-ce qu'il fera ? repartit Lanier, qui renonça à *manger* son milk-shake et le poussa sur le côté. Réfléchis, le grand jury a déjà inculpé Russo. Il est en taule. Il faudrait que tu sortes de ton chapeau un suspect tenant à la main un flingue encore fumant, pas moins. À partir de maintenant, la parole est aux preuves.

— Exception faite de ce qu'on a découvert depuis vendredi.

— C'est pas des preuves, ça, dit Lanier en secouant la tête. Rien que des « si » et des « peut-être ».

— Mais qui pourraient déboucher sur quelque chose, argua Sarah. Dans n'importe quelle autre affaire, on poursuivrait l'enquête.

— Exact.

— Et alors ?

Il mit un moment à répondre :

— Alors, c'est comme ça.

Elle savait que, dans l'absolu, Lanier avait raison. C'était comme ça. Ils étaient flics, ils faisaient un travail qui avait ses côtés moches. Les âmes sensibles devaient se chercher un autre boulot. Sarah se leva brusquement. Le fait qu'elle crût, pour la première fois de sa carrière, à l'innocence d'un suspect ne la transformait pas en un mauvais flic, un maillon faible.

— Allez, Marcel, on retourne au Point.

Elle avait passé beaucoup de temps à Hunter's Point depuis qu'elle était flic. C'était un quartier dur où plus de quatre-vingt-cinq pour cent de la population adulte avaient commis un crime violent ou en avaient été témoins. Au McDonald's, Sarah avait soudain pensé qu'en roulant un moment dans le coin ils trouveraient peut-être quelqu'un qu'ils pourraient faire parler. Et, de fait, ils finirent par tomber sur Yolanda, qui sortait d'un des magasins dont les vitres avaient été remplacées par des planches.

Marcel s'arrêta, Sarah descendit de la voiture, l'insigne à la main.

— Hé, j'ai rien fait. Pourquoi vous venez m'embêter ?

— Monte, Yolanda. On va parler.

La jeune Noire de vingt ans était maintenant assise sur la banquette arrière du véhicule banalisé. Lanier se tenait au coin de la rue, à moins de cinq mètres, mais ils n'allaient pas jouer le duo bon flic-mauvais flic à ce témoin. Sarah l'interrogerait seule.

— Je t'ai vue à la prison, l'autre jour, attaqua l'inspectrice. Tu étais venue voir Damon, encore une fois ? Comment il va, Damon ?

Damon Frazee était un mordu des haltères qui soulevait aussi à l'occasion ses concitoyens – comme deux semaines plus tôt, lors d'une gentille petite bagarre de bar au couteau. Selon la loi californienne des trois récidives, Damon risquait à présent la prison à vie. S'il était condamné une troisième fois pour crime violent, Yolanda ne le reverrait plus jamais.

— C'est un coup monté, marmonna Yolanda. Damon s'est fait piéger.

— Un des « frères » a glissé le couteau dans la poche de ton mec, c'est ça ?

Hochement de tête bougon.

— Moi, j'ai rien fait. Vous avez pas le droit de m'emballer.

— Je ne t'emballe pas, je te parle. Je pense que tu pourrais peut-être aider Damon.

— Y a rien qui peut l'aider, bredouilla Yolanda. Vous mentez si vous dites le contraire.

Perdue, tremblante, elle se rongeait les ongles, les yeux luisants de larmes retenues.

Tout à coup, Sarah se pencha vers elle et beugla comme un sergent instructeur :

— Enlève tes doigts de ta bouche ! Et ne me traite pas de menteuse, tu m'entends ?

Acquiescement renfrogné. Sarah frappa la vitre juste à côté de la tête de Yolanda.

— TU M'ENTENDS ?

— Ouais, j'vous entends.

Evans détestait ce genre d'interrogatoire, mais elle devait obtenir les réponses qu'elle cherchait.

— La fusillade de jeudi dernier, tu as peut-être entendu quelque chose. (Elle attendit.) Je te pose une question. Tu as entendu quelque chose ?

Silence.

— Si tu te rappelles quelque chose d'important – par exemple, qui était dans la voiture, ou qui aurait monté le coup, d'après les rumeurs –, je pourrai peut-être aider Damon.

Yolanda leva des yeux apeurés – peur d'espérer plus que de toute autre chose.

— Qu'est-ce que vous voulez dire ?

— Je veux dire qu'on ne comptera pas la troisième récidive. Il tire sa peine à la prison du comté, il sort pour Thanksgiving.

— En échange de quoi ?

— Je viens de te l'expliquer.

Yolanda se blottit contre la portière.

— Si je balance les frères, ils me zigouillent.

— C'est qui, ces gars ? Donne-moi un nom, *un seul*, on se mettra à chercher et on trouvera peut-être assez de preuves pour les boucler – des flingues dans le coffre de la voiture, par exemple. Tu n'auras même pas besoin de témoigner au procès.

Cette dernière affirmation était totalement fausse, Sarah le savait, mais elle ne mentait pas concernant Damon : la justice échangerait sans hésiter un petit multirécidiviste contre l'auteur d'une fusillade de rue. Quant à Yolanda, elle avait raison : si elle devait témoigner un jour, elle risquait de finir en cadavre. Mais Sarah était prête à prendre ce risque pour elle.

Dur métier.

Yolanda leva la tête, attendit un conseil qui ne vint pas. Les habitants des cités savaient que, si on ne saisissait pas la chance offerte, elle se représentait rarement.

— Un nom, Yolanda. Un seul nom.

— Lionel Borden. Il traîne au World Gym presque tout le temps. Il était au volant.

Confortablement installé sur le canapé, David Freeman feuilletait un des dossiers de l'affaire Russo. Hardy, à son bureau, finissait sa journée de travail – il avait décidé de partir à cinq heures et demie pour passer un peu de temps avec sa famille. Après avoir déposé Graham à la prison, il avait bûché deux heures de rang sur Tryptech. Du bon travail, estimait-il. Fastidieux, mais Dieu est dans les détails. En examinant les documents récemment arrivés sur les incidents antérieurs survenus au port d'Oakland, il avait déniché un filon qui pouvait se révéler exploitable. Sept mois seulement avant la chute du conteneur Tryptech, le port avait poursuivi l'entreprise fabriquant les attaches de ses traverses, qui présentaient apparemment des défectuosités.

Cette découverte ne l'avait pas fait sauter de joie, mais il avait quand même appelé Dyson Brunel pour lui communiquer la nouvelle et avait ensuite passé trois quarts d'heure avec Michelle pour voir ce qu'on pouvait en tirer.

À présent – nouveau pensum –, il préparait les dossiers avec lesquels il vivrait pendant toute la durée du procès de Graham. C'était un travail qui ne demandait aucune concentration. Rédiger les étiquettes : Rapports de police, Notes des inspecteurs, Autopsie, Coroner, Témoins. Commencer à mettre de l'ordre dans les pièces qu'on lui avait communiquées pour la défense de Graham.

À la veille du procès, il disposerait d'une douzaine de gros classeurs bourrés de tout ce qui concernait, fût-ce de loin, son client et la victime. Ce qui l'effrayait, c'était qu'il devrait en avoir mémorisé l'essentiel. Il leva les yeux.

— J'en suis à « Médiatisation », David. Si vous voulez bien me passer le dossier.

Freeman, son verre de vin d'après le travail posé près de lui, demanda d'une voix calme :

— Vous n'envisagez sans doute pas de réclamer un changement de lieu, pour le procès ?

Hardy devait rendre cette justice à son propriétaire : il connaissait ces questions comme sa poche. Si quelqu'un réclamait un changement de lieu, ce serait l'accusation. San Francisco n'était-elle pas la ville qui avait élu Sharron Pratt, peut-être le seul magistrat au monde qui cherchait davantage à comprendre et à aider les délinquants qu'à les punir ?

C'était aussi la ville qui avait accepté la notion de « capacités diminuées par absorption de Twinkies » dans une affaire célèbre où un conseiller municipal s'était glissé dans l'hôtel de ville par une fenêtre du sous-sol, avait abattu le maire, rechargé son arme et tué un autre conseiller.

Décision du jury ? Voyons ! L'homme était sûrement très énervé. De plus, tous les Twinkies qu'il avait avalés avaient causé une sorte d'ivresse due au sucre : on ne pouvait le tenir pour réellement responsable de ses actes.

Comme Freeman se plaisait à le souligner, San Francisco était la ville idéale pour les avocats, encore plus depuis l'élection de Pratt Le doute bien fondé s'était transformé en absence totale de doute, de sorte que toute incertitude sur n'importe quel point du procès débouchait le plus souvent sur un acquittement.

C'était une excellente chose pour Graham Russo, qui bénéficierait du préjugé favorable quasi réflexe de la ville puisqu'il avait le droit absolu d'être jugé là où le crime dont il était accusé avait été commis.

Hardy se défendait toutefois d'un excès d'optimisme : l'enjeu était trop élevé, dans une affaire de meurtre, pour considérer quoi que ce soit comme acquis.

— Non, sûrement pas, répondit-il à Freeman. Si vous avez fini, j'aimerais ranger toute cette paperasse et rentrer chez moi.

Le dossier débordait de journaux, de magazines – tout ce que Hardy avait trouvé dans la presse concernant l'affaire.

— Il va falloir que j'arrête d'amasser, fit-il remarquer. Ce dossier deviendra impossible à consulter si j'y ajoute des journaux entiers tous les jours.

Freeman l'écoutait à demi en achevant la lecture d'un article.

— À votre place, je garderais tout. On ne sait jamais.

— On ne sait jamais quoi ?

Hardy n'était pas toujours d'accord avec le vieil avocat, mais il s'intéressait toujours à son opinion. Freeman avait oublié plus de choses que beaucoup de juristes en sauraient jamais.

— Le contexte.

— Ce qui signifie ?

— Prenez *Time*, le numéro avec votre gars en couverture, dit Freeman en feuilletant le magazine. J'ai relevé au moins huit sujets afférents : suicide assisté, Kevorkian, Cour suprême, 9e cour itinérante, États pour et États contre. Un type atteint de la maladie de Lou Gehrig qui veut vivre éternellement. Un autre dont la famille demande qu'on débranche les appareils. Etc. Vous avez tous les matériaux de recherche pour votre plaidoirie si vous décidez d'aller dans ce sens.

Il saisit un journal sur la table basse.

— Oublions pour le moment ce qui saute aux yeux, continua-t-il. Voici un journal qui annonce la mort de Sal pour la première fois. Une information apparemment sans rapport avec votre client a éveillé ma curiosité. Si vous n'aviez conservé que les articles sur Graham, je ne serais jamais tombé dessus.

Intrigué, Hardy s'approcha du canapé. Freeman lui tendit le journal avec une expression de défi. Dismas saurait-il repérer l'information ?

En quelques minutes, Hardy avait parcouru les premières pages. L'annonce de la mort de Sal Russo figurait vers la fin mais, là non plus, il ne trouva rien qui eût un vague rapport avec l'affaire. Un article sur l'héritage durable de Hale-Bopp et des Heaven's Gate Crusaders. La chute fatale d'un peintre du Bay Bridge.

— Je donne ma langue au chat, dit Hardy, refermant le journal.

Freeman s'accorda un moment pour savourer à la fois la devinette et le vin, puis lâcha :

— Première page.

Au bout d'une autre minute, Hardy secoua la tête.

— Non, je ne vois pas.

— Et l'alerte à la bombe ?

L'avocat relut l'article en question. Le nouveau bâtiment du tribunal fédéral avait été évacué vers midi après qu'un inconnu eut annoncé qu'il y avait déposé une bombe.

— Je ne crois pas que Sal ait eu quelque chose à voir là-dedans, David.

— Moi non plus. Mais où se trouve le tribunal ?

Freeman n'eut pas besoin d'en dire plus pour que Hardy comprenne.

— C'est ce que j'appelle le contexte, poursuivit le vieil homme. Une centaine de personnes, peut-être plus, allant et venant dans une ruelle sous la fenêtre de la victime deux heures avant qu'elle se fasse tuer.

Avec un haussement d'épaules, il ajouta :

— Je ne sais ce que cela signifie – si tant est que cela signifie quelque chose. Peut-être pas. Probablement pas. Le fait suscite mon intérêt, voilà tout.

21

Au mieux, le troisième étage du palais de justice offrait l'image d'un chaos maîtrisé. Avocats, magistrats, flics, huissiers, candidats jurés, parents et amis de l'accusé ou de la victime, curieux, étudiants en droit, retraités, reporters, quiconque ayant un intérêt politique ou judiciaire à défendre – tous se rassemblaient dans ses larges couloirs.

Ce voisinage n'était pas toujours sans poser de problème.

À la différence du tribunal fédéral, dont le marbre des salles rénovées inspirait confiance et même crainte respectueuse devant la majesté de la loi, le palais de justice n'inspirait absolument rien avec ses murs verts et son linoléum. C'était une vaste bâtisse bruyante où travaillaient des fonctionnaires et où l'on passait des accords.

Hardy se fit repérer dès qu'il arriva pour la mise en accusation de Graham.

— Le voilà ! C'est lui ! entendit-il.

Mouches attirées par son miel, les journalistes poussaient leurs micros vers son visage, posaient des questions d'une voix grave et digne, l'empêchaient d'avancer. Les projecteurs d'une équipe de télévision l'aveuglaient à moitié. Du coin de l'œil, il distingua cependant quelques pancartes derrière le groupe de reporters. Il y avait beaucoup de curieux aujourd'hui, même pour le palais de justice. C'était compréhensible : le spectacle allait commencer.

— Pas de commentaire, désolé. Je ne peux vraiment rien vous dire pour le moment. Je vous en prie, écartez-vous.

Il franchit un détecteur de métal supplémentaire installé devant le département 22. Spécialement pour son affaire, il le savait : il n'était pas à exclure qu'un exalté quelconque tente d'assassiner son client afin de montrer au monde entier que le suicide assisté est condamnable.

Dans la salle d'audience, l'ambiance était moins survoltée, bien qu'il ne restât pas une seule place libre. Le juge, Timothy Manion, sorte de lutin aux cheveux bruns avec qui Hardy avait vidé quelques chopes quand ils étaient tous deux adjoints au DA, était déjà juché sur son perchoir mais n'avait pas encore appelé la première « ligne » – référence à l'imprimé informatique donnant la liste des inculpés et des charges.

Hardy remonta l'allée centrale et passa de l'autre côté de la barrière en bois en poussant un soupir de soulagement. On n'avait pas encore introduit Graham dans la salle. Les avocats pouvaient venir s'asseoir près du box des jurés en attendant d'être appelés, et Hardy prit place à côté d'un vieil habitué des tribunaux, qui lui demanda :

— Ils sont là pour vous, tous ces gens ?

Hardy acquiesça et le type lui remit sa carte.

— Si vous avez besoin d'un coup de main, rédaction de motions, vérifications, enquêtes, tout ce que vous voulez, je suis disponible.

Hardy répondit d'un hochement de tête amical, mais cette démarche l'agaçait. Chasse aux clients, chasse au travail – ça n'arrêtait jamais. Il jeta un coup d'œil à la carte avant de la glisser dans sa poche.

— J'y penserai, merci.

Il put enfin regarder autour de lui. La salle d'audience, dans laquelle il n'avait pas mis les pieds depuis quatre ans, n'avait pas du tout changé. Haute de plafond et sans fenêtre, elle était vaste et totalement nue. De l'autre côté de la barrière, des chaises en bois blond, peu confortables, accueillaient cent vingt personnes. Une quarantaine de spectateurs pouvaient aussi se tenir debout dans le fond.

Sharron Pratt en personne était assise au deuxième rang. À l'extrémité du box des jurés, Gil Soma s'entretenait avec Art Drysdale. Hardy chercha des yeux Dean Powell, mais apparemment le procureur général s'était contenté de déléguer ses adjoints.

Le maillet s'abattit, tous les yeux se tournèrent vers le perchoir.

À gauche du juge, au fond de la salle, une porte menait à la cellule de détention des inculpés ; lorsqu'on appela la quatrième ligne de la matinée, la porte s'ouvrit et les gardes amenèrent Graham Russo.

L'auditoire fut parcouru d'un murmure que Manion fit taire d'un regard d'avertissement. Hardy se leva, alla rejoindre son client. Après une nuit en prison, Graham semblait fatigué, et sa combinaison orange de détenu accentuait son teint blafard. Pourtant, quand l'avocat lui demanda comment il se sentait, il répliqua que ça allait. Puis, se penchant sur le côté, il murmura en direction de la table de l'accusation : « Hé, Gil. »

Quand Soma tourna la tête, Graham lui sourit et, cachant sa main de son corps pour ne pas être vu du juge, lui adressa un doigt d'honneur. Hardy couvrit aussitôt la main de son client de la sienne. Mais trop tard. L'adjoint au procureur général jaillit de son fauteuil.

— Votre Honneur, l'inculpé vient de me faire un geste obscène.

— Encore trop poli pour toi, fit Graham à voix basse.

— Tais-toi, lui enjoignit Hardy.

Il ignorait ce que Soma visait en portant l'incident à l'attention du juge, mais il connaissait Timothy Manion et savait qu'il réagirait mal à tout numéro joué pour la galerie, surtout accompagné de pleurnicheries.

Le juge, qui mettait de l'ordre dans ses papiers, releva la tête et dit simplement :

— Maître, calmez votre client. Je ne veux pas de chahut ici, compris ? C'est une cour de justice.

— Oui, Votre Honneur, répondit Hardy, mais je tiens à faire remarquer que Mr. Soma a pu se tromper.

Pour mettre un terme à ce qui risquait de dégénérer en concours-de-celui-qui-pisse-le-plus-loin, Manion hocha la tête et grommela :

— C'est noté.

Le visage impassible, Hardy lança un regard à Soma pour lui

adresser un message. À partir de maintenant, chaque mot comptait. À chaque petite manigance de l'adjoint au PG, Hardy opposerait une riposte. Soma était prévenu : Hardy lui botterait le cul en salle d'audience chaque fois qu'il en aurait l'occasion. Le savoir rendrait peut-être Soma imprudent, ou timoré. En tout cas, Hardy avait secoué sa cage.

Le silence se fit quand le juge tourna la tête vers Graham et entonna :

— Graham Russo, vous êtes inculpé d'un crime qualifié ci-après.

La formule était rituelle mais faisait toujours son effet sur le public. La salle s'agita derrière Hardy ; Manion fronça les sourcils pour réclamer le silence mais, cette fois, le truc ne marcha pas. Certains spectateurs étaient venus pour exprimer leur opinion :

— Ce n'est pas un crime !

— Il a eu raison !

— Sal Russo avait le droit de mourir !

Coup de marteau du juge. Quand un calme relatif revint, Manion haussa la voix pour être entendu jusqu'au fond de la salle, mais garda un ton mesuré :

— Je ne tolérerai pas ce genre de manifestations. Veuillez ne plus interrompre les débats si vous souhaitez continuer à les suivre. Sinon, je ferai évacuer la salle. Est-ce clair ?

Apparemment, c'était clair.

Il répéta la formule et poursuivit :

— À savoir qu'en violation de l'article 187 du code pénal vous avez, dans la ville et le comté de San Francisco, État de Californie, le 9 mai 1997 ou à une date approchante, commis délibérément et avec préméditation un meurtre sur la personne de Salvatore Russo.

Manion fit ensuite lire par le greffier les circonstances aggravantes réclamées par l'accusation – meurtre commis pendant l'accomplissement d'un vol – et demanda :

— Que plaiderez-vous, monsieur Russo ?

— Non coupable, répondit Graham sans hésiter.

Ce n'était pas une surprise.

— Bien, fit le juge, consultant de nouveau son listing. Du fait des circonstances aggravantes, il ne saurait y avoir de caution. Maître, un commentaire ?

— Oui, Votre Honneur. Je ne vois pas comment l'accusation peut établir les circonstances aggravantes. Mon client devrait être autorisé à déposer une caution. Mr. Russo s'est livré de lui-même aux autorités…

Soma était déjà debout.

— Après s'être caché pendant quatre jours.

Hardy se tourna vers lui.

— Il a quitté la ville avant de savoir qu'on l'avait inculpé.

— C'est ce qu'il prétend.

Le marteau s'abattit. Manion n'était pas encore irrité : ces audiences de mise en accusation étaient si assommantes que ces escarmouches égratignant l'étiquette judiciaire constituaient presque une distraction bienvenue pour un magistrat condamné à huit heures de procédure. Il entendait cependant garder la maîtrise des débats.

— Messieurs, toutes les remarques doivent m'être adressées, rappela-t-il. C'est la règle.

Hardy s'excusa, Soma se rassit. Drysdale posa une main sur le bras du jeune adjoint et murmura :

— Contente-toi d'écouter.

L'avocat reprit sa démonstration :

— Mr. Russo remettra son passeport aux autorités, Votre Honneur. Il n'a aucunement l'intention de s'enfuir. Comme je viens de le faire observer, il s'est livré hier, dès son retour en ville après quelques jours d'absence.

Manion parut peser l'argument mais finit par déclarer :

— Les circonstances aggravantes excluent toute possibilité de caution. C'est la loi.

— Oui, Votre Honneur, j'en ai bien conscience.

Hardy prit sa respiration, jeta un coup d'œil à Graham et hocha la tête. Le juge n'avait pas expédié la question comme Hardy s'y attendait, et il se demanda soudain si Manion était abonné à *Time*.

Des spectateurs toussèrent dans le temps suspendu.

Finalement, le magistrat demanda à l'accusation et à la défense de s'approcher. À la surprise de Hardy, Soma resta assis et ce fut Drysdale qui se dirigea vers le perchoir.

— Le gosse est un peu énervé, murmura le premier adjoint.

— Ne vous en faites pas pour ça, Art, répondit Manion. Mais cette histoire de caution…

— Il ne peut pas y avoir de caution, monsieur le juge. C'est la loi, dit Drysdale.

Presque sur un ton d'excuse : il n'y pouvait rien.

— Je connais la loi. Il me semble cependant que Mr. Hardy n'a pas tort. Il y a très peu de risques de fuite, non ?

Drysdale parut mal à l'aise.

— Pas de caution en cas de circonstances aggravantes, répéta-t-il sans conviction.

— Mais vous reconnaissez que l'accusé ne constitue pas un danger pour la communauté ?

— Nous ne pouvons en être sûr, Votre Honneur.

Manion commençait à perdre patience :

— Il n'y a aucune raison de refuser la caution, non ? Pas de risque de fuite, pas de danger pour qui que ce soit ?

Cette fois, le premier adjoint ne prit même pas la peine de répondre.

— L'accusation ne pourrait-elle renoncer aux circonstances aggravantes ? suggéra Manion, donnant à Drysdale la possibilité de changer d'avis sans perdre la face.

— Je ne peux pas faire ça, Votre Honneur.

— En d'autres termes, vos services me contraignent à refuser la caution uniquement parce qu'ils le *peuvent* ? C'est bien ça ? fit Manion, secouant la tête d'un air écœuré. La prochaine fois que vous verrez Mr. Powell, Art, dites-lui qu'avec des types comme lui je me sens fier d'être américain. Vous n'y manquerez pas ?

Le juge tourna vers Hardy un sourire compatissant :

— Je crois bien que allons devoir refuser cette caution, Diz.

Hardy n'avait pas prévu de déjeuner avec les Taylor – peut-être un petit en-cas *Chez Lou le Grec* – mais la mise en accusation avait commencé plus tard que prévu et avait traîné en longueur. Après quoi, Hardy s'était entretenu en prison avec Graham pendant une vingtaine de minutes. Au cours de la visite, l'huissier était venu leur annoncer la bonne nouvelle : le shérif (sans doute à la demande de Manion) transférait l'accusé dans une cellule d'IA pour toute la durée de sa détention. L'isolement administratif servait le plus souvent à protéger un prisonnier des détenus soumis au régime général mais, dans le cas de Graham, c'était une faveur, Hardy en était convaincu.

Il ne revint dans le couloir du département 22 qu'un peu après midi. Helen et Leland Taylor, raides comme des statues, y partageaient un banc avec une adolescente hispanique donnant le sein à son bébé. À l'approche de l'avocat, ils se levèrent, et après les présentations Leland « suggéra », tel un monarque promulguant un édit, qu'ils déjeunent ensemble. Son bureau se trouvait dans Market, au dernier étage de la banque. Taylor y avait sa salle à manger personnelle, son cuisinier. Ils prendraient la limousine.

La pièce n'était pas particulièrement grande mais splendide, avec son parquet de bois dur, la console ancienne supportant un arrangement floral époustouflant d'iris et de glaïeuls. Les murs étaient tendus d'un tissu de soie d'un vert apaisant.

Hardy avait pris place dans un fauteuil étonnamment confortable d'où il avait vue sur le nord-est : Alcatraz et Angel Island. Les eaux de la baie étaient houleuses, le ciel couvert de cirrus. La table avait été mise pour trois – nappe blanche, cristal, argenterie, porcelaine.

Le cadre avait pour fonction d'intimider les visiteurs, mais sans que cela saute aux yeux, bien sûr. Il établissait simplement la ligne hiérarchique.

Leland Taylord était en harmonie avec lui-même. Il savait qui il était, ce qu'il voulait, comment l'obtenir ; il ne s'embarrassait pas de doutes inutiles sur la façon dont les autres percevaient ses actes. Hardy songea que c'était un des petits avantages d'être né riche et de mener une vie protégée par une grande fortune. Leland était un chef. Son temps était plus précieux que celui de Hardy, ses opinions mieux fondées.

Une règle implicite exigeant que des propos anodins précèdent les choses sérieuses, Helen avait assuré la conversation pendant vingt minutes. Elle s'acquittait fort bien de cette tâche, mais l'avocat se sentit cependant soulagé quand ils en vinrent aux faits.

— Ma femme a constaté avec satisfaction que vous n'avez jamais perdu un procès, dit Leland de sa voix flûtée.

— Je n'ai plaidé que deux affaires de meurtre. J'ai eu de la chance, répondit modestement Hardy.

Petit rire sec du maître de maison.

— Espérons que ce n'était pas pour cette raison. Vous paraissiez très sûr de vous, au tribunal. Cette histoire de caution, ce que j'ai pu en entendre... Le juge est un ami à vous ? Je présume que cela serait à notre avantage, mm ?

Hardy expliqua un peu le système. Normalement, les affaires restaient du ressort du département 22 jusqu'au jour du procès, où elles étaient attribuées aux divers juges qui présideraient effectivement les débats. Toutefois, l'affaire Russo étant importante, elle avait déjà été confiée au juge Jordan Salter, département 27, même si le procès ne commençait que dans trois mois. Cela laisserait aux magistrats et à l'avocat le temps de se préparer.

Hardy ne voyait pas d'un œil favorable le choix de Salter, nommé juge pour ses opinions républicaines, et vieil ami de Dean Powell. Taylor pressa la main de sa femme.

— Nous le connaissons ?

Elle secoua gracieusement la tête – elle faisait tout avec grâce. C'était une femme très séduisante, pas du tout l'épouse que Hardy avait imaginée pour Sal Russo. Elle était en revanche tout à fait assortie à Leland. Calme, confiante, dépourvue de sincérité.

— Quoi qu'il en soit, le juge peut avoir une certaine influence, bien sûr, dit l'avocat, mais ce qui compte en définitive, c'est le dossier établi contre Graham, et il est heureusement plein de trous.

Sans réagir directement, les Taylor échangèrent un regard, puis Helen demanda :

— Vous pensez que Graham a pu faire une chose pareille, monsieur Hardy ?

— Tuer Sal pour de l'argent ? Non, certainement pas.

— C'est absurde, dit Leland. Il peut avoir tout l'argent qu'il veut rien qu'en le demandant.

— Ce qu'il se refuse à faire, évidemment, ajouta sa femme. Il ne veut pas avoir de dette envers nous, ce qui est fort noble, mais je suis sa mère. Ce ne serait pas une dette. Leland et moi en avons discuté.

Pour Hardy, les implications étaient transparentes : il n'y aurait pas de remboursement mais d'autres obligations, des ficelles, nombreuses. La façon de se conduire, d'agir. Et si l'avocat connaissait un tant soit peu Graham, il n'était pas du genre à aimer les ficelles.

— Nous l'avons aidé pour ses études de droit, précisa Leland, qui donnait l'impression de se faire violence pour évoquer ces détails déplaisants. Bien que cet argent ait été dépensé en pure perte, il me semble, ajouta-t-il avec un sourire sans chaleur. Mais là n'est pas la question. Nous nous demandons plutôt comment Graham a l'intention de vous payer. Vous ne le défendez pas gratuitement, je présume ?

— Non, il me paie, répliqua Hardy avec un sourire. Mais je ne peux parler de ces arrangements sans son accord.

— Naturellement, convint Leland. Je suggérerais…

Quelques coups discrets frappés à la porte, suivis immédiatement de l'entrée d'un serveur qui posa une soupière sur la table et remplit leurs bols de consommé.

Après son départ, Leland goûta le bouillon, ne fit aucun commentaire. Il était pourtant parfait – sombre, savoureux, peut-être le meilleur que Hardy eût jamais mangé, et il ne put s'empêcher d'en faire l'éloge.

« Oui, il est bon », répondit Leland au compliment, avec un ton signifiant « Que voulez-vous qu'il soit d'autre ? », puis il reprit la conversation exactement au point où ils l'avaient laissée :

— Helen tient – en fait, *nous* tenons – à l'aider, sur le plan financier.

— Je ne sais p…, murmura Hardy, pour être aussitôt coupé par son hôte.

— J'en ai discuté avec plusieurs de nos avocats, ici à la banque. Ils m'ont assuré que cela ne poserait aucun problème éthique. Si j'ai bien compris, vous êtes entièrement libre d'accepter une rémunération de n'importe quelle source tant qu'il est entendu que Graham demeure votre client, que vous représentez *ses* intérêts, pas les nôtres. Est-ce exact ?

L'avocat ne put retenir un rire.

— La question ne se pose pas tous les jours. Cependant, ce que vous dites me paraît juste. Je vérifierai. Il faudra néanmoins que j'en parle à Graham.

Ce fut cette fois Helen qui pressa la main de son mari. Ils avaient manifestement mis au point une sorte de code d'attaque préventive.

— Nous nous y attendions, n'est-ce pas, Leland ?

— Ouais, bien sûr.

Taylor ne devait pas dire « ouais » très souvent, et dans sa bouche le mot gardait quelque chose de guindé, songea Hardy. Mais peut-être que tout était un peu faussé, dans ce lieu.

— Bien, dit Helen. Maintenant, monsieur Hardy, pouvons-nous vous demander comment vous comptez procéder ?

— Vous pouvez, mais il est trop tôt pour vous répondre. J'ai à peine commencé à étudier le dossier, alors, ce que je pourrais en dire ne mériterait pas d'être gravé dans le marbre.

Leland relaya sa femme :

— Nous le comprenons. Le plan général consistera probablement à jouer sur la maladie de Sal, sur ses rapports proches avec Graham, en particulier vers la fin. Je vous vois secouer la tête. Vous n'êtes pas d'accord ?

— Moi, si. Pas votre beau-fils.

— Que voulez-vous dire ? s'enquit Helen.

— Il affirme qu'il n'a rien à voir avec la mort de Sal.

Dans le silence qui suivit, le serveur débarrassa la soupière et les bols, posa en face de chaque convive une petite œuvre d'art – escalopes roussies, pâtes cheveux d'ange, courgettes, le tout nappé d'une sauce orange. Une bouteille de kistler apparut, fit le tour des verres.

Hardy crut défaillir à la première bouchée, mais là encore, pour Leland, ce n'était que de la bouffe. Dès que le serveur eut refermé la porte derrière lui, il poursuivit comme s'il n'y avait eu aucune interruption :

— N'est-ce pas pour Graham la meilleure ligne de défense ? L'euthanasie ?

— Peut-être, mais la semaine dernière encore, il s'opposait à ce que je plaide en ce sens. Sur le plan juridique, ce serait toujours un homicide.

— Il a peur de ne plus pouvoir pratiquer le droit, traduisit Helen.

— C'est ce qu'il m'a dit.

— Pourtant, jusqu'ici, il ne donnait pas l'impression de déborder d'énergie, n'est-ce pas, Helen ?

La remarque invitait clairement la mère de Graham à répondre, et Hardy attendit jusqu'à ce qu'il devînt patent qu'elle ne le ferait pas.

— Le problème, c'est qu'on a relevé certaines… anomalies, expliqua-t-il. Il est possible que quelqu'un d'autre soit passé à l'appartement ce jour-là. Il est possible que Sal ait été effectivement assassiné.

— Pas par Graham, affirma Helen, sûre de son fait.

— Non, mais c'est lui qui passera en jugement.

— Une minute, intervint Leland. J'entends toutes sortes de choses contradictoires. Monsieur Hardy, pensez-vous, oui ou non, que Graham ait tué son père ?

L'avocat réfléchit.

— Je ne crois pas qu'il l'ait fait.

— Même pour abréger ses souffrances ?

— Non.

— Mais tous ces articles, s'exclama Helen, tous ces…

Elle se ressaisit, s'interrompit. Leland reprit le fil :

— Vous pensez que c'est quelqu'un d'autre ?

Hardy prit son verre. Une gorgée de vin dans la journée ne le tuerait pas et il avait besoin de ces quelques secondes de répit pour réfléchir.

— Je pense qu'un suicide n'est pas exclu. Le coroner lui-même n'a pas écarté cette hypothèse.

— Je vois, fit Taylor, qui mâcha une bouchée d'un air songeur. Que se passerait-il si vous plaidiez le suicide assisté et si vous convainquiez le jury ?

— Graham ne me le permettrait pas.

— Supposons que si.

— Personne ne peut prédire la réaction d'un jury.

— Je n'essaie pas de le faire. Je vous pose une simple question. Que se passerait-il si un jury estimait que Graham a aidé Sal à se suicider, ou l'a aidé à mourir par compassion ?

Hardy considéra un moment l'hypothèse.

— Ce ne serait pas une défense valable, d'un point de vue purement juridique, répondit-il prudemment. Un jury respectant la loi *devrait* quand même le condamner pour homicide.

Helen saisit la nuance :

— Devrait ?

— Nous sommes à San Francisco. Dans cette ville, tout peut arriver. Même un juge comme Salter pourrait ne pas orienter les débats dans le même sens que l'accusation. Pour peu que la défense sache les guider, les jurés pourraient rendre n'importe quel verdict.

— S'ils concluaient à un suicide assisté ?

— C'est possible.

Helen voulut être sûre d'avoir bien compris :

— Ils le déclareraient tout bonnement non coupable ?

— Oui. Non coupable.

— Alors, la voilà, votre défense, conclut Taylor.

— Ce n'est pas si simple, objecta Hardy. L'accusation veillera à ce que les jurés sachent qu'un suicide assisté reste un homicide, et le juge devrait aller dans ce sens.

Helen refusait de capituler :

— Il pourrait ne pas le faire.

— Mais il le fera probablement, répliqua l'avocat, qui ne voulait pas lui donner trop d'espoir. De toute façon, ce n'est qu'une hypothèse d'école puisque Graham ne me permettra jamais de plaider dans ce sens.

— Quel est votre mandat ? s'enquit Leland. Obéir à votre client ou le tirer d'affaire ?

Ce qui, Hardy devait le reconnaître, était une excellente question.

Ils en étaient au dessert – feuilleté à la crème brûlée, myrtilles fraîches, café.

S'abstenant de tout commentaire grossier sur le goût sublime du gâteau, Hardy annonça entre deux bouchées :

— J'ai une ou deux questions à vous poser, si vous le voulez bien. Sal avait pénétré de force chez vous à trois reprises au cours de ces deux derniers mois, n'est-ce pas ? Pourquoi n'avez-vous pas porté plainte ?

Le couple recourut à son code muet et ce fut Helen qui répondit :

— Nous avons estimé qu'il avait besoin d'aide. Nous avons pris contact avec les services sociaux. Je crois qu'ils étaient en train de préparer quelque chose quand Sal… quand il est mort.

— Cela a dû vous ennuyer, pourtant.

Au tour de Leland :

— Ce fut très traumatisant pour ma femme. Nous avons pensé qu'il valait mieux laisser les autorités s'en occuper. Vous vous doutez que nous ne souhaitions pas que Sal envahisse de nouveau notre vie privée. Helen était déjà passée par cette épreuve.

— Et vous craigniez qu'elle ne recommence ? demanda Hardy, les yeux fixés sur Mrs. Taylor.

— Je ne le croyais pas capable de me faire du mal. C'était plus triste qu'autre chose, en fait. Pathétique. Il donnait l'impression d'être totalement perdu.

Elle n'avait pas vraiment répondu à sa question, mais ce qu'il n'aurait jamais accepté d'un témoin, il était bien obligé de l'admettre de sa part.

— Il semblait croire qu'il vivait encore avec moi, continua-t-elle. Au Manoir.

— Au Manoir ?

Gracieux sourire embarrassé.

— Notre maison.

— Il en était déjà à ce stade de la maladie d'Alzheimer ?

— Je ne sais rien de cette maladie, dit-elle. Il n'était pas animé de mauvaises intentions, simplement, il ne savait plus où il était, où était sa place. Je me sentais désolée pour lui.

— Moi pas, lança Leland. Je voulais le faire arrêter – ne t'inquiète pas, Helen, c'est déjà un fait connu –, je pensais qu'il menaçait gravement ma femme.

— Et George, votre autre fils, je présume qu'il était également de cet avis ?

La question stupéfia les Taylor, dont le code magique se montra cette fois inopérant. Finalement, Leland but une gorgée de café, s'essuya les lèvres.

— George n'a rien à voir là-dedans, déclara-t-il catégoriquement. Pour répondre à votre question, oui ; quel fils respectueux ne s'opposerait à ce que le père qui l'a abandonné revienne harceler sa mère ? Mais ce n'est pas l'affaire de la famille Taylor. Il s'agit de Graham, pas de George.

Comme un acteur entrant juste à temps pour sa réplique, le serveur réapparut. Peut-être avait-on pressé un bouton sous la table.

— Il est deux heures, monsieur.

Leland Taylor regarda sa montre, fit la grimace.

— Il faut que je me sauve – une affaire de concessions pétrolières, dit-il sur un ton d'excuse. Monsieur Hardy, vous reprendrez contact avec nous après avoir parlé à Graham de ce dont nous venons de discuter ? Parfait. Helen ?

Il tendit la main pour aider sa femme à se lever. Le déjeuner était terminé.

22

Quand la limousine de Taylor l'eut déposé à son bureau, Hardy trouva un message de David Freeman le priant de descendre. Il y avait du nouveau côté Tryptech, ils devaient en discuter.

Quoi encore, maintenant ? songea l'avocat. Mais Freeman était au tribunal pour l'après-midi, ce qui n'avait rien d'étonnant. Entre-temps, un messager avait apporté une autre caisse de pièces sur l'affaire Russo et ces documents accaparèrent Hardy jusqu'à cinq heures, heure à laquelle il décida qu'il était temps de redescendre voir ce que Freeman voulait.

Le vieil homme s'absorbait dans la lecture d'un texte juridique dans la bibliothèque jouxtant le Solarium. Il mâchonnait d'un air satisfait le mégot d'un gros cigare, et les trois tasses de café posées à côté de lui indiquaient qu'il était revenu du tribunal depuis au moins une heure. Il ne montrait cependant aucun signe d'impatience. Pour lui, le temps n'existait pas – il n'y avait que le droit, dans toute sa splendeur.

Hardy s'assit à côté de lui et demanda :

— Tryptech, qu'est-ce qui se passe ?

Freeman termina son paragraphe, inscrit une note à l'encre dans la marge du livre, en marqua la page avec son cigare avant de le refermer.

— Les frais de repêchage.

— Eh bien ?

— Dyson Brunel a du mal à réunir la somme. La compagnie est

un peu à court. Il souhaiterait vous payer en *stock options*, Michelle et vous, pendant un moment.

Abasourdi, Hardy se laissa aller contre le dossier de sa chaise.

— En *stock options* ?

— Cela s'est déjà fait, fit observer Freeman.

— Je ne dis pas le contraire, mais je me demande de quoi je vais vivre en attendant de pouvoir les vendre.

— Pour ne rien vous cacher, je m'attendais à cette réaction.

Hardy n'avait pas besoin de ça maintenant. Tryptech était sa principale source de revenus.

— Vous me le diriez si vous pensiez qu'ils sont au bord de la faillite, n'est-ce pas, David ?

— Je ne pense pas qu'ils soient dans cette situation, Diz. Brunel assure que la firme est encore très solide, et j'ai tendance à le croire. C'est un problème de liquidités.

— Ils ne veulent pas nous payer en argent pour garder leur *cash flow* disponible ?

— Il dit qu'ils procèdent à une restructuration de l'entreprise. Le rapport annuel est pour bientôt, ajouta Freeman, baissant le ton pour souligner le caractère confidentiel de ce qui allait suivre. Il faudra inscrire dans la colonne pertes les dix-huit millions engloutis avec le conteneur. Plus nos honoraires…

— On est loin de la dette nationale, David.

— Oui, mais il faut les sortir, dit le vieil homme, levant une main pour prévenir la repartie de son confrère. Je ne fais que vous transmettre le message, ce n'est pas mon idée. Dyson se fait du souci pour ses actionnaires, qui ont tendance à remarquer ce genre de détails. Il craint que, sur le papier, l'entreprise ne semble pas en aussi bonne situation qu'elle devrait. Qu'elle l'est en fait.

Hardy entendit son signal d'alarme se déclencher.

— Et ils nous offrent des *stock options* ?

— Non. De vraies actions. J'aurais plutôt tendance à accepter. Je pense que Tryptech obtiendra des indemnités très importantes et que nous ferons mieux que nous y retrouver. Le problème, c'est que je ne pourrai pas continuer à vous payer vos heures, du moins, pas intégralement. Brunel trouvera peut-être de quoi régler en liquide la moitié des heures de l'un de vous deux…

— Le problème me paraît de taille. Si je ne suis pas payé, je ne peux pas travailler. Avec quoi suis-je censé vivre ?

— Je sais, je sais. Même pour quelques mois ?

— Je ne sais pas, David. Bon Dieu, si ces actions ne sont plus d'un seul coup que du papier sans valeur…

— D'après Brunel, l'arrangement pourrait se révéler très lucratif.

— Qu'est-ce que vous voulez qu'il dise d'autre ? Que ça ne marchera sûrement pas ? Qu'on va tous se faire rouler ?

Hardy se rendit compte qu'il se lamentait sans même avoir entendu les détails de l'offre.

— Qu'est-ce qu'ils proposent au juste ?

— Ils nous cèdent les actions à deux et vous en remettraient vingt mille pour tenir, disons, jusqu'à septembre.

— C'est très généreux de leur part, fit Hardy, avec une ironie pesante. Le cours est à combien en ce moment, trois ?

— Trois un quart, répondit Freeman, qui écarta les bras. Je sais, c'est bas, mais Dyson assure que c'est tant mieux pour nous – nous aurons un nombre d'actions plus important. Elles ont été à neuf, elle pourraient remonter à ce niveau, voire plus haut. Vous pourriez gagner une véritable fortune, sans commune mesure avec des honoraires normaux.

Hardy savait que, si Tryptech ne coulait pas comme l'avait fait le conteneur, l'accord pouvait se révéler très intéressant. Au cours actuel, Dyson lui offrait soixante mille dollars en actions, bien plus que ce qu'il aurait normalement gagné dans les quatre prochains mois. Malheureusement, la Bourse était, comme les jurys, notoirement imprévisible.

— Je ne doute pas que ça puisse être lucratif, mais je suis un pauvre travailleur qui a besoin de toucher son chèque chaque mois.

Après un silence, Freeman reprit :

— Je crois que vous devriez accepter, Diz. À long terme, cela pourrait être profitable.

Hardy plissa le front. Il savait que Freeman s'était renseigné sur la situation de Tryptech avant de les prendre comme clients, et s'il estimait l'entreprise saine, elle se tirerait probablement de cette mauvaise passe. Mais il était arrivé à David Freeman de se tromper, et après avoir travaillé pendant près d'un an avec Dyson Brunel,

Hardy ne le considérait pas comme l'homme le plus intègre du pays. L'avocat trouvait sa proposition plus qu'inquiétante. Tryptech en était-il au point de ne plus pouvoir payer non seulement ses avocats mais aussi ses fournisseurs ? Si c'était le cas, l'entreprise ne tarderait pas à mourir.

— S'ils sont à court de liquidités, nous pourrions peut-être convaincre le port d'accepter un arrangement, suggéra-t-il.

Il se faisait fort d'obtenir quelque chose comme une dizaine de millions en négociant pendant le week-end. Certes, Tryptech espérait toucher le triple à long terme, mais le moment était peut-être venu de préférer un « tiens » à deux « tu l'auras ».

— Je ne pense pas, dit Freeman. Je l'ai conseillé à Dyson, bien sûr. Il n'est pas prêt à aller dans ce sens. Pas encore. (Nouveau silence.) Il dit qu'il doit penser à tout le monde – clients, actionnaires, fournisseurs.

Hardy eut un petit rire. Dans la bouche d'un homme qui licenciait du personnel en parlant de restructuration, et qui dissimulait probablement la vérité – l'expression qu'utilisaient les avocats pour « mentir » – quant au nombre véritable d'ordinateurs qu'il avait perdus avec son conteneur, ces propos lui paraissaient tout bonnement absurdes.

— Merci quand même, David, mais vous allez devoir répondre à Brunel que je ne marche pas.

Soupir déçu.

— Bon. Si cela ne vous dérange pas, je transmets la même proposition à Michelle.

Hardy quitta la pièce, ébranlé. Sa principale source de revenus semblait sur le point de se tarir.

— Ce qui me rend dingue, c'est que j'ai choisi le secteur des litiges pour la sécurité qu'il offre…, grommela Hardy.

— Le voilà ton problème, rétorqua Frannie. La sécurité n'existe pas, c'est un mythe.

Elle savait de quoi elle parlait. Jeune orpheline, elle avait été élevée par son frère Moses. Son premier mari avait été tué une semaine après qu'elle eut découvert qu'elle était enceinte de Rebecca.

— C'est la raison pour laquelle, mon pauvre époux qui souffre, nous devrions vraiment profiter de la vie tant qu'elle est belle. Maintenant, par exemple. En cet instant même.

Ils étaient étendus dans le living, sur et sous une couverture. Les stores de la baie vitrée étaient baissés, les enfants endormis, et, sur le dessus de cheminée, les éléphants avaient formé le cercle pour la nuit. Tony Bennett jouait en sourdine un air de Billie Holiday. Le feu projetait une lumière vacillante.

— Cet instant n'est pas trop mal, reconnut-il. Qu'est-ce qu'on fait dans le séjour ?

— Urgence sexuelle.

— Ah ! ça me revient, maintenant, dit-il. (Il se pencha vers elle, l'embrassa.) Je t'aime.

— Bon, si tu ne peux pas faire autrement.

— Je ne peux pas.

Frannie avait la tête au creux de l'épaule de son mari, une jambe posée sur les siennes. Un long moment s'écoula avant qu'il ne demande :

— Ça ne te fait pas peur, tout ça ?

— Tout ça quoi ?

— Les chambardements qui s'annoncent. Les choses vont changer.

— Tu seras toujours ici, non ?

— Je l'envisage.

— Alors il n'y aura rien de changé. En fait, tu mourais d'envie de laisser tomber Tryptech.

— Je m'inquiète quand même.

Elle s'appuya sur un coude, sa chevelure rousse flamboyant à la lueur du feu.

— Toi ? Tu plaisantes ? fit-elle, se pressant contre lui. Dismas, tout change tout le temps. Sinon la vie serait plutôt ennuyeuse, tu ne crois pas ?

— Ça m'irait de m'ennuyer. Je m'y ferais sans problème.

— Tu ne le supporterais pas. Ton degré de tolérance à l'ennui est nul. Tu voudrais simplement que tout soit garanti.

— Qu'est-ce qu'il y a de mal à ça ?

— Rien, sauf qu'on ne peut jamais garantir quoi que ce soit.

— C'est *ça* que je ne supporte pas.

— Enfin, la bonne nouvelle, c'est que tu as un client en qui tu crois et dont les parents semblent vouloir te couvrir de dollars.

— Je ne suis pas sûr de pouvoir accepter cet argent.

Frannie garda un moment le silence puis proposa :

— On joue à un jeu : je te dis quelque chose et tu essaies de trouver un commentaire positif au lieu de te demander comment ça pourrait te revenir dans la figure.

— Ça a l'air drôle.

— Ça l'est. (Elle l'embrassa de nouveau.) Tu devrais essayer.

Ils se retrouvèrent finalement dans la chambre, où Hardy dormait profondément quand le téléphone sonna.

— Allô ?

Un coup d'œil au réveil : 11 h 15.

— Désolée de vous réveiller, monsieur Hardy. C'est le sergent Evans. Il faut que je vous parle.

Une décharge d'adrénaline le réveilla complètement. Il repoussa la couverture, enfila un peignoir. « Un instant », murmura-t-il en emportant le téléphone portable dans la cuisine. Il ferma la porte derrière lui, alluma la lumière, s'assit à la table.

— Graham va bien ?

— Très bien. Je viens de lui parler.

Hardy ne parvint pas à intégrer l'information.

— Vous venez de lui parler ? Quand ?

— Maintenant. Il m'a appelée.

— De prison ?

Question idiote. Bien sûr, de prison. C'était là qu'il était, non ?

— Nous avons décidé qu'il fallait vous le dire.

L'avocat pensa aussitôt que Graham avait avoué à la jeune inspectrice. Elle savait qu'il était au plus bas – seul, déprimé, effrayé –, elle était retournée le cuisiner pendant son premier soir au trou. Et elle avait réussi.

— Nous sommes ensemble.

À nouveau, le cerveau de Hardy eut du mal à entériner les faits qu'on lui présentait.

— Vous êtes ensemble dans quel sens ?

— Le sens habituel, je dirais.

Hardy connaissait peu de personnes soupçonnées de meurtre ayant avec des inspecteurs de police des relations proches, si l'on excluait de ces rapports le fait de se tirer dessus.

— Je suis amoureuse de lui.

— Vous êtes amoureuse de Graham ?

— Oui.

— D'accord.

Les paroles de Frannie lui revinrent en mémoire. Rien n'est garanti. Rien n'est prévisible. Pas seulement la Bourse et les jurys. Tout.

— D'accord, répéta-t-il.

— Je sais que c'est un peu bizarre.

— Je m'y ferai. Ça veut dire que vous le croyez innocent ?

— Il n'a pas tué son père.

— Je suis de votre avis.

— Mais quelqu'un d'autre l'a fait.

— Vous en êtes sûre ?

— Je suis prête à le parier.

— Vous savez qui c'est ?

— Non. Sinon, je l'arrêterais pour faire sortir Graham de prison. Mais on nous a retiré l'affaire. La politique… Si on me laissait poursuivre l'enquête, je trouverais le coupable. Il y a quelque chose, je le sais. Quelque chose dont vous n'avez pas connaissance.

— Peut-être que si. J'ai reçu une autre caisse de documents, aujourd'hui.

Après un bref silence, Evans murmura :

— Ça ne se trouve pas dans le dossier.

Elle résuma ce que Lanier et elle avaient découvert : Pio, le fournisseur de Sal en poisson, mort la même semaine que lui ; l'argent que Sal transportait pour de gros joueurs.

— Soma déteste Graham, il a décidé d'avoir sa peau. Quand il a eu assez d'éléments pour ça, il nous a ordonné d'arrêter l'enquête.

Hardy resta si longtemps sans rien dire qu'elle prononça son nom.

— Je suis toujours là. Je me demandais ce que vous voulez faire.

— Je veux aider Graham. Découvrir où mènent ces autres

pistes. Le problème, c'est que je ne peux pas… je ne peux pas demander ça à mon patron.

— Vous voulez parler de Glitsky ?

— Ouais. Vous le connaissez ?

— Seigneur.

— Quoi ?

— Rien. Un peu d'humour de fin de soirée. Oui, on peut dire que je le connais.

— Je crois qu'il me virerait. Ou plutôt qu'il me tirerait dessus.

— Vous avez raison.

— Alors, qu'est-ce qu'on peut faire, vous et moi ? On est bien obligés de garder ça pour nous deux. Et Graham, bien sûr.

— Vous me demandez si j'aurais l'usage d'un enquêteur qui travaillerait bénévolement pour aider mon client ? Vous allez me trouver cinglé mais je crois bien que oui.

Sarah raccrocha le téléphone et s'assit à la table de la cuisine, les mains tremblantes. Voilà, elle était passée dans le camp de l'ennemi.

Elle avait dit à Hardy qu'elle était prête à parier sur l'innocence de Graham, mais c'était un euphémisme. En réalité, elle risquait tout sur ce choix. Sa crédibilité, sa carrière.

Au cours des derniers jours, elle s'était efforcée de voir avec un certain recul ses rapports avec Graham. Si elle avait été un homme, on lui aurait pardonné d'avoir une liaison avec l'un de ses suspects. Si elle avait été *un* flic, l'esprit de corps aurait fonctionné et, même si cela aurait pu lui valoir de gros ennuis, le problème n'aurait jamais fait l'objet d'un débat public. Au cours de sa carrière, elle avait connu trois types qui étaient « sortis » avec leurs suspectes – si sa mémoire était bonne, l'une d'elles était même soupçonnée de meurtre. L'une de ces trois liaisons – pas celle de l'affaire de meurtre – avait débouché sur un mariage.

Sarah ne se faisait aucune illusion : si *sa* liaison avec Graham venait à être connue, sa carrière serait fichue. Même si l'Association des officiers de police prenait sa défense, Glitsky veillerait à ce qu'elle soit mutée dans une autre brigade que la criminelle.

Elle espérait qu'elle avait pris la bonne décision en appelant Hardy mais elle n'en était plus sûre.

L'avocat réfléchissait, assis dans la cuisine.

La journée avait été surprenante, avec tous ces alliés cachés de Graham Russo qui surgissaient sans prévenir : les parents prêts à payer les frais de défense, Sarah Evans proposant de l'aider dans ses investigations.

Les révélations de l'inspectrice élargissaient considérablement le point de vue sur l'affaire et lui fournissaient une tactique qui fonctionnait toujours bien avec les jurés : la défense QAFC, Quelqu'un d'Autre a Fait le Coup. Sarah n'aurait même pas besoin de trouver un autre suspect. Si Hardy démontrait qu'il *pourrait* y en avoir un, il parviendrait peut-être à susciter dans l'esprit des jurés un doute raisonnable.

Le petit tour de magie que David Freeman lui avait fait avec le journal refusait cependant de quitter son esprit. Le contexte, le contexte, le contexte.

Les pièces du dossier qu'il avait reçues aujourd'hui comprenaient une liste de toutes les preuves matérielles réunies à ce jour. Hardy pourrait les examiner réellement plus tard en se rendant à l'armoire à scellés, mais la liste elle-même lui livrait au moins un élément important – ou potentiellement important – du contexte.

Il savait déjà que les cinquante mille dollars que Sal gardait chez lui – l'argent retrouvé dans le coffre de dépôt de son fils – avaient été mis en liasses par la banque dix-sept ans plus tôt. Ce à quoi il n'avait pas réfléchi jusqu'ici, c'était que les bandes entourant ces liasses lui fournissaient une date précise : le 2 avril 1980.

Cinquante mille dollars, c'était beaucoup d'argent aujourd'hui, une fortune dix-sept ans plus tôt. D'où venait cet argent ? D'un braquage de banque ? D'un kidnapping ? D'un événement qui aurait laissé une trace dans la presse ?

Demain, les archives du *Chronicle* seraient ouvertes et apporteraient peut-être une réponse à cette question.

23

Il commença à parcourir les manchettes en partant de six mois avant la date des bandes et n'eut pas à aller très loin. Parvenu à la première semaine de novembre 1979, il eut l'impression d'avoir découvert ce qu'il était venu chercher et sortit de la salle des archives, courant presque dans sa hâte à trouver un téléphone.

— Le juge Giotti, s'il vous plaît. De la part de Dismas Hardy. Dites-lui que c'est en rapport avec Graham Russo.

— Ici Mario Giotti.

Hardy ne s'attendait pas que le juge prenne la communication. On ne somme pas un juge fédéral de venir au téléphone. Giotti avait pourtant répondu, peut-être parce qu'il prenait un intérêt personnel à l'affaire.

L'avocat se présenta :

— Je représente Graham Russo. J'ai une ou deux questions à vous poser, si vous pouvez me consacrer quelques instants.

— Bien sûr. Sal était un de mes plus vieux amis. Je présume que vous voulez parler de l'état dans lequel j'ai trouvé l'appartement en découvrant le corps. Je peux vous assurer que je n'ai touché à rien.

Estimant impossible de finasser, Hardy alla droit au but :

— En fait, Votre Honneur, je m'intéresse à l'incendie qui a ravagé le restaurant de votre père, le *Grotto*.

Pendant un long moment, pas de réponse, puis :

— Il y aurait un rapport avec Graham Russo, disiez-vous ?

— À vrai dire, je n'en sais rien.

— J'ai peine à imaginer qu'il y en ait un. C'est si vieux.

— En effet.

Hardy attendit, et Giotti ne se déroba pas :

— Si vous êtes libre, venez donc faire un saut ici. Je ne retourne pas en salle d'audience avant une heure et demie.

Même après avoir traversé les sept pièces abritant les services du juge – un demi-pâté de maisons –, Hardy n'imaginait pas que le bureau personnel de Giotti eût autant de majesté. Il était habitué au palais de justice, où les pièces étaient à l'échelle humaine. Au tribunal fédéral régnaient des déités.

Le bureau de Giotti mesurait douze mètres sur quinze et son plafond se situait à peu près à hauteur du ciel. Dans une immense cheminée, on avait installé un appareil de chauffage incongru. Avec ses boiseries sculptées, ses poutres apparentes, ses incrustations de marbre, ses rayonnages de livres couvrant tout un mur, la pièce soulignait le pouvoir attaché à la fonction – Dieu aurait souhaité être juge fédéral, et Son propre trône céleste ne pouvait guère être plus imposant.

Giotti se leva de son magnifique siège et s'avança, la main tendue.

— Monsieur Hardy ? Ravi de vous rencontrer. Ma secrétaire a bien compris le prénom ? Le bon larron ?

— Dismas, oui.

— Patron des meurtriers, si je ne m'abuse ?

— C'est exact, mais Graham Russo n'a pas encore été condamné.

— Certes non. Et je ne voulais pas insinuer qu'il le sera.

— Par ailleurs, je ne suis pas un saint.

— Alors, nous devrions nous entendre, dit le juge, dont le sourire s'élargit. Moi non plus je ne suis pas un saint. Voulez-vous un café ? Asseyez-vous donc.

Hardy choisit le fauteuil le plus proche du radiateur.

— Ces pièces immenses, on n'arrive pas à les chauffer, soupira Giotti. Tous les bureaux des juges ont ces énormes cheminées, vous savez, mais dans tout le bâtiment il n'y en a qu'une qui fonctionne.

— Comment décidez-vous qui y a droit ?

— Comme nous décidons de tout le reste. En fonction de l'ancienneté.

Hardy eut un petit rire

— Et on raconte que les juges fédéraux obtiennent tout ce qu'ils veulent !

— Nous obtenons dix-huit pour cent de plus que le commun des mortels, mais ça s'arrête là.

— Encore une illusion qui s'effondre.

— Qu'elle repose en paix, déclama le juge au moment où la secrétaire apportait le café.

Après son départ, Giotti but une gorgée, posa tasse et sous-tasse en équilibre sur un genou.

— Vous voulez parlez de l'incendie du *Grotto* ? Je suis curieux de savoir comment cette idée vous est venue.

L'avocat exposa le lien ténu – il devait le reconnaître – qu'il avait cru déceler entre les deux faits. Prononcée à voix haute, l'explication semblait bancale.

— Vous dites que Sal gardait chez lui une grosse somme…

— Cinquante mille dollars.

Le juge écarta la précision d'un geste – peu lui importait le montant exact.

— En liasses entourées d'une bande portant une date. Vous avez donc consulté les archives du *Chronicle* et vous avez découvert que le *Grotto* avait brûlé cinq mois plus tôt.

— Oui, Votre Honneur, c'est ce que j'ai fait.

— Et vous supposez qu'il existe un rapport de quelque nature entre les deux événements ?

— Je ne sais pas. C'est la troisième fois que votre nom apparaît dans l'affaire…

— La troisième ?

Acquiescement de la tête.

— Vous avez découvert le corps de Sal. Il y a aussi l'alerte à la bombe quelques heures avant sa mort…

— Où voyez-vous mon nom apparaître là-dedans ?

— Votre nom, pas exactement. Mais il y a un rapport avec le tribunal fédéral.

— Et, troisièmement, l'incendie ? Là mon nom apparaît, en effet, du moins, celui de mon père.

Hardy aurait compris l'agacement du magistrat, mais Giotti ne montrait aucun signe d'irritation. Avec une expression bienveillante, il attendait que l'avocat établisse un lien quelconque entre les trois éléments. Ce dont Hardy était bien incapable. Écartant les mains, il reconnut d'un air penaud :

— Je ne sais même pas ce que je suis venu vous demander au juste. Il semble qu'il pourrait y avoir un… un…

— Un rapport ?

— Oui, je crois.

— Entre quoi et quoi ?

— Je ne sais pas, répondit l'avocat, qui se sentait tout à fait ridicule. Je suis navré, je vous fais perdre votre temps. Généralement, je réfléchis avant de passer en première. Ça n'a manifestement pas été le cas aujourd'hui.

Giotti l'excusa d'un geste.

— Ne vous croyez pas obligé de partir, monsieur Hardy. Je suis curieux de savoir comment vous envisagez d'aborder l'aspect juridique essentiel de cette affaire.

— Le suicide assisté ?

Le juge hocha la tête.

— Vous n'êtes pas sans savoir qu'ici, à la 9e cour, nous nous attendons à être en guerre avec la Cour suprême sur cette question du droit à mourir. Ce n'est pas très différent de ce qui se passe apparemment entre Sharron Pratt et Dean Powell. (Il se pencha en avant, posa tasse et sous-tasse sur la table basse.) Nous avons déjà pris le parti des anges dans l'affaire Glucksberg mais notre décision sera annulée. C'est du moins ce que je prévois. J'espère que la Cour suprême n'imposera pas une interdiction générale par les États, mais c'est possible.

— Sur le suicide assisté, vous voulez dire ?

— Oui.

Hardy était surpris – stupéfait, même – qu'un juge fédéral discute d'un tel sujet avec quelqu'un qu'il pourrait retrouver au tribunal. Il prit le temps de formuler adéquatement sa question :

— Faites-vous partie des juges qui y seraient favorables ?

Giotti eut un sourire las.

— Disons que je suis contre une interdiction pour les malades en phase terminale. Sur le plan juridique, et l'affaire Casey me donne raison, c'est une question de liberté individuelle, pas très différente du problème de l'avortement. À condition, bien entendu, de réunir les conditions des quatre S.

— Quoi ?

— Excusez le jargon. À condition que le malade soit sain d'esprit, suffisamment informé, stable et sans contrainte.

L'énumération amena une question sur les lèvres du défenseur de Graham :

— Pensez-vous que votre définition s'appliquait à Sal ?

— À l'origine, oui, quand l'intention d'en finir s'est formée en lui. Ces derniers temps, je dirais non.

— Vous le connaissiez donc bien ?

— Bien et depuis longtemps – ce qui ne va pas forcément de pair, dit Giotti. (Il se renversa contre le dossier de son siège et croisa les jambes, parfaitement à l'aise.) Je le voyais au moins deux fois par mois, quelquefois plus souvent, là-bas (geste vague) dans la ruelle. Parfois à son appartement.

— Il vous vendait du poisson ?

— C'était son métier. Un type formidable. Vous l'avez connu ?

Hardy ne savait comment prendre la question. Giotti avait-il envie d'évoquer des souvenirs ou prenait-il simplement plaisir à parler à quelqu'un pendant la pause du déjeuner ? Il devait mener une vie de reclus.

— Je l'ai rencontré à plusieurs reprises, répondit-il. Je connais beaucoup mieux Graham.

Plissement de front, aussitôt effacé.

— Il n'est pas particulièrement apprécié dans ces murs, fit le juge.

— Je me le suis laissé dire.

— On ne plaque pas un stage auprès d'un juge fédéral. Je crois qu'il n'y avait pas de précédent. La conduite de Graham a hérissé quelques poils.

— Les vôtres ?

Giotti considéra la question avant d'admettre :

— Pour être tout à fait franc, oui. J'avais placé en lui beaucoup d'espoirs. À travers Sal. Vous comprenez ? Le fils d'un ami. On ne veut pas voir le cycle se répéter. Je ne voulais pas voir Graham finir comme Sal.

— Il était pourtant votre ami – Sal, je veux dire.

— Pas comme du temps de notre jeunesse, répliqua Giotti, laissant échapper un soupir. Sal avait échoué dans la vie.

— Que s'était-il passé ? Il n'avait pas toujours été un raté.

— Non. Quand il a épousé Helen… vous l'avez rencontrée ?

Hardy acquiesça d'un signe de tête.

— Une femme superbe, vous ne trouvez pas ? En l'épousant, Sal a fait des envieux dans toute la ville. C'était un sportif talentueux, avec une personnalité formidable, une affaire à lui, trois beaux enfants…

— Je répète ma question : que s'est-il passé ?

— Je ne sais pas. Il vivait peut-être un mensonge, marchant sur un fil jusqu'à ce que quelqu'un lui fasse perdre l'équilibre en lui donnant un coup. Par ailleurs, Helen n'a pas perdu de temps à se remarier avec Leland – elle lui a peut-être brisé le cœur. Sal a disparu pendant quelques années. À son retour, il n'était plus le même.

Sans savoir ce qu'il lui prenait, Hardy demanda sur une intuition :

— Et vous l'avez aidé à s'établir, à devenir Salmon Sal ?

Giotti changea de position dans son fauteuil. Son regard se fit perçant, puis il sourit.

— On peut dire ce qu'on veut des avocats, j'adore la façon dont leur esprit fonctionne. Eh bien oui. Il était mon ami, j'étais navré de ce qui lui était arrivé. Quoique « s'établir » soit un terme un peu fort. Disons que les gens étaient plus disposés à le rencontrer parce que je le connaissais.

— Il ne vous a jamais parlé de l'argent ?

— Quel argent ?

— Rappelez-vous, il avait cinquante mille dollars. Avec ce magot, il n'avait pas besoin de travailler.

— Qui vous dit qu'il l'avait à ce moment-là ? Je sais que les bandes portent cette date, mais cela ne prouve pas que l'argent était en sa possession.

— Votre remarque est pertinente, convint l'avocat.

Hardy se rendit soudain compte que les bandes ne révélaient rien du chemin suivi par les liasses en dix-sept ans. En fait, il s'agissait peut-être d'argent confié récemment à Sal par un joueur, comme le suggérait Evans. Graham savait-il quoi que ce soit à ce sujet ? Il faudrait lui poser la question.

Tout à coup, un doute affreux : les arrhes que son client lui avait versées, d'où provenaient-elles ?

— Il était très mal, vers la fin, vous savez, disait Giotti. Il souffrait beaucoup.

— Il ne répondait plus aux conditions des quatre S, comme vous disiez ?

— Exactement. La maladie d'Alzheimer l'avait terriblement diminué. Il n'était plus capable de prendre une décision seul.

— Vous dites pourtant qu'auparavant il aurait fait part à Graham de son désir de mourir, d'en finir avec la vie quand elle deviendrait trop pénible.

Le juge eut un sourire.

— J'ai dit cela ?

— Je suis son avocat. Cela m'aiderait de savoir qu'il l'a fait.

— Vous allez donc plaider l'euthanasie ?

— Nous avons déjà renoncé à cette défense. Nous plaidons non coupable d'homicide volontaire.

— Homicide volontaire, c'est ridicule, lâcha le juge en vidant ses poumons.

Sourire sardonique de l'avocat.

— C'est aussi mon opinion. J'espère que les jurés seront de notre avis.

— Présentez-leur l'affaire sous cet angle et ils n'y manqueront pas. C'est couru, dans cette ville. Mais je devrais m'abstenir de tout commentaire.

— Je n'en ai entendu aucun, prétendit Hardy, rendant leur accord explicite. J'ai toutefois un problème avec Graham, qui se refuse à reconnaître qu'il est passé à l'appartement.

Il ne mentionna pas son autre problème : il était à peu près sûr que Graham n'avait pas aidé son père à mourir, que, sur ce point au moins, il disait la vérité.

— Il y est passé, assura calmement Giotti.

— Ce jour-là ? Vous le savez ?

Le juge fit machine arrière :

— Pour ce jour-là, je ne peux pas l'affirmer, mais il venait souvent le voir. Deux fois par semaine, d'après Sal.

— Graham soutient qu'il n'y est pas allé ce jour-là.

— Faites-le changer d'avis et il sera acquitté.

Hardy se pencha en avant, les coudes sur les genoux.

— Il se refuse à admettre quoi que ce soit. Il est têtu. Il a peur de se faire rayer du barreau.

Le juge réfléchit un moment, puis se pencha lui aussi au-dessus de la table et suggéra à voix basse :

— Alors, admettez-le pour lui. Ce ne serait pas la faute de Graham si les jurés avalaient la thèse du suicide assisté et le déclaraient non coupable. Graham lui-même n'aurait rien reconnu. Le barreau ne pourrait pas le radier si c'était uniquement un argument de son avocat, pas le témoignage de l'accusé lui-même. Il vous suffirait, monsieur Hardy, d'empêcher votre client de passer par le box des témoins.

Hardy trouva soudain la conversation extrêmement étrange : un juge fédéral lui donnant des conseils sur sa stratégie de défense. Une stratégie, il s'en rendait compte, qui avait toutes les chances de réussir et n'était pas très différente de celle que Leland Taylor lui avait suggérée la veille. Si seulement il parvenait à convaincre Graham...

— Ça pourrait marcher, monsieur le juge.

— Dans le cas contraire, et si nous considérons que, là encore, je m'abstiens de tout commentaire direct... (Giotti attendit que Hardy exprime son accord d'un hochement de tête), vous aurez au moins construit votre défense sur le problème constitutionnel, et je peux vous assurer que cette cour verrait un appel d'un œil favorable.

Le temps se figea. Hardy prit conscience de manière quasi hallucinatoire de ce qui l'entourait. La lumière blanche de l'autre côté de la fenêtre. Le radiateur se mettant soudain à cliqueter. Un portrait de chef indien sur le mur d'en face. Si ses oreilles ne lui avaient pas joué un tour, Giotti venait de lui dire qu'en cas de condamnation de Graham il veillerait à ce que le verdict soit annulé en appel.

Hardy n'osa pas demander s'il avait bien entendu. Une confirmation plus directe eût relevé de la collusion. Agitant la tête comme un pantin, l'avocat se leva.

— Merci, Votre Honneur. J'ai été enchanté de faire votre connaissance.

— Tout le plaisir est pour moi. Ce n'est pas tous les jours qu'il m'est donné de faire un usage personnel de mon temps.

Ils se dirigeaient vers la porte quand Hardy s'arrêta.

— Puis-je vous poser une dernière question ? Très vite ?

— Posez-la lentement si vous voulez. De quoi s'agit-il ?

— Vous m'avez dit que Sal était incapable de prendre une décision, vers la fin.

— Une décision en connaissance de cause, corrigea le juge.

— Était-ce évident pour tous ceux qui le fréquentaient ?

— Peut-être pas. Mais pour ceux qui l'avaient connu auparavant, oui.

Hardy fronça les sourcils ; Giotti lui demanda où il voulait en venir.

— Je cherche à me faire une idée de ses derniers moments. Si, dans un éclair de lucidité, Sal avait pris sa décision, puis avait changé d'avis au moment même où il la mettait à exécution, cela pourrait expliquer les marques entourant le point d'injection.

Le regard du juge obliqua vers un coin de la pièce, se porta sur les moulures en séquoia enlaçant le mur. Il demeura un long moment les lèvres plissées, les yeux éteints.

— Il savait que la fin approchait. Dernièrement, il avait cessé de raconter des blagues sur la maladie d'Alzheimer, ce que j'ai interprété comme le signe qu'il la prenait enfin au sérieux.

— Et puis, d'un seul coup, cette tumeur changeait tout.

— Que voulez-vous dire ?

— Au lieu d'être confronté à un long glissement dans la démence qui lui ferait perdre sa dignité, il devait faire face à la douleur.

— Et ?

— D'après ce que j'ai entendu dire de lui, il était terriblement macho. Il ne se serait pas laissé vaincre par la douleur, si forte fût-elle.

— Cela cadre avec le personnage, reconnut Giotti. Je me souviens d'un jour, à bord du *Bonus*. Nous venions de prendre un saumon et Sal a glissé sur le pont. Le crochet de la gaffe lui a transpercé la main.

— Houla !

— De part en part. Il a poussé un cri, il a libéré sa main et l'a entourée d'un vieux T-shirt. Nous avons continué à pêcher et il n'a même pas fait allusion à l'incident de toute la journée.

— C'est ce que je voulais dire. Je ne l'imagine pas fuyant la douleur dans la mort.

— Peut-être une combinaison des deux choses, alors : la tumeur et la maladie d'Alzheimer. En tout cas, quelque chose l'a suffisamment ébranlé pour qu'il prenne cette décision. Forcément, qu'en pensez-vous ?

— Forcément, acquiesça Hardy.

24

— Il dit que c'est urgent, fit la voix sèche de Phyllis dans l'amplificateur.

Hardy s'était terré dans son bureau avec Michelle pour explorer le monde ô combien fascinant de la résistance au travail des métaux. L'après-midi du mercredi touchait à son terme ; il était sans doute plus de cinq heures – beaucoup trop tard, en tout cas, pour ce qu'il lui restait à faire.

Il n'était même pas passé voir Graham, qui devait se morfondre dans sa cellule de l'IA en se demandant ce que faisait son avocat. En réalité, Hardy avait travaillé toute la journée sur l'affaire Russo : après la rencontre avec Giotti, petit saut au palais de justice pour prendre livraison d'autres pièces, jeter un coup d'œil aux preuves matérielles. Le contenu du coffre : argent, cartes de base-ball, vieille ceinture. Les seringues et les fioles aux étiquettes décollées.

Croisant Claude Clark dans le couloir, Hardy l'avait arrêté dans l'intention sincère de l'aider, peut-être même de faire amende honorable après l'accord avorté avec Pratt. La conversation avait viré à l'aigre. Barbara Brandt est une menteuse, avait déclaré l'avocat. Faux, avait répliqué Clark, et même si elle mentait, Hardy n'avait pas à prendre des engagements qu'il était incapable de tenir. Clark préférait les menteurs : au moins, avec eux, on savait à quoi s'en tenir.

Il était déjà trois heures et demie quand il avait renoncé à essayer de joindre Glitsky pour affronter la circulation catastrophique entre la partie nord de la ville et Sutter. Il avait téléphoné à Michelle pour repousser leur rendez-vous de deux heures à trois heures, puis à quatre heures, mais il serait en retard quand même.

D'autant que quelqu'un s'était garé sur son emplacement de parking.

Fixant d'un œil mauvais la voiture inconnue occupant l'espace pour lequel il payait chaque mois une fortune, Hardy s'était étonné une fois de plus qu'on puisse être contre la peine capitale. Car, à n'en pas douter, usurper un emplacement de parking était une atteinte à la civilisation méritant la mort.

Pour ajouter un zeste de tension à la situation, il avait rendez-vous avec Frannie dans moins de deux heures, et il avait prié Phyllis, la dernière fois qu'elle lui avait passé une communication – un journaliste –, de ne plus lui en transmettre une seule. Voilà pourtant qu'elle les interrompait encore.

— Désolé, Michelle, marmonna-t-il. Oui, Phyllis, qui est-ce ?

— Un docteur Cutler.

— Connais pas.

— C'est à propos de l'affaire Russo.

— Qu'est-ce qui ne l'est pas ? soupira-t-il en se levant du canapé pour s'approcher du bureau.

La réponse provint d'une source inattendue :

— Ça.

Michelle avait lâché le mot avec une vigueur qui le surprit. Il se rendit soudain compte qu'elle ne s'épanouissait pas sous sa tutelle. Elle s'occupait parfaitement des détails et même de la stratégie de l'affaire, mais comme leur travail en commun était constamment parasité par Graham Russo, elle montrait un agacement compréhensible. Il eut un vague geste d'excuse, décrocha.

Entendant un bruissement de papiers derrière lui, il se retourna, vit Michelle sortir et refermer la porte derrière elle. Déconcentré, il n'entendit pas les premiers mots de son correspondant.

— Excusez-moi, vous pourriez répéter ?

Soupir à l'autre bout de la ligne : Hardy n'était pas en train de se faire des amis.

— Je m'appelle Russell Cutler. Je joue au base-ball avec Graham.

— Ma secrétaire m'a parlé d'un « docteur Cutler »...

— Je suis aussi médecin. C'est... c'est moi qui ai prescrit la morphine pour Sal Russo. Depuis, j'essaie de vivre avec ce poids, et je n'y arrive pas très bien. J'ai pensé qu'en parler à quelqu'un pourrait m'aider.

— C'est possible, dit l'avocat.

Une autre pensée lui vint aussitôt et lui noua l'estomac. Son client avait encore menti : si ce médecin jouait au base-ball avec Graham, ce n'était pas Sal qui s'était procuré la morphine – comme Hardy avait fini par l'accepter avec réticence –, c'était Graham qui la lui avait fournie.

Bon Dieu ! Ça ne finirait donc jamais ?

S'efforçant de se concentrer sur son rôle d'avocat, il demanda d'un ton calme :

— En avez-vous parlé à quiconque ? À la police, par exemple ?

— Non. J'ai pensé qu'il valait mieux me confier à des gens du camp de Graham.

— Bonne idée, approuva Hardy. Quelles sont vos coordonnées ?

Cutler répondit qu'il était interne au centre médical Seton de Daly City. Il vivait à San Bruno, avait fait ses études de médecine à l'USF. Il avait joué au base-ball en fac et avait été « recruté » par Craig Ising un jour qu'il était venu en ville. Il jouait à intervalles irréguliers, chaque fois que son travail lui en laissait le temps.

— Graham et moi, nous sommes devenus amis et il m'a parlé de Sal : il avait peur de voir un médecin parce qu'il pensait qu'on signalerait sa MA, qu'on lui retirerait son permis de conduire et qu'on le placerait dans une maison de santé. Vous connaissez les services de soins aux indigents ? C'est consternant.

— Il paraît. Donc, vous et Sal... ?

Il n'y eut pas de réponse pendant un long moment, bien que la ligne n'eût pas été coupée.

— Écoutez, je suis au foyer..., finit par dire Cutler d'une voix changée.

— Et vous ne pouvez pas parler ?

Un rire forcé, puis :

— Ouais, tout juste.

— Quand pourrions-nous nous voir ?

— J'adore quand tu me fais des coups pareils.

— C'est pour ça que nous sommes un couple formidable, conclut Hardy. Tu es toujours si compréhensive.

— Ça doit être ça, grogna Frannie.

Il se défendit : il n'avait pas eu le choix. Mais l'argument ne parut pas toucher sa femme. Comme il n'avait pas touché Michelle, à en juger par le mot (« Je rentre ») que Hardy avait trouvé collé sur la porte du bureau de la jeune femme lorsqu'il était enfin allé la rechercher pour reprendre leur discussion sur la résistance au travail des métaux. Son esprit exercé lui avait soufflé qu'elle n'était pas ravie.

Pas plus que ne l'était Frannie de sa décision de rencontrer un témoin au *Petit Shamrock* un soir de sortie. Moses, son frère, revint à leur table après avoir servi un groupe de clients installés devant la fenêtre de devant.

— Je n'y peux rien, Frannie, essayait de se justifier Hardy. Ce type est libre ce soir puis il est de service tout le reste de la semaine. Qu'est-ce que je pouvais faire d'autre ?

Sa femme, qui faisait durer un verre de vin blanc, prit une mine songeuse.

— L'idée te semblera peut-être extravagante, mais tu n'aurais pas pu attendre la semaine prochaine ? Qu'est-ce que tu en penses, toi, Moses ?

Moue hésitante.

— Ne jamais remettre au lendemain ce qu'on peut faire le jour même ?

Ravi de ce soutien, Hardy déclara :

— La sagesse même. Ton frère a un doctorat, tu sais. Il a forcément raison.

Frannie fit aller son regard de l'un à l'autre.

— Vous savez comment on appelle la personne qui a les moins bonnes notes en fac de médecine ?

— Aucune idée, fit Hardy.

— Docteur, dit-elle en souriant.

McGuire précisa sur un ton offensé :

— Je ne suis pas ce genre de docteur, de toute façon.

Hardy tenta de revenir au sujet :

— Il peut se passer n'importe quoi en une semaine. Et si mon témoin mourait d'ici là ?

Sa femme se frappa le front d'un geste théâtral.

— Idiote que je suis ! J'avais complètement oublié cette possibilité, qui est tout à fait probable, je suppose. Le gars a quoi ? vingt-cinq, trente ans ? La mort doit rôder autour de lui comme une panthère.

— Je n'ai jamais dit que c'était probable. Je suis prudent, voilà tout.

Hardy s'en tenait au soda en prévision de sa conversation avec Russell Cutler, qui devait arriver d'une minute à l'autre. S'il ne s'était pas dégonflé. Il avait déjà un quart d'heure de retard.

— Je te taquine, dit Frannie en posant une main sur celle de son mari. Mais ensuite, on va dans un vrai restaurant et on mange des plats que je ne sais pas cuisiner, d'accord ?

— D'accord.

— Il est docteur, ton témoin ? demanda-t-elle en regardant par-dessus l'épaule de Hardy.

— Ouais.

— Alors, je crois que c'est lui.

Le Dr Cutler avait gardé sa blouse vert clair, peut-être comme moyen d'identification. Hardy laissa Frannie avec son frère et les deux hommes se serrèrent la main dans l'entrée.

Le *Petit Shamrock*, fondé en 1893, était le plus vieux bar de San Francisco. Large de six mètres, il s'étendait en profondeur sur trois fois cette distance. Des grands bis et autres vestiges du début du siècle étaient accrochés au plafond. Clou du décor, une horloge dont les aiguilles avaient cessé de tourner lors du grand tremblement de terre de 1906. Ce mercredi, à sept heures vingt-deux, il y avait deux douzaines de clients, dont la moitié assiégeait le comptoir. Le reste jouait aux fléchettes ou occupait les petites tables de devant. Les Beach Boys chantaient *Don't worry, Baby* dans le juke-box.

Hardy entraîna Cutler vers le fond, où l'on avait disposé trois canapés comme dans un salon. Des lampes Tiffany prodiguaient une faible lumière. Les toilettes se trouvaient derrière des panneaux de verre coloré, et les clients ayant un sens olfactif développé évitaient leur voisinage, du moins tant que l'endroit n'était pas bondé et que l'odeur de la bière ne recouvrait pas toutes les autres.

Cela ne dérangeait apparemment pas Cutler.

— Je n'arrive pas à croire que j'ai gardé ça pour moi aussi longtemps, fit-il avant même de s'asseoir.

— Vous êtes ici, maintenant. C'est ce qui compte.

— Vous savez pourquoi j'ai dit à votre secrétaire que c'était urgent ? Je pensais que, si je n'en parlais pas aujourd'hui, je ne le ferais jamais.

Frannie avait deviné juste : Cutler avait entre vingt-cinq et trente ans. En ce moment, il avait des cernes noirs sous les yeux, les joues ombrées de barbe, mais Hardy pensait qu'une fois rasé et reposé son visage devait paraître juvénile, voire enfantin. Sans être aussi grand et large d'épaules que Graham, il avait la même grâce sportive dans ses mouvements, mais ses cheveux coupés court lui donnaient plus l'air d'un marine que d'un fou de sport.

— Cette histoire m'a complètement vidé. J'ai l'impression de ne pas avoir dormi depuis la première arrestation de Graham.

La tâche primordiale de Hardy consisterait à le rassurer.

— Je ne suis pas de la police. Ce que vous me confiez ne tombe pas nécessairement dans le domaine public.

Cutler hocha la tête, soupira, ouvrit et referma les mains, finit par les joindre et se pencha en avant.

— Graham était devenu une sorte de garde-malade pour son père, vers la fin. Ils avaient conclu un accord sur sa maladie d'Alzheimer : Graham l'aiderait à mourir avant que… avant qu'on ne soit obligé de l'envoyer dans une maison de santé, je suppose. Mais Sal a commencé à avoir ces maux de tête.

— Un cancer ?

Cutler acquiesça.

— Au début, nous n'étions pas sûrs, alors je l'ai fait passer au scanner. Nous avons fait vérifier deux fois les résultats. Il n'y avait aucun espoir. Impossible d'opérer. Je lui ai prescrit de la morphine.

— Pour qu'il puisse se tuer ?

Le médecin hocha de nouveau la tête.

— Quand il serait au bout du rouleau, oui.

— Vous avez rédigé une ordonnance ? Il y a donc une trace ?

— Oui, mais… je l'ai écrite au nom de Graham. Il est allé dans une pharmacie de Seton, sans doute parce qu'il pensait que ce serait moins risqué en dehors de la ville.

— D'accord, mais pourquoi ces précautions ? Vous avez un malade, vous lui prescrivez un médicament. Où est le problème ?

— Il n'y en avait pas, en soi. C'était idiot, je n'aurais jamais dû faire comme ça.

— Que voulez-vous dire ?

Cutler regarda l'avocat avec des yeux implorants, comme pour demander l'absolution.

— Je suis en dernière année d'internat, je ne suis pas censé avoir une clientèle privée. Ce n'est pas interdit mais c'est mal vu. Très mal vu. Graham ne voulait pas que son père passe par la filière normale, parce que Sal avait la trouille qu'un médecin décide de le faire hospitaliser. Alors, j'ai tout fait en dehors du système.

— Et pour les vérifications ?

Haussement d'épaules.

— Je n'ai pas dit qu'il s'agissait d'un patient privé. Un copain m'a aidé pour le scanner, puis un spécialiste a confirmé que c'était inopérable. Qu'est-ce que je pouvais faire ?

— Vous saviez donc que Sal se suiciderait ?

— Disons que nous voulions lui laisser cette possibilité.

— Graham a décollé des fioles les étiquettes portant votre nom ? Vous lui rendiez un service ; en échange, il s'arrangeait pour vous tenir hors du coup, pour que vous ne vous fassiez pas virer ?

— Ouais. C'était déjà assez grave d'avoir un patient privé. Si, en plus, j'avais été mêlé à une histoire de suicide assisté… Au mieux, je devais chercher un autre poste d'interne, au pire, j'étais rayé de l'ordre.

Hardy ne manqua pas de remarquer la similarité des problèmes professionnels des deux jeunes hommes. Pas étonnant qu'ils soient devenus amis.

— Vous n'avez pas aidé Sal à se tuer ?

— Non. Mais j'ai prescrit la morphine. Maintenant, Graham est en prison, accusé de meurtre, et il cherche encore à me protéger. C'est pour ça que j'ai pensé que je devais en parler. Peut-être que ça l'aidera.

Apparemment libéré par son aveu, Cutler se laissa tomber contre le dossier du canapé.

— Je boirais bien une bière.

— Je m'en occupe.

Hardy se leva, passa derrière le comptoir, tira une Bass. À son retour, Cutler le remercia et demanda :

— Qu'est-ce qu'on fait, maintenant ?

— Votre internat se termine quand ?

— À la mi-juillet. Pourquoi ?

— Parce que le procès s'ouvre en septembre. Dès que je vous aurai inscrit sur ma liste de témoins, on cherchera à vous parler. Mais nous devrions pouvoir garder ça pour nous d'ici là. Vous n'avez enfreint aucune loi, n'est-ce pas ?

— Pas à ma connaissance.

— Et la police n'a pas invité le mystérieux médecin - c'est vous - à se présenter ? Alors, ne vous en faites pas pour ça. Mon principal souci, à dire vrai, c'est que je découvre que Graham a encore menti.

— Il voulait me protéger.

— Je le comprends, assura l'avocat. (Il n'entama pas de discussion sur ce point. Le penchant de son client pour les contre-vérités bien intentionnées finirait par causer sa perte.) Mais revenons à vous. Je ne suis pas tenu de vous faire figurer sur ma liste de témoins avant l'ouverture du procès. Quand votre implication sera connue, vous aurez fini votre internat.

— Jamais je n'aurais dû faire ça.

— Je ne suis pas de cet avis. Vous avez au contraire fait ce qu'il fallait. La morphine a aidé Sal tant qu'il était en vie, non ?

Hardy pouvait voir que le médecin avait envie d'y croire mais qu'il avait encore des doutes.

— Oubliez les aspects juridiques, poursuivit-il en tapotant le genou du jeune interne. Personne ne vous arrêtera pour ce que vous avez fait. Vous avez tenté de soulager une souffrance. C'est le rôle du médecin, vous ne pensez pas ?

Une gorgée de bière, un sourire en coin.

— Je ne sais plus trop. C'est ce que je croyais quand j'avais encore une vie.

Hardy et Frannie dînèrent au *Purple Yet Wat*, un restaurant chinois situé à une quinzaine de rues de leur maison. Après être venus à bout de calmars, de rouleaux aux œufs, de poulet en papillote, de porc sauté, de beignets de crevette et d'une douzaine d'autres plats, ils rentrèrent chez eux vers dix heures et quart.

Cinq messages attendaient Hardy.

Glitsky avait simplement laissé son nom.

Michelle était sincèrement désolée de sa manifestation de mauvaise humeur. Ils avaient pas mal de travail à rattraper demain, pourrait-il consacrer un peu de temps à Tryptech ?

Graham Russo avait cru comprendre que son avocat lui rendrait visite chaque jour. Que se passait-il ? Pourquoi n'était-il pas venu à la prison ? Est-ce que tout allait bien ? De toute la journée, il n'avait eu qu'une seule visite, celle de sa mère. Par ailleurs, il avait réfléchi, et la décision qu'avait prise Hardy de ne pas parler de Joan Singleterry – la femme fantôme surgie du passé de Sal – était peut-être une erreur. Graham ne l'avait pas inventée, Sal avait réellement l'intention de lui laisser l'argent. Est-ce que Hardy pouvait venir ? La prison, c'était l'enfer.

Graham de nouveau. Même chose. Il devenait cinglé.

Le dernier message était de Sarah Evans. Elle l'avait laissé dix minutes plus tôt. Après avoir parlé de nouveau à Graham, elle avait eu une idée et pensait tenir quelque chose.

25

Le ton était feutré, même dans la partie réservée au public de la Baywest Bank. On aurait remarqué ce détail même si le bâtiment n'avait pas été situé dans une rue aussi sinistrée et vulgaire. Comme il bordait Market Street, ses clochards et ses détritus, sa puanteur et sa pornographie, le contraste était particulièrement frappant.

L'autre jour, quand il était venu y déjeuner avec les Taylor, Hardy avait traversé le hall pour prendre l'ascenseur, en accordant à peine un coup d'œil au cadre. Cette fois, c'était dans la banque qu'il avait à faire, et il s'attarda à examiner les lieux : parquets cirés, lambris de bois sombre, vitres teintées.

Rien d'aussi grossier qu'une file d'attente ne heurtait le regard à la Baywest. Lorsque vous aviez franchi la porte à tourniquet, un jeune homme en costume sombre vous accueillait et s'enquérait du motif de votre venue. Si vous désiriez voir un caissier – il n'y en avait que trois –, il vous remettait un numéro et vous priait de patienter dans l'un des fauteuils tendus de tapisserie disposés avec goût dans le hall.

Hardy se présenta comme l'avocat de Graham Russo et déclara qu'il souhaitait s'entretenir quelques minutes avec son frère, George, bien qu'il n'eût pas de rendez-vous. Il était neuf heures quinze. Mr. Russo était en réunion. L'avocat répondit qu'il attendrait et alla s'asseoir.

Les cadres de la banque vivaient en cage comme presque partout ailleurs. Le bois sombre de la partie publique était repris de l'autre côté des guichets dans les cloisons basses délimitant chaque espace de travail. La partie supérieure était en verre et Hardy, en s'installant dans son fauteuil, jeta un coup d'œil dans le bureau de George.

Même sans la plaque portant son nom, il l'aurait reconnu. Habillé dans un style différent, figé dans une posture que Hardy n'avait jamais vue chez Graham, George ressemblait cependant de façon saisissante à son frère aîné.

Pour tromper l'attente, l'avocat inscrivit quelques notes sur le bloc qu'il emportait toujours avec lui. Il y avait tant de choses à se rappeler, tant de choses à organiser, et il ne disposait que de trois mois avant l'ouverture du procès, délai ridiculement court contre lequel il avait argumenté avec véhémence au tribunal. Mais son vieux confrère Tim Manion, le juge, bien qu'enclin à se montrer compréhensif sur la caution, s'était révélé intraitable concernant la date du procès.

— Je crois savoir que vous avez rejeté une proposition d'accord très raisonnable, monsieur Hardy (pas de « Diz », sur cette question). Je présume donc que votre client est impatient de raconter son histoire et de blanchir son nom.

— Mais, Votre Honneur, trois mois…

Le marteau. Un sourire pincé.

— À moins que vous ne préfériez commencer dans soixante jours, comme la loi l'autorise.

Hardy avait donc jusqu'en septembre. Il soumettrait une motion de renvoi en sachant que c'était perdu d'avance, mais il avait le sentiment qu'il devait souligner que les preuves n'étaient pas suffisantes pour justifier la détention de Graham.

Il essaierait, exposerait ses arguments, se verrait opposer un refus.

Il nota également de songer à publier pendant un mois environ une petite annonce dans les journaux locaux pour demander à quiconque possédant des informations sur Joan Singleterry de se présenter. Il ne prendrait pas le risque de la faire comparaître devant un jury : même si elle était vraie à cent pour cent, l'histoire que racontait Graham à son sujet sentait le fabriqué. Mais son client avait raison : ils auraient tort de renoncer à chercher quelqu'un qui pourrait peut-être faire la lumière sur la question de l'argent. Cela torpillerait le dossier de l'accusation, du moins en ce qui concernait les circonstances aggravantes.

Il y avait aussi les pistes des joueurs et des vendeurs de poisson suggérées par Sarah Evans. Il fallait coordonner les efforts dans cette direction. Il ne s'agissait pas seulement d'opposer à Powell une défense QAFC : Hardy avait moins besoin de ces informations pour convaincre un jury que pour parvenir à la vérité.

Ce qui était précisément le but de sa visite à la banque...

Il leva les yeux. La porte s'était ouverte et George, la mine soucieuse, prononçait son nom. L'avocat jeta son bloc dans sa mallette ouverte, esquissa un sourire.

— Monsieur Russo, comment allez-vous ? Je représente votre frère...

— Je sais qui vous êtes et je suis très occupé. Qu'est-ce que j'ai à voir avec les ennuis de mon frère ?

Le ton rendait la réplique plus grossière encore.

— Je n'ai pas vu mon père depuis dix ans, poursuivit le jeune banquier. Je ne parle pas à mon frère. Cette histoire ne m'intéresse pas.

Son visage s'était cependant coloré, signe qu'elle provoquait en lui une certaine émotion.

Hardy garda son flegme pour faire observer :

— Je crois savoir que vous avez vu Sal Russo quand il s'est présenté chez votre mère, il y a un mois.

— Et alors ?

— Vous venez d'affirmer que vous ne l'avez pas vu depuis dix ans.

George plissa les yeux. De peur ou de rage, Hardy n'aurait su dire.

— C'est un truc d'avocat, vous retournez mes propos contre moi.

Hardy estima qu'il ne marquerait pas de points en arrondissant les angles.

— En voici un autre : où étiez-vous quand votre père a été tué ?

George ouvrit la bouche, la referma, regarda autour d'eux. Plusieurs clients avaient tourné la tête pour suivre l'altercation. Hardy poussa ce qu'il estimait être un avantage :

— Ce serait plus intime dans votre bureau.

Ils passèrent à l'intérieur. Hardy ferma la porte derrière eux tandis que George se réfugiait derrière sa table de travail. Manifestement, le changement de lieu lui avait donné le temps de réfléchir :

— Je n'ai pas à répondre à vos questions. Vous n'êtes pas de la police.

— Non, c'est exact. Mais je pourrais lui faire savoir que vous avez refusé de coopérer, que votre attitude est suspecte, que vous n'avez pas d'alibi pour l'après-midi du meurtre et que vous avez un mobile très plausible. En plus de ça, vous ressemblez suffisamment à Graham pour que quelqu'un ait pu vous prendre pour lui en vous voyant dans l'immeuble.

Hardy se cala au fond de son fauteuil, croisa les jambes et ajouta :

— Là, vous seriez obligé de répondre aux questions.

— Je n'ai rien à voir avec la mort de mon père.

— Je n'ai pas dit le contraire.

— Vous venez de prétendre que j'ai un mobile, et pas d'alibi.

— Je me trompe peut-être, admit l'avocat avec un haussement d'épaules.

Il attendit. Soudain, le banquier arrogant se transforma en gamin apeuré.

— Pourquoi êtes-vous venu ici ? Je ne sais même pas ce qui vous a donné l'idée de m'interroger.

Hardy décida qu'il avait assez pratiqué le jeu dur. Il pouvait relâcher un peu la pression.

— Votre mère.

Regard perdu, trahi.

— Quoi, ma mère ? C'est elle qui vous envoie ?

Hardy fournit une explication sans faire allusion à Evans, son agent secret :

— Votre mère est allée voir Graham à la prison hier et lui a dit, entre autres choses, qu'elle se faisait du souci pour vous. Vous avez explosé au cours d'une réunion familiale il y a deux semaines, n'est-ce pas ? Vous haïssiez votre père.

— Il nous a abandonnés.

— En effet. Et vous étiez incapable de lui pardonner.

— Pourquoi l'aurais-je fait ?

Laissant la question sans réponse, Hardy assena :

— Votre mère vous croit capable d'avoir tué Sal.

— Qu'est-ce que vous racontez, bon Dieu ? s'exclama George, qui s'épongea le front avec son mouchoir.

— Vous avez dit à votre beau-père que, cet après-midi-là, vous vous trouviez chez un client, mais ce n'était pas vrai.

— Comment… comment savez-vous ça ?

— Votre mère l'a dit à Graham. Il me l'a répété.

— C'est un menteur.

— Ça tient de famille, apparemment. Où étiez-vous ?

George passa un doigt sous le col de sa chemise, se ressaisit peu à peu.

— Chez un client pour une affaire confidentielle, affirma-t-il. (Coup d'œil à sa montre.) Et je suis très occupé. Cet entretien est terminé.

Hardy ne bougea pas.

— Vous préférez que je m'adresse à la police ? Si vous pensez que mes questions sont brutales, attendez d'entendre celles des flics.

— Je ne trouve pas vos questions brutales. Et vous pouvez aller voir la police si ça vous chante. Je ne suis pas allé chez mon père. Je ne savais même pas où il habitait. Si vous ne sortez pas de ce bureau, j'appelle un vigile, menaça George Russo en décrochant le téléphone.

Hardy était assis dans le parloir, et Graham, dans sa combinaison orange, se tenait devant la fenêtre. L'avocat venait de lui soumettre l'offre d'aide financière d'Helen et de Leland.

— Graham ?

Le jeune homme finit par se retourner.

— Ils veulent quelque chose, mais je ne vois pas comment je pourrais te dire non.

— Ils veulent peut-être t'aider.

— Non, ils veulent m'acheter.

— Ils ne m'achèteraient même pas moi, seulement une partie de mes heures. J'ai été clair : je défendrais uniquement tes intérêts, pas les leurs.

Graham se hissa sur un coin de la table, secoua la tête avec un sourire las.

— Ça ne se passe pas comme ça. Leland te paie et tu finis par comprendre où est ton intérêt. J'ai vu ça des milliers de fois.

Les mains jointes devant lui, Hardy soutint le regard de son client.

— Je m'élèverai au-dessus de la tentation ! clama-t-il. Non, sérieusement, j'y ai beaucoup réfléchi. C'est le seul moyen que j'ai de te défendre sans y laisser ma chemise, ce que je ferais volontiers pour toi, mais je préfère ne pas y être réduit. Enfin, à toi de décider.

Hardy regarda Graham lutter avec le dilemme, liens familiaux et obligations financières.

— Ma mère a vraiment le chic pour mettre du piment dans le dysfonctionnel, hein ?

— Son comportement n'est pas dysfonctionnel. Confus, peut-être. Tu veux vraiment mon avis là-dessus ?

— Bien sûr.

— Elle retrouve ton père en toi – c'est apparemment le cas de beaucoup de gens. Cette affaire lui offre en quelque sorte une seconde chance. Elle veut te donner la possibilité de réussir, et le seul langage dont elle dispose, c'est l'argent. Tu ne vis pas à sa manière, à la manière de Leland, mais quelque chose en elle souhaite que cette manière, la tienne, puisse aussi marcher. Elle veut t'aider.

— Et Leland ?

— Il ne comptera pas si tu sais le tenir à l'écart.

— Bon, prends-le, ce fric, grommela Graham.

Hardy sentit les muscles de ses épaules se dénouer. Chassant de sa voix toute jubilation, il annonça :

— À propos, j'ai eu une agréable conversation hier avec ton ami Russ Cutler. C'est drôle que tu aies oublié de me parler de lui.

Graham ne se déroba pas.

— J'avais d'autres choses en tête. J'ai essayé d'en toucher un mot à Sarah en lui demandant d'oublier un moment qu'elle est flic. Elle n'a pas voulu.

— Au procès, cela fera un mensonge de plus.

— J'avais promis de laisser Russ en dehors de cette histoire. Qu'est-ce que je pouvais faire ? Le trahir ?

— Se confier à son avocat, le croire capable de garder un secret, je n'appellerais pas ça de la trahison.

Graham accepta le reproche.

— Tu as raison, je suis désolé.

— Hier soir, j'ai vécu un moment charmant à imaginer que je t'assassinais après t'avoir fait acquitter. L'envie m'est passée mais si tu as encore quelques petits secrets en réserve, c'est le moment de les partager.

Graham balança ses jambes sous la table comme un enfant puis avoua :

— Craig Ising a dix mille balles qui m'appartiennent.

Hardy ne put retenir un rire.

— T'es vraiment le roi !

— Cette affaire se terminera dans six mois, d'une manière ou d'une autre. Comme je ne veux pas perdre mon appartement, Craig continuera de payer le loyer. Si je reste en prison, plus de problème de logement, mais si je gagne ?

L'avocat dut reconnaître intérieurement que son client n'avait pas tort. Il était dans l'ordre des choses que Graham cherche à protéger son propre foyer avant de se préoccuper de celui de Hardy. Pourtant, cette dernière cachotterie lui restait sur l'estomac.

— C'est tout ? maugréa-t-il. Tu n'aurais pas convolé en justes noces avec le sergent Evans pendant le week-end ?

— Non.

— Tu ne sais rien de plus sur l'argent de ton père que ce que tu m'as raconté ? La mystérieuse Joan Singleterry ?

— Rien.

— Et tu ne sais pas qui elle est ?

— Aucune idée.

— Et si je te pince à me servir le plus petit bobard, je t'enfonce un pic à glace sous la rotule ?

— Sous les deux, si tu veux.

— Tu le jures sur la tombe de ton père ?

Cette dernière question le fit redevenir grave, ce qui était le but recherché.

— Je le jure, dit Graham.

Hardy décida de se contenter de cette profession de foi.

— Bon, maintenant, parlons un peu de droit.

Sans citer le nom de Taylor, l'avocat exposa les grandes lignes de la défense suggérée à la fois par le beau-père de Graham et par Giotti. Juriste lui-même, Graham saisit la distinction entre reconnaître avoir fait quelque chose et amener un jury à conclure qu'on l'a fait. S'il persistait à nier, il serait juridiquement irréprochable et pourrait recommencer sa vie avec un casier vierge.

Les deux hommes discutèrent jusqu'à ce que sonne la cloche du déjeuner. Cette stratégie n'était pas exempte de risques puisque Graham demeurait accusé d'homicide volontaire. En cas de condamnation, les circonstances aggravantes pouvaient lui valoir la prison à vie.

Ils ne prirent pas de décision mais laissèrent la porte ouverte à la proposition de Giotti.

Dans sa voiture, Hardy songeait qu'en définitive sa défense consisterait à admettre que Graham – qui ne l'admettait pas lui-même – avait commis un meurtre qu'en fait il n'avait pas commis. Pour un mobile qui ne l'animait pas. Et ce subterfuge, s'il fonctionnait, lui permettrait peut-être d'obtenir l'acquittement de son client.

Le droit est une chose sublime et terrible, pensa-t-il.

De son côté, Sarah Evans s'apprêtait à tirer profit d'une autre bizarrerie du système.

La ville et le comté de San Francisco sont contigus, ils partagent les mêmes limites géographiques. Cela donne d'intéressantes possibilités dans le monde toujours compliqué des juridictions.

Entre autres conséquences pratiques, cette contiguïté faisait que la prison était dirigée par les services du shérif du comté et non par ceux de la police de la ville. Bien que située juste derrière le palais de justice – sur l'ancien parking –, la prison aurait aussi bien pu se trouver sur la lune du point de vue de ses rapports officiels avec le Poste sud, nom que la ville donnait à la présence policière dans le palais.

L'inspectrice expliqua à Marcel Lanier qu'elle avait de la

paperasse en retard, qu'elle se ferait raccompagner par quelqu'un plus tard. Il la laissa en train de travailler dans la salle de la brigade.

Après six heures, quand les allées et venues des collègues commencèrent à se faire rares, Sarah rangea son bureau, sortit du palais par l'escalier de derrière et fit le tour du bâtiment jusqu'à la porte de la prison, montra sa carte, annonça à l'adjoint chargé des admissions qu'elle voulait voir Russo. Elle signa le registre en sachant que ses patrons des services de police ne risquaient pas d'y jeter un coup d'œil et laissa son arme à l'entrée.

— Je ne pourrai pas venir souvent.

Inspectrice et détenu, ils étaient assis de part et d'autre de la table de la salle de visite des avocats. Graham avait envie de lui prendre la main mais savait qu'il ne pouvait pas.

Le silence s'installa. Ils se regardèrent. Quand il lui dit qu'il l'aimait, elle se mordit la lèvre, incapable de répondre.

— Quel temps il fait, dehors ? finit-il par demander.

— Il y a du vent. J'ai un match ce soir. Le jeudi, tu sais... (Elle soupira.) Tu tiens le coup ?

— Ça va mieux, maintenant, dit-il, sans parvenir à cacher son incertitude. Je crois que j'ai choisi le bon avocat.

Sarah approuva de la tête.

— Il t'a parlé de sa passe d'armes avec ton frère ? George refuse de dire où il était au moment du meurtre.

— Georgie n'a pas tué Sal, affirma-t-il.

— D'accord, dit-elle, sans être convaincue. J'aimerais quand même pouvoir l'interroger. Je le secouerais un peu plus qu'il n'en a l'habitude.

— Qu'est-ce que tu attends pour le faire ?

— Je ne peux pas, je n'enquête plus sur l'affaire. Si je l'interroge un peu rudement et s'il porte plainte – ce qu'il ne manquerait pas de faire –, je serai accusée de harcèlement, et je pourrai dire adieu à mon boulot. Hardy essaie de persuader mon chef de bouger.

— Ton chef ?

— Le lieutenant Glitsky. Hardy et lui se connaissent. Mais ça ne servira à rien, Glitsky ne bougera pas. Il a déjà un suspect en taule.

— Pas la peine de me le rappeler.

— Je continue à suivre les autres pistes, tu sais. Les amis de Craig Ising. Le réseau de vente de poisson.

— Je sais. Je sais que tu te démènes, dit-il d'un ton calme.

Le courage qu'il s'efforçait de montrer serrait le cœur de Sarah. Elle aurait beau lui parler de ses chances au procès, il n'en resterait pas moins enfermé. Il ne jouerait pas au base-ball ce soir. Il serait là, seul, effrayé. Elle se dit qu'il avait besoin d'elle, qu'elle devait le prendre dans ses bras. C'est ce qu'elle finirait peut-être par faire si elle restait plus longtemps.

— Il faut que j'y aille, murmura-t-elle.

Un peu avant l'aube, il avait reçu un coup de fil de Sal, que ses maux de tête faisaient terriblement souffrir. Il vint aussitôt et lui fit sa piqûre. Sal avait horreur de faire ça lui-même. Horreur ! Sal s'endormit et Graham lut un magazine, sommeilla un peu lui aussi. Il ne prenait pas son travail avant le milieu de l'après-midi et avait fini par aimer ces moments qu'il passait avec son père, à en avoir besoin même, si pénibles fussent-ils parfois. Près de Sal, il avait l'impression d'avoir sa place quelque part, d'être aimé, utile, important.

Il l'entendit remuer dans sa chambre, au fond de l'appartement, après la cuisine, et le vit apparaître une minute plus tard.

— C'est bien, ça, t'es resté. Qu'est-ce que tu dirais de bouffer au Grotto *? J'adore leur* cioppino. *Personne sait mieux le faire que Bruno Giotti.*

Graham, qui s'était à demi levé, se laissa retomber dans son fauteuil. Depuis que les maux de tête avaient commencé, les pertes de mémoire devenaient plus fréquentes, mais ce matin, c'était plus qu'un trou de mémoire.

— Papa, le Grotto *n'existe plus. C'est le* Stagnola's, *maintenant.*

— Qu'est-ce que tu racontes ? répliqua Sal en riant. Tu connais même plus ton quartier ? Allez, grouille, le poisson mord pas toute la journée.

À le voir, il n'y avait rien de changé. Sal avait même fait ce qui était pour lui un effort vestimentaire : tennis, pantalon de toile kaki et chemise bleue repassée.

— Alors, on y va ou pas ?

Graham songea qu'il fallait absolument qu'il parle à Russ Cutler. Il ne savait pas du tout comment faire face à ce genre de situation : ménager son père ou lui tenir tête.

— Ouais, on y va.

Il resterait auprès de lui jusqu'à ce que son état redevienne normal, s'il le redevenait.

Dans la ruelle, Sal eut une autre idée en se dirigeant vers la camionnette.

— Hé, pourquoi on passerait pas au Manoir faire une surprise à Georgie et à Deb ? Ils adorent le Grotto.

— Ils sont sortis faire des courses avec maman, tu te rappelles pas ?

Sal sembla ne pas en être tout à fait sûr mais répondit :

— Ah ! ouais, c'est vrai. Bon, on y va quand même, nous deux, hein ?

— Bien sûr. Je conduis, d'accord ?

Le vieil homme hésita de nouveau avant d'accepter, finit par monter dans la cabine.

— Cet enfoiré de Mario, dit-il.

— Qui ça ?

— Ben, Giotti.

— Le juge ?

Il tourna vers son fils un regard intrigué.

— Qu'est-ce que tu déconnes avec ton juge ? Je te parle de Mario Giotti, le môme de Bruno. Hé, t'as fumé quoi, toi, ce matin ?

— Rien. Excuse-moi. Alors, Mario ?

Graham descendait Mission en direction du vieil Embarcadero, devenu Herb Caen Way. Parvenu à la baie, il tourna, longea les quais vers le Fisherman's Wharf. Le temps d'arriver là-bas, Sal aurait peut-être recouvré ses esprits.

— Alors, Mario ? répéta-t-il.

— Ce mec ! Hier soir, il était au restau en costard-cravate pour émincer l'ail et peler les tomates, fit Sal, que le souvenir faisait sourire. Il arrive pas à décider s'il veut rester avec son père ou

continuer ses études de droit. Moi, je lui conseille d'aider son vieux. La famille, c'est ce qui compte, hein ?

Graham relâcha l'air qu'il gardait dans ses poumons.

— Tu es allé au Grotto *hier soir ?*

— Ouais, après le boulot. Pour me donner du courage avant de rentrer. Ta mère... je veux pas dire du mal d'elle mais... Ses parents lui ont farci la tête de conneries. Sans moi, elle serait devenue une bonne femme de la haute toute desséchée. Quelquefois elle l'oublie, alors, il faut que je lui rappelle.

Il a raison, pensa Graham. Helen n'aurait jamais dû cesser de l'aimer, quoi qu'il ait pu faire. La famille, ça compte. Elle aurait dû être avec eux en ce moment, dans la camionnette. Elle aurait vu l'état de Sal, elle les aurait aidés, tous les deux. Mais non, c'était impossible maintenant, et Graham savait que c'était une tragédie aussi pour elle.

Il tendit le bras, pressa le genou de son père.

— Elle t'aime, Sal.

— Je sais, répondit d'un ton jovial cet homme qui n'avait pas vu sa femme depuis quinze ans. Mais faut que je lui parle, pour qu'elle comprenne. Elle est complètement perdue. On devrait peut-être aller à la maison.

Ils approchaient du Wharf.

— Après déjeuner.

Il n'était pas encore midi et il restait beaucoup de places au parking. Le ferry venait de dégorger un flot de passagers.

— On ferait bien de se magner, dit Sal en sautant de la cabine. La foule va nous coiffer au poteau si on se remue pas. Tu sens ce cioppino *? J'adore cette odeur, y a rien de meilleur.*

Il stoppa net devant la porte du Stagnola's, *tendit la main vers son fils comme s'il avait besoin de s'appuyer.*

— Qu'est-ce qui se passe ? C'est pas le Grotto.

— Je sais, papa. Le Grotto *est fermé.*

— Enfin, quoi, merde ! J'y étais hier soir. Mario coupait des tomates en costume.

Sans prononcer un mot, Graham passa un bras autour des épaules de son père, mais Sal se dégagea, s'éloigna de quelques pas, se retourna pour regarder le bâtiment. Il demeura longtemps immobile, clignant les yeux dans le soleil.

Graham le rejoignit, le prit à nouveau par les épaules, et cette fois le vieil homme se laissa aller contre lui.

— C'est pas le Grotto, *murmura-t-il d'une voix rauque, au bord de la panique. Qu'est-ce qu'il se passe ?*

QUATRIÈME PARTIE

26

Dismas Hardy consulta sa montre. Le juge avait cinq minutes de retard. L'huissier avait déjà sorti Graham de la cellule de détention pour le conduire, débarrassé de ses menottes et de sa combinaison de prisonnier, auprès de son avocat.

David Freeman était assis avec eux à la table de la défense. À force de cajoleries, il avait réussi à convaincre Hardy de le laisser lui apporter son aide. Gratuitement.

Le procès allait s'ouvrir le lundi de la troisième semaine de septembre au département 27 du palais de justice. Comme dans toutes les salles d'audience du bâtiment, on n'avait aucun moyen de savoir le temps qu'il faisait dehors. La matinée avait été chaude et calme, ce qui était inhabituel dans cette ville pendant une grande partie de l'année, mais relativement normal dans les semaines qui suivaient Labor Day [1].

Pour les débats, Graham portait un pantalon de toile et une veste sport : Freeman et Hardy avaient estimé qu'un costume sombre aurait donné aux jurés une impression trop guindée. Ils préféraient jouer sur l'image de « chic type » de leur client, et pendant toute la sélection des jurés l'accusé s'était présenté au tribunal en tenue décente – veste et cravate –, mais en évitant l'uniforme compassé du costume trois-pièces.

Hardy s'efforçait de dominer sa nervosité. À sa gauche, Freeman

1. Fête du Travail. Premier lundi de septembre dans la plupart des États américains. *(N.d.T.)*

et Graham parlaient à voix basse. À demi tourné vers la droite, il aperçut du coin de l'œil Drysdale et Soma assis à la table de l'accusation, de l'autre côté de la salle.

Il acheva de pivoter sur lui-même pour inspecter le public : il y avait foule pour le feu d'artifice d'ouverture. La sélection du jury avait pris près de dix jours, le dernier juré ayant été choisi vendredi, juste avant la suspension pour le week-end. Le procès proprement dit devait commencer d'une minute à l'autre avec les déclarations liminaires.

Hardy voulait bien être pendu s'il passait ces dernières secondes à revoir encore une fois ses notes. Il était certain que lorsque son tour viendrait, après la déclaration de Soma, il trouverait les mots appropriés.

Son regard parcourut les rangées, s'arrêta sur Frannie, qui l'avait surpris et ravi en promettant de venir l'encourager, au moins pour sa déclaration liminaire. Elle lui porterait peut-être chance. Devant elle, Helen, la mère de Graham, ressemblait à une statue en trompe l'œil. Les cheveux bien en place, les mains jointes sur son giron, elle resta parfaitement immobile, ne cillant pas même une fois tandis qu'il la fixait. Parmi les gens qui échangeaient des commentaires, des pronostics, des arguments, la mère de Graham était seule et paraissait se suffire à elle-même. Elle était venue tous les jours assister à la constitution du jury, mais ni son mari ni son autre fils ne l'avaient accompagnée.

Hardy reconnut d'autres visages « côté Graham » dans le public, notamment plusieurs collaborateurs de Freeman venus pour assister au spectacle, en particulier aux déclarations liminaires. Le vieil avocat avait effrontément fait l'article à ces jeunes-turcs en leur présentant Hardy comme un maître, et ils étaient venus voir son numéro de magie.

Il n'a jamais perdu ! avait clamé Freeman, mais Hardy s'était empressé de préciser qu'il n'avait combattu que deux fois. Son palmarès tiendrait davantage de l'exploit quand il aurait plaidé sept ou huit affaires de plus.

Sharron Pratt était assise elle aussi côté défense, et cela ne manqua pas d'étonner Hardy. Selon les journaux, elle avait l'intention de suivre le procès autant que son emploi du temps le lui permettrait. Barbara Brandt également, la lobbyiste menteuse

– un pléonasme ? –, qui parlait sans arrêt à ses troupes près des portes du fond.

De l'autre côté, derrière la table de l'accusation, au premier rang, tout au bout, Dean Powell, procureur général de l'État de Californie, était là comme Pratt pour observer et faire sentir sa présence.

Hardy jeta un coup d'œil à Freeman et à son client, qui continuaient à bavarder, têtes rapprochées. Lui-même était trop tendu pour les écouter ou seulement pour faire semblant. Il entama une expiration, s'arrêta de peur qu'elle ne soit mal interprétée par le jury. Il devait avoir l'air confiant, quoique pas trop. Grave, amical.

Le juré n° 4, Thomas Kenner, regardait dans sa direction, et Hardy hocha la tête comme s'ils se connaissaient depuis toujours. Tranquillement, il promena les yeux sur le reste du jury.

La sélection s'était mal passée. À un égard au moins, le jury final n'était pas représentatif de la population de San Francisco, et c'était pourtant l'objectif premier que l'avocat s'était assigné. Malgré les experts en jury auxquels Freeman et lui avaient eu recours, ils n'étaient pas parvenus à contrer la stratégie de l'accusation. Le hasard – malheureux – du tirage au sort avait donné une forte prépondérance masculine dans l'échantillon initial, et, bien que Hardy eût utilisé son droit de récusation pour en éliminer le plus possible, la version définitive comprenait encore huit hommes, dont six Blancs.

Tout en se gardant d'une généralisation abusive, l'avocat ne se faisait aucune illusion : ces hommes ne seraient jamais aussi compatissants que des femmes auraient pu l'être. Les autres jurés se composaient d'une jeune mère de famille asiatique, d'une institutrice noire d'une trentaine d'années, d'une secrétaire blanche quinquagénaire divorcée et d'une jeune mâcheuse de chewing-gum, aux cheveux vermillon, qui relevait les compteurs pour la compagnie du gaz.

Vendredi soir après la suspension, après que le jury eut été constitué, Hardy et Freeman prenaient le verre de la consolation dans un des boxes de *Chez Lou le Grec* quand Soma et Drysdale étaient entrés. Ils s'étaient installés au bar et, pleins d'une gaieté exubérante, avaient porté un toast au « meilleur jury de toute l'Amérique » !

Freeman, le visage enfoui dans son bourbon, avait levé la tête juste assez pour marmonner :

— Une chance que les défis vous motivent, Diz. Je crois que vous en avez un à relever.

Le ton ironique et mordant de Gil Soma lors de sa première rencontre avec Hardy, sa haine manifeste pour Graham Russo avaient convaincu l'avocat que son comportement pendant le procès ne lui vaudrait pas la sympathie des jurés. Malheureusement, l'adjoint au procureur général n'était ni présomptueux ni stupide, et son attitude simple, détendue devant les jurés prouvait qu'il connaissait ses lacunes et avait appris à les surmonter.

En costume anthracite, cravate d'un bleu éteint, chaussures délibérément éculées (la petite touche ordinaire, un vieux truc de Freeman), il se tenait près de son jury à majorité masculine et parlait tranquillement, sans effet de manches, en homme sincèrement convaincu de la justesse de sa position.

— Mesdames et messieurs les jurés. L'accusé, Graham Russo, a assassiné son père pour de l'argent.

Les mots provoquèrent un murmure dans l'auditoire, mais le silence revint avant que le juge Jordan Salter eût à intervenir. Sans quitter les jurés des yeux, Soma poursuivit :

— Au cours de ce procès, pendant les jours et peut-être les semaines à venir, nous vous soumettrons de multiples preuves, tant directes qu'indirectes, qui établiront, avec une quasi-certitude, que le vendredi 9 mai, en début d'après-midi, l'accusé, assis à cette table à ma droite… (Il tendit le bras aussi naturellement que pour montrer un coucher de soleil, soutint avec calme le regard dur de Graham), est venu à l'appartement de son père, l'a tué en lui faisant une injection de morphine, a pris de l'argent et autres objets de valeur puis s'est enfui.

« On vous démontrera peut-être que Salvatore Russo – Sal, le père de l'accusé – souffrait de la maladie d'Alzheimer et d'un cancer du cerveau. Nul ne le conteste. On vous démontrera peut-être qu'il arrivait à l'accusé de venir chez son père pour calmer ses souffrances en lui administrant de la morphine. Là encore, nul ne le conteste.

« Ce 9 mai, l'accusé n'est pas venu pour aider mais pour voler. Non pour soigner mais pour tuer.

« La défense alléguera que Sal Russo souffrait, qu'il était mourant, de toute façon, et que l'accusé avait en quelque sorte le droit de décider s'il devait vivre ou mourir. Mais, que ce soit par cupidité pure et simple ou par un sentiment dévoyé de loyauté, Graham Russo a pris les biens et la vie de son père. Aux yeux de la loi, c'est un vol et un meurtre, quel que soit le mobile.

« Nous vous ferons entendre des témoins qui déclareront que l'accusé était infirmier-ambulancier et avait donc l'habitude de faire des piqûres, qu'il pouvait se procurer aisément, et qu'il s'est effectivement procuré, la seringue utilisée pour l'injection fatale, enfin, qu'il s'était fait établir, à son propre nom, une ordonnance pour la morphine dont il avait besoin pour tuer son père.

« Nous ferons comparaître Miss Li, employée à l'agence bancaire de l'accusé, qui témoignera que l'après-midi même de la mort de Sal, l'accusé a déposé dans son coffre personnel... (Soma marqua une pause, baissa la voix) cinquante mille dollars en liquide et une collection de cartes de base-ball des années cinquante d'une grande valeur.

Hardy s'était fait des cheveux au sujet du témoignage d'Alison Li, mais Freeman avait remarqué une faille dans la façon dont tout le monde interprétait ses déclarations. De toute façon, ils avaient les bandes vidéo. Toutefois, le jury n'entendrait pas l'argument de Freeman avant plusieurs jours, et, en attendant, Soma marquait un point.

Graham s'agita sur son siège. Discrètement, Hardy lui pressa le bras pour lui faire savoir que tout allait bien, que c'était prévu. Soma continuait avec aisance :

— Sal Russo avait son propre coffre, qu'il gardait sous son lit, chez lui. Nous vous montrerons une lettre de Sal envoyée à l'accusé, et au bas de laquelle celui-ci a écrit de sa main la combinaison du coffre.

Plusieurs jurés échangèrent des regards. La façon qu'avait Soma de présenter les faits constituait un faisceau impressionnant de connexions, Hardy devait le reconnaître.

— Nous montrerons que l'accusé avait désespérément besoin d'argent : en quelques mois, il avait quitté un emploi, en avait perdu un autre. Son travail d'infirmier-ambulancier ne couvrait pas son train de vie. Il roulait en BMW sport…

Le jeune magistrat bâtissait un dossier dans les règles pour un jury qui manifestement le croyait.

— Enfin, conclut-il, je vous demanderai, mesdames et messieurs, d'entendre des inspecteurs de police qui ont maintes et maintes fois donné à l'accusé la possibilité d'expliquer ses actes, ses mobiles. Vous serez frappés, comme je l'ai été, par son mépris total pour la vérité. Il a menti à de multiples reprises.

« Nous prouverons ses mensonges. Nous établirons ses actes et ses mobiles. Nous prouverons que l'accusé, Graham Russo, a tué son père par cupidité pure et simple : pour l'argent et les cartes de base-ball contenus dans le coffre.

Soma tendit de nouveau le bras vers Graham et, d'une voix neutre, énonça un fait patent :

— Vous avez devant vous un assassin.

Dans le silence qui suivit, Salter prit quelques notes, leva les yeux.

— Monsieur Hardy ?

Freeman se pencha derrière Graham pour poser une main sur le bras de Hardy et suggérer une courte suspension. C'était exactement l'opinion de Hardy. À vrai dire, il aurait préféré une longue suspension, disons deux semaines pour reconsidérer tout ce qui maintenant ne lui semblait plus parfaitement clair.

Freeman et lui avaient naturellement envisagé toutes les ouvertures que Soma pouvait jouer dans sa déclaration liminaire, et ils étaient parvenus à quelque chose d'assez proche de ce qu'ils venaient d'entendre. Curieusement, cependant, le ton mesuré de Soma – ça, ils ne l'avaient pas prévu – donnait au dossier un aspect différent. Hardy fut soudain saisi d'une terrible trouille. Le pire serait de temporiser. S'il hésitait, les jurés s'en rendraient compte. Sa façon de parler, de respirer, même, trahirait ses doutes. En outre, une suspension laisserait au jury tout le temps de digérer la nourriture riche que Soma venait de lui servir.

En Californie, la défense a le choix entre prononcer sa déclaration d'ouverture aussitôt après celle de l'accusation, sous forme de réfutation immédiate, ou attendre pour en faire l'introduction de sa plaidoirie. Hardy avait initialement prévu de répondre du tac au tac à Soma, et cela lui semblait à présent encore plus nécessaire.

Sans même s'en rendre compte, il dégagea son bras de la main de Freeman et se leva, les jambes flageolantes. Une réaction d'indignation lui semblant de mise, il se tourna vers Soma avec une expression de colère contenue et de dérision. Le message était clair : ce qu'il venait d'entendre était à la fois révoltant et grotesque. Tendant le bras vers son client comme le procureur l'avait fait, il attaqua :

— Graham Russo aimait son père. C'est le point fondamental de cette affaire. Il est indécent qu'il soit accusé de l'avoir tué. Voici ce qui s'est réellement passé les 8 et 9 mai.

Au cours du procès, Hardy appellerait son client par son prénom aussi souvent que Soma l'appellerait simplement l'« accusé ».

— Il est vrai que Graham rendait fréquemment visite à son père. Il allait là-bas lui faire ses piqûres mais aussi lui tenir compagnie, l'emmener au restaurant, l'aider à faire le ménage. Il s'est occupé de lui pendant près de deux ans, et plus particulièrement pendant les six derniers mois de la vie de Sal, quand la maladie d'Alzheimer et la tumeur au cerveau se sont aggravées.

« Les dernières semaines, Sal avait des trous de mémoire de plus en plus fréquents. Il était terrifié par l'idée d'être placé en maison de retraite. Il ne faisait pas très confiance au système. Soit dit en passant, c'est un trait de caractère qu'il a légué à son fils.

Hardy s'autorisa un sourire de connivence, persuadé qu'il était que plusieurs des jurés au moins partageaient l'opinion que les bureaucrates ne constituent pas la forme de vie la plus exaltante sur cette planète.

— À quoi se résume cette affaire ? C'est l'histoire d'un pêcheur d'origine portugaise qui se refuse à finir sa vie dans la solitude et le dénuement. Le 8 mai, dans un moment de lucidité, il a parlé à son fils. Il lui a dit qu'il avait de l'argent dans un coffre, sous son lit. De l'argent qu'il avait économisé depuis de nombreuses années. Il voulait que son fils le prenne et le mette en lieu sûr afin de pouvoir payer les calmants, le loyer, les soins à domicile s'il fallait en venir là avant que le cancer ne le tue. Et surtout, surtout, qu'il ne le laisse pas mourir seul dans une maison de retraite.

Après des heures de discussion sur Singleterry, Freeman et Graham s'étaient rangés à l'opinion de Hardy : il valait mieux ne pas en parler. Plus de deux mille dollars de petites annonces avaient suscité de nombreuses réponses… mais pas de Joan Singleterry. Cette femme, qui appartenait sans doute au passé de Sal et que la maladie d'Alzheimer avait fait resurgir, était peut-être morte.

Hardy marqua une pause, sentit que ses jambes le portaient maintenant fermement. Il parcourut le jury des yeux, établit le contact par le regard quand cela pouvait se faire avec naturel.

— Oui, Graham a pris l'argent de son père. Mais nous montrerons qu'il l'a fait le 8. Le 9, son père l'a de nouveau appelé. À deux reprises. La douleur était insupportable. Graham pourrait-il venir dès qu'il aurait eu le message ? En fils dévoué et aimant, Graham s'est rendu une dernière fois chez son père.

C'est ici que cela devient délicat, pensa Hardy, qui prit sa respiration.

— Vous apprendrez que Sal est mort d'une piqûre intraveineuse de morphine. Après avoir bu quelques verres. Le Dr Strout, coroner de la ville et du comté, vous dira que la mort a été rapide et à peu près, voire totalement, indolore. Le médecin de Sal Russo lui avait précédemment délivré un formulaire NPR. Ce qui signifie « Ne pas réanimer ». Sal l'avait placé chez lui en évidence le jour de sa mort. Il était très malade, il souffrait terriblement ; il avait peur de perdre ce qui lui restait de lucidité, d'être envoyé dans une maison. Tel était l'homme qui est mort le 9 mai. Et que son fils Graham aimait.

« Il n'y a pas eu meurtre avec le vol pour mobile. Il n'y a pas eu meurtre du tout. L'accusation ne peut pas prouver et ne prouvera pas que Graham Russo a assassiné son père. Aucune preuve n'établira la culpabilité de mon client, parce que, en dépit des discours alambiqués du procureur et de son désir de faire la une des journaux, Graham est innocent.

— Il est plutôt bon, ce petit salaud, dit Freeman.

L'avocat mâcha son *lo mein* d'un air satisfait, les baguettes prêtes pour une nouvelle attaque en piqué. Hardy et lui s'étaient installés dans la cellule de détention, le seul endroit où ils pouvaient s'entretenir en privé avec leur client pendant les suspensions d'audience et les pauses déjeuner. Le lieu était « meublé » d'une cuvette de WC et de deux étagères en béton qui saillaient des murs et servaient de bancs. Il n'y avait rien qu'un détenu puisse voler ou vandaliser. Le sol était jonché des boîtes en carton que Freeman avait fait livrer – faveur spéciale – par un restaurant de Chinatown.

— Gil n'est pas idiot, convint Graham, trempant un morceau de canard dans une sauce brune. C'était la vedette, chez Draper.

Hardy n'avait, lui, aucun appétit : indépendamment de l'odeur écœurante de la cellule, le souvenir de sa déclaration liminaire lui nouait l'estomac. Il ne pouvait imaginer d'ingérer quelque nourriture que ce soit. Freeman remarqua qu'il ne mangeait pas et lui demanda :

— Ça ne va pas, Diz ?

Les bras croisés sur la poitrine, Hardy regardait la salle d'audience à travers les barreaux.

— Les nerfs, répondit-il avec un haussement d'épaules.

— Votre déclaration était excellente, assura le vieil homme. Vous avez tracé les limites. (Il fourra dans sa bouche un beignet de langoustine entier, remua les mâchoires.) Tout repose sur Alison Li. L'accusation ne peut pas prouver que Graham a mis l'argent à la banque après la mort de son père.

— Exactement, approuva Graham. C'est impossible.

Hardy adressa aux deux hommes un sourire las.

— Alors, c'est réglé, dit-il. Je vais aller voir ma femme.

— Amenez-la ici, suggéra Freeman.

Hardy parcourut rapidement du regard le lieu déprimant, secoua la tête.

— Vaut mieux pas, je crois, marmonna-t-il.

Frannie attendait dans la partie réservée au public, quasiment déserte pendant la pause. Elle accueillit son mari par un bécot sur la joue, devina son humeur à son expression.

— Dismas, ce n'était pas si mauvais.

Il se laissa tomber sur la chaise voisine, soupira.

— Je vois d'ici le titre du *Chronicle*, demain : « Affaire Russo : une défense pas trop mal. »

— C'était mieux que ça, affirma-t-elle. Tu t'en es très bien sorti. Dis, je n'ai pas vu ton copain Abe, dans le coin.

Elle était au courant de leur brouille, bien sûr, mais plusieurs mois s'étaient écoulés depuis, et elle présumait que les choses s'étaient plus ou moins arrangées.

— C'est toujours la bagarre entre vous ?

— Je suppose.

— Tu devrais lui parler.

— J'ai essayé. Qu'est-ce que je peux faire d'autre ? Il est persuadé que je me suis vendu, que je ne suis plus le même.

— Pourquoi ?

— Je défends quelqu'un qu'il a arrêté non pas une mais *deux* fois. Il est convaincu que Graham est un meurtrier. Pas quelqu'un qui a tué par bonté d'âme, non. Un véritable assassin. Bien sûr, c'est comme ça que les flics raisonnent.

— Flic, il l'a toujours été.

— Et il m'a toujours accordé le bénéfice du doute. Mais il pense maintenant que je me suis fait avoir par Graham, que je suis idiot de le croire.

Frannie croisa les bras, détourna les yeux.

— Quoi ? grogna Hardy.

— Rien. Enfin, j'espère que ce n'est pas le cas.

— Impossible, dit-il, secouant la tête. Regarde Evans, elle est flic, elle aussi.

— Oui, mais elle est amoureuse de lui.

— Elle ne se serait pas autorisée à tomber amoureuse si elle n'avait d'abord été convaincue de son innocence, repartit-il. J'adore ce que tu fais avec tes yeux quand tu penses que je me plante complètement.

Elle lui sourit.

— Je dis simplement que l'attirance qu'elle a tout de suite ressentie pour lui a peut-être contribué à lui faire croire à son innocence. Ça c'est déjà vu, ce genre de chose. Moi, par exemple, je suis tombée amoureuse de toi sans vraiment te connaître.

— Et si tu avais su tout ce que tu sais maintenant ?

— Ça n'aurait probablement rien changé.

— Ah ! tu vois. C'est bien ce que je disais.

— Non, c'est ce que je disais, moi. Sarah Evans aime Graham, elle se fiche qu'il ait tué ou non.

— Il n'a pas tué.

— J'espère que vous avez raison tous les deux, Dismas. Mais, quand j'entends Mr. Soma, je n'en suis pas tellement sûre.

Nous y voilà, pensa Hardy. Un point de vue impartial sur leurs déclarations liminaires respectives, et venant de sa propre femme, dont on pouvait attendre une certaine indulgence à son égard. Si la réaction de Frannie reflétait celle des jurés, il était bien plus mal parti qu'il ne l'avait supposé.

27

Depuis l'époque où il travaillait pour les services du procureur, Hardy savait qu'avant toute chose, dans un procès pour meurtre, si prosaïque que cela puisse paraître, il faut établir qu'il y a bien eu meurtre. C'était la raison pour laquelle il s'attendait que le premier témoin de Soma soit John Strout, le coroner de la ville et du comté.

Il se trompait.

Dès la reprise de l'audience, Drysdale et Soma firent comparaître Mario Giotti. Apparemment, Salter était au courant puisque les deux juges pénétrèrent dans la salle en sortant du bureau de Salter. Ils avaient peut-être même déjeuné ensemble. Hardy supposa que c'était l'heure de la journée qui convenait le mieux à Giotti : il quittait le tribunal fédéral pendant la pause, il témoignait immédiatement, il était de retour à son propre bureau avant deux heures.

L'avocat était agacé qu'on les eût tenus dans l'ignorance, Freeman et lui, mais il était trop tard pour faire quoi que ce soit. Giotti était dans le box et prêtait serment.

Afin d'éviter que le procureur ou l'avocat n'intimident les témoins par leur présence physique en s'approchant trop du box, Salter leur avait demandé de poser leurs questions du centre de la salle, et c'était à cet endroit que se tenait Soma.

— Monsieur Giotti, commença-t-il, pouvez-vous décliner votre identité complète et votre profession ?

Lorsque Giotti en vint à « juge fédéral », il y eut un murmure dans l'auditoire. Soma, d'une obséquiosité sans vergogne, sollicita de Salter la permission d'appeler le témoin « monsieur le juge » ou « Votre Honneur ». Salter risqua une plaisanterie : il y consentait volontiers si la greffière n'y voyait pas d'inconvénient. Est-ce qu'elle s'y retrouverait ? Tout le monde s'esclaffa : l'univers entier se mettait en quatre pour plaire au juge fédéral.

Hardy n'osa pas soulever d'objection. Objection à quoi, d'ailleurs ? Il s'aliénerait Salter, peut-être même Giotti, et il vaut mieux se faire renverser par un camion que mécontenter un juge.

— Votre Honneur, reprit Soma, pouvez-vous nous dire ce que vous avez fait le soir du vendredi 9 mai de cette année ?

Giotti connaissait une ou deux choses en matière de témoignage. Il regarda le procureur, puis les jurés, se renversa dans son fauteuil et débita son histoire. Bien qu'en principe un témoin n'ait pas droit à de longues réponses – sa déposition est hachée par les questions du procureur –, Giotti n'entendait manifestement pas se plier à cette règle, et Soma le laissa faire.

— Je suis allé au restaurant avec ma femme, Pat. Chez *Lulu's*. Elle est ensuite rentrée seule avec sa voiture. Moi, je suis repassé au bureau prendre des documents que je devais étudier pendant le week-end. Ce bureau se trouve au tribunal fédéral de la 7e Rue, qui donne sur la ruelle où Sal Russo avait son appartement.

« Mr. Russo et moi étions amis depuis des années. J'avais l'habitude de lui acheter du poisson le vendredi, quand il passait avec sa camionnette, mais cette semaine-là il n'était pas venu, et j'avais décidé de faire un saut chez lui pour voir s'il allait bien. Je savais qu'il avait été malade, et comme je me trouvais dans le quartier…

— Qu'avez-vous fait ? l'aiguillonna Soma.

Les sourcils fournis se froncèrent : Giotti n'aimait pas être aiguillonné. Il savait ce qu'il devait dire, il y viendrait.

— Je suis monté, j'ai frappé à sa porte. Il y avait de la lumière dans l'appartement, mais personne n'a répondu. J'ai tourné la poignée, la porte s'est ouverte et je l'ai vu – Sal – étendu par terre dans le séjour.

— Étendu par terre ?

Cette fois, Giotti plissa carrément les yeux. Soma n'était pas en train de se faire un ami.

— C'est ce que je viens de dire, non ?

— En… en effet, bredouilla l'adjoint au procureur. Désolé, Votre Honneur. Sal Russo était donc étendu par terre. Qu'avez-vous fait ensuite ?

Le juge poursuivit pendant plusieurs minutes sans être interrompu : il avait appelé le 911, il avait attendu la police – d'abord les agents puis les inspecteurs –, il avait remarqué l'autocollant NPR sur le sol, la seringue et la fiole sur la table, la bouteille de whisky. Il n'avait touché à rien, il connaissait les règles. Il avait répondu aux questions de la police et il était rentré chez lui.

Si Hardy ne pensait pas que Giotti serait le premier témoin de l'accusation, il était sûr cependant que Soma le ferait comparaître à un moment ou à un autre, non pour de complexes raisons stratégiques, mais parce que le témoignage de la personne qui a découvert le corps est un passage obligé de l'établissement des faits.

Ce n'était toutefois pas le seul objectif de Soma. Après avoir posé à Giotti une ou deux questions anodines sur la chaise renversée dans la cuisine, la seringue et la fiole sur la table basse, il en vint aux choses sérieuses.

— Votre Honneur, vous avez déclaré que Sal Russo était étendu par terre, c'est bien exact ?

— Oui.

— Y avait-il à proximité un siège sur lequel il aurait pu être assis ?

Giotti ferma les yeux pour revoir la scène.

— Son fauteuil. Il avait un vieux fauteuil inclinable dans lequel il aimait s'asseoir. Il gisait au pied du siège.

— En d'autres termes, entre le fauteuil et la table basse ?

— Oui.

Soma retourna à sa table, prit la photo que lui tendait Drysdale, la fit enregistrer comme pièce à conviction n° 1, demanda à Giotti si elle représentait fidèlement ce qu'il avait découvert en pénétrant dans l'appartement.

— C'est ça, confirma le juge. Sal était étendu par terre, sur le flanc. Comme sur la photo.

L'image était claire, potentiellement dangereuse pour la défense : s'il n'y avait pas eu violence, Sal n'aurait-il pas été assis dans son fauteuil préféré ? Une personne voulant mettre fin à ses souffrances ne l'aurait-elle pas installé le plus confortablement possible pour ses derniers instants ? Pourtant, la victime gisait sur le sol. Comme si on l'avait estourbie avec un manche de pioche.

Soma avait obtenu ce qu'il voulait. Laissant les jurés méditer la chose, il remercia le juge et retourna s'asseoir.

Hardy avait le sentiment que Giotti et lui se trouvaient fondamentalement dans le même camp, bien que le juge fût un témoin de l'accusation. Dans un monde juste – ha ! –, son témoignage serait venu un peu plus tard dans le procès et aurait même permis à l'avocat de marquer quelques points. Mais, pour le moment, il devait réparer les dommages faits par Soma.

— Monsieur le juge, commença-t-il, Sal Russo et vous étiez de vieux amis, n'est-ce pas ?

Hochement de tête, sourire chaleureux.

— Je le connaissais depuis des années. D'abord comme ami, puis comme simple relation.

— À ce dernier titre, vous le voyiez souvent ?

— Je l'ai dit : presque tous les vendredis, quand je n'étais pas en déplacement, je lui achetais du poisson. Une ou deux fois, je suis allé chez lui prendre un verre. Fin de journée, fin de semaine.

— En ces occasions, Russo s'asseyait-il dans son fauteuil ?

— Oui, bien sûr.

Jetant un os à Hardy, Giotti ajouta :

— Quelquefois.

— Pas toujours ?

— Non.

— Où s'asseyait-il les autres fois ?

— Votre Honneur, intervint Soma *mezza voce*, comme s'il répugnait à s'ingérer dans la déposition de Giotti. La question est sans rapport avec l'affaire.

Salter n'était pas de cet avis :

— Objection rejetée.

Hardy répéta sa question.

— Il s'asseyait ailleurs, répondit Giotti. Dans le canapé, sur la table basse, par terre. Sal se moquait des convenances.

— Il aurait donc pu être assis par terre quand on lui a fait cette piqûre, et…

— Objection !

De Drysdale, qui reprocha à la défense de se livrer à des spéculations, et que Salter approuva. Hardy se tourna vers sa table, remarqua que Freeman lui faisait subrepticement signe. Il s'approcha sous prétexte de boire un peu d'eau.

— Quoi ? murmura-t-il.

Armé du conseil du vieil avocat et de la photo, Hardy revint au témoin.

— Votre Honneur, sur la pièce à conviction n° 1, le fauteuil est-il en position inclinée ?

Freeman avait naturellement repéré qu'il ne l'était pas, ce que Giotti confirma.

— Vous rappelez-vous s'il était dans cette position quand vous êtes entré dans le séjour ?

Le juge ferma de nouveau les yeux, brièvement.

— Je dirais que oui. S'il avait été incliné, j'aurais dû le redresser pour en faire le tour.

Hardy se contenta de cette réponse. Ultérieurement, il pourrait soutenir que le corps de Sal était simplement tombé du fauteuil, ou qu'il était assis par terre lorsqu'on lui avait fait la piqûre. Au total, il se sentait réconforté. Giotti l'avait aidé. Les jurés auraient au moins plusieurs hypothèses à considérer. Il jugea le moment venu de passer au point qu'il avait eu l'intention de soulever à l'origine.

— Monsieur le juge, vous étiez au courant des problèmes de santé de la victime, avez-vous dit. Saviez-vous qu'il avait la maladie d'Alzheimer ?

— Je n'en étais pas sûr, non.

— Saviez-vous qu'il avait un cancer ?

— Votre Honneur ! s'écria Soma d'une voix aiguë. Je ne vois pas le rapport.

D'un point de vue juridique, il n'y en avait guère, mais Hardy cherchait à introduire dans les débats un peu de compassion pour les souffrances de Sal, et il avait l'intuition que Giotti l'aiderait. Il fallait toutefois circonvenir Salter, et le juge semblait du même avis que Soma : les questions de la défense étaient hors sujet. Giotti régla le problème quand il se tourna vers Salter pour déclarer qu'il ne voyait pas d'inconvénient à répondre. Là n'était pas la question, mais Salter rejeta l'objection.

— Ses maux de tête étaient épouvantables, répliqua le juge fédéral à Hardy. Il m'avait dit – à moitié en plaisantant, mais je savais qu'il était sérieux – que, si je ne le voyais pas pendant quelques jours, je devrais passer chez lui. Il serait peut-être mort. Si la douleur ne le tuait pas, il se suiciderait peut-être.

— Est-ce pour cette raison que vous êtes allé à l'appartement le 9 mai ?

— Essentiellement, oui. Je crois qu'il avait planté cette idée dans mon esprit.

Hardy hocha la tête, satisfait de ce qu'il avait obtenu.

— Il savait qu'il ne tarderait pas à mourir, c'est ce que vous voulez dire ?

Drysdale : « Objection, spéculation. »

Salter : « Retenue. »

Hardy : « Je reformule ma question, Votre Honneur. Monsieur Giotti, Sal Russo vous a-t-il déclaré sérieusement un jour qu'il se sentait proche de la mort ? »

Drysdale, de nouveau : « Objection. »

Cette fois, Salter lui donna tort et Giotti acquiesça :

— Oui, il m'avait dit qu'il mourrait avant deux mois.

— Il le savait ?

— Il le croyait, oui.

— Merci, Votre Honneur, ce sera tout, dit Hardy.

Salter demanda à Soma s'il souhaitait interroger de nouveau Giotti, mais le procureur se rendit compte que, malgré toutes ses flatteries, il n'avait pas mis le juge dans sa poche. Il déclina.

Dès que Giotti eut quitté le box, Salter pointa son marteau vers Soma et demanda :

— Témoin suivant ?

— L'accusation appelle John Strout.

Le coroner dégingandé prêta serment avec l'accent du Sud, s'assit dans le box. Il témoignait au tribunal une fois par semaine en moyenne sur une affaire ou une autre. Expert reconnu, il se rendait souvent dans d'autres juridictions pour donner son avis sur des cas où la cause de la mort était peu claire. Ce fut donc avec décontraction qu'il croisa les jambes et répondit aux premières questions de Soma. Puis :

— En d'autres termes, docteur Strout, vous nous dites que huit milligrammes de morphine injectés directement dans la veine suffisent à provoquer la mort ?

Tout décontracté qu'il fût, Strout était attentif.

— Cela *peut* suffire, corrigea-t-il. Surtout si d'autres facteurs, comme l'alcool, interviennent.

— C'était le cas pour Salvatore Russo ?

— Oui.

— Quelle quantité ?

— Il avait un taux de un gramme par litre.

— C'est beaucoup, docteur ? Sal Russo était soûl ?

— Selon la loi californienne, il était en état d'ivresse, oui.

Hardy ne voyait absolument pas où le procureur voulait en venir et cela l'inquiétait. Sal était soûl, et alors ? Quel rapport avec Graham ?

— Docteur, poursuivit Soma, l'alcool ingéré par la victime a-t-il pu augmenter l'effet de la morphine ?

Strout prit cette fois son temps avant de répondre. Il décroisa les jambes, se pencha en avant.

— Oui, c'est possible.

— Pouvez-vous préciser ?

— Avec un tel taux d'alcool, il est possible que la drogue ait provoqué un choc faisant immédiatement perdre conscience à la victime.

C'était la réponse que Soma attendait, et il hocha la tête d'un air satisfait.

— Mais si Sal Russo s'était fait lui-même sa piqûre et s'il avait perdu conscience, il n'aurait pas eu le temps de retirer l'aiguille de son bras, non ?

— En effet.

— Sur cette photo, docteur, voyez-vous la seringue sur une table, près du corps ?

— Oui.

— Si l'on prend pour hypothèse que l'aiguille se trouvait bien là où le montre la photo et que Mr. Russo a perdu connaissance sous l'effet conjugué de l'alcool et de la morphine, n'y a-t-il pas contradiction avec la thèse selon laquelle la victime se serait injecté la morphine elle-même ?

— Si, répondit Strout. Si ces faits sont avérés, Sal Russo ne s'est pas fait sa piqûre lui-même.

Hardy griffonna une note : il bombarderait Strout avec les « si » de Soma pendant le contre-interrogatoire. La tactique du procureur était claire : donner l'impression aux jurés que Strout venait de dire que Sal Russo avait été assassiné, qu'il ne s'agissait pas d'un suicide. Il était en voie d'y parvenir et avait encore en réserve d'autres arguments, qui ne relevaient pas cette fois du conditionnel :

— Docteur Strout, a-t-on relevé des traces de lésion sur le corps de la victime ?

Le coroner acquiesça, parla du coup à la tête, derrière l'oreille.

— Ce coup aurait-il pu faire perdre connaissance à la victime ?

— Brièvement. Oui, je pense.

— À quoi croyez-vous qu'on puisse l'attribuer ?

Hardy protesta qu'il s'agissait de spéculation mais son objection fut rejetée : la question relevait tout à fait du domaine de compétence du coroner.

— Quelle qu'en soit la cause, le coup n'a pas provoqué de commotion cérébrale et n'a pas laissé de marque sur le crâne. Il pourrait avoir été porté par un objet contondant relativement lourd, sans arêtes vives.

— Comme une bouteille de whisky ?

— Objection. Il s'agit là encore de spéculation, Votre Honneur.

— Objection rejetée.

— Oui, répondit Strout. Cela pourrait cadrer avec la bouteille retrouvée sur les lieux.

Soma poursuivit l'offensive sur un rythme saccadé, prenant à peine le temps de respirer entre deux questions.

— Et l'orifice d'injection ?

— Là aussi, nous avons relevé un trauma.

— Qu'entendez-vous par trauma ?

— En termes de non spécialiste, la peau et les muscles ont été légèrement déchirés quand on a retiré l'aiguille.

— Pas quand on l'a enfoncée ?

— Non. Catégoriquement non.

Détail important, puisqu'un infirmier-ambulancier expérimenté comme Graham n'aurait pas fait preuve de maladresse pour la piqûre elle-même. En revanche, avec n'importe qui, la victime aurait pu avoir un soubresaut, ou même se débattre une fois l'aiguille enfoncée.

Soma remercia Strout, retourna à la table de l'accusation, laissant Hardy avec les objections qu'il s'apprêtait à faire pleuvoir sur le procureur si celui-ci avait tenté de tirer une conclusion. Le tableau était suffisamment clair : quelqu'un avait fait boire Russo, l'avait frappé à la tête pour l'assommer, avait planté l'aiguille ; pendant l'injection de la morphine, Russo avait eu un spasme ou avait repris conscience.

Autant de spéculations qui n'auraient pas été admissibles. Mais Soma se contenta de se tourner vers Hardy et de déclarer d'un ton aimable et professionnel :

— Le témoin est à vous, maître.

L'avocat attaqua d'emblée :

— Docteur Strout, Sal Russo s'est-il suicidé ou a-t-il été assassiné ?

Strout croisa de nouveau les jambes, se renversa dans son fauteuil.

— Si l'on s'en tient aux observations médico-légales, on ne peut exclure aucune des deux hypothèses.

— Vous voulez dire que, d'un point de vue strictement médical, il est impossible de répondre à ma question ?

— Oui, c'est ce que je veux dire.

Strout attendit. Habitué des prétoires, il ne s'exposerait pas au risque de se voir reprocher d'avoir cherché à orienter les débats par une réponse tendancieuse. Hardy hocha la tête, apparemment intrigué.

— Rien, dans la science médico-légale, ne vous permet de dire qu'une de ces hypothèses est plus plausible que l'autre ?

Le coroner réfléchit rapidement avant de répliquer :

— Non, rien.

— Et le coup à la tête dont vous avez parlé ? A-t-il pu contribuer, d'un point de vue médical, à la mort de Sal Russo ?

— Non.

— Absolument pas ?

— Absolument pas. Il a peut-être suffi à assommer Mr. Russo, mais il n'a rien à voir avec sa mort.

Hardy feignit la surprise.

— Docteur, vous venez bien de dire que ce coup a *peut-être* suffi à assommer Mr. Russo ?

— Exactement.

— Diriez-vous qu'il n'a peut-être pas suffi à lui faire perdre connaissance ?

— C'est également possible, convint le coroner avec une pointe d'agacement. J'ai souligné que l'ecchymose n'était pas très grave.

— En effet, merci, docteur. Ce trauma, comme vous dites, a-t-il été causé avant ou après l'injection ?

— Je n'en sais rien.

— Il est donc possible que Sal Russo se soit fait la piqûre lui-même, qu'il soit tombé et se soit cogné la tête ?

— C'est possible.

— S'il s'est blessé à la tête avant l'injection, pouvez-vous nous dire combien de temps avant ?

Strout réfléchit de nouveau.

— Sur la seule base de l'ecchymose, un ou deux jours avant.

Hardy joua l'effarement.

— Docteur, vous voulez dire que vous ne pouvez même pas affirmer que Sal Russo s'est fait ce coup à la tête le jour même de sa mort ?

— Pas avec certitude.

— Pas avec certitude, répéta l'avocat. Dans ces conditions, peut-on dire que vous ignorez si ce coup à la tête a un lien quelconque avec la mort de Sal Russo ?

— Oui, je l'ignore.

— Bien, fit Hardy, qui entreprit d'enfoncer un autre clou. Vous nous avez aussi parlé d'un trauma à l'orifice d'injection. Selon vous, ce trauma serait compatible avec l'hypothèse d'une injection par un tiers, c'est bien ça ?

— C'est exact.

— Mais il est également compatible avec l'hypothèse d'une injection par Russo lui-même, n'est-ce pas ?

— Oui, également.

— Ne peut-on soutenir que Russo a tressailli au moment où il s'injectait la morphine ?

— Objection !

Soma s'était dressé d'un bond, ce que Hardy interpréta comme un bon signe. Le procès commençait à peine et déjà les manières placides du jeune procureur se lézardaient.

— Il s'agit de spéculations, Votre Honneur, fit-il valoir.

L'objection fut rejetée. Hardy parvint à garder une expression neutre en entendant Strout confirmer : oui, Russo avait pu tressaillir en se faisant la piqûre.

— Un dernier point que je voudrais clarifier, docteur, poursuivit Hardy. N'avez-vous pas dit à Mr. Soma que Sal Russo présentait un taux d'alcool de un gramme par litre, que, de ce fait, il avait pu perdre connaissance alors que l'aiguille se trouvait encore dans sa veine, et donc être dans l'incapacité de la retirer ?

— Je l'ai dit, oui.

— Cette hypothèse serait compatible avec vos observations, c'est bien ça ?

— Oui.

— Mais cette compatibilité signifie simplement que cette hypothèse est à retenir, non qu'elle est *vraie*. Vous ne pouvez pas exclure qu'il y en ait d'autres ?

— Non.

— Même avec ce taux d'alcool élevé, les faits ont pu se passer différemment ?

— Oui.

— En d'autres termes, docteur, pour que les choses soient parfaitement claires, rien dans vos observations ni dans votre témoignage ne prouve que Sal Russo ne s'est pas tué ?

— Rien.

— Il pourrait s'agir d'un simple suicide ?

— Oui.

Hardy se réjouit de voir Salter froncer les sourcils. Quand un coroner déclare qu'il n'y a pas forcément meurtre, un juge surmené peut se demander ce qu'il fait dans une salle d'audience.

L'avocat remercia le témoin mais, avant même que Hardy soit revenu à sa table, Soma s'était levé.

— Docteur Strout, vous n'affirmez pas que c'était un suicide ?

— Non.

— Et pourquoi ?

Strout haussa les épaules.

— Parce qu'il n'y a pas moyen de trancher dans un sens ou dans un autre.

Hardy rentra dîner chez lui, resta près de deux heures, puis embrassa ses petits chéris et retourna dans le centre, d'abord à la prison pour tenir compagnie à Graham, discuter des événements de la journée et de la stratégie à suivre, puis à son bureau pour procéder à une analyse plus critique avec David Freeman.

Quand il rentra pour de bon, à onze heures et quart, il était sur le point de s'écrouler et ne fut pas précisément ravi de découvrir Sarah Evans buvant du café avec Frannie dans la salle à manger.

— Si c'est du déca, j'en veux bien une tasse, quoique je sois philosophiquement contre.

Sa femme lui tendit une joue à embrasser.

Au cours des derniers mois, Evans était devenue Sarah. Les coups de téléphone à minuit avaient conduit à des rencontres occasionnelles, chez lui. Les deux femmes étaient à peu près du même âge et avaient des intérêts communs. Sarah parlait de se marier, d'avoir des enfants ; Frannie envisageait d'entrer dans la police.

— On vient de prendre une décision, Sarah et moi, annonça Frannie. Quand les gosses seront grands, je deviendrai flic, pas conseillère familiale, finalement.

— Excellente idée, approuva Hardy en tirant une chaise à lui. On fait la fête, on a plein d'avantages, et la clientèle est vraiment chouette. Ça te plaira. Mais tu veux savoir comment je vois ton avenir, moi, quand les enfants seront grands ?

— Je t'écoute.

— Tu voyages dans le monde entier, tu fais escale dans des ports exotiques avec ton mari en retraite, esclave de ses désirs.

Frannie posa une main sur celle de Hardy.

— C'est pour son humour farfelu que je l'aime, expliqua-t-elle à Sarah. Il a eu une rude journée.

L'allusion à la journée de l'avocat ramena tout le monde à la réalité, en particulier le sergent Evans. Témoin, elle n'avait pas le droit d'assister aux débats et venait aux nouvelles. Hardy fut franc avec elle :

— C'est Soma qui mène le jeu, à ce stade. Il expose sa version. Ensuite, je fais mon entrée et je le massacre.

Sans se dérider, Sarah soupira :

— J'ai l'impression de ne pas en avoir fait assez.

— Voyons, vous avez bossé plus dur que n'importe quel flic que je connais.

— Ça ne me paraît quand même pas assez. S'il n'y a qu'un suspect, il suffit à Soma de démontrer qu'il y a eu meurtre.

Hardy savait que c'était essentiellement juste, et cela ne le rassurait pas non plus. Il fit cependant bonne figure, s'abstint d'exprimer ses propres craintes concernant le jury et répondit d'un ton léger :

— Il n'y arrivera pas.

— Mais, Dismas, il y a bien eu meurtre. Nous le savons, vous et moi.

— Quoi ? fit Frannie, se redressant.

Aïe, pensa Hardy. Sans chercher à lui cacher quoi que ce soit, il n'avait pas voulu infliger à sa femme tous les tenants et aboutissants de l'affaire. Elle menait sa propre bataille sur le front de la maison, avec bien plus d'efficacité qu'il n'en montrait lui-même dans maints aspects de son travail. Il lui avait exposé à grands traits sa stratégie, il lui avait dit qu'il croyait sincèrement à l'innocence de Graham… mais il n'avait pas ajouté qu'il croyait quelqu'un d'autre coupable.

Une des raisons pour lesquelles Frannie était opposée à ce qu'il s'occupe d'affaires de meurtre, c'était que ces affaires le mettaient en contact avec des individus qui avaient tué délibérément et présentaient un risque légèrement supérieur à la moyenne de recommencer, peut-être sur la personne de leur avocat et/ou de sa famille.

Hardy tenta de s'en sortir par un haussement d'épaules assorti de cette échappatoire :

— C'est une possibilité. Ça, nous le savions.

Frannie pesa un moment le pour et le contre, ferma le poing et l'abattit sur la table.

— Merde, lâcha-t-elle. Merde et merde.

— Quoi ? fit à son tour Sarah. Nous ne le savions pas ?

— Nous le savions, rétorqua Hardy. Mais pas Frannie.

Sarah tendit la main par-dessus la table.

— C'est ce que je passe mon temps à chercher, Fran. Qui a tué Sal.

Frannie fit aller son regard abasourdi de l'un à l'autre.

— Je vais me coucher, annonça-t-elle en quittant la pièce.

Sarah se leva pour la suivre, mais Hardy la retint.

— Laissez-la, ce n'est rien. Je lui parlerai.

Elle se rassit, bras croisés.

— Désolée, je pensais que… Il vaut mieux que je parte.

— Non, répliqua-t-il d'un ton sec. Je veux que vous compreniez que nous avons une excellente défense. Même David Freeman est de cet avis, et son avis fait autorité, en ce qui me concerne. Ça marchera, j'en suis sûr.

— Et si ça ne marche pas ?

Il ne répondit pas. Il n'y avait pas de réponse.

Les coudes sur la table, Sarah souffla dans le clocher formé par ses mains jointes.

— Je pourrais démissionner, travailler sur cette affaire à temps plein.

— Vous serez plus utile en restant dans la police.

— Je suis nulle, je n'ai rien trouvé. Sal ne transportait plus l'argent des parieurs depuis des années, et personne n'a tué Machinchose pour son affaire de poisson.

— Pio, vous voulez dire.

— Je ferais mieux d'aller secouer George, le frère de Graham. Pour lui faire dire où il était le jour du meurtre.

— Et vous faire virer ?

— Aucune importance. Si c'est lui.

Hardy tendit la main par-dessus la table pour lui attraper le coude.

— Doucement, doucement. Respirez… C'est le moment le plus

dur, quand on vient de s'engager et qu'on ne sait pas où on va. Il faut vous convaincre que vous avez pris la bonne décision.

— Mais je ne peux pas rester assise à ne rien faire ! Je ne peux pas !

— C'est encore plus dur pour Graham, en prison.

L'argument porta. Elle vida lentement ses poumons.

— Alors, qu'est-ce qu'on fait ? Je n'arrive pas à y croire : nous avons un suspect sans alibi et personne...

— De qui vous parlez ?

— De George.

— George n'est pas suspect, il n'a pas besoin d'alibi. Personne ne l'a jamais vu près de chez Sal, et il n'a pas laissé ses empreintes dans l'appartement. Il ne connaissait même pas la véritable situation de son père. S'il avait tué Sal dans un accès de colère, il aurait agi autrement. Et s'il savait qu'il était mourant, pourquoi prendre la peine de le tuer ? En outre, il ne laisserait pas son frère passer le reste de sa vie en prison.

— Je parie qu'il n'hésiterait pas une seconde si c'était Graham ou lui.

Hardy demeura un moment silencieux, puis déclara :

— Ce n'est pas Graham. Nous sommes d'accord ?

— Bien sûr.

— Vous le croyez innocent, n'est-ce pas ?

Elle le regarda fixement.

— Et vous ?

— En fait, non. Mais j'essaie de m'en convaincre. S'il est innocent, on ne pourra pas prouver qu'il est coupable. C'est le système, il faut que j'y croie.

À vrai dire, il avait de sérieux doutes concernant le système mais ce n'était pas le moment de les exprimer.

— Écoutez, continua-t-il, si ça peut vous soulager, essayez de savoir où était George ce jour-là, cherchez des indices : il a peut-être utilisé une carte de crédit, donné un coup de fil.

— Si seulement Abe...

Il l'interrompit en reprenant le même vieil argument :

— Abe a un suspect à l'ombre. Comment justifierait-il qu'on poursuive l'enquête ?

Elle considéra la remarque, finit par répondre d'une voix lasse :

— Je sais. Mais c'est tellement frustrant.

— Vous êtes sur la liste, demain, non ? dit-il, faisant allusion à la liste des témoins. Vous devriez dormir un peu. Vous ferez meilleure impression si vous vous êtes reposée.

Elle soupira à nouveau, se leva.

— Vous êtes sûr que vous ne voulez pas que j'aille parler à Frannie ?

— Non. Ça s'arrangera.

Frannie dormait, allongée sur le flanc, le dos tourné à la partie du lit de Hardy. Sa respiration n'était ni profonde ni régulière, mais elle dormait.

C'était du moins sa version des faits et elle s'y accrochait.

28

Le lendemain matin, Hardy transporta au travail la tension de sa vie conjugale. Il avait fini par s'endormir à plus d'une heure, s'était levé à cinq heures et demie pour revoir ses notes, essayer de prévoir ce qui se passerait au tribunal ce jour-là.

Frannie ne se leva pas pour lui faire son café.

Il sortit de la maison à sept heures et demie – il *fallait* qu'il parte –, au moment où sa femme et ses enfants s'asseyaient à la table du petit déjeuner. Un baiser aux petits – c'était tout ce qu'il faisait pour eux ces temps-ci. Un regard appuyé de Frannie, pas de discussion devant les gosses. Ce soir, peut-être.

Au palais de justice, il attendit longuement son confrère et costratège Freeman, qui n'était pas encore arrivé lorsque les huissiers amenèrent Graham dans la cellule de détention. Sa chevelure de surfeur sagement coiffée en arrière, il passa son costume-cravate un peu après neuf heures.

— Où est Yoda ?

Graham avait donné à Freeman le nom du gnome de *La Guerre des étoiles*, et Hardy trouvait que c'était une façon assez astucieuse de le caractériser.

— Je l'ignore. Il s'occupe probablement d'une affaire de fusion à froid, pour ne pas perdre la main, répondit l'avocat avec une nonchalance étudiée.

En réalité, l'absence de Freeman l'emplissait d'une inquiétude diffuse, comme s'il avait égaré un porte-bonheur. Hardy regarda autour de lui, demanda en baissant la voix :

— Tu as vu Sarah, ce matin ? Elle est venue chez moi hier soir. Elle veut enquêter sur ton frère.

— Je sais. Nous en avons discuté, dit Graham, dont les mains massives transformaient en confettis les coins d'un bloc-notes. Je pense que ce n'est pas une mauvaise idée.

— Ah bon ? Tu étais d'un avis contraire la dernière fois que je t'ai posé la question.

— J'ai peut-être fini par avoir les glandes. Non, en fait, j'ai réfléchi et je me suis rendu compte qu'en cherchant d'abord à me faire libérer il y a une chose qu'on a plus ou moins poussée sous le tapis : quelqu'un a tué Sal, Diz. Je veux la peau de ce salaud, même si c'est Georgie.

— Et tu penses que c'est lui ?

— Disons que j'aimerais m'assurer du contraire. Tu te souviens de ce que je t'ai dit à propos de Leland ? S'il te paie, il obtient quelque chose en échange.

— Ouais.

— Ce qu'il obtient, c'est que tu laisses tranquille son fils préféré.

S'il avait dormi davantage, s'il avait eu Freeman à ses côtés et si sa femme n'avait pas été en rogne contre lui, Hardy aurait peut-être réagi avec plus de calme. Un coup de sang lui fit répliquer sèchement :

— J'espère que tu n'es pas en train de dire que Leland m'a mis dans sa poche.

— Ne t'énerve pas, Diz. Je sais que tu étais sincère…

— Mais trop bête pour comprendre, hein ?

Le problème, c'était que Graham avait peut-être en partie raison, et que Hardy ne l'avait effectivement pas compris. En payant la défense de Graham, Leland Taylor avait bel et bien désamorcé les investigations que l'avocat aurait peut-être envisagé de mener au sein de la famille Taylor.

Graham haussa les épaules.

— C'est une piste évidente et personne ne l'explore.

— Parce que c'est impossible ! rétorqua l'avocat, dont la voix résonna dans la cellule. Glitsky ne veut pas en entendre parler, Sarah risquerait de perdre son boulot… Tu le sais. Nous en avons parlé cent fois. C'est impossible.

— Impossible sans mécontenter Leland, rectifia Graham d'un ton calme, et Hardy entrevit pour la première fois l'intelligence qui avait valu à son client un stage en cour fédérale. Il nous a coincés en douceur. C'est sa façon d'opérer.

— Tu crois qu'il cherche à protéger George ?

— J'ai appris par ma mère qu'il ne sait pas où était George au moment de la mort de Sal. Ça l'inquiète, bien sûr. Et il tient compte de deux autres éléments.

— Lesquels ?

— Un, il y a de bonnes chances que tu me tires d'affaire, donc pas de vrais risques, finalement, juste quelques mois d'une vie déjà gâchée. Je suis un pion qu'il est prêt à sacrifier pour sauver son fou.

— Et deux ?

— Pour Leland, la mort de Sal n'est pas une grande perte. Il était vieux, malade, il embêtait tout le monde. Un peu comme un chien dont on veut se débarrasser. Si Georgie l'a tué, ce n'est pas un vrai meurtre. De toute façon, Sal aurait succombé à son cancer deux mois plus tard, alors, quelle importance ?

Un peu calmé, Hardy se pencha en arrière, passa une main dans ses cheveux à la manière de Dean Powell.

— Dis-lui, suggéra Graham. Nous verrons bien ce qu'il fera.

— De qui tu parles ?

— De Leland. Dis-lui que tu vas enquêter sur l'alibi de George. On verra s'il ferme le robinet du pactole ou, mieux, s'il t'offre un supplément pour que tu n'ailles pas fouiner de ce côté-là. Comme ça, nous saurons.

— Nous ne saurons rien de plus sur George.

— Mais nous serons sûrs de ce que cherche Leland. Georgie est l'héritier présumé de la banque. Tu imagines le scandale s'il a tué Sal ?

Envahi par une soudaine vague de fatigue, Hardy pressa ses pouces contre ses yeux.

— D'accord, je lui dis. Tant que j'y suis, je pourrais peut-être mettre Debra dans le même sac.

— Ma sœur ?

— C'est en grande partie à cause d'elle que tu es ici.

— Je ne pense pas.

— Crois-moi, j'ai lu les rapports de Sarah ce matin pour me

préparer à son témoignage. Son premier coup de fil a été pour ta sœur.

— Et qu'est-ce que Debra lui a dit ?

— Que tu mentais sûrement, qu'on ne peut pas te faire confiance. C'est elle qui a parlé des cartes de base-ball, avant même que quiconque soit au courant pour l'argent de Sal. Elle a attiré l'attention sur toi, Graham.

— Elle est idiote.

— Elle est aussi l'assistante d'un vétérinaire, rappela l'avocat. Elle fait des piqûres aux animaux, non ? Mon instinct me souffle qu'une piqûre mortelle est plus une arme de femme que d'homme. Et Debra a besoin d'argent...

Graham se tint la tête à deux mains.

— Non, non, non. Ce n'est pas ça.

— Qu'est-ce que c'est alors ?

Il se redressa, regarda son avocat dans les yeux.

— Deb et moi étions très proches jusqu'à ce que j'entre en fac de droit. Elle ne succombait pas au charme magique de Taylor comme ma mère ou George, nous étions dans le même camp. Et puis elle a épousé Brendan.

« Deux ans après leur mariage, j'entre un soir dans une boîte et qui je vois ? Brendan en train de ramoner les amygdales d'une fille qui n'était pas Debra. Je m'approche pour être sûr. Oui, c'est bien lui. Il trompe ma sœur.

« Alors, qu'est-ce que je fais, en bon frère ? D'abord, je botte les fesses de Brendan, ensuite, je dis tout à Debra. (Long soupir.) Elle a le choix : ou elle me croit et elle confronte Brendan avec la vérité, ou elle se dégonfle et elle se raconte une autre histoire, par exemple que je lui mens.

— Pourquoi tu lui mentirais ?

— Je n'ai jamais aimé Brendan. Je ne le trouvais pas assez bien pour elle. Ce qui est le cas, soit dit en passant. Donc j'essaie de torpiller leur couple, conclut Graham en écartant les mains. Mais Brendan est rentré à la maison avant que je puisse parler à Debra et il lui a servi sa version des événements : j'étais soûl, je lui ai cherché noise sans raison. Du coup, ma sœur m'a mis à la porte de chez elle en me traitant de menteur. Je n'étais pas heureux, je ne pouvais supporter qu'elle le soit.

— C'est tout ?

— C'est tout. Brendan est un bon mari qui aime sa femme. Fin de l'histoire.

À neuf heures et demie précises, Salter se tourna vers Soma, qui se leva de son siège.

— L'accusation appelle à la barre le sergent Philip Parini.

David Freeman n'avait toujours pas fait son apparition.

C'était la première fois que Hardy voyait ce technicien de l'unité Lieu du crime, mais il avait lu ses rapports. De constitution fluette, l'homme était précis dans ses mouvements. Son tailleur avait fait de l'excellent travail sur son costume bleu marine. Parini partageait par une raie médiane sa tignasse noire. Raide comme un piquet dans le box des témoins, il appuyait ses mains sur la balustrade en bois, devant lui.

Debout au milieu de la salle, Soma s'apprêtait à tenter de nouveau d'établir qu'il y avait eu meurtre.

— Sergent Parini, votre unité est-elle parvenue la première sur les lieux : l'appartement de Sal Russo, au Lions Arms ?

— Non, le juge Giotti était déjà là. Ainsi que les ambulanciers, deux agents de ronde, les inspecteurs Lanier et Evans.

— Pouvez-vous dire au jury ce que vous avez trouvé ?

Le sergent s'éclaircit la voix mais il ne fallait pas y voir un signe de nervosité. Il voulait simplement être sûr de se faire comprendre.

— D'abord, j'ai vérifié avec les agents qu'on n'avait touché à rien. Les ambulanciers étaient arrivés quelques minutes après eux et avaient été avisés de la présence d'un formulaire NPR. De toute façon, la victime était manifestement morte. Le responsable de l'équipe médicale m'a dit que la température du corps avait déjà sensiblement baissé.

C'était un témoignage par ouï-dire, mais Hardy ne protesta pas : le détail n'avait aucune importance.

— Pouvez-vous décrire la position du corps, tel que vous l'avez découvert ?

Parini s'exécuta, compara ensuite sa description à la photo constituant la pièce à conviction nº 1. Pendant ce temps, Freeman franchit la barrière en bois, tapota l'épaule de son confrère, s'assit à la table de la défense de l'autre côté de Graham. Hardy lui adressa un regard interrogateur auquel il répondit en articulant silencieusement : « Plus tard. »

L'adjoint au procureur ne remarqua même pas cette arrivée intempestive.

— Sergent Parini, d'après votre expérience, la position du corps de Sal Russo fait-elle penser à un suicide ?

— Objection, lança Hardy sans se lever. Spéculation.

Raide lui aussi sur son perchoir, Salter estima :

— Non, maître, il s'agit d'une opinion éclairée. Votre objection est rejetée. Sergent Parini, vous pouvez répondre.

Le policier hocha la tête. L'exercice consistant à témoigner avait son propre rythme, qui lui était familier. Il attendit que la greffière relise la question de Soma, puis embraya :

— Mon impression initiale, c'est que cette position n'était pas naturelle.

— Dans quel sens l'entendez-vous ?

— Comme si on l'avait laissé tomber à cet endroit.

Soma eut une mimique pour faire partager aux jurés l'importance du fait.

— Avez-vous trouvé quoi que ce soit d'autre, sergent, qui vous ait incité à conclure à un homicide ?

— Oui. Il y avait une bouteille de whisky – de l'Old Crow – renversée sous la table. Le bouchon n'avait pas été bien revissé et un peu d'alcool avait coulé par terre.

— Ce qui signifie, selon vous ?

Hardy aurait pu objecter, mais Salter lui aurait de nouveau donné tort. Dans un tribunal, les techniciens de l'unité Lieu du crime, pour peu qu'on invoque rituellement leur expérience, ont quasiment l'autorité d'un expert. On les laisse émettre des avis qui, dans la bouche d'un autre témoin, seraient taxés de spéculation.

Il garda donc le silence et écouta des mots d'autant plus dévastateurs que l'hypothèse qu'ils soutenaient correspondait à la réalité.

C'était en fait ce qui s'était passé, mais avec quelqu'un d'autre que Graham.

Parini poursuivit avec l'assurance d'un homme qui a longuement réfléchi au problème.

— Selon moi, l'explication la plus plausible est la suivante : la bouteille a été renversée au cours d'une lutte ou par quelqu'un pressé de quitter l'appartement. Du whisky s'en écoulait encore lentement à mon arrivée.

— Avez-vous trouvé la seringue, sergent ?

— Oui. Elle était sur la table basse, à côté d'une fiole vide.

— Autrement dit, l'aiguille n'était pas dans le bras de la victime ?

— Non.

— Qu'avez-vous fait de la seringue et de la fiole ?

— Je les ai mises dans un sac, je les ai envoyées au labo, pour analyse.

— Pouvez-vous nous dire ce qu'on y a découvert ?

— La fiole avait contenu de la morphine ; il y avait des empreintes digitales sur la fiole et sur la seringue.

— Avez-vous identifié ces empreintes ?

— Oui. Elles appartiennent à l'accusé, Graham Russo.

Parini resta dans le box près de deux heures. Il parla de la chaise renversée sur le sol de la cuisine, de l'élément éraflé, du coffre, des empreintes de Graham retrouvées dans tout l'appartement, et même sur le tube contenant le formulaire NPR. Soma fit enregistrer la fiole, la seringue, la bouteille d'Old Crow, le tube et l'autocollant comme pièces à conviction. Cela prit du temps et Salter suspendit l'audience pour la pause déjeuner avant que Hardy puisse entamer son contre-interrogatoire.

Hardy rassembla ses papiers, demanda à Graham ce qu'il avait envie de manger. Freeman, qui semblait sombre, garda un silence inhabituel chez lui tandis que le trio se dirigeait vers la cellule de détention. Il laissa entrer les deux autres, dit à Hardy qu'il ferait mieux de s'asseoir.

— J'étais assis toute la matinée, David, répondit l'avocat en s'étirant. Qu'est-ce qu'il se passe ?

Freeman haussa les épaules : si Hardy préférait rester debout, libre à lui.

— J'ai reçu une visite ce matin, au bureau. Une de nos collaboratrices en émoi. (Pause.) Michelle, pour tout dire.

Hardy fit la grimace. Il était fatal que l'affaire Tryptech finisse par leur sauter à la figure tôt ou tard. Ils temporisaient depuis si longtemps qu'un juge, estimant que la mesure était comble, avait sans doute imposé que le procès se tienne dans les deux semaines. Quelque chose pourtant l'étonnait.

— Pourquoi ne m'a-t-elle pas appelé ?

— Elle se sent un peu embarrassée. Vous connaissez Ovangevale Networks ?

Autant demander à Hardy s'il avait entendu parler de Disneyland. Sortie de nulle part, cette firme avait poussé comme de la mauvaise herbe au cours des cinq dernières années grâce à ses applications pour Internet. Le petit nouveau était rapidement devenu un colosse du secteur.

— Ils nous ont piqué Michelle, c'est ça ? fit Hardy.

— Pas exactement.

— J'adore la façon dont Yoda fait durer le plaisir, dit Graham. David, allez donc chercher des sandwiches, Diz et moi, nous jouerons aux devinettes pendant ce temps-là.

— Quoi, alors ? demanda simplement Hardy.

— Ils achètent Tryptech, répliqua Freeman en roulant les yeux.

— Non, impossible. Pas avec ces poursuites en suspens...

— Leurs avocats sont parvenus à un arrangement par la porte de derrière. Ils ont obtenu l'accord du port d'Oakland si Tryptech se contente de douze et demi.

— Douze et demi ! explosa Hardy. Nous pouvions décrocher trente, et ils...

— Ils se fichent de ce qu'ils perdent à court terme, Diz. Ils veulent se débarrasser du problème. Passer à autre chose, aller de l'avant.

— Depuis combien de temps Tryptech était au courant ? Il faut que je parle à Michelle. Pourquoi elle ne m'a pas téléphoné ?

Hardy connaissait pourtant une des raisons pour lesquelles elle ne l'avait pas appelé : depuis plusieurs mois, il n'était jamais disponible pour elle.

— Eh bien, c'est l'autre aspect de l'affaire, dit Freeman, qui prit sa respiration. Ovangevale fait une offre à quinze dollars l'action. Vous savez que, depuis quatre mois, Michelle était payée en *stock options*...

— Ouais, je sais, grogna Hardy.

— Un et demi, laissa tomber le vieil homme.

— Quoi, un et demi ?

— Le prix auquel Tryptech lui cédait l'action. Au départ, on avait parlé de deux mais ils se sont finalement mis d'accord sur un et demi. Michelle possède actuellement quarante mille actions.

Hardy fut pris de vertige. Il tenta de faire un rapide calcul, s'emmêla dans les zéros et fut devancé par Graham :

— Cela fait six cent mille dollars.

Ressemblant plus que jamais à Yoda, l'infiniment sage, l'infiniment triste Freeman regarda son confrère dans les yeux.

— Elle se sent vraiment gênée, Diz. Elle m'a demandé de vous annoncer la nouvelle.

Un sentiment d'irréalité s'était emparé de Hardy. Une partie de lui-même se rendait compte qu'il se trouvait dans la salle 27 et qu'il posait des questions à Parini. Le reste, désincarné, flottait quelque part dans l'ozone.

Six cent mille dollars pour quatre mois de travail !

— Sergent, la présence d'empreintes de Graham Russo sur de nombreux objets de l'appartement implique-t-elle qu'il s'y trouvait le jour de la mort de son père ?

Bien que les policiers soient le plus souvent témoins de l'accusation, Parini, depuis le début du contre-interrogatoire, répondait aux questions de la défense dans le même esprit de coopération et d'efficacité.

— Non, dit-il. Les empreintes digitales sont des traces de sécrétions grasses. La question du temps n'entre quasiment pas en ligne de compte. La présence d'une empreinte sur un objet signifie uniquement qu'à un certain moment le doigt est entré en contact avec cet objet.

— Vous voulez dire qu'il est tout à fait possible que Graham ne soit pas passé chez son père ce jour-là ?

— Absolument.

— Bien.

Non, rien n'allait bien ! Il aurait pu avoir cet argent ! Il aurait été libre !

— Je voudrais maintenant vous poser une question sur la

bouteille de whisky. Le Dr Strout a déclaré que, au moment de l'injection, Sal Russo était en état d'ivresse. La bouteille, sous la table, se trouvait-elle à portée de sa main ?

— Oui, je pense.

— Sal étant allongé par terre, il aurait pu tendre le bras vers la bouteille et la renverser ? Est-ce possible ?

— Oui.

— Pourtant, n'avez-vous pas déclaré à Mr. Soma que cette bouteille avait sans doute été renversée au cours d'unc lutte ?

— C'était une supposition.

— Il n'y a peut-être pas eu de lutte, si je vous comprends bien ?

— Pas forcément, non.

Hardy arbora un sourire. *Comment sourire dans un moment pareil ?*

— Une dernière question sur cette bouteille. Avez-vous relevé sur le verre quoi que ce soit qui incite à croire qu'on s'en est servi comme arme ? Pour frapper Sal Russo derrière l'oreille, par exemple ?

— Non, rien.

— Ni cheveux, ni sang ?

— Non.

— D'autres empreintes que celles de Sal ?

— Non.

— Cependant, vous avez relevé les empreintes de Graham sur la fiole de morphine et sur la seringue ?

— C'est exact.

Hardy ne poussa pas plus loin. C'était suffisamment clair : son client aurait porté des gants pour assommer son père avec la bouteille, mais il les aurait ôtés pour lui faire la piqûre ?

— J'aimerais maintenant vous poser quelques questions sur la cuisine, où une chaise était renversée. La pièce est large ?

— Pas très. Deux mètres cinquante environ.

— Où se trouvent la cuisinière et le réfrigérateur ?

— Contre le mur droit.

— Il y a un évier ? un comptoir ?

— Un comptoir le long du mur de gauche, avec un évier tout au bout.

— Si je comprends bien, il y a une sorte d'espace entre l'évier du comptoir, d'une part, la cuisinière et le réfrigérateur, de l'autre.

— Oui, c'est la disposition. Avec une fenêtre dans le fond, au-dessus de l'évier.

— Cet espace est plutôt étroit, non ?

Parini savait que le mot « étroit » était sujet à interprétations. Il précisa :

— Un mètre vingt, peut-être moins.

— Mais on y avait installé une table ?

— Oui.

— Apparemment, cette table occupait sa position normale ?

Parini accorda à la question un moment de réflexion, comme si elle était nouvelle pour lui. C'était peut-être le cas.

— Oui, elle était centrée par rapport aux murs, à peu près à l'endroit où je m'attendais à la trouver.

— Diriez-vous que cette table n'avait pas du tout été déplacée par la prétendue lutte au cours de laquelle une chaise aurait été renversée et un élément éraflé ?

— Oui. Elle était au centre de l'espace.

— En dehors de la chaise et des éraflures, y avait-il d'autres traces de lutte dans la cuisine ?

— Non.

— Rien qu'une chaise renversée ?

— C'est tout.

— Y avait-il de la vaisselle sur l'égouttoir ? Des tasses, des verres, des assiettes ?

— Oui.

— Ces objets avaient-ils été renversés eux aussi par cette lutte hypothétique entre deux hommes corpulents dans l'espace relativement restreint de la cuisine ?

Soma se leva, intervint :

— La défense oriente le témoin.

Ce que l'avocat est parfaitement autorisé à faire pendant le contre-interrogatoire. Salter, qui ne l'ignorait naturellement pas, rejeta l'objection.

— Sergent Parini, avez-vous vu dans la cuisine quoi que ce soit qui puisse exclure la possibilité que Sal Russo, soûl comme il l'était, ait lui-même renversé la chaise en titubant et l'ait laissée par terre ?

C'était le cœur du problème, Soma le savait. Il protesta de nouveau et tout le monde attendit la décision du juge.

Quoique encore malade de frustration, Hardy revenait à la réalité. Marchant sur le fil invisible séparant diverses interprétations d'un même fait, il estimait avoir correctement formulé sa question.

— La question est recevable, trancha Salter. Sergent, vous pouvez répondre.

Après relecture par la greffière, Parini déclara :

— Non, rien n'exclut qu'il l'ait fait tomber lui-même.

Pour Hardy, la frustration fit place au désir enthousiaste d'exploiter le filon qu'il venait de mettre au jour avec Parini. Dans sa hâte, il commit une erreur capitale. Oubliant l'un des principes fondamentaux du contre-interrogatoire – ne jamais poser une question dont on ignore la réponse –, il demanda :

— En fait, sergent, ne peut-on dire que *rien*, dans l'appartement, ne suggère une lutte entre Sal Russo et un quelconque agresseur ?

— Non, ce n'est pas exact. Il y a la position du corps.

Hardy alla boire un peu d'eau pour gagner du temps, récupéra aussitôt.

— C'est juste, sergent. La position du corps. Vous avez eu l'impression qu'on l'avait laissé tomber entre la table et le fauteuil, si je me souviens bien ?

— Oui.

L'avocat s'approcha des pièces à conviction. Il avait lui-même creusé le trou dans lequel il avait failli tomber, mais il se rappela que les Chinois utilisent le même mot pour « désastre » et « occasion à saisir ». Il prit la pièce à conviction nº 1.

— Vous voulez dire que la victime ne se trouvait pas dans la même position que sur cette photo ?

— Si. La même.

— Et, d'après vous, on a l'impression que quelqu'un l'a laissé tomber à cet endroit ?

— Exactement.

— Ou que Sal Russo est tombé après avoir été assommé ?

— Oui. Il s'est écroulé sur lui-même.

Sachant où il allait, Hardy accéléra.

— Regardez la pièce nº 1, sergent : la victime écroulée sur elle-même, comme vous dites. Parce que ses jambes sont repliées sous elle, je suppose ?

— Oui.

— Comme elles auraient pu l'être si, par exemple, il avait été assis par terre et avait perdu conscience ?

Parini ne répondit pas. L'imperturbable témoin jeta un coup d'œil à la table de l'accusation. Sans attendre, Hardy enchaîna :

— La position du corps n'est-elle pas compatible avec cette hypothèse : Sal Russo était assis par terre quand il a perdu conscience ?

— Eh bien, il faudrait…

— Oui ou non, sergent ?

— Oui, je suppose.

— En s'écroulant de cette position assise, les jambes repliées sous lui, Russo n'aurait-il pu renverser du bras la bouteille de whisky ?

— C'est possible, mais…

— Est-ce oui, sergent ? Oui, c'est possible ?

Parini acquiesça de mauvaise grâce. Hardy prit sa respiration.

— Un dernier point. Vous avez déclaré que la seringue et la fiole étaient restées posées sur la table basse. Pouvez-vous dire au jury si ce fait peut être interprété comme le signe qu'il y aurait eu lutte, violence, précipitation ?

Le policier fixa un moment son giron, releva la tête, croisa le regard de l'avocat.

— Non.

— Et le lampadaire, avait-il été renversé ?

— Non.

— Le verre ?

— Non.

Hardy retourna à la table des pièces à conviction, saisit une poignée de Polaroïd.

— Comme nous l'avons vu, ces photos représentent quelques dizaines d'objets de la salle de séjour. En avez-vous remarqué un seul qui ait été brisé, renversé, apparemment déplacé ?

Parini, la mine renfrognée :

— Non.

— Peut-on dire que votre opinion, selon laquelle la scène suggère une lutte, repose uniquement sur la position du corps et une bouteille de whisky couchée par terre ?

Le sergent se creusa la tête, ne trouva rien d'autre pour étayer sa thèse.

— Oui, je présume.

— Vous présumez. Je vois. Mais vous nous avez bien déclaré que la position du corps et la bouteille renversée peuvent s'expliquer sans référence à une prétendue scène de violence, est-ce exact ?

Parini se redressa, croisa les bras sur la poitrine, incarnation même de l'intransigeance. Ou de la bêtise obstinée.

— Mon opinion, maître, est qu'il y a eu lutte.

— Précisément : c'est une opinion.

Hardy n'avait pas fait allusion aux empreintes, au coffre, à tous les indices prouvant la présence de Graham. Il aurait pu orienter le contre-interrogatoire dans une dizaine de directions différentes, mais il n'y en avait qu'une qui soit dans l'intérêt de son client. Il avait bel et bien réfuté l'hypothèse d'une lutte ayant laissé des traces dans l'appartement.

Cela ne signifiait pas que Sal Russo n'avait pas été assommé par derrière avec la bouteille de whisky. En fait, Hardy était convaincu que les choses s'étaient passées de cette façon… mais il n'y avait aucune preuve à l'appui de cette hypothèse. Il en resta là :

— Plus de questions, Votre Honneur.

29

Vint le tour de Sarah.

L'accusation tenait peut-être en la personne du sergent Evans un témoin secrètement hostile, mais Sarah ne pouvait rien faire des cartes qu'elle avait en main : elles étaient toutes excellentes pour les ennemis de Graham.

Délaissant les tailleurs sans forme et sans style qu'elle portait habituellement dans son travail, elle avait cherché à se faire aussi belle que possible. Sa blouse de soie rouge ne montrait pas de peau nue mais se tendait sur ses seins de manière suggestive à chacune de ses inspirations. Une jupe courte en laine peignée et des escarpins mettaient ses jambes en valeur. Sa chevelure, tirée en arrière pour dégager le visage, tombait sur ses épaules.

Lorsqu'elle franchit la barrière, Hardy posa une main sur le bras de son client et pressa assez fort pour lui faire un bleu.

— Baisse les yeux, murmura-t-il. Si elle croise ton regard, vous êtes foutus.

Fait surprenant – et peut-être de mauvais augure –, ce fut Art Drysdale qui se leva et s'avança vers le milieu de la salle. Hardy se tourna vers Freeman, qui haussa les épaules, mais sous la façade désinvolte l'ami de Graham décela une certaine appréhension. L'accusation avait-elle découvert les relations entre l'accusé et le témoin ? Drysdale allait-il, à sa manière de bon artisan, crucifier Sarah ?

Si tel était le cas, rien ne l'indiquait pour le moment. L'adjoint au procureur se présenta au jury et à Sarah, commença l'interrogatoire. Au fil des questions, Hardy comprit pourquoi l'accusation avait choisi de confier ce témoin à Drysdale. D'une amabilité inébranlable, il resterait calme et rassurant tout en mettant en évidence la longue série de mensonges de l'accusé. Soma, en revanche, n'aurait sans doute pu s'empêcher d'emballer le moteur au cinquième mensonge. Or, c'étaient des morceaux de choix, qu'il fallait faire savourer au jury en prenant son temps.

— Inspectrice Evans, vous avez plusieurs fois interrogé personnellement l'accusé ?

Elle acquiesça de la tête avant de confirmer d'une voix de contralto :

— Oui, c'est exact.

— Quand lui avez-vous parlé pour la première fois ?

— Chez lui, le lendemain de… (Elle s'interrompit, chercha un terme neutre.)… la mort de la victime.

— Un samedi, n'est-ce pas ?

— Oui.

— Et vous avez demandé à l'accusé s'il avait vu son père la veille ?

— Oui.

— Que vous a-t-il répondu ?

Coup d'œil à Graham. Hardy crut voir le teint de Sarah se colorer, mais elle revint aussitôt à Drysdale.

— Qu'il ne l'avait pas vu et qu'il ne lui avait pas parlé non plus.

La série commença. Pour obtenir une réponse, l'adjoint au procureur utilisait chaque fois la même formule : « Qu'avez-vous demandé ? » « Qu'a-t-il répondu ? »

Sarah parvint à garder son calme. Hardy lui avait assuré qu'au bout du compte son témoignage n'affecterait pas le verdict. Elle dirait la vérité, il expliquerait les mensonges dans sa déclaration de clôture.

L'avocat devait cependant reconnaître, en son for intérieur, qu'entendre cette succession quasi incroyable de mensonges était plus que décourageant. Il espérait que les jurés le croiraient quand il expliquerait pourquoi Graham avait menti. Peut-être avait-il sous-estimé la valeur que la plupart des gens attachent à la vérité, et qui se reflétait dans les yeux de presque tous les membres du jury.

Quelle que soit l'importance des preuves, un jury est souvent influencé dans ses délibérations par l'impression générale qu'il s'est faite de l'accusé. Et, avec ce témoignage, l'impression donnée par Graham était très, très mauvaise.

Sous la conduite patiente et méticuleuse de Drysdale, le jury apprit que Graham Russo avait menti à la police sur ses liens avec son père – ils étaient étroits –, sur la cause de ses souffrances – il la connaissait –, sur le nombre de coups de téléphone qu'il avait reçus de Sal, sur la morphine et le médecin qui l'avait prescrite.

Il avait menti en prétendant qu'il ne faisait pas les piqûres à son père.

Il avait menti à son frère à propos de l'argent, à sa sœur à propos des cartes de base-ball.

Il avait nié avoir connaissance du coffre de son père, nié que Sal et lui avaient discuté de l'argent. Il avait caché l'existence de son propre coffre de dépôt.

Il était quatre heures vingt, Drysdale devait approcher de la fin. Hardy avait l'impression qu'il n'avait laissé de côté aucun des mensonges que Graham lui avait racontés, encore qu'en cherchant un peu il en aurait sûrement trouvé d'autres. Finalement, il entendit les mots magiques :

— Le témoin est à vous.

Freeman se pencha devant Graham, toucha le bras de Hardy.

— Laissez-la-moi, réclama-t-il à voix basse.

Graham lui donna un coup de coude en plaisantant : « Non, elle est à moi », et Hardy lui demanda à nouveau de se taire. Freeman insista :

— Je peux réparer les dégâts.

Hardy ne voyait pas comment, mais le vieil homme avait dans les prétoires la réputation – méritée – de savoir renverser une situation. C'était d'ailleurs la raison pour laquelle Hardy avait accepté de le laisser s'asseoir à la table de la défense.

— Bon, allez-y.

Freeman ne perdit pas de temps. Il se leva sans quitter la table, se présenta, comme Drysdale l'avait fait.

— Inspectrice Evans, sur la base de votre expérience d'officier de police, l'accusé, Graham Russo, est-il quelqu'un à qui vous pouvez faire confiance ?

Long silence stupéfait dans la salle.

Bien sûr, la question n'était pas recevable. D'un point de vue juridique, elle était même complètement stupide. Mais Hardy avait l'intuition – et Freeman aussi, probablement – que ni Drysdale ni Soma ne protesteraient. Que pouvait répondre un officier de police qui venait de rappeler le million de mensonges que l'accusé lui avait servis ? Comment Sarah Evans aurait-elle pu répondre qu'elle lui faisait confiance ?

Elle se mordit la lèvre, regarda Drysdale, puis Graham et enfin Freeman. Hardy se tourna vers Salter : il semblait attendre une objection qui ne venait pas.

— Oui, répondit-elle.

Dans la salle même, un semblant d'ordre revint juste à temps pour que le juge puisse annoncer que l'audience était suspendue. Mais, dès que le public commença à sortir, ce fut la cohue, l'échange de mots. La bousculade se propagea jusqu'à la porte de derrière, officiellement réservée aux magistrats.

Hardy accompagna Graham au vestiaire : comme les autres jours, l'accusé dormirait dans sa combinaison orange. Ravi que Freeman ait si joliment désamorcé le témoignage de Sarah, l'avocat ne pouvait cependant s'empêcher de penser à Michelle, à Frannie, à ce qu'il allait faire du reste de sa vie.

Il fut étonné quand, vingt minutes plus tard, parvenant avec l'huissier et Graham au passage situé derrière le bâtiment, ils furent bloqués par un groupe d'au moins quatre-vingts personnes.

Réaction au témoignage de l'inspectrice Evans.

Pratt se trouvait au milieu de la foule. Dans la salle, juste après la réponse de Sarah, le District Attorney avait brandi le poing en clamant avec force le même mot : « Oui ! »

Dehors, la scène tournait à l'émeute. Hardy repéra Freeman près de Drysdale, Barbara Brandt et Soma, plusieurs flics en uniforme et une armée de journalistes. Depuis près de vingt ans qu'il le connaissait, Hardy n'avait jamais vu Art Drysdale perdre vraiment son calme, même dans les situations les plus stressantes. Il l'avait cette fois perdu face à Sharron Pratt, la femme qui l'avait viré quelques mois plus tôt.

— Je vais vous dire ce que vous êtes, Sharron, criait-il, la voix portant jusqu'au seuil de la porte où se tenaient Hardy, Graham et l'huissier. Vous êtes une *honte* pour la justice. D'ailleurs, vous n'avez rien à voir avec la justice, vous êtes dans l'ingénierie sociale.

Pour Pratt, c'était un compliment.

— Exactement, Art ! Le peuple m'a élue. Vous savez pourquoi ? Les gens en ont assez qu'on applique la lettre de la loi en se fichant de son esprit. Ils en ont assez des accords conclus dans les couloirs.

L'huissier estima qu'il n'avait déjà que trop tardé à reconduire Graham à sa cellule et lui fit signe de le suivre, mais Hardy l'arrêta.

— Attendez, Carl. Vous ne pouvez pas manquer ça.

Les caméras filmaient, les micros se tendaient vers les visages. Hardy vit Sarah près de Marcel Lanier, au sein du groupe le plus agité. Elle avait été non la grenade mais la goupille qui, une fois enlevée, avait provoqué l'explosion.

Juché sur un bac à fleurs en béton, Drysdale beugla à la foule :

— Nous n'avons conclu aucun accord secret. Cette femme ment !

— Vous jugez Graham Russo pour le meurtre de son père alors que vous savez pertinemment que ce n'est pas un meurtre, répliqua Pratt. (Elle se tourna vers la foule.) Il y a quelqu'un ici qui ne croit pas à un suicide assisté ? Il y a quelqu'un ici qui gobe cette histoire de meurtre ? J'attends.

Le paradoxe de la situation n'échappait pas à Hardy : Sarah et les avocats de Graham étaient probablement les seuls à croire que Sal avait bel et bien été assassiné. Ce n'était cependant pas le moment de le proclamer.

Drysdale revint à la charge :

— Demandez un peu à votre amie Barbara Brandt, Sharron. Demandez-lui quand elle a rencontré Graham Russo. Je vais vous le dire, moi : elle ne l'a jamais vu ! Nous avons vérifié, Sharron. Ses déclarations sont bidon.

— Vous mentez ! glapit Brandt. C'est une…

L'adjoint au procureur couvrit sa voix en braillant :

— Prenez-en à votre aise avec la vérité. Vous avez l'habitude. Et, pendant qu'on y est, quelle récompense réservez-vous au sergent Evans pour son témoignage ? Vous la laisserez être votre chauffeur ?

Jouant le rôle, inhabituel pour lui, de conciliateur, Freeman tendit la main vers Drysdale.

— C'est déplacé, Art.

— Une farce. Une vraie farce, oui !

Hardy entendit Pratt accuser Drysdale d'être un « mauvais perdant », mais l'affrontement en public n'est jamais une bonne tactique, et, finissant par s'en rendre compte, elle s'éloigna. Drysdale entraîna Soma vers le parking.

Soudain, Hardy s'aperçut que Glitsky se trouvait à côté de lui.

— Qu'est-ce qu'il se passe ? Qu'est-ce qu'il fout, Art ?

— Evans a dérapé, Art pense que Sharron y est pour quelque chose. Il est un peu énervé.

— Dérapé ? grogna le lieutenant.

— Un peu, mentit l'avocat.

Menottes aux poignets dans sa combinaison orange, Graham n'observa pas la même réserve :

— Elle a dit qu'elle me croyait.

Pour Glitsky, le paysage bascula.

— Comme c'est gentil de sa part, dit-il, quand il eut assimilé les nouvelles données. (Il se tourna vers l'huissier.) Carl, qu'est-ce que ce type fait encore ici ?

Carl savait saisir une allusion. Avant même que le lieutenant eût achevé sa question, il emmenait son prisonnier.

— Je le conduis en isolement.

Devant eux, la foule commençait à se disperser. Une partie – des reporters, des supporters – avait suivi Soma et Drysdale. Pratt, ravie d'être mitraillée par les photographes, entraînait un autre groupe dans une autre direction.

Evans et Lanier se retrouvèrent seuls, bras croisés, et regardèrent Graham s'éloigner avec Carl.

— Politique mise à part, Abe, tu ferais quand même mieux d'examiner de plus près l'emploi du temps de George Russo, suggéra Hardy. Le frère de Graham…

— Je sais de qui tu parles.

— Et tu sais où il était quand Sal a passé l'arme à gauche ?

— J'ai pas besoin de le savoir.

— Bon, soupira l'avocat, tu ne pourras pas dire que je n'ai pas essayé.

Aucun des deux hommes ne bougea, cependant. Hardy, mains dans les poches, se demandait si Sarah allait venir leur parler. Glitsky, fermement planté sur ses pieds, serrait les mâchoires. Finalement, sa poitrine se souleva sous ses bras croisés.

— Evans a déclaré au tribunal qu'elle croyait ton bonhomme ?

— Elle a dit qu'elle lui faisait confiance.

— Comment le juge a pu vous laisser faire ça ?

— Freeman, répondit Hardy. Ce type est un génie. Drysdale a protesté et Salter lui a donné raison, mais quelle importance ? Les jurés avaient entendu la réponse de ton inspectrice.

— Comment Freeman se doutait qu'elle dirait ça ?

L'avocat haussa les épaules.

— L'instinct, je présume. En tout cas, il a eu raison.

— Il faut que je parle à Evans. Elle ne croit pas à la culpabilité de ton client ?

— C'est l'impression que j'ai.

— Pourquoi elle y croit pas ?

— Je ne sais pas, mentit Hardy, qui aurait voulu dire la vérité à Abe mais n'osait pas.

Pour le moment, il fallait avant tout protéger Sarah – et Graham. Il n'avait pas le choix.

— Pose-lui la question, ajouta-t-il.

Ce qui sauvait Frannie, c'est qu'elle n'était pas rancunière. À cet égard, elle était le contraire de son mari, capable de ruminer un affront pendant dix ans si les étoiles étaient dans l'alignement adéquat.

Fatigué ou non – et Hardy se sentait épuisé –, il n'était pas du genre à raser les murs. Il entra par la porte de devant, posa sa serviette dans le vestibule, alla dans la salle de séjour, demeura un moment sans bouger au centre de la pièce, puis respira à fond, s'approcha de la cheminée et modifia la disposition des éléphants.

Il sentit une odeur de pain en train de cuire, entendit les enfants crier dans le jardin. Il était rentré directement. Inutile de passer au bureau pour faire le point sur Tryptech, discuter de la journée avec

Freeman. Il avait envie d'être avec sa femme et ses enfants. Le reste échappait à son contrôle.

Il continuait à faire doux. Une bouffée d'air sentant la mer pénétra par la fenêtre ouverte.

Les bras de Frannie l'enlacèrent par-derrière.

— Pourquoi tu as épousé une emmerdeuse ? murmura-t-elle, collée contre son dos.

Il se retourna.

— Je n'ai pas cherché à te cacher quoi que ce soit, tu sais. Il se produit tellement de trucs que j'en oublie.

Elle s'appuya contre lui, pieds nus, vêtue d'un jean transformé en short et d'un débardeur, sans soutien-gorge.

— J'étais crevée. Peut-être jalouse de Sarah : vous saviez quelque chose que j'ignorais. Je suis vraiment désolée, Dismas.

Il l'embrassa, prévint qu'il la punirait plus tard.

— En attendant, tu veux que je t'en raconte une bien bonne à propos de Tryptech ? Tu ferais bien de t'asseoir.

La télé ne parlait que de ça. Les procureurs se faisaient la guerre, les flics étaient divisés.

Drysdale : « La politique pernicieuse de Sharron Pratt a tellement imprégné le système que de bons policiers ne connaissent même plus la loi. »

Freeman : « Au fond de son cœur, l'inspectrice Evans connaît la vérité, Graham Russo aimait son père. »

Hardy fit disparaître l'image en appuyant sur le bouton de la télécommande. Frannie et lui s'étaient installés sur le canapé du séjour avec un verre après avoir couché les enfants.

— Dieu te bénisse, David, psalmodia-t-il avant d'avaler une gorgée de gin.

— Mais Sarah a de gros ennuis, maintenant, non ?

— Dans le climat actuel, si Pratt parvient à ses fins, Sarah pourrait se retrouver avec une médaille.

— C'est quand même grave, ce qui se passe là-bas ?

— J'ai jamais vu ça : c'est la guerre civile. Frère contre frère, sœur contre sœur. Tout le monde déteste tout le monde. Et moi, j'ai un problème de plus sur les bras.

— Encore ?

— Oh, ça faisait bien six ou sept heures que je n'avais reçu aucune tuile sur le crâne. Il s'agit de Leland Taylor.

— Il ne t'a pas coupé les vivres, au moins ?

— Non, mais il pourrait le faire.

Il résuma sa conversation avec Graham et conclut .

— Ma dernière source de revenus risque de se tarir.

— Tu as vraiment besoin d'enquêter sur ce George ?

— Je me dis que non, mais c'est simplement ce que j'ai envie d'entendre. Si nous arrivons à prouver qu'il a tué Sal, Graham est sauvé.

30

Le sergent Evans trouvait le trajet retour à peu près aussi détendu que l'atmosphère d'une salle d'attente de dentiste.

Marcel conduisait en silence. Il avait allumé la boîte à messages, ce qu'il ne faisait jamais d'habitude. Le Central envoyait des voitures de ronde à Portrero Hill pour une scène de ménage agitée ; il y avait un braquage en cours dans un fast-food près de San Francisco State, et on réclamait des renforts pour un incendie à Chinatown.

Sarah finit par arrêter la radio.

— Remets-toi, fit-elle à son collègue. Je t'ai toujours dit que ce n'était pas lui.

— La question est pas là, répliqua-t-il. Quand tu témoignes au tribunal, t'es dans le camp du procureur. C'est un connard, mais c'est *notre* connard.

— Le tien, peut-être. Pas le mien. Et Glitsky a fini par se réveiller.

Lanier lança à sa coéquipière un bref regard écœuré, puis son attention revint sur la circulation.

— Qu'est-ce qu'il peut faire d'autre ? Tu lui as mis le nez dedans. Maintenant, il a l'air nul de pas avoir poussé l'enquête plus tôt, alors qu'il pouvait pas le faire avant. Je vais te dire…

Il s'interrompit, se mordit la langue.

— Quoi ? s'enquit Sarah.

— Rien.

— C'est ça, rien.

Il serra les dents.

— Bon, si tu veux savoir : t'es la première femme qu'on a à la crime, et si t'en étais pas une, tu serais déjà virée. Alors, me raconte pas que Glitsky est devenu ton pote. Tu lui as accroché une pancarte dans le dos, il est bien obligé de se couvrir.

— Je n'ai pas obtenu mon poste à cause d'un quota favorisant les femmes, si c'est ce que tu veux dire.

Comme il ne répondait pas, elle répéta en haussant le ton :

— C'est ce que tu veux dire ?

— Je dis qu'un mec qui aurait déconné autant que toi au tribunal se retrouverait à faire la circulation au Taraval.

— J'ai eu raison.

— D'accord, une de plus. Pratt aussi pense qu'elle a raison. Tout le temps.

Le coude à la fenêtre, Sarah fixait les rues sordides du Tenderloin[1].

— Marcel, ça ne te tracasse pas qu'il y ait un innocent en prison et que c'est nous qui l'y ayons mis ?

— Je vais te dire ce qui me tracasse, Sarah. On fait équipe, tous les deux, chacun est censé protéger les arrières de l'autre. Eh ben, d'un seul coup, j'ai l'impression que t'es plus là pour me couvrir. C'est ça qui me tracasse.

— Je ne suis plus là ? À cause d'un seul mot prononcé hier ?

Un feu rouge fournit à Lanier l'occasion de se tourner vers Sarah.

— Ça se joue en équipe, je te le répète. Ouais, il suffit d'un mot pour passer dans l'autre camp.

La lèvre de Sarah se mit à trembler.

— Je ne suis pas passée dans l'autre camp. Je t'ai *toujours* dit que Graham Russo n'avait pas tué son père.

— Oui, mais ça, c'est entre nous. Ça reste dans la famille. Au tribunal, c'est plus du tout pareil.

— Et enquêter sur Tosca ? C'était quoi ?

— Je l'ai fait sur mon temps libre, pour rendre service au procureur général, se justifia Lanier.

---

1. Le quartier malfamé. *(N.d.T.)*

— Alors, on se fout d'épingler le bon suspect ?
— Le bon suspect, on l'a déjà.

— Je m'appelle Blue. Je travaille comme modèle.
— Votre identité complète, s'il vous plaît, sollicita Soma.
— C'est Blue, mon identité complète.

La voisine du dessous de Sal Russo toisa le jeune adjoint au procureur comme pour le défier de lui poser de nouveau la question. Vêtue d'un collant et d'un sweater noirs, elle tambourinait de ses longs ongles bleu acier sur la balustrade du box des témoins.

Pendant l'audience de la matinée, Drysdale avait fait subir à Marcel Lanier le même traitement qu'à Sarah la veille. Il avait refait le compte des mensonges de Graham et laissé aux jurés la nette impression qu'un des policiers chargés de l'enquête – celui en qui les jurés voyaient le type sérieux de l'équipe – n'estimait pas le jeune et bel accusé digne de confiance. Hardy et Freeman n'avaient pas procédé à un contre-interrogatoire, mais avec Blue, ce serait différent. Elle allait témoigner sur la lutte qui s'était sans aucun doute déroulée dans l'appartement de Sal et que Hardy devait absolument l'empêcher d'associer à Graham.

— Bien, mademoiselle… ?

Soma lui avait parlé au moins une demi-douzaine de fois pour préparer sa comparution, mais visiblement il avait des difficultés à s'adresser à un témoin à l'identité monosyllabique, ce dont Hardy pourrait tirer profit. Alors que Blue était *son* témoin, Soma l'agaçait d'entrée de jeu.

— Blue tout court, rétorqua le « modèle ». C'est mon nom légal. J'l'ai fait changer y a cinq ans.

— Excusez-moi, Blue, dit le procureur. (Il se ressaisit, se racla la gorge.) Pouvez-vous nous dire où vous demeurez ? (Blue s'exécuta.) Et où se trouve votre appartement par rapport à celui de Sal Russo ?

— Juste en dessous.
— Un étage plus bas ?

Nouvelle mimique exaspérée de Blue. Juste en dessous, c'était clair, non ? Elle répondit cependant :

— Ouais, mon plafond, c'était son plancher.

— Le 9 mai, le jour de la mort de la victime, vous étiez chez vous, l'après-midi ?

— Ouais. J'avais une séance de pose.

— Une séance ? Tout l'après-midi ?

Dans un souci de clarté, Soma venait à nouveau de hérisser le poil de son témoin.

— Parfaitement, grommela-t-elle.

— Avez-vous entendu des bruits inhabituels provenant de l'appartement de Sal Russo ?

— Oui, m'sieur.

— Pouvez-vous préciser pour les jurés ?

Avec un soulagement évident, Blue se tourna vers le jury.

— J'ai entendu des pas, et pis Sal qui criait, « Non, non, non », comme ça, fort, et pis un bruit sourd, comme une chaise qu'on renverse...

Hardy se leva :

— Spéculation, Votre Honneur.

Salter rejeta l'objection ; Soma hocha la tête et poursuivit :

— Vous avez entendu un bruit sourd ?

— Oui.

— Et des voix ?

— Oui.

— Une autre voix que celle de la victime ?

Hardy protesta de plus belle. Il savait que son objection serait de nouveau rejetée, mais il s'efforçait d'attirer tout de suite l'attention des jurés sur sa position : Blue ne pouvait être sûre que les voix provenaient de l'appartement de Sal.

Salter savait ce que l'avocat cherchait à faire : soulever des objections sans fondement pour présenter sa propre thèse aux jurés. Il n'appréciait pas le procédé et, comme il fallait s'y attendre, il ne retint pas l'objection. La greffière répéta la question à Blue, qui hocha la tête.

— Ouais, y avait quelqu'un d'autre là-haut.

— Cette autre voix, était-elle masculine ou féminine ?

— Objection, intervint Hardy, sans se soucier de déplaire à Blue et au juge. Votre Honneur, le témoin ne peut être sûr que ces voix provenaient de l'appartement de Sal Russo, encore moins si c'était sa voix. De même, il ne peut affirmer avec certitude que l'« autre voix » aurait appartenu à un homme ou à une femme.

— Monsieur Hardy, vous pourrez poser vos propres questions et faire valoir votre point de vue lors du contre-interrogatoire, dit Salter d'un ton brusque. C'est à cela que ça sert, vous savez. Poursuivez, monsieur Soma.

Le procureur interrogea de nouveau le témoin sur le propriétaire de la voix entendue au-dessus.

— C'était un homme.

Hardy se leva aussitôt.

— Objection. Le témoin ne peut être sûr que c'était un homme, Votre Honneur.

— Les voix d'hommes, je sais ce que c'est, trésor, lui lança Blue, abandonnant son personnage de « modèle ».

La réplique provoqua dans l'auditoire une onde de petits rires que Salter fit aussitôt taire du regard. Il ôta ses lunettes, en tapota son pupitre.

— Blue, veuillez ne pas vous adresser de votre propre chef à l'avocat ou au procureur. Messieurs, approchez, je vous prie.

Hardy et Freeman se levèrent ; Drysdale les imita, rejoignit Soma au pied du perchoir. Salter se pencha en disant :

— Monsieur Hardy, je me suis déjà prononcé sur vos objections à répétition. Passons à autre chose.

— Je vous prie de revoir votre décision, Votre Honneur. Blue a peut-être entendu des voix, elles provenaient peut-être de l'appartement de Sal, mais elle ne peut pas l'affirmer comme un fait établi.

— Il a raison, approuva Freeman. Demandez à Art, il vous dira la même chose.

— Je n'ai besoin ni d'Art ni de personne pour me donner des conseils, repartit le juge.

Dans un procès, le spectre d'une annulation en appel pour vice de forme plane, tel un cimeterre, au-dessus du cou de chaque juge. Salter porta une branche de ses lunettes à sa bouche, pesa le pour et le contre. Par ses objections répétées, Hardy avait fini par l'ébranler.

— À la réflexion, je crois que l'argument de Mr. Hardy n'est pas dénué de fondement. Je retiens sa dernière objection et je reviens sur ma décision concernant la précédente.

Soma ouvrit grand les bras.

— Mais, Votre Honneur… !

Le juge coupa net l'envolée indignée en levant un doigt. Drysdale s'efforça de calmer son collègue en lui posant doucement la main sur le bras.

— Très bien, messieurs, merci, dit le juge.

Quand tout le monde eut regagné sa place, Salter se tourna vers les jurés :

— Vous ne tiendrez pas compte des déclarations de Blue selon lesquelles elle aurait entendu des voix dans l'appartement de Mr. Russo. Reprenez, monsieur Soma.

— Blue, aviez-vous déjà vu l'accusé ?

— Oui, m'sieur.

— Pouvez-vous nous dire à quelle occasion ?

— Oh ! des tas de fois. Il venait à l'appart', il sortait avec son vieux dans la ruelle. Dernièrement, il était tout le temps fourré chez lui.

— Lui avez-vous adressé la parole ?

— Une ou deux fois. Salut, des choses comme ça. On peut pas appeler ça parler.

Soma allait poser une autre question, peut-être dans la même veine, quand Drysdale toussota, leva la main et demanda quelques instants de suspension, que Salter lui accorda. À la reprise de l'audience, cinq minutes plus tard, Soma annonça qu'il en avait terminé avec le témoin.

Blue ne lui avait rien donné.

Hardy était résolu, en revanche, à lui faire dire pas mal de choses. Il savait pourquoi Drysdale avait toussoté : Soma, énervé par le revirement du juge, avait posé une question dont il ne connaissait pas la réponse, ouvrant ainsi une brèche pour la défense.

— Blue, vous venez de dire que vous avez vu très souvent Graham et Sal ensemble, commença l'avocat. Leur arrivait-il de se disputer ?

— Jamais. Ça non, alors.

— Que voulez-vous dire ?

— Ben, ils se marraient, plutôt. Ils s'asseyaient à l'arrière de sa camionnette, ils parlaient, ils rigolaient.

— En d'autres termes, ils semblaient avoir de l'affection l'un pour l'autre ?

— Objection ! rugit Soma.

Le procureur était conscient qu'il avait tendu les verges pour se faire fouetter, et sa voix escaladait peu à peu les degrés de son registre. L'objection fut retenue, mais Hardy s'en moquait.

Souriant au témoin, il reprit :

— Blue, pendant tout le temps que vous avez habité en dessous de chez Sal, avez-vous entendu d'autres coups sourds, des objets qui tombaient, des choses de ce genre ?

— Ouais, de temps en temps, quand il se cognait dans un meuble, par exemple.

— Vous êtes allée chez lui ?

— Pas pour le boulot, précisa-t-elle en découvrant ses dents. (Nouvelle cascade de rires dans la salle.) Une ou deux fois, ouais. Il m'avait dit que je pouvais monter chercher du saumon, si je voulais. Il était bon, j'adorais ça.

— Moi aussi, dit l'avocat. Pendant ces visites, avez-vous remarqué si Sal était un homme ordonné, si l'appartement était propre et bien rangé ?

— Seigneur, non. Y avait des magazines et des caisses qui traînaient partout.

— Ce qui aurait pu le faire trébucher, n'est-ce pas ?

Objection de Soma, de nouveau retenue, mais Hardy sentit qu'il marquait des points avec le jury et poursuivit :

— Revenons au jour où Sal est mort et où vous avez entendu du bruit en haut, quelque chose qui tombait. Vous vous souvenez de ça ?

— C'est ce que j'ai dit.

— En effet. Vous avez aussi déclaré à l'inspecteur Lanier que, plus tard, vous avez entendu la porte se fermer. C'est exact ?

— Exact, ouais.

— Autant que vous vous rappeliez, combien de temps s'est-il écoulé entre le bruit de chute que vous avez entendu et le claquement de la porte ?

Hardy cherchait à éliminer tout rapport causal entre les deux événements pour rendre moins probable l'hypothèse d'une lutte. Blue se laissa aller contre le dossier de son fauteuil, ôta ses mains de la balustrade, fit craquer une par une les jointures de ses doigts.

— J'ai entendu le bruit..., fit-elle, le regard lointain. J'ai entendu Sal gémir « Non, non, non »... Un bon moment, je dirais.

— Vous étiez en pleine... séance de pose ?

— Ouais. C'est pour ça que je suis pas montée voir ce qui se passait.

— Très bien, Blue. Quand vous dites « un bon moment », vous pensez à un espace temporel de quel ordre ? Est-ce qu'il aurait pu s'écouler plus d'une demi-heure ?

— Ça se peut, répondit Blue. (Elle hésita, parut mal à l'aise.) Je me suis endormie, finit-elle par avouer.

Hardy joua une carte qui lui venait de Sarah. Le détail ne figurait dans aucun rapport, mais Lanier avait parlé à l'inspectrice de l'odeur qu'il avait sentie chez la prostituée.

— Blue, aviez-vous fumé de la marijuana ce jour-là ? Est-ce pour cette raison que vous vous êtes endormie ?

Acculé, le témoin marmonna :

— Ça a pas duré tant que ça.

— Vous parlez du temps pendant lequel vous avez dormi ?

— Après, je suis montée, mais personne a répondu.

— Vous n'avez pas essayé d'ouvrir ?

— Non.

— Le bruit de la porte, vous l'avez entendu après vous être réveillée ?

— Ouais.

— Et le bruit de chute, c'était avant ?

— Oui, m'sieur. Avant.

— Il a donc pu s'écouler une heure entre les deux bruits ?

Objection, cette fois rejetée. Pour Salter, ce point ne relevait pas de la spéculation. Blue pouvait estimer avec un certain degré d'exactitude le temps pendant lequel elle avait dormi. Elle répliqua à Hardy qu'il avait raison : en réalité, les deux bruits n'étaient pas du tout proches.

— Merci, Blue, ce sera tout.

Soma se leva pour tenter de réparer les dégâts.

— Blue, j'ai sous les yeux la transcription de vos déclarations à l'inspecteur Lanier. Je cite : « J'ai entendu la porte s'ouvrir, puis le plafond a craqué, il y avait quelqu'un d'autre là-haut. »

— Exact.

— Bien. Vous avez ensuite ajouté... Tenez, vous pouvez peut-être le lire vous-même ?

Elle prit la feuille de papier que lui tendait le procureur, lut le texte souligné :

— « Et puis d'autres bruits. »

— Autrement dit, Blue, vous avez déclaré qu'il y a eu d'autres bruits là-haut après l'arrivée de cette personne, c'est bien cela ?

Le visage de la prostituée prit une expression froissée.

— Non, j'ai pas dit ça.

— Vous n'avez pas dit « Et puis d'autres bruits » ?

— Si, mais ça veut pas dire « après ». J'ai dit « et pis » parce que je venais de me rappeler d'un autre truc.

Mauvaise nouvelle pour le magistrat, qui n'avait pas beaucoup réfléchi à la syntaxe de la jeune femme. Il refusa cependant d'en rester là et, après avoir regardé le jury pour le prendre à témoin, il lança d'une voix aiguë :

— Enfin, c'est pourtant le sens de ce mot. « Et puis » signifie « après », non ?

Hardy aurait pu faire objection en accusant Soma de harceler le témoin, mais il préféra laisser l'adjoint au procureur se tirer dans le pied.

— Des fois, p'têt, répondit Blue en se redressant. Mais c'est pas ce que j'ai voulu dire.

Pendant l'une des suspensions de l'après-midi, un agent en uniforme posa un message sur la table devant Hardy : Glitsky demandait où ils pourraient se voir en privé quand il aurait terminé. L'avocat réfléchit un moment, griffonna sa réponse au dos de la feuille.

Glitsky lui avait sauvé la mise.

En autorisant Sarah à enquêter sur George et Debra, il libérait l'avocat de l'obligation de dire à Leland Taylor qu'il utilisait son argent pour fouiner chez les membres de sa famille.

Un vent fort soufflant de l'ouest courbait les cyprès du parc tandis que le lieutenant roulait le long de Lincoln Avenue. Dans un crépuscule tourmenté, le soleil parvenait par moments à percer les nuages. La circulation resta dense jusqu'à ce que Glitsky tourne dans Masonic et monte vers Edgewood.

Il se gara, descendit de voiture. Là-haut, le vent ne soufflait pas, les anges avaient aligné les cirrus en rangées bien nettes dans le ciel. Il traversa la rue, se dirigea vers l'adresse que Hardy lui avait donnée.

L'avocat, appuyé à sa voiture, décroisa les bras en le voyant approcher.

— Tu avais dit en privé. J'ai pensé que ça te plairait, ici.

Le policier regarda autour de lui.

— On est où ?

— Là où vit Graham Russo.

— Il a de la chance… J'ai rediscuté avec Evans, on n'a pas fait tout ce qu'il fallait.

— Je sais.

— Tu es au courant pour Tosca et Ising ?

— Graham m'a parlé d'eux.

— Et tu n'as pas engagé un enquêteur ?

Hardy usa d'un mensonge par omission :

— Je n'ai pas les moyens, Abe. De toute façon, mon rôle n'est pas de me substituer à la police mais de faire acquitter mon client.

— Tu pourrais y arriver, à ce que j'ai entendu dire.

Il haussa les épaules :

— C'est possible, bien que le jury ne nous favorise pas. Bon, qu'est-ce qu'on fait ici, toi et moi ?

— Je tenais à t'informer qu'on continue l'enquête. Evans veut interroger directement le frère et la sœur, mais là, ça devient délicat. Il faudrait qu'on leur donne une raison, alors, laquelle ?

— J'ai eu le même problème.

— Sans parler des pistes éventuelles côté fric. Tu sais,

contrairement à la croyance populaire, je ne cherche pas à épingler n'importe qui.

— Le temps file, Abe. Il est peut-être déjà trop tard.

— Je sais, dit Glitsky. Mais pour le principe...

Frannie s'était endormie à neuf heures.

Hardy se retourna dans le lit jusqu'à onze heures, se leva, alluma la télévision. Après la bombe du témoignage de Sarah et ses retombées, le procès faisait la une de l'actualité. Hardy avait manifestement marqué des points avec Blue : selon le commentateur du bulletin d'informations, les déclarations d'un des principaux témoins de l'accusation n'avaient pas établi qu'il y avait eu lutte dans l'appartement entre Sal Russo et son fils. « Mais demain, ce sera le tour d'Alison Li, l'employée de banque qui... »

Hardy appuya sur le bouton d'arrêt de la télécommande, décida d'accorder au sommeil une seconde chance.

31

Ce n'est pas possible, se disait Hardy. Sa propre bêtise allait-elle lui coûter une défaite ?

Cela semblait en prendre le chemin. Les quatre juristes réunis dans le bureau de Salter discutaient de la recevabilité des bandes vidéo. Freeman avait beau croire que la défense pouvait s'en passer, que toute cette histoire d'argent et de banque était sans intérêt, Hardy y voyait l'équivalent d'un pistolet encore fumant. Si les bandes étaient admises comme preuve après que Soma eut gaspillé son énergie à établir que Graham était venu à la banque le vendredi, Hardy pourrait démontrer qu'il n'en était rien et réduirait à néant la thèse de l'accusation.

Drysdale et Soma n'avaient à aucun moment contesté l'admissibilité des bandes dans les audiences précédant le procès, mais, maintenant qu'Alison Li s'apprêtait à témoigner, ils prétendaient que la défense n'avait absolument pas établi l'authenticité de ces bandes et qu'elles n'étaient donc pas recevables.

Hardy s'approcha du bureau de Salter.

— Monsieur le juge, j'ai obtenu ces bandes il y a plusieurs mois. Elles figurent dans le dossier que j'ai communiqué à l'accusation, et que Mr. Soma et Mr. Drysdale ont eu tout loisir de consulter. Elles montrent clairement que mon client n'est pas allé à la banque le vendredi. Or, c'est un des points essentiels de leur thèse.

Si l'avocat n'avait été aussi énervé, l'attitude de son confrère David Freeman l'aurait sans doute inquiété. Le vieil homme demeurait assis dans un coin de la pièce, silencieux, les bras croisés. Mauvais signe, en soi.

Drysdale s'était remis de son accès de colère de la veille. Serein, il assurait l'essentiel de l'argumentation :

— L'enregistrement original ne nous pose pas problème, Votre Honneur. Ce qui pose problème, c'est la copie de Mr. Hardy.

— Bon, alors utilisons l'original, décida Hardy, cédant trop rapidement.

Le pire, dans n'importe quel procès, c'est la surprise, et l'avocat venait de s'exposer à en avoir une de taille.

— L'original a été effacé, annonça Soma, sans pouvoir chasser de sa voix une pointe de triomphe.

Hardy se tourna vers lui.

— Il n'a pas été effacé, riposta-t-il, mais, au moment même où il prononçait ces mots, il savait que Soma n'avait aucune raison de bluffer. J'ai demandé à la banque de le conserver.

L'efficace Mrs. Reygosa, la directrice de l'agence, avait assuré à Hardy qu'elle y veillerait elle-même.

Avec un calme exaspérant, Drysdale s'adressa de nouveau à Salter :

— Naturellement, nous avons voulu voir l'original pour comparer avec la copie que Mr. Hardy nous avait remise. Apparemment, à la banque, on a mal interprété sa requête, on a cru que, après avoir fait une copie, on pouvait réutiliser la bande.

Hardy se pressa les tempes. Non, ce n'était pas possible.

— Votre Honneur, j'ai cette copie, personne n'y a touché, elle est restée en ma possession.

— Elle peut provenir de n'importe où, le coupa Soma. Elle ne porte ni date ni heure.

— Votre Honneur, je demanderai à Mrs. Reygosa de témoigner qu'il s'agit d'une copie exacte et complète de l'original, argua l'avocat. Cela suffira à établir son authenticité.

— Hélas, maître, ce n'est pas Mrs. Reygosa qui a fait la copie, dit Soma d'un ton mélodramatique qui donna à Hardy l'envie de le boxer. Elle en a chargé un certain Juan Xavier Gonzalez, qui est retourné dans son Honduras natal après qu'on s'est intéressé d'un peu plus près à son statut d'immigré.

— Espèce de…

— Attendez, Diz, intervint Drysdale, coupant Hardy avant qu'il n'écope d'une amende pour injure à magistrat. Mis à part la question de la recevabilité de ces bandes, elles sont censées couvrir trois jours ouvrables, d'accord ? Vingt-quatre heures.

— Nous le savons, tout ça, marmonna Hardy.

— Sauf que l'enregistrement dure un peu moins de vingt-deux heures et demie. Il manque une heure et demie.

Hardy se rappelait parfaitement le jour où il avait visionné les bandes, les faisant défiler en accéléré pour ne retenir que les parties intéressantes. Manifestement, Soma avait été moins négligent.

— Non seulement ce Gonzalez a effacé les originaux, mais il ne vous en a pas remis une copie complète, c'est impossible, assura Drysdale, qui se tourna vers Salter. Rien ne prouve l'authenticité de ces bandes, Votre Honneur, et surtout, elles ne prouvent rien.

Le procureur se gardait bien d'exulter mais ses mots étaient en eux-mêmes accablants. Salter en avait assez entendu pour se faire une opinion : les bandes étaient irrecevables.

Jeudi après-midi, Soma en avait presque terminé avec l'exposé de sa thèse. Ses manières confiantes indiquaient qu'il ne sentait plus guère, voire plus du tout, les blessures que Hardy lui avait infligées.

Alison Li se montra au début aussi nerveuse qu'à la banque, le jour où Hardy l'avait interrogée pour la première fois. Soma lui posa avec douceur les questions rituelles – nom, profession, etc. –, puis en vint peu à peu aux choses sérieuses.

— Mademoiselle Li, vous reconnaissez l'accusé (geste en direction de Graham) ici présent ?

— Oui. Il est client à la banque où je travaille.

Le procureur retourna lentement à sa table, y saisit une feuille de papier qu'il fit enregistrer comme pièce à conviction.

— Mademoiselle Li, j'aimerais que vous examiniez la pièce nº 14 et que vous nous disiez si vous la reconnaissez ?

Elle prit la feuille, la parcourut rapidement.

— Oui, c'est un document que doivent signer les clients quand ils utilisent leur coffre de dépôt.

— Avez-vous vu l'accusé le signer ?

— Oui.

— Les clients ne sont-ils pas censés dater également le document ?

— Si.

— Or, comme nous pouvons le constater, Mr. Russo ne l'a pas fait, n'est-ce pas ?

— Non.

— Lui aviez-vous demandé de le faire ?

— Oui.

— Mais il ne l'a pas fait ?

Pour briser le rythme, Hardy se leva.

— La question a déjà été posée et le témoin y a répondu, Votre Honneur.

Sensible, peut-être, au désespoir de l'avocat, le juge retint l'objection, qui n'était pourtant pas très importante.

— En effet, dit Salter. Passez à autre chose, monsieur Soma.

Le procureur avait cependant un certain talent pour la variation infime et révélatrice.

— L'accusé vous a-t-il expliqué pourquoi il n'avait pas daté le document ?

— Non. Je ne l'avais pas remarqué. Il m'avait dit qu'il le daterait et je pensais qu'il l'avait fait.

Et ainsi de suite.

Quand Hardy se leva pour commencer le contre-interrogatoire, Alison Li avait clairement brossé la scène : Graham Russo était venu le vendredi après-midi déposer quelque chose dans le coffre. Il semblait nerveux, pressé.

L'avocat gagna le centre de la salle, amena un sourire à ses lèvres et le tourna vers le témoin.

— Mademoiselle Li, vous avez déclaré que Graham Russo portait une mallette l'après-midi en question. Avez-vous vu ce qu'elle contenait ?

Les nerfs de l'employée recommencèrent à lui jouer des tours. Elle s'agita sur son siège, regarda le jury, le procureur, revint finalement à Hardy.

— Je n'ai pas dit ça.

— Je ne le prétends pas, répondit l'avocat, chassant de sa voix toute inflexion menaçante. Je vous pose simplement la question. Avez-vous vu ce qu'il y avait dans la mallette ?

— Non.

— À aucun moment ?

— Non, jamais.

— Vous ne savez donc pas ce qu'il y avait dedans, ni même s'il y avait quelque chose dedans ?

Hardy jeta un coup d'œil au jury. La question, pour évidente qu'elle fût, avait eu l'effet prédit par Freeman : percer un trou dans l'une des principales thèses de l'accusation. Il vit plusieurs jurés se redresser et plisser le front.

Alison Li aquiesça : elle ignorait ce qu'il y avait dans la mallette. Hardy continua à enfoncer le clou :

— Mademoiselle Li, avez-vous eu personnellement l'occasion de voir le contenu du coffre de Graham Russo ?

— Non. Généralement, les clients attendent d'être seuls.

— Savez-vous depuis combien de temps les cartes et l'argent se trouvaient dans le coffre de Mr. Russo ?

L'employée ouvrit et referma la bouche, regarda les jurés comme pour les appeler à l'aide.

— Je ne sais pas.

— Des semaines, peut-être ?

— C'est possible.

— Des mois ?

— Je ne crois pas.

Hardy avait atteint son objectif. Faire douter les jurés du scénario échafaudé par l'accusation : Graham Russo avait tué son père et volé l'argent, puis s'était précipité à la banque pour cacher son butin. L'avocat commençait à reprendre confiance quand il aborda le point suivant :

— Vous souvenez-vous de m'avoir parlé en mai dernier, à la banque ?

Une lueur méfiante s'alluma dans le regard d'Alison Li.

— Bien sûr.

— Durant notre conversation, n'avez-vous pas déclaré que vous pensiez que Graham Russo était venu le jeudi ?

— Non. J'ai dit que je n'étais pas sûre. Que ça pouvait être jeudi ou vendredi.

Mensonge pur et simple ou mémoire défaillante ? Hardy fit une nouvelle tentative :

— Vous ne vous rappelez pas m'avoir dit qu'il était venu jeudi ?

— Non.

Il prit sa respiration, marqua une pause.

— Selon vous, mademoiselle Li, Graham serait donc venu vendredi ?

— Oui. C'était le vendredi.

De toute évidence, elle l'avait suffisamment répété à la police pour finir par le croire.

— Vous vous en souvenez clairement ?

— Oui.

— En ce cas, vous vous rappelez peut-être aussi à quelle heure il est venu ?

Elle réfléchit une ou deux secondes.

— C'était dans l'après-midi.

— Début ou fin d'après-midi ?

L'employée était sur la défensive, ses réponses se faisaient plus sèches. Bien qu'il n'aimât pas le procédé, Hardy décida d'en tirer parti.

— Plutôt fin d'après-midi.

— Après trois heures ? Après quatre heures ?

— Il me semble que c'était en fin de journée.

Fin de journée, en effet, pensa Hardy. Mais jeudi, pas vendredi. Il la tenait. Les jurés savaient que Graham travaillait le vendredi après-midi.

— Vous êtes sûre que c'était en fin de journée ?

— Je viens de vous le dire. Oui, j'en suis sûre.

— Après trois heures ?

— Au moins.

— Après quatre heures ?

— Il me semble, oui.

— Vendredi, n'est-ce pas ?

Alison Li faillit laisser libre cours à sa colère.

— Oui, vendredi. C'est ce que je viens de dire, non ?

Le sourire qu'il lui adressa était cette fois sincère.

— Oui, mademoiselle Li. Vendredi, en fin d'après-midi. Après quatre heures. Je vous remercie, plus de questions.

Salter se tourna vers la table de l'accusation, dont les occupants semblaient un tantinet déconfits.

— Pas de questions, déclara Soma en se levant. (Il se pencha, s'entretint un instant avec Drysdale.) L'accusation souhaite présenter maintenant son réquisitoire, Votre Honneur.

Hardy leur avait montré. Il adressa à Soma un demi-sourire en songeant à une inscription qu'il avait lue un jour sur le réservoir d'une moto garée devant un bar : « Cette Harley appartient à un Hell's Angel. Essaie d'y toucher, pour voir… »

— Bien joué, apprécia Graham dans la cellule où le trio s'était réuni après la suspension. Le vendredi, j'ai pris mon travail à trois heures, je peux le prouver. Tu les as eus.

— Je crois bien, convint Hardy.

— Ce qui ne change pas grand-chose, grogna Freeman, balançant ses jambes sous la table.

— Yoda malheureux, dit Graham. Yoda triste.

— Je ne suis pas malheureux. C'était du beau travail mais je maintiens que ça ne change pas grand-chose. Si j'étais Soma – non, je n'ai pas envie d'être Soma –, si j'étais Drysdale, j'apporterais simplement quelques modifications à mon scénario.

— Dans quel sens ?

— Oh ! il n'a que l'embarras du choix. Ceci, par exemple : Graham connaît la combinaison du coffre ; pensant que Sal ne l'ouvre jamais, il profite d'une absence de son père pour prendre l'argent – quand ? peu importe –, il le met dans son propre coffre, à la banque. Le 9 mai, Sal s'aperçoit que l'argent a disparu. C'est pour ça qu'il téléphone deux fois à son fils, c'est pour ça que Graham se précipite là-bas, c'est pour ça qu'il doit le tuer.

Hardy avait suffisamment peu de choses à célébrer cette semaine pour ne pas laisser la pluie gâcher son défilé.

— Il n'y a aucune preuve de tout cela, déclara-t-il.

— En effet, approuva Freeman, l'œil pétillant. C'est exactement ce que je voulais dire. Aucune preuve ni dans un sens ni dans un autre. Soma vous entraîne dans un débat contradictoire qui ne peut rien vous apporter.

Graham soupira.

— Ça me plaisait bien, pourtant, de voir Mr. Hardy, ici présent, botter quelques fesses.

— Ne vous méprenez pas, reprit le vieil avocat Personne n'aime plus que moi ce genre de spectacle, mais l'essentiel est ailleurs. L'essentiel, ce sont les preuves. Concentrons-nous là-dessus. Diz, vous devez rédiger votre onze-dix-huit. Remettez-le à Salter ce soir, discutez-en demain matin.

Freeman se référait à une motion automatiquement présentée par la défense après l'exposé de la thèse de l'accusation en vertu de l'article 1118. 1 du code pénal de la Californie. Presque toujours rejetée, elle demande au juge d'abandonner toutes les charges contre l'accusé au motif que l'accusation n'a pas fourni de preuves suffisamment convaincantes pour justifier un verdict de culpabilité.

Hardy se tourna vers son confrère.

— Pas la peine, David. Salter refusera, de toute façon.

— On a vu des choses plus étranges arriver.

— Quand ? plaisanta Graham.

Freeman se laissa glisser de la table.

— Pour citer le grand yogi Berra, ce n'est pas fini avant que ce ne soit fini, et quelquefois ça ne l'est même pas.

— C'est Berra qui a dit ça ? s'étonna Graham.

— La première partie, je crois.

Hardy souleva son attaché-case.

— Pendant que vous élucidez ce point capital, je vais écrire cette foutue motion.

Sarah s'était toujours enorgueillie d'être trop coriace pour pleurer, mais ces deux derniers jours – depuis qu'elle avait assené au monde qu'elle croyait Graham – elle s'était souvent sentie au bord des larmes. Pas seulement à cause de Lanier. Elle avait travaillé d'arrache-pied pour se faire accepter parmi les hommes réticents de la brigade et pensait avoir marqué des points. À présent, tout cela s'était évanoui.

Après le « oui entendu dans tout San Francisco », pour reprendre les termes de Jeff Elliot dans sa rubrique, « Toute la ville en parle », le sergent Evans avait été convoqué dans le bureau de

Glitsky. Il avait écouté ce qu'elle avait à dire, bien que ce fût en contradiction avec la ligne de la maison.

Elle avait expliqué qu'elle en était venue à la conclusion que Sal avait été assassiné, mais pas par Graham. Elle avait reconnu lui avoir parlé en privé – le match de softball, la soirée dans son appartement – et avoir mieux cerné qui il était. Tous ses mensonges pouvaient se ramener à une impulsion malheureuse, suivie, comme c'est souvent le cas, d'une série de mensonges pour couvrir le premier. Il n'avait pas tué son père.

Glitsky, renversé en arrière, les bras sur les accoudoirs de son fauteuil, avait répondu d'une voix si basse qu'elle avait eu peine à l'entendre :

— S'il y a quelque chose entre vous et si quelqu'un le découvre, c'est votre coéquipier, moi et tout le service que vous foutez dans la merde. Vous en avez conscience, sergent ?

Il sait, je suis foutue, avait-elle pensé. Mais, au lieu de poursuivre dans cette direction, le lieutenant s'était redressé en soupirant.

— Bon, vous voulez le trouver, votre assassin ?

Glitsky avait accordé des heures supplémentaires à Sarah pour enquêter sur l'affaire Russo en les attribuant officiellement à du travail administratif. Au moins, maintenant, elle serait payée pour ce qu'elle faisait déjà auparavant sur son temps libre.

Le patron de la crime avait cependant strictement limité sa liberté d'action. Il ne tenait pas à se faire botter le train par les troupes de Dean Powell si l'on venait à savoir qu'en plein procès la police interrogeait des témoins, cherchait peut-être un autre suspect.

Elle commença avec George Russo. Après avoir avoué la vérité à Hardy et s'être engagée à l'aider, elle était allée plusieurs fois rôder le soir autour de la résidence cossue de George dans Bush Street. L'homme n'avait pas de vie, en avait-elle conclu. Héritier d'un empire financier, il réglait son existence sur ce rôle, ne fréquentait personne qui n'appartînt pas à son petit univers ordonné. Il s'était peut-être précipité un jour chez son père naturel pour venger un affront imaginaire fait à l'honneur de sa mère, mais en dehors de ça George était irréprochable. Convaincue qu'elle perdait son temps à le surveiller, elle avait cessé de le faire.

Pourtant, ce soir-là, Sarah se livrait, faute de mieux, à une dernière tentative. Marcel n'avait été que trop heureux de la déposer de bonne heure au palais de justice. Elle y avait récupéré sa propre voiture et était allée planquer devant la Baywest Bank, dans Market Street.

Comme les fois précédentes, elle n'avait eu aucun mal à le filer. Il était grand, corpulent, arborait des vêtements chics. Malgré la douceur relative des soirées de septembre, il portait un feutre et un pardessus en cachemire.

Un peu après six heures, George était sorti de la banque et, les mains dans les poches, avait marché d'un pas décidé sans jamais ralentir ni regarder derrière lui, avait traversé le Tenderloin : maquereaux, putains et clochards. Elle s'était étonnée du trajet suivi – ce n'était pas du tout le monde habituel de George –, mais la question s'était résolue d'elle-même quand il était entré dans un restaurant français de Polk, où il s'était installé devant une fenêtre et avait dîné seul.

Sarah avait attendu dans sa voiture. Il était maintenant près de huit heures et demie, et l'envie de pleurer l'avait soudain reprise. Elle était épuisée ; elle n'avait pas été seule avec Graham depuis plus de trois mois, elle avait presque oublié les liens physiques qui les unissaient. Leur amour existerait-il encore quand il sortirait de prison ? S'il sortait…

C'était le spectre qui la hantait, qu'elle s'efforçait de chasser. Graham ne retrouverait peut-être jamais la liberté. Que deviendrait-elle ? Comment pourrait-elle continuer à être flic en sachant que le système qu'elle avait juré de défendre avait ruiné sa vie ?

George lui épargna de prolonger une introspection pénible en sortant du restaurant. Il retourna à Baywest, monta dans sa voiture. Sarah s'attendait à prendre à sa suite la direction de Bush Street, mais il la surprit en quittant Market pour tourner à droite, dans la partie basse du Tenderloin.

La nuit était tombée. Les quelques réverbères qui fonctionnaient encore dans cette partie de la ville s'étaient allumés. George remonta lentement Eddy jusqu'à Polk, tourna une deuxième puis une troisième fois à droite.

Le pouls de Sarah s'accéléra soudain quand elle comprit ce qu'il cherchait.

Elle tendit la main vers son talkie-walkie, appela le Central.

— J'ai besoin d'une voiture de ronde en soutien, le plus vite possible, au carrefour de…

Quand George s'arrêta pour faire monter une prostituée, Sarah était prête. Elle attendit qu'il se gare dans une ruelle puis fit intervenir l'équipe de soutien. De son propre véhicule, elle vit les deux agents descendre, s'approcher de la voiture de George, frapper à la vitre, de chaque côté, braquer leurs torches à l'intérieur.

Enfin une brèche.

Les deux flics en uniforme emmenèrent la fille à la voiture de ronde ; Sarah garda George près de la sienne. Il ne l'aurait de toute façon pas reconnue en temps ordinaire, mais dans sa frayeur il ne vit en elle qu'une montagne d'ennuis. Il avait ôté sa veste pour être plus à l'aise et frissonnait maintenant dans le vent froid. Tant mieux, pensa-t-elle.

Son portefeuille à la main, elle feignit de vérifier son identité.

— George Russo. Vous savez que la prostitution est illégale ?

Il tenta un bluff ridicule :

— Je ne… C'est une amie à moi.

Elle sourit, se tourna vers les policiers.

— Hé, les gars, ce type dit qu'il est copain avec la fille. Demandez-lui si elle connaît son nom. (Elle revint à son prisonnier.) Je parie que non, George. Et vous, vous connaissez son nom ?

Avec des yeux de cheval apeuré, il regarda derrière Sarah comme s'il cherchait quelque chose, le salut peut-être.

— Linda ? Julie ?

De l'autre voiture, un des agents cria :

— Elle dit qu'il peut aller se faire voir. Elle le connaît pas.

— Tiens, fit Sarah, j'ai gagné mon pari.

— Bon, d'accord. Qu'est-ce qui se passe, maintenant ? Je paie une amende ?

Elle savait exactement ce qu'elle voulait et comment y parvenir.

— Nous avons un nouveau programme pour lutter contre la

prostitution, mentit-elle. Ça dégénère et les clients des filles s'en tirent toujours. Alors, vous savez ce qu'on fait maintenant ? On publie leur nom et leur photo dans le journal.

— Non, vous ne faites pas ça.

— À présent, si. C'est nouveau, je vous dis.

— Je ne peux pas vous laisser faire ça.

— Vous n'avez pas le choix, rétorqua-t-elle, durcissant le ton et posant la main sur son arme. Allez, suivez-moi.

— Où allons-nous ?

— À ma voiture. Je suis garée juste derrière mes collègues. Ensuite, tout le monde au poste. Qu'est-ce que vous croyiez ?

— Vous voulez dire que je suis en état d'arrestation ?

Elle ne répliqua pas.

— Vous ne pouvez pas m'arrêter, cette fille est une amie à moi. Je veux téléphoner à mon avocat.

— Vous pourrez le faire au palais de justice.

— Écoutez, fit-il, baissant la voix, nous pouvons peut-être régler le problème ici. Si nous trouvons un terrain d'ent…

— N'aggravez pas votre cas, George. Tentative de corruption d'un officier de police. Enfin, disons que je n'ai rien entendu. Allons-y.

Il craquait :

— Non, attendez, je vous en prie…

Elle haussa de nouveau la voix :

— Hé !

Un des agents se dirigea vers eux.

— Tout va bien, sergent ?

Elle l'arrêta d'un geste avant qu'il ne les rejoigne.

— Oui, merci. Une minute et j'ai fini. (Elle revint à George.) Retournez-vous, mettez les mains dans le dos.

Les agents avaient proposé de faire monter le client à l'arrière de la voiture de ronde, séparé de l'avant par une grille, et dont les portières n'avaient pas de poignée. Mais Sarah leur demanda d'emmener la fille et de la relâcher au premier coin de rue. Le client était en fait témoin dans une affaire de meurtre et elle voulait le cuisiner maintenant. Dans sa voiture.

Assis à l'arrière, menottes aux poignets, George tremblait de froid et de peur. Sarah se glissa derrière le volant, se tourna vers lui.

— J'ai un marché à vous proposer.

En banquier habitué aux négociations, il plissa les yeux devant ce gambit inattendu. Sans lui laisser le temps de répondre, elle ajouta :

— En réalité, je m'intéresse à autre chose.

— À quoi ?

— Je veux savoir où vous étiez quand votre père s'est fait tuer.

— Allez vous faire foutre. Pourquoi je vous répondrais ?

Sarah le fixa un moment en silence, puis se retourna et mit le moteur en marche.

— Attendez ! Attendez !

— On discutera là-bas, si vous préférez.

— Non, j'ai été…

— Con ?

— Oui. Désolé. Qu'est-ce que vous voulez savoir ?

Elle coupa le contact.

— Graham n'a pas tué votre père.

— Mon père n'est pas mort, répliqua-t-il. Je travaille avec lui tous les jours.

— Je parle de *Sal*. Essayez encore une fois de jouer au plus fin et la discussion est terminée. Compris ?

Il opina du chef d'un air réticent.

— Bon, Graham n'a pas tué Sal. Et alors ?

— Alors, c'est quelqu'un d'autre. J'élimine les suspects.

George se renversa sur le dossier de la banquette. Dans ses yeux, la frayeur se mêlait à quelque chose d'autre : ruse, appréciation du marché en train de se conclure.

— Comment pouvez-vous penser que j'aie quelque chose à voir avec sa mort ? Je ne savais même pas où il habitait.

— Vous le prétendez mais rien ne me prouve que c'est vrai. Vous refusez de révéler à l'avocat de Graham ou à quiconque où vous vous trouviez cet après-midi-là.

— Pourquoi le ferais-je ? Ça ne regarde personne. Et les flics ne m'ont pas posé la question.

— Je le fais maintenant. Vous me dites où vous étiez, j'oublie la petite escapade de ce soir. Sinon, je vous boucle, je rédige un rapport et vous aurez votre nom dans le journal. (Elle se pencha vers lui.) Écoutez, si vous persistez à vous taire, vous n'en serez que plus suspect, et je passerai au crible chaque minute de votre emploi du temps de cette année.

— Je n'ai pas...

— En revanche, si vous me répondez, et si votre réponse n'a rien à voir avec votre père, on oublie tout le reste.

— Pas de rapport ? Pas de nom dans le journal ?

— Absolument.

— C'est surtout pour mon père. Il ne faut pas qu'il sache.

Sarah mit un moment à comprendre que George parlait de Leland, non de Sal.

— Il ne saura rien.

À l'instant même où elle croyait le tenir, il se déroba de nouveau :

— Comment savoir si je peux vous faire confiance ?

Elle sourit, répondit d'un ton détaché :

— Ah, il faut me croire sur parole. Mais, si vous êtes innocent, vous n'avez rien à perdre.

Il ferma les yeux, avala sa salive et marmonna :

— Au Mitchell Brothers.

— Quoi ?

Il répéta le nom. Les frères Mitchell avaient été les rois de la pornographie pendant des années avant que l'un d'eux ne tue l'autre à coups de revolver, ce qui avait jeté un froid dans leurs relations. Leur théâtre, situé à cinq ou six rues de la Baywest Bank, continuait cependant à prospérer sous le nom de ses fondateurs.

En matière de provende sexuelle, l'endroit offrait bien davantage que les nudités émoustillantes des boîtes à touristes de North Beach. Avec ses spectacles hard, ses cabines privées, ses perversités en tout genre, c'était l'endroit le plus libidineux qu'on pût trouver à San Francisco.

— C'est bien ma veine, poursuivit George, qui s'écroulait maintenant. Il a fallu que Sal choisisse pour mourir le seul jour, le seul *moment* où je faisais quelque chose d'un peu particulier. Maintenant, tout le monde veut savoir où j'étais. Si Leland l'apprend, il m'abandonnera, comme l'a fait Sal. Ce sera vraiment fini pour moi.

— Qu'est-ce qui sera fini ?

— Ma vie. Ma carrière. Tout ce pour quoi il m'a élevé.

Elle ne put s'empêcher de poser la question :

— Alors, pourquoi avoir pris ce risque ? Pourquoi avoir ramassé cette fille, ce soir ? Pourquoi ne vous trouvez-vous pas une petite amie ?

George semblait à la torture.

— Leland ne…

— Il n'approuverait pas ? Aucune ne lui plairait ?

— Je ne peux pas me permettre de faire une erreur, dit-il en secouant la tête.

Sarah tenta de comprendre. George pensait que c'était sa faute si on l'avait abandonné. S'il avait été un enfant plus sage, ou plus digne d'amour, ou Dieu sait quoi d'autre, cela ne serait peut-être pas arrivé. Il était à présent un homme, avec des besoins et des désirs d'adulte, mais, paralysé par la peur d'être rejeté, il n'osait pas les satisfaire. De manière légitime.

Prise de pitié, elle lui répondit avec douceur :

— Pour ce qui est de ne pas commettre d'erreurs, vous vous trompez de planète. Sur terre, tout le monde en fait. C'est permis.

— Pas pour moi. Vous ne comprenez pas.

Il se referma soudain et retrouva un ton incisif pour lui lancer :

— En tout cas, c'est là que j'étais. Vous avez ce que vous vouliez ?

— Oui.

— Vous n'en parlerez pas à mon père ?

— Non. Seulement, tôt ou tard, il arrivera autre chose et il finira par être au courant.

— Non. Je vais arrêter.

Comme s'il n'était pas déjà assez frustré, pensa-t-elle. Mais elle n'était pas là pour le conseiller, même si elle avait fugitivement compati.

Elle ne savait comment vérifier son alibi, mais pour le moment, George lui avait donné une réponse plausible, et cela réglait un de ses problèmes.

Mais pas celui de Graham.

32

Hardy sentit une odeur de bacon et la caresse des lèvres de Frannie contre sa joue.

— J'ai débranché la sonnerie du réveil et je t'ai accordé une demi-heure de plus, dit-elle.

— Tu es ma providence.

— Je sais. Viens manger, tu t'habilleras après.

Il était six heures moins le quart. Hardy enfila un jean, un vieux chandail. Par la fenêtre de leur chambre, il voyait se découper les collines d'Oakland, derrière lesquelles le soleil amorçait sa montée vers le ciel.

Frannie lui avait servi son café dans un bol géant. Des œufs brouillés fumaient dans une assiette à côté de six épaisses tranches de bacon. Il s'assit à la table de la cuisine.

— Ma providence ! Je te l'ai déjà dit, peut-être ?

Elle sourit.

— À quelle heure tu es rentré ?

— Minuit et demi, quelque chose comme ça. J'ai terminé la motion. Salter pourrait…

Elle l'arrêta en posant une main sur la sienne.

— Plus tard, le procès. Pour le moment, mange.

Il ferma les yeux, hocha la tête. Elle avait raison.

— Excellent programme, approuva-t-il.

À sept heures et demie, la silhouette robuste d'un jogger apparut au bout de la ruelle. Hardy, qui attendait à la barrière automatique du parking situé derrière le tribunal fédéral, avait revêtu sa tenue de tribunal, costume sombre et cravate bleue.

Giotti, en train de s'offrir une bonne suée, ne s'arrêta que lorsqu'il fut presque sur lui. Il ne s'attendait pas à être interrompu dans sa course matinale, et certes pas par un avocat.

— Bonjour, monsieur le juge.

Giotti, quoique pantelant, esquissa un sourire.

— Monsieur Hardy ? Vous vous levez de bonne heure.

L'avocat avait l'impression qu'il était déjà midi.

— Je dois remettre une motion au palais avant huit heures. Je voulais vous voir avant et je me suis souvenu que vous faites votre jogging ici presque tous les matins.

— Pas assez souvent, regretta Giotti. (Il tendit le bras vers la barrière, qui s'était levée derrière eux. Un garde qui avait vu le juge approcher ? Un boîtier de télécommande dans une poche du survêtement ?) Vous voulez entrer ?

— Non, ici, ce sera très bien. Je n'ai qu'une minute.

— Que puis-je faire pour vous ?

— Savez-vous si Sal connaissait quelqu'un du nom de Singleterry ? Joan Singleterry.

Depuis des mois, Graham et Hardy avaient multiplié les hypothèses sur la mystérieuse femme surgie du passé de Sal Russo mais n'avaient rien trouvé. Hier soir, à son bureau, l'avocat s'était souvenu que Giotti avait connu Sal à cette époque, qu'il avait pêché et travaillé avec lui.

Effet de son imagination ? Il crut voir s'allumer dans le regard du juge une lueur annonçant une réponse positive. Mais aussitôt la lueur s'éteignit, réduisant à néant les espoirs de Hardy.

— Je ne crois pas, dit Giotti.

— Ce ne serait pas une petite amie qu'il aurait eue avant Helen ?

Le magistrat réfléchit encore, secoua la tête.

— Navré. C'est important ? De quoi s'agit-il ?

Hardy resta vague : rien qu'un nom qui, jusqu'ici, ne l'avait mené nulle part. Si, par exemple, l'argent de Sal provenait de cette femme, elle pouvait le conduire à un autre suspect. Sa déception devait être visible car le juge lui tapota l'épaule en cherchant à le réconforter :

— Je ne sais pas si vous avez besoin d'autres suspects. Je suis attentivement le procès, il me semble que ça se passe bien, pour vous.

— Ça se passerait mieux si j'avais un assassin à livrer aux jurés.

— Bien sûr. Mais vous avez plus ou moins réussi à écarter l'hypothèse d'une lutte.

— Je voulais justement vous remercier. Pour l'idée.

— Je n'ai fait que constater une évidence : il n'existe aucune preuve qu'il y a eu lutte. Comme je connais votre stratégie, j'ai deviné où vous voulez en venir, mais j'ai le sentiment que Soma et Drysdale n'en ont pas la moindre idée.

Hardy s'autorisa un demi-sourire et une citation :

— Ce serait agréable d'y croire, non ?

— Oh oh, Hemingway. Vous êtes cultivé, pour un juriste, monsieur Hardy. Quand ce sera terminé, si vous ne faites pas appel, nous pourrions boire un verre ensemble, un de ces jours.

— Vous réussirez probablement à me traîner de force dans un bar.

— Probablement, acquiesça le juge. C'est drôle, vous parler me rappelle à quel point Sal me manque, ajouta-t-il, l'air soudain attristé. Vous avez de bons amis, monsieur Hardy ?

— Quelques-uns. J'ai cette chance.

— Je l'ai eue, moi aussi. Il y a une chose qu'on ne dit pas, sur ce métier.

— Laquelle ?

— Pour obtenir un poste de juge fédéral, il faut – comment dire ? – cultiver des amitiés. On se fait des amis quand on cherche à réussir – à réussir à tout prix, diront d'aucuns. On assiste à des soirées, on en donne, on fraie avec des gens importants. On impressionne par son intelligence, ses connaissances en droit et la vivacité de son esprit. C'est grisant.

— J'imagine, fit Hardy, qui ne voyait absolument pas où le juge voulait en venir.

— Et puis vous êtes nommé, reprit Giotti, avec une expression qui en disait long sur sa déception, ses regrets de ne pas avoir choisi une autre route. C'est fini, vous êtes coupé de tout. Les plus cérébraux s'en accommodent ; les autres ressentent cruellement le manque d'amis, mais l'amitié ne figure pas sur le rôle des causes. Un ami, c'est la porte ouverte à un conflit d'intérêts. Tout à coup, vous ne pouvez plus vous lier avec personne, en tout cas pas de la même façon qu'auparavant. Vous vous retrouvez seul.

Hardy comprit.

— Il ne vous restait que Sal ?

— Le dernier de mes vieux copains, confirma le magistrat. Avec lui, je pouvais… (Il se tourna, vérifia machinalement qu'il n'y avait personne à proximité pour l'entendre.)… je pouvais *déconner*. Je crois que vous avez réveillé tout ça en citant Hemingway. Sal était comme ça. Il connaissait plein de choses, il était drôle. Avec lui, je pouvais être vraiment moi.

Hardy désigna du menton le bâtiment du tribunal fédéral.

— Vos confrères ne sont pas portés sur la blague, hein ?

— C'est un métier grave, monsieur Hardy, déclara Giotti. (Il ouvrit la bouche pour ajouter quelque chose, se ravisa. Pas le temps.) Quand nous prendrons ce verre ensemble, je vous appellerai Dismas, qu'en pensez-vous ?

— Je continuerai à vous appeler Votre Honneur.

— Voilà ce que j'aime, s'esclaffa Giotti. Voilà exactement ce que j'aime.

Hardy remit sa motion à Salter dans le bureau du juge et attendit – délicieux suspense – que le magistrat lise les cinq pages.

Comme il s'agissait d'une affaire de meurtre, la discussion qui suivrait figurerait dans le dossier. Près de la fenêtre, Soma, Drysdale et Freeman parlaient à voix basse. La greffière, assise à côté de Hardy, était prête à recueillir toute pierre précieuse qui viendrait à tomber.

L'avocat de Graham estimait avoir fait un travail plus qu'honorable avec cette motion, exposant clairement chaque allégation des procureurs puis démontrant qu'elle ne reposait sur aucun fait : ils n'avaient pas réussi à prouver que Graham était à l'appartement ce jour-là, ni qu'il y avait eu lutte ; ils n'avaient pas même amené le coroner à déclarer sans équivoque qu'il y avait eu homicide. Enfin, aucun lien temporel n'avait été établi avec l'argent et les cartes de base-ball. Le témoignage d'Alison Li ne voulait rien dire.

L'accusation n'avait rien.

Salter, en revanche, avait en main une affaire brûlante et hypermédiatisée de première grandeur, livrée au tribunal même par son bon ami et compère politique Dean Powell. Il avait une inculpation du grand jury qui avait débouché sur cette situation. Il était au fait des manœuvres de couloir de chaque camp, des mensonges de l'accusé. Il avait aussi des relations avec le juge fédéral Harold Draper, l'ancien patron de Graham – pas assez amicales cependant pour le contraindre à se récuser pour cause de conflit d'intérêts.

Hardy ne doutait pas que Salter quitterait un jour la magistrature pour faire une carrière politique. Il avait le physique de l'emploi, à la fois attrayant et banal, les relations, la personnalité insipide. Il se montrait invariablement courtois, voire amical, quoique d'une manière impersonnelle.

Après avoir achevé la lecture de la motion, il ôta ses lunettes, posa le document sur son bureau, en égalisa les pages. Le plissement de front signifiant « Je suis en pleine réflexion » fit place à un sourire qui déclarait : « Nous sommes entre amis. »

— Messieurs..., dit-il, invitant les autres à s'approcher. Diz, cette motion est remarquablement rédigée. Vraiment, je suis sincère. Vous développez une argumentation très plausible.

Plausible, songea Hardy. Aïe. Il échangea un regard avec Freeman, qui haussa les épaules. Il fallait s'y attendre, et c'était fini. Mais Salter entendait observer les subtilités du rituel :

— Souhaitez-vous ajouter quelque chose oralement ?

— L'accusation n'a rien prouvé, Votre Honneur. Certainement pas le vol, qui nous vaut les circonstances aggravantes. Il n'y a pas de relation causale entre l'argent et la mort de Sal ; il n'y a rien qui indique à quel moment Graham est entré en possession de l'argent ou des cartes. Ce garçon prenait soin de son père. Il l'aimait.

Du coin de l'œil, l'avocat vit que Soma s'apprêtait à intervenir, mais Drysdale l'arrêta d'un coup de coude avant qu'il puisse commencer.

Salter laissa le silence s'installer, se prolonger. Il ne pouvait pas rejeter d'un revers de main une motion aussi bien rédigée, aussi *plausible*. La décision requérait au moins quelques minutes de cogitation.

Question de politesse.

— Quand même, je ne sais pas trop, finit-il par laisser tomber. Tous ces mensonges me préoccupent.

— Je pense les avoir expliqués, Votre Honneur. Mon client a cédé à la panique et a dû ensuite combler les brèches.

— Mais pourquoi cette panique s'il est innocent ?

— Des inspecteurs de la criminelle à sa porte. Il a eu peur. Ça arrive tout le temps.

Ce n'était qu'un bavardage inutile, tout le monde le savait. Salter rejetterait la motion parce que Hardy n'avait pas suffisamment d'éléments pour le *contraindre* à ne pas le faire. Il lui aurait fallu à tout le moins le nom du meurtrier, ou une déclaration catégorique de Strout affirmant qu'il s'agissait d'un suicide.

Salter marqua une autre pause, prit une longue inspiration. Nouveau sourire nous-sommes-entre-amis.

— Je crois que je vais laisser le jury décider, Diz. Je rejette la motion.

— Je voudrais que vous imaginiez quelque chose, dit Freeman à Hardy.

Assis de part et d'autre de Graham à la table de la défense, ils attendaient que Salter fasse son entrée. Derrière eux, dans les rangs du public, c'était le vacarme habituel avant la reprise des débats, bruit si familier que personne ne le remarquait plus.

— Non, vraiment, insista Freeman. Fermez les yeux.

— Si je ferme les yeux maintenant, je serai endormi à l'arrivée du juge. Garanti : j'ai fait l'expérience.

— Mieux vaut ce que Yoda dit faire, conseilla Graham à son avocat. Sinon lui utiliser Force. Toi mourir.

Hardy remarqua une fois de plus qu'une partie de lui-même trouvait un certain réconfort dans la tendance de Graham à prendre les choses à la légère. Il roula les yeux, puis les ferma.

— Je vous avais prévenu : ça y est, je dors.

— Tu es en train de parler, fit observer Graham.

— Dans mon sommeil, riposta Hardy. Je suis coutumier du fait.

Il entendit la voix de son confrère :

— Diz, vous êtes sur le tremplin du grand plongeoir. Vous allez tenter un double saut périlleux. Vous me suivez ?

— Je vous suis.

— Pensez à votre plongeon. *Préparez*-le dans votre tête. Vous allez tourner sur vous-même, suspendu en l'air. Deux fois. Prêt ?

— Prêt.

— *Concentrez-vous !*

Hardy parvint à s'imaginer sur le tremplin.

— Maintenant, sautez ! Basculez en avant, mettez-vous en boule. Vous vous sentez tourner ? Vous tombez à pic maintenant. Ne redressez pas.

Hardy resta concentré pendant tout le plongeon, entra dans l'eau impeccablement, ouvrit les yeux.

— Pas une éclaboussure, dit-il. J'ai pénétré la surface comme un couteau.

Graham les regarda tour à tour.

— Vous êtes dingues, les gars.

Freeman s'expliqua. Ce matin, Hardy entamerait l'exposé de sa thèse, il appellerait les témoins de la défense, et c'était *là* que la stratégie ne devait pas vaciller. Il aurait l'impression de rester un long moment à tournoyer dans l'air.

Contrairement à tout précédent, la défense n'essaierait pas d'amener le juge à donner pour instruction aux jurés de se rabattre sur un crime moins grave : le jury n'aurait pas la possibilité d'adopter un compromis en condamnant Graham pour homicide. La défense ne ferait pas témoigner Graham pour montrer à tout le monde quel garçon aimable et sympathique c'était. Il n'aurait pas la possibilité de recommencer sa vie après avoir passé deux ans seulement en détention. Ce serait une condamnation pour meurtre ou l'acquittement, la prison à vie ou la liberté.

Personne ne douterait cependant que Graham avait commis un acte que la loi définissait comme un meurtre : l'élimination délibérée d'une vie humaine. La tâche de la défense, c'était de convaincre les jurés que, s'ils ne croyaient pas que Graham avait tué son père pour de l'argent, ils devaient l'acquitter plutôt que le condamner pour un crime moins grave.

L'accusation avait présenté l'argent comme mobile pour étayer la charge de meurtre avec préméditation. Hardy tenterait le tout ou rien. Cette stratégie était lourde de risques, mais les trois hommes pensaient qu'elle constituait leur meilleure chance d'obtenir l'acquittement.

Si, par mégarde, Hardy l'oubliait un seul instant et étirait son corps avant la fin de sa seconde pirouette, il anéantirait sa défense.

Le Dr Russ Cutler était cet homme jeune que Hardy avait rencontré pour la première fois au *Petit Shamrock*. Ce jour-là, il était épuisé et mal rasé, drapé dans sa blouse de médecin et sa culpabilité de ne pas avoir avoué que c'était lui qui avait prescrit la morphine. Il avait maintenant fini son internat et ouvert un cabinet. Il avait aussi passé un bon moment à répéter sa comparution avec Freeman et Hardy.

Costume de lin beige et cravate marron, Cutler, reposé et sûr de lui, prêta serment de dire la vérité, toute, etc.

— Docteur Cutler, voulez-vous expliquer à la cour quelles sont vos relations avec Graham ?

— Nous jouons au softball dans la même équipe. Je me considère comme son ami. J'étais le médecin de son père.

Quand il prononça ces derniers mots, le bruit diffus qui s'élevait encore de l'auditoire cessa. La voix de l'avocat trancha dans le silence :

— En cette qualité, l'avez-vous examiné au cours des six mois précédant sa mort ?

— Oui. Graham m'avait dit que son père était malade, il m'avait demandé de le voir.

— Pouvez-vous dire aux jurés ce que vous avez découvert ?

Cutler s'exécuta volontiers. Hardy trouvait qu'il constituait un témoin idéal pour ce jury majoritairement masculin. En premier lieu, c'était lui-même un homme, ni trop jeune ni trop vieux. Il était habillé avec assez de recherche pour donner une impression d'autorité, mais pas trop. Les traits épais, il n'était pas vraiment beau mais montrait une bonne quantité de dents lorsqu'il souriait. Simple, abordable – tel était Cutler.

Mieux encore, il donnait à peu près la même impression que Salter, sauf qu'il avait vingt ans de moins et qu'il était sincère.

— Après avoir diagnostiqué une tumeur au cerveau grâce au scanner, qu'avez-vous fait ?

— J'ai eu recours à l'IRM pour avoir confirmation.

Aiguillonné par Hardy, Cutler donna quelques explications sur l'imagerie par résonance magnétique.

— Et qu'a-t-elle révélé ?

— Ce que je soupçonnais et craignais : le cancer s'était développé au-delà de toute possibilité de traitement. Il était en phase terminale.

Hardy entendit derrière lui la voix de Drysdale :

— Excusez-moi, Votre Honneur, je réclame un entretien avec la cour.

— Je suis en pleine démonstration, s'insurgea l'avocat.

— Cela concerne ce que Mr. Hardy est en train de faire, précisa l'adjoint du procureur.

Salter s'accorda deux secondes de réflexion, fit signe aux quatre hommes d'approcher. Au pied du perchoir, Drysdale ne perdit pas de temps lui non plus :

— Votre Honneur, l'accusation reconnaît volontiers que Sal Russo avait un cancer en phase terminale, et peut-être une maladie d'Alzheimer. Il était condamné. Aucune des questions de Mr. Hardy n'aborde les problèmes de preuves.

— Votre thèse non plus, souffla Freeman à demi-voix.

Salter le transperça du regard.

— Monsieur Hardy ?

— Votre Honneur, notre intention est de démontrer que la condition physique de Sal Russo l'a peut-être amené à souhaiter la mort.

— Et alors ? fit Soma de sa voix aiguë. C'est quand même un meurtre.

— Veuillez adresser vos remarques à la cour, rappela Salter, gardant son calme. C'est-à-dire à moi, monsieur Soma... Monsieur Freeman. (Il les fixa un moment pour s'assurer qu'il s'était fait comprendre.) Monsieur Hardy, avez-vous décidé de plaider l'homicide involontaire sur une base quelconque ? Où voulez-vous en venir ?

Le défenseur de Graham ne répondit pas directement :

— Monsieur le juge, je m'efforce de mettre en lumière les

relations qui unissaient mon client et son père. L'accusation soutient qu'il lui a volé son argent, bien qu'elle soit incapable de le prouver, comme vous l'avez vous-même remarqué ce matin.

— Ce n'est pas tout à fait exact, rectifia Salter. J'ai rejeté votre motion, même si je l'estime très convaincante.

Hardy maintint la pression : c'était le point central de sa thèse, il ne pouvait céder.

— Le témoignage du Dr Cutler porte en fait sur le mobile de l'accusé, argua-t-il. Graham Russo n'aurait jamais volé son père. Il l'aimait.

Le juge se mordilla la joue, chaussa ses lunettes de lecture, les ôta de nouveau.

— Le mobile ?

— Oui, Votre Honneur.

Après un temps d'hésitation, Salter trancha :

— Bon, je vous autorise à poursuivre.

Hardy poussa un soupir de soulagement. Les trois autres retournèrent à leurs tables.

— Docteur Cutler, reprit-il, vous venez de nous dire que Sal Russo avait un cancer en phase terminale. Vous étiez-vous prononcé sur le temps qu'il lui restait à vivre ?

— Oui. Entre six mois et un an.

— Il souffrait ?

— Oui. La tumeur provoquait des maux de tête terribles, des spasmes occasionnels.

— Pendant ces six ou douze mois, ces douleurs auraient-elles progressivement empiré ?

— Oui.

— Elles seraient devenues insupportables ?

— Tout à fait.

— Insupportables, répéta Hardy, qui alla à sa table boire un peu d'eau.

Il fut étonné de voir que son client, qui donnait d'ordinaire l'impression d'un dur aux mâchoires serrées, clignait les yeux pour refouler ses larmes. Hardy n'avait pas cherché à attirer l'attention sur lui, cela aurait ressemblé à une mise en scène, mais il remarqua que le regard de certains jurés l'avait suivi. Il ne pouvait qu'espérer qu'ils en tireraient les conclusions adéquates.

De retour au centre de la salle, il demanda au témoin :

— Au stade du diagnostic, des analyses, des vérifications, etc., Sal venait souvent vous voir ?

— Deux ou trois fois par semaine pendant deux mois.

— Il venait seul ?

— Non. Graham l'accompagnait.

— Chaque fois ?

— Oui.

— Ces consultations chez vous, ou auprès d'autres spécialistes, comment les payait-il ? Avait-il une assurance ?

— Non. C'était un de ses problèmes.

— Et comment le réglait-il ?

— Graham payait de sa poche.

La partie défense du public s'agita ; Salter joua du marteau pour réclamer le silence.

— Pouvez-vous préciser ce que Graham payait ?

Parfaitement à l'aise, Cutler s'adressa au jury, qui semblait sous le charme.

— Tout. Les visites, les scanners, les IRM, les prescriptions.

— Merci, docteur. Nous en viendrons à ces prescriptions dans un instant mais, d'abord, comment pouvez-vous être sûr que c'était Graham qui payait personnellement ?

— Nous jouions lui et moi au softball dans une équipe semi-professionnelle. Après les matches, nous touchions notre argent et il me réglait.

— Bien. Passons maintenant aux prescriptions que vous avez faites pour Sal. L'une d'elles concernait le formulaire *Ne pas réanimer*, je crois ?

— En effet.

— Pouvez-vous nous donner quelques précisions ?

— Bien sûr.

Cutler témoignait depuis un moment déjà mais répondait avec la même conviction, et Hardy remarqua qu'il continuait à captiver le jury.

— Sal ne souhaitait pas qu'on déploie des efforts extraordinaires pour le maintenir en vie. Si les médecins le trouvaient cliniquement mort, ils devaient le laisser dans cet état. Il y tenait absolument. Il avait beaucoup de dignité.

— Il a demandé lui-même cet NPR ?

— Oui. Au cas où il déciderait de se suicider.

L'avocat entendit le murmure qui parcourut l'auditoire mais poursuivit :

— Sal vous a déclaré qu'il avait l'intention de se tuer ?

— Pas exactement. Nous avons discuté des choix qui s'offraient à lui. Le suicide en faisait partie. (Il se tourna vers les jurés pour leur expliquer.) C'est comme ça que ça se passe.

— Qu'entendez-vous par là, docteur ?

— Eh bien, lorsque vous avez un patient qui mourra bientôt dans de grandes souffrances, il y a beaucoup de non-dits, beaucoup de questions détournées.

— Détournées ?

Cutler chercha un autre moyen de se faire comprendre.

— Pour la morphine, par exemple, Sal m'avait demandé si une dose de huit milligrammes pouvait être mortelle. « Je ne voudrais pas me tuer en faisant une erreur », avait-il précisé, mais la question était en fait : « Est-ce que je peux me suicider avec cette dose si je le décide ? »

— Votre Honneur ! Spéculation ! s'écria Soma. Le témoin ne peut savoir ce que la victime voulait dire.

Avant que Salter ait eu le temps de retenir l'objection, Cutler répliquait :

— Je sais exactement ce qu'il voulait dire. Il m'a demandé comment il pourrait faire pour se tuer, si la dose serait plus efficace avec de l'alcool. Je lui ai dit que, si je répondais à sa question, je risquais d'être rayé de l'ordre, voire d'aller en prison. Alors nous avons joué à ce jeu pend…

Salter l'interrompit :

— Docteur, s'il vous plaît. Contentez-vous de répondre à des questions précises. C'est ainsi que nous procédons ici.

Un silence tendu tomba sur la salle d'audience, mais Cutler s'était fait comprendre par le jury : la loi contraignait souvent les malades en phase terminale à tenir un langage codé.

— Poursuivez, monsieur Hardy, dit enfin le juge.

— Cette discussion avec Sal, vous l'avez eue en présence de Graham ?

— Oui. Il était toujours là.

— Docteur Cutler, vous saviez, n'est-ce pas, que Graham travaillait comme infirmier ?

— Certainement. Quand un joueur se blessait en tombant, Graham et moi nous occupions de lui. C'est comme ça que nous sommes devenus amis.

— À votre connaissance, Graham faisait-il des injections de morphine à son père ?

— Oui. Les deux premières fois, il lui a administré la morphine en ma présence, pendant une visite. Les médicaments ont un effet très différent selon qu'on les injecte dans le muscle, en IM, ou dans la veine, en IV. Les doses de morphine que je prescrivais à Sal pouvaient être mortelles en IV. Je tenais à ce que ce soit bien clair pour Graham.

— Et ces injections auxquelles vous avez assisté, Graham les a faites par voie IM ?

— Oui.

— Aurait-il pu faire une injection en IV sans que Sal se rende compte de la différence ?

L'avocat entendit la voix de Drysdale :

— Objection, Votre Honneur. Quel rapport avec l'affaire ?

— Monsieur Hardy ? fit Salter, qui semblait intéressé mais ne voyait pas lui non plus où la défense voulait en venir.

Hardy était ravi de l'objection car elle lui fournissait l'occasion de s'expliquer :

— Votre Honneur, l'accusation s'est donné beaucoup de mal pour tenter de nous faire croire que Graham aurait frappé son père derrière l'oreille avec la bouteille d'Old Crow afin de pouvoir faire cette piqûre sans qu'il s'y oppose. Ma question au Dr Cutler vise à clarifier si cet acte, non prouvé, je le répète, aurait été de toute façon nécessaire.

Salter considéra l'objection, la rejeta, déclara la question pertinente. Cutler se la fit relire et répondit qu'une personne aussi expérimentée que Graham aurait pu passer d'une IM à une IV en toute impunité. Ce qui signifiait que Sal ne se serait douté de rien et qu'une lutte aurait été totalement inutile, à supposer que Graham eût été chez son père ce jour-là.

Sur le plan tactique, Hardy estimait que Soma et Drysdale avaient commis une erreur en laissant au plus jeune d'entre eux le soin de mener le contre-interrogatoire. Le docteur, ami de Graham, était beaucoup plus sympathique que le procureur à la voix stridente.

Certes, ils appartenaient tous deux à la catégorie des jeunes citadins des couches supérieures, possédant une personnalité ambitieuse qui leur avait permis d'en arriver là. Ils étaient probablement, si l'on creusait un peu, plus semblables qu'il n'y paraissait. C'était plus une question de style qu'autre chose, mais au tribunal le style comptait, et il joua en faveur de Graham. Du moins au début.

— Docteur Cutler, vous vous considérez, avez-vous dit, comme un ami de l'accusé. Le connaissez-vous depuis longtemps ?

— Deux ans environ.

— Vous jouez avec lui au base-ball, c'est ça ?

— Au softball.

— En dehors du softball, vous vous fréquentez ?

La question parut amuser le témoin.

— En dehors du softball, je ne fréquente quasiment personne.

Dépourvu d'humour, Soma tiqua.

— Je présume que vous voulez dire non. Vous ne fréquentiez pas l'accusé en dehors du sport ?

— D'accord, soupira Cutler.

Pour simple qu'elle fût, la réponse ne satisfaisait pas encore le procureur.

— Votre Honneur, dit-il à Salter, la question appelle une réponse négative et le Dr Cutler a répondu par l'affirmative.

— Alors, posez des questions plus simples, monsieur Soma. Poursuivez.

Ravalant sa bile, Soma se tourna de nouveau vers le box du témoin.

— Docteur, je répète, en dehors du softball, fréquentiez-vous l'accusé ?

Hardy s'interrogeait sur ce que Soma espérait prouver par cette attitude. Il se montrait inutilement pointilleux, désagréable et mesquin pour établir quoi ? Que Cutler et Graham ne faisaient pas la foire ensemble ? Quelle importance ?

Sans se départir de son calme, le médecin répondit en souriant :

— Non.

— Merci, répondit le procureur d'un ton appuyé.

— De rien.

Petits rires dans le public. Même le juge parut amusé, et Soma finit par ébaucher un sourire forcé.

— L'accusé vous avait-il fait part des raisons pour lesquelles il accompagnait son père ?

— Oui, bien sûr. Elles étaient évidentes, d'ailleurs.

— Vraiment ? fit Soma, haussant les sourcils pour associer le jury à ses doutes. Les raisons pour lesquelles Graham Russo vous amenait son père vous semblaient évidentes ?

— Oui, tout à fait.

— Vous trouviez que l'accusé était un fils dévoué ?

— Oui.

— Mais saviez-vous depuis combien de temps il était ce fils aimant et dévoué ?

Hardy se leva.

— Objection, Votre Honneur.

— Retenue.

— Nous avons entendu déclarer au cours de ce procès que l'accusé n'avait pas vu son père pendant quinze ans. C'est ce que vous appelez un fils aimant, docteur ?

Nouvelle objection de Hardy, à laquelle Soma riposta :

— Votre Honneur, les jurés ne sont pas obligés de croire à la poussée d'altruisme tardif de l'accusé.

Le juge donna raison à la défense, mais le procureur poursuivit son attaque :

— Sal Russo était-il un patient difficile ?

— Qu'entendez-vous par difficile ?

— Eh bien, l'homme souffrait de la maladie d'Alzheimer. Il lui arrivait de ne plus savoir où il était, de ne plus savoir qui vous étiez, peut-être. Par surcroît, son cancer au cerveau était extrêmement douloureux. Il lui arrivait sûrement d'être un peu grincheux, non ?

— Oui, quelquefois.

— L'accusé s'est-il plaint un jour que son père était un fardeau, ou simplement une charge pénible ?

— Écoutez, il était...

— Oui ou non, docteur ?

— C'est arrivé, oui.

— Il était peut-être un peu fatigué de s'occuper de lui ?

— Objection ! Ouï-dire. Spéculation. Harcèlement du témoin, débita Hardy d'un trait.

Soma lança un regard mauvais à l'avocat, puis se tourna vers le juge.

— Je demande au témoin ce qu'il a entendu de ses propres oreilles, Votre Honneur. Il ne s'agit ni de ouï-dire ni de spéculation. Et je ne harcèle pas le témoin. J'essaie d'obtenir une réponse.

Salter autorisa la question et s'apprêtait à demander à la greffière de la relire quand Soma la répéta mot pour mot :

— Il était peut-être un peu fatigué de s'occuper de lui ? Avez-vous entendu Graham Russo tenir ces propos ?

— Oui, peut-être.

— Peut-être. Venons-en à présent aux notes d'hôpitaux et aux honoraires de médecin que payait l'accusé. Ils devaient être élevés ?

— Ils l'étaient.

— Très élevés ? Des centaines de dollars ? Des milliers ? Des dizaines de milliers ?

— Des milliers.

— Des milliers. L'accusé vous a-t-il confié un jour que cela devenait difficile pour lui ? Qu'il se serait passé de ce fardeau financier ?

— Non, jamais.

— Jamais ? Il déboursait des milliers de dollars pour maintenir en vie un homme qui approchait de toute façon de son terme, et il ne s'en est jamais plaint ?

— Non. Il n'a jamais abordé la question.

— Peut-être parce que ce n'était pas son argent.

Hardy fit de nouveau objection, mais Soma justifia sa question :

— Votre Honneur, le Dr Cutler nous a déclaré que l'accusé lui donnait de l'argent après leurs matches pour régler les frais médicaux, mais nous apprenons maintenant qu'ils s'élevaient à plusieurs milliers de dollars.

— Poursuivez.

— Voudriez-vous nous faire croire, docteur, que l'accusé gagne des milliers de dollars à jouer au softball et que, à chaque fois qu'il vous a réglé vos honoraires, vous connaissiez la source des fonds ?

— Pas chaque fois, non.

— Ah ? Il arrivait donc à l'accusé de vous verser de l'argent provenant d'une autre source ?

Cutler coula un regard d'excuse à Graham et Hardy.

— Quelquefois, reconnut-il.

— Cette source, c'était son père, n'est-ce pas ?

— Objection ! Spéculation.

Soma continua sur sa lancée, la voix montant en volume et en stridence.

— Et cette source se tarissait peut-être. Il n'y avait plus autant d'argent que l'accusé…

Salter abattit son marteau.

— Monsieur Soma ! Contrôlez-vous, s'il vous plaît. Un écart de plus et je vous condamne pour injure à la cour, vous entendez ?

— Oui, Votre Honneur, je suis navré, dit le procureur, mais il ne semblait ni décontenancé par la réprimande, ni désolé pour ce qui l'avait causée.

— Docteur, l'accusé vous a-t-il jamais laissé entendre qu'il s'attendait à être rétribué pour la peine qu'il prenait ?

— Non, il…

— Et Sal Russo, son père, se plaignait-il de ce que ces visites coûtaient ?

— Oui, parfois il…

— Vous est-il arrivé de penser qu'il parlait de ce qu'elles coûtaient pour *lui*, non pour Graham ?

— Non.

— Êtes-vous sûr que ce n'était pas l'argent du père ?

— Non, mais…

— Êtes-vous sûr que le père ne remboursait pas à Graham Russo l'argent qu'il vous versait au stade ?

— Non, je ne…

— Votre Honneur, intervint Hardy pour casser le rythme. Le témoin a le droit d'expliquer ses réponses.

— Votre Honneur, mes questions appelaient uniquement un oui ou un non, argua Soma. Et je n'en ai plus.

— Moi, j'en ai une.

Freeman, le joker, se leva et contourna la table de la défense. Pour qu'il intervienne sans même avoir consulté Hardy, il devait être sûr de son fait.

— Docteur Cutler, vous est-il arrivé, pendant l'une de ces visites, de discuter franchement, Sal, Graham et vous, de la possibilité d'un suicide assisté ?

Hoquet de stupeur collectif dans l'auditoire. L'accusation aurait pu poser cette question, mais il était sidérant de l'entendre dans la bouche d'un des défenseurs.

Cutler, déjà ébranlé par les coups de boutoir de Soma, paraissait à présent atterré.

— Oui, souvent. Sal m'avait demandé si je l'aiderais à se tuer au cas où son état dégénérerait. J'ai répondu que cela m'était impossible.

— Était-il lucide pendant l'une, au moins, de ces discussions ?

— Oui. Pendant la plupart.

— C'était brillant, si je puis me permettre de faire mon propre éloge.

Dans la cellule de détention, Freeman répondait aux critiques de Hardy et Graham, qui rechignaient à reconnaître son génie.

— Maintenant, le suicide assisté est dans la tête de tout le monde.

— Il l'était déjà, David, fit remarquer Hardy. Mais nous l'avions introduit de manière plus subtile.

— Subtil babil, grogna le vieil homme.

Il déballa son sandwich, y mordit à belles dents, se pencha en avant pour que les miettes tombent dans le sac en papier, essuya ses lèvres épaisses avec une serviette.

— Écoutez-moi. Graham n'a pas dit qu'il envisageait de tuer son père, *pour quelque raison que ce soit*. Rappelez-vous, l'euthanasie est une défense qui nous plaît bien, mais elle n'en demeure pas moins interdite par la loi, mes enfants. (Il pointa l'index vers Graham.) Même si elle vous fera acquitter.

Graham n'était pas convaincu.

— Yoda avoir intérêt à rendre ça plus clair.

Freeman eut un mouvement de menton pour désigner son confrère.

— C'est au diable à la langue d'argent qu'il reviendra de le faire dans sa déclaration de clôture.

— Je ne pourrai jamais assez vous remercier, bougonna Hardy.

Le vieil homme eut un sourire malicieux, mordit de nouveau dans son sandwich.

— C'est gratuit.

33

Le jeudi après-midi, le vendredi toute la journée, le lundi et le mardi de la semaine suivante, la défense exposa sa thèse sur un rythme de valse lente. Pour donner au jury des détails sur les progrès de la maladie d'Alzheimer dont souffrait Sal, sur ses rapports avec une famille qui lui était devenue étrangère, sur les lieux publics où il s'était montré en compagnie de Graham, Hardy fit comparaître Helen, George et Debra, ainsi que le jeune Dr Finer, le médecin qui avait examiné Sal à l'hôpital du comté. Il fit également témoigner le patron de l'*US Restaurant*, où le père et le fils avaient fréquemment pris les repas ensemble.

Revenant sur la question du mobile, il interrogea un grand nombre de collègues de Graham, notamment plusieurs infirmiers – trois hommes, deux femmes – qui n'avaient que du bien à dire de lui : esprit de coopération, ponctualité, connaissances médicales, compétences générales. Il ne s'était fait aucun ennemi dans la compagnie d'ambulances.

Outre Russ Cutler, trois autres joueurs de l'équipe de Graham, les Hornets, déclarèrent qu'il emmenait son père au stade, qu'il le présentait à tout le monde et dînait ensuite avec lui au restaurant. C'était un fils dévoué et plein d'attentions.

Particulièrement efficace fut le témoignage de Roger Stamps, qui raconta qu'après un match à Fremont, un an plus tôt, Graham et lui avaient cherché Sal dans les rues obscures pendant plus d'une heure. Ils avaient fini par le retrouver à la cafétéria d'un bowling.

Graham avait réglé l'addition de son père et l'avait ramené chez lui, sans jamais montrer d'impatience ni de colère. Stamps espérait que, lorsqu'il serait vieux, il aurait un fils aussi dévoué que Graham.

Craig Ising avait un côté macho qui pouvait plaire à un jury majoritairement masculin, mais le faire témoigner présentait un risque. Aux yeux de Hardy, la participation de son client, en connaissance de cause, à des matches sur lesquels on pariait gros pouvait constituer un délit. Finalement, la défense décida de le faire comparaître quand même : nul mieux que lui ne pouvait placer sous un jour positif la démission apparemment irresponsable de Graham de son stage avec Harold Draper, ni expliquer la passion du sport qui le motivait. Graham ne s'était pas conduit en hurluberlu égoïste, c'était un homme habité par un rêve.

Soma et Drysdale gardèrent un profil bas. De temps à autre, ils soulevaient une objection quand l'un des témoins portait un jugement sur tel ou tel acte de l'accusé, mais d'une manière générale l'accusation se contenta de laisser parler les témoins de la défense. Aucun d'eux ne réfutait les preuves que les deux procureurs avaient présentées. Pourquoi s'inquiéter ?

Le mercredi matin à sept heures et demie, derrière la porte close du bureau d'Abe Glitsky, Dismas Hardy, David Freeman et le sergent Evans examinaient avec le lieutenant toutes les pistes qui, après quatre mois d'enquête de Sarah, n'avaient abouti à rien. Les deux avocats envisageaient de faire comparaître un dernier témoin avant que Hardy n'assemble enfin les morceaux de sa version des faits. Celle de Graham.

La confiance que leur stratégie lui inspirait au début des débats avait totalement disparu. Non que le procès ne se soit pas déroulé comme il l'avait prévu, mais réussir à convaincre un jury, c'est toujours un coup de dés. Cela faisait maintenant quatre jours que l'avocat était suspendu en l'air et il devait encore tenir quelques heures avant de terminer son plongeon.

Il n'était parvenu à réfuter aucune des preuves de l'accusation. Oh ! certes, il avait fait de son mieux pour démolir l'hypothèse d'une lutte dans l'appartement de Sal, mais c'était à peu près tout.

Sa défense s'était limitée à présenter une explication différente des faits mêmes utilisés par l'accusation.

En définitive, tout dépendrait de l'intime conviction des jurés. Qui croiraient-ils, de Soma ou de lui ? Hardy ne pouvait s'empêcher d'être mal à l'aise quand il songeait que sa défense reposait sur un mensonge cynique. Un mensonge qui servait la justice, pensait-il, mais un mensonge quand même.

Freeman n'était pas à son avantage ce jour-là. Il donnait l'impression d'avoir dormi tout habillé, et il n'avait certainement pas pris de douche : cela sautait aux narines, dans la pièce exiguë. Il avait commencé sa journée par un petit déjeuner sain et équilibré de cacahuètes, dont les cosses s'entassaient sur le bureau de Glitsky.

— Écoutez, lieutenant, disait-il, nous pouvons aller voir Salter tout de suite et obtenir un mois d'ajournement qui permettrait d'enquêter à fond sur cette histoire de paris.

Hardy s'efforça de freiner son confrère :

— Il n'acceptera jamais, David. Pas à ce stade du procès. Et la piste des paris ne mène à rien, de toute façon.

Sans lui prêter la moindre attention, le vieil homme continua à tenter de convaincre Glitsky :

— Nous savons que Craig Ising est de mèche avec au moins deux douzaines d'autres gros parieurs, dont la plupart faisaient appel à Sal Russo pour transporter des mises…

— C'était il y a des années, parvint à glisser Hardy.

— … qui expliqueraient les liasses de billets entourées de bandes retrouvées dans cette affaire.

— Il n'existe aucune preuve de ce que vous avancez, fit observer Sarah.

— Aucune que vous ayez retrouvée.

— Personne d'autre n'en aurait retrouvé, riposta-t-elle.

— Hé, hé, intervint Glitsky, pas la peine de se lancer des accusations à la tête.

— Je n'accuse personne, dit Freeman, l'air sincèrement étonné.

Il défendait simplement son point de vue, une fonction aussi naturelle pour lui que respirer.

Evans, en revanche, avait les joues quelque peu empourprées.

— J'ai interrogé Craig Ising deux fois, monsieur Freeman.

(Quatre, en fait, mais Glitsky n'était pas au courant pour les deux premières.) Je lui ai expliqué que nous ne nous intéressions pas à ses paris mais uniquement à Sal Russo. Il dit qu'à sa connaissance aucun joueur n'avait fait appel à Sal depuis au moins deux ans.

— Il dit..., répéta le vieillard d'un ton sceptique.

— Graham le confirme, remarqua Hardy.

— Sal avait des problèmes de mémoire, rappela Freeman. Il a peut-être servi une dernière fois de transporteur de fonds et complètement oublié qu'il l'avait fait.

— Pour qui ? demanda Glitsky.

— À vous de trouver, lieutenant. C'est votre boulot.

À la différence de Sarah, le lieutenant ne prit pas la mouche.

— Montrez-nous dans quelle direction chercher et on s'y met tout de suite. Je ne dis pas que ce n'est pas une possibilité ; je ne dis même pas que ce n'est pas arrivé. Mais j'ai déjà un suspect pour le crime sur lequel j'interrogerais ces types si je les connaissais.

— Et le très coopératif Mr Ising ?

Hardy fut de nouveau contraint d'intervenir :

— C'est *notre* témoin, David. Jusqu'ici, il n'a fait que nous aider.

— Au début, peut-être, grogna Freeman, balayant l'argument d'un revers de main. Qu'est-ce qu'il a fait pour nous dernièrement ? (Il se tourna de nouveau vers Glitsky.) Lieutenant, vous alpaguez Ising, vous lui secouez sérieusement les puces, vous menacez de le refiler à la brigade des jeux s'il ne vous donne pas les noms de ses compères, vous les convoquez tous ici et vous vérifiez si leurs histoires correspondent. Il a un casier ?

Amusé, Glitsky se tourna vers Hardy :

— Ce sera tout, Diz ?

— Je crois que vous êtes allé un peu loin, David. Suggérer d'épingler tous les jeunes cadres dynamiques de la ville, je sais pas, ça ne faisait peut-être pas très raisonnable.

— Glitsky aurait pu.

Les deux avocats étaient assis à leur table dans la salle d'audience déserte. À la seconde reprise, Freeman avait proposé que la police arrête Dan Tosca et lui arrache des informations sur son réseau de vente de saumon braconné. Là encore, Glitsky et Sarah avaient fait valoir qu'il n'y avait même pas de fumée autour de Tosca, alors pourquoi chercher un feu ?

— Il ne suffit pas d'affirmer qu'il *aurait* pu tuer Sal, il faut encore expliquer *pourquoi*, argua Hardy.

— Oh, si vous faites la fine bouche...

— En outre, je pensais que nous avions décidé de rester concentrés sur notre plongeon.

— Il s'agissait de vous. Moi, je ferais n'importe quoi pour empêcher une condamnation. Si un juge m'accordait un ajournement de cinq ans, j'accepterais illico.

— Et vous laisseriez votre client moisir en prison pendant tout ce temps ?

— Absolument.

Hardy ne put retenir un rire.

— Vous êtes né avec cette compassion pour votre prochain ou vous l'avez acquise au fil des ans ?

— Les deux. Mais bon, d'accord, Glitsky n'a pas marché, retour au plan A. On fait témoigner Brandt ?

Ils avaient retourné la décision dans tous les sens. D'un côté, Barbara Brandt plaiderait de manière émouvante en faveur de l'euthanasie et mettrait les jurés face au problème. De l'autre, elle déclarerait sous serment que Graham avait tué Sal. C'était probablement une menteuse, et sans aucun doute un élément incontrôlable. Elle avait accepté de se soumettre au détecteur de mensonges, et Hardy ignorait si Drysdale et Soma avaient découvert quoi que ce soit à ce sujet, mais l'expert en la matière, Les Worrell, figurait sur la liste des témoins de l'accusation.

Hardy avait interrogé Worrell, il était persuadé que Brandt avait effectivement passé l'épreuve avec succès, mais il avait aussi lu des articles selon lesquels Barbara Brandt aurait été préparée à la passer. Ce qu'il ne savait pas, c'était si Worrell était dans le coup, et il répugnait à poser des questions dont il ignorait la réponse. Si le test du détecteur de mensonges n'était pas une preuve recevable au tribunal, Hardy et Freeman savaient reconnaître à vue d'œil une mine flottante.

— Je vais me laisser guider par mon instinct, décida finalement Hardy.

— Jamais rien entendu d'aussi idiot.

— Vous le faites tout le temps.

— Oui, mais je suis l'incomparable David Freeman, répondit le vieil homme, sans qu'on puisse dire s'il plaisantait ou non.

— Je vais convaincre les jurés, David.

— Sans Brandt ?

— Probablement, à la réflexion. Son témoignage ne leur apprendrait rien qu'ils ne connaissent déjà par d'autres sources.

— Quel est votre plan ?

Hardy eut un sourire crispé.

— Les grandes lignes sont encore vagues. Un peu de charme, un peu de danse, un peu de doigté…

Drysdale, Soma et le grand patron en personne, Dean Powell, tenaient leur propre conseil de guerre dans les bureaux du procureur général, à Fremont Street. L'audition des témoins de la défense durait depuis plus d'un jour quand ils s'étaient aperçus que Hardy plaçait sa partie des débats sur un plan différent du leur. Ils avaient une décision importante à prendre et n'étaient pas tout à fait en harmonie sur la façon de procéder. Dean Powell était à la tribune, en l'occurrence le bout de la longue table fonctionnelle de la salle de réunion. Il avait une expression déterminée, et sous sa crinière de cheveux blancs son teint virait au cramoisi.

— Pas question de recul stratégique pour sauver la face, Art, déclara-t-il. Nous ne renonçons pas aux circonstances aggravantes.

— Je dis simplement que personne ne tient à ce que ce type s'en tire, répondit Drysdale d'un ton calme. Si les jurés ont uniquement le choix entre le meurtre avec vol pour mobile ou l'acquittement, ils pourraient bien tout bonnement l'acquitter, et nous aurions fait tout ça pour quoi ?

— Pour traduire un assassin en justice, répliqua Powell. D'ailleurs, ils ne l'acquitteront pas.

Intrépide, Soma mit les pieds dans le plat :

— Dean, c'est quand même une possibilité. Nous voulons seulement donner aux jurés un autre choix à considérer. Leur présenter l'homicide comme un verdict possible.

— Hardy cherche précisément à les enfermer dans cette

alternative, ajouta Drysdale. Gil et moi voulons lui couper l'herbe sous le pied.

— Bon sang, vous m'écoutez oui ou non ? rétorqua le procureur général. Je parle une langue étrangère ? Nous avons accusé Russo de meurtre avec le vol pour mobile. Si vous ne comprenez pas ce que cela implique, moi si. Et je vais vous dire autre chose : si nous reculons, si nous donnons seulement l'*impression* de reculer, cela reviendra à claironner aux oreilles des jurés que nous n'avons pas prouvé la culpabilité de Russo. Et *alors*, ils l'acquitteront.

Il y eut cette bulle de silence familière qui suit le savon infligé aux subalternes par le chef. Drysdale prit sa respiration.

— Dean, qu'est-ce que vous pensez de ceci : nous ne parlons pas de suicide assisté…

Powell :

— Sûrement pas.

— … mais nous fournissons cet élément à Salter dans nos recommandations au jury.

Le dilemme était réel. Jusque-là, l'accusation avait évité de troubler l'eau des débats en s'abstenant de toute allusion à la possibilité que la mort de Sal soit autre chose qu'un meurtre. Drysdale admettait la validité du point de vue de Powell : en changeant de stratégie et en évoquant l'hypothèse d'un suicide assisté à ce stade du procès, ils prêtaient le flanc au ridicule et à l'acquittement. Mais, en même temps, ils multipliaient leurs chances de persuader les jurés de ne pas remettre Graham Russo en liberté.

Drysdale pensait pouvoir convaincre Salter de faire comprendre au jury qu'un suicide assisté reste un crime. Les jurés reviendraient alors de leurs délibérations avec un verdict de meurtre – avec ou sans circonstances aggravantes –, et Powell pourrait revendiquer une certaine forme de victoire.

Le procureur général demeura inflexible. Il refusait tout compromis ; son équipe ne jouerait pas sur ce terrain.

— Nous avons choisi cette façon de nous battre il y a six mois, Art. Ou nous le faisons condamner pour meurtre avec le vol comme mobile, ou nous laissons le jury l'acquitter.

Les humeurs commençaient à s'ulcérer, et Soma, craquant sous la pression, plaqua bruyamment sa main sur la table en proférant :

— Merde.

Réplique immédiate de Powell :

— Je ne tolérerai pas cette attitude, monsieur Soma. Vous pourriez vous retrouver au chômage en un clin d'œil, vous savez. Vous craignez peut-être de ne pas avoir prouvé la culpabilité de l'accusé ?

— Nous l'avons prouvée, répondit l'adjoint en le regardant dans les yeux.

— Espérons-le, dit le PG, soutenant son regard. Parce que je ne veux pas entendre un mot sur l'euthanasie dans votre déclaration de clôture, si ce n'est pour dire que c'est une façon trop commode de se disculper d'une accusation de meurtre. Notre bonhomme a assassiné son père pour le voler. Voilà ce qu'il a fait, voilà son mobile. Si cela vous pose un problème, tant pis. Il faudra vous y faire, l'un comme l'autre.

La réunion de Sarah avec Hardy et Freeman dans le bureau de Glitsky était de l'histoire ancienne quand elle et son coéquipier décidèrent de ne pas attendre l'ascenseur et de prendre l'escalier pour redescendre dans le hall. Au premier étage, elle jeta un coup d'œil dans le couloir et vit une femme enceinte assise sur un banc, jambes écartées, pieds bien à plat sur le sol, devant la salle d'audience où l'on jugeait Graham. Sur une intuition, elle demanda à Lanier de l'attendre, s'approcha.

— Vous êtes Debra McCoury ?

La femme avait les larmes aux yeux, le visage barbouillé de mascara. Elle acquiesça d'un signe de tête.

— Qui êtes-vous ?

Sarah s'assit à côté d'elle, se présenta :

— Je suis l'inspectrice qui a arrêté votre frère. Je ne sais pas si vous vous souvenez, nous nous sommes parlé au téléphone quand j'ai…

— Je me souviens, répliqua Debra, dont le visage se ferma.

— Je vous ai rappelée plusieurs fois depuis. Vous êtes un peu difficile à joindre.

— Je travaille, expliqua-t-elle d'un ton ne cachant pas que ce fait la révulsait.

— Mais vous êtes quand même venue ici aujourd'hui ?

— Et l'autre jour aussi. Je suis témoin. J'ai obtenu un congé. Sans paie, précisa Debra. Aujourd'hui, ce sont les déclarations de clôture, j'ai tenu à être là.

Par Graham, Sarah avait appris beaucoup de choses sur Debra. Comme sa mère, elle s'était mariée au-desous de sa condition, ou du moins elle le pensait, et cette mésalliance, réelle ou supposée, causait les mêmes ravages à son existence. Graham ne parvenait pas à la plaindre : rien ne l'obligeait à être malheureuse, à se laisser aller, à avoir l'air si quelconque. En tout cas, rien ne l'obligeait à rester avec un mari qui la trompait.

Comme pour George, l'abandon du père avait causé une perte d'estime de soi et une amertume qui imprégnait tout l'univers de Debra. Elle estimait au fond d'elle-même qu'elle n'était pas digne d'amour, que personne ne l'aimerait jamais vraiment. Il suffisait de lui jeter un coup d'œil pour comprendre son histoire, songea Sarah.

— Pourquoi êtes-vous venue ? demanda-t-elle. Vous m'aviez pourtant dit que vous n'aimez pas Graham, qu'on ne peut pas lui faire confiance.

Debra déglutit péniblement avant de répondre :

— C'est quand même mon frère.

— Qu'est-ce que ça veut dire ?

— Ça veut dire que je ne veux pas qu'il aille en prison.

— Vous croyez qu'il a tué votre père ?

Le visage boursouflé oscilla sur le cou massif.

— Je ne sais pas.

— Vous croyez qu'il a volé l'argent ?

— Je ne sais plus. J'étais là quand cette femme de la banque a témoigné. Personne n'a l'air de savoir vraiment ce qu'il s'est passé. Pourquoi vous vouliez me voir ?

En fait, Sarah lui avait téléphoné essentiellement parce que Dismas Hardy lui avait demandé de le faire avant de renoncer finalement à chercher un autre coupable. Ni l'avocat ni elle ne pensaient vraiment que Debra leur apprendrait quoi que ce soit d'utile.

— J'avais quelques questions à vous poser. Vous m'aviez parlé des cartes de base-ball, vous aviez laissé entendre que Sal avait de l'argent caché quelque part.

— Il en avait, non ?

— C'est vrai, mais ce que j'aimerais que vous me disiez, c'est comment vous le saviez.

— Simple supposition, je crois. Ou alors Graham m'en avait parlé.

— Je croyais que vous ne vous parliez plus depuis deux ans ?

Debra posa ses mains à plat sur son ventre, battit des cils pour refouler ses larmes.

— Vous m'aviez affirmé aussi que Sal gardait ses cartes de base-ball chez lui, poursuivit Sarah. Comment le saviez-vous ? Vous êtes allée là-bas ?

Debra baissa la tête, la secoua.

— Non, je supposais simplement que... (Elle se redressa brusquement.) Pourquoi vous me posez toutes ces questions ? Je n'ai rien fait.

— Je ne vous accuse pas. Je vous demande de m'expliquer comment vous saviez ces choses.

Fatigué d'attendre dans l'escalier, Lanier s'approcha. « Mon collègue », dit rapidement Sarah, qui accentua sa pression :

— Vous vous rappelez sans doute où vous étiez l'après-midi où votre père est mort ? Vous n'avez pas pu l'oublier.

— C'était un vendredi, non ? J'étais au travail.

— Toute la journée ? Vous n'avez pas déjeuné ?

— Si. Non. Je ne sais plus. Sûrement. Écoutez, je ne me sens pas bien, geignit-elle en se massant l'estomac. Vous me donnez envie de vomir avec toutes vos questions. (Peut-être à cause de la présence intimidante de Lanier, elle ne fit cependant pas mine de se lever.) Sal les avait toujours eues, ces cartes. J'ai supposé qu'il les avait gardées. Et ma mère disait qu'il avait de l'argent de côté. Voilà pourquoi je pensais ça.

— Mais pourquoi m'avez-vous dit que Graham cachait quelque chose, qu'on ne pouvait pas lui faire confiance ?

Sarah connaissait la vraie réponse à cette question, mais elle voulait voir comment Debra s'en sortirait. Les larmes finirent par couler et la sœur de Graham chercha dans son sac de quoi les essuyer.

— Il n'est pas méchant.

— Qui n'est pas méchant ? Graham ?

— Je ne veux pas qu'on le mette en prison, dit Debra entre deux reniflements. Il n'a pas tué Sal pour de l'argent. Je le sais.

— Comment le savez-vous ?

— Je le connais, il n'aurait jamais fait ça, répondit-elle, tournant vers les policiers un regard implorant. Je me fiche de l'argent. Je ne veux même plus de ma part, maintenant. Brendan…

— Votre mari ?

— C'est lui qui voulait l'argent, c'est lui qui m'a poussée, sanglota-t-elle. Je ne voulais pas causer d'ennuis à Graham, je voulais juste que ça redevienne comme avant à la maison. Pourquoi c'est pas possible ?

Debra ne retenait plus ses larmes, à présent. Sarah lui toucha l'épaule, se leva et fit signe à Lanier qu'il valait mieux la laisser tranquille.

34

Deux jours plus tard, Hardy termina l'audition de ses témoins sans faire comparaître Barbara Brandt ni Graham Russo. À la table de l'accusation, Gil Soma et Art Drysdale semblaient déçus mais pas catastrophés de ne pas avoir la possibilité de cuisiner l'accusé.

Avocats et procureurs avaient passé une journée entière dans le bureau du juge à discuter des recommandations à faire au jury. Salter répugnait à ne laisser aux jurés que le choix entre le meurtre et l'acquittement, mais aucune des deux parties ne voulait entendre parler d'homicide. L'interprétation de la loi lui paraissant correcte, le juge avait fini par hausser les épaules en souhaitant bonne chance à chacun.

Hardy jeta un coup d'œil derrière lui au public. La salle était pleine à craquer, comme le jour de l'ouverture des débats, avec notamment la présence de Pratt, de Powell et de leurs partisans respectifs. Il y avait aussi Jeff Elliot, le journaliste du *Chronicle*, et Barbara Brandt, qui cachait crânement sa déception d'avoir été snobée. Helen Taylor se trouvait au premier rang, juste derrière Hardy ; Debra, la sœur très enceinte de Graham, qui avait eu visiblement une matinée agitée, était assise à côté de sa mère.

Soma, debout au milieu de la salle, retenait l'attention de tous. Il prononcerait sa déclaration de clôture, puis ce serait le tour de Hardy. Le procureur aurait la possibilité de dire un dernier mot avant que Salter ne fasse ses recommandations aux jurés, et ceux-ci se retireraient enfin pour délibérer.

Hardy se pencha vers Graham, lui demanda s'il allait bien, le prévint que ce serait dur et qu'il devait garder son calme.

Le jeune homme lui sourit bravement.

— N'aie pas peur.

— Facile à dire, murmura l'avocat.

Après une pause déjeuner pendant laquelle il n'avait pas réussi à avaler un morceau, Hardy revint à la table de la défense avec David Freeman et Graham Russo. Soma, adoptant le ton mesuré dont il avait fait si bon usage dans sa déclaration liminaire, avait exposé pendant près d'une heure de manière directe et convaincante la thèse à présent familière de l'accusation. Conformément à la décision de Dean Powell, il n'avait pas mentionné le suicide assisté comme seconde interprétation possible des faits, et la défense en avait été grandement soulagée.

Hardy et Graham pensaient maintenant qu'ils avaient une chance. Freeman estimait que c'était réglé : ils l'auraient, l'acquittement. Et comme il n'était absolument pas superstitieux, il n'avait cessé de le répéter pendant la suspension d'audience, rendant les deux autres dingues.

— David, on ne vous a jamais dit qu'on ne crie pas victoire avant la fin du match ? lui avait assené Graham.

— Pourquoi ? s'était étonné le vieil homme.

— Ne perds pas ton temps, c'est pas la peine, avait marmonné Hardy en sortant de la cellule de détention.

Il se dirigea vers le box des jurés, s'arrêta, adressa un signe de tête confiant à Graham et à Freeman, prit sa respiration et se lança :

— Mesdames et messieurs les jurés, je vous ai dit au début du procès que Graham Russo aimait son père, Sal, et je vous le répète maintenant.

Il fit un pas de plus vers le box, poursuivit :

— Sal Russo vivait dans un monde qui se refermait sur lui, un monde de souvenirs troubles et de souffrance. Pendant des années, il avait été séparé de ses trois enfants mais, il y a deux ans environ, il avait ouvert les bras à l'un d'eux : Graham, l'aîné.

« Graham connaissait alors une passe difficile, comme beaucoup d'entre vous en ont traversé, j'en suis sûr, au moment de s'installer dans la vie active.

Hardy devait amener les jurés, en particulier les hommes, à prendre conscience des points communs qu'ils avaient avec son client.

— Il avait quitté l'emploi prestigieux qu'il avait obtenu après ses études de droit pour réaliser son rêve de jouer dans une grande équipe professionnelle de base-ball, mais ce rêve aussi s'était fracassé. (Petite touche humoristique.) Il n'arrivait pas à frapper les balles à trajectoire courbe, je suis sûr que beaucoup d'entre nous sont dans le même cas. (Quelques rires dans la salle.)

« Lorsqu'il revint à San Francisco, résigné à pratiquer le droit, il ne trouva aucun travail et découvrit que ceux qu'il croyait être ses amis dans le cercle des yuppies l'avaient abandonné.

L'allusion, calculée, était destinée à faire basculer dans le camp de Graham des jurés appartenant en majorité au monde ouvrier.

— C'est à ce moment-là qu'il a renoué avec son père. Nous avons entendu d'autres membres de sa famille – sa mère, son frère, sa sœur – déclarer que Sal Russo avait des problèmes de mémoire. Il était au premier stade de la maladie d'Alzheimer. Il lui arrivait de ne plus savoir où il était, ce qu'il devait faire. Graham était le seul qui l'aidait.

« Il faisait plus que l'aider puisqu'il devint le compagnon et l'ami de son père. Ils allaient ensemble au restaurant, au stade. Ils parcouraient la ville en voiture, bavardant, riant, retissant des liens. Jusqu'à ce que Sal commence à avoir ces terribles, ces insupportables maux de tête dont nous a parlé le Dr Cutler.

Hardy marqua une pause. Il allait changer de direction pour affronter l'accusation.

— Vous avez entendu Mr. Soma et Mr. Drysdale affirmer que Graham nourrissait du ressentiment envers son père, qu'il regrettait le temps et l'argent qu'il lui consacrait. Laissez-moi vous rappeler que personne au cours de ce procès n'a présenté une seule preuve de ces allégations. Et savez-vous pourquoi ? Parce qu'elles sont fausses.

« Graham n'était jamais las d'aider son père, de le soigner. Le juge Giotti vous a dit que Graham se rendait plusieurs fois par semaine à l'appartement du Lions Arms pour s'assurer que Sal ne manquait de rien, pour lui faire ses piqûres, jusqu'à la fin. Blue, la voisine d'en dessous, témoin de l'accusation, a abondé dans ce sens. Le dévouement de Graham était sans faille. Il aimait son père.

Nouvelle pause. Hardy alla à sa table boire un peu d'eau, jeta un coup d'œil au bloc-notes, sur lequel il n'avait inscrit que trois mots : Amour. Preuves. Conclusion. Il n'avait fait qu'effleurer le deuxième point, il allait maintenant l'aborder de front. Prenant exemple sur Soma, il s'approcha de la balustrade du box comme pour parler aux jurés d'homme à homme.

— Certains d'entre vous ont peut-être remarqué que j'ai passé peu de temps à réfuter les preuves avancées par l'accusation. C'est que ces preuves sont fort peu nombreuses. Personne n'a jamais vu, personne n'a même prétendu avoir vu Graham traiter son père autrement qu'en ami et compagnon. Les fameux cinquante mille dollars ? Les cartes de base-ball ? Mr. Soma ou Mr. Drysdale ont-ils prouvé quoi que ce soit en dehors du fait que le père puis le fils les avaient eus en leur possession ?

« N'est-il pas plus logique de présumer que Sal avait conscience de perdre ses facultés, qu'il souhaitait que son fils garde cet argent pour éviter qu'il soit perdu ? Ou afin qu'il l'utilise pour couvrir une partie des frais médicaux ? D'après ce que les témoins ont déclaré sur Graham, cela ne vous semble-t-il pas beaucoup plus plausible que la thèse de l'accusation : tout à coup, Graham se serait battu avec son père et lui aurait volé son argent ? C'est ridicule. Il n'est rien arrivé de tel.

« Il n'existe aucune preuve de cette prétendue lutte. Permettez-moi de vous rappeler un point de droit que le juge vous répétera quand il vous fera ses recommandations : c'est à l'accusation qu'il incombe de prouver la culpabilité de Graham. Moi, je n'ai rien à prouver. Le fardeau de la preuve pèse toujours sur l'accusation. Si elle n'apporte pas la preuve d'un fait allégué, en ce qui vous concerne, ce fait n'existe pas.

Salter s'éclaircit la voix, interrompit l'avocat :

— Maître, je me charge de les éclairer sur ce point quand vous en aurez fini.

Hardy prit la remarque avec flegme. Le magistrat avait raison, mais il n'était pas inutile d'énoncer cette règle avec une certaine passion. Il tourna vers le box un sourire d'excuse.

— Vous avez entendu de nombreux témoignages sur le caractère de Graham, sur ses rapports avec Sal, sur le genre d'homme qu'il est. Or même si vous n'en aviez pas eu connaissance, ou si vous n'y croyiez pas, si personne n'avait pris la parole pour le défendre, l'accusation n'en aurait pas moins aucune preuve pour étayer sa théorie. Parce que c'est exactement ça : une théorie fumeuse qui ne s'appuie sur aucun fait.

« Pourquoi, dans ces conditions, Graham se retrouve-t-il au banc des accusés ? Je sais que vous vous posez tous cette question et je ne vous le reproche pas. Je vais donc y répondre.

« Il est ici pour une seule et unique raison.

En réalité, il y en avait deux, et Hardy espérait qu'en lisant les journaux, en discutant avec leur famille, les jurés avaient eu vent du différend personnel qui opposait Gil Soma et Graham Russo. Au début du procès, Freeman s'était plaint de nombreuses fois à la presse de l'engagement personnel de l'adjoint au procureur, et Hardy y avait fait allusion lors d'une ou deux discussions avec son ami Jeff Elliot, qui tenait la rubrique « Toute la ville en parle » au *Chronicle*. On ne pouvait en faire état au tribunal, bien sûr, mais on distille parfois des informations aux jurés par des moyens détournés.

Hardy devait maintenant en venir aux mensonges. Terrain glissant, sur lequel il était cependant contraint de s'avancer :

— Graham a été pris de panique quand la police s'est présentée chez lui. Non parce qu'il avait commis quoi que ce soit de moralement condamnable (le choix des mots était capital), mais parce qu'il avait été proche de quelqu'un qui venait de mettre un terme à sa vie. Il lui avait montré comment se servir d'une seringue ; il lui avait même quelquefois administré la morphine ; il l'avait réconforté et conseillé quand tous les autres l'abandonnaient. Graham savait qu'il pouvait être condamné pour cela. Il savait que sa gentillesse, sa compassion pouvaient être déformées par des gens qui s'intéressent plus à la politique qu'à la justice.

« Graham Russo savait que le monde est plein de bureaucrates, d'hommes et de femmes mesquins qui ne vivent que pour contrôler la vie des autres. Qui n'aiment rien tant que dire à des hommes comme le Dr Cutler quel conseil médical il doit donner, que dire à des gens comme nous quel médicament nous pouvons ou nous ne pouvons pas prendre pour soulager notre douleur.

« Graham savait que, non contents de contrôler nos vies, ces êtres petits prétendent aussi gouverner notre mort. Sal Russo était enfin hors de leur portée mais pas son fils, et il avait peur. C'est pour cette raison qu'il a menti.

Nouvelle pause pour laisser les mots s'imprimer dans les esprits.

— Avocat inscrit au barreau de Californie, Graham était confronté à l'éventualité, qu'il soit coupable ou innocent, de ne plus jamais pouvoir pratiquer le droit. Il risquait d'être rayé du barreau, de ne plus jamais exercer un métier auquel il avait consacré trois ans d'études et des milliers de dollars. Il ne pouvait l'accepter.

« Alors, il a menti aux policiers, puis il a continué à mentir pour couvrir son premier mensonge. Je regrette profondément qu'il l'ait fait, et lui aussi, croyez-moi. Mais il l'a fait, et cela l'a conduit ici. J'ajoute que le sergent Evans, qui a été la première à entendre ces mensonges, vous a déclaré que, pour elle, Graham est un homme digne de confiance, pas un menteur.

« Graham savait que tout laissait croire au suicide de son père. De fait, le Dr Strout, notre coroner, est encore maintenant incapable d'affirmer que ce n'était pas un suicide. Graham en savait peut-être davantage. Peut-être savait-il que la douleur était devenue incessante et la vie insupportable, que Sal était prêt à mourir. Que la mort elle-même, quand elle viendrait, serait un soulagement bienvenu.

Hardy parcourut le box du regard, s'attarda sur quelques jurés. Il ne les défiait pas, il leur disait simplement ce qu'il croyait, ce qu'ils devaient croire.

Baissant la voix jusqu'à ce qu'elle ne soit plus qu'un murmure, il reprit :

— Graham est un infirmier expérimenté. Il a reçu deux coups de téléphone de son père le matin de la mort de Sal. Il est allé à l'appartement, où le vieillard se débattait contre une souffrance insoutenable. Assis par terre près de la table basse, Sal a peut-être bu un ou deux derniers verres pour se donner du courage. Une piqûre de morphine intraveineuse est indolore et a un effet instantané, comme l'a souligné le Dr Strout. Il n'y a pas eu lutte.

Et pour Sal Russo, il n'y aurait plus de souffrance, plus de moments confus où le passé lui échappait inexorablement, plus de perte de dignité. Enfin la paix.

Il croisa le regard des jurés, l'un après l'autre.

— J'affirme que Graham Russo n'a commis aucun crime. Il n'y a eu dans cette affaire ni crime, ni tort fait à la société qui requerraient un châtiment. Cet homme est innocent. Juridiquement et, surtout, moralement. Vous devez le déclarer non coupable, pour le bien de tous.

TOUTE LA VILLE EN PARLE
par Jeff Elliot

« L'endroit le plus animé de la ville, ce jeudi, était sans conteste le département 27 du palais de justice, la salle d'audience du juge Jordan Salter. Devant un auditoire composé du gratin juridique de l'État (avec notamment Dean Powell, procureur général de Californie, et Sharron Pratt, District Attorney de San Francisco), de partisans de l'euthanasie, de divers mouvements citoyens et de représentants des médias, le procès pour meurtre de l'avocat-joueur de base-ball Graham Russo s'est clos par les envolées rhétoriques des deux parties.

« L'auteur de ces lignes a toujours été d'avis que, dans ce procès, il s'agissait moins de la mort de Sal Russo que d'une sorte de règlement de comptes entre Gil Soma et Graham Russo, qui ont tous deux été stagiaires auprès du juge fédéral Harold Draper il y a de ça quelques années. Soma déteste Russo, qui l'a abandonné sous une avalanche de travail, et il a vu dans cette affaire une occasion de lui faire payer sa démission.

« Mesquin ? C'est peu de le dire.

« L'avocat de la défense, Dismas Hardy, a pris une position audacieuse en négligeant de réfuter les preuves soumises par Mr. Soma et Mr. Drysdale et en s'attachant plutôt à brosser le portrait d'un fils aimant que la maladie mortelle de son père plaçait devant un dilemme déchirant.

« Les jurés ont manifestement suivi la défense. Après avoir délibéré une heure et demie seulement, ils ont rendu un verdict d'acquittement hier après-midi à trois heures et demie, comme tout le pays le sait déjà. Ils n'ont pas dit que Graham Russo avait aidé son père à se suicider. La façon dont la loi est écrite ne leur permettait pas ce choix.

« Ils devaient dire que Graham n'avait rien fait de mal.

« Je crois qu'ils ont eu raison. »

CINQUIÈME PARTIE

35

Il avait traversé la moitié de la réception du cabinet de Freeman – le soleil brillait dans le Solarium – quand Phyllis l'appela de son bureau.

— Oh ! Monsieur Hardy.

Il pivota sur place, s'approcha.

— Oh ! Phyllis. Un jour, je vous surprendrai en train de sourire et je le dirai à tout le monde.

Ce jour-là n'était pas venu. Le standard n'arrêtait pas de sonner et la réceptionniste tendit vaguement le bras derrière elle en disant :

— Mr. Russo est dans son bureau. Il veut vous voir.

Yoda avait estimé que la proximité de son auguste personne pendant les quatre mois de préparation du procès constituait un stage de formation suffisant pour faire de Graham son propre Jedi : après une semaine d'oisiveté pour se réadapter à la vie normale, l'ex-accusé avait commencé à travailler au cabinet comme collaborateur de David.

Hardy tirait une légère satisfaction du fait que Freeman eût attribué au nouveau venu l'ancien bureau de Michelle. L'usurpatrice était partie, et avec elle le souvenir (enfin, presque) de ce qu'elle avait fait, de ce que Hardy n'avait pas fait.

Il demeura un moment dans l'entrée à se demander s'il devait d'abord passer dans son propre bureau pour voir s'il avait des messages sur son répondeur. En ce moment, il chassait le client : il l'avait fait toute la matinée, ainsi que ces deux dernières semaines. Ses efforts n'avaient pas été sans résultats.

Depuis la clôture du procès de Graham, Hardy était redevenu une sorte de célébrité. Les journaux avaient beaucoup parlé de lui et il avait reçu pas mal de coups de téléphone. L'avocat était impatient d'affronter de nouveau certains des subalternes de Dean Powell. Pour sauver la face devant ses électeurs, le procureur général avait décidé de poursuivre quelques-uns des médecins (pas tous) ayant reconnu avoir pris part à la mort de leur patient. Deux d'entre eux s'étaient adressés à Hardy. Il n'était pas sûr de vouloir se « spécialiser » dans l'euthanasie, mais si l'on considérait la chose au cas par cas, il y avait pire pour un avocat, et c'était l'occasion de se retrouver du côté des anges.

Pour l'instant, il facturait encore à ses clients bien moins que ce qu'il lui fallait pour vivre, mais il disposait d'une poire pour la soif qui lui assurait quelques mois de sursis. Hardy avait enfreint avec Leland Taylor une des règles d'or de la profession : se faire toujours payer intégralement avant le début du procès. Sûr de l'acquittement de Graham, et donc des bonnes dispositions de Leland, il avait accepté des versements mensuels après des arrhes importantes. Sa confiance s'était révélée fondée : les chèques arrivaient chaque mois, et il n'avait aucune raison de penser qu'il ne recevrait pas le prochain dans une quinzaine de jours.

Comme son tarif horaire était trois fois plus élevé (et non deux, comme il l'avait dit à Graham) lorsqu'il plaidait, l'argent de Taylor lui permettrait de tenir un moment. Quand cette source se tarirait, Freeman lui sous-traiterait probablement quelque chose mais, tout bien considéré, il préférait se constituer sa propre clientèle. Il n'était que temps, et des propositions l'attendaient peut-être là-haut.

Ses pas le conduisirent cependant au bureau de Graham. Il frappa, ouvrit aussitôt la porte : les collaborateurs ne s'enfermaient pas à clef au cabinet Freeman.

Graham portait un costume bleu clair et s'était fait couper les cheveux très court. Il avait l'air absurdement jeune, séduisant et en forme, dormant manifestement mieux que ces six derniers mois. Plus de cernes sous les yeux bien que, de près, on pût encore déceler quelque chose de cireux dans le teint, reste de la pâleur carcérale. Autre chose aussi : une impression de fatigue persistante ou de préoccupations nouvelles.

Hardy referma la porte derrière lui.

— Notre chère Phyllis me dit que tu veux me voir.

— Oh. Oui, répondit Graham, séparant les deux mots. On peut aller chercher les trucs de Sal.

Il assortit sa réponse d'un geste vague dont Hardy crut comprendre le sens : les « trucs » de Sal, conservés dans le local à scellés et le box de stockage où la ville les avait fait transporter, constituaient pour Graham une dernière épreuve dans le marathon émotionnel qui avait suivi son procès pour meurtre. Prendre possession de ce qui avait appartenu à son père, retourner au palais de justice où il avait été longtemps détenu.

Hardy n'hésita qu'une seconde. Aller là-bas occuperait presque tout l'après-midi, mais cette affaire personnelle était plus importante que le travail. Du moins, il le pensait. C'était un de ses grands défauts.

— D'accord, dit-il. Donne-moi cinq minutes pour passer à mon bureau.

Son courrier vocal se composait de sept messages.

Le troisième émanait d'une certaine Jeanne Walsh, qui disait appeler au sujet de l'annonce concernant Joan Singleterry. Elle avait laissé un numéro de téléphone que l'avocat composa immédiatement, mais personne ne répondit.

Après le verdict, Graham avait eu le souci – Hardy ne l'en estimait que plus – de remettre l'argent à Joan Singleterry ou à ses enfants si une nouvelle publication d'annonces permettait de la retrouver. George et Debra étaient sceptiques quant à l'existence de cette femme, mais, comprenant que c'était probablement leur meilleure chance de mettre la main sur l'argent de Sal sans engager de bataille juridique, ils acceptèrent de laisser leur frère faire une dernière tentative, à la condition qu'il partage l'héritage entre eux trois en cas d'échec.

Cette fois, au lieu de publier quelques lignes dans les petites annonces d'une quarantaine de journaux de tout le pays, ils décidèrent d'insérer un placard à la page des sports des cinq plus grands quotidiens de Californie ainsi que, pour faire bonne mesure, dans le *Wall Street Journal.* L'annonce, payée avec l'argent qu'Ising avait gardé pour Graham, passerait pendant une semaine entière. Cette semaine s'était terminée dimanche, deux jours plus tôt.

Recevoir un coup de téléphone au sujet de Singleterry ne faisait pas automatiquement naître en Hardy de folles espérances. Avant le procès, il avait déjà reçu une demi-douzaine de réponses qui s'étaient révélées sans intérêt. Son pouls s'était cependant accéléré. Bien que le procès fût terminé, il n'avait pas l'impression que c'était fini, et y songer l'empêchait encore parfois de dormir.

La personne qui avait tué Sal Russo demeurait en liberté. Hardy ne pouvait chasser de son esprit l'idée que, d'une manière ou d'une autre, Joan Singleterry était liée au meurtre. Il se pouvait d'ailleurs qu'elle soit déjà morte, assassinée elle aussi. Si elle vivait encore, l'annonce pouvait la mettre en danger. Pour limiter ce risque, ils avaient réduit le texte au minimum : le nom de Joan Singleterry, un numéro de téléphone, la promesse d'une récompense. Aucune mention de Graham, de Hardy, ni de Sal.

Puisque l'entrepôt se trouvait sur le chemin du palais de justice, Hardy et Graham s'y arrêtèrent en chemin afin de prendre ce qu'il restait des affaires de Sal.

Au cours des dernières années, le Moscone Center et le projet d'un nouveau stade des Giants dans le quartier de China Basin avaient fait naître des poches d'espoir de changement de vie dans la partie sud de Market Street. Mais une grande partie des immeubles situés entre cette rue et le palais de justice, Lions Arms compris, demeuraient aussi délabrés, lugubres et malfamés qu'ils l'avaient été pendant des décennies.

Graham composa sa combinaison sur le boîtier fixé près de la clôture métallique et ils pénétrèrent dans l'entrepôt sans âme où l'on pouvait louer des box au mois. Murs de stuc jaune à la peinture écaillée, portes en fer rouillées. Ils descendirent lentement une longue rangée, tournèrent, en remontèrent une autre.

— Pas mal comme endroit pour une boum, fit Hardy. Suffirait de quelques ballons de baudruche, d'un orchestre. Avec un peu d'imagination, on pourrait s'éclater, ici.

Il avait pris la clef du box au gardien une semaine plus tôt en promettant de la rendre lorsqu'ils auraient tout emporté. Quand la voiture s'arrêta, Graham demeura un moment sans bouger, se préparant à affronter le mauvais temps, ou une tempête psychologique plus forte, avant d'ouvrir sa portière. Le vent s'était levé dans l'après-midi et soulevait des tourbillons de poussière et de débris autour du véhicule.

— Faut y aller, murmura-t-il, presque pour lui-même.

Hardy resta dans la voiture tandis que Graham ouvrait le gros cadenas et faisait coulisser la porte.

Quoique petit – un mètre sur deux, environ –, le box était loin d'être rempli. Avec un minimum de mots, ils firent la chaîne, l'un passant à l'autre cinq ou six cartons de livres et de bric-à-brac, des ustensiles de cuisine, des albums de photos, quelques vêtements provenant de l'Armée du Salut, qui prirent place dans le coffre ouvert de la BMW. Comme aucun de ces objets n'avait figuré parmi les preuves et les indices, Hardy ne les avait jamais vus.

Quand Graham lui passa un morceau rectangulaire de contreplaqué, il marmonna :

— Pourquoi ils ont pas jeté ce bout de bois ? Il y a une benne à l'entrée…

L'expression offensée puis furieuse de Graham disparut quand il se rendit compte que son ami tenait le « bout de bois » à l'envers.

— De l'autre côté.

Hardy le retourna.

La lumière était bonne et tous les détails du tableau lui apparurent nettement : le bateau à quai, le jeune garçon pêchant de la passerelle avec une gaule cassée.

— Qu'est-ce que c'est ?

Graham eut un mouvement de menton impatient. Il tenait une autre caisse et attendait que Hardy mette le tableau dans le coffre pour la lui prendre des mains.

— Une des peintures de Sal.

— C'est ton père qui a fait ça ?

Graham posa la caisse, s'approcha.

— Il avait du talent, hein ?

Hardy était de cet avis mais s'intéressait surtout au sujet.

— C'était où ?

— Son mouillage au Wharf. Quand il avait encore le *Signing*

Bonus : le bateau, là. On peut déchiffrer le nom, en regardant bien. Tu le vois ?

— Et ça ? demanda Hardy, montrant un bâtiment ravagé par le feu, à l'arrière-plan.

— Le *Grotto.* Juste après l'incendie.

— C'est à ce moment-là que Sal a perdu son bateau ? À cause du feu ?

— Non. Je crois qu'il l'a vendu bien plus tard, quand il tombait en ruine.

— Mais il a déjà l'air de tomber en ruine, sur le tableau. Il l'aurait peint plus tard, alors ?

Une rafale de vent faillit arracher le rectangle de contre-plaqué des mains de Hardy.

— Non, dit Graham, je sais qu'il l'a peint juste après l'incendie. Nous vivions au Manoir, il l'a peint dans le garage. Il aimait beaucoup ce tableau.

— Il le gardait chez lui ?

— Accroché au-dessus du canapé. Pourquoi ?

— L'image est saisissante, répondit Hardy, qui semblait fasciné.

— Je l'accrocherai peut-être chez moi. Bon, tu la prends, cette dernière caisse ?

Le local des scellés se trouvait dans les entrailles du palais de justice, vaste pièce ayant l'odeur d'une bibliothèque poussiéreuse où des gens viendraient à l'occasion vidanger leur voiture. Avec sa peinture gris-vert, ses grillages intérieurs, ses ampoules nues et sa résonance caverneuse, elle avait tout le charme administratif du bâtiment, en plus fort.

Sarah attendait près du comptoir. Force de l'habitude, Hardy avait emporté sa mallette et il se pencha pour la poser à ses pieds. Lorsqu'il se redressa, il fut d'abord consterné par le baiser que Graham et Sarah échangeaient, puis songea que le policier de service ne reconnaîtrait probablement pas son ancien client, et s'il le reconnaissait, quelle importance ? Graham était de nouveau libre, il pouvait embrasser une inspectrice s'il en avait envie.

Il ne fallut qu'une ou deux minutes pour récupérer les affaires de

Sal. Sarah, en sa qualité d'officier de police ayant procédé à l'arrestation, dut signer quelques papiers.

— Où est Marcel ? interrogea Hardy.

— J'ai pris mon après-midi, dit-elle, ce qui répondait à sa question.

Comme il le soupçonnait, elle était encore en butte à l'ostracisme de ses collègues du fait de ses relations avec un suspect. Une semaine après le procès, la presse s'était répandue en articles sur son idylle avec Graham. Estimant que personne n'avait envie d'aborder le sujet, Hardy se tourna vers le comptoir.

Le policier y avait posé trois caisses en carton : deux d'entre elles contenaient les divers papiers retrouvés dans l'appartement de Sal ; la troisième, la plus petite, portait une inscription à l'encre indélébile : « S. Russo. 97-101254, Coffre. Evans/Lanier, Criminelle. » Graham l'ouvrit, regarda à l'intérieur, releva la tête avec un sourire hésitant.

— L'argent y est toujours ? s'enquit Sarah.

— Apparemment.

— Je lui avais dit qu'il ne risquait pas d'être volé ici, expliqua-t-elle à Hardy. Il ne voulait pas me croire.

— Elle est d'un naturel confiant, commenta Graham.

— Une chance pour toi, fit Hardy, qui entreprit de tirer l'argent de la caisse : des liasses de billets de cent dollars. Mais vérifions quand même avant de partir, ça ne mange pas de pain.

Sous les yeux exorbités du policier, qui leur demanda s'ils avaient prévu une escorte, Hardy aligna sur le comptoir les liasses entourées de bandes, dix au total. Puis il sortit de la caisse une boîte à chaussures, souffla dessus pour faire partir la poussière, ôta le couvercle. Les cartes de base-ball ne la remplissant pas entièrement, on les avait calées à un bout et sur les côtés avec du papier journal. Il plongea de nouveau la main dans la caisse, la ressortit avec une autre boîte qu'il tendit à Graham.

— Si on remettait l'argent dedans ? suggéra Sarah.

— Si on remettait *tout* dedans ? proposa Hardy. Il ne manque rien. Tu n'auras qu'à la mettre en lieu sûr.

— C'était mon idée, dit Graham.

Il fouilla dans la seconde boîte, y prit la vieille ceinture, la tint par une extrémité puis la passa autour de sa taille.

— Tu crois que je pourrais trouver quelqu'un pour y faire mettre une nouvelle boucle ?

Il songeait manifestement à la porter en souvenir de son père, bien qu'elle ne correspondît peut-être pas à son style vestimentaire. Mal finie, elle était en cuir noir, épais et lourd.

— Un peu grande pour moi, quand même, reconnut-il, tapotant son ventre plat. Elle pourrait t'aller. Tu veux l'essayer ?

Hardy lui adressa un sourire glacial.

— Je te répondrais de manière appropriée s'il n'y avait une femme parmi nous. Qu'est-ce que c'est que ça ?

« Ça », il l'avait déjà vu, puisqu'il s'agissait d'un indice. C'était un sac transparent contenant la photo du *Signing Bonus* que Sarah avait prise dans un album pendant une de ses visites à l'appartement de Sal.

— Le bateau du père de Graham, répondit-elle. Comme je pensais qu'il pouvait y avoir un rapport avec l'affaire, je l'avais mise sous scellés, à tout hasard.

— Je peux la garder ? sollicita Hardy.

— Bien sûr. Pourquoi ? dit Graham.

— En souvenir des bons moments que nous avons passés ensemble. On peut y aller, maintenant ?

Au parking, ils mirent les caisses à l'arrière de la BMW, dont le coffre était déjà plein. Avec Sarah en guise d'escorte armée, Graham déposerait l'argent et les cartes à la banque puis ils porteraient le reste à l'appartement d'Egdewood, où ils décideraient de ce qu'ils feraient ensuite.

Graham avait proposé à Hardy de le ramener, mais celui-ci voulait d'abord rappeler la nommée Jeanne Walsh, qui avait laissé le message concernant Joan Singleterry. Il n'en avait pas parlé à Graham : inutile de le faire espérer si le coup de fil ne menait nulle part.

Le moteur de la Beemer tournait au ralenti, Graham et Sarah étaient prêts à partir. Hardy ne put s'empêcher de demander à son ami :

— Tu t'es renseigné, pour les cartes ?

— Elles pourraient se vendre entre quarante et cinquante mille.

— Que tu partagerais aussi avec George et Debra ?

Graham haussa les épaules.

— Si on ne retrouve pas Singleterry, cet argent leur revient, non ?

Sarah passa la tête par la fenêtre pour ajouter :

— Il envisage même de déclarer ce qu'il gagne en jouant au softball.

Hardy, pince-sans-rire :

— Ne vous emballez pas comme ça.

— Je me suis amendé, dit Graham avec le plus grand sérieux. Je ne cacherai plus un sou au fisc. Je ne veux plus passer une seule nuit en prison.

— Illustration parfaite de la beauté de notre système pénal, glosa Hardy. Vous passez quelques mois en prison, vous en sortez meilleur.

De retour à son bureau, il composa de nouveau le numéro, et cette fois quelqu'un décrocha à la seconde sonnerie.

— Allô, Jeanne Walsh ?

— Elle-même, répliqua une voix de femme jeune, couvrant les vagissements d'un bébé.

— Vous m'avez appelé en réponse à l'annonce ?

— Oui. De quoi s'agit-il ? Je toucherai la récompense ? Je ne vous cache pas que ça m'arrangerait.

— C'est possible, temporisa-t-il. Quoique, en fait, nous essayions de trouver Joan Singleterry elle-même. Vous la connaissez ?

— Bien sûr. C'est pour ça que j'appelle. Joan Singleterry était ma mère. (Hardy nota aussitôt l'usage de l'imparfait.) Elle est morte il y a de ça quatre ans.

— Verriez-vous un inconvénient à répondre à quelques questions la concernant ?

— Aucun. Vous êtes qui, si je peux me permettre ?

— Dismas Hardy. Avocat à San Francisco.

— San Francisco ? Ça fait une trotte.

— D'où m'appelez-vous ?

— D'Eureka.

Hardy, qui griffonnait sur son bloc, décida de prendre des notes. Eureka était le chef-lieu du comté de Humboldt, à cinq cents kilomètres au nord, sur la côte.

— Votre mère vivait aussi à Eureka ?

— Oui.

— Elle y avait toujours vécu ?

— Un instant...

Elle posa le téléphone et Hardy l'entendit gronder l'enfant :

— Non, non, non. N'amène pas ça ici, Britanny. Maman arrive tout de suite.

Elle revint en ligne :

— Excusez-moi. Qu'est-ce que vous disiez ?

— Votre mère a toujours vécu à Eureka ?

— Presque. Elle y est née, elle a passé quelques années à San Francisco, puis elle est revenue ici. À l'époque, elle ne s'appelait pas Singleterry mais Palmieri, Joan Palmieri. À son retour, elle a épousé Ron Singleterry.

— Quand elle vivait à San Francisco, elle s'appelait comment ?

— Palmieri, répondit Jeanne Walsh, qui épela.

Hardy prit note, demanda :

— Vous connaissez un nommé Sal Russo ?

— Non, je crois pas.

— Vous rappelez-vous si votre mère vous a jamais parlé de lui ?

— Sal Russo ? (Silence.) Non, ça me dit rien du tout. Elle était censée le connaître ? Ça veut dire que j'aurai pas la récompense ? Britanny, non !

Récompense ou pas, l'enfant retenait maintenant l'attention de Jeanne Walsh. Hardy se dit qu'il ferait aussi bien de la laisser et de sauter tout de suite en selle. Enfin un lien précis avec Joan Singleterry, et un autre nom comme point de départ. Palmieri.

Il remercia Jeanne Walsh, promit de la rappeler, sans parvenir à dissimuler son excitation. Son intuition devenait certitude : il ne savait pas au juste comment, mais Joan Singleterry le mènerait à l'assassin de Sal Russo.

36

Toute la famille s'était collée à la préparation du *chili*, des *quesadillas* et des *tacos*. Pico et Angela Morales arrivèrent avec leurs trois enfants ; jeunes et vieux mangèrent à la même table.

On ne parla pas de droit.

Les enfants allèrent se coucher avant huit heures et demie : tous les cinq par terre dans la chambre de Rebecca. Quand Pico et Angela réveillèrent leur marmaille pour rentrer, trois heures plus tard, Hardy et Frannie avaient de l'énergie de reste et en firent bon usage.

Le lendemain matin, il boucla son parcours de jogging presque facilement. La ville connaissant une vague de froid selon les critères californiens – la température ne dépasserait pas 12 °C de la journée –, il alla prendre du bois dans le bûcher situé sous la maison, puis nettoya son aquarium pendant que Frannie faisait du pain.

Retenu par ces tâches domestiques, il n'arriva au bureau qu'un peu avant midi. Il trouva un message d'un autre médecin ayant reconnu publiquement qu'il avait aidé un de ses patients à mourir. Cela prenait des allures de lame de fond. Sous prétexte de remettre la clef du cadenas du box au gardien municipal, il se rendit au palais de justice.

La porte de l'antre de Glitsky était ouverte. Assis à son bureau, le lieutenant semblait enfoui dans la paperasse. Hardy entra, sa mallette dans une main, un gobelet de thé fumant dans l'autre. Le policier se carra dans son fauteuil, accepta volontiers l'offrande.

Les deux hommes ne s'étaient pas vus depuis le verdict, quand Graham et Sarah ne faisaient pas encore l'objet des commérages.

Abe but une gorgée du liquide brûlant.

— Si tu fermais la porte ? suggéra-t-il sur le mode détaché. Ah ! j'adore ce bruit.

Quand ils furent à l'abri des indiscrets, il reposa le gobelet et demanda :

— Je suppose que tu n'étais pas au courant pour Evans et ton client ?

— Au courant de quoi ? répondit Hardy, impassible.

Glitsky remua quelques papiers.

— Tu pensais sûrement que, si j'apprenais leur liaison, je serais un peu plus sceptique concernant l'opinion de mon inspectrice sur l'innocence de Graham Russo. Je ne l'aurais peut-être pas envoyée enquêter sur d'autres citoyens innocents avec ma bénédiction.

— George n'était pas si innocent que ça. Et les jurés ont déclaré Graham non coupable.

Le lieutenant reprit son thé, décida d'ajouter quelques mots.

— Sarah était un bon flic. Sinon, elle n'aurait pas obtenu un poste à la crime. Seulement, on ne couche pas avec ses suspects.

— Je n'ai jamais essayé mais j'admets que le conseil est bon.

Glitsky eut un geste pour signifier que la discussion était inutile. Hardy n'avait rien à voir dans ce qui se passait entre Evans et Russo. Il trouvait irritant que Hardy ait peut-être – non, probablement ; non, *sans aucun doute* – été au courant depuis des mois et ne lui en ait pas parlé, mais le policier se rendait compte que c'était en partie sa propre faute. Ce n'était pas Hardy qui avait coupé les lignes de communication entre eux, c'était lui-même.

— Tu viens me voir pour quoi ?

— Je pensais que tu ne me poserais jamais la question.

— Effet de surprise, dit Glitsky. Un truc de flic.

— Hé, à propos. M. et Mme Titgoutte ont deux filles…

— Non, fit le lieutenant, secouant la tête.

— Allez, plaida Hardy. Pour me faire plaisir…

— Bon, d'accord. Titgoutte ? Je vois pas.

— Justine Titgoutte, Corinne Titgoutte.

Grande victoire pour la défense, l'avocat arracha au policier un dixième de sourire.

— Elle est bonne, convint Glitsky. J'ai vu que tu t'es remis à jouer avec tes gosses. Faudrait que je passe un de ces jours avec Orel.

— Quand tu veux. Ils l'adorent. Mais venons-en au but de la présente visite, de nature professionnelle.

Hardy posa sa mallette sur ses genoux, appuya sur les fermoirs. C'était la première fois qu'il l'ouvrait depuis qu'il avait quitté Graham et Sarah, la veille. Il s'esclaffa : hier, probablement pendant qu'il chargeait les caisses dans le coffre, Graham avait subrepticement glissé la ceinture de Sal parmi ses papiers.

— Qu'est-ce qu'il y a ? demanda Glitsky, se penchant en avant pour regarder.

Hardy souleva la ceinture.

— Nous l'avons trouvée dans le coffre de Sal.

— Qu'est-ce que c'est ?

— À ton avis ? Une ceinture, tiens.

— Dans le coffre de Sal ?

— On a récupéré ses affaires hier.

— Qu'est-ce qu'elle fait dans ta gibecière ?

— Tu croirais jamais le nombre de trucs que j'accumule là-dedans.

Glitsky tendit la main, Hardy se leva pour lui passer la ceinture par-dessus le bureau.

— Tu la veux ? Elle te va peut-être, plaisanta-t-il.

Le policier ne souriait pas.

— C'était un indice ?

— Non. Nous ne nous en sommes jamais servis.

— Mais tu as quand même cherché à savoir ce que c'était ?

— Bien sûr. C'est une bande de cuir telle qu'elle sort de chez le tanneur avant qu'on y monte une boucle. Je n'ai relevé aucune marque, à part cet E-2 poinçonné derrière. Aucune des personnes que j'ai interrogées ne sait ce que ça veut dire, pas même Freeman, qui pourtant sait tout. On peut supposer que Sal avait simplement acheté cette bande pour se faire faire une ceinture et qu'il y a renoncé.

Glitsky regardait fixement l'objet. Signe de tension, la cicatrice barrant ses lèvres avait blanchi.

— Ça n'a peut-être aucun rapport, mais à la caserne de North Beach, tout le matériel porte un poinçon comme celui-là, E-2.

— Tu parles des soldats ?

— Non. Des pompiers.

Une ligne joignant le palais de justice au bureau de Hardy dans Sutter Street aurait presque coupé le bâtiment administratif de la principale caserne de pompiers de Golden Gate Avenue. En montant dans un taxi, Hardy remarqua – et il trouva la coïncidence excitante – que cette même ligne passait probablement par le bureau de Mario Giotti et le séjour de l'appartement de Sal. Il ne put s'empêcher de penser que c'était peut-être l'axe autour duquel tournait l'affaire Russo.

Après avoir rendu la clef au gardien, il n'avait pu éviter de bavarder un moment avec des confrères dans les couloirs des salles d'audience, puis il était tombé sur Jeff Elliot, qui sortait de la salle de presse du deuxième étage, et il avait encore perdu plus de quarante minutes.

Il était près de cinq heures quand il arriva au bâtiment : les bureaux allaient fermer. Un soleil éclatant flirtait avec les sommets de Twin Peaks, mais il continuait à faire froid. Le vent mordant de la veille avait accru sa force et sa rage en traversant la Sierra Nevada, balayant les derniers vestiges de l'été indien.

Hardy jeta à la hâte quelques billets au chauffeur. Mallette à la main, il monta deux par deux les larges marches du perron. Dans le hall, le soleil de fin d'après-midi donnait au mur droit un éclat aveuglant. Une main en visière au-dessus des yeux, Hardy trouva le bureau qu'il cherchait, entra.

Pour une administration, l'endroit semblait plutôt bien fonctionner. Une jeune Noire en uniforme se leva d'un des bureaux en le voyant approcher du comptoir, lui demanda en quoi elle pouvait lui être utile.

— C'est un peu particulier, prévint-il. Je voudrais savoir si vous pourriez me renseigner sur cette chose.

Il plaça la ceinture sur le comptoir. La jeune femme la prit, la retourna, remarqua le poinçon, la reposa.

— C'est une courroie qui sert à maintenir les tuyaux,

répondit-elle, comme si elle en voyait tous les jours (c'était peut-être le cas). Nous nous en servons pour attacher le matériel sur les camions. Celle-là provient de la caserne de North Beach. Comment vous l'avez eue ?

— Par un ami. Il me l'a donnée pour que j'en fasse une ceinture.

— De ce vieux truc ? pouffa la jeune femme. Il faudrait d'abord en couper la moitié.

Observation déjà avancée par Glitsky, et que l'avocat aurait dû faire lui-même plus tôt. La « ceinture » était bien trop grande pour Graham ou lui, et Sal avait été un vieillard sec et nerveux.

— En plus, le cuir est racorni, poursuivait-elle. Votre ami devait l'avoir depuis longtemps. Il vous a dit où il l'a trouvée ?

— Sur les lieux d'un incendie, je crois. Il a oublié de la rendre.

Elle lui sourit, convaincue que Hardy n'était autre que cet ami dont il parlait.

— Ils n'en ont plus besoin à North Beach, vous pouvez la garder. Ou la jeter. Ça ne ferait pas une ceinture terrible.

— Je vais la lui rendre. Elle a peut-être une valeur sentimentale.

— Peut-être, répéta-t-elle avec un regard dubitatif.

— Vous pensez qu'à North Beach ils pourraient me dire où ils l'ont perdue ?

— Ça, j'en sais rien. Posez-leur la question, ils inscrivent peut-être dans un registre le matériel perdu, quelque chose comme ça. Mais ce truc est vieux, ça m'étonnerait.

Hardy enroula la ceinture autour de sa main, la fit tomber dans sa mallette.

— Moi aussi, dit-il. Bien, merci.

Il sortit, fit quelques pas dans le hall, s'arrêta, envisagea un instant de retourner immédiatement voir Glitsky. Depuis l'acquittement de Graham, la mort de Sal Russo était redevenue un meurtre non résolu et, en principe, Abe aurait dû s'intéresser à tout ce qui pouvait s'y rapporter.

Sauf que maintenant, grâce aux efforts de Hardy, toute la ville était persuadée que Graham avait tué son père pour abréger ses souffrances. Personne – à l'exception peut-être du trio Graham-Dismas-Sarah – ne cherchait plus un meurtrier. L'affaire, quoique théoriquement sans solution, s'était conclue à la satisfaction de tous.

Glitsky inclus.

Vaguement conscient qu'il gênait les gens qui commençaient à sortir des ascenseurs et des bureaux à la fin de leur journée de travail, l'avocat n'en restait pas moins planté au milieu du hall. Il ne voulait pas perdre le fil de ses pensées. Pour dénicher un autre suspect, il faudrait bien davantage que cette courroie, mais il voyait clairement comment obtenir les autres indices nécessaires.

Il commencerait par retourner au *Chronicle* pour consulter de nouveau aux archives les articles portant sur l'incendie du *Giotti's Grotto*. Le restaurant avait brûlé plusieurs mois avant la date figurant sur les bandes entourant les liasses de billets mais, après tant d'années, quelques mois, ce n'était rien. Il mettrait ensuite Sarah au courant. Elle ne partagerait pas les réticences de son patron. Celui qui avait tué Sal Russo était son ennemi puisqu'il avait fait souffrir Graham.

Giotti ? Hardy se représenta l'affable et brillant magistrat. Il pouvait à la rigueur imaginer le juge aidant Sal à se suicider, mais malgré ses efforts, et bien que le côté symétrique de la solution lui parût séduisant, il ne voyait pas Giotti *assassinant* son vieil ami. Se battant avec un homme affaibli par l'âge et la maladie, l'assommant pour lui injecter une dose mortelle de morphine.

C'était exactement ce que le meurtrier avait fait, si convaincante que fût la version des faits qu'il avait réussi à faire accepter au jury, à la ville en général.

Loin à l'ouest, le soleil finit par embraser Twin Peaks puis sombra abruptement derrière. Le centre-ville tomba dans l'obscurité comme si quelqu'un avait baissé les stores. Dans le hall, le mur baigné de soleil l'instant d'avant perdit son éclat, et ce changement subit arracha Hardy, clignant les yeux, à ses pensées.

Machinalement, son regard se fixa sur ce mur, où une grande plaque en marbre, maintenant visible, portait gravées des lettres d'or. Les noms de ceux qui étaient morts en combattant le feu dans la ville depuis le grand tremblement de terre et les incendies de 1906.

Dans le hall presque désert à présent, des pas résonnèrent derrière lui. Poussé par un pressentiment qui n'arrivait pas encore à se frayer un chemin jusqu'à sa conscience, Hardy fit un pas vers le mur, puis un autre. Il *sentait*, avant d'avoir une certitude, qu'il avait trouvé quelque chose. Et, tout à coup, la chose lui apparut, comme par magie. Il cligna de nouveau les yeux, se força à marcher plus lentement, pour être sûr de ce qu'il voyait.

R-A-N-D-A-L-L

Une lettre à la fois, s'imposa-t-il. Ce n'était pas le moment de se tromper.

Bon. Il déchiffra le nom lentement, de gauche à droite.

P-A-L-M-I-E-R-I.

Un simple nom sur un mur. Mais il savait que c'était bien plus : la clef de toute l'affaire.

Randall Palmieri aurait aussi bien pu mourir en 1910 ou en 1950, mais dans ses os, dans sa chair, Hardy avait la certitude qu'il avait péri en novembre 1979 en combattant l'incendie qui avait ravagé le *Grotto*.

Il retraversa le hall en direction du bureau, mais la porte était fermée à clef maintenant. Petit rappel de la vie : on n'arrive jamais à maîtriser quoi que ce soit. Il jeta un coup d'œil à sa montre – cinq heures dix –, vitupéra intérieurement un service dont il avait admiré l'efficacité un quart d'heure plus tôt. Il aurait parié qu'il ouvrait aussi à neuf heures précises.

Hardy dévala quasiment les marches, héla un autre taxi.

Intense sentiment de frustration.

Les archives du *Chronicle* étaient fermées elles aussi lorsqu'il arriva au journal. D'une cabine, il appela Jeff Elliot en espérant qu'il travaillait tard ce jour-là. Jeff travaillait toujours tard. Et de bonne heure aussi. Il travaillait tout le temps. Il lui offrirait le scoop en échange, ça se faisait. Mais naturellement, Jeff n'était pas à son bureau. Hardy ne laissa même pas un message sur le répondeur. Il voulait des réponses *maintenant*, il avait assez attendu.

Sans guère réfléchir, il composa le numéro du tribunal fédéral, autre bâtiment administratif qui devait fermer à cinq heures. En effet : il eut droit à une bande enregistrée. Ce qui ne signifiait pas qu'il n'y avait plus personne. Les réceptionnistes et certaines secrétaires étaient peut-être rentrées chez elles, mais Graham lui avait raconté que, pendant son stage avec Harold Draper, il lui était arrivé de ne pas sortir du bâtiment pendant trois jours d'affilée.

Il y avait forcément quelqu'un.

Plutôt que de perdre du temps à chercher un endroit où garer sa voiture, il descendit Mission Street à pied, grelottant dans le vent froid. Cette fois, la majesté de l'édifice le laissa de marbre. Comme il s'y attendait, les immenses portes en bronze étaient fermées mais il connaissait une autre entrée, près de la grille du parking, devant le Lions Arms, dans la ruelle.

Le garde devait avoir vu ça cent fois : un avocat affolé qui avait dépassé un délai quelconque et qui faisait de grands signes pour qu'on vienne lui ouvrir. Ses chances étaient quasiment nulles, Hardy le savait.

— Le juge Giotti est encore là ? Je voudrais lui parler.

— Désolé, le tribunal est fermé.

— Il ne s'agit pas d'une affaire dont il s'occupe, à strictement parler.

— Vous êtes un de ses amis ?

L'avocat parut se poser la question.

— En quelque sorte, finit-il par dire. Il m'a demandé de le tenir au courant d'un dossier que je suis. J'ai des informations à lui donner.

Le garde examina Hardy. « Dans le doute, abstiens-toi », c'était la règle. Les juges effectuaient une bonne partie de leur travail après la fermeture et n'aimaient pas être dérangés. Mais si ce type était un ami de Giotti…

— Attendez une seconde, je vais voir s'il y a encore quelqu'un dans son bureau.

— Ils n'ont même pas voulu prendre un message ?

Si, *a priori*, Graham ne tenait pas les hôtes du tribunal fédéral en grande considération, il s'étonnait quand même que personne n'eût pris la peine de parler à son ami.

— Apparemment, ils étaient trop occupés, répondit Hardy.

Sa colère – et sa personne – s'était refroidie depuis qu'il avait fait également chou blanc avec Giotti. Il était revenu à son bureau de Sutter Street, où Graham était monté le rejoindre à sa demande. Il n'était qu'un peu plus de six heures, en milieu de semaine, et le cabinet bourdonnait agréablement. Hardy avait d'abord pensé à solliciter l'aide de Graham et de Sarah, mais une fois chassé son sentiment de frustration, il avait changé d'avis. Il ne révélerait rien avant d'avoir quelque peu circonscrit les recherches. Si l'incendie avait joué un rôle important dans la vie de Graham, Hardy lui donnerait l'occasion d'en parler. Dans le cas contraire, il ne tenait pas à ce que le jeune homme aille poser des questions un peu partout, alertant celui-là même qu'il traquait.

Graham prit une des fléchettes, la lança : mouche. Il ne parut même pas s'en apercevoir.

— Pourquoi tu voulais voir Giotti ?

Hardy resta dans le vague :

— À cause du tableau de ton père. Je voulais l'interroger sur l'incendie du *Grotto*. Tu t'en souviens, toi ?

— J'avais quinze ans. À l'époque, tout ce qui n'avait pas un rapport quelconque avec le base-ball n'existait pas pour moi.

— L'incendie avait manifestement impressionné ton père.

— C'était son tempérament. Il prenait les choses à cœur, dit Graham. (Il lança une autre fléchette, fit de nouveau mouche.) Ce tableau, pour moi, il représente la perte de l'innocence, en général. L'incendie est un symbole. De même que le bateau délabré au premier plan, le garçon qui pêche avec son bout de canne. Tu as remarqué les saletés dans l'eau ? Sal peignait dans le garage, à un moment où ma mère et lui se séparaient. Penses-y. C'était son monde en train de s'effondrer.

— Tu as probablement raison, approuva Hardy.

Après le départ de Graham, il téléphona de nouveau à Jeanne Walsh. Si elle s'était acheté un répondeur depuis la veille, elle avait oublié de le brancher.

Décidément, ce n'était pas son jour. Il rentrait à la maison.

En ouvrant la porte, il fut étonné par l'étrange silence qui régnait chez lui. Il tendit l'oreille, appela :

— Frannie ?

Bruits furtifs dans les pièces du fond.

— Frannie. Les enfants. Papa est rentré.

Il passa la tête dans la cuisine.

— Y a personne ?

Rires étouffés au bout du couloir. Il traversa la grande chambre, entra dans celle de Vincent, transformée en un dédale impénétrable de couvertures, d'oreillers, de cordes tendues du lit aux étagères. Il souleva une des couvertures, regarda dessous.

— Hé, les enfants.

Rebecca porta un doigt à ses lèvres.

— Chut !

— Où est maman ? murmura-t-il.

— Je sais pas. Chut !

Ce n'était pas la réponse préférée de Hardy mais, puisqu'ils étaient manifestement en train de jouer et qu'il ne voulait pas gâcher leur plaisir, il se redressa, se retourna.

— Monsieur Hardy ? Salut.

Il lui fallut un moment pour reconnaître Mary, leur baby-sitter, qui venait de sortir de sa cachette. Qu'est-ce qu'elle faisait là ?

— Frannie va bien ? demanda-t-il stupidement.

Avec une expression déroutée, l'adolescente répondit :

— Oui, je crois. Vous ne deviez pas la retrouver quelque part ? C'est ce qu'elle m'a dit.

Cela lui revint d'un seul coup : on était mercredi, jour de sortie. Il aurait dû passer prendre Frannie au *Shamrock* à sept heures. Les spéculations et les frustrations conjuguées avaient chassé ce détail de son univers. Il regarda sa montre – sept heures vingt –, adressa à Mary un sourire d'excuse.

— Désolé de faire irruption comme ça, j'ai la tête en bouillie. Il faut que je téléphone.

Ils étaient au *Stagnola's*. Hardy et Frannie ne mangeaient jamais sur le Wharf, bien que la cuisine y fût souvent délicieuse. C'était un endroit pour touristes, avec des embouteillages, des tarifs de parking exorbitants. Il y avait dans la ville des douzaines d'autres endroits où l'on mangeait aussi bien. Ce soir, cependant, il avait tenu à faire une exception.

Après la cavalcade du palais de justice au bâtiment administratif des pompiers, du *Chronicle* au tribunal fédéral, de son bureau à chez lui et de chez lui au *Shamrock*, il se détendait enfin devant un verre de chianti et un plat d'*antipasto* : petits poivrons, salami, mortadelle, provolone, cœurs d'artichauts, olives. Le paradis.

Sa femme lui avait servi plusieurs assiettées de récriminations et de sarcasmes depuis qu'il était enfin passé la prendre. « Non, je comprends, moi aussi il m'arrive d'être tellement occupée à la maison que j'oublie que tu existes. Et puis je claque des doigts en m'écriant : "Ah ! c'est vrai : Dismas !" » Etc.

Estimant qu'il le méritait, il l'avait laissée dire et tout était maintenant rentré dans l'ordre. Ils se tenaient la main par-dessus la table, heureux d'être ensemble.

— Je crois que tu devrais tout raconter à la police, suggéra-t-elle après l'avoir attentivement écouté.

— Raconter quoi, exactement ?

— Ce que tu sais. Donne tout ça à Abe, c'est son boulot.

— Pas quand l'affaire est plus ou moins classée.

— Et Sal Russo ? Il ne compte pas ?

— Bien sûr qu'il compte. Mais, pour le moment, rien ne prouve qu'il soit mêlé à l'incendie. Tout ce que j'ai, c'est une courroie servant à attacher des tuyaux, un incendie vieux de dix-huit ans, un pompier peut-être mort en le combattant.

— Plus cinquante mille dollars.

— Et alors ? Personne ne les a volés à Sal. Il les avait en sa possession quand il est mort. Enfin, Graham les avait, c'est la même chose.

Frannie but un peu de vin, revint à la charge :

— Tu devrais quand même en parler à Abe. Lui demander d'enquêter sur ce Palmieri, d'appeler la femme qui vit à Eureka...

— De harceler un juge fédéral, enchaîna Hardy. Non, je connais Abe, il ne le fera pas. Pas pour le moment, en tout cas.

Hardy était toutefois sensible à l'argument de sa femme : dans un jour ou deux, quand il aurait vérifié son intuition, il irait trouver Glitsky. Il n'avait aucune envie de coincer lui-même un meurtrier. C'était le travail de la police, et ça pouvait être dangereux.

Il ne pensait pas que ce soit Giotti, ou plutôt, il ne *voulait* pas que ce soit lui, bien qu'il fût persuadé que le juge détenait des informations qui lui permettraient de progresser. Il avait besoin d'une seule chose : lui parler.

Le maître d'hôtel, qui s'était présenté au début du repas sous le nom de Mauritio, était un de ces vieux beaux basanés et bavards qu'on appréciait ou pas, selon son humeur. Il s'approcha pour leur demander si tout allait bien.

Hardy lui adressa un sourire désarmant, pressa la main de Frannie pour la prévenir de ne pas intervenir. « Comme si ! » lui répondit-elle du regard.

— Le juge Giotti est un de vos habitués, je crois ?

— Oh ! oui. Ils déjeunent ici deux fois par semaine, lui et sa femme. Vous êtes un ami du juge ? Le chianti est pour la maison.

— Je ne sais pas s'il me considère comme un ami. Je suis avocat... Mais c'est un bon juge... Ce restaurant appartenait à sa famille, il paraît ?

— Ouais, il y a longtemps. C'était le *Giotti's Grotto*, dit Mauritio, dont le visage fatigué s'anima. Vous le croirez peut-être pas, mais j'étais déjà aide-serveur, à l'époque.

Hardy flatta sans vergogne le vieil homme :

— C'était avant qu'on interdise le travail des enfants, alors.

Frannie le mit en garde d'une pression de la main : pas trop épaisse, la couche de pommade.

— Vous devez avoir connu Sal Russo ? ajouta-t-il.

Mauritio se rembrunit, retrouva son sourire quand Hardy expliqua qu'il était l'avocat qui avait fait acquitter le fils de Sal.

Décision cette fois sans appel :

— Le vin est pour la maison. Le pauvre Sal ! Je prie Dieu que mon fils puisse faire la même chose que le sien, si j'en ai un jour besoin. C'est comment votre nom, déjà ?

Après les présentations, Hardy demanda si Sal fréquentait le restaurant quand il s'appelait le *Grotto*.

— Oh ! oui. Lui et le juge, ils étaient comme les doigts de la main. Salmon Sal... (Un soupir.) C'est triste, finir comme ça, hein ? Mais, au moins, ça a été rapide. S'il était resté plus longtemps, il aurait pu lui arriver pire.

Hardy jeta un coup d'œil à sa femme, revint au serveur.

— Qu'est-ce que vous voulez dire ?

— Ben, dans les derniers mois, il était devenu pénible. Un jour que je l'avais fait entrer aux cuisines, pour lui offrir un repas, il a voulu me casser la figure pour une histoire de pari qu'on avait fait vingt ans plus tôt. Je m'en souvenais même pas, un pari sur Roberto Clemente. Je lui explique que Roberto n'est plus de ce monde depuis un bout de temps, mais il me saute dessus, je lui dois vingt sacs, si je paie pas, il va me botter le cul. (Il se tourna vers Frannie.) Excusez-moi, hein, madame. Enfin, le pauvre, c'était pas sa faute. Il vaut mieux qu'il soit parti comme ça. Son fils lui a rendu un grand service.

Après le repas, deux ou trois autres questions.

— Le *Grotto*, il a brûlé ?

— Complètement. Le jour le plus triste de ma vie. Personne voulait y croire.

— Pourquoi ?

Mauritio haussa les épaules.

— Parce que le vieux, le père du juge, il avait une peur bleue du feu. Y avait des extincteurs et des détecteurs de fumée partout dans le restaurant. Le jour où on en a eu besoin, ils ont pas marché.

— C'est toujours comme ça, philosopha Hardy. L'incendie s'est déclaré où ?

— Dans la cuisine, on pense. Et puis les flammes ont gagné tout le reste. Y a même eu un mort chez les pompiers. Horrible. Bon, assez parlé de ça, décida Mauritio en claquant des mains. Vous avez bien mangé ? Quand je verrai le juge, je lui parlerai de vous.

37

Dès que Frannie fut partie conduire les enfants à l'école, il s'installa à la table de la cuisine. Après l'accès de distraction qui l'avait frappé hier, il fut presque surpris d'avoir pensé à emporter dans sa mallette le numéro de téléphone de Jeanne Walsh.

Elle décrocha à la seconde sonnerie. Il n'y avait pas de pleurs d'enfant en bruit de fond, cette fois, et elle semblait plus détendue.

— Madame Walsh, c'est encore Dismas Hardy. L'avocat de San Francisco, vous vous souvenez ?

— Bien sûr. La récompense. Je me souviens.

Autant commencer par agiter la carotte :

— C'est justement à ce propos que je vous appelle. Il n'est pas exclu que vous la touchiez. J'aimerais vous poser quelques questions, si c'est possible. Vous avez une minute ?

— J'espère. Brittany fait la sieste. Je sais pas ce qu'elle avait hier, d'habitude elle est plutôt sage. C'est peut-être les dents.

Hardy se trouva ramené aux jours fiévreux de la petite enfance, où rien ne compte dans la vie hormis le bébé, sa santé et ses habitudes. Même la perspective d'une récompense ne faisait pas le poids.

— Sûrement, dit-il. Votre mère, vous m'avez bien dit qu'à San Francisco elle s'appelait Joan Palmieri ? C'était son nom de jeune fille ou elle avait été mariée avant ?

Rire nerveux de Jeanne.

— Je vous l'ai pas dit ? Faut croire que non. Oui, elle était mariée à mon père. Mon père naturel, pas Ron.

Hardy s'embrouillait dans les noms.
— Ron ?
— Ron Singleterry.
— Et Palmieri ?
— Palmieri, c'est mon nom de jeune fille à moi.
OK, pensa-t-il, on va y arriver.
— Et le prénom de votre père, c'était Randall ?
— Randy, oui. Comment vous le savez ?
— Il est mort dans l'incendie du *Giotti's Grotto* en 1979 ?
— Ouais, j'avais juste quatre, cinq ans, je me souviens pas vraiment de lui. C'est pour ça qu'on est venus ici. Ma mère voulait refaire sa vie ailleurs, je suppose. Elle s'en est bien sortie, finalement. Ron était un type bien.
— Mais vous ne vous rappelez toujours pas un nommé Sal Russo ?
— Non. J'y ai réfléchi, hier soir, je peux vous dire. J'ai même appelé ma sœur, mais elle se rappelle pas non plus.
Le cercle se rétrécissait : Sal avait parlé des enfants de Joan Singleterry, au pluriel. Hardy venait d'en avoir confirmation.
— Vous avez d'autres frères et sœurs, Jeanne ?
— Non, juste Margie. Margie Sanford, maintenant.
— D'accord, dit-il en prenant note. Encore une ou deux questions, si vous voulez bien. Mario Giotti ? Vous connaissez ce nom ?
— Faut que je réponde oui ? fit-elle en riant.
— Non, pas forcément. La récompense ne dépend pas de ça.
— Tant mieux, parce que ça me dit rien du tout.
— Jamais entendu parler de lui ?
— Non. Je suis désolée.
Moi aussi, pensa Hardy. Mais il avait obtenu bien davantage qu'il n'eût osé l'espérer deux jours plus tôt. Il la remercia, promit à nouveau de rappeler.
S'il avait progressé, il ignorait toujours ce qui liait Sal à Joan Singleterry. Il se prépara un espresso en considérant les diverses possibilités.
Randy Palmieri était mort dans l'incendie du *Grotto*, un restaurant qui appartenait à la famille Giotti au moment de la catastrophe. Mystérieusement, le feu avait échappé au système de

détection perfectionné installé dans les cuisines et avait ravagé tout l'établissement. Sal Russo avait conservé jusqu'à sa mort un tableau rappelant l'événement, ainsi que cinquante mille dollars en liasses entourées de bandes portant une date postérieure de quelques mois.

Sur le plan personnel, le couple Russo s'était délité à peu près à cette époque. À ses propres yeux, Sal n'était plus l'être noble et particulier qu'il avait longtemps pensé être ; il n'avait plus le courage d'affronter les forces représentées par Leland Taylor. Il ne méritait plus Helen et leurs merveilleux enfants. Elle avait raison de le rejeter. Il avait fait plus que faillir, il avait déchu.

Dix-huit ans plus tard, Sal s'était mis à vivre dans ce passé, où il pourrait peut-être réparer ses fautes, reconquérir son ancien amour. Pour lui, aujourd'hui se confondait avec autrefois, et cela le rendait parfois « pénible », comme disait Mauritio.

Dangereux aussi, peut-être.

Au bureau administratif des pompiers, la même jeune employée efficace s'occupa de lui.

— Cette histoire de courroie, il y a autre chose derrière, non ? devina-t-elle.

Petite contrariété : il avait été pris en train de mentir.

— J'ai honte de l'avouer, mais je suis avocat. Sombrer dans la roublardise, c'est un des risques du métier.

Elle ne perçut pas la plaisanterie.

— Alors, ce n'était pas une ceinture pour un ami ?

— Non, dit-il, redevenant sérieux. J'ai découvert hier soir qu'elle a sans doute été retrouvée sur les lieux d'un incendie qui a coûté la vie à un homme, Randall Palmieri. Son nom est inscrit sur la plaque, dans le hall. Est-ce que je pourrais en parler à la personne qui s'occupe du service des veuves et orphelins ?

— Vous tombez bien. Je suis chargée des relations avec le public.

— Je voudrais vérifier l'identité de ses héritiers. Il y a une récompense assez substantielle. Quand un pompier meurt en service, la famille touche une pension ou des idemnités, je suppose ?

La jeune femme acquiesça.

— Palmieri, vous dites ? Attendez un instant.

Elle revint cinq minutes plus tard avec un gros classeur noir.

— Désolée, j'ai dû demander à mon chef si ces informations sont confidentielles. Je ne peux pas vous communiquer de renseignements sans une injonction du tribunal, mais si vous me donnez un nom, je peux vous dire s'il figure là-dedans. Ça vous suffirait, si j'ai bien compris ?

Hardy dut s'en contenter.

— En gros, oui. Randall Palmieri, répéta-t-il.

Elle trouva la page, attendit. Il n'eut pas besoin de consulter ses notes pour réciter :

— Sa femme s'appelait Joan, elle est partie pour Eureka et s'est remariée avec un nommé Ron Singleterry. Elle avait deux enfants, Jeanne et Margie.

— J'ai la même chose.

— Les filles touchent encore la pension ?

— Non. Ça s'arrête à la mort de l'épouse.

— Elles ne reçoivent plus aucune aide ?

— Plus de notre part, en tout cas. (L'employée poursuivit sa lecture, hésita.) Bon, je ne vois pas pourquoi je ne devrais pas vous le dire : si vous désirez d'autres informations, j'ai ici le nom d'un trust qui versait peut-être des indemnités à la famille en plus de la pension.

— Merci. Quelle banque s'en occupe ?

— Attendez. Il s'agit du trust BGG de 1981, administré par... Oh ! c'est juste à quelques rues d'ici, dans Baywest. Vous pouvez y aller à pied.

Il ne voulait voir personne, surtout pas David Freeman ou Graham Russo, mais les deux hommes se trouvaient dans le hall quand il arriva au cabinet, un peu après onze heures. Il ne pouvait les éviter, mais il essaya d'abréger. Prenant son air débordé, il regarda ostensiblement sa montre.

— Je ne fais que passer, les gars. J'ai un déjeuner important. La grosse galette, David : vous serez enfin fier de moi.

Phyllis lui jeta un regard désapprobateur par-dessus sa rangée de téléphones. Trop de bruit. Sans lui accorder la moindre attention, Hardy poursuivit :

— Graham, tu ferais bien de prévenir ton frère et ta sœur de ne pas dépenser à l'avance l'argent de l'héritage. Je crois que nous tenons une vraie piste pour Joan Singleterry. Je vous en parlerai plus tard.

Il avait déjà gravi les premières marches de l'escalier quand Graham le rappela :

— C'est justement ce que je voulais t'annoncer.

Hardy s'arrêta, se retourna. Graham passa devant lui, montant deux marches à la fois.

— J'ai laissé un mot dans ton bureau.

— Tu t'y es introduit par effraction ? feignit de s'indigner Hardy.

— J'aurais eu plus de mal si tu le fermais à clef. J'ai failli te téléphoner hier soir, mais il était neuf heures et demie passées. Je me suis dit que tu devais déjà être au lit, un vieux comme toi...

— Hors de mon chemin.

Graham s'écarta avec un gracieux sourire, laissa son ami ouvrir lui-même sa porte. Hardy traversa la pièce et découvrit sur son bureau, au centre du sous-main, un vieil exemplaire du *Chronicle* – 1988 – et l'article qui y avait été découpé. Pendant qu'il le lisait, Graham lui fournit des explications :

— Hier soir, Sarah et moi, nous avons regardé ce qu'il y avait dans les caisses de papiers de Sal, pour voir ce qu'on pouvait jeter.

Hardy interrompit sa lecture pour lâcher, sarcastique :

— Tu peux parler des vieux qui se couchent à neuf heures et demie, tiens.

— Je n'ai pas dit qu'on n'a fait que ça. Bref, Sarah a trouvé ce truc.

C'était un de ces articles intitulés « Que sont-ils devenus ? » ou « La vie continue » que les journaux publient de temps à autre. Celui-là décrivait les existences rapiécées de six femmes dont les maris étaient morts dans l'exercice de leur métier. Un ouvrier du bâtiment, deux flics, un coureur automobile, un pilote de charter... et un pompier, Randy Palmieri.

— La femme de ce type, Joan Palmieri, disait Graham, elle est partie vivre à Eureka, elle y a épousé Ron Singleterry.

— Et je lis que son premier mari a péri dans l'incendie du *Grotto*.

— Il y a de fortes chances pour que ce soit bien notre Joan Singleterry.

— C'est elle, en fait.

Graham resta coi un instant puis bredouilla :

— Tu… tu la connais ?

— Un peu. C'est d'elle que je voulais vous parler.

— Un seul ennui : j'ai appelé les renseignements, à Eureka, elle n'est pas sur l'annuaire. Il n'y a ni Singleterry ni Palmieri, là-bas.

Non, pensa Hardy, mais il y a une Walsh et une Sanford, et tu n'as pas besoin de le savoir pour le moment.

— Ça nous donne quand même un point de départ, dit-il. Il faut vraiment que je me sauve, nous en discuterons plus tard.

Graham ne voulut pas le laisser partir comme ça :

— Attends. Qu'est-ce que tu as trouvé ?

— La même chose que toi, par les archives du *Chronicle*. Je vais essayer de voir Mario Giotti aujourd'hui pour savoir si ton père était lié à l'incendie.

— Tu penses qu'il aurait pu le provoquer accidentellement ? Parce qu'il était soûl, ou quelque chose comme ça ?

— Non, répondit Hardy en toute franchise. Je ne pense pas.

Il savait maintenant comment Sal avait découvert le nouveau nom de Joan Palmieri. Il savait ce qui reliait les différents aspects de l'affaire.

— Monsieur Hardy, fit le juge en l'accueillant.

Bien qu'il fût seul dans son bureau, Mario Giotti n'avait pas ôté sa robe de magistrat. Hardy soupçonna que ce n'était pas par distraction. Les signes extérieurs du pouvoir et de l'autorité…

— Il s'agit d'une urgence, dites-vous ?

— Navré de vous importuner, Votre Honneur, et merci de me recevoir. Je sais que vous êtes occupé.

— Si je ne recevais pas les gens quand je suis occupé, je ne verrais jamais personne. (Sourire assuré.) Asseyez-vous donc.

L'avocat se dirigea vers les fauteuils encerclant la cheminée tarabiscotée où ronronnait un radiateur électrique. Il faisait froid dehors. Des nuages bas couvraient le ciel et, au moment où Hardy, en trench-coat, était sorti de son bureau pour se rendre à celui de Giotti, il s'était mis à bruiner.

— Votre Honneur, j'ai un gros problème.

— Je présume. Quel est-il ?

Hardy refoula une envie de répondre tout à trac : « C'est vous. » Il préférait acculer Giotti dans les cordes pour qu'il ne puisse plus lui échapper.

— Il s'agit à nouveau de l'incendie de votre restaurant, j'en ai peur. Je suis tombé sur des informations qui me conduisent à penser que Sal y était mêlé.

Le juge se renversa sur le dossier de son fauteuil à oreillettes, joignit les extrémités de ses doigts, les porta à ses lèvres.

— Continuez.

— Vous vous rappelez le jour où j'ai interrompu votre jogging pour vous demander si le nom de Singleterry vous disait quelque chose ?

— Bien sûr.

— Au moment du procès, j'ai tenu certaines informations en dehors des débats parce qu'elles semblaient peu crédibles.

— À savoir ?

Hardy résuma la requête que Sal Russo avait adressée à Graham de remettre l'argent à une femme du nom de Singleterry.

— Comme nous n'arrivions pas à mettre la main sur elle, j'ai pensé que personne au tribunal ne nous croirait.

— C'était peu probable, en effet, approuva Giotti. Je crois comprendre que vous l'avez retrouvée, maintenant.

— Presque. J'ai retrouvé ses deux filles.

— Et cela vous a appris ce que vous cherchiez ?

— Exactement. Le premier mari de Joan Singleterry s'appelait Palmieri.

Le visage du juge parut s'assombrir ; les cernes, sous ses yeux, semblaient plus accusés, les bajoues plus lourdes. Il poussa un long soupir.

— L'homme qui est mort dans l'incendie.

— Oui. Vous le connaissiez ?

— Je savais qui il était, bien sûr. Son nom est gravé à jamais dans ma mémoire. Ce fut une tragédie. Comment aurais-je pu oublier ce nom ?

— Je ne sais pas. Et, dans le même ordre d'idée, je ne comprends pas que vous ayez pu oublier celui de Singleterry.

— Mais elle ne s'appelait pas Singleterry, à l'époque. Comment aurais-je...

Hardy en eut soudain assez.

— Parce qu'il y a votre trust, coupa-t-il. Le BGG, trust Bruno Giotti's Grotto. Pendant dix-sept ans, il lui a envoyé de l'argent. J'ai du mal à croire que ce fait ait pu s'effacer de votre mémoire.

Le juge fédéral hochait la tête en fixant un point situé entre leurs deux fauteuils. Au bout d'une longue minute, il se leva, alla à son bureau, regarda le brouillard par la fenêtre.

— Vous insinuez que j'ai quelque chose à voir avec l'incendie, monsieur Hardy ? Incendie criminel et meurtre ? (Il se retourna.) Je suis trop occupé pour ce genre de balivernes, j'en ai peur.

— Je serai ravi d'entendre vos explications.

Les narines de Giotti frémirent.

— Je n'ai aucune explication à vous donner. Comme n'importe qui d'autre en Amérique, je suis innocent jusqu'à preuve du contraire. Si vous avez quoi que ce soit pour étayer ces accusations outrageantes, pourquoi ne le soumettez-vous pas à la police ? Cet entretien est terminé, décréta-t-il en montrant la porte. Vous connaissez le chemin.

Hardy se leva mais, au lieu de se diriger vers la porte, il s'appuya nonchalamment à son fauteuil.

— Nous n'en avons pas terminé.

N'ayant visiblement pas l'habitude qu'on réponde à ses manifestations d'autorité par autre chose qu'une prompte obéissance, Giotti se raidit.

— Fichez-moi le camp ! Je vais vous faire mettre à la porte, menaça-t-il en décrochant le téléphone.

— Vous n'avez pas intérêt, rétorqua l'avocat d'une voix calme. Je ne parle pas d'un incendie vieux de vingt ans. Je parle de Sal Russo.

Le juge reposa l'appareil.

— Quoi, Russo ?

— Les cinquante mille dollars.

Il attendit.

— Cet argent est lié à l'incendie d'une manière ou d'une autre, continua Hardy. Je ne sais pas exactement comment il a fini dans les mains de Sal, mais cette histoire intéressera la police. Elle établira un lien entre vous et la mort de Sal, elle vous trouvera peut-être un mobile. Je n'ai pas besoin de vous le dire.

— Vous croyez que j'ai tué Sal ?

— Je ne crois pas qu'il était prêt à mourir quand vous lui avez injecté la morphine. Ce qui fait de vous un meurtrier.

— Vous êtes complètement fou.

Les dénégations implicites du juge n'arrêtèrent pas Hardy.

— Je veux savoir ce qui s'est passé. Je ne partirai pas avant.

Giotti retourna s'asseoir à son bureau.

— Ce Palmieri est mort dans l'incendie du restaurant de mon père. Nous avons aidé financièrement sa famille.

— Vous avez nié connaître ce nom.

— Nous avons la générosité discrète. Vous y voyez peut-être un crime, mais je ne pense pas que beaucoup vous suivront sur ce terrain. Pas la police, en tout cas, dit Giotti, décrochant de nouveau le téléphone. J'appelle un gardien ou vous partez de vous-même ?

Dans cette partie de poker, le juge tentait un coup de bluff, mais il avait déjà abattu son jeu : Hardy ne serait pas resté aussi longtemps dans le bureau s'il n'avait eu des cartes gagnantes. Dismas relança :

— Appelez la troupe, moi, je ne bouge pas. Si vous faites intervenir les services de sécurité, il y aura un rapport. L'affaire deviendra officielle. Nous n'en sommes pas encore là, n'est-ce pas ?

La main sur le combiné, Giotti lui lança un regard noir.

— Qu'est-ce qui nous en empêche ?

— Moi, tout simplement.

— Et vous m'offrez… quoi, au juste ?

— Je ne vous offre rien, Votre Honneur. Je veux savoir ce qui s'est passé. Si j'estime que je dois parler à la police, je le ferai. Si je ne le juge pas nécessaire…

Hardy laissa la phrase en suspens.

Il crut avoir perdu quand Giotti décrocha. Le juge allait faire jouer ses relations politiques chez les huiles. Au mieux, la police accorderait un bref moment d'attention aux déclarations de Hardy et déciderait que ce juge fédéral unanimement respecté n'avait rien à se reprocher. Encore un de ces avocats sans scrupule prêt à salir un pilier de la communauté judiciaire pour se faire un peu de publicité et quelques clients.

— Et puis, bien entendu, il y a la presse, ajouta Hardy.

Giotti pesa ce dernier avertissement, prit sa décision. Il appuya sur une touche du téléphone, attendit, demanda à sa secrétaire de ne lui passer aucune communication. En reposant le combiné, il confronta Hardy à cette alternative :

— Vous voulez savoir ce qui s'est passé ou vous voulez alerter la police ? Vous ne pouvez avoir les deux. Au point où nous en sommes, il semble que j'aurai besoin des services d'un avocat, quoi qu'il arrive. (Il plongea une main sous sa robe de magistrat, prit son portefeuille, en tira un billet.) Acceptez-vous de remplir ce rôle, monsieur Hardy ?

Giotti lui proposait cinq dollars d'arrhes. Si Hardy les prenait, tout ce que le juge lui confierait serait couvert par le secret professionnel. L'avocat ne pourrait jamais en informer la police. Dilemme cornélien. Hardy se rappela qu'aux yeux de la loi justice avait déjà été faite. Personne ne recherchait plus le meurtrier de Sal Russo. Il fallait qu'il sache. Pourtant, il hésitait encore.

La voix du juge, quoique basse, le fit sursauter :

— Pensez-vous réellement pouvoir trouver des preuves matérielles sur une affaire vieille de dix-huit ans ? La compagnie d'assurances a enquêté de manière approfondie avant de payer, croyez-moi.

De nouveau, le ton de Giotti changea. Impatience ? Dernière manifestation d'autorité ?

— Ou vous prenez ces arrhes ou vous sortez, continua-t-il. Dans le premier cas, vous saurez ce qui s'est passé. À vous de choisir.

Hardy traversa la pièce, prit le billet de cinq dollars et le glissa dans sa poche.

— Très bien, maître. Maintenant, asseyez-vous et laissez-moi vous raconter une histoire.

— Disons que le *Grotto* traversait une mauvaise passe. Le tourisme était en baisse, la restauration, c'est toujours de la corde raide, de toute façon. Et voilà que les autorités nous avisent que l'établissement n'offre pas un accès adéquat aux handicapés. Nous devons faire construire une rampe, aménager l'entrée. Bref, débourser quelque chose comme quarante-cinq mille dollars pour mettre le *Grotto* aux normes, sinon c'est la fermeture.

« Disons que le fils du propriétaire est un jeune juriste qui a des ambitions politiques. Il continue cependant à travailler de temps en temps aux cuisines : il adore ça. Sachant que son père ne peut trouver l'argent nécessaire pour les travaux, ce brillant jeune homme a une brillante idée : un incendie se déclare aux cuisines, fait quelques dommages mais est rapidement maîtrisé ; les indemnités de l'assurance couvrent les frais de mise aux normes. Ce jeune juriste a un ami – appelons-le Sal – qui possède un bateau généralement amarré juste derrière le restaurant. Un soir, ils partent pêcher ensemble – ils pêchent très souvent la nuit – et ils sont en mer quand le feu éclate. Lorsqu'ils rentrent, tout flambe.

« Le jeune avocat ne comprend pas comment l'incendie a pu se propager : le restaurant est équipé d'un système de sécurité perfectionné. Peut-être n'a-t-il pas pensé au bac d'huile de friture. L'incendie détruit complètement le *Grotto*, mais surtout, un pompier meurt dans les flammes. Il avait deux gosses, une gentille femme.

« On ne trouve aucun indice d'un acte criminel. Personne n'interroge les deux amis, qui se servent mutuellement d'alibi. Ils ont passé la nuit en mer : ils ont plusieurs kilos de poisson pour le prouver.

Giotti, renversé dans son fauteuil, joignit les mains sur le milieu du corps.

— Disons qu'il s'est passé quelque chose de ce genre, maître, conclut-il. Vous voulez porter ça devant un tribunal ?

Hardy savait que Giotti avait raison : il n'y avait plus de preuves depuis longtemps ; aucun policier ne perdrait son temps à enquêter sur des faits aussi anciens. Il restait cependant des détails à éclaircir.

— Comment quelqu'un comme Sal s'est-il retrouvé en possession de cinquante mille dollars en liquide ?

— Si l'on adopte ce scénario, ce pourrait être une partie de l'argent de l'assurance.

— Pour le faire taire ?

— Ou pour le remercier. Un peu des deux, peut-être, dit Giotti, haussant les épaules. La vie est compliquée.

— Et Sal n'a pu supporter son sentiment de culpabilité, c'est ça ? Il avait tué quelqu'un, un type comme lui, avec une femme et des gosses. Ça l'a détruit.

Nouveau haussement d'épaules.

Hardy prit dans sa poche le billet de cinq dollars, le posa sur le bureau.

— Maintenant, nous sortons du domaine des hypothèses, Votre Honneur, et vous n'êtes plus mon client. Vous avez tué Sal, avouez-le.

— Certainement pas.

— Parce qu'il parlait de l'incendie, c'est ça ? Il se croyait revenu à cette époque.

— Je ne l'ai pas tué, martela Giotti.

— Je ne vous crois pas.

Le juge fit glisser le billet pour le placer en face de lui.

— Je me moque de ce que vous pensez, monsieur Hardy. Sal était mon meilleur ami. Il a sauvé ma carrière, ma vie entière, et il en a terriblement souffert : il a tout perdu. Vous croyez que je lui aurais exprimé ma gratitude en le tuant ?

— Je crois que vous n'aviez pas le choix.

— Vous vous trompez. Le feu fut un accident, une tragédie. J'ai tenté d'aider de mon mieux la famille de ce pauvre Palmieri. Pour Sal aussi, j'ai essayé de réparer. Nous sommes restés unis, même s'il rendait parfois les choses un peu difficiles pour moi. Jamais je ne l'aurais tué, vous comprenez. Jamais. J'aurais plutôt mis fin à mes jours.

38

Il était plus de trois heures quand il avait quitté le bureau du juge. Incapable de se concentrer, il était repassé au *Chronicle*, il avait lu tout ce qu'il avait pu découvrir sur l'incendie, sur Palmieri, sur Giotti, puis il était retourné à pied à son bureau, sous l'averse.

Il sentait que quelque chose lui échappait, mais quoi ? Le problème – comment dire ? il avait du mal à trouver les mots –, c'est qu'il n'arrivait pas tout à fait à ne pas croire Mario Giotti. La véhémence des dénégations du juge à la fin de leur discussion, la passion avec laquelle il avait évoqué le rôle de Sal dans sa vie avaient touché en lui une corde sensible. Soudain, la conviction que Giotti mentait l'avait quitté.

Le juge était incapable d'un tel acte. Se sentant responsable de la mort de Palmieri – un homicide, certes, mais tout à fait involontaire –, il avait cherché à réparer.

Mais alors, qui avait assassiné Sal ?

Le soir tombait. Hardy alluma sa lampe de banquier à abat-jour de porcelaine verte. Pour chasser l'impression d'avoir totalement perdu sa journée, il entreprit de répondre à la vingtaine de messages qu'il avait eus sur son répondeur.

Au ton de sa voix, Frannie avait aussitôt compris qu'il avait besoin de rester au bureau et l'avait rassuré : qu'il prenne son temps, elle l'attendrait en compagnie d'un roman qu'elle adorait. Ah ! elle avait failli oublier : quelqu'un avait appelé cinq minutes plus tôt, elle avait répondu qu'il était sans doute encore au bureau et avait donné le numéro. Il recevrait bientôt un coup de téléphone.

Trois heures s'étaient écoulées depuis et personne n'avait appelé. À l'étage en dessous, les collaborateurs et les associés de Freeman étaient partis : il avait entendu leurs voix étouffées lorsqu'ils étaient passés devant le bureau de Phyllis par groupes de deux ou trois.

Un peu après neuf heures et demie, Hardy avait fini de répondre aux messages. Il se laissa aller contre le dossier de son siège, ferma les yeux. L'immeuble était silencieux. Dehors, le vent soufflait en rafales et projetait des gouttes de pluie sur les carreaux. Il se leva, s'étira, alla à la fenêtre, regarda Sutter Street, à présent déserte. Une seule voiture était garée de l'autre côté de la chaussée mouillée qui reflétait la lumière des réverbères.

La sonnette de la porte d'entrée bourdonna. C'était un peu étonnant car les seules personnes susceptibles de venir aussi tard étaient des associés aux mœurs d'oiseau de nuit qui avaient leur clef. Ce ne pouvait être un client : Hardy était sûr qu'il n'y avait plus personne à part lui dans le bâtiment. Il s'agissait probablement d'un SDF qui s'était mis à l'abri dans l'entrée et avait appuyé sur le bouton par erreur. Mais on sonna de nouveau, et Hardy décida d'aller voir.

Le couloir de son bureau n'était éclairé que par une veilleuse, l'escalier aussi. La réception, en bas, lui parut aussi sombre qu'une salle de cinéma.

Il descendit l'escalier principal jusqu'au vestibule dallé de marbre, appuya sur le bouton pour débloquer la poignée de la lourde porte en bois, ouvrit.

Personne.

Il s'avança sur le trottoir pour vérifier. Personne. Ni dans la rue, ni au volant de l'unique voiture qui y était garée.

Bon, ça suffisait pour ce soir. Il finissait de rédiger quelques notes et il rentrait chez lui.

La portière arrière de la voiture de Giotti s'ouvrit. Il avait fallu sonner pour s'assurer qu'il n'y avait personne d'autre dans l'immeuble et que la seule fenêtre éclairée était bien celle du bureau de Hardy. On ne prenait jamais assez de précautions.

À la deuxième sonnerie, la personne travaillant au deuxième étage était descendue, avait ouvert la porte et fait quelques pas sur le trottoir. C'était bien Hardy, non la version élégante qu'il présentait au tribunal et dont toute la presse avait reproduit la photo, mais l'avocat bûchant ses dossiers, en manches de chemise et sans cravate.

Des ombres bougeaient maintenant dans son bureau. Il était remonté. Il fallait à présent sonner une troisième fois, attendre qu'il ouvre de nouveau la porte.

Et passer à l'acte.

Hardy était sur le point d'en finir avec ses notes quand il entendit un bruit.

Il leva la tête, tendit l'oreille. Il avait dû se tromper : il n'y avait personne d'autre dans l'immeuble et il avait refermé la porte d'entrée derrière lui.

L'avait-il fait ?

Soudain, il fut incapable de se rappeler s'il avait ou non appuyé sur le bouton de la poignée. C'était sans importance, puisqu'il allait redescendre dans un instant, mais…

Non, il avait refermé, il en était presque sûr.

Il termina rapidement ce qui lui restait à faire sans être de nouveau interrompu par quelque bruit que ce soit, reposa son stylo, se renversa en arrière.

Une silhouette se dessinait dans l'encadrement de la porte de son bureau.

39

— Monsieur Hardy ?

— Bon Dieu ! fit-il, une main sur le cœur.

— Je vous ai fait peur ? Excusez-moi.

— Non, non. Dès que j'aurai atterri, ça ira.

— Votre femme m'a dit que vous travailliez tard. J'ai pensé...

— Pas de problème, fit l'avocat, retrouvant peu à peu son souffle. Comment avez-vous fait pour entrer ? C'est vous qui avez sonné ?

— Oui.

— Vous aviez disparu, quand je suis descendu.

— Comme personne ne répondait, j'ai regagné ma voiture. Ensuite – j'ai dû détourner la tête un moment – j'ai vu la porte se refermer derrière vous puis j'ai aperçu de nouveau votre ombre là-haut. En revenant sonner, j'ai constaté que la porte était restée ouverte.

— Bien, bien. Il... il est un peu tard, je le crains. Je m'apprêtais à rentrer. Si vous voulez, nous redescendons ensemble et nous prendrons rendez-vous pour demain. Cela vous conviendrait ?

Quand elle s'avança dans la pièce, Hardy remarqua qu'elle avait passé la bandoulière de son sac autour de son cou et qu'elle le tenait devant elle à deux mains. Plus exactement, l'une tenait le sac, l'autre était glissée à l'intérieur.

— Non, cela ne me convient pas du tout.

Penché vers le bureau, Hardy commença à rassembler ses affaires, se leva à demi.

— Je regrette mais...

— Rasseyez-vous, s'il vous plaît !

Quelque chose dans la voix de cette femme lui fit lever la tête. Elle avait fait un pas de plus, poussé le sac sur le côté. Sa main tenait un petit pistolet qu'elle braquait sur lui.

— Vous ne savez pas qui je suis ?

— Non, madame, mais vous retenez toute mon attention.

— Je m'appelle Pat Giotti. Je suis la femme du juge. Désolée de vous rencontrer en de telles circonstances.

Désolée ? pensa Hardy, qui garda le silence.

— Mario et vous avez eu une longue conversation, aujourd'hui, poursuivit-elle. Il m'en a parlé.

— En effet, mais comme il m'a pris pour avocat, je ne puis rien vous répéter de ce qu'il m'a dit. Les discussions entre un avocat et son client relèvent du secret professionnel.

Petit rire sans joie.

— Je connais cette règle, monsieur Hardy. Je sais aussi qu'elle est souvent violée.

— Je n'avais pas l'intention de l'enfreindre.

— Je n'en doute pas. Mais tout peut arriver. Le problème, c'est que je ne puis être sûre que vous ne le ferez pas, et je ne peux malheureusement pas me permettre de rester dans le doute.

Le cerveau de Hardy tournait à toute vitesse pour trouver une issue avant d'être réduit à jamais au silence, mais aucune idée ne lui venait, si ce n'est continuer à la faire parler.

— Vous avez été aussi polie avec Sal avant de l'assommer ?

— Je pense qu'il ne sert à rien d'être grossier, fit-elle d'une voix tendue. Je ne voulais pas lui faire mal.

Non, pensa-t-il, tu voulais simplement le tuer.

— Lui nous en aurait fait, continua-t-elle. Il aurait tout gâché. Mais Mario ne le comprenait pas. Il répétait que Sal était inoffensif, que c'était son vieil ami, un type bien. Laissez-moi vous dire, monsieur Hardy, que Sal était devenu incontrôlable. Il fallait que quelqu'un l'empêche de nuire, et, de toute façon, il n'avait plus que deux mois à vivre, au maximum.

Fais-la parler, fais-la parler ! songeait Hardy.

— Qu'est-ce qui vous a convaincue que vous deviez agir ?

— Vous l'ignorez vraiment ? Mario ne vous en a pas parlé ?

C'est bien de lui, ricana-t-elle. Il me laisse toujours le soin d'achever ce qu'il a commencé.

En entendant ces mots, il crut qu'elle allait presser la détente, que c'était fini. Il retint son souffle.

— Vous vous souvenez qu'il y avait eu une alerte à la bombe, ce jour-là. Un peu avant midi.

Il acquiesça de la tête.

— Quand on a fait évacuer le tribunal, Mario s'est retrouvé dans la ruelle avec ses collaborateurs. Sal lui est tombé dessus, l'a entraîné à l'écart : l'argent avait disparu du coffre et il était persuadé que mon mari avait réussi à le récupérer. Il l'a menacé de tout raconter s'il ne lui rendait pas les cinquante mille dollars.

Pat Giotti baissa la voix, mais pas son arme.

— Il aurait anéanti la réputation de Mario, comprenez-vous ? C'est tout ce que nous avons, sa réputation parmi ses pairs. Nous avons mis des années à la bâtir. Et ce clochard sénile l'aurait salie ? Non, il fallait l'en empêcher. Je ne pouvais pas le laisser détruire Mario. Sal n'était rien. Il allait mourir, de toute façon.

— Votre mari vous a téléphoné après la fin de l'alerte ?

Elle hocha la tête.

— Il pensait que Sal avait simplement égaré l'argent, qu'il l'avait sorti du coffre, mis ailleurs, et qu'il avait oublié où. Il est donc monté chez Sal avec lui pour vérifier. Vous vous rendez compte du risque qu'il a pris ? Quelqu'un aurait pu le voir, se rappeler son visage. Évidemment, ils n'ont pas retrouvé l'argent et Sal s'en est de nouveau pris à mon mari. Mario a répliqué.

Un autre morceau du puzzle qui tombait en place : le témoignage de Blue, la voix masculine qu'elle avait entendue dans l'appartement de Sal avant de s'endormir. C'était celle de Mario Giotti, finalement.

Sa femme poursuivait, à la fois calme et hystérique :

— Mais, après m'avoir raconté l'incident, il a essayé de le minimiser : ce n'était pas si grave, Sal était dans un de ses mauvais jours. Comment pouvait-il être aveugle à ce point ?

— Qu'avez-vous décidé ?

— Je n'avais pas de plan précis en me rendant là-bas. J'étais simplement résolue à arrêter Sal. J'avais emporté cette arme, à tout hasard, mais j'ai découvert la morphine sur la table. C'était tellement plus discret, plus propre. Je sais faire les piqûres – un de mes enfants est diabétique –, je sais enfoncer l'aiguille dans la veine. Il y avait cette bouteille. Sal n'a rien senti. Il m'a fait entrer, nous avons bavardé un moment, comme vous et moi. Tout était en place, comme si Dieu avait voulu m'aider.

Avec un frisson de terreur, Hardy se rendit compte que Dieu était intervenu une autre fois pour faciliter les choses à Pat Giotti : l'immeuble désert, la porte ouverte, l'obscurité...

Ce serait son second crime parfait.

Il pensa à une dernière question :

— Votre mari est au courant ?

Ce n'était pas vraiment un rire, il contenait trop d'amertume.

— Mario ? Comment pourrais-je lui dire une chose pareille ? C'est un homme bon, un juge. Il croit en la justice. Il ne comprend pas qu'il faut parfois agir, ne pas se contenter de rendre un jugement abstrait.

— Qu'est-ce qu'il s'est passé, d'après lui ? Il croit qu'il a eu de la chance ?

— Oui. Il pense que c'est Graham. Vous l'avez convaincu, et je vous en remercie.

Cela sonnait comme une déclaration de clôture. Elle allait tirer. Dans une dernière tentative désespérée, Hardy glissa un pied sous le bureau et, sans remuer le haut du corps, frappa le panneau de bois. Il y eut un bruit sourd.

— Qu'est-ce que c'est que ça ? fit-elle.

Il fallait qu'il réussisse à lui faire détourner un instant les yeux.

— Vous avez peut-être oublié de fermer la porte en bas, vous aussi.

La tête de Pat Giotti tourna, légèrement, mais il allait devoir s'en contenter. Il se jeta vers sa lampe de banquier quand le coup partit. L'homme et l'objet roulèrent, tombèrent du bureau. La lampe se brisa sur le sol, plongeant la pièce dans l'obscurité au moment où une autre détonation explosait dans ses oreilles. Un éclair de douleur : bon Dieu, il était touché.

Un troisième, puis un quatrième coup de feu.

Il était blessé à la jambe, sous le genou.

Elle tira de nouveau. Hardy sentit le sol vibrer sous les pas de la femme : elle approchait de l'endroit où il gisait.

La pièce n'était plus éclairée que par les veilleuses du couloir. Luttant contre le choc et la souffrance, Hardy, allongé sur le flanc, s'adossa au bois du bureau. Lorsqu'il leva les yeux, la silhouette de Pat Giotti était au-dessus de lui. Malgré l'obscurité, il vit le bras descendre.

Sans hésiter, elle fit feu. Une langue de braise brûla le ventre de l'avocat.

Il ne voulait pas mourir comme ça.

Au moment de l'achever, elle commit enfin une erreur en s'approchant trop près. Il empoigna la cheville la plus proche, referma son autre main sur la jambe et tira de toutes ses forces. Elle poussa un cri, s'écroula près de lui.

Le pistolet tomba sur le sol, un autre coup partit. Sans prendre le risque de lâcher la jambe, Hardy se redressa en s'appuyant sur le corps qui se débattait. Il sentait la faiblesse le gagner, serrait les dents pour ne pas s'y abandonner.

Pat Giotti lui martelait la tête et les épaules de ses poings en criant : « Non ! Non ! Non ! » Il retomba sur quelque chose de dur, s'en empara, roula sur le côté.

— J'ai l'arme, dit-il. Ne bougez plus. C'est fini.

— Non !

Elle décocha un coup de pied dans sa direction. Ce n'était pas fini pour elle. L'ombre se jeta sur lui, le heurta en pleine poitrine, tenta de lui arracher le pistolet. Il voulut se dégager d'une ruade, mais sa jambe ne lui obéissait plus. Il se tourna, sentit comme un coup de poignard dans son estomac et gémit. Au-dessus de lui, un animal sauvage lui griffait le visage, essayait d'atteindre l'arme qu'il tenait dans sa main gauche.

Il n'avait pas le choix : ses forces et sa mobilité déclinaient. Il releva brusquement le bras, sentit le pistolet heurter de la chair et de l'os. Sans réfléchir, il frappa de nouveau et Pat Giotti s'effondra.

Il fallait qu'il allume, qu'il téléphone, qu'il s'éloigne de cette furie. Avec le peu de forces qu'il lui restait, il la fit rouler sur le côté.

Il n'était pas sûr d'arriver à se lever. Sa jambe était inerte, sa blessure à l'estomac l'empêchait de tourner le torse.

S'appuyant au coin du bureau, il réussit à se mettre debout, traîna sa jambe blessée jusqu'à la porte, appuya sur l'interrupteur. Pat Giotti reprenait déjà conscience.

— Non. Ne bougez pas !

Elle portait un pantalon noir en tissu élastique et un coupe-vent de nylon couverts de sang. Mon sang, pensa-t-il. Il ne parvenait pas à reprendre son souffle. Haletant, il garda le pistolet braqué sur elle en boitillant vers le bureau. Il fit tomber le téléphone de son socle, composa le 911, parvint à saisir le combiné.

— Restez où vous êtes !

Elle était à genoux, à moins de deux mètres de l'endroit où il se tenait, vacillant sur une jambe, le téléphone dans une main, le pistolet dans l'autre. Quand l'opératrice répondit, il commença à décliner son nom. Il perdait conscience, il hoquetait sans réussir à remplir d'air ses poumons.

Elle se rua une fois de plus vers lui par-dessus le bureau.

Quand le corps de Pat Giotti entra violemment en contact avec le sien, il tomba de nouveau sous elle. De ses deux mains, elle lui tordit le poignet, parvint à lui faire lâcher le pistolet, le saisit.

Il vit le trou noir du canon se braquer sur son visage.

Dans un dernier effort, il détourna l'arme au moment où le coup partait. Elle cria, le corps arqué en arrière.

— Vous m'avez blessée ! Mon Dieu, je suis blessée.

La main qui tenait l'arme s'abaissa mais sans lâcher prise. Se laissant tomber sur Hardy pour l'empêcher de bouger, elle enfonça le canon du pistolet dans la chair du cou.

Pressa la détente.

Clic.

À nouveau. *Clic.*

Elle émit un gémissement angoissé, son corps devint mou contre celui de Hardy. Il la fit basculer sur le côté. Elle avait reçu une balle dans l'épaule, elle n'en mourrait pas.

Il se releva, se traîna vers le bureau. Vers le téléphone.

Il essaya de donner son nom et son adresse, bredouilla des mots indistincts, fit une nouvelle tentative.

L'obscurité se refermait sur lui.

Fais vite.

Il s'évanouit.

40

Sarah se tenait devant le bureau de Glitsky et attendait que le couperet tombe. Après l'acquittement de Graham, l'agression contre Hardy, les rumeurs et les révélations sur les Giotti qui en avaient résulté, l'affaire Russo continuait à captiver l'opinion. Le public se jetait avec une avidité renouvelée sur les moindres miettes d'information entourant les faits essentiels. Pendant le week-end, un journaliste de télévision tâchant d'établir un lien entre Ising et les revenus de Graham avait interviewé le joueur et découvert par hasard que Sarah se trouvait avec lui pour le tournoi de softball qui avait suivi son inculpation. La nouvelle était passée au journal télévisé la veille et Glitsky avait convoqué le sergent dans son bureau le lendemain à la première heure. C'était la goutte qui avait fait déborder le vase.

— Je n'ai aucune excuse, lieutenant. C'est vrai, je suis allée là-bas.

Assis dans son fauteuil, il la regardait. Il n'avait pas envie d'entendre ça. Non seulement le motif était suffisant pour la faire renvoyer du service, mais cacher un criminel en fuite constituait un délit.

— Tout ce que je peux dire, c'est que j'étais certaine que Graham n'avait commis aucun crime. Et je n'ai caché personne. Au contraire, je l'ai persuadé de se rendre.

— De se rendre ? Vous auriez pu arrêter un homme recherché pour meurtre et vous ne l'avez pas fait. Ce n'était pas à vous de juger de sa culpabilité.

— Oui, lieutenant, je m'en rends compte. J'ai eu tort.
— Le grand jury l'avait inculpé.
— Oui, lieutenant.
Elle n'avait pas besoin d'évoquer le cirque politique qui avait accompagné cette inculpation, Glitsky le connaissait aussi bien qu'elle. Il ouvrit le tiroir de son bureau, réfléchit, le referma.
— L'Association des officiers de police s'oppose à votre renvoi, bien sûr. Elle me prévient qu'elle ferait un procès au service. Première femme nommée à la crime, et tout ce bla-bla. Si vous étiez un homme, vous seriez déjà virée, vous vous en rendez compte, j'espère ?
Avec un mouvement de menton, Sarah Evans répondit :
— Sans vouloir vous offenser, lieutenant, si j'étais un homme, on n'en parlerait même pas. L'affaire aurait été enterrée.
— Vous le pensez vraiment ? grogna Glitsky.
— Oui, lieutenant. C'est déjà arrivé plusieurs fois.
— Si vous acceptiez d'être mutée, cela arrangerait tout le monde.
— Cela ne m'arrangerait pas du tout, lieutenant. J'ai trimé dur pour parvenir ici, je le mérite.
Il la fixa longuement, durement. Elle avait fait une énorme erreur de jugement, mais elle avait encore le cran, l'indépendance d'esprit et l'intelligence qui font un grand flic.
— Vous savez, sergent, dit-il, choisissant ses mots avec soin, cette brigade, la criminelle, ce n'est pas le paradis. On ne cesse pas de bosser une fois qu'on y est.
— Je n'ai jamais dit…
Il la coupa d'un geste.
— Vous avez dit que vous avez mérité votre nomination. C'est juste. Mais ça ne s'arrête pas là. Il faut continuer à la mériter. Tous les jours, sinon c'est la porte.
Sarah acceptait le sermon avec stoïcisme.
— Il a été déclaré innocent, lieutenant, il n'a tué personne. Il n'a même pas été rayé du barreau…
Elle marqua une pause, ajouta :
— Nous allons nous marier.
Glitsky rouvrit le tiroir, baissa les yeux vers la lettre de renvoi qu'il avait préparée et signée. Elle énumérait les motifs officiels

qu'il avait l'intention de soumettre au directeur de la police. Tout à coup, il sut qu'il n'en ferait rien.

Il referma le tiroir, regarda Sarah dans les yeux et dit :

— J'en suis heureux pour vous.

Il y avait eu des jours, au cours de ces dernières semaines, où Hardy s'était demandé si tout cela en valait bien la peine. Il avait absolument voulu savoir ce qui était arrivé à Sal Russo et il avait failli en mourir. La balafre que la seconde balle avait laissée sur son corps lui rappelait qu'il s'en était fallu de peu : quatre centimètres plus à gauche et le projectile aurait transpercé les deux poumons et le cœur.

Il savait qu'il n'en avait pas fini avec les cauchemars : le dernier *clic* de l'arme sous sa mâchoire restait gravé dans son esprit. Il se réveillait en sursaut, souvent baigné de sueur, et demeurait étendu près de Frannie jusqu'à ce qu'il trouve enfin la force de se lever, de traverser en claudiquant la maison obscure. D'aller jeter un coup d'œil aux enfants. De changer la disposition des éléphants.

De s'asseoir sur le canapé du séjour, dans le noir.

Malgré tout, il avait eu de la chance. La balle qui l'avait blessé à la jambe avait traversé le mollet. Son médecin avait assuré que dans six mois il pourrait reprendre le jogging, bien que sa carrière au saut en longueur fût probablement terminée.

Ses facultés de concentration, quoique en progrès, lui posaient encore un problème. Parfois, lorsqu'il était avec Frannie ou avec les enfants, il perdait soudain contact avec la réalité et voyait le pistolet s'abaisser vers lui, le petit O noir parfait du canon.

Il le vit une fois de plus ce mardi de mi-octobre, un peu avant midi, et secoua la tête. Assis dans le Solarium, il tentait de suivre le fil d'un article d'une revue de droit sur les nouveaux hospices pour incurables qui dispensaient une « mort naturelle », apparemment en toute légalité, dans l'Oregon et le Montana. Il prenait des notes qui pourraient aider les médecins qui l'avaient engagé, même si Dean Powell semblait désormais prêt à transiger pour des peines très raisonnables : une amende et un travail d'intérêt général – que la plupart de ses clients accomplissaient déjà de toute façon.

Hardy se tenait droit sur sa chaise. Les bandes qui entouraient sa poitrine l'aidaient à garder cette posture. Tout avachissement était sanctionné par une douleur intolérable. Il entendait derrière lui dans le hall un bourdonnement familier et réconfortant : les collaborateurs qui allaient et venaient, les téléphones qui sonnaient.

David Freeman frappa au montant de la porte, entra, posa un sac en papier brun sur la table. Il en tira deux sandwiches, une bouteille de Pellegrino, des gobelets en plastique et un bocal de cœurs d'artichauts marinés.

— Je me suis permis, dit-il, dépliant le papier de boucherie. Mortadelle et provolone. Excellent pour le cerveau.

Hardy poussa sa revue sur le côté.

— Je croyais que c'était le poisson.

— Le poisson aussi, convint le vieil homme.

Il finit de déballer le sandwich, le fit glisser vers son confrère, lui servit aussi un verre d'eau minérale. Tant de sollicitude de sa part était inhabituel, et Hardy lui coula un regard soupçonneux.

— Quoi ?

— Quoi, « quoi » ?

— Non, pas à moi, David.

Délaissant son sandwich, Freeman se laissa retomber en arrière.

— Ils ont conclu un marché avec la femme du juge. Pratt a accepté un arrangement.

— Comment ça, un arrangement ? s'exclama Hardy, incrédule.

— Homicide pour Russo, trois ans. Voies de fait pour toi, trois ans. Avec confusion des peines.

Un instant, le sol parut venir à la rencontre de Hardy.

— Diz ?

— Voies de fait ? C'était une tentative de meurtre, David, elle a essayé de me tuer. Et elle a *tué* Sal Russo.

Freeman poussa un soupir, fit craquer une jointure.

— Ces derniers temps, Mrs. Giotti était, semble-t-il, gravement déprimée. Elle a imaginé que Russo menaçait la carrière de son mari et que tu faisais partie du complot.

— Imaginé ? éructa Hardy. Elle m'a *dit* que Russo et son mari avaient provoqué un incendie qui a coûté la vie à un pompier. Elle m'a *dit* qu'elle avait tué Russo pour le faire taire. Elle m'a *dit* qu'elle me tuerait aussi pour m'empêcher de parler.

Freeman feignit d'abonder dans son sens :

— Précisément, fils. Fallait-il qu'elle soit folle pour imaginer ces élucubrations sur son mari !

— Mais Giotti lui-même…

Hardy s'interrompit : il ne pouvait faire état de sa conversation avec le juge.

— Quoi ? Il nie en bloc et les médecins confirment que sa femme a tout inventé. Alors, tout le monde est bien obligé de penser que rien de tout cela n'est arrivé. À l'exception, bien sûr, de quelques journalistes à l'esprit mal tourné. (Freeman posa sur son confrère un regard perspicace.) Pour impliquer Giotti, il faudrait établir un lien entre lui et l'incendie. Vous connaîtriez quelqu'un qui puisse le faire, Diz ?

— Non.

— C'est bien ce que je pensais. Sinon, vous en parleriez au moins à votre vieil ami David.

Hardy ne pourrait jamais parler à Freeman ni à quiconque de ce que Giotti lui avait révélé sous le sceau du secret professionnel. Jamais il n'aurait dû toucher à ce billet de cinq dollars.

— Je ne sais rien, David.

— Je vous crois. Comme Pratt ne vous porte pas précisément dans son cœur, pour commencer, le fait que vous n'ayez pu fournir aucune information supplémentaire sur Giotti ne l'a pas incitée à la sévérité contre sa femme. Le juge est encore influent ; on ne s'en prend pas impunément à lui, Pratt le sait. Vous avez de la chance qu'elle ne vous ait pas inculpé d'avoir essayé de la tuer, elle.

— Cela tient peut-être au fait que le pistolet lui appartenait, qu'elle l'avait apporté, que… (Hardy s'interrompit, fit la grimace.) Oh ! peu importe. Et Powell ? Il ne réagit pas ?

Freeman haussa les épaules.

— Il ne peut pas. Le meurtre de Sal et votre agression relèvent de la compétence de Pratt et elle a été chargée de les instruire. Point final.

Hardy pressa ses tempes de l'extrémité de ses doigts pour tenter de soulager son mal de tête.

— Elle va tirer combien, finalement ?

Le vieil avocat secoua la tête d'un air affligé.

— Vous n'avez pas entendu le plus beau. Le juge a suspendu la remise de Pat Giotti au système pénitentiaire. Il l'a reportée.

— Je sais ce que « suspendre » signifie. Pour combien de temps ?

— Indéfiniment. Elle purgera sa peine non en pénitencier mais à la maison d'arrêt du comté, près de chez elle.

Hardy explosa enfin :

— Bon Dieu, David ! Elle ne s'est pas fait pincer pour vol à l'étalage, quand même ! Aucun juge ne ferait une chose pareille !

— Celui dont je vous parle vient de le faire : il devait connaître Giotti. Et, comme Pratt trouve l'idée excellente, personne n'y voit d'inconvénient.

— Si, moi.

— Ah ! mais vous êtes la proverbiale personne à qui personne ne demande son avis. Je regrette de le dire, vous vous êtes fait quelques ennemis.

— Combien de temps passera-t-elle à l'ombre, à votre avis ?

— Deux ans, quelque chose comme ça. Elle obtiendra une libération anticipée pour bonne conduite.

— Alors, pour quoi j'ai fait tout ça ?

Freeman mordit dans son sandwich, mastiqua pensivement.

— Vous avez gagné, votre client est libre, finit-il par répondre.

Cela ne consolait pas Hardy, qui ne put s'empêcher de s'exclamer :

— J'ai failli mourir et la personne qui m'a tiré dessus ne passera que quelques mois au *country club* ? Que devient la justice, là-dedans ?

Le vieillard but une gorgée d'eau, haussa les épaules.

— La justice ? Je crois qu'elle a pris des vacances.

Comme tous les jeudis, le *Stagnola's* accueillait un grand nombre de clients venus déjeuner. Octobre marquait le pic de la saison à San Francisco, et le Fisherman's Wharf grouillait de touristes, débarquant du ferry, descendant de la jetée 39 ou remontant de Ghirardelli Square.

Mario Giotti avait eu beaucoup à faire ces dernières semaines avec les ennuis judiciaires de son épouse. D'abord frappé de stupeur en apprenant qu'elle avait tué Sal, il s'était rapidement ressaisi et avait entrepris de limiter les dégâts, ce qui ne s'était pas révélé trop ardu grâce à son influence et à ses relations.

La communauté juridique avait serré les rangs autour de lui, comme il s'y attendait. Pat – Dieu merci, elle vivait encore – avait même accepté la version des événements qu'il avait concoctée : les accusations insensées que Sal avait portées contre son mari l'avaient beaucoup affectée, elle avait craqué.

Le *Grotto* avait bien été détruit par le feu, mais il n'y avait pas eu incendie criminel, rien qui pût revenir hanter le juge et ternir sa réputation. La contribution anonyme qu'il avait versée pendant des années à la famille de Randall Palmieri illustrait en fait sa générosité et sa grandeur d'âme.

Pendant que ses avocats négociaient avec Sharron Pratt, Giotti avait craint que Dismas Hardy n'intervienne et ne gâche tout, mais il s'était finalement convaincu qu'il lui avait inspiré une sainte frousse. Si Hardy prenait le risque de briser le secret professionnel, ses pairs indignés le rayeraient du barreau. Pas un seul instant le juge n'avait pensé que Hardy était simplement un homme d'honneur, qu'il avait conclu un accord et qu'il tenait sa parole.

Giotti se demandait pourtant si l'avocat n'avait pas révélé une partie de leur conversation au journaliste Jeff Elliot, mais il n'avait aucun moyen de le prouver et ne pouvait accuser Hardy de quoi que ce soit sans s'impliquer lui-même. D'ailleurs, Elliot avait peut-être deviné tout seul ce qui s'était réellement passé. Il avait fouiné, il avait eu de la chance, mais il n'avait pas mis au jour toute la vérité. Les rumeurs avaient donc couru pendant quelques jours, puis s'étaient éteintes. Giotti n'avait pas même daigné les démentir officiellement.

Tout finirait bien. San Francisco était sa ville, les gens l'aimaient.

Sur le seuil de la porte, son vieil ami Mauritio accueillait les clients avec un sourire. Du fait des événements, le juge n'était pas venu depuis près d'un mois dans ce lieu où il retrouvait ses racines.

— Salut, Mauritio ! claironna-t-il.

Le vieux serveur se redressa, son sourire s'effaça.

— Bonjour, Votre Honneur, dit-il d'un ton pincé.

Giotti pencha la tête sur le côté : une question.

— Qu'est-ce qu'il se passe, Mauritio ? On dirait que tu as vu un fantôme.

— Ça se pourrait bien, Votre Honneur.

Quoique la réponse le mît mal à l'aise, le juge essaya encore de plaisanter :

— Eh bien, invite-le à entrer. Il s'assiéra à ma table.

— Votre table ?

— Oui, ma table, s'impatienta Giotti.

Il tenta de pénétrer dans la salle, mais Mauritio l'en empêcha.

— Vous avez réservé, Votre Honneur ? Nous sommes bondés, ce midi.

Le magistrat haussa le ton :

— Comment ça, bondés ? Je te parle de ma table. Qu'est-ce que tu…

Il remarqua qu'un groupe s'était formé derrière lui et qu'on le regardait. Ne pouvant se permettre un esclandre, il se calma.

— Non, je n'ai pas réservé, reconnut-il.

— Désolé, Votre Honneur. Un autre jour, peut-être. Vous téléphonez, une ou deux heures avant. En attendant, essayez à côté, mais ils ont du monde eux aussi. Je crois que vous aurez du mal à trouver du poisson sur le Wharf, monsieur le juge. Maintenant que Sal Russo est mort, vous aurez peut-être du mal à trouver du bon poisson dans le coin.

Giotti demeura un moment immobile, puis hocha la tête et s'éloigna. Derrière lui, il entendit Mauritio lancer à un groupe de touristes :

— Par ici, mesdames, messieurs, entrez. Nous avons une table pour vous.

Le vent soufflant de l'océan balayait la péninsule, courbant les cyprès presque jusqu'à terre. Un soleil froid sombrait à l'horizon. Sur la butte du cimetière de Colma, un jeune couple se tenait devant une tombe. L'homme portait un maillot de base-ball.

Graham avait disputé à Santa Clara le dernier tournoi de la saison. Les Hornets s'étaient fait étriller au troisième match, ce qui avait libéré Graham de bonne heure. Sarah et lui avaient décidé d'aller prendre un déjeuner tardif à Santa Cruz puis de longer la côte par la route n° 1. Se retrouvant à Colma, ils avaient tourné en direction du cimetière.

Graham avait partagé les cinquante mille dollars et le produit de la vente des cartes de base-ball entre Jeanne Walsh et sa sœur. Malgré l'opposition de sa famille, il s'était acquitté de ce qu'il considérait comme une dette d'honneur. L'avocat de Leland lui avait envoyé une lettre soulignant, au nom de George et de Debra, qu'il n'avait pas le droit de distribuer un héritage qui leur revenait et que les enfants de Joan Singleterry n'avaient aucun droit à faire valoir. Graham avait répondu qu'ils pouvaient lui faire un procès si ça leur chantait.

Il s'agenouilla, lissa le gazon à l'endroit où étaient enterrés les restes de son père. Il portait au cou ses chaussures à pointes, nouées l'une à l'autre par leurs lacets. Comme s'il s'agissait d'un collier sacré, il les fit passer par-dessus sa tête, les posa sur l'herbe, près de la pierre tombale.

— « Ne dis pas *mañana* si tu ne le penses pas », murmura Sarah, citant une vieille chanson de Jimmy Buffett.

Un CD qu'ils écoutaient depuis le verdict et qui comprenait des titres comme *Cheeseburger in Paradise*, *Cowboy in the Jungle*, brodant sur les thèmes de la liberté et de la révolte, du rhum et du soleil. Après la prison, ces airs aidaient Graham à reprendre une vie normale. Il y parviendrait. Mais raccrocher les « pointes » constituait un autre type d'engagement. Il demeura un moment les yeux baissés et répondit :

— Je le pense vraiment.

Main dans la main, ils redescendirent la colline.

— Il y a une chose que je ne comprends toujours pas, dit Sarah.

— Laquelle ?

— Tous ces papiers : les notes, les noms.

— Eh bien ?

— J'ai bien dû donner une centaine de coups de fil pour vérifier les adresses, essayer de percer le code. Au total, j'ai trouvé une demi-douzaine de gens qui se souvenaient de ton père. Aucun d'eux ne pêchait, ne pariait ou ne jouait au base-ball. Je ne vois pas : tous ces noms, tous ces numéros…

Ils étaient revenus au parking. Graham ralentit le pas, s'arrêta. Sarah attendit.

— C'étaient ceux des gens qu'il avait connus, expliqua Graham. (Une rafale de vent le fit larmoyer.) Il ne voulait pas oublier. Il pensait que s'il notait tout…

Submergé d'émotion, il se tut. Sarah fit un pas vers lui et le prit dans ses bras.

Assis à la table de la cuisine, Sal griffonnait furieusement dans les marges du journal étalé devant lui. La rubrique nécrologique annonçait la mort d'un certain Earl Willis et ce nom avait donné naissance à un enchaînement d'idées. Sal avait déjà consulté le Dr Finer, il savait ce qui l'attendait. Il n'en parlait à personne, il ne voulait pas qu'on ait pitié de lui, sûrement pas.

Le gosse qui était assis à côté de lui au cours élémentaire s'appelait Earl Willis. Était-ce lui qui venait de mourir ?

Sal fouillait sa mémoire. Qui était assis derrière Earl ? Il fallait qu'il se souvienne. Comment s'appelait cette fille ? Dorothy quelque chose. Blake, oui, c'est ça. Dorothy Blake.

Fermant les yeux, il s'efforça de revoir par la pensée la salle de classe, le planisphère accroché au-dessus du tableau noir. Miss Gray ! C'était le nom de son institutrice, Miss Gray. Et les autres ? Il n'oublierait pas leurs noms, il allait les écrire, là, tout de suite, au cas où quelqu'un lui poserait la question, au cas où sa mémoire le trahirait.

Et l'entraîneur adjoint de l'équipe de Graham en junior ? Les Jaguars, non ? Ouais, les Jaguars. Sal se souvenait de ce type, il fumait comme un pompier, toujours un clope derrière l'oreille, un paquet dans la manche du maillot. Comment c'était son nom ? Il le savait. Il l'avait sur le bout de la langue. Si ça lui revenait cette nuit, il le noterait sur le bloc qu'il gardait près de son lit. Personne ne saurait qu'il perdait la mémoire. Le nom serait là, inscrit sur la feuille.

Une minute. Et les autres jeunes de l'équipe de Graham ? Il se rappelait le bloqueur, Kenny Frazier, doué pour le gant, pas pour la batte.

La marge du journal était remplie, il n'avait plus de place. Miss Gray, les autres instits, les Jaguars... Ah ! là, sur la table, un sac en papier de l'épicerie. Il se remit à griffonner rapidement. Leur premier numéro de téléphone, à Helen et lui, la maison de Taraval. Il fallait le noter tout de suite.

Mais le reste...

Tout le reste.

Il continua à écrire jusqu'à ce que le jour tombe, en se disant que s'il notait tout – les gens, les choses, depuis le début –, il pourrait se les rappeler quand il en aurait besoin. La vie ne lui glisserait peut-être pas entre les doigts.

Peut-être vivrait-il à jamais.

Achevé d'imprimer en février 1999
sur presse Cameron
par ***Bussière Camedan Imprimeries***
à Saint-Amand-Montrond (Cher)

N° d'édition : 3608. N° d'impression : 990668/1.
Dépôt légal : février 1999.
Imprimé en France